中国社会科学院院长学术基金资助

·中国社会科学院民俗学研究书系·

朝戈金　主编

中国史诗学读本

Epic Studies in China: A Reader

朝戈金 | 主编

中国社会科学出版社

图书在版编目(CIP)数据

中国史诗学读本/朝戈金主编.—北京:中国社会科学出版社,2013.5

(中国社会科学院民俗学研究书系)

ISBN 978-7-5161-1470-4

Ⅰ.①中… Ⅱ.①朝… Ⅲ.①史诗—文学研究—中国—文集 Ⅳ.①I207.2-52

中国版本图书馆CIP数据核字(2012)第224153号

出 版 人 赵剑英
责任编辑 张 林
特约编辑 郑成花
责任校对 孙洪波
责任印制 戴 宽

出 版 中国社会科学出版社
社 址 北京鼓楼西大街甲158号(邮编100720)
网 址 http://www.csspw.cn
中文域名:中国社科网 010-64070619
发 行 部 010-84083685
门 市 部 010-84029450
经 销 新华书店及其他书店

印 刷 北京君升印刷有限公司
装 订 廊坊市广阳区广增装订厂
版 次 2013年5月第1版
印 次 2013年5月第1次印刷

开 本 710×1000 1/16
印 张 26
插 页 2
字 数 441千字
定 价 66.00元

凡购买中国社会科学出版社图书,如有质量问题请与本社联系调换
电话:010-64009791

总　序

自英国学者威廉·汤姆斯（W. J. Thoms）于19世纪中叶首创“民俗”（folk-lore）一词以来，国际民俗学形成了逾160年的学术传统。作为现代学科意义上的中国民俗学肇始于五四新文化运动，80多年来的发展几起几落，其中数度元气大伤。从20世纪80年代开始，这一学科方得以逐步恢复。近年来，随着国际社会和中国政府对非物质文化遗产（其学理依据正是民俗和民俗学）保护工作的重视和倡导，民俗学研究及其学术共同体在民族文化振兴和国家文化发展战略中，都正在发挥越来越重要的作用。

中国社会科学院曾经是中国民俗学开拓者顾颉刚、容肇祖等人长期工作的机构，近年来又出现了一批较为活跃和有影响力的学者，他们大都处于学术黄金年龄，成果迭出，质量颇高，只是受既有学科分工和各研究所学术方向的制约，他们的研究成果没能形成规模效应。为了部分改变这种局面，经跨所民俗学者多次充分讨论，大家都迫切希望以“中国民俗学前沿研究”为主题，申请“院长学术基金”的资助，以系列出版物的方式，集中展示以我院学者为主的民俗学研究队伍的晚近学术成果。

这样一组著作，计划命名为“中国社会科学院民俗学研究书系”。

从内容方面说，这套书意在优先支持我院民俗学者就民俗学发展的重要问题进行深入讨论的成果，也特别鼓励田野研究报告、译著、论文集及珍贵资料辑刊等。经过大致摸底，我们计划近期先推出下面几类著作：优秀的专著和田野研究成果，具有前瞻性、创新性、代表性的民俗学译著，以及通过以书代刊的形式，每年择选优秀的论文结集出版，拟定名为

《中国民俗学》(*Journal of China Folkloristics*)。

那么，为什么要专门整合这样一套书呢？首先，从学科建设和发展的角度考虑，我们觉得，民俗学研究力量一直相对分散，未能充分形成集约效应，未能与平行学科保持有效而良好的互动，学界优秀的研究成果，也较少被本学科之外的学术领域所关注，进而引用和借鉴。其次，我国民俗学至今还没有一种学刊是国家级的或准国家级的核心刊物。全国社会科学刊物几乎都没有固定开设民俗学专栏或专题。与其他人文和社会科学的国家级学刊繁荣的情形相比较，学科刊物的缺失，极大地制约了民俗学研究成果的发表，限定了民俗学成果的宣传、推广和影响力的发挥，严重阻碍了民俗学科学术梯队的顺利建设。再次，如何与国际民俗学研究领域接轨，进而实现学术的本土化和研究范式的更新和转换，也是目前困扰学界的一大难题。因此，通过项目的组织运作，将欧美百年来民俗学研究学术史、经典著述、理论和方法乃至教学理念和典型教案引入我国，乃是引领国内相关学科发展方向的前瞻之举，必将产生深远影响。最后，近些年来，国内外非物质文化遗产保护工作的大力推进，也频频推动国家文化政策的制定和实施中的适时调整，这就需要民俗学提供相应的学理依据和实践检验，并随时就我国民俗文化资源应用方面的诸多弊端，给出批评和建议。

从工作思路的角度考虑，“中国社会科学院民俗学研究书系”着眼于国际、国内民俗学界的最新理论成果的整合、介绍、分析、评议和田野检验，集中推精品、推优品，有效地集合学术梯队，突破研究所和学科片的樊篱，强化学科发展的主导意识。

我们期待着为期三年的第一期目标实现后，再行设计二期规划，以利于我院的民俗学研究实力和学科影响保持良好的增长势头，确保我院的民俗学传统在代际学者之间不断传承和光大。本套书系的撰稿人，主要是来自民族文学研究所、文学研究所、世界宗教研究所和民族学与人类学研究所的民俗学者们。

在此，我代表该书系的编辑委员会，感谢中国社会科学院文史哲学部和院科研局对这个项目的支持，感谢“院长学术基金”的资助。

朝戈金

目　录

正名杂义·史诗

章太炎

世言希腊文学，自然发达，观其秩序，如一岁气候，梅华先发，次及樱华；桃实先成，次及柹实；故韵文完具而后有笔语，史诗功善而后有舞诗。（蹯江保《希腊罗马文学史》）韵文先史诗，次乐诗，后舞诗；笔语先历史、哲学，后演说。其所谓史诗者：一，大史诗，述复杂大事者也；二，裨诗，述小说者也；三，物语；四，歌曲，短篇简单者也；五，正史诗，即有韵历史也；六，半乐诗，乐诗、史诗掍合者也；七，牧歌；八，散行作话，毗于街谈巷语者也。征之吾党，秩序亦同。夫三科五家，文质各异，然商、周誓诰，语多磔格；帝典荡荡，乃反易知。繇彼直录其语，而此乃裁成有韵之史者也。（《顾命》："陈教则肄肄不违。"江叔沄说，重言肄者，病甚，气喘而语吃。其说最是。夫以剧气蹇吃，犹无删削，是知商、周记言，一切迻书本语，无史官润色之辞也。帝典陈叙大事，不得多录口说，以芜史体，故刊落盈辞矣。）盖古者文字未兴，口耳之传，渐则忘失，缀以韵文，斯便吟咏，而易记臆。意者苍、沮以前，亦直有史诗而已。下及勋、华，简篇已具，故帝典虽言皆有韵，而文句参差，恣其修短，与诗殊流矣。其体废于史官，其业存于蒙瞽。繇是二《雅》踵起，藉歌陈政，（《诗序》："雅者，正也，言王政之所由废兴也。"）同波异澜，斯各为派别焉。

春秋以降，史皆不韵，而哲学演说亦繇斯作。原夫九流肇起，分于王官，故诸子初兴，旧章未变，立均出度，管、老所同。逮及孔父，优为俪辞；墨子谆谆，言多不辩；奇耦虽异，笔语未殊。六国诸子皆承其风烈矣。斯哲学所繇昉乎？从横出自行人，短长诸策实多口语，寻理本旨，无过数言，而务为粉葩，期于造次可听。溯其流别，实不歌而诵之赋也。秦代仪、轸之辞，所以异于子虚、大人者，亦有韵无韵云尔。名家出自礼官，墨师史角，固清庙之守也。故《经说》上下，权舆于是；龙、施相绍，其流遂昌。辩士凌谇，固非韵文所能检柙矣。然则从横近于雄辩，虽言或偭规，而口给可用。名家契于论理，苟语差以米，则条贯已歧。一为无法，一为有法，而皆隶于演说者也。抑名家所箸，为演说之法程，彼固施诸笔籥，犹与演说有殊。至于战国游说，惟在立谈。言语、文学，厥科本异，凡集录文辞者，宜无取焉。（战国陈说，与宋人语录、近世演说为类，本言语，非文学也。效战国口说以为文辞者，语必伧俗，且私徇笔端，苟炫文采，浮言妨要，其伤实多。唐杜牧、宋苏轼，便其哗嚣，至今为梗。故宜沟分畛域，无使两伤。文辞则务合体要，口说则在动听闻，庶几各就部伍尔。）

选自《章太炎全集·訄书重订本》第三卷，上海人民出版社 1984 年版。该著作于 1904 年出版。

摩罗诗力说[*]

鲁 迅

求古源尽者将求方来之泉，将求新源。嗟我昆弟，新生之作，新泉之涌于渊深，其非远矣。[①]

——尼佉

一

人有读古国文化史者，循代而下，至于卷末，必凄以有所觉，如脱春温而入于秋肃，勾萌绝朕，[②] 枯槁在前，吾无以名，姑谓之萧条而止。盖人文之留遗后世者，最有力莫如心声。[③] 古民神思，接天然之閟宫，冥契万有，与之灵会，道其能道，爰为诗歌。其声度时劫而入人心，不与缄口同绝；且益曼衍，视其种人。[④] 递文事式微，则种人之运命亦尽，群生辍

---

* 本篇最初发表于一九〇八年二月和三月《河南》月刊第二号、第三号，署名令飞。

① 尼采的这段话见于《札拉图斯特拉如是说》第三卷第十二部分第二十五节《旧的和新的墓碑》。

② 勾萌绝朕：毫无生机的意思。勾萌，草木萌生时的幼芽；朕，先兆。白居易《进士策问·第二道》："雷一发，而蛰虫苏，勾萌达。"

③ 心声：指语言。扬雄《法言·问神》："言，心声也；书，心画也。"这里指诗歌及其他文学创作。

④ 种人：指种族或民族。

响，荣华收光；读史者萧条之感，即以怒起，而此文明史记，亦渐临末页矣。凡负令誉于史初，开文化之曙色，而今日转为影国[①]者，无不如斯。使举国人所习闻，最适莫如天竺。天竺古有《韦陀》[②] 四种，瑰丽幽夐，称世界大文；其《摩诃波罗多》暨《罗摩衍那》二赋，[③] 亦至美妙。厥后有诗人加黎陀萨（Kalidasa）[④] 者出，以传奇鸣世，间染抒情之篇；日耳曼诗宗瞿提（W. von Goethe），至崇为两间之绝唱。降及种人失力，而文事亦共零夷，至大之声，渐不生于彼国民之灵府，流转异域，如亡人也。次为希伯来，[⑤] 虽多涉信仰教诫，而文章以幽邃庄严胜，教宗文术，此其源泉，灌溉人心，迄今兹未艾。特在以色列族，则止耶利米（Jeremiah）[⑥] 之声；列王荒矣，帝怒以赫，耶路撒冷遂隳，[⑦] 而种人之舌亦默。当彼流离异地，虽不遽忘其宗邦，方言正信，拳拳未释，然《哀歌》而下，无赓响矣。复次为伊兰埃及，[⑧] 皆中道废弛，有如断绠，灿烂于古，萧瑟于今。若震旦而逸斯列，则人生大戬，无逾于此。何以故？英人加勒尔（Th. Carlyle）[⑨] 曰，得昭明之声，洋洋乎歌心意而生者，为国民之首

---

① 影国：指名存实亡或已经消失了的文明古国。

② 《韦陀》通译《吠陀》，印度最早的宗教、哲学、文学典籍。约为公元前 2500 年至前 500 年间的作品。内容包括颂诗、祈祷文、咒文及祭祀仪式的记载等。共分《黎俱》、《娑摩》、《耶柔》、《阿闼婆》四部分。

③ 《摩诃波罗多》和《罗摩衍那》，印度古代两大叙事诗。《摩诃波罗多》，一译《玛哈帕腊达》，约为公元前七世纪至前四世纪的作品，叙述诸神及英雄的故事。《罗摩衍那》，一译《腊玛延那》，约为五世纪的作品，叙述古代王子罗摩的故事。

④ 加黎陀萨（约公元五世纪）通译迦梨陀娑，印度古代诗人、戏剧家。他的诗剧《沙恭达罗》，描写《摩诃波罗多》中的国王杜虚孟多和沙恭达罗恋爱的故事。1789 年曾由琼斯译成英文，传至德国，歌德读后，于 1791 年题诗赞美："春华瑰丽，亦扬其芬；秋实盈衍，亦蕴其珍；悠悠天隅，恢恢地轮；彼美一人，沙恭达纶。"（据苏曼殊译文）

⑤ 希伯来：犹太民族的又一名称。公元前 1320 年，其民族领袖摩西率领本族人从埃及归巴勒斯坦，分建犹太和以色列两国。希伯来人的典籍《旧约全书》，包括文学作品、历史传说以及有关宗教的记载等，后来成为基督教《圣经》的一部分。

⑥ 耶利米：以色列的预言家。《旧约全书》中有《耶利米书》五十二章记载他的言行；又有《耶利米哀歌》五章，哀悼犹太故都耶路撒冷的陷落，相传也是他的作品。

⑦ 耶路撒冷遂隳：公元前 586 年犹太王国为巴比伦所灭，耶路撒冷被毁。《旧约全书·列王纪下》说，这是由于犹太诸王不敬上帝，引起上帝震怒的结果。

⑧ 伊兰埃及：都是古代文化发达的国家。伊兰，即伊朗，古称波斯。

⑨ 加勒尔：即卡莱尔。这里所引的一段话见于他的《论英雄和英雄崇拜》第三讲《作为英雄的诗人：但丁、莎士比亚》的最后一段。

义。意太利分崩矣，然实一统也，彼生但丁（Dante Alighieri），[①] 彼有意语。大俄罗斯之札尔，[②] 有兵刃炮火，政治之上，能辖大区，行大业。然奈何无声？中或有大物，而其为大也喑。（中略）迨兵刃炮火，无不腐蚀，而但丁之声依然。有但丁者统一，而无声兆之俄人，终支离而已。

尼佉（Fr. Nietzsche）不恶野人，谓中有新力，言亦确凿不可移。盖文明之朕，固孕于蛮荒，野人狉獉[③]其形，而隐曜即伏于内。文明如华，蛮野如蕾，文明如实，蛮野如华，上征在是，希望亦在是。惟文化已止之古民不然：发展既央，隳败随起，况久席古宗祖之光荣，尝首出周围之下国，暮气之作，每不自知，自用而愚，污如死海。其煌煌居历史之首，而终匿形于卷末者，殆以此欤？俄之无声，激响在焉。俄如孺子，而非喑人；俄如伏流，而非古井。十九世纪前叶，果有鄂戈理（N. Gogol）[④] 者起，以不可见之泪痕悲色，振其邦人，或以拟英之狭斯丕尔（W. Shakespeare），即加勒尔所赞扬崇拜者也。顾瞻人间，新声争起，无不以殊特雄丽之言，自振其精神而绍介其伟美于世界；若渊默而无动者，独前举天竺以下数古国而已。嗟夫，古民之心声手泽，非不庄严，非不崇大，然呼吸不通于今，则取以供览古之人，使摩挲咏叹而外，更何物及其子孙？否亦仅自语其前此光荣，即以形迩来之寂寞，反不如新起之邦，纵文化未昌，而大有望于方来之足致敬也。故所谓古文明国者，悲凉之语耳，嘲讽之辞耳！中落之胄，故家荒矣，则喋喋语人，谓厥祖在时，其为智慧武怒[⑤]者何似，尝有闳宇崇楼，珠玉犬马，尊显胜于凡人。有闻其言，孰不腾笑？夫国民发展，功虽有在于怀古，然其怀也，思理朗然，如鉴明镜，时时上征，时时反顾，时时进光明之长途，时时念辉煌之旧有，故其新者日新，而其古亦不死。若不知所以然，漫夸耀以自悦，则长夜之始，即在

① 但丁（1265—1321）：意大利诗人，欧洲文艺复兴时期文学上的代表人物之一。作品多暴露封建专制和教皇统治的罪恶。他最早用意大利语言从事写作，对意大利语文的丰富和提炼有重大贡献。主要作品有《神曲》、《新生》。

② 札尔：通译沙皇。

③ 狉獉：这里形容远古时代人类未开化的情景。原作榛狉。唐代柳宗元《封建论》："草木榛榛，鹿豕狉狉。"

④ 鄂戈理（Н·В·Гоголь，1809—1852）：通译果戈理，俄国作家。作品多揭露和讽刺俄国农奴制度下黑暗、停滞、落后的社会生活。著有剧本《钦差大臣》、长篇小说《死魂灵》等。

⑤ 武怒：武功显赫。怒，形容气势显赫。

斯时。今试履中国之大衢，当有见军人蹀躞而过市者，张口作军歌，痛斥印度波阑之奴性；[①] 有漫为国歌者亦然。盖中国今日，亦颇思历举前有之耿光，特未能言，则姑曰左邻已奴，右邻且死，择亡国而较量之，冀自显其佳胜。夫二国与震旦究孰劣，今姑弗言；若云颂美之什，[②] 国民之声，则天下之咏者虽多，固未见有此作法矣。诗人绝迹，事若甚微，而萧条之感，辄以来袭。意者欲扬宗邦之真大，首在审己，亦必知人，比较既周，爰生自觉。自觉之声发，每响必中于人心，清晰昭明，不同凡响。非然者，口舌一结，众语俱沦，沉默之来，倍于前此。盖魂意方梦，何能有言？即震于外缘，强自扬厉，不惟不大，徒增欷耳。故曰国民精神之发扬，与世界识见之广博有所属。

今且置古事不道，别求新声于异邦，而其因即动于怀古。新声之别，不可究详；至力足以振人，且语之较有深趣者，实莫如摩罗[③]诗派。摩罗之言，假自天竺，此云天魔，欧人谓之撒但，[④] 人本以目裴伦（G. Byron）[⑤]。今则举一切诗人中，凡立意在反抗，指归在动作，而为世所不甚愉悦者悉入之，为传其言行思惟，流别影响，始宗主裴伦，终以摩迦（匈加利）文士。[⑥] 凡是群人，外状至异，各禀自国之特色，发为光华；而要其大归，则趣于一：大都不为顺世和乐之音，动吭一呼，闻者兴起，争天拒俗，而精神复深感后世人心，绵延至于无已。虽未生以前，解脱而后，或以其声为不足听；若其生活两间，居天然之掌握，辗转而未得脱者，则使之闻之，固声之最雄桀伟美者矣。然以语平和之民，则言者滋惧。

---

① 清末流行的军歌和文人诗作中常有这样的内容，例如张之洞所作的《军歌》中就有这样的句子：“请看印度国土并非小，为奴为马不得脱笼牢。”他作的《学堂歌》中也说：“波兰灭，印度亡，犹太遗民散四方。”

② 什：《诗经》中雅颂部分以十篇编为一卷，称“什”。这里指篇章。

③ 摩罗：通作魔罗，梵文 Mára 音译。佛教传说中的魔鬼。

④ 撒但：希伯来文 Sātan 音译，原意为“仇敌”。《圣经》中用作魔鬼的名称。

⑤ 裴伦（1788—1824）：通译拜伦，英国诗人。他曾参加意大利资产阶级民主革命活动和希腊民族独立战争。作品多表现对封建专制的憎恨和对自由的向往，充满浪漫主义精神，对欧洲诗歌的发展有很大影响。主要作品有长诗《唐·璜》、诗剧《曼弗雷特》等。

⑥ 摩迦文士：指裴多菲。摩迦（Magyar），通译马加尔，匈牙利的主要民族。

二

平和为物，不见于人间。其强谓之平和者，不过战事方已或未始之时，外状若宁，暗流仍伏，时劫一会，动作始矣。故观之天然，则和风拂林，甘雨润物，似无不以降福祉于人世，然烈火在下，出为地囱，[①]一旦偾兴，万有同坏。其风雨时作，特暂伏之见象，非能永劫安易，如亚当之故家[②]也。人事亦然，衣食家室邦国之争，形现既昭，已不可以讳掩；而二士室处，亦有吸呼，于是生颢气[③]之争，强肺者致胜。故杀机之昉，与有生偕；平和之名，等于无有。特生民之始，既以武健勇烈，抗拒战斗，渐进于文明矣，化定俗移，转为新懦，知前征之至险，则爽然思归其雌，[④] 而战场在前，复自知不可避，于是运其神思，创为理想之邦，或托之人所莫至之区，或迟之不可计年以后。自柏拉图（Platon）《邦国论》始，西方哲士，作此念者不知几何人。虽自古迄今，绝无此平和之朕，而延颈方来，神驰所慕之仪的，日逐而不舍，要亦人间进化之一因子欤？吾中国爱智之士，独不与西方同，心神所注，辽远在于唐虞，或逕入古初，游于人兽杂居之世；谓其时万祸不作，人安其天，不如斯世之恶浊阽危，无以生活。其说照之人类进化史实，事正背驰。盖古民曼衍播迁，其为争抗劬劳，纵不厉于今，而视今必无所减；特历时既永，史乘无存，汗迹血腥，泯灭都尽，则追而思之，似其时为至足乐耳。傥使置身当时，与古民同其忧患，则颓唐侘傺，复远念盘古未生，斧凿未经之世，又事之所必有者已。故作此念者，为无希望，为无上征，为无努力，较以西方思理，犹水火然；非自杀以从古人，将终其身更无可希冀经营，致人我于所仪之主的，束手浩叹，神质同隳焉而已。且更为忖度其言，又将见古之思士，决不以华土为可乐，

① 地囱：火山。

② 亚当之故家：指《旧约·创世记》中所说的“伊甸园”。

③ 颢气：空气。

④ 思归其雌：退避守弱的意思。《老子》第二十八章：“知其雄，守其雌，为天下豀。”雌，比喻柔弱；豀，溪谷。

如今人所张皇；惟自知良懦无可为，乃独图脱屣尘埃，惝恍古国，任人群堕于虫兽，而己身以隐逸终。思士如是，社会善之，咸谓之高蹈之人，而自云我虫兽我虫兽也。其不然者，乃立言辞，欲致人同归于朴古，老子[①]之辈，盖其枭雄。老子书五千语，要在不撄人心；以不撄人心故，则必先自致槁木之心，立无为之治；以无为之为化社会，而世即于太平。其术善也。然奈何星气既凝，[②] 人类既出而后，无时无物，不禀杀机，进化或可停，而生物不能返本。使拂逆其前征，势即入于苓落，世界之内，实例至多，一览古国，悉其信证。若诚能渐致人间，使归于禽虫卉木原生物，复由渐即于无情，[③] 则宇宙自大，有情已去，一切虚无，宁非至净。而不幸进化如飞矢，非堕落不止，非著物不止，祈逆飞而归弦，为理势所无有。此人世所以可悲，而摩罗宗之为至伟也。人得是力，乃以发生，乃以曼衍，乃以上征，乃至于人所能至之极点。

中国之治，理想在不撄，而意异于前说。有人撄人，或有人得撄者，为帝大禁，其意在保位，使子孙王千万世，无有底止，故性解（Genius）[④] 之出，必竭全力死之；有人撄我，或有能撄人者，为民大禁，其意在安生，宁蜷伏堕落而恶进取，故性解之出，亦必竭全力死之。柏拉图建神思之邦，谓诗人乱治，当放域外；虽国之美污，意之高下有不同，而术实出于一。盖诗人者，撄人心者也。凡人之心，无不有诗，如诗人作诗，诗不为诗人独有，凡一读其诗，心即会解者，即无不自有诗人之诗。无之何以能解？惟有而未能言，诗人为之语，则握拨一弹，心弦立应，其声澈于灵府，令有情皆举其首，如睹晓日，益为之美伟强力高尚发扬，而污浊之平和，以之将破。平和之破，人道蒸也。虽然，上极天帝，下至舆台，则不能不因此变其前时之生活；协力而夭阏之，思永保其故态，殆亦人情已。故态永存，是曰古国。惟诗究不可灭尽，则又设范以囚之。如中国之

---

① 老子（约公元前571—?）：姓李名耳，字聃，春秋时楚国人，道家学派创始人。他政治上主张“无为而治”，向往“小国寡民”的氏族社会。著有《道德经》。

② 星气既凝：德国哲学家康德在《自然历史和天体说》中提出的“星云说”，认为地球等天体是由星云逐渐凝聚而成的。

③ 无情：指无生命的东西。

④ 性解：天才。这个词来自严复译述的《天演论》。

诗，舜云言志；[①] 而后贤立说，乃云持人性情，三百之旨，无邪所蔽。[②] 夫既言志矣，何持之云？强以无邪，即非人志。许自繇[③]于鞭策羁縻之下，殆此事乎？然厥后文章，乃果辗转不逾此界。其颂祝主人，悦媚豪右之作，可无俟言。即或心应虫鸟，情感林泉，发为韵语，亦多拘于无形之囹圄，不能舒两间之真美；否则悲慨世事，感怀前贤，可有可无之作，聊行于世。倘其嗫嚅之中，偶涉眷爱，而儒服之士，即交口非之。况言之至反常俗者乎？惟灵均将逝，脑海波起，通于汨罗，[④] 返顾高丘，哀其无女，[⑤] 则抽写哀怨，郁为奇文。茫洋在前，顾忌皆去，怼世俗之浑浊，颂己身之修能，[⑥] 怀疑自遂古之初，[⑦] 直至百物之琐末，放言无惮，为前人所不敢言。然中亦多芳菲凄恻之音，而反抗挑战，则终其篇未能见，感动后世，为力非强。刘彦和所谓才高者菀其鸿裁，中巧者猎其艳辞，吟讽者衔其山川，童蒙者拾其香草。[⑧] 皆著意外形，不涉内质，孤伟自死，社会依然，四语之中，函深哀焉。故伟美之声，不震吾人之耳鼓者，亦不始于今日。大都诗人自倡，生民不耽。试稽自有文字以至今日，凡诗宗词客，能宣彼妙音，传其灵觉，以美善吾人之性情，崇大吾人之思理者，果几何人？上下求索，几无有矣。第此亦不能为彼徒罪也，人人之心，无不泐二大字曰实利，不获则劳，既获便睡。纵有激响，何能撄之？夫心不受撄，

---

① 舜云言志：见《尚书·舜典》："诗言志，歌永言，声依永，律和声。"

② 关于诗持人性情之说，见于汉代人所作《诗纬含神雾》："诗者，持也；持其性情，使不暴去也。"（《玉函山房辑佚书》）在这之前，孔子也说过："诗三百，一言以蔽之，曰：思无邪。"（《论语·为政》）后来南朝梁刘勰在《文心雕龙·明诗》中综合地说："诗者，持也，持人性情；三百之蔽，义归无邪。"

③ 自繇即自由。

④ 屈原被楚顷襄王放逐后，因忧愤国事，投汨罗江而死。

⑤ 返顾高丘，哀其无女：屈原《离骚》："忽反顾以流涕兮，哀高丘之无女。"高丘，据汉代王逸注，是楚国的山名。女，比喻行为高洁和自己志向相同的人。

⑥ 怼世俗之浑浊，颂己身之修能：屈原《离骚》："世溷浊而不分兮，好蔽美而嫉妒"，"纷吾既有此内美兮，又重之以修能"。修能，杰出卓越的才能。王逸注："又重有绝远之能，与众异也。"

⑦ 怀疑自遂古之初：屈原在《天问》中，对古代历史和神话传说提出种种疑问，开头就说："遂古之初，谁传道之？"遂古，即远古。

⑧ 刘彦和（约465—约532）：名勰，字彦和，祖籍东莞莒县（今属山东），世居南东莞（今江苏镇江），南朝梁文艺理论批评家。著有文艺理论著作《文心雕龙》。这里所引的四句见该书《辨骚》篇。

非槁死则缩朒耳，而况实利之念，复黏黏热于中，且其为利，又至陋劣不足道，则驯至卑懦俭啬，退让畏葸，无古民之朴野，有末世之浇漓，又必然之势矣，此亦古哲人所不及料也。夫云将以诗移人性情，使即于诚善美伟强力敢为之域，闻者或哂其迂远乎；而事复无形，效不显于顷刻。使举一密栗[①]之反证，殆莫如古国之见灭于外仇矣。凡如是者，盖不止笞击縻系，易于毛角[②]而已，且无有为沉痛著大之声，撄其后人，使之兴起；即间有之，受者亦不为之动，创痛少去，即复营营于治生，活身是图，不恤污下，外仇又至，摧败继之。故不争之民，其遭遇战事，常较好争之民多，而畏死之民，其苓落殇亡，亦视强项敢死之民众。

千八百有六年八月，拿坡仑大挫普鲁士军，翌年七月，普鲁士乞和，为从属之国。然其时德之民族，虽遭败亡窘辱，而古之精神光耀，固尚保有而未隳。于是有爱伦德（E. M. Arndt）[③] 者出，著《时代精神篇》(Geist der Zeit)，以伟大壮丽之笔，宣独立自繇之音，国人得之，敌忾之心大炽；已而为敌觉察，探索极严，乃走瑞士。递千八百十二年，拿坡仑挫于墨斯科之酷寒大火，逃归巴黎，欧土遂为云扰，竞举其反抗之兵。翌年，普鲁士帝威廉三世[④]乃下令召国民成军，宣言为三事战，曰自由正义祖国；英年之学生诗人美术家争赴之。爱伦德亦归，著《国民军者何》暨《莱因为德国大川特非其界》二篇，以鼓青年之意气。而义勇军中，时亦有人曰台陀开纳（Theodor Körner），[⑤] 慨然投笔，辞维也纳国立剧场诗人之职，别其父母爱者，遂执兵行；作书贻父母曰，普鲁士之鹫，已以鹫击诚心，觉德意志民族之大望矣。吾之吟咏，无不为宗邦神往。吾将舍所有福祉欢欣，为宗国战死。嗟夫，吾以明神之力，已得大悟。为邦人之

---

① 密栗：缜密，坚实。《礼记·聘义》：“（玉）缜密以栗，知也。”引申为确凿，无可辩驳。

② 毛角：指禽兽。

③ 爱伦德（1769—1860）：通译阿恩特，德国诗人、历史学家，著有《德意志人的祖国》、《时代之精神》等。他 1806 年为避拿破仑入侵逃往瑞典，文中“乃走瑞士”，应为瑞典。

④ 威廉三世（Wilhelm Ⅲ，1770—1840）：普鲁士国王，1806 年普法战争中被拿破仑打败。1812 年拿破仑从莫斯科溃败后，他又与交战，取得胜利。1815 年同俄、奥建立维护封建君主制度的“神圣同盟”。

⑤ 台陀开纳（1791—1813）：通译特沃多·柯尔纳，德国诗人、戏剧家。1813 年参加反抗拿破仑侵略的义勇军，在战争中阵亡。他的《琴与剑》（即文中所说的《竖琴长剑》）是一部抒发爱国热情的诗集。

自由与人道之善故，牺牲孰大于是？热力无量，涌吾灵台，[①] 吾起矣！后此之《竖琴长剑》（*Leier und Schwert*）一集，亦无不以是精神，凝为高响，展卷方诵，血脉已张。然时之怀热诚灵悟如斯状者，盖非止开纳一人也，举德国青年，无不如是。开纳之声，即全德人之声，开纳之血，亦即全德人之血耳。故推而论之，败拿坡仑者，不为国家，不为皇帝，不为兵刃，国民而已。国民皆诗，亦皆诗人之具，而德卒以不亡。此岂笃守功利，摈斥诗歌，或抱异域之朽兵败甲，冀自卫其衣食室家者，意料之所能至哉？然此亦仅譬诗力于米盐，聊以震崇实之士，使知黄金黑铁，断不足以兴国家，德法二国之外形，亦非吾邦所可活剥；示其内质，冀略有所悟解而已。此篇本意，固不在是也。

三

由纯文学上言之，则以一切美术之本质，皆在使观听之人，为之兴感怡悦。文章为美术之一，质当亦然，与个人暨邦国之存，无所系属，实利离尽，究理弗存。故其为效，益智不如史乘，诫人不如格言，致富不如工商，弋功名不如卒业之券。[②] 特世有文章，而人乃以几于具足。英人道覃（E. Dowden）[③] 有言曰，美术文章之桀出于世者，观诵而后，似无裨于人间者，往往有之。然吾人乐于观诵，如游巨浸，前临渺茫，浮游波际，游泳既已，神质悉移。而彼之大海，实仅波起涛飞，绝无情愫，未始以一教训一格言相授。顾游者之元气体力，则为之陡增也。故文章之于人生，其为用决不次于衣食，宫室，宗教，道德。盖缘人在两间，必有时自觉以勤劬，有时丧我而惝恍，时必致力于善生，[④] 时必并忘其善生之事而入于醇乐，时或活动于现实之区，时或神驰于理想之域；苟致力于其偏，是谓之不具足。严冬永留，春气不至，生其躯壳，

---

① 灵台：心。《庄子·庚桑楚》："不可内于灵台。"

② 卒业之券：即毕业文凭。

③ 道覃（1843—1913）：通译道登，爱尔兰诗人、批评家。著有《文学研究》、《莎士比亚初步》等。这里所引的话见于他的《抄本与研究》一书。

④ 善生：生计的意思。

死其精魂，其人虽生，而人生之道失。文章不用之用，其在斯乎？约翰穆黎[①]曰，近世文明，无不以科学为术，合理为神，功利为鹄。大势如是，而文章之用益神。所以者何？以能涵养吾人之神思耳。涵养人之神思，即文章之职与用也。

此他丽于文章能事者，犹有特殊之用一。盖世界大文，无不能启人生之閟机，而直语其事实法则，为科学所不能言者。所谓閟机，即人生之诚理是已。此为诚理，微妙幽玄，不能假口于学子。如热带人未见冰前，为之语冰，虽喻以物理生理二学，而不知水之能凝，冰之为冷如故；惟直示以冰，使之触之，则虽不言质力二性，而冰之为物，昭然在前，将直解无所疑沮。惟文章亦然，虽缕判条分，理密不如学术，而人生诚理，直笼其辞句中，使闻其声者，灵府朗然，与人生即会。如热带人既见冰后，曩之竭研究思索而弗能喻者，今宛在矣。昔爱诺尔特（M. Arnold）[②] 氏以诗为人生评骘，亦正此意。故人若读鄂谟（Homeros）[③] 以降大文，则不徒近诗，且自与人生会，历历见其优胜缺陷之所存，更力自就于圆满。此其效力，有教示意；既为教示，斯益人生；而其教复非常教，自觉勇猛发扬精进，彼实示之。凡苓落颓唐之邦，无不以不耳此教示始。

顾有据群学[④]见地以观诗者，其为说复异：要在文章与道德之相关。谓诗有主分，曰观念之诚。其诚奈何？则曰为诗人之思想感情，与人类普遍观念之一致。得诚奈何？则曰在据极溥博之经验。故所据之人群经验愈溥博，则诗之溥博视之。所谓道德，不外人类普遍观念所形成。故诗与道德之相关，缘盖出于造化。诗与道德合，即为观念之诚，生命在是，不朽在是。非如是者，必与群法僢驰。[⑤] 以背群法故，必反人类之普遍观念；

---

① 约翰穆黎（J. S. Mill，1806—1873）：通译约翰·穆勒，英国哲学家、经济学家。著有《逻辑体系》、《政治经济原理》、《功利主义》等。

② 爱诺尔特（1822—1888）：通译阿诺德，英国文艺批评家、诗人。著有诗论《评论一集》、《评论二集》，诗歌《学者吉卜赛》等。这里所引“诗为人生评骘”一语，见他的《评华兹华斯》一文：“归根结底，诗应该是生活的批判。”

③ 鄂谟：通译荷马，相传是公元前九世纪古希腊行吟盲诗人，《伊利亚特》和《奥德赛》两大史诗的作者。

④ 群学：即社会学。

⑤ 僢驰：背道而驰。《淮南子·说山训》：“分流僢驰，注于东海。”

以反普遍观念故，必不得观念之诚。观念之诚失，其诗宜亡。故诗之亡也，恒以反道德故。然诗有反道德而竟存者奈何？则曰，暂耳。无邪之说，实与此契。苟中国文事复兴之有日，虑操此说以力削其萌蘖者，当有徒也。而欧洲评骘之士，亦多抱是说以律文章。十九世纪初，世界动于法国革命之风潮，德意志西班牙意太利希腊皆兴起，往之梦意，一晓而苏；惟英国较无动。顾上下相迮，时有不平，而诗人裴伦，实生此际。其前有司各德（W·Scott）[①] 辈，为文率平妥翔实，与旧之宗教道德极相容。迨有裴伦，乃超脱古范，直抒所信，其文章无不函刚健抗拒破坏挑战之声。平和之人，能无惧乎？于是谓之撒但。此言始于苏惹（R. Southey），[②] 而众和之；后或扩以称修黎（P. B. Shelley）[③] 以下数人，至今不废。苏惹亦诗人，以其言能得当时人群普遍之诚故，获月桂冠，攻裴伦甚力。裴伦亦以恶声报之，谓之诗商。所著有《纳尔逊传》（*The Life of Lord Nelson*）今最行于世。

《旧约》记神既以七日造天地，终乃抟埴为男子，名曰亚当，已而病其寂也，复抽其肋为女子，是名夏娃，皆居伊甸。更益以鸟兽卉木；四水出焉。伊甸有树，一曰生命，一曰知识。神禁人勿食其实；魔乃侂[④]蛇以诱夏娃，使食之，爰得生命知识。神怒，立逐人而诅蛇，蛇腹行而土食；人则既劳其生，又得其死，罚且及于子孙，无不如是。英诗人弥耳敦（J. Milton），尝取其事作《失乐园》（*The Paradise*

① 司各德（1771—1832）：英国作家。他广泛采用历史题材进行创作，对欧洲历史小说的发展有一定影响。作品有《艾凡赫》、《十字军英雄记》等。

② 苏惹（1774—1843）：通译骚塞，英国诗人、散文家。与华兹华斯（W. Wordsworth）、柯勒律治（S. Coleridge）并称“湖畔诗人”。他政治上倾向保守，创作上带有神秘色彩。1813 年曾获得“桂冠诗人”的称号。他在长诗《审判的幻影》序言中曾暗指拜伦是“恶魔派”诗人，后又要求政府禁售拜伦的作品，并在一篇答复拜伦的文章中公开指责拜伦是“恶魔派”首领。下文说到的《纳尔逊传》，是记述抵抗拿破仑侵略的英国海军统帅纳尔逊（1758—1805）生平事迹的作品。

③ 修黎（1792—1822）：通译雪莱，英国诗人。曾参加爱尔兰民族独立运动。他的作品表现了对君主专制、宗教欺骗的愤怒和反抗，具有浪漫主义精神。作品有《伊斯兰的起义》、《解放了的普罗米修斯》等。

④ 侂：同托。

Lost),[①] 有天神与撒但战事，以喻光明与黑暗之争。撒但为状，复至狞厉。是诗而后，人之恶撒但遂益深。然使震旦人士异其信仰者观之，则亚当之居伊甸，盖不殊于笼禽，不识不知，惟帝是悦，使无天魔之诱，人类将无由生。故世间人，当蔑弗秉有魔血，惠之及人世者，撒但其首矣。然为基督宗徒，则身被此名，正如中国所谓叛道，人群共弃，艰于置身，非强怒善战豁达能思之士，不任受也。亚当夏娃既去乐园，乃举二子，长曰亚伯，次曰凯因。[②] 亚伯牧羊，凯因耕植是事，尝出所有以献神。神喜脂膏而恶果实，斥凯因献不视；以是，凯因渐与亚伯争，终杀之。神则诅凯因，使不获地力，流于殊方。裴伦取其事作传奇，[③] 于神多所诘难。教徒皆怒，谓为渎圣害俗，张皇灵魂有尽之诗，攻之至力。迄今日评骘之士，亦尚有以是难裴伦者。尔时独穆亚（Th. Moore）[④] 及修黎二人，深称其诗之雄美伟大。德诗宗瞿提，亦谓为绝世之文，在英国文章中，此为至上之作；后之劝遏克曼（J. P. Eckermann）[⑤] 治英国语言，盖即冀其直读斯篇云。《约》又记凯因既流，亚当更得一子，历岁永永，人类益繁，于是心所思惟，多涉恶事。主神乃悔，将殄之。有挪亚独善事神，神令致亚斐木为方舟，[⑥] 将眷属动植，各从其类居之。遂作大雨四十昼夜，洪水泛滥，生物灭尽，而挪亚之族独完，水退居地，复生子孙，至今日不绝。吾人记事涉此，当觉神之能悔，为事至奇；而人之恶撒但，其理乃无足诧。盖既为挪亚子孙，自必力斥抗者，敬事主神，战战兢兢，绳其祖武，[⑦] 冀洪水再作之日，更得密诏而自保于方舟耳。抑吾

---

① 弥尔顿的《失乐园》，是一部长篇叙事诗，歌颂撒但对上帝权威的反抗。1667 年出版。

② 凯因：通译该隐。据《旧约·创世记》，该隐是亚当和夏娃的长子，亚伯之兄。

③ 指拜伦的长篇叙事诗《该隐》，作于 1821 年。

④ 穆亚（1779—1852）：通译穆尔，爱尔兰诗人、音乐家。作品多反对英国政府对爱尔兰人民的压迫，歌颂民族独立。著有叙事诗《拉拉·鲁克》，音乐作品《爱尔兰歌曲集》等。他和拜伦有深厚友谊，1830 年作《拜伦传》，其中驳斥了一些人对拜伦的诋毁。

⑤ 遏克曼（1792—1854）：通译艾克曼，德国作家。曾任歌德的私人秘书。著有《歌德谈话录》。这里所引歌德的话见该书中 1823 年 10 月 21 日的谈话记录。

⑥ 挪亚：通译诺亚。亚斐木，通译歌裴木。

⑦ 绳其祖武：追随祖先的足迹。见《诗经·大雅·下武》：“昭兹来许，绳其祖武。”来许，后继者，指周武王。

闻生学家言，有云反种[1]一事，为生物中每现异品，肖其远先，如人所牧马，往往出野物，类之不拉（Zebra）[2]，盖未驯以前状，复现于今日者。撒但诗人之出，殆亦如是，非异事也。独众马怒其不伏箱，[3]群起而交踶之，斯足悯叹焉耳。

原文作于 1907 年，选自《鲁迅全集》（第一卷），人民文学出版社 2005 年版。

① 反种：即返祖现象，指生物发展过程中出现与远祖类似的变种或生理现象。

② 之不拉：英语斑马的音译。

③ 不伏箱：不服驾驭的意思。《诗经·小雅·大东》："睆彼牵牛，不以服箱。"服箱，即驾驭车箱。

门外文谈·不识字的作家

鲁　迅

用那么艰难的文字写出来的古语摘要，我们先前也叫“文”，现在新派一点的叫“文学”，这不是从“文学子游子夏”[①]上割下来的，是从日本输入，他们的对于英文 Literature 的译名。会写写这样的“文”的，现在是写白话也可以了，就叫作“文学家”，或者叫“作家”。

文学的存在条件首先要会写字，那么，不识字的文盲群里，当然不会有文学家的了。然而作家却有的。你们不要太早的笑我，我还有话说。我想，人类是在未有文字之前，就有了创作的，可惜没有人记下，也没有法子记下。我们的祖先的原始人，原是连话也不会说的，为了共同劳作，必需发表意见，才渐渐的练出复杂的声音来，假如那时大家抬木头，都觉得吃力了，却想不到发表，其中有一个叫道“杭育杭育”，那么，这就是创作；大家也要佩服，应用的，这就等于出版；倘若用什么记号留存了下来，这就是文学；他当然就是作家，也是文学家，是“杭育杭育派”。[②]不要笑，这作品确也幼稚得很，但古人不及今人的地方是很多的，这正是其一。就是周朝的什么“关关雎鸠，在河之洲，窈窕淑女，君子好逑”

---

① “文学子游子夏”语见《论语·先进》，据宋代邢昺疏：“若‘文章博学’，则有子游、子夏二人也。”子游、子夏，即孔子的弟子言偃、卜商。

② “杭育杭育派”意指大众文学。这里是针对林语堂而发的。林语堂在 1934 年 4 月 28、30 日及 5 月 3 日《申报·自由谈》所载《方巾气研究》一文中说：“在批评方面，近来新旧卫道派颇一致，方巾气越来越重。凡非哼哼唧唧文学，或杭育杭育文学，皆在鄙视之列。”又说：“《人间世》出版，动起杭育杭育派的方巾气，七手八脚，乱吹乱擂，却丝毫没有打动了《人间世》。”

罢，它是《诗经》[1] 里的头一篇，所以吓得我们只好磕头佩服，假如先前未曾有过这样的一篇诗，现在的新诗人用这意思做一首白话诗，到无论什么副刊上去投稿试试罢，我看十分之九是要被编辑者塞进字纸篓去的。“漂亮的好小姐呀，是少爷的好一对儿!”什么话呢？

就是《诗经》的《国风》里的东西，好许多也是不识字的无名氏作品，因为比较的优秀，大家口口相传的。王官[2]们检出它可作行政上参考的记录了下来，此外消灭的正不知有多少。希腊人荷马——我们姑且当作有这样一个人——的两大史诗，[3] 也原是口吟，现存的是别人的记录。东晋到齐陈的《子夜歌》和《读曲歌》[4] 之类，唐朝的《竹枝词》和《柳枝词》[5] 之类，原都是无名氏的创作，经文人的采录和润色之后，流传下来的。这一润色，留传固然留传了，但可惜的是一定失去了许多本来面目。到现在，到处还有民谣、山歌、渔歌等，这就是不识字的诗人的作品；也传述着童话和故事，这就是不识字的小说家的作品；他们，就都是不识字的作家。

但是，因为没有记录作品的东西，又很容易消灭，流布的范围也不能很广大，知道的人们也就很少了。偶有一点为文人所见，往往倒吃惊，吸入自己的作品中，作为新的养料。旧文学衰颓时，因为摄取民间文学或外国文学而起一个新的转变，这例子是常见于文学史上的。不识字的作家虽

---

① 《诗经》 我国最早的诗歌总集，编成于春秋时代，共三〇五篇，大抵是周初到春秋中期的作品，相传曾经孔子删定。为儒家经典之一。

② 王官 王朝的职官，这里指“采诗之官”。《汉书·艺文志》说：“古有采诗之官，王者所以观风俗、知得失，自考正也。”

③ 荷马的两大史诗 指《伊利亚特》和《奥德赛》，约产生于公元前九世纪。荷马的生平以至是否确有其人，欧洲的文学史家颇多争论，所以这里说“姑且当作有这样一个人”。

④ 《子夜歌》 据《晋书·乐志》：“《子夜歌》者，女子名子夜造此声。”《乐府诗集》列为“吴声歌曲”，收“晋、宋、齐辞”的《子夜歌》四十二首和《子夜四时歌》七十五首。《读曲歌》，据《宋书·乐志》：“《读曲哥（歌）》者，民间为彭城王义康所作也。”又《乐府诗集》引《古今乐录》：“读曲歌者，元嘉十七年（440）袁后崩，百官不敢作声歌；或因酒宴，止窃声读曲细吟而已，以此为名。”《乐府诗集》收《读曲歌》八十九首，也列为“吴声歌曲”。

⑤ 《竹枝词》 据《乐府诗集》：“《竹枝》，本出于巴渝。唐贞元中，刘禹锡在沅湘，以俚歌鄙陋，乃依骚人《九歌》作《竹枝》新辞九章，教里中儿歌之，由是盛于贞元、元和之间（785—820）。”《柳枝词》，即《杨柳枝》，唐代教坊曲名。白居易有《杨柳枝词》八首，其中有“古歌旧曲君休听，听取新翻《杨柳枝》”的句子。他又在《杨柳枝二十韵》题下自注：“《杨柳枝》，洛下新声也。”

然不及文人的细腻，但他却刚健，清新。

要这样的作品为大家所共有，首先也就是要这作家能写字，同时也还要读者们能识字以至能写字，一句话：将文字交给一切人。

该文最初发表于1934年8月25日至9月10日的《申报·自由谈》，署名华圉。后来作者将本文与其他有关于语文改革的文章四篇辑为《门外文谈》一书，1935年9月由上海天马书店出版。本文选自《鲁迅全集》（第六卷），人民文学出版社2005年版。

故事诗的起来

胡 适

故事诗（Epic）在中国起来的很迟，这是世界文学史上一个很少见的现象。要解释这个现象，却也不容易。我想，也许是中国古代民族的文学确是仅有风谣与祀神歌，而没有长篇的故事诗，也许是古代本有故事诗，而因为文字的困难，不曾有记录，故不得流传于后代；所流传的仅有短篇的抒情诗。这二说之中，我却倾向于前一说。《三百篇》中如《大雅》之《生民》，如《商颂》之《玄鸟》，都是很可以作故事诗的题目，然而终于没有故事诗出来。可见古代的中国民族是一种朴实而不富于想象力的民族。他们生在温带与寒带之间，天然的供给远没有南方民族的丰厚，他们须要时时对天然奋斗，不能像热带民族那样懒洋洋地睡在棕榈树下白日见鬼，白昼做梦。所以《三百篇》里竟没有神话的遗迹。所有的一点点神话如《生民》《玄鸟》的“感生”故事，其中的人物不过是祖宗与上帝而已。（《商颂》作于周时，《玄鸟》的神话似是受了姜嫄故事的影响以后仿作的。）所以我们很可以说中国古代民族没有故事诗，仅有简单的祀神歌与风谣而已。

后来中国文化的疆域渐渐扩大了，南方民族的文学渐渐变成了中国文学的一部分。试把《周南》《召南》的诗和《楚辞》比较，我们便可以看出汝汉之间的文学和湘沅之间的文学大不相同，便可以看出疆域越往南，文学越带有神话的分子与想象的能力。我们看《离骚》里的许多神的名字——羲和、望舒等——便可以知道南方民族曾有不少的神话。至于这些神话是否取故事诗的形式，这一层我们却无从考证了。

中国统一之后，南方的文学——赋体——成了中国贵族文学的正统的体裁。赋体本可以用作铺叙故事的长诗，但赋体北迁之后，免不了北方民族的朴实风气的制裁，终究“庙堂化”了。起初还有南方文人的《子虚赋》、《大人赋》，表示一点想象的意境，然而终不免要“曲终奏雅”，归到讽谏的路上去。后来的《两京》、《三都》，简直是杂货店的有韵仿单，不成文学了。至于大多数的小赋，自《鹏鸟赋》以至于《别赋》、《恨赋》，竟都走了抒情诗与讽喻诗的路子，离故事诗更远了。

但小老百姓是爱听故事又爱说故事的。他们不赋两京，不赋三都。他们有时歌唱恋情，有时发泄苦痛，但平时最爱说故事。《孤儿行》写一个孤儿的故事，《上山采蘼芜》写一家夫妇的故事，也许还算不得纯粹的故事诗，也许只算是叙事（Narrative）的讽喻诗。但《日出东南隅》一类的诗，从头到尾只描写一个美貌的女子的故事，全力贯注在说故事，纯然是一篇故事诗了。

绅士阶级的文人受了长久的抒情诗的训练，终于跳不出传统的势力，故只能做有断制，有剪裁的叙事诗：虽然也叙述故事，而主旨在于议论或抒情，并不在于敷说故事的本身。注意之点不在于说故事，故终不能产生故事诗。

故事诗的精神全在于说故事：只要怎样把故事说的津津有味，娓娓动听，不管故事的内容与教训。这种条件是当日的文人阶级所不能承认的。所以纯粹故事诗的产生不在于文人阶级而在于爱听故事又爱说故事的民间。“田家作苦，岁时伏腊，烹羊炰羔，斗酒自劳，……酒后耳热，仰天拊缶而歌乌乌”，这才是说故事的环境，这才是弹唱故事诗的环境，这才是产生故事诗的环境。

如今且先说文人作品里故事诗的趋势。

蔡邕（死于192年）的女儿蔡琰（文姬）有才学，先嫁给卫氏，夫死无子，回到父家居住。父死之后，正值乱世，蔡琰于兴平年间（约195）被胡骑掳去，在南匈奴十二年，生了两个儿子。曹操怜念蔡邕无嗣，遂派人用金璧把她赎回中国，重嫁给陈留的董祀。她归国后，感伤乱离，作《悲愤》诗二篇，叙她的悲哀的遭际。一篇是用赋体作的，一篇是用五言诗体作的，大概她创作长篇的写实的叙事诗，（《离骚》不是写实的自述，只用香草美人等等譬喻，使人得一点概略而已。）故试用旧辞赋体，又试用新五言诗体，要试验那一种体裁适用。

……

依此看来，我们可以推想当日有一种秦女休的故事流行在民间。这个故事的民间流行本大概是故事诗。左延年与傅玄所作《秦女休行》的材料都是大致根据于这种民间的传说的。这种传说——故事诗——流传在民间，东添一句，西改一句，“母题”（Motif）虽未大变，而情节已大变了。左延年所采的是这个故事的前期状态；傅玄所采的已是他的后期状态了，已是“义声驰雍凉”以后的民间改本了。流传越久，枝叶添的越多，描写的越细碎。故傅玄写烈女杀仇人与自首两点比左延年详细的多。

建安泰始之间（200—270），有蔡琰的长篇自纪诗，有左延年与傅玄记秦女休故事的诗。此外定还有不少的故事诗流传于民间。例如乐府有《秋胡行》，本辞虽不传了，然可证当日有秋胡的故事诗；又有《淮南王篇》，本辞也没有了，然可证当日有淮南王成仙的故事诗。故事诗的趋势已传染到少数文人了。故事诗的时期已到了，故事诗的杰作要出来了。

……

我以为《孔雀东南飞》的创作大概去那个故事本身的年代不远，大概在建安以后不远，约当三世纪的中叶。但我深信这篇故事诗流传在民间，经过三百多年之久（230—550）方才收在《玉台新咏》里，方才有最后的写定，其间自然经过了无数民众的减增修削，添上了不少的“本地风光”（如“青庐”“龙子幡”之类），吸收了不少的无名诗人的天才与风格，终于变成一篇不朽的杰作。

“孔雀东南飞，五里一裴回。”——这自然是民歌的“起头”。当时大概有“孔雀东南飞”的古乐曲调子。曹丕的《临高台》末段云：

> 鹄欲南游，雌不能随。
> 我欲躬衔汝，口噤不能开。
> 欲负之，毛衣摧颓
> 五里一顾，六里徘徊。

这岂但是首句与末句的文字上的偶合吗？这里譬喻的是男子不能庇护他心爱的妇人，欲言而口噤不能开，欲负他同逃而无力，只能哀鸣瞻顾而已。这大概就是当日民间的《孔雀东南飞》（或《黄鹄东南飞》?）曲词的本文的一部分。民间的歌者，因为感觉这首古歌辞的寓意恰合焦仲卿的故事的情节，故用他来做“起头”。久而久之，这段起头曲遂被缩短到十个字了。然而这十个字的“起头”却给我们留下了此诗创作时代的一点点暗示。

曹丕死于226年，他也是建安时代的一个大诗人，正当焦仲卿故事产生的时代。所以我们假定此诗之初作去此时大概不远。

若这故事产生于三世纪之初，而此诗作于五六世纪（如梁陆诸先生所说），那么，当那个没有刻板印书的时代，当那个长期纷乱割据的时代，这个故事怎样流传到二三百年后的诗人手里呢？所以我们直截假定故事发生之后不久民间就有《孔雀东南飞》的故事诗起来，一直流传演变，直到《玉台新咏》的写定。

自然，我这个说法也有大疑难。但梁先生与陆先生举出的几点都不是疑难。例如他们说：这一类的作品都起于六朝，前此却无有。依我们的研究，汉魏之间有蔡琰的《悲愤》，有左、傅的《秦女休》，故事诗已到了文人阶级了，那能断定民间没有这一类的作品呢？至于陆先生说此诗“描写服饰及叙述谈话都非常详尽，为古代诗歌里所没有的”，此说也不成问题。描写服饰莫如《日出东南隅》与辛延年的《羽林郎》；叙述谈话莫如《日出东南隅》与《孤儿行》。这是谁也不能否认的。

我的大疑难是：如果《孔雀东南飞》作于三世纪，何以魏晋宋齐的文学批评家——从曹丕的《典论》以至于刘勰的《文心雕龙》及钟嵘的《诗品》——都不提起这一篇杰作呢？这岂非此诗晚出的铁证吗？

其实这也不难解释，《孔雀东南飞》在当日实在是一篇白话的长篇民歌，质朴之中，夹着不少土气。至今还显出不少的鄙俚字句，因为太质朴了，不容易得当时文人的欣赏。魏晋以下，文人阶级的文学渐渐趋向形式的方面，字面要绮丽，声律要讲究，对偶要工整。汉魏民歌带来的一点新生命，渐渐又干枯了。文学又走上僵死的路子上去了。到了齐梁之际，隶事（用典）之风盛行，声律之论更密，文人的心力转到“平头、上尾、蜂腰、鹤膝”种种把戏上去，正统文学的生气枯尽了。作文学批评的人受了时代的影响，故很少能赏识民间的俗歌的。钟嵘作《诗品》（嵘死于502年左右），评论百二十二人的诗，竟不提及乐府歌辞。他分诗人为三品：陆机、潘岳、谢灵运都在上品，而陶潜、鲍照都在中品，可以想见他的文学赏鉴力了。他们对于陶潜、鲍照还不能赏识，何况《孔雀东南飞》那样朴实俚俗的白话诗呢？东汉的乐府歌辞要等到建安时代方才得着曹氏父子的提倡。魏晋南北朝的乐府歌辞要等到陈隋之际方才得着充分的赏识。故《孔雀东南飞》不见称于刘勰、钟嵘，不见收于《文选》，直到六世纪下半徐陵编《玉台新咏》始被采录，并不算是很可怪诧的事。

选自《白话文学史》，上海古籍出版社 1999 年版。该著作完成于 1927 年，1928 年由新月书店出版。

史　诗

郑振铎

史诗（Epic Poetry）是叙事诗（Narrative Poetry）的一种。叙事诗中除了史诗以外，还有英雄传说（Hero Sagl）、冒险记（Gest）、寓言（Fable）、短歌（Idyl）、牧歌（Pastoral）、歌谣（Ballad）等，而史诗独成为其中的最重要者；如英雄传说、冒险记、禽兽寓言及民歌歌谣等，差不多都是史诗的原料。史诗的最初的骨子，如牧歌、短歌等，则在文学上的地位殊不重要；如寓言，则近来所作，已都为散文，且已另成一类。所以有许多人直捷的称叙事为史诗。

史诗在希腊文的原义是"故事"（story）之意；他们无论在古代在近代都是有一种有韵的可背诵的故事。一般的批评家对于史诗上定义往往偏重于古代的而忽视了近代的事实。他们都以为史诗是描写一个得胜的英雄的历险或记述他征服别的民族或神异之物的事迹的。独有盖莱（C. M. Gayley）在他的诗歌的原理上所论述的史诗定义，能包括并表现出它的全部意义。现在略举其大意如下：

> 一般的史诗无论是古代的或近代的，都可以算是一种非热情的背诵，用高尚的韵文的叙述，描写出在绝对的定命论的控制之下的一种大事件，或大活动的，这种事件或活动里所有的是英雄人物与超自然的事实。

史诗之构，决不是一朝一夕之功，民族的史诗，是史诗的最古的形式，而他的构成，大概都是以一个大事件，或大人物为主要的线索，而集合了许多民间流传的神话、英雄传说、禽兽寓言、民间歌谣等等而融凝在一块的。当我们初发现史诗时，六脚韵诗（Hexameter Verse）已被择为它的工具。这个时候的史诗，不全是关于战事与个人的故事，而且是带有教训的目的，或宗教的礼仪的色彩的。可惜那许多口述的原始的史诗，现在都已不见，不能拿来证明现在所传下的史诗的原始形态了。

史诗以它自然的区分，可别之为下列的二类：

一、民族的史诗；

二、个人的史诗。

民族的史诗，是古代的即各民族由古代流传下来的伟大的韵文的故事，他们所叙述的大概，都是一个或几个民族间的战事；或一个英雄的冒险的经历或他的各种雄伟的勋绩。

这种民族的史诗，除了中国及其他不重要的几个国家外，差不多没有一个国家没有。如希腊有她的《依利亚特》（*Iliad*）与《亚特赛》（*Odyssy*），印度有她的《玛哈巴拉搭》（*Mahabharata*）与《拉摩耶那》（*Ramayana*），法国有她的《洛蒲特》（*Chansonde Rabard*），德国有她的《尼拔龙勤莱》（*Nibelungenlied*），英国有她的《悖孚尔福》（*Beowulf*），西班牙有她的《西特》（*The Cid*），俄国有她的《依鄂太子远征记》（*Story of Prince Igorés Raid*），他们的事迹在历史上大概都是有些根据的。如《依利亚特》所述的托洛哀（Troy）战事，现在已证明希腊是有托洛哀城破毁的遗迹；又如俄国的依鄂太子征战的事，在最古的史书上也曾有过记载，且事实也几乎完全相合。

民族的史诗，其特质约有数点：

第一，他们的著作者都是不知姓名的，也许可以说都是“非个人的”。希腊的《依利亚特》和《亚特赛》虽以前都公认为是一个大诗人名荷马（Homer）的所作，而经了许多次的辩论，终于决定荷马是一个悬拟的人物。至于其他各史诗，则作者更不能指名了。大概古代的时候，到处都有许多游行的歌者，以背诵故事为职业。不知经了多少人的合作与增润，一篇完全的史诗才得流传下来，他们构成的时间，也不知要经历多少时候。

第二，他们所叙的事实，大概都是关于一个或几个民族的战事，或其他与战事有关的大举动的，他们大概相信定命论。十八世纪的批评家以史诗为“好战的冒险之韵文的叙述”，这个形容词用在民族的史诗上是极为恰当的。

第三，他们所叙的事实大概都是超自然的，天神与魔鬼都常在史诗里出现。自然界中的动物与植物及其他，在他们里面也常得占一个地位。由这些地方，可以看出原始的民族史诗，实曾融合神话与寓言在里面的；个人的史诗是近代的，即由一个作家创造出来的伟大的韵文的故事。

个人的史诗与民族的史诗，有不相同之点二：第一，他们的著作者是可以指出的，如我们读《神曲》（*Dinine Comedy*），即知其作者为但丁（Dante），读《仙后》（*Fairy Queen*）即知其作者为斯宾塞（Spencer）

第二，他们是带有作者的个性的，是带有作家的理想的。如乎琪尔（Vergil）的地下世界，但丁与米尔顿（Milton）的天堂与地狱，都是作者自己创造的。至于民族史诗中的神怪分子，则个人的史诗仍然不能弃掉。

个人的史诗，作者并不甚多；由罗马乎琪尔的《阿尼特》（*Aenied*）起至英国米尔顿的《失乐园》（*Paradise Lost*）上著名的史诗作者，几乎寥寥可数。这大概是因为史诗的工作过于伟大，非有极大的天才不能胜任之故。

在中国则伟大的个人的史诗作者，也同民族的史诗一样，完全不曾出现过。中国所有的叙事诗，仅有一篇《孔雀东南飞》，算是古今第一长诗，而以字计之，尚不足一千八百字。其他如白居易杜甫诸人所作的，则更为短促了。所以中国可以说没有史诗——如果照严格的史诗定义说起来，所有的仅零星的叙事诗而已。

史诗的叙述法，无论是民族的或个人的，大概都是并用直叙与对话的。他们当中，都带有很多抒情分子；这就是使他们成为优美的诗篇的重要元素。

史诗到了现在，差不多已经没有作者。这个缘故，一则是因为民族的史诗已经不再出现，古代的史诗的游行背诵者既已不见，中世纪的民间传说与神话英雄故事，又已另换了一个“传奇”（Romance）与“神仙故事”的散文的工具，来装载他们，因此，所谓的民族的史诗便自然而消歇了。二则因为近世以来，小说渐渐发达，作者多喜欢换用这个比史诗更好的器皿，来盛他们的理想与情感，因此，个人的史诗便也自然而然的消歇了。

不过史诗的歌声，在现代虽然是消歇，而他们在文学史上的价值，却仍是光芒万丈，不能蔑视的，他们虽然可算是已过的，而他们的过去，却曾给了不少的花和蜜与近代的文学界。

选自《郑振铎全集》第十五卷，花山文艺出版社 1998 年版。该文于 1933 年 1 月刊登在上海新中国书局初版《文探》。

文中个别西文拼写有误，未予纠正，一仍其旧，特说明。——编者

史诗问题[*]

闻一多

神话不只是一个文化力量，它显然也是一个记述。是记述便有它文学一方面。它往往包含以后成为史诗、传奇、悲剧等等的根苗，而在文明社会的自觉的艺术以内，被各民族的创作天才利用到这种方面去。有的神话只是干燥的陈述，几乎没有任何起转与戏情，另外一些则显然是戏剧性的故事。例如社会的优先权，法律的证书，系统与当地权利的保障，都不会在感情领域进行多远的，所以没有文学价值的要素。信仰，在另一方面，不管是巫术信仰或宗教信仰，则与人类深切的欲求，恐惧与希望，热情与情操等等关系密切。爱与死的神话，失掉了“黄金时代”一类故事，以及乱伦与黑巫术的神话，则与悲剧、抒情诗、言情小说等艺术形式所需要的质素相合。

不像其他上古传说只留下一鳞半爪，或简单轮廓，上述的故事，独具曲折的情节，想必因其本身的传奇性与戏剧性，被人爱好而不断的讲述。它是具备了文学题材的资格的，究竟曾否被制成文学作品呢？那是很可能的。那作品又采取着什么形式呢？我们以为最可能的是诗。

神话传说的社会功能。文化愈浅演愈不能没有神话传说。

《虞夏书》容经后人增饰修改，但故事的本质非战国时代所必须产生，故知必非当时人伪造。即以形式论，改动处恐亦不多，因叙述方式甚奇，与春秋以来任何文体不合。

---

* 这是作者中国文学分期第一段第一大期的第一个问题。

殷中叶以前的社会形态——产生史诗的适当条件。

1. 游牧部落产生英雄故事（一入农业国则否）。

游牧农业——（初期农业为畜牲食料）混合经济，牧畜相当重要。［文献中所见如下记载，都是游牧农业的反映：］商——（1）《史记》："自契至汤八迁。"（2）《盘庚》："兹犹不常宁，不常厥邑，于今五邦。"（3）卜辞祭牲之多。（4）争夺草原。（5）卜年卜雨。周——（1）《绵》："民之初生，自土沮漆。古公亶父，陶复陶穴，未有家室。"（2）"来朝（周）走（刍）马。"与之俱来，即有：自然崇拜——天象——命运的支配者——神与英雄；战争——草原的抢夺；文明的破晓——有了闲暇而又十分安定，有了收获而又不失为新奇，生之惊异与命运的喜悦产生神秘的故事和神话传说——神与英雄。

2. 中国历史上夏及殷中叶以前正当此时期。文献中所见古代部落英雄故事之残余，果以此时为多（大雅非史诗）。

部落——国家在开始形成中。殷王——部落群中的盟主。（1）《左传》载"殷民六族"；（2）盘庚演说还保存着氏族民主主义的形式。首领与大众接近——祭祀仪式大众皆参加（在幼稚生产力的水平下，凡开辟草莱、斩伐林木等工作，都需要氏族共同体的集团协力）——带有社会娱乐性质——产生史诗的良好机会。

3. 夏殷代表夷夏两民族——汉族最基本的二构成员——文化形态的两个决定因素。

大抵夏人先起今河南嵩山山脉中。在伊洛上流，其势力逐次沿伊洛向东北下游移殖。一方自河南省西部北渡黄河，西达今山西省之南部，东及太行山南端尽头之迤西。又一方沿河南岸东下，渐次达于今山东河北境，遂与东方黄河下游之夷族势力相遇而发生冲突。商以居黄河入海之三角洲，土壤肥沃，开化似较速。夏人似本无文字。文字乃商人之发明。其铜器制造尤精，书法尤美。周人起于西方，仍循夏人形势东侵，征服殷人，而渐次移殖于大河下流一带之平原。如此，黄河上下游互相绾结，遂造成中国文化之基础。

4. 两民族的斗争——夷夏之争。

［两个故事。］

1. 天文故事："昔高辛氏有二子，伯曰阏伯，季曰实沈，居于旷林，不相能也，日寻干戈，以相征讨。后帝不臧，迁阏伯于商丘，主辰，商人是因，故辰为商星；迁实沈于大夏，主参、唐人是因……故参为晋星。”是一段人事的反映。

两个系统——三代的分系

舜益皆虞人之官盖本同氏

东——夷	虞——舜、益	殷商	殷
西——夏	夏——禹、启	夏	周

2. 一个史诗式的故事：启胜益后，淫于声乐，作《九歌》。其妻有仍氏女，“黰黑而甚美，光可以鉴，名曰玄妻”。子太康烝之。遂叛启，逃于洛汭，御玄妻以从，故又称洛嫔，一曰宓妃，曹植所谓赋洛神者也。启征之不胜。益之同族有穷后羿，乘机攻太康，杀之。而娶玄妻（羿妻嫦娥）。羿臣曰浞，又与玄妻通（嫦娥窃羿之不死药奔月）。浞与羿之家众，谋杀羿，又娶玄妻。浞因羿室生浇及豷，浇居有过。初太康死，弟仲康逃居斟寻。仲康死，子相继立。相妻后缗，亦有仍氏女。浇伐斟寻，灭相。后缗方娠，逃归有仍，生少康焉，为有仍牧正。初，羿之死，其子亦被害。其妻曰女艾（岐），居观扈，思报父与夫仇而莫由。少康之在有仍也。浇求之急，乃逃奔有虞，遂与女艾谋，佯与浇通，将诱杀之。方浇在女艾室中，少康入袭，误断女艾头。浇逸出。至户，少康又嗾犬追及，杀之。夏乃中兴。[①] 以上故事杂见于《尚书》、《左传》、《天问》、《离骚》等。

故事流传之媒介，大概不外三种方式——是时尚无文字：

1. 图画的（《天问》）；

2. 舞蹈的；

3. 语言的——不带动作的诗歌，即史诗。

图画、舞蹈仍须语言的解释，故主要的还是语言。

最进步的方式是以语言讲故事。分二种——说白（散文）与歌诗

① 以上故事，作者手稿附有大量资料，如为说明启得天下淫于声乐，即摘录了《墨子》、《天问》、《离骚》、《山海经》中的有关记载。

（韵文）。长篇必为歌诗，因节奏明显，便于记忆。歌诗形式决定于吟唱时伴奏的乐器：

敲击乐器——节奏

管弦乐器——旋律

管，用口，不能同时吟唱，故只弦乐适用。然弦乐周初尚无、故夏商伴奏只有敲击乐（钟亦无，只鼓缶柷敔之类）。史诗形式不能超过大雅的形式——四言为主的韵语。前述故事内容加四言韵语形式——当在古本《虞夏书》内。《孟子》载舜事带故事意味——当出古《虞夏书》之类。

今《虞夏书》犹多四言
先秦人引《尚书》多韵语　　　　}诗体
今《尧典》、《皋陶谟》叙事繁缛多对话
古本《五子之歌》或即史诗的残骸。

选自《闻一多全集·中国上古文学》，湖北人民出版社2004年版。

“藏三国”的初步介绍

任乃强

一　何谓“藏三国”

藏族僧民，以至任何使用藏文，或信奉喇嘛教之民族，脑海中都莫不有唯一超胜的英雄——格萨尔在。他是西康古国名“林”的王族，故又通称为“林格萨尔”。记载林格萨尔事迹之书，汉人叫作“藏三国”，藏语曰“格萨尔郎特”，译格萨尔传。或译格萨尔诗史，因其全部多用诗歌叙述，有似我国之宣卷弹词也。

余于民国十七年入康考察时，即沃闻“藏三国”为蕃人家纮户诵之书。渴欲知其内容，是否即三国演义之译本，抑是摹拟三国故事之作？当时通译人才缺乏，莫能告其究竟。在炉霍格聪活佛私寺中，见此故事壁画一巨幅：楼窗内有男妇相逼，一红脸武士导人援梯而上，似欲争之。通事依格聪活佛指，孰为藏曹操，孰为藏关公，谓关公之妻为曹操所夺，关公往夺回也。此其事与古今本《三国演义》皆不合，故知其书非译三国故事。

最近入康考察，由多种因缘，获悉此书内容，乃知其与《三国》故事，毫无关系。顾人必呼之为“藏三国”者，亦自有故。

（一）此书在藏族社会中，脍炙人口，任何人皆能道其一二，有似《三国演义》在汉族社会中之成为普及读物。汉人闲话，必指奸人为曹操，鲁莽人为张飞。故俗谓闲谈为“说三国”。藏人闲话，必涉格萨尔故事，故亦呼之为“说藏三国”。

（二）历史小说，例必描写最忠最奸，最智最愚，最精最粗者各一人。《三国演义》如此，《格萨尔传》亦然。最初听说格萨尔故事之汉人，就其人物性情，随意比附，遂谓格萨尔为藏关公，贾察为藏关平，超同为藏周仓，格噶为藏曹操……曾在八邦寺见关帝关平周仓三小雕像（自中原运入者），喇嘛指关帝云“贾格萨”（贾察为汉人），指关平曰“贾贾察”，周仓曰“贾超同”。易地则皆然也。使藏人粗解《三国演义》，或亦将呼之为“贾格萨郎特”矣。

（三）格萨尔传叙事，以平定霍尔三国为中坚，此亦为被呼作藏三国之一原因。霍尔三国者：霍尔格拿，义为黑帐房胡人；霍尔格噶，义为白帐房胡人；霍尔格鲁，义为黄帐房胡人。

或谓西藏拉萨之关帝庙所祀神为林格萨尔，是则不然。拉萨关帝庙，为乾隆时满汉官员所建，清初朝野皆崇拜关羽，谓其随处显灵护国，故所在建立关帝庙。其时汉人尚不知格萨尔为何如人也。真正之塑格萨尔像，在拉萨大昭寺内，虽至今日，汉人尚不识之，只藏僧能辨其为格萨尔耳。

二 普遍流传的禁书

西藏政府，虽承认格萨尔为喇嘛教一大护法，供塑像于大昭寺内，但对于叙述格萨尔史事之“藏三国”，则禁止刊行。黄教寺院，并禁止僧侣阅读此书。惟在寺外偷看，亦不严稽。今日康藏寺院，十分之八皆属黄教，故向喇嘛寺寻访此书，僧侣皆愠而不对，惟花教寺院（藏云萨迦巴）则不禁。德格更庆寺经版中，有巨幅之格萨尔雕像，供各地嗜《格萨尔传》者购印供奉。但无《格萨尔传》文之雕版。康、藏、蒙、印各地所流行之《格萨尔传》全属写本。有若干花教寺僧，藏有其全部底本，即以替人抄写此书为业。余此次入康，所见此书抄本甚多，有书写甚恭楷者，亦有颇潦草者。书页大小，装璜精粗亦不一。有全用墨抄者，亦有夹书红字或金银字者，又有正楷与行书夹抄者。大抵神名用红字，散文用行书，诗歌作楷写。抄此书者，盖亦视之如经典，工作甚为庄严，非抄小说、剧本可比。

格萨尔全传，今有二十余部，每部皆在一百藏页左右。甘孜夺拖寺

（花教）有一僧，能抄全部，工料各费，约需法币十余万元。常人购抄，率不过二三部，或仅一部。其此一部，属于何卷，则由喇嘛率意付与。故各地所见之“藏三国”，内容各不相同，竟鲜有知其全书之一贯的内容者。又西藏拉达克地方之流行本，与西康流行本内容亦互有出入。盖抄书之喇嘛，颇有迁就本地风光，意为修改之处也。

无论何种抄本，是何卷帙，皆有绝大魔力，引人入胜，使读者津津有味，听者眉飞色舞，直有废寝忘餐，欲罢不能之势。以我国小说比拟，则兼有《三国演义》、《封神榜》、《西游记》、《水浒传》、《儒林外史》、《绿野仙踪》之长。诙谐奇诡，深合藏族心理。而旨趣，则在勉人为善奉佛，兼有灌输常识之长。实可称为西藏第一部文学著作。无怪喇嘛寺虽禁读，僧侣则无不读之。政府虽禁刊，民间自流行也。

黄教政府（现之西藏地方政府）所以禁刊此书之原因，据查理·贝尔之解释，谓因史书趣味丰富，经书内容苦涩，教皇惧僧侣因治史学而废经典，故一体禁读史书。甘孜人传说，则谓黄教某大护法神，为格萨尔诛杀，见于此书，畏读此书干彼神怒。黑教徒则谓格萨尔信奉黑教，故黄教徒禁传其故事。红教徒则谓格萨尔信奉红教，故为黄教所排。

前述之格聪活佛系黄教徒，室中有格萨尔故事壁画。又拉萨大昭寺，在黄教势力掌握之下，而护法像中仍有格萨尔。此为黄教徒不能自禁其僧阅读此书之明证。八邦寺为白教传法祖寺。余于其寺主室中，见供有甚精之格萨尔绘像，此与德格之有格萨尔像雕版，同为白教徒花教徒崇信格萨尔之明证。至于黑教、红教，更无待言。

余初见此书于民国十七年，在瞻化蕃戚家，曾倩人段读，令通事译告。环听者如山，喜笑悦乐，或愠或噱，万态毕呈，恍如灵魂为书声所夺。去年入康，过甘孜贡陇村，待换乌拉，见保正家有书，询为《藏三国》，令试讲述。其人诵习如流，乌拉已齐，催行再四，彼尤苦读不止，未尝念及听众之当别去。后至桑珠寺夜宿无聊，嘱杂科保正觅此书。其人即有全部写本而读之烂熟者，闻余等嗜此，甚喜，归取书，遂披被来，拟作长夜讲述。县府谢科员任翻译，亦素嗜此书者。二人讲述已半夜，余等倦眼欲合，讽以辍讲，彼如酒徒临饮，期期不肯止。直至余等已入梦，始自罢辍。藏民嗜好此书之情状，于此可见一斑。

三 卷帙概略

据谢科员说，此书共十八部，夺掩寺喇嘛藏有，自己实未全见。据杂科保正说，为十九部，并列举其名称云：

（一）诸天会议 叙述一怨诟佛法之妇人发愿转世为魔，摧毁佛法。莲花佛知由此愿力，将产生三个力能摧毁佛法之子，为霍尔三王（见前）。召集诸天神佛会商，推举一神下凡，转生为摧破三魔国之人，即格萨尔也。

（二）降生 叙述此神投胎，生产与幼时生活情形。谓其为林国王私通女奴所生之子。初甚贱视，名为觉如。觉如义为苦孩子或滥娃娃。但觉如能以卫自立。

（三）赛马 叙林国王将以赛马获胜者承袭王位。觉如与诸世族子竞赛，遭受种种扼抑欺弄，终能以术解脱，卒获冠军，遂即王位。格萨尔之名由此而得。

（四）林与中华 叙中原皇帝得一魔妇，多方摧毁佛法。其公主五人，皆度母化身，以隐语召格萨尔来，用种种方法破毁魔妇之术，卒宏佛法。

（五）底纳折 以魔王名为题。即首章发愿摧毁佛法之妇人，转生后，产育三魔子之事情。

（六）霍尔侵入 叙述霍尔格噶设法秽灭格萨尔灵智，攻入林国，劫去其爱妻珠牡，迫为配偶事。

（七）攻克霍尔 叙述格萨尔清醒后，备历艰苦，召集党徒，巧袭霍尔，夺回爱妻，斩除三魔酋事。

（八）觉林 叙觉阿撒旦甲波与林·格萨尔争斗，及其子叶拉投降格萨尔事。相传其国在巴塘南。

（九）喜折 叙平喜折王国事。

（十）挞惹 叙征服大食国事。

（十一）林与索布上 叙征服西部蒙古。

（十二）林与索布下 叙征服东部蒙古。

（十三）昔日　昔日北方国名。此叙格萨尔征服其国事。

（十四）卡契　藏人谓印度回教徒为卡契。此述格萨尔自卡契取宝石事。

（十五）朱古　叙格萨尔夺取海外奇器事。（朱古国在印度之外。）

（十六）白热　叙征服白热国事或谓白热即白布国，在波密之南，即白马冈，或谓即西康之白利。

（十七）日勒得通好　日勒得为西方女国。此叙通好之事，谓藏俗执贽必衬哈达（丝织之长巾）始于此。

（十八）取九眼珠　九眼珠为石理自成图案文之宝石，价昂于黄金数倍，此叙格萨尔求取事。

（十九）林与地狱　此叙格萨尔入地狱救其妻事，与汉区所传目莲救母事仿佛。

李鉴明云：格萨尔诗史，原作只有五部，后经藏中文学家摹拟其体，陆续增修，已至二十三部。近世某花教僧续撰一部，为二十四部。近年热振呼图克图执政时，赏某白教僧文学，复命其续撰一部。已二十五部矣。

法国女子大卫·尼尔，与其义子藏人雍登活佛合力研究藏俗，注意此书，自以英文翻译，成书发行，名《林格萨尔之超人生活》。华西大学边疆研究所陈宗祥君曾译成汉文。其书又只九部，首部亦为天神会议，大体与杂科保正所传前半部各章内容相同。

最近承庄学本君自印度购寄拉达克流行之《格萨尔传》，系藏英文对照本。于其序中，知此书德、法、英文皆有译本。我国尚无汉文译本，且尚不知其内容梗概，岂不可慨。

拉达克本只有七部，首部非诸天会议，乃叙林国十八位英雄之出生。第二部，为格萨尔之出生。第三部，格萨尔与珠牡结婚。第四部，格萨尔到中华。第五部，格萨尔降魔。第六部，霍尔劫去珠牡。第七部，格萨尔平服霍尔。中惟格萨尔与中华、霍尔侵入、攻克霍尔标目略同，内容有无小异，尚未详译。

于此可知格萨尔故事，原作只有出生、娶珠牡及到中原，征服三霍尔部落之铺叙。余皆后人所续增。原作何人，撰于何时，因其久为禁书，抄写者未录序跋，故不可考。传说邓柯县林葱土司有雕版三部，青海之隆庆土司（囊谦）家有十九部。余等在德格，知林葱、隆庆两土妇皆德格家女，故向德格土妇转求，土妇坚云未闻。时隆庆土妇尚在此，延见询之，亦云未闻，又托德格土司家专函向林葱代求印本，迄今未至。大约所传林葱有雕版者亦不实，但只有三部抄本耳。

四 格萨尔确有其人

李鉴明云：林葱安抚司自称为格萨尔之后。土司驻地，今云俄兹，在邓柯县东两站。土署与新、旧两花教寺共绕一大围墙，俨如一城，旧寺地名松竹达则，义为狮龙虎峰，即格萨尔奠都之处，著在传记。明代因地震倒塌，乃建新署新寺。格萨尔生地，在石渠县东界外，雅砻江西岸，地名雄坝。今尚为林葱土司辖境。林葱土司建一神殿于此，奉为家祠。相传格萨尔诞生处，有草四时长青，今于其处立坛，即在祠内。祠内又尚保存有格萨尔所用之武器，与象牙图章。此外大部古物，则被一神通喇嘛运藏于隆庆之香达纳。又云：依藏历推算，格萨尔降生距今为九百年。林葱土司之老相臣云：格萨尔生在阿底夏之前，莲花生之后。李君于民国三十年赴德格各地考察，足迹甚广，其后赴德格祝庆寺学法。今已三年，为该寺大喇嘛之一。此其所说，当非道听途说者比。

余考格萨尔，确为林葱土司之先祖，即《宋史·吐蕃传》之唃厮罗也。宋史云：

“唃厮罗者，绪出赞普之后。本名欺南陵温籛逋，籛逋，犹赞普也。羌语讹为籛逋。生高昌磨榆国。既十二岁，河州羌何郎业贤客高昌，见厮罗貌奇伟，挈以归，置劖心城。而大姓耸昌厮均，又以厮罗居移公城，欲于河州立文法。河州人谓佛‘唃’，谓儿子‘厮罗’。”自此名唃厮罗。

此段，说其出身本微，因相貌奇伟，为河州羌所重，拟奉立之。唃厮罗乃河州羌语佛儿子之义。与《格萨尔传》出身卑微，初名“觉如”之文仿佛可合。不过汉人解为佛儿子，藏人解为苦儿子，不同。藏文同音异义之字甚多，此不过由传述者信口解释，遂不同耳。（河州羌自晚唐时皆用藏文）“觉如”与“唃厮”，固原是一字也。

“于是宗哥僧李立遵，邈川大酋温逋哥，略取厮罗如廓州，尊立之。部族寖（应为寖——编者）强，乃徙居宗哥城，立遵为伦逋佐之。……

论逋者相也。立遵贪，且喜杀戮，国人不附……厮罗遂与立遵不协，更徙邈川，以温逋哥为伦逋。有胜兵六七万。与赵德明（西夏将）相抗……”

此段，说唃厮罗骤贵，此与赛马登位情形仿佛。其反复无常，贪而好杀之李立遵，颇似超同。世虽呼超同为“藏周仓”，不过由其面黑多髯，常在格萨尔左右而已。传中所记，乃系一反复奸险之人，微似《说唐传》之程咬金，《封神榜》之申公豹。实与《三国演义》之周仓，不甚相似。

“大中祥符八年，厮罗遣使来贡，诏赐锦袍、金带、器币、供帐、什物、茶、药有差。凡中金七千两，他物称是。其年厮罗立文法，聚众数十万，请讨西夏以自效。……”

此段，说唃厮罗，朝贡中华，大得赏赐。《格萨尔传》于其建国之后，首叙入中原，次叙其与霍尔攻战，与此时次皆合，霍尔，为藏人对北方部落之通称。三霍尔国，盖指西夏之三属部，或三路将领言之耳。

“已而逋哥为乱，囚厮罗，置井中。出收不附己者。守井人间出之，厮罗集兵杀逋哥。徙居青唐。……”

此次逋哥之乱，当由潜附西夏故。与《格萨尔传》霍尔侵入，格萨尔被秽懵昧，情致相合。逋哥应即霍尔格噶（藏曹操）传固云格噶系格萨尔同母弟，为霍尔人所养。盖以喻逋哥与唃厮罗原为一家，后乃成仇也。青唐，疑即今之俄兹。

“数以奇计破元昊。遂不敢窥其境。……嘉祐三年，擦罗部阿作等叛厮罗，归谅祚。谅祚乘此引兵攻掠境上，厮罗与战败之。获酋豪六人，收橐驼战马颇众。因降陇逋、公立、马颇三大族。会契丹遣女妻其少子董毡，乃罢兵归。”

是唃厮罗既屡与西夏元昊攻战，又曾与谅祚战，谅祚附契丹，是役或亦有契丹兵加入。又疑三霍尔王，其一指元昊，一当为谅祚。尚待译出全文后，再以西夏史参证。

“治平二年……厮罗其年冬死，年六十九。……”

以此推知唃厮罗生于宋太宗至道三年（公元997年），与林葱家臣所云莲花生后，阿底夏前合。莲花生与唐肃、代二宗同时，阿底夏于宋仁宗时入藏。唃厮罗适当其间。

“厮罗三妻，乔氏有色，居历精城。所部可六七万人。号令明，人惮服之。……其二妻皆李立遵女也……”

此与《格萨尔传》所云龙女情形相合，李立遵本为僧，而有二女嫁唃厮罗，足为当时其境信奉黑教之证。

“其国，大抵吐蕃遗俗也。……尊释氏……信咒诅。……”

此亦为信奉黑教之证。林葱原系康北大国，信奉黑教。国名只一“林”字，“葱”字之义为族，乃与中原交通时行文上所追加。其在宋代，版图尚宽。元时始改奉花教。明代尚为康北第一土司，即尕甘卫都指挥是。宣德时诰敕，今尚保存。入清以后，始渐衰小。

《德格世谱》亦明载其地原属林国。林国设有疆臣分地而治。龚垭与麦宿两地，尚存林国疆臣所住碉堡之遗址。相传龚垭为“藏关平”贾察驻地。麦宿为格萨尔大将某人驻地（格萨尔有大将三十员）。道孚对岸之特日出，为古大食王都城，即格萨尔征服之大食国。又传格萨尔向朱古盗大鹏卵地，即今瞻化通宵村之格萨尔穷错神山。如此传说甚多，不尽可信。大抵格萨尔国境，东抵道孚，南至巴塘，西包隆庆，北逾青海与西夏接壤。其一生事业，在连中原以拒西夏。其与中原往来，道皆出自河州，国史遂以河州羌目之。对其所居河州附近地名如宗哥城，如邈川，记之较详。对其所经营之国都青唐，记之较略，以道远未能详悉故也。

五　引人入胜之点

此书引人入胜之点，据一般称说，皆云文字优美。文字优美到如何程度？非深通藏文者无由欣赏。余所感觉到的，只他那种布局，已经超过俗手了。例如西康本的头段：

“夕阳将坠，草原里一望苍茫，老太婆驱遣她的羊群，听他们不规则地前进。有似一顷柔浪，滚滚向前移转。转过浅冈，望见山侧金碧辉煌的喇嘛寺，反映夕阳，显得分外的鲜艳华美，仿佛有万道毫光，非常锐利的排开宇宙的阴霾，把她微弱而愉快的心脏，很亲蜜甜美的把握住。她忘记了羊群，不知不觉地下拜了。下意识使她喃喃不绝的诵着皈依三宝……”

由此说到她弃家朝佛，道死野葬。其媳遭运不顺，诅诟佛法，引起全部书的事迹。单只这段，把牧场风趣，牧妇心理与喇嘛寺的吸引力，都写得情致如画。纵不解其文，但聆此意，亦当感其不凡。

第二优点，是他设想诡奇，深能把握藏人心理，比如他说霍尔格噶，劫去格萨尔之妻珠牡，强逼同宿。珠牡千变万化，多方拒绝。格噶亦千变万化，与她纠缠。最后珠牡变一枚针，隐在僻处，格噶变一根线，作龙蛇蜒蜿，在室中寻觅。将相遇时，针向满室飞舞，线亦满室跟追。他们宛转追逐，绕流如电。结果竟被这线穿进针孔去了。珠牡服了，他们成为夫妇。似此奇想，岂不较《西游记》的灌口二郎斗法高雅几倍。

第三优点，是他常有诙谐插句，随处博人笑乐。尽管在极紧张的场面里，听众惊心动魄，爪卷趾缩的时候，他偏从容闲暇，来几句幽默插科。恰与《儿女英雄传》中安公子临到开肠破肚时，却慢慢叙述飞来的那颗弹子有同样的风趣。似此安插的诙谐语句，几乎每页皆有。

第四优点，是他灌输康藏人的常识甚多，而插叙非常自然，非常轻松。使人不知不觉，增长了知识，而且开拓了心灵。比如，他灌输鸟类常识，在叙述霍尔格萨尔劫取龙女前，召集各种鸟类，商量如何去引诱龙女出室。善鸟如凤凰、孔雀、野鸽、金鸡、雁鹅等等，各各发言反对。恶鸟如夜鹰、乌鸦、老雕、老鹳，等等，各各发言赞成。其各所言，善时所表姿态，皆能绘出各鸟之个性，仿佛今世流行之童话，亦可谓巧（结果乌鸦自告奋勇，去诱龙女出来）。其他草木、虫鱼、仙佛、山水以及一切事物品类都能随缘，编入书中。

第五优点，是他充满了教育的意义。譬如说，格萨尔既属天神下界，俗手为之，必云一往顺利。他却从卑贱的苦孩子叙起，说到赛马即位，无形中给许多自弃的人一种鼓励。格萨尔既然富有神通，英雄无敌，又得天神护，宝马与三十员神将扶助，应可无失败了，但他却叙到格萨尔一败涂地，爱妻被掳，神马饿乏，国破民散，再历多种艰苦，方获复兴。深合我国忧劳豫逸之诫。至于诱导观众崇信佛法，那更是西藏作家天赋的本领了。

还有第六个优点，是他把西藏一切情俗，描写得淋漓酣畅，使人如睹影片，有似卧游。欲图瞭解藏俗的人，与其读民俗记，莫如迳阅此书。无怪乎英法德文早已有本也。

这书却亦多有弱点。第一是布局单调，叙事只有点与线的联缀，不如

《三国演义》、《红楼梦》等纵横成网，头头是道。除林与霍尔几部外，其余更是一段一段，生接成的，就结构说，不算上等。第二是，每到势迫计穷，设想已绝时，即有莲花佛出为援救。颇似《西游记》之有观音菩萨。就玄想力说，较《封神榜》之奇变无穷，便差一等。第三是，藏人对于域外知识所得甚少，而此书各作者偏喜叙述域外事情。除霍尔三国之部，皆属藏中固有风光，特能字字落实外，他如中华、大食、朱古、白热等部一律皆用西藏情俗描写，不通之处甚多。使其国之人读之，随处皆可喷饭。例如谓中原皇帝朝五台山，舟行海中，发现浮海美人，纳以为妃。妃自深闭宫中，如百日不与外人见面，佛法即毁。如有外人见面，则妃必死。格萨尔变一乞丐，在妃宫墙下叫化，妃不觉开窗呵之，于是遂死。将死又嘱皇帝闭尸暗室中，如百日不见阳光可以复活。格萨尔于皇帝前献技，跑马射箭，箭射达此暗室，破窗通光，女妖遂化白骨。著者盖未知中原皇宫之制度，漫以藏式宫殿拟之，以为乞丐可至宫下，窗前可以驰射也。

六　何以叫“藏关公”

藏人绘塑神像，各有定型，万手一致，入目可辨其为何神。格萨尔像，皆骑马，左手仗戟，右手扬鞭。马现侧面。人首与胸正面，甚英武。盔上有四旗，顶缨为幢形。著甲与靴，皆同汉式。臂上腰间，复有袍与袖。戟缨下有长旗与风带。盔白色，帽旗红地绿缘。脸暗红色，甲金红色，绿腰围，袖袍绿色，白裤，绿靴。马赤色，蓝鬃白腹。是为定式。与我国关帝造像相较，赤脸、绿袍、赤马、金甲、绿靴，皆全吻合，但盔与武器异耳。“藏关公”之名，由此而得。若其一生事迹，则与汉关羽殆无同点。即“藏曹操”、“藏关平”、“藏周仓”等名称，亦皆“藏关公”三字引伸而得，比较其行事，并无似处。

关羽在历史上，并非如何特出人物，经罗贯中演义，特笔描写，大受清朝皇帝崇拜，列入祀典。提倡哥老会者，亦复借题发挥，推为圣人。死后尊荣，实出小说家力。格萨尔在西藏，亦不过中古时代若干大酋长之一员，连宋拒夏，足以安定疆土，成名一时。在吐蕃史中，不过尚恐热一流，并非卓绝。一经文学家特笔描写，遂获成为家尸户祝，禁不可止之神。佞佛者亦复借题发挥，推为首屈之大护法。其在藏族中之地位，正与关羽在汉族中之地位相当，死后成名之途径，亦出一轨。人马腹色又不约而同。此无怪汉人呼格萨尔为“藏关公”，藏人呼关羽为“贾格萨”也。

本文刊于《边政公论》1944 年第四卷，第四、五、六期。选自《任乃强民族研究文集》，民族出版社 1990 年版。

个别语词与初刊版不同。——编者

《罗摩衍那》在中国

季羡林

印度两大史诗之一《罗摩衍那》写成或纂成以来，至今至少已有将近2000年的历史了。它在印度、亚洲，以及世界其他地区的影响之巨大，之深入，是众所周知的。至于对中国的影响，过去学者们多半强调，《罗摩衍那》没有译成汉文，言外之意就是说，它对中国影响不大，至少对汉族影响不大。实际上并不是这样子。最近有一些学者，特别是研究云南少数民族文学的同志们，对于这个问题作了一些深入的探讨，得到了可喜的成果。我自己也对《罗摩衍那》在中国传播的情况以及它的影响，搜集了一些资料，形成了一些看法，现在介绍给大家。

为了有利于把中国境内的各异本同梵文原文的《罗摩衍那》进行对比，我在这里先把罗摩的故事介绍几句。《罗摩衍那》的精校本虽然长达将近20000颂，但基干故事是比较简单的。十头罗刹王罗波那肆虐，欺凌神人。大神毗湿奴化身为四，下凡生为十车王的四个儿子。长后憍萨厘雅生子罗摩，小后吉迦伊生子婆罗多，另一后须弥多罗生子罗什曼那和设睹卢祇那。罗摩娶遮那竭王从垄沟里拣起来的女儿悉多为妻。十车王想立罗摩为太子。小后要挟他，放逐罗摩14年，立自己的儿子婆罗多为太子。罗摩、悉多和罗什曼那遵父命流放野林中。十车王死，婆罗多到林中来恳求罗摩回城即国王位。罗摩不肯。十头魔王劫走了悉多，把她劫到楞伽城。罗摩同猴王须羯哩婆联盟，率猴子和熊罴大军，围攻楞伽城。神猴哈奴曼立下了奇功。后来魔王被杀。罗摩同悉多团圆，流放期满，回国为王。

梵文《罗摩衍那》整个故事的梗概就是这样。巴利文本《本生经

461》内容大同小异，最显著的差异是：悉多是十车王女，与罗摩是兄妹，二人后来结婚。

现在我就把目前能够找到的资料和我的一些分析的结果和看法，按汉、傣、藏、蒙、新疆的顺序，简要叙述如下。

一 《罗摩衍那》留在古代汉译佛经中的痕迹

中国古代译佛经为汉文的佛教僧侣，包括汉族、少数民族以及印度僧侣在内，确实对《罗摩衍那》这一部史诗是熟悉的，不过可能因为它与宣传佛教无关，所以他们只在译经中翻译过它的故事，提到过它的名字，而没有对全书进行翻译。陈真谛译《婆薮槃豆法师传》说："法师托迹为狂痴人，往罽宾国。恒在大集中听法，而威仪乖失，言笑舛异。有时于集中论毗婆沙义，乃问《罗摩延传》，众人轻之。"马鸣菩萨造、后秦鸠摩罗什译的《大庄严经论》卷第五说："时聚落中多诸婆罗门，有亲近者为聚落主说《罗摩延书》，又《婆罗他书》，说阵战死者，命终生天。"《罗摩延书》就是《罗摩衍那》。

这里讲的只是书名，书里面的故事怎么样呢？

关于这个问题应该分两部分来谈，第一部分是《罗摩衍那》全书的骨干故事；第二部分是书中插入的许多零碎的小故事，其中包括寓言和童话。

首先谈本书的骨干故事。骨干故事比较简单，已如上述。唐玄奘译的《阿毗达磨大毗婆沙论》第四十六卷里说："如《逻摩衍拏书》有12000颂，唯明二事：一明逻伐拏（罗波那）将私多（悉多）去，二明逻摩将私多还。"同这个骨干故事相当的故事在汉译佛典中可以找到。我在这里抄上两个。

《杂宝藏经》第一卷第一个故事，《十奢王缘》：

> 昔人寿万岁时，有一王，号曰十奢，王阎浮提。王大夫人生育一子，名曰罗摩。第二夫人有一子，名曰罗漫。罗摩太子有大勇武那罗延力，兼有扇罗，闻声见形，皆能加害，无能当者。时第三夫人生一

子，名婆罗陀。第四夫人生一子，字灭怨恶。第三夫人，王甚爱敬而语之言："我今于尔所有财宝都无吝惜。若有所须，随尔所愿。"夫人对言："我无所求。后有情愿，当更启白。"时王遇患，命在危惙。即立太子罗摩代己为王，以帛结发，头著天冠，仪容轨则，如王者法。时小夫人瞻视王病，小得瘳差，自恃如此，见于罗摩绍其父位，心生嫉妒，寻启于王，求索先愿："愿以我子为王，废于罗摩。"王闻是语，譬如人噎，既不得咽，又不得吐。正欲废长，已立为王；正欲不废，先许其愿。然十奢王从少已来，未曾违信。"又王者之法，法无二语，不负前言。"思惟是已，即废罗摩，夺其衣冠，时弟罗漫语其兄言："兄有勇力，兼有扇罗，何以不用，受斯耻辱?"兄答弟言："违父之愿，不名孝子。然今此母，虽不生我，我父敬待，亦如我母。弟婆罗陀，极为和顺，实无异意。如我今者，虽有大力扇罗，宁可于父母及弟所不应作，而欲加害?"弟闻其言，即便默然。时十奢王即徙二子，远置深山，经十二年，乃听还国。罗摩兄弟即奉父敕，心无结恨，拜辞父母，远入深山。时婆罗陀先在他国，寻召还国，以用为王，然婆罗陀素与二兄和睦恭顺，深存敬让，既还国已，父王已崩。方知己母妄兴废立，远摈二兄。嫌所生母所为非理，不向拜跪。语己母言："母之所为，何期勃逆，便为烧灭我之门户。"向大母拜，恭敬孝顺，倍胜于常。时婆罗陀即将军众至彼山际。留众在后，身自独往。当弟来时，罗漫语兄言："先恒称弟婆罗陀义让恭顺，今日将兵来，欲诛伐我之兄弟。"兄语婆罗陀言："弟今何为将此军众?"弟白兄言："恐涉道路，逢于贼难，故将兵众，用自防卫，更无余意。愿兄还国，统理国政。"兄答弟言："先受父命，远徙来此。我今云何辄得还返?若专辄者，不名仁子孝亲之义。"如是殷勤苦求不已，兄意确然，执志弥固。弟知兄意终不可回，寻即从兄索得革屣，惆怅懊恼，赍还归国，统摄国政。常置革屣于御座上。日夕朝拜问讯之义，如兄无异。亦常遣人到彼山中，数数请兄。然其二兄以父先敕十二年还，年限未满，至孝尽忠，不敢违命。其后渐渐年岁已满，知弟殷勤，屡遣信召。又知敬屣如己无异，感弟情至，遂便还国。既至国已，弟还让位而与于兄。兄复让言："父先与弟，我不宜取。"弟复让言："兄为嫡长，负荷父业，正应是兄。"如是展转互相推让。兄不获已，遂还为王。兄弟敦穆，风化大行。道之所被，黎元蒙赖。忠孝所加，人思自劝。奉事孝敬婆罗陀母。虽造大恶，都无怨心。以此忠孝因缘故，风雨以时，五谷丰熟，人无疾疫，阎浮提内，一切人民炽盛丰满，十倍于常。

（《大正大藏经》，卷4，447a）

《六度集经》第五卷第四十六个故事：

昔者菩萨为大国王，常以四等育护众生，声动遐迩，靡不叹懿。舅亦为王，处在异国，性贪无耻，以凶为健，开士林叹。菩萨怀二仪之仁惠，虚诬谤讪，为造訧端，兴兵欲夺菩萨国。菩萨群僚佥曰："宁为天仁贱，不为豺狼贵也。"民曰："宁为有道之畜，不为无道民矣。"料选武士，陈军振旅。国王登台，观军情猥，流泪涕泣交颈曰："以吾一躬、毁兆民之命。国亡难复，人身难获。吾之遁迈，国境咸康，将谁有患乎？"王与元后俱委国亡。舅入处国，以贪残为政，戮忠贞，进佞蛊，政苛民困，怨泣相属，思咏旧君，犹孝子之存慈亲也。王与元妃处于山林。海有邪龙，好妃光颜，化为梵志，讹叉手箕坐，垂首静思，有似道士惟禅定时。王睹欣然，日采果供养。龙伺王行，盗挟妃去。将还海居，路由两山夹道之径。山有巨鸟，张翼塞径，与龙一战焉。龙为震电，击鸟堕其右翼，遂获还海。王采果还，不见其妃，怅然而曰："吾宿行违殃咎邻臻乎？"乃执弓持矢，经历诸山，寻求元妃，睹有荥流，寻极其原，见巨猕猴而致哀恸。王怆然曰："尔复何哀乎？"猕猴曰："吾与舅氏并肩为王。舅以势强，夺吾众矣。嗟乎无诉！子今何缘翔兹山岨乎？"菩萨答曰："吾与尔其忧齐矣。吾又亡妃，未知所之知。"猴曰："子助吾战，复吾士众，为子寻之，终必获矣。"王然之曰："可！"明日猴与舅战，王乃弯弓擩矢，股肱势张。舅遥悚惧，播徊迸驰。猴王众反，遂命众曰："人王元妃迷在斯山。尔等布索。"猴众各行，见鸟病翼，鸟曰："尔等奚求乎？"曰："人王亡其正妃，吾等寻之。"鸟曰："龙盗之矣。吾势无如，今在海中大洲之上。"言毕鸟绝。猴王率众，由径临海，忧无以渡。天帝释即化为猕猴，身病疥癞，来进曰："今士众之多，其逾海沙，何忧不达于彼洲乎？今各复负石杜海，可以为高山，何但通洲而已。”猴王即封之为监，众从其谋，负石功成。众得济度，围洲累沓。龙作毒雾，猴众都病，无不仆地。二王怅愁。小猴重曰：“令众病瘳，无劳圣念。”即以天药，传众鼻中。众则奋鼻而兴，力势逾前。龙即兴风云，以拥天日，电耀光海勃怒，霹雳震乾动地。小猴曰：“人王妙射。夫电耀者，即龙矣。发矢除凶，为民招福，众圣无怨矣。”霆耀电光，王乃放箭，正破龙胸。龙被射死，猴众称善。小猴拔龙门钥，开门出妃，天鬼咸喜。二王俱还本山。更相辞谢，谦光崇让。会舅王死，无有嗣子，臣民奔驰，寻求旧君。于彼山阻，君臣相见。哀泣俱还，并获舅国。兆民欢喜，称寿万岁。大赦宽政，民心欣欣，含笑且行。王曰：“妇离所天，只行一宿，众有疑望，岂况旬朔乎？还于尔宗，事合古仪。”妃曰：“吾虽在秽虫之窟，犹莲华居于淤泥。吾言有信，地其圻矣。”言毕地裂。曰：“吾信现矣。”王曰：“善哉！夫贞洁者沙门之行。”自斯国内，商人让利，士者辞位，豪能忍贱，强不凌弱，王之化也。淫妇改操，危命守贞，欺者尚信，巧伪守真，元妃之化也。佛告诸比丘：“时国王者，我身是也。妃者，俱夷是。舅者，调达是，天帝释者，弥勒是也。”菩萨法忍度无极行忍辱如是。

（《大正大藏经》，卷 3，26）

我现在对照印度蚁垤的《罗摩衍那》，对上面的两个故事稍加分析。

首先从整个结构上来看。这两个故事，一个只讲十奢（车）王同三位夫人四个儿子，只讲由于宫廷阴谋罗摩和弟弟罗漫被流放 12 年。罗漫就是罗什曼那，婆罗陀就是婆罗多，灭怨恶是意译，就是设睹卢祇那。故事内容，同梵文《罗摩衍那》完全一样。连细节都并无二致。比如梵文中罗什曼那那种李逵式的性格，这里也表现了出来。婆罗多率军至森林中，罗什曼那对他怀疑，都说得清清楚楚。这些细节相同到令人惊异的程度。至于孝悌忠信那一套封建思想，这里也表露无遗。虽然着墨不多，但却完整无缺。可能受到中国旧时代士大夫的赞赏。

第二个故事只讲一个大国王，避敌让位，带着元妃住在山林中，元妃被海中恶龙劫走，国王与同病相怜命运相同的猕猴联盟，终于渡海登州，消灭了恶龙，夺回元妃，皆大欢喜。从出场的人物来看，它与梵文相差颇远。但从骨干故事的情节来看，则几乎完全一样，连细节都一样，恶龙就是梵文的罗刹，鸟就是梵文的大鹫，倘若把国王名字改为罗摩，把王妃名字改为悉多，把舅舅改为小后吉迦伊，则是活脱脱一个罗摩、悉多故事了。

这两个故事合起来，就形成一个完整的梵文《罗摩衍那》。这暗示，在古代印度大史诗《罗摩衍那》形成时确实是把两个故事合并起来的。我们不要忘记，这个骨干故事在印度本土也是多种多样的。各个邦、各个民族几乎都有自己的罗摩、悉多故事，内容有时甚至有相当大的差异。虽然蚁垤的《罗摩衍那》可能由于思想性对头、艺术性高超的缘故，因而占据了相当重要的地位，可是也没有能定于一尊。汉译佛经中这两个故事竟然同蚁垤的《罗摩衍那》几乎完全一样，它们属于同一个发展体系，这一点非常值得注意。

以上讲的是第一部分，全书的骨干故事。现在再来谈第二部分，书中插入的许多零碎的小故事。

这样的故事数量大得惊人。我眼前没有可能搞得太多，我只能选出几个有典型意义的来加以探讨，按在《罗摩衍那》中出现的先后排列顺序，第一个是鹿角仙人的故事。这个故事在印度文学中不知出现过多少次。德国梵文学者吕德斯（Lüders）有一篇文章，专门谈这个问题：《独角仙人传奇》(*Die Sage von Ṛṣyaśṛṅga*)①，史林格洛浦（Schlingloff）也有一篇文章：《独角仙人》（*Unicorn*)② 讲同一个问题。在《罗摩衍那》中，这个故事出现在第一篇第八九两章。十车王想行祭乞子，大臣苏曼多罗给他讲了鹿角仙人的故事。故事的内容大体如下：一个婆罗门的儿子住在森林中，对外界的事物什么都不懂，不懂有女人的幸福，不懂感官享乐。这时候，一个国王犯了错误，上天罚他，久旱不雨，他很苦恼。婆罗门给他出主意说，只要把林中婆罗门童子引诱到城里来，天就会下雨。国王就派妓女入林。这个童子不懂什么叫男人和女人。碰到这些妓女，觉得她们很可爱，最后终于被引诱走出山林，进入城市。这个故事没有讲他为什么是鹿

---

① *Philologica Indica*, Göttingen 1940 年，第 1—43 页。

② *German Scholars on India*, vol. I. Varanasi 1973 年，第 294—307 页。

角。这个故事在汉译佛典中也多次出现。我只举一个例子，《摩诃僧祇律》卷一（《大正大藏经》卷 22，232—233）。就是这一个例子，我也只能简略叙述一下内容，以资对比。故事首先讲仙人小解，不净流出，母鹿吞下，怀孕生子，身有鹿斑。仙人告诫他："可畏之甚，无过女人。"命终后，鹿斑苦修，天老爷害了怕，怕有人夺他的宝座。于是派天女下凡破坏鹿斑的道行。对比两个故事，其中有几点是不同的：一，不是鹿角，而是鹿斑。二，讲明了身上长鹿斑的原因。三，破坏鹿斑的道行不是为了求雨，而是天老爷害了怕。

第二个我想选睒子的故事。这个故事出现在《罗摩衍那》第二篇（参阅《罗摩衍那》2，56，2；[①] 2，57，8—39；2，58，1—46）。内容大体如下：十车王把儿子罗摩流放后，心中悔愧万分。他告诉长后，他年轻的时候，能闻声放箭，射中目的物。有一次他到萨罗逾河边闲玩，忽然听到黑暗中瓶子灌水的声音。他误以为是大象，射了一箭，结果射中的是一个苦行者，他正到河边给盲父母汲水。苦行者死后，国王见到盲父母，盲父母让他带路来到儿子尸体那里，他们呼天抢地，大放悲声，盲父最后诅咒国王，也让他尝一尝失子之痛。

汉译佛典中，这个故事多次出现，我只举一例：

《六度集经》43，（《大正大藏经》，卷 3，24）：

昔者菩萨，厥名曰睒。常怀普慈，润逮众生。悲闵群愚不睹三尊。将其二亲处于山泽。父母年耆，两目失明。睒为悲楚，言之泣涕。夜常三兴，消息寒温。至孝之行，德香熏乾。地祇海龙国人并知。奉佛十善，不杀众生，道不拾遗。守贞不娶，身祸都息。两舌、恶骂、妄言、绮语、谮谤、邪伪、口过都绝；中心众秽、嫉恚、贪餮、心垢都寂。信善有福，为恶有殃。以草茅为庐，蓬蒿为席。清净无欲，志若天金。山有流泉，中生莲华，众果甘美，周旋其边，夙兴采果，未尝先甘。其仁远照，禽兽附恃。二亲时渴，睒行吸水。迦夷国王入山田猎，弯弓发矢，射山麋鹿，误中睒胸。矢毒流行，其痛难言，左右顾眄，涕泣大言："谁以一矢杀三道士者乎？吾亲年耆，又

① 指第二篇，第 56 章，第二首诗。

俱失明，一朝无我，普当殒命。”抗声哀曰：“象以其牙，犀以其角，翠以其毛，吾无牙角光目（日）之毛，将以何死乎！”王闻哀声，下马问曰：“尔为深山乎？”答曰：“吾将二亲，处斯山中，除世众秽，学进道志。”王闻睒言，哽噎流泪，甚痛悼之。曰：“吾为不仁，残夭物命，又杀至孝。”举哀云：“奈此何！”群臣巨细，莫不哽咽。王重曰：“吾以一国救子之命。愿示亲所在，吾欲首过。”曰：“便向小径，去斯不远，有小蓬庐，吾亲在中，为吾启亲：‘自斯长别，幸卒余年，慎无追恋也。’”势复举哀，奄忽而绝。王逮士众重复哀恸。寻所示路，到厥亲所。王从众多。草木肃肃有声。二亲闻之，疑其异人，曰：“行者何人？”王曰：“吾是迦夷国王。”亲曰：“王翔兹甚善，斯有草席，可以息凉，甘果可食，吾子汲水，今者且还。”王睹其亲，以慈待子，重为哽噎。王谓亲曰：“吾睹两道士以慈待子，吾心切悼，甚（其）痛无量。道士子睒者，吾射杀之。”亲惊怛曰：“吾子何罪，而杀之乎？子操仁恻，蹈地常恐地痛，其有何罪，而王杀之？”王曰：“至孝之子，实为上贤。吾射麋鹿误中之耳。”曰：“子已死，将何恃哉？吾今死矣！惟愿大王牵吾二老，著子尸处，必见穷没，庶同灰土。”王闻亲辞，又重哀恸。自牵其亲，将至尸所。父以首著膝上，母抱其足，鸣口吮足，各以一手，扪其箭疮，椎胸搏颊，仰首呼曰：“天神、地神、树神、水神！吾子睒者，奉佛信法。尊贤孝亲，怀无外之弘仁，润逮草木。”又曰：“若子审奉佛，至孝之诚，上闻天者，箭当拔出，重毒消灭，子获生存，卒其至孝之行。子行不然，吾言不诚，遂当终没，俱为灰土。”天帝释、四大天王、地祇、海龙，闻亲哀声，信如其言，靡不扰动。帝释身下，谓其亲曰：“斯至孝之子，吾能活之。”以天神药灌睒口中，忽然得稣。父母及睒，王逮臣从，悲乐交集，普复举哀。王曰：“奉佛至孝之德，乃至于斯！”遂命群臣：“自今之后，率土人民皆奉佛十德之善，修睒至孝之行。一国则焉。”然后国丰民康，遂致太平。佛告诸比丘：“吾世世奉诸佛，至孝之行，德高福盛。遂成天中之天，三界独步。时睒者，吾身是。国王者，阿难是。睒父者，今吾父是。睒母者，吾母舍妙是。天帝释者，弥勒是也。”菩萨法忍度无极行忍辱如是。

对比一下《罗摩衍那》与《六度集经》这两个故事，可以发现，两个故事内容是一致的，连一些细节都一样或者相似。国王的名字当然不会一样，但这无关大局。最主要一个差别是，《罗摩衍那》的故事是一个悲剧，童子死掉，其父发出诅咒。而在《六度集经》中则转悲剧为喜剧。童子得群神福佑，死而复生。皆大欢喜。这是否为了适应中国读者的心情而改变的，不得而知。

除了《六度集经》以外，这个故事还见于《僧伽罗刹所集经》（《大正大藏经》，卷 4，116c—117a）；《佛说菩萨睒子经》（《大正大藏经》，卷 3，440）；《睒子经》，乞伏秦圣坚译（《大正大藏经》，卷 3，436—438）；《睒子经》，姚秦圣坚译（《大正大藏经》，卷 3，442）；《佛说菩萨睒子经》（《大正大藏经》，卷 3，438—442）；《杂宝藏经》卷一、二，《王子以肉济父母缘》（《大正大藏经》，卷 4，447c—449a）。《罗摩衍那》同佛经大概都是采自印度民间文艺。要说这个故事是通过《罗摩衍那》传到中国来的，当然不是。但是既然《罗摩衍那》有这个故事，汉译佛经中也有许多异本，把它们拉在一起，结这么一段文学姻缘，难道还能算是过分牵强吗？

巴利文《佛本生经》540 也是同一个故事，这里不再赘述。

除以上两个故事外，《罗摩衍那》中包含的寓言、童话和小故事在汉译佛典中能找到的还多得很，比如割肉贸鸽舍身饲虎（参阅王尧、陈践译注《敦煌吐蕃文献选》第 101—102 页）等等，也不再谈了。

我在这里想顺便谈一谈《西游记》中的主角孙悟空。这个猴子至少有一部分有《罗摩衍那》中神猴哈奴曼的影子，无论如何标新立异，这一点也是否认不掉的。如果正视事实的话，我们只能承认《罗摩衍那》在这方面也影响了中国文学的创作。这个问题我在这里不细谈。

我只谈一下孙悟空与福建泉州的关系。这一点过去知道的人是非常少的。最近日本学者中野美代子教授送给我一篇《福建省与〈西游记〉》。我觉得这是一篇有独到见解的文章。我在这里简略地加以介绍。

在泉州开元寺，南宋嘉熙元年（公元 1237 年）修建的西塔第四层壁面上有一个猴子浮雕，戴着金箍，脖子上挂着念珠，腰上挂着一卷佛经，右肩上有一个小小的和尚像。他是不是就是玄奘？这不敢说。在西塔第四层其他壁上有玄奘的像。另外在泉州的一座婆罗门教寺院里，大柱子上有一个猴子浮雕，尾巴拖得很长很长，手里拿着像草似的东西。这让人自然而然地想到《罗摩衍那》中的哈奴曼。他曾用尾巴带火烧毁楞伽城，并手托大山，带来仙草救了罗摩和罗什曼那的性命。

这明确地说明了，南宋时期《西游记》的故事还不像以后这样完备，只能算是一个滥觞。中野美代子研究猴行者的来源，说是在宋代《罗摩衍那》经过南海传到泉州。泉州当时是中国最大的港口，与阿拉伯和印度等地海上来往极其频繁。说猴行者不是直接从印度传过来而是通过南海的媒介，是顺理成章的。我推测，在这之前关于神猴的故事，一方面中国有巫支祁这个基础，再加上印度哈奴曼的成份，早已在一些地方流行。泉州的猴行者并不是最早传入的。在八、九世纪以后，《罗摩衍那》已逐渐传入斯里兰卡、缅甸、泰国、老挝、柬埔寨、马来西亚等地。从这一带再传入中国，是比较方便的。

福建泉州发现了孙悟空，这一件事实虽简单，我觉得却给我们提出了非常值得考虑的问题：研究中印文化交流的学者，不管是中国的，还是外国的，大都认为中印文化交流渠道只有西域一条，时间都比较早，也就是说在唐宋以前，现在看来，这种想法必须加以纠正：中印文化交流从时间上来说，宋以后仍然有比较重要的交流。从空间上来说，海路宋代才大为畅通。此外，还有一个川滇缅印道，也往往为学者所忽略。

二　傣族

我国云南的傣族，由于与缅甸接壤，而缅甸受印度文化影响较早；又因为傣语与泰语同系，泰国也早已受到印度影响，近水楼台先得月，因而比较早地接受了印度的文学、宗教等等。印度《罗摩衍那》虽然没有全部传至中国内地，却传到了傣族地区，在这地区的民间流行极广。[①] 根据现在的调查，至少有这样一些不同的本子，首先有大小《兰嘎》，即《兰

① 以下叙述主要根据高登智、尚仲豪《〈兰嘎西贺〉与〈罗摩衍那〉之异同》，载《思想战线》1983 年第 5 期，第 74—79 页，王松：《傣族诗歌发展初探》，中国民间文艺出版社（云南版）1983 年版，第三编，第二十节。

嘎竜》和《兰嘎囡》之分，在大《兰嘎》中又分为《兰嘎西贺》与《兰嘎双贺》。在中国傣族地区，罗摩故事译本极多，这里无法详细列举。大概每一个罗摩故事的民间演唱者，都根据当时当地的情况而随时有所增删，以适应听者。这充分显示了傣族艺人的才能，但也产生了另一结果：异本蜂起，头绪纷繁。

对比一下梵文《罗摩衍那》与《兰嘎西贺》，从主题思想、故事内容、人物形象来看，印、傣的本子基本上相同，连名字都差不多。比如：

罗摩	朗玛
悉多	西拉
罗什曼那	腊嘎纳（这显然是从巴利文传过来的）
婆罗多	帕腊达
哈奴曼	阿努曼
维毗沙那	被亚沙
楞伽	兰嘎
阿逾陀	阿育塔

《兰嘎西贺》诗共分22篇，内容可分为五个部分。第一至第四部分，主要情节与《罗摩衍那》大体相同。罗摩被流放14年，而召朗玛只有12年。第五部分叙述召朗玛为儿子选妃，同勐哥孙发生了战争。最后两国联姻，召朗玛传位于儿子洛玛，死后升天，这些大半是傣族人自己创造的。

在情节方面和人名方面，有不少不同的地方。在《罗摩衍那》中，是大神毗湿奴化身为四，而在《兰嘎西贺》中则是众神上天告捧玛加的状，说他欺凌群神，大神英达为了惩罚十头王，指令天神波提亚弟兄四人，下凡投生。三个王后是吃了香蕉，而不是喝了仙酒，才怀孕生子的。《罗摩衍那》中的悉多是从垄沟里拣起来的，在《兰嘎西贺》里西拉被说成是十头王的女儿，被他抛入江中。召朗玛是私自出走，不是由于宫廷阴谋被父亲流放，帕腊达回宫后也进入森林修行，由最小的弟弟达鲁嘎为王。《兰嘎西贺》诗西双版纳本说十头王的姑妈变成金鹿引诱朗玛走开，乘机劫夺西拉。此时腊嘎纳在嫂子西拉周围划了一个圆圈，请土地神保护她。这个情节在《罗摩衍那》中已经删掉。大战前夕，是十头王派女妖化身为西拉，以骗召朗玛，而不是由于因陀罗耆的妖术。阿努曼到兰嘎城侦察，带给西拉不是只戒指，而是手镯等信物。召朗玛与妻儿相会，是在放马追踪过程中遇到婻西拉的，从而父子相认，消除误会，而不是在举行马祠时，听两个青年歌手演唱《罗摩衍那》才认子团圆的。这样的不同之处还有一些。

在细节方面也有一些值得注意的地方，比如误杀盲道人之子，《兰嘎西贺》诗刀秀廷翻译本有这个情节，而岩温扁、刀兴平翻译本则没有。这个情节在罗摩故事中不是重要情节，而《兰嘎西贺》有的本子竟然能有，反而证明二者关系之密切了。

西双版纳纳岩罕翻译的小《兰嘎》，同梵文《罗摩衍那》差异更大。比如说婻西拉原是天神叭英的妻子苏坦玛，夫妻七天相会一次，十头王窜到天宫，摇身变成了叭英，奸污了她。她为了复仇，下凡投胎为十头王的女儿婻西拉。十头王将她绑在筏子上，丢进大海，为仙人帕拉西救起，抚养成人。

在傣族、崩龙族和布朗族中流传着的《兰嘎西贺》的故事，有一些情节与《罗摩衍那》不同。比如在森林比武招亲时，高僧帕拉西，既要求婚者拉神弓，又要他们抬石桌子，十头王旁观不动。等到召朗玛娶了婻西拉以后，他变为金鹿劫走了她。又如说十头王的母亲是一个寡妇；十头王陷害婴儿婻西拉，把她和妻子一齐放到竹筏上，任其漂流，竹筏被浪打翻冲到水边，妻子上岸天天骂十头王，后与猴子婚配，生了两个儿子，其中之一就是阿努曼，长大后报了母仇。再如十头王抢走婻西拉，是在召朗玛到深涧中去找水的时候，十头王学着召朗玛的声音，喊腊嘎纳去取水，乘兄弟俩不在，劫走了婻西拉。所有这一些不同之处，都说明了这故事在传播中的演变。

现在归纳起来，再进行一下对比。从主题思想上来看，傣文本与梵文《罗摩衍那》基本相同。都是宣传正义战胜邪恶，这充分表现出，中印两国人民人同此心，心同此理。从情节方面来看，两者基本上相同。连一些细节都一样。当然也有不同之处。从主题思想方面来看，《罗摩衍那》宣传的是婆罗门教，主角是刹帝利，有婆罗门仙人相助；它宣扬种姓制度和封建伦理道德。而《兰嘎西贺》宣传的则是佛教，辅佐召朗玛的是佛教高僧。它美化封建领主制，表现出来了外来的佛教与本地原始宗教的矛盾。从情节方面来看，不同之处有：西拉（悉多）是十车王女，下凡为了报仇；毗湿奴换成了英达（因陀罗?）；王后们吃香蕉怀孕；金鹿诱走了召朗玛，留守的腊嘎纳在嫂子周围划一个圈，让妖魔不敢进去。这些情节在别的地方也可以看到。

总起来看，这故事大大地傣族化了，也就是中国化了。好多印度地名都换成了中国地名，也就是云南本地的地名。比如阿努曼丢下来的仙草山，就落在云南傣族地区。此外，还有不少的本地民间故事窜入整个故事之中。这些都是难以避免的，也是合乎规律的。第五部分，召朗玛与勐哥孙之间爆发战争，故事就发生在傣族地区，这已不仅是中国化，而是中国的创造了。

除了傣族以外，《罗摩衍那》在云南别的少数民族文学或民间故事中，似乎也留下了痕迹。比如在景颇族的文学中，有一首长篇叙事诗①《凯诺和凯刚》，主题思想是反映人民和自然界的斗争，善与恶的斗争，歌颂英雄气概和除恶务尽的精神。11 章的内容有以下几段：歌头、诞生、成长、打刀、激战、恋歌、寻找、风洞、重逢、拉弓、歌尾等。在故事的两个主人公中，哥哥凯刚代表恶，娶猴子为妻，弟弟凯诺代表善，娶扎英为妻。凯刚嫉妒凯诺，并想夺取扎英，他把凯诺骗到一个风洞口，把弟弟推进风洞，然后去诱骗扎英。这与《罗摩衍那》猴国两兄弟之争几乎完全一样，不能不承认这里有《罗摩衍那》的影响。

三 西藏

我国西藏地区，由于同印度接壤，在文化交流方面，有特别有利的条件。根据王辅仁的《西藏佛教史略》，佛教入藏在公元 5 世纪。但是大规模的传入恐怕是在公元 7 世纪松赞干布时期。在这个时期，一方面印度的

① 《云南少数民族文学资料》第 1 辑：景颇族文学概况，第 117—147 页。

宗教、哲学、文学、艺术、医学、天文历算等等直接传入；另一方面又从汉族传入一些佛教典籍，而文成公主入藏，又带去了汉族的文化，再加上西藏人民的创造与发展，结果是藏汉印三方面智慧汇流，形成了保留在西藏典籍中的伟大的文化宝库。

在文学方面，许多梵文古典文学也传入西藏，比如迦梨陀娑的《云使》就有藏文译本。《罗摩衍那》也传入西藏。时间估计当在佛教传入之后，也就是在7世纪以后。

在西藏，从今天已经发现的本子来看，一方面有根据梵文或其他印度语言的本子翻译加创造的《罗摩衍那》，比如在敦煌石窟就发现了有五个编号的《罗摩衍那》故事，这样的故事在新疆也发现过；另一方面又有自己的创造，比如1980年四川民族出版社出版的雄巴·曲旺扎巴（1404—1469）所著《罗摩衍那颂赞》就是在印度传统的基础上自己创作的。

我在下面根据王尧和陈践二同志翻译的敦煌卷子，[①] 把故事内容简要地加以介绍，最后加上我自己对于藏文本与梵本的比较和有关的一些分析。

湖边森林中住着罗刹王药叉高日，神通广大，神人皆惧。只有仙人与吉祥天女婚配生子，才能降魔，后生子名多闻，他屠了楞伽城，杀死恶魔，神人再住进去。

药叉高日之子，名玛拉雅本达，发誓报父仇。他投到大梵天之子手下，献上美人，仙人与美人结婚，生下三子。长名达夏支瓦，次名阿巴噶那，三名百日那美。都算是玛拉雅本达的外甥。祖父大梵天喜爱长孙，赐他10个脑袋。玛拉雅本达怂恿三神子到楞伽去报仇。他们下决心苦修，并向梵天请求恩典：何处为箭射中，即在何处死去，其余部分，永远不灭。大梵天含糊其辞。神子们在失望之余转向大黑天。大黑天也未答应。他的妃子劝他，仍不应。她来看诸神子，神子骂她为“坏女人”。她大怒，发出诅咒：“你们有朝一日会被妇女消灭的！”大黑天之臣来到神子们跟前，神子们骂他为“坏猴子”。臣大怒，发出诅咒：“你们有朝一日

① 王、陈二同志先把他们的译稿交给我，最近又寄来他们译注的《敦煌吐蕃文献选》，四川民族出版社1983年版，译稿就包括在本书中，盛意可感，谨表谢忱。

会被猴子所消灭!”最后大黑天赐了恩典，神子打败众神，夺回楞伽城。

达夏支瓦当了罗刹王，众神商议道：“他掌管了众神，只有人才能消灭他们。”一个生灵投生达夏支瓦，生为他的女儿。看相人说，此女将来要消灭父亲和众罗刹。于是把她放入铜盒内，随水漂走。为天竺农民所得，取名为“水渠里获得之女”。

十车王无子，500罗汉捎给他一朵花，国王给了赞蒙，另一妃子也要了半朵。二妃吃下后，妃子生子名罗摩（根据蒙古传本恐怕应是罗摩那），赞蒙之子取名为拉夏那。其后，神与非天（阿修罗）交战，十车王助神作战，受伤，国王自觉性命危在旦夕，想立长子为王，又恐拂爱妃赞蒙之意。罗摩察觉后，自愿流放，修仙学道。拉夏那不肯为王，罗摩脱下一只鞋放在宝座上，作为统治的象征，“水渠之女”长大后，择婿，看中了罗摩，罗摩也看中了她。于是放弃修仙之意，娶她为妻，取名悉达。罗摩成了国王。

有一次，500罗汉在林中静修，药叉高日之臣，名玛茹考，前来干扰。仙人请求罗摩保护，打瞎玛茹考的一只眼，恶魔逃跑。不久，达夏支瓦之妹，名布尔巴拉，丑陋不堪，她看中了罗摩，来引诱他，他不肯。魔女认为原因都在悉达身上，就怂恿其兄来劫夺悉达。玛茹考向魔王建议不要去抢，魔王不听。玛茹考化为一头珍奇异兽，出现在罗摩夫妇前。悉达劝丈夫去追。罗摩留下拉夏那看护悉达，自去追逐，射中珍兽。珍兽学着罗摩声音求救，悉达逼拉夏那去看。拉夏那不肯，悉达说：“谁碰我就会被神焚毁。”并骂他不怀好意。拉夏那诅咒说：“日后让你们父子、夫妻互相结怨!”就走去帮助长兄。此时达夏支瓦来到悉达跟前，不敢碰她，就连地皮一起带走。

国王兄弟跟踪搜寻，到了一个谷口，有黑水下流。再往里走，碰到一只大猴子，名叫妙音（似应为Sugrīva）受伤卧地。罗摩询问根由，猴子说：他哥哥巴里为了争夺王国，把他打伤。罗摩问他见没见到一个恶魔劫走一个女子。他让罗摩问他的侍从。一个侍从说，他见到一个十首人拐带女人逃跑。罗摩与妙音结成联盟。罗摩想用暗箭射巴里。罗摩两次没有放箭。因为分不清谁是巴里。妙音尾巴上系上一面镜子，罗摩能分辨出谁是谁来，才射死巴里。巴里之妻十分痛苦。罗摩与妙音约定日期，出发寻找悉达，但妙音三年不动。罗摩箭射一信。警告妙音。妙音派出猴兵，以哈奴曼达为首。国王给赞蒙写了信，附上信物表记戒指，派三只猴子巴秀、森都和哈奴曼达出去寻找赞蒙。

三只猴子到处寻找，毫无踪迹，口干舌燥，忽见石缝有水，并有黄鸟两只飞出。他们三个寻根追源，走进吉祥天女之女的屋子，天女让他们闭上眼睛。等到睁开眼时，看到一只大黑山似的黑鸟，双翅烧焦，乃是大鹏鸟王阿噶杂雅之子，名巴达，弟名森达。为了争夺王位，它与弟弟竞赛。结果飞上须弥山顶，被太阳烧焦翅膀，落到这里，它告诉猴子们，悉达被罗刹王劫往楞伽城，它父亲与十车王是好友，一翼撑天，一翼支地，想夺回天女。罗刹王抛出一个红丸，它父亲以为是食物，吞了下去，烧焦身亡。

三猴商量渡海的方法，结果是哈奴曼达一跳跳到了楞伽城。原来悉达被掳来后，她早就有“谁碰我就会被烧焦”的咒语，所以魔王不敢接近她。只把她关在无门的九层堡垒中，用军队看守。哈奴曼达从天窗跳下，把罗摩表记戒指献上。猴子来到罗刹的吉姆园，拔光树木，大闹了一场。

魔王派罗刹来抓他，都被他杀死。达夏支瓦气得要命，命令名叫图倭的儿子放出法宝日光羂索。羂索的眼大了，猴子就变小；小了，他就变大，怎么也抓不住。成就神们劝哈奴曼达被套，他听从了。被捉住后，请求像杀他父亲那样去杀他，也就是，把 1 千尺“丽”（丝麻织品）缠在尾巴上，倒上 10000 两酥油，然后点火，烧死。罗刹照办，猴子东窜西跳，烧毁了全城。又回到悉达处，请她给了口信，带给罗摩。

猴子回到罗摩跟前，转达口信。于是罗摩派出猴兵、人兵，向楞伽城进发，命猴子玛古和旦比俩架桥。玛古搬山，拔下树木，旦比修桥。二猴闹矛盾。罗摩劝解，大军终于过了海，到了楞伽城。达夏支瓦之弟阿巴噶那劝阻，魔王不听，遂投奔罗摩，二人结盟。

从前有一个罗刹名叫香木那，苦修成能吞噬众生的神通。大梵天让一位妙音天女化身为他的舌头，让他说：“务必让我死睡！”于是就一睡不起。此时达夏支瓦想请他助战，无论如何也弄不醒他。往他耳中灌了 1 万两铁水，牵 1 千头黄牛在他身上践踏，10 万面鼓在他面颊上拍击，他终于醒来。他吞下所有的猴子，独独罗摩他吞不下。哈奴曼达被吞下，又跳出。一会儿从耳朵里钻出来，一会儿从鼻子里钻出来，一会儿又从眼睛里钻出来。罗摩负了重伤。阿巴噶那说："岗底斯山有趾达萨曾瓦药。"哈奴曼达把山托回，采下趾达药。又将山送回，神药治好了罗摩的人、马。

又约定交战的日期，达夏支瓦之弟，名叫百日那夏也逃跑了。罗摩亲自出战，罗刹施用隐身幻术。人、猴多被箭射死。罗摩要求魔王让出一脚拇趾大的土地，魔王将脚拇趾一抬，罗摩乘机将他射死，罗刹全部被歼。

罗摩救出了悉达，猴王妙音率部队返国。罗摩兄弟也回国。悉达后生子名拉瓦。罗摩与猴王和哈奴曼达交情笃好。妙音死，众拥立哈奴曼达为王，他沉湎于享受之中。连给罗摩写信、送礼都忘了。罗摩派使者来，哈奴曼达羞愧不已，彼此又交好如初。

后来，国王罗摩部下宾巴拉王谋反，国王把王后母子托付给玛拉雅那山上的五百仙人，自己出征。过了许久，国王未能按时归来。悉达同王子出去散心。仙人不知王子去向，到处寻找。他们害怕国王生气，就用古沙草扎成拉瓦形象，运用法力让他变成了人。

悉达后来同王子一同回来了。看到另一个拉瓦，悉达问他叫什么，他说叫古夏。悉达爱两个儿子，国王凯旋回来。有一天，国王出外散步，听到老百姓夫妻吵架。丈夫骂妻子同别人睡觉，妻子说："悉达同魔王同居了上百年，国王仍然爱她。"国王听后，心中闷闷不乐，他写信给那个女子，想试她一试，两人相会，同眠，果然发现女子的本性是水性杨花，罗摩决心休妻，应了弟弟拉夏那的诅咒，母子三人离开王宫，到了吉姆园，生活很幸福，哈奴曼达劝国王，国王召回悉达，生活比过去更加欢乐。猴众也回去，生活幸福。

I. O. 737B 中与 I. O. 737A 中情节相异。达夏支瓦曾找毗湿奴挑衅，毗湿奴化身为十车王子，灭魔。

现在归纳起来，把藏本与梵本对比一下。二者的骨干故事基本相同。连一些细节皆然。二者的主题思想完全一样，这就是：正义必胜，邪恶必败。从统治阶级的利益来看，宣传罗摩盛世，为本地的统治者涂脂抹粉。宣扬善战胜恶，又符合了人民的愿望，在战胜邪恶中起决定作用的是罗摩，而罗摩本人是个统治者。

但两个本子也有不同之处：一，有些地方，藏本加入了一些新情节，有的是外来的，有的也可能就是本地的。藏本创造了一个大黑天（实际上就是毗湿奴），与大梵天相对立。二，梵本《罗摩衍那》结构奇特，第一、七两篇显然是后加的。十头王的故事是在第七篇，而在藏本中，十头王的故事却挪在最前面。看来藏本结构是完整的。三，藏本把一些名字改变为本地的。四，藏本结尾是大团圆，与梵文本异。西藏人同其他中国各族人一样不喜欢悲剧。值得注意的是，神猴哈奴曼达在恶魔肚子里表现了惊人的神通。他能任意从恶魔的耳朵、鼻子中钻出钻进。这同《西游记》里的孙悟空完全相同。如果说只有巫支祁才是孙悟空的原型，难道任何汉文典籍中有这样的记载吗？

四 蒙古

蒙古文学中的印度文学成分，都是通过西藏的媒介传进来的，而枢纽则是佛教信仰。

罗摩故事传入蒙古，估计也是通过这一条道路，同时传入蒙古的还有大量的佛经。

蒙古人民共和国学者丹木丁苏伦①发现了四种蒙古文的罗摩故事。

1. Jīvaka 王

2. 《嘉言》（Subbāṣitā）

3. 《水晶镜》

4. 名词词典《耳饰》

分别在下面谈一谈。

1. Jīvaka 王的故事形式上是一个本生故事。是在 18 世纪从藏文译为蒙文的，藏文原本如何，不清楚。故事梗概是这样的：Jīvaka 有三个老婆，都没有孩子。国王入海寻找昙花，回来后把花交给王后，一后吃了花，生了罗摩，长大后，登基为王，邀请除邪信佛（Krakucchanda）来讲

① 参阅 Ч. ДАМДИНСҮРЭН，《РАМАЯНА》В МОНТОJIИЙ，АКАДЕМИЯ НАУКСССР，МОСКВА1979，Ts. Damdinsuren，Ramayana in Mongolia，The Ramayana Tradition in Asia，ed，by V. Rahavan，Sahitya Akademi，New Delhi 1980，p. 653ff.

经传法。楞伽岛魔王化作一只金鹿，金胸，银臀，来干扰仙人的禅定，仙人找国王庇护，罗摩用石头砸鹿眼，把它摔出去。

在魔国，一老妇人生一女，预言者说：如果此女活着，国家将覆灭。他们将女孩盛入盒子中，投到海里。盒子漂至阎浮提洲，一农民拣到，把她抚养大，嫁给罗摩。魔王 Daśagrīva 从妹妹口中知道了罗摩妻美，使小妖化作金鹿，诱走罗摩，乘机将王后劫往楞伽。罗摩寻妻时，进入猴国，看到两个猴子打架。他与须羯哩婆（Sugrīva）联盟，杀死波林（Bālin），派哈奴曼率猴兵赴楞伽，夺回王后，罗摩与妻团圆。

2.《嘉言》由藏文译为蒙文。13 世纪萨迦·班迪达·贡嘎扎勒仓（Saja Pandita Gungajaltsan）撰写。有三个藏文注释本。在所有的三个注释本中，在解释《嘉言》第 321 颂时，都用了简短的罗摩故事。从 13 世纪起，《嘉言》一再被译成蒙文。

3.《水晶镜》1837 年姜巴道尔基（Jambadorji）写作。书中有一个印度传说，讲释迦族的来源和王家世系。有所谓 Sun 王朝，其中有王名十车，建都 Kapil（Kapilavastu），后面附有罗摩的故事。

在这些故事中，插入了一段有趣的插曲。魔群有一座水晶宫，壁上反映出一百个魔王影像。罗摩因而找不到魔王。后来哈奴曼找到了奥秘，告诉了罗摩，罗摩准确地知道魔王在什么地方，然后放箭射死他。蚁垤的《罗摩衍那》中没有这个故事。但檀丁的《诗镜》第 2 章第 299 颂有这个故事。可见这也是一个印度传说。

总起来看，蒙古文罗摩故事，与中国其他地区相同，是宣传佛教的。整个的 Jīvaka 故事是一个本生故事，故事中的罗摩就是释迦牟尼本人，而且有两处提到除邪信佛。在过去世中，Jīvaka 王曾在海岛上遇到除邪信佛。在 Jīvaka（等于十车王）故事中，罗摩当了国王以后，又请除邪信佛来传经说法。佛教色彩应说是非常浓的。

但是地方色彩也同样是浓的。比如在罗摩追逐金鹿时，他要越过九个山口，九条山谷和九条河。这种说法在蒙古民间文学中是颇为常见的。又比如金翅鸟挡住了恶魔的路，译者就写道：如果挡得时间长了，马匹就会疲倦；带的粮食，可能会吃光。这些都是在大沙漠中旅行的情况。这都是蒙古的地方色彩。

在另一方面，罗摩故事也窜入蒙古民间传说与信仰中去。蒙古是没有猴子的，但却有猴子崇拜，甚至有专门的讲祭祀猴子的书，讲到如何上供、求财、满足愿望。在流传于藏、蒙地区北方的商跋尔（Shambal）国王的传说中，哈奴曼变成了商跋尔国王的参谋。

五 新疆

我国新疆是世界上几大文明体系的汇流之地。中国文化、希腊文化、伊斯兰文化，佛教、伊斯兰教、摩尼教、基督教以及一些其他的宗教，都在这里碰了头，交光互影，互相影响。

印度古典文学有一些早已传到新疆，比如佛教诗人马鸣的剧本等。蚁垤的《罗摩衍那》在新疆全文没有发现。现在的维吾尔等文字也没有全文介绍的。但是古代文字中却有《罗摩衍那》的故事，即使不是蚁垤原文的翻译，故事却基本上相同。我在下面介绍两种。

（一）古和阗语

这种语言的残卷发现于今天中国新疆和田地区。虽然使用的是印度字母，但经过学者们的精心研究，确定它是一种属于伊朗语族的语言。用这种语言写成了大量的佛经［参阅 R. E. Emmerick，《和阗文学导论》（*A Guide to the Literature of Khotan*，*Studie Philologica Buddhica Occasional Paper*），Series Ⅲ Tokyo. The Reiyukai Library 1979］。在这些佛经里面，有一部内容是罗摩的故事。这一些残卷经英国学者 H. W. Bailey 校勘并译成英文，发表在伦敦大学《东方及非洲学院集刊》BSOAS Vol. X，Part 2 and 3 1940. Bailey 对残卷的情况有所论述（pp. 363－364，pp. 559－561），请参看。我现在根据 Bailey 的研究成果，把故事的内容简略地叙述一下，以资对比。

Bailey 转写和翻译的是三个卷子（P〔elliot〕2801，p. 2781，p. 2783）。在翻译之前，他还从其他和阗文残卷中引用一些有关罗摩的资料。在这里面提到的名字，有罗摩的父亲 Karjuna（Arjuna），[①] 有

---

① 罗摩父亲的名字，几乎所有其他的本子都是十车王，独独在这里却不一样。一个地方说是 Karjuṇa（Arjuna），一个地方说是千臂王，Sahasrabāhu，十车王变成了祖父。

Rrisma（Rriṣma）（罗什曼那），[1] 有悉多，有十头魔王，有持斧罗摩等等。

我现在根据他的翻译把这三个卷子的内容简略地叙述一下。

p. 2801

整个故事是一个本生故事的形式。[2] 一开始就提到 Krakaśunda、拘那含牟尼（Kanakamuni）、迦叶（Kāśyapa）、释迦牟尼（Śākyamuni）。紧接着就叙述故事。

有一个婆罗门（Māṇava）出生于 Maheśvara 家族。到山中划上曼荼罗（manḍala）礼拜大神，大神亲自下凡，赐他如意奶牛。在这个国中有一个有道明君，叫十车王。他的儿子叫千臂（Sahasrabāhu），他与大臣和商人[3]共同统治国家。

有一天，国王打猎，来到山中，到了老婆罗门跟前。老婆罗门心中正在想如意宝（cintāmaṇi），没有招待国王。国王派大臣和商人来问，婆罗门把如意神牛[4]指给他们，神牛能满足他们吃喝的愿望。婆罗门款待了国王等，国王回宫。千臂王最后抢走了婆罗门赖以为生的神牛，婆罗门忍饥受饿，日日行乞。他的儿子持斧罗摩[5]仇恨填膺，也走入山中，划曼荼罗。到了 12 年上，他获得了神通（Siddhi—śrī），走到王宫。罗摩之父、千臂王骑大象出战。但持斧罗摩有隐身幻术，砸碎象鼻，杀死国王。千臂王之子罗摩与罗什曼那藏在洞中，幸免于难。在第 12 年上，他俩走出洞

---

① 梵本《罗摩衍那》中，罗摩是四兄弟，这里只剩下两个，而且把 Lakṣmana 写成罗什曼那（Rraiṣma Rriṣma）。

② 罗摩故事本来是宣传婆罗门教的，在这里又为佛教所利用。婆罗门教徒与佛教徒在宣传自己的教义方面，都是无孔不入的。

③ 国王 Sahasrabāhu 同大臣和商人共同统治国家，商人地位之重要有点令人吃惊。我将在另一篇文章《商人与佛教》里详细讨论这个问题。

④ 如意神牛：这里，如意神牛的情况没有讲得很清楚，梵文《罗摩衍那》第一篇 52、53、54 章，讲的是众友仙人来到婆私吒仙人的净修林中，婆私吒让他那如意神牛弄出各种香美可口的食品。众友想向婆私吒乞讨这个如意神牛，他不肯，二人干了一仗，众友被婆私吒打败。在这里，如意神牛不属于婆私吒仙人，而属于一个婆罗门。

⑤ 持斧罗摩的故事也见于《罗摩衍那》第一篇第 73 章至 75 章，但内容却有所不同。在《罗摩衍那》中，因为自己的父亲被杀，持斧罗摩到处寻杀刹帝利，也来到罗摩父子这里。他让罗摩先拉神弓，然后同他决斗。最后终于被罗摩挫败。在这里，持斧罗摩先杀死了罗摩的父亲 Sahasrabāhu，后来到山中去找他。

来，到山中去找持斧罗摩，最后把他打死。他们又统治了阎浮提洲，杀死了 18000 婆罗门。

十首王长后生了一个女儿。给她算了命，预言者说，她将毁灭全城。[1] 魔王命令把她放置盒中，投入大江里，盒子顺流而下，没有沉没，一仙人把她拣起，抚养成人。

p. 2781

到了结婚年龄，罗摩和 Rriṣma（Rraiṣma）来到，看到悉多这个美女，爱上了她，把她带走，走得很远。她住在一座最美的花园中。他们同她干一些平常人干的可耻的事。[2] 他们划了一个圈。鸟也飞不过这个圈，[3] 让大鹫[4]守护她。有人同她做伴，就是说，他愿意为她服务。[5] 虽然此事对我们彼此都是羞耻，但无过误，他们看到一只千眼神鹿。兄弟二人在林中追鹿。

十首王从空中飞来，低头看到美女，但不能进入曼荼罗。他同大鸟[6]搏斗。鸟倦，吞血红的锡而死。魔王化作苦行乞人，向悉多行乞，悉多伸手给他东西，被他乘机拉出曼荼罗。抓住她，腾空飞走。

Rriṣmaṃ 和罗摩看不到悉多，愁得昏了过去。到处寻找，找遍了阎浮提，来到猴国。一老猴闭目卧地，像一座山峰。他俩被老猴打倒，逃跑漫游。秋天，他们看到一人在田里种芝麻。[7] 后来，在老猴呆过的地方，他俩看到两个猴子打架。是兄弟俩，为了争夺王位而战。其中之一叫须羯哩

---

① 十头魔王生女儿悉多。在梵本《罗摩衍那》中，悉多是从垄沟拣来的，是十车王的儿媳，罗摩的妻子。在印度，这可以说是一个比较正统的说法，但却不是唯一的。巴利文《本生经》第 461 个故事（Dasaratha—Jātaka），说悉多是十车王的女儿，与罗摩和罗什曼那是兄妹关系。

② 平常人干的可耻的事含义不很清楚，可能是指男女性交行为。从原文来看，似乎罗摩兄弟俩同娶一个老婆，也就是悉多。兄弟同娶一妻的习惯，过去好多民族都有过。

③ 《西游记》中常有此事，孙悟空划一个圈，让唐僧站在中间，妖魔鬼怪恶虫猛兽都进不了这个圈。只有一点不同，这里的圈叫做曼荼罗，似乎同密宗联系起来了。

④ 大鹫：参阅梵文本《罗摩衍那》第三篇森林篇第 48 章，鹫王阇吒优私劝罗波那不要劫走悉多，魔王不听，决斗，鹫王受伤，几死。与此处的情节不同。

⑤ 为她服务 Bailey 译文为“to her service”，他说：“obscure passage”。我觉得，这意思似乎是悉多同许多人性交。

⑥ 即大鹫，参阅注释④。

⑦ 这一段故事，梵本《罗摩衍那》根本没有。

婆（Sugrīva），另一个叫难陀（Nanda）。难陀请求他杀死须羯哩婆，两个猴子长得很相似，打起仗来，看不出谁是谁。难陀请他俩帮助自己。他告诉罗摩，在猴子尾巴上拴上一面镜子。罗摩放箭射死须羯哩婆，难陀为王。[①] 罗摩告诉他，悉多被劫，请求援助。难陀下命令给猴子："你们出去寻找七天。找到了，告诉我。找不到，也听不到消息，回来集合，我要挖掉你们的眼睛，喂渡鸦。"猴子到处找，但找不到。时间已过，明天就要挖眼睛了。一只母猴 Laphūsa[②] 站起来，找到了一棵作标记的胡桃树，树上有一窝渡鸦，老鸦去找食物。幼雏在窝里，饿得难受。母鸦说："明天你们就能吃热猴子眼。"小鸦问："你到哪里去找热猴眼呢?"她说："悉多被劫往楞伽城（Lankāpura）。猴子们被分派出去。明天要挖猴子眼。"Phūsa（Laphūas）听到这件事，立刻走出去，大声吆喝。"我知道消息了!"一只公猴子走过来，搂住她。两只猴子快步走上前去，到了一条河，母猴不敢下水。公猴用手扶她说："你要告诉我真情!"她告诉了，但公猴没有带她过河。当他到达另一条河时，什么都忘掉了。他又转回身让母猴坐在自己肩上，到了河中心，公猴说："你告诉我的事我统统忘掉了。"她又告诉了他，到了另一条河，他把她丢在那里，自己走到罗摩和罗什曼那跟前，把消息告诉了他俩。他俩组成一支猴、狮、狼等的大军来到海边，过不去。[③]

难陀说："我年轻的时候，服侍婆罗门，一次 500 个。我的师尊预言：'你将死在水中。'后来又改变诅咒，说：'什么东西重，石、铁、锡、铜，都在水中不沉，你也不沉。'"[④]

---

① 猴国两兄弟。猴王两兄弟的名字同梵本《罗摩衍那》不同。梵本《罗摩衍那》中，哥哥叫波林（Bālin），这里却成了难陀 Nanda，在梵本《罗摩衍那》中，罗摩杀死波林，与须羯哩婆结盟。这里被杀死的却是须羯哩婆，而与 Nanda 结盟，Nanda 又与后面的 Nala 相混。这里的情节显然有点离奇。一双猴兄弟交手的时候，他们俩长得完全一样，罗摩无法放箭，人们告诉罗摩，让猴子拴上一面镜子，有了标志，他好射箭。这情节，梵本《罗摩衍那》中没有，但西藏本中却是有的。值得注意。

② Laphūsa 这一段，梵本《罗摩衍那》中没有。

③ 猴子过河这个故事，梵本《罗摩衍那》中没有。在这里，民间故事的色彩极浓。过河的故事有点类似《西游记》中通天河老鼋的故事。

④ 这段含义不清楚。

罗摩兄弟俩说："你建造一座桥，让大军过海。"① 过了以后，把桥弄坏，大军再也回不来了。②

他们到了楞伽城，金鼓齐鸣，群兽大叫，山摇地动，罗刹们告诉了十首王。

p. 2783

他的仆从杀了所有的罗刹。两个高级大臣说：古时候，在阎浮提，国王们为了女人毁了国土。有一个国王，是那护沙（Nahuṣa）的儿子。国王有五种神通，他希望得到……（原缺）的恩惠，能够通解兽语。有一次他到花园里去，听到两个蚂蚁说话。国王笑了。王后追问他笑的原因，但他想到原有的诅咒：只要他透露秘密，就要死亡。因此他不敢透露。之后，人们把肉汤送给国王。一只雌蜜蜂对雄蜂们说，她想要点汤吃。雄蜂跳入汤中，被烫死。国王把蜂尸挑出来，雌蜂等一群蜜蜂爬到雄蜂身上吃肉汤。

国王想出门，来到象房。大象在吃大米，马在吃饲料。骡子在吃干草，驴在吃草。母驴怂恿丈夫去抢骡子的饲料，被踢死。母驴就从公驴嘴中弄出饲料来吃。

国王骑马走在城中，路上有很多山羊。母山羊怂恿公羊到驴背上去抢点草来吃。公羊说："我去了，会被棒打死。"母羊说："让他打你吧！反正我要吃草。"公羊说："我不是那护沙的儿子。他为了女人的缘故想丢掉自己的性命。"国王听到这一些，记在心中。③

---

① 罗摩让 Nanḍa 造桥过海。在梵本《罗摩衍那》中造桥的是 Nala。参阅梵本《罗摩衍那》第六篇。

② 有点像中国的破釜沉舟。

③ 那护沙 Nahuṣa（Nahauṣa）魔王的大臣向他进谏，列举了古代许多由于一个女子而国破身亡的故事，意思是劝魔王回心向善，释放悉多，同罗摩握手言欢。

第一个故事讲的是那护沙之子。那护沙，在古代印度神话中，多次出现。代表的人不同。其中之一说他是古代国王，Āyus 之子，Yayāti 之父，抢夺因陀罗王位，然后被打倒，变成了一条蛇。另一说：Ambarīṣa 之子，Nābhāga 之父。他有五种神通，他通虫、兽、禽语，首先听到的是蚂蚁说话，以后依次是蜜蜂、驴、山羊等等。能懂蚂蚁说话，汉译佛经中有几个这样的故事，见巴利文《本生经》386。凡人能懂禽兽语言的故事，中外都有很多，中国的公冶长是众所周知的。梁《高僧传》卷一《安清传》："乃至鸟兽之声，无不综述。"

湿舍（Śeṣa）国王由于一个女人的缘故，变成了蛇。[①]

天帝释（Śakra）由于阿诃厘耶（Ahalyā）的缘故，变成了女性。

魔王的大臣们向他报告这些奇迹，魔王不听，大臣们逃奔阎浮提。魔王登上宝殿，趴在那里，制造出可怕的曼荼罗（circles），绝食七天。他想到因陀罗的马，马头上有麈尾。只要得到，就可以消灭敌军。麈尾停止打马的耳朵，阎浮提的人进了楞伽城。十头魔王运用绝食的神通力，呆在那里，不说不动。[②]

难陀爬上宫殿，同他的老婆说话。他大怒，立即失掉了神通（Siddhi）。天帝释乘天车下降。麈尾已经取掉。他跳入云中，从海里抓出一条毒蛇。懂咒语的人把奶油涂到它身上，毒蛇迅速逃跑。十头王投出飞弹（misile），打中罗摩前额，罗摩倒在地上。人和猴都发起愁来，他们找来神医 Jīvaka。Jīvaka 说：喜马拉雅山上有 Amṛta—sañjīva 神草，山下有一个可怕的湖。从那里取出水来，我将和成长生不老之药。[③]

难陀飞去，忘掉神草的名字，提来大山，配成仙药，救了罗摩。[④]

十头王抱着悉多，飞行空中。人们给他占象，知道他那致命的地方在右脚大拇趾上。他们说："如果你是好汉的话，你就把右脚脚趾伸出来！"他伸了出来，罗摩用箭射中脚趾，十头王倒在地上，人们把他的脖子捆住，套上两条链子。他想往天上飞，又被打倒。[⑤]

---

① 湿舍（Śeṣa）：千头大蛇的名字。《毗湿奴往世书》称之为龙王。梵本《罗摩衍那》3.13.6，有这个名字。但不是国王的名字，而是波阇波提（生主）之一的名字。

② Ahalyā。天帝释阿诃厘耶是仙人乔达摩的老婆。天帝因陀罗乘仙人离家外出的机会，来调戏勾搭阿诃厘耶。发生性关系之后，天帝仓皇逃走，撞上正回家的大仙人，仙人大怒，把天帝骂了一顿，诅咒他睾丸掉落，断子绝孙。

③ Nanda＝那罗（Nala）＋哈奴曼 梵本《罗摩衍那》中，造桥过海的是那罗，两次闯进楞伽城的是神猴哈奴曼，把大山托来的也是哈奴曼。在这里，Nanda 好像把梵本《罗摩衍那》中的须羯哩婆、那罗和哈奴罗三位合为一体。神猴哈奴曼在和阗文罗摩故事中根本没有出现，非常值得注意。

④ 在梵本《罗摩衍那》中是仙草隐藏起来。罗摩兄弟受伤后，哈奴曼到北方吉罗娑神山去寻仙草。仙草都隐藏了起来。神猴一怒，用手把大山托到两军阵前，找到仙草，治好了罗摩兄弟的伤，然后又托了回去。在这里，却变成了 Nanda 忘记了仙草的名字，因而找不到。

⑤ 致命之处是在大脚趾 在梵本《罗摩衍那》里讲的是十头魔王受到梵天恩宠，乾闼婆、夜叉、檀那婆、罗刹都不能杀他。他因为看不起凡人，没有提凡人的名，所以只有凡人才能杀死他。毗湿奴因此化身为四，下凡降生，成为凡人，最后除魔。这里讲的是，魔王身上只有脚上的脚趾，箭才能射入。

他们要杀他。他请求饶命，纳贡。在悉多看来，罗摩与罗什曼那他们俩已死了一百年。

罗摩说："我看到有被欺侮的人向我走来，我的心就像芭蕉叶那样摇动。"罗什曼那说："地下有金银，我是掌握财宝的。"悉多说："在会议上有人说笑话，他看不到真实情况，只看到对我说好话，他死了一百年，现在又活了。"①

他们称赞悉多的聪明。她立刻没入地中。罗摩率军回去，走到大海边，龙王大怒，他们把燃烧着的眼药和芥末投到海上。诸龙离开龙宫，四散逃窜。他们回到阎浮提，罗摩控制住忧愁、死亡、悲伤。他的敌人没有胜利，他打败了安巴哩沙（Ambharīṣa）和大天 Mahādeva。②

最后释迦牟尼说出了这个本生故事的结束语。罗摩是弥勒佛。罗什曼那是释迦牟尼。十头王和罗刹跪拜佛。他说："罗摩用箭射过我，现在又救了我。我能超脱死生。他活了很久。你们必须精勤，向往菩提。享受最好的东西。功德最有用。"③

（二）吐火罗文 A（焉耆语）

在新疆出土的古代文字中，第二个有罗摩故事的是吐火罗文 A 焉耆文，但规模极小，只讲到罗波那的弟弟维毗沙那（Vibhīṣaṇa）。我现在根据西克和西克灵的《吐火罗文残卷》（10—11）把这个故事叙述一下。这个故事是《福力太子因缘经》（Puṇyavantajātaka）的一部分，是木师与画师故事中的一段插话：

画师对木师说道：

> 缺少智慧，一个人的精力会给他带来灾祸。正如从前罗刹王陀娑羯哩婆（十头王）那样，当他看到罗摩的大军已把楞伽城包围了起来时，他把自己的兄弟、大臣（和统帅？）召集起来，说道："应该怎么办呢？十车王的儿子罗摩这个人，为了悉多的缘故（越过大海）

① 这一段含义模糊。

② 把罗摩的故事写成一个悲剧。

③ 像其他的本生故事一样，这个罗摩故事最后也点出故事中的人物究竟是谁。值得注意的是，罗摩是弥勒佛。对研究新疆弥勒佛信仰的传播很有意义。《六度集经》最后也说是弥勒，与和阗文同。

包围了我们的楞伽城。现在要怎么努力去对付他呢?”(陀娑羯哩婆的兄弟维毗沙那)于是开口对陀娑羯哩婆说话,让大家都听到:(Ṣalpämalkenaṃ)

“(带来)灾祸(?)……
可是(罗摩)达到目的后会自己愉快地离开
给自己(带来)灾祸……
(你)哪里来的这样的智慧,它只好让你倒霉。”

陀娑羯哩婆听了以后,由于缺少智慧,勃然大怒。他从自己的宝座上拽下来了一根水晶腿(?),投到维毗沙那脸上,说道:“请你加恩把这一条腿给你赞扬的罗摩带去吧!(我)只要活着,决不会把悉多还给罗摩。你们怕罗摩,我不怕。”

维毗沙那只好摇头,把(脸上的)血滴抹掉。从会议上站起身来,跪下以头触地,请求母亲的宽恕,让陀娑羯哩婆眼睁睁地看着自己走出楞伽城,朝着罗摩所在的地方消失了身影。罗摩胜利后,给维毗沙那灌顶,让他成为楞伽城王,赐号楞伽王。结果是陀娑羯哩婆和他的大臣们彻底毁灭。Niṣkramāntaṃ

当随从们集合起来时,罗波那由于愚蠢而分裂了随从们。

当还有力量时,他分裂了罗刹的力量,打了维毗沙那。
他兄弟的正确劝告,他拒不接受,结果失掉了荣华富贵。

维毗沙那离开了他,统治权离开了他,他同楞伽城同归于尽。或者可以说,没有智慧,一切力量、精力(毅力)都只是怠惰。

结束语

我在上面介绍了《罗摩衍那》传入中国的情况,以及它在中国的影响。材料大概还不止这样多,我目前能够搜罗到的,就是这样一些了。

我介绍的范围包括八种语言：梵文、巴利文、汉文、傣文、藏文、蒙文、古和阗文和吐火罗文 A（焉耆文）。给人总的印象是：内容从大的方面来看，基本上相同；但是从细节来看，又有差别，有的甚至是极大的差别。关于梵本与其他本子之间的异同，我在上面已经作了一些分析，现在再归纳起来，谈几个问题。

（一）罗摩故事宣传什么思想？从印度本国的罗摩故事的两个本子来看：一个是梵文的《罗摩衍那》，一个是巴利文的《十车王本生》，这两个本子代表两大教派。故事来源肯定是来自民间，根据天鹰《中国民间故事初探》的分类，《罗摩衍那》是属于“反映人民道德观念的传奇故事”这一个范畴。印度教的《罗摩衍那》除了宣扬三纲五常等道德教条之外，着重宣传一夫一妻制，保证统治者财产继承确有把握。而佛教的《十车王本生》则似乎把重点放在宣扬忠孝上。总之，两大教派（其他教派亦然）都争相利用。《罗摩衍那》宣传的是婆罗门教，以后的印度教。《十车王本生》宣传的则是佛教思想。佛教在印度后来消失了，只剩下印度教的一统天下。《罗摩衍那》的影响完全是在印度教方面。然而罗摩故事传到国外以后，大概是由于都是通过佛教传出来的，所以国外的那许多本子毫无例外地宣传的都是佛教思想。

《罗摩衍那》在印度与佛教的关系，我在《罗摩衍那初探》中已有所涉及。但是问题并没有全部解决：梵本《罗摩衍那》和佛教都产生于东印度，时间也相差不多，为什么竟好像是互不相知，其中原因还有待于进一步的探讨。我在《罗摩衍那初探》曾表示了一个意见：“佛教在当时还并不十分流行，并不像一些佛教研究者所想象的那样。”（第 35 页）近读 Ananda Guruge 的《〈罗摩衍那〉的社会》，其中说到，《罗摩衍那》的故事晚于梵书，而早于释迦牟尼。它不提佛教，也就可以理解了。

（二）罗摩故事传入中国以后，各族都加以利用，为自己的政治服务。汉族在下面（三）中来谈。傣族利用它来美化封建领主制，美化佛教。藏族通过对罗摩盛世的宣传，美化当地的统治者。和阗文本最后十头王被打败，打倒，请求饶命，称臣纳贡。这种宣传也有利于统治集团。所有的本子都是通过对佛教的宣传来为各自的政治服务。

（三）汉译本特别强调伦理道德的一面。汉族好像对伦理道德（封建的）特别重视。我常常发现汉译佛典中强调忠和孝的地方很不少。我有点怀疑，我不相信印度原文如此，而是汉译者加上的。罗摩的故事也不例外。梵文《罗摩衍那》也有这种情况。我在《罗摩衍那初探》中已有所论列。（第 57—59 页）但是汉译本对这方面，特别是对孝，更是特别着力加以宣扬。在《杂宝藏经》中明确讲到罗摩的话："违父之愿，不名孝子。"下面又说："年限未满，至孝尽忠，不敢违命。"其他兄弟之道，夫妻之道，朋友之道，无不如此。在《六度集经》中也强调睒子是"孝子"。译者或编译者的用意是很清楚的：宣扬这一套伦理道德，讨好中国的统治者，巩固统治，从而巩固了佛教的地位。

（四）很多学者认为，同古希腊比起来，中国人不大喜欢或欣赏悲剧。这意见有一定的道理。古代希腊文艺理论中的 Katarsis（净化作用）对我们来说，了解起来比较困难。中国古代文学中真正的悲剧很少。罗摩故事在印度是一个悲剧，但到了中国却多被改成喜剧结尾，以适应中国人的心情和爱好，最突出的是插曲睒子故事。这本来是一个悲剧。但《六度集经》却让天老爷出马干预，使被射死的睒子复活。

（五）涂上了地方色彩和民族色彩最突出的例子，一个是傣族，一个是蒙古族。我在上面已经谈到，这里不再重复。

最后我还想讲一个问题。明洪楩编《清平山堂话本》卷三有一个话本叫《陈巡检梅岭失妻记》。有人主张这一篇话本受了印度影响，其中包括《罗摩衍那》。故事讲的是陈巡检带着妻子如春到广东去上任，来到了梅岭这个地方。梅岭之北，有一个申阳洞，洞中有妖怪，名叫白申公，是猢狲精。他弟兄三人：一个是通天大圣，一个是弥天大圣，一个是齐天大圣，另有一个小妹名叫泗洲圣母。白申公施展妖术把如春劫至洞中。如春在洞中保持贞操，后来被紫阳真君救出。从故事的梗概来看，一方面与《罗摩衍那》故事有某些类似之处；另一方面又与《西游记》有某些类似之处。这三者可能有渊源关系。这对于解决印度神猴哈奴曼与中国孙悟空之间的关系，解决孙悟空与巫支祁之间的关系，也提供了重要线索，是一个很有趣的问题。我在这里暂且不谈，以后当专文论述。

1984 年 2 月 23 日

选自《比较文学与民间文学》，北京大学出版社 1991 年版。该文完成于 1984 年。

谈史诗《江格尔》中的《洪格尔娶亲》

宝音和西格

史诗《江格尔》广泛而深刻地反映了卫拉特人民的生活和斗争，情节十分动人，内容极其丰富。在以往多角度研究中，虽然涉及到了《江格尔》中反映的婚姻、家庭制度方面的问题，但为数甚少。婚姻、家庭在人类生活中占有非常重要的地位。有了婚姻才有家庭，有了婚姻和家庭才会延续子孙后代，有了婚姻才有家族和亲族结构。随着人类社会发展的历史进程，婚姻和家庭在不同历史阶段具有不同的形式和内容。它与各个历史时期的经济、政治、法律、伦理道德有着密切的联系。因此，从人类社会重要现象之一的婚姻和家庭角度去研究著名史诗《江格尔》，我想不是没有意义的。

虽未见我国研究者们研究这个问题的专题论文，但在论述《江格尔》产生时代的时候，把洪格尔的成亲看作是“抢亲”，进而得出史诗《江格尔》产生于氏族社会末期、奴隶制社会初期的观点。例如，色道尔吉同志在其《蒙古英雄史诗〈江格尔〉》一文中说：“芒罕圣人的儿，大力士马拉查干看中了她，带来五百名壮汉，公然宣称：‘愿意嫁，要娶走，不愿意嫁也要娶走’……江格尔的三十二位勇士说：‘不管这里的可汗是否愿意，我们要给你娶他的女儿作你的妻子。’其他勇士的妻子也都是经过激战后抢来的。至于宝木巴的圣人、当时精神文明的象征、理想的代表江格尔，他娶阿盖时也不例外。抢亲的行为反映了草原奴隶社会的又一特征。那个时代，一个男人东奔西驰，动刀动枪追求他所看中的理想配偶是正当的，甚至抢别人的妻子为自己的伴侣，也是很自然的，这是一种合乎情理的英雄行为。抢婚的风俗画就是《江格尔》为我们保存的草原奴隶社会的一个重要侧面。”（内蒙古社联《一九八一年论文集》）刘岚山同志在其《论〈江格尔〉》一文中说：“不管怎么样，求婚不成，便将对方一一杀死（指洪格尔杀死图赫布斯和参丹——引者）。这是现代观念绝对不能容忍的。然而，史诗中的洪格尔只是让他流了几滴‘圣水般的眼泪’，说了一句‘我有多么鲁莽’，并无任何谴责。而且，史诗的主人公，被尊为至高无上的圣主江格尔的爱妻。永远象十六岁少女一样美丽的阿盖·莎不塔拉，也是在江格尔杀死了对阿盖倾心的大力士包鲁汉查干，又打败了赫赫有名的阿盖的父亲诺敏·特古斯可汗之后才娶（实际为抢）来的，这也是现代人难以接受的。然而，史诗对江格尔的此举不仅毫无责备，反而竭力歌颂他们的爱情和江格尔的伟大。从而说明了一个历史真实，即这是奴隶社会的观念，奴隶社会存在的抢婚习俗。”（《民族文学》1982 年第 12 期）

苏联卡尔梅克学者克契科夫在 1974 年出版的《英雄史诗〈江格尔〉》一书中对这个问题予以极大关注，曾系统而详尽地论述了有益的见解。比如，他认为这一章是以古代的英雄求婚史诗作为基础再创作的。这在他从民族学民俗学的角度对《洪格尔娶亲》一章中的许多情节问题做使人信服的阐述是一致的。可是他又认为《江格尔》的大多数章节中叙述的都是与民族利益、部族利益关系重大的事件，唯独在《洪格尔娶亲》一章中却叙述了私生活，使之脱离《江格尔》的总的思想倾向和格调。

我认为对《洪格尔娶亲》一章的“表现抢婚”之说也好，“脱离总的倾向，描写私生活”之说也好，都值得商榷。本文想就这两个问题谈谈自己的看法，以求教于作者和读者。

首先讨论“抢婚习俗”说。

（一）在讨论《洪格尔娶亲》时，首先必须弄清“抢婚习俗”究竟产生在人类社会发展的哪一个阶段。对此，恩格斯早已指出：“在以前的各种家庭形式（血缘家庭、普那路亚家庭——引者）下，男子是从来不缺乏女子的，相反，女子倒是多了一点；而现在女子却稀少起来，不得不去寻找了。因此，随着对偶婚的发生，便开始出现抢劫和购买妇女的现象，这是发生了一个深刻得多的变化的普遍迹象，不过只是迹象而已。”（《马克思恩格斯选集》第四卷，第 43 页）恩格斯的这一段话告诉我们，作为一种婚姻形式的“抢婚习俗”，只产生于人类社会蒙昧时代的高级阶段，它不是奴隶社会的特产。这里所说的“抢婚习俗”有它的特定含义，是历史范畴的现象。它与阶级社会中有权势的人们抢夺妇女的现象是两码事。在奴隶社会和它的前身即野蛮时代的高级阶段中所兴起的，奴隶主或军事将领常将女俘带回，并将其中最美的收为己妾，及封建社会中封建官僚贵族抢劫民女的现象，都并非是抢婚习俗。科学意义上的“抢婚”，是某一个氏族或部族的所有成员在一定的历史阶段普遍遵循的一种婚姻习俗，它与从阶级社会萌芽到整个阶级社会中常见的有权有势者抢占妇女的现象有着本质的区别。所以，不能简单地认为“奴隶社会的婚姻形式就是抢婚，抢婚存在就证明是奴隶社会”。

（二）再从民俗学的角度看，《洪格尔娶亲》是否反映了抢婚习俗？民俗学研究证明，世界上很多民族在古代都有过抢婚习俗。可想而知，古代的蒙古族也不例外，只是现在不存在了。但只要我们借用民俗学的研究方法认真观察一下流传至今的蒙古的婚姻习俗，就会发现仍然残存着一些古代抢婚习俗的痕迹。如：

1. 蒙古族现在的结婚仪式中，新郎娶亲时必须带从伴。这很可能是古代蒙古族依靠氏族集体力量从他氏族抢亲的痕迹。如果说，在古代是从兄弟中挑选几名体魄强壮的人一同到他氏族抢亲的话，那么在现在的习俗中则已演变为从本村或从近亲中挑选几名或一名与新郎年龄相仿、懂习俗、口齿伶俐的小伙子同去而已。

2. 新郎前往新娘处，一定得佩带弓箭。这也可能是过去的武力抢亲的痕迹。蒙古族自古散居辽阔草原，抢到的新娘有可能途中又被他人抢走，不带弓箭是不行的。

3. 据我调查，在新疆乌苏县土尔扈特蒙古族中有这样一种习俗：接新娘时，让伴新郎者中的与新娘年龄相当、属相不相克的小伙子将新娘抱在马鞍前，从新娘家向新郎家急驰而去。巴达拉夫同志写的《土尔扈特婚礼》一文也证明了阿拉善盟土尔扈特族也有这样的习俗。他在文章中写道：“娶亲仪式中，接新娘时，年龄稍大的伴新郎者从嫂子们的庇护下抱出新娘带在马鞍前，顺时针方向绕其娘家一周之后奔赴新郎家。”［《内蒙古社会科学》（蒙文版）1982 年第 3 期］

4. 苏联卡尔梅克作家巴桑郭夫 20 世纪 30 年代写了一篇小说叫《宝

拉干传》。小说里描绘了一个富人道兰的儿子叫满吉的人，依照习俗娶宝拉干姑娘的故事。当新郎新娘拜完天地之后，前来娶亲的一方进屋把新娘和她的首饰衣物一起抱走时，新娘家族的人们操起近身的器具朝娶亲者们打去，结果打瞎了一个当从伴者的眼睛。这篇小说虽然不是风俗记录，但不能说它不是20世纪30年代卡尔梅克人婚俗的真实写照。

如果我们将上述的抢婚习俗的痕迹与《蒙古秘史》中的有关记载相比较，就会发现不少相近的地方。例如，都娃、朵奔蔑尔干兄弟俩合伙把移营中的阿阑豁阿抢去作了朵奔蔑尔干的妻子；孛端察儿兄弟五个抢了无头领百姓以后，孛端察儿娶了已怀孕的妇人。可是，我们把上面谈到习俗上的和史书上的抢婚痕迹与所谓反映抢婚习俗的《洪格尔娶亲》相比较，没有一个情节能够互相印证，这就值得考虑《洪格尔娶亲》一章的内容是否与抢婚习俗有关。

（三）为了证明自己这种看法，有必要先对色·道尔吉和刘岚山二同志提出的几个论据进行讨论。

1. 不能以个别话语作为论据。《洪格尔娶亲》一章中芒罕圣人的孙子玛拉查干说：“愿意嫁，要娶走，不愿意嫁也要娶走。”江格尔的三十二个勇士也说：“这个可汗给也娶走，不给也娶走。”他们把这些话当做描写“抢婚”的依据。我觉得这样作未免太轻率了。大家知道，民间文学作品，尤其是叙述体的民间文学作品，表现主题思想和刻画人物的主要手段是通过情节。因此，我们分析《洪格尔娶亲》一章的时候，重点不应放在一些人物在某些场合下说的个别语句上，而应该放在通过情节表现出来的内在含义上。洪格尔娶亲是经过几方面的商议，通过好汉三竞技，因获胜才娶了可汗的女儿。民俗学的研究成果表明，抢婚的对象只要不是同图腾、同氏族的女人，都可以抢。可是跟洪格尔成亲的女子是可汗的公主，这反映了英雄的结婚对象必须是公主，这里是否体现了封建社会的门第思想呢？

2. 通过好汉三桩竞技（赛马、射箭、摔跤）娶亲是否意味着抢婚？这个问题是在亚洲北方各民族民间故事、民间传说、英雄史诗中普遍存在的一种古老的问题（甚至已渗透进人们的日常生活里，如那达慕大会上也要进行三桩竞技）。通过三桩竞技、获胜者娶可汗的公主，所有的蒙古语族史诗里都有，而且出现在史诗发展的各个阶段上。同时也经常出现在蒙古语族民间故事中，其意义与英雄史诗基本相同。进行三桩竞技的目的是考察求婚者劳动能力及其智力和胆量。它与抢婚没有丝毫关系，反而与服务婚或者赘婚多少有些关系。

所以抢婚之说是站不住脚的。

下面接着谈第二个问题，也就是《洪格尔娶亲》一章是否与《江格尔》的整个思想倾向脱节的问题。

对于《江格尔》的形成问题学者们有一个很形象的比喻，他们说，《江格尔》的各章不是一夜之间就绽开的而是一朵一朵地开放的，《江格尔》的产生和发展起码延续了几个世纪。所以，它的前后产生的各章的思想倾向是有差别的，其内容也不完全一样。有三种不同的内容：

1. 最初创作的一些章节的内容是主张团结统一的。独霸一方的希格其日格怕江格尔长大成人，威胁他的霸权，想趁江格尔年幼杀掉他，以除后患。可是他的独生子洪格尔不仅不让爸爸杀死江格尔，反而成了江格尔的得力助手和忠实朋友，对过去和将来了如指掌的先知阿拉坦策吉，也是独霸一方的可汗，他预感到江格尔和洪格尔的合作将无敌于天下，于是很快跑到江格尔身边，并把江格尔奉为宝格达诺颜（最高统治者）。从此以后，江格尔招集了“英雄中的最好的”，“骏马里面的最快的”，开始建立人间天堂宝木巴地方。英雄们是通过两个途径聚集到宝格达诺颜江格尔身边的。一部分是自愿来的，如萨纳勒，他“把有福的父亲抛弃在家乡，使他没有继承人，把慈爱的母亲扔在家里，使她没有儿子，把亿万属民留在家乡，使他们没有主人，把美丽的妻子丢在家里，使他没有丈夫”，独自个人投奔到江格尔身边。另一部分人则是经过一番激战而和好的。他们在战场上钦佩对方的过人勇猛和武艺，放弃敌对情绪而结拜为兄弟，变成了为江格尔效忠的好友。

2. 他们汇集到一起后，为了捍卫和建设宝木巴地方而和外来入侵者展开了长期的艰苦卓绝的斗争。这就是整个江格尔的最重要的思想倾向。

3. 反映了与“准备侵犯的”和“曾侵犯过宝木巴地方的”敌人作斗争的内容。这种斗争实际上是加强江格尔的职权和扩大宝木巴地方势力范围的斗争。为此所采用的方式有两种，一种是以武力征服，另一种是以“和平方式扩大势力范围”，也就是我们所讨论的《洪格尔娶亲》一章中所反映的联姻问题，所以这一章的出现不是背离整个《江格尔》的总的思想倾向，而是不可分割的一部分。

我们所讨论的这章中描写的女方父亲是有权有势的独霸一方的大可汗，是江格尔的宝木巴国的邻国，他的领土除与宝木巴地方接壤以外，还和芒罕可汗接壤。芒罕可汗也好，江格尔也好，都通过联姻方式把赫赫有名的查干兆拉可汗纳入自己的阵营。对女方父亲查干兆拉可汗来说，一定要找到强者并投靠他，所以他就采用了好汉三桩竞技的比赛，找到了强者，把女儿嫁给了江格尔的英雄——洪格尔。从江格尔的角度看，通过联姻方式和邻国可汗结成了和睦联邦，也就是通过联姻关系把邻国大汗纳入自己的势力范围。因此，这一章的思想倾向与整个《江格尔》的团结统一、建设家乡、保卫家乡、扬名四海的总的思想倾向是完全一致的。

通过这样的联姻方式，使民族与民族之间、民族内部的统治者之间增强政治关系的事例自古以来就有。唐朝的文成公主嫁给西藏的松赞干布，唐朝和藏族间建立过和平友好的关系。汉朝的昭君嫁给匈奴可汗，也建立了和平友好关系。蒙古黄金家族和卫拉特之间也是如此，成吉思汗将自己的女儿其其干嫁给了卫拉特的脱脱诃的儿子图热勒吉，图热勒吉又把自己的女儿嫁给蒙古阿里不合汗。卫拉特各部族内部也是如此，在这里不一一列举了。

这些事件反映到民间文学作品的时候有它独特的形式。在藏戏和藏族民间故事中，对唐蕃和亲，松赞干布娶文成公主一事是这样写的：松赞干布的智慧超人的贤明臣子战胜了争抢文成公主的强悍的塔塔尔国大臣、珠宝之国波斯大臣和军事大国格斯尔汗大臣，给自己的大可汗松赞干布娶回了文成公主。故事中讲的是用红线穿九曲珠、分辨木头根部和梢部、从三百名一样的美女里认出公主等五种考验，松赞干布的大臣智慧过人，一一都做到了，赢得了给自己可汗娶文成公主的资格。这与《洪格尔娶亲》一章，以三桩竞技中获胜者而娶公主是大致相同的。两者都是“难题求婚”，只是不同民族的民间文学的不同形式的反映而已。在“难题求婚”问题背后反映着各民族和各部族之间通过联姻关系加强政治联盟的具体历史事件是无疑的。对于联姻这个问题，恩格斯在《家庭、私有制和国家的起源》一书中指出：“对于骑士或男爵，以及对于王公本身，结婚是一种政治的行为，是一种借新的联姻来扩大自己势力的机会。”（《马克思恩格斯选集》第四卷，第74页）因此，《洪格尔娶亲》一章的内容和思想倾向与其他章节没有脱节，更不是抢婚习俗的反映。

原文载《内蒙古社会科学》（汉文版）1985年第4期。

日出扶桑:中国上古英雄史诗发掘报告

——文学人类学方法的实验

叶舒宪

一　引言:本文的方法

近年来笔者留意于现代国外人文科学的理论与方法，尝试将文化人类学的眼光和方法运用于文学研究的实践，曾撰写《英雄与太阳——〈吉尔伽美什史诗〉的原型结构与象征思维》一文,[①] 受到诸多师友的肯定和鼓励，希望能继续这种尝试，特别是在中国文学的研究中，使人类学方法的可行性得到进一步的验证。本文与《英雄与太阳》一样，试图将原型批评与结构主义，特别是乔姆斯基探讨非经验的语言深层结构的方法在广阔的文化人类学背景上加以综合，从而扬弃它们各自的片面与缺陷，尝试建立一种原型结构分析的方法。

这种方法论的基本原则在于，从可经验的文学（文化）对象的表层结构的分析入手，探讨不可经验的、但又实际存在着并主宰、决定着表层现象的深层结构，进而从原型生成和人类象征思维的普遍性方面对这种立体结构现象做出科学的阐释，力求在主体人的心理结构和客体对象的结构之间的对应关系中把握某些跨文化的文学现象生成及转换的规律性。

---

① 叶舒宪:《英雄与太阳——〈吉尔伽美什史诗〉的原型结构与象征思维》，载《民间文学论坛》1986 年第1期。

二　发掘序曲:羿与太阳原始关系的重构

羿这个名字在汉民族的集体意识中始终同太阳有着密切的关联。不过这种关联却一直是颠倒的，它以“熟知”的形式存在，恰恰妨碍人们去认识“真知”——了解羿的本来面目。按照“熟知”的射日神话，羿与太阳之间的关系是一种对立的、仇敌的关系。如果有人说羿和太阳本来具有同一性的关系，大概很难有人相信。但事实却很可能如此。

羿作为受人敬仰的英雄，其最突出的特点是擅长射箭，在《左传》、《论语》、《孟子》、《庄子》、《管子》、《荀子》、《韩非子》等多种先秦典籍中，都曾提到这一点。可见在上古人的心目中，羿是非凡的神箭手，还有的传说干脆说他是弓箭的发明创造者。这种说法甚至可以从他的名字上得到直观的证明。“羿”字本作“羿”，《说文》又写作“𢏚”。这三个字都保留着弓箭的象形成份，或从弓，或从羽，而羽就是箭尾，亦指箭。《释名·释兵》：“矢，其旁曰羽，如鸟羽也。鸟须羽而飞，矢须羽而前也。”就是在数千年后的今天，“羿”字不也恰似两只头向下的利箭吗？

不过，这位作为弓箭化身的善射英雄，原本不是肉体凡胎的俗人，而是一位天神。尽管许多古书说他是历史人物（或曰尧时射官，或曰帝喾时射官，或曰有穷国君，或曰古之善射者等等），但较为全面地记述了羿的生平的《天问》却明确透露出，他本是来自上天的神：

> 帝降夷羿，革孽夏民。

王逸注说“帝”是天帝，而《山海经·海内经》则说：“帝俊赐羿彤弓素矰，以扶下国，羿是始去恤下地之百艰。”① 这里的天帝之“降”与羿之“下地”，都说明羿本属神籍，具有神的血统，住在永生的天神世界。

那么，羿和派他降至人间的天帝即帝俊之间是什么关系呢？帝俊是上

① 袁珂：《山海经校注》，上海古籍出版社1980年版，第466页。

古东方部族所传之上帝，闻一多说他是“殷人东夷之天帝”。[①] 徐旭生说他在《山海经》所记诸神之中“可以说是第一烜赫的了”。[②] 正像希腊神话中的“众神之父”宙斯那样，天神世界中许多主要的神都是帝俊的儿子。如袁珂所说：“帝俊子孙多有创造发明：义均‘作下民百巧’；奚仲、吉光‘是始以木为车’；晏龙‘为琴瑟’；子八人‘是始为歌舞’；后稷‘播百谷’；叔均‘作牛耕’。”[③] 那么，发明了弓箭的羿是不是也可看作帝俊的后代？由于上古神话的零散和残缺，找不到直接的答案。不过，根据以下几个方面的推测，可以作出肯定的回答。

从血统方面看，帝俊是东夷人的上帝，而羿为东夷之神，[④] 名字又叫“夷羿”。[⑤] 帝俊曾和妻子羲和生下 10 个孩子，羲和是女性太阳神，所以生下的是 10 位小太阳神。“羲和者，帝俊之妻，生十日”。[⑥] 照此来推断，羿若是帝俊之子的话，很可能就是 10 日中的一个了。也就是说，羿可能是太阳神。而较为直接的证据是，羿是弓箭的化身，他最大的特征是善射，这不正是太阳神的普遍象征吗？

人类学家利普斯在概括太阳神话的特点时说：“太阳神可以是一个神、一个英雄，可以仅是一个人，或者可以是一根燃烧的柱子。太阳光芒是太阳神射向地球的箭。”[⑦] 大概最能说明神话思维这种类比逻辑的莫过于众所周知的希腊太阳神阿波罗。“阿波罗之光——太阳光，同远射之神杀敌的金箭被看作是同样的东西。这么一来，阿波罗便成为射神，即战神。古代人把人的暴卒，说成是中阿波罗之箭。”[⑧] 据著名比较神话家约瑟夫·坎贝尔（Joseph Campbell）的考察，把太阳发出的光线类比为箭，这一原始观念的起源，甚至要比神话产生的年代还早的多。史前人类在定居的农业生活开始之前，主要以狩猎活动维生。而在几乎所有狩猎民族的

---

① 闻一多：《天问疏证》，上海古籍出版社 1985 年版，第 54 页。

② 徐旭生：《中国古史的传说时代》（增订本），文物出版社 1985 年版，第 67 页。

③ 《中国神话传说词典》，上海辞书出版社 1985 年版，第 295 页；详见《中国古代神话》，中华书局 1960 年版，第 144—145 页。

④ 杨宽：《中国上古史导论》，见《古史辨》第 7 册，上海古籍出版社 1982 年版，第 366 页。

⑤ 《天问》，《左传》襄公四年引《夏训》及《虞人之箴》；《吕氏春秋·勿躬》。

⑥ 《山海经·大荒南经》。

⑦ 《事物的起源》，中译本，四川民族出版社 1982 年版，第 356 页。

⑧ M. H. 鲍特文尼克等编：《神话辞典》，中译本，商务印书馆 1985 年版，第 2—3 页。

神话中，太阳都是伟大猎手，他的狩猎武器就是箭。现代人类学家在目前尚存的爱斯基摩人的史前渔猎部落和东非的狩猎部落中，仍然可以看到基于上述原始观念的狩猎仪式。[①] 如果以上的证据还嫌较为间接的话，我们还可以举出一幅出自中国本土的原始岩画，[②] 用它来证明“太阳 = 人（神） = 弓箭”的三位一体关系。

从这位左手执弓，右手握箭的中国“太阳神”来看，羿像希腊的阿波罗一样，身兼日神与箭神、战神、狩猎神等多重身份就不仅是可能的，而且是自然而然的了。即使帝俊没有赐给他“彤弓素矰”，他也不会没有弓箭可用，他就是箭！无怪乎许多神怪、妖兽和凡人的暴死和暴伤，都要归咎于他呢！

以上所论确立了羿与太阳神的同一性关系。其实从神话思维的逻辑着眼，这种关系一目了然。大概因为羿射日的神话在后世广为流传，羿与太阳似有不共戴天之仇，这种关系也就被遮蔽，被遗忘了。羿本为日，为何还要射日呢？考射日神话的各种说法，尧时 10 日并出、尧命羿射 9 日、中 9 日的说法最早见于《淮南子》，显然是后起的。羿乃 10 日之一，若言射 10 日，岂不成了自杀。不过，射 9 日中 9 日的说法是完全可以成立的，小儿子羿射落了他的 9 个哥哥，独立继承了母亲羲和的太阳神籍，这

① 坎贝尔：《原始神话学》，1959 年英文版，第 295—298 页。

② 摹自汪宁生《云南仓原崖画的发现与研究》，文物出版社 1985 年版，第 59 页，又见彩版 7 的照片。

其中似乎透露出民族学家从母系氏族社会中总结出来的所谓“末子相续”制的遗迹。这一问题牵涉较多，需另文探讨。这里需要说明的是，射日神话见于先秦典籍的只有一处，即《天问》中“羿（《说文》引作芎）焉弹日？乌焉解羽”二句，并未涉及射日的数目。但值得注意的是，这两问紧接在开天辟地神话、鲧禹治水神话和昆仑神话诸问之后，处于有关夏朝的启益之争和五子之乱诸问之前，再往下才有“帝降夷羿”之事，这不是说明，羿射日的故事发生在天上，或者说发生在他降下人间“革孽夏民”之前吗？准此，射日神话所反映的是神灵世界中的家庭内讧，而不是什么“人神之争”。《山海经·海外东经》：“下有汤谷，汤谷上有扶桑，十日所浴，在黑齿北，居水中。有大木，九日居下枝，一日居上枝。”看来在神话思维中，10 日可以依次更替地升降起落，但在某一时刻，这个次序被破坏了，出现了“十日并出，万物皆照”的异常局面，[①] 争斗的结果，“羿落九日，落为沃焦”，[②] 所剩的一日自然是羿本人了。谁能肯定说，羿不是由于犯了杀兄之罪才被逐出天廷的呢？

三　表层结构：母题比较与羿神话整体的复原

不管怎么说，羿毕竟离开了神灵界，他一生的主要业绩都是在人间完成的，唯其如此，他才成为上古神话中最伟大的英雄。把羿的神话传说同上古西亚的大英雄吉尔伽美什的传说相比，我们可以说，英雄所为略同。

诚然，要把羿的片断故事同世界上现存第一部大史诗相提并论，并加以比较，一定会有人觉得不伦不类。然而，原型批评和结构主义的广泛的跨文化研究启示我们，正是在这种表面的不可比性之下，潜藏着实质上的可比性：按照原始心理和神话思维的共同逻辑，探讨具有全人类性的、基本的象征原型和神话叙述深层结构。

不仅如此，羿与吉尔伽美什的比较还有其特殊意义，它将使我们开阔眼界，超越传统考据学的既定思路，从新的角度重新理解和阐释古老的问

---

① 《庄子·齐物论》。

② 《庄子·秋水》成玄英疏引《山海经》。

题。鉴于巴比伦史诗的及时记录和长期封存（19世纪才重新发现），其中保留着丰富的、未经后人理性主义曲解的原始神话成分，这就使我们有了一个较为坚实的参照基点，通过比较去辨析众说纷纭的羿神话的实质，纠正为后世理性主义的改编者和注疏家所曲解的内容，重新构拟出较为完整的、有内在逻辑联系的羿的一生故事。

以下的比较将从两个故事的表层叙述结构入手，概括出二者所共有的原型母题，逐项加以讨论。为进一步探讨其深层象征结构奠定基础。

1. 主人公的出场　在这一母题中又可再分出若干亚母题。

1.1. 主人公的出身。吉尔伽美什是具有神性的英雄，尽管他是由诸神合力造出来的，他那“俊美的面庞”却是太阳神舍马什授予的，可以认为他是太阳神的后裔。[①] 羿作为日神羲和之子已如上论，可见两个英雄都具有太阳神的血统。

1.2. 主人公的地位。在苏美尔王表中可以看到，吉尔伽美什是历史上真实的国王，到了史诗中，他虽然在很大程度上被神化了，但还保留着乌鲁克国王的身份，他的生涯是以征服该地人民，建造城墙开始的。而羿，在《左传》等书的记载中曾当过一国之君，他的人世生涯也是从“革孽夏民”开始的。换句话说，二人都是受天命而帝的国君。这种既是神又是人的国王，在世界各民族文明初始之际是非常普遍的现象，弗雷泽等学者早有详尽的讨论。但古代注家不知此中原委，往往将羿看成是不同的人物，孔颖达干脆说羿只是善射之号，谁都可以借用。袁珂新著《中国神话传说》亦敷演出天神羿和国君羿两套故事。

1.3. 主人公的能力。《吉尔伽美什》开篇充满了对主人公的赞语，所赞不外乎三个方面：神异的体魄；非凡的勇武；出众的智慧。三方面的特异在羿这里也大致都可发现。关于他的体魄，传说他左臂比右臂长，所以善射。[②] 他的武艺虽局限于弯弓射箭一项，但这也足以使他所向无敌了。他的过人智慧也有传说，从《淮南子·叔真》中“虽有羿之知而无所用之”一句可知，他曾被视为大智大慧的典范。

---

① 参见赫罗兹尼《西亚细亚、印度和克里特上古史》，中译本，三联书店1958年版，第81页；史本斯（L·Spence）：《巴比伦尼亚和亚述的神话传说》，1920年英文版，第156页。

② 《淮南子·修务》。

2. 主人公的恶行 说来奇怪，这样两位智勇双全的豪杰，起初都没有把他们的特异禀赋用到正路上，反而以邪恶暴君的形象留在时人心目中。他们的恶行又大都有两个方面：

2.1. 荒淫。史诗中明确记载了吉尔伽美什行使“初夜权”的情形；羿的名声也好不了多少，射杀儿子娶人家的母亲，射伤丈夫私通人家的妻子，这类记载史不绝书，乃至多少有些道学气的屈原也免不了要质问一句：“胡射夫河伯，而妻彼雒嫔?”

2.2. 暴政。身为国君的羿与吉尔伽美什都太不称职。羿除了杀伐无辜之外，还“恃其射也，不修民事”。罢免贤臣，重用小人寒浞。当时民怨沸腾之状，可想而知。乌鲁克国王则更甚，“日日夜夜，他的残暴从不敛息，仗恃他的膂力，象野牛一般统治人们”。以至城邦人民祷告天神，请求制止暴君的恶行。

3. 敌手与主人公的道德转变 羿与吉尔伽美什在各自的生涯中都及时经历了一次道德面目的转变：从荒淫残暴、不修民事到为民除害，建功立业。这种奇特的洗心革面使他们前后判若两人。更为奇特的是，他们的转变都是由各自的敌手促成的。

在巴比伦史诗中，天神们听取了城邦人民的请求，又造出了一个和吉尔伽美什一模一样的巨人恩启都，降到人间和主人公相匹敌。两位英雄交手的结果：胜负未分却握手言和，成为朋友。主人公与敌手的这段传奇性的结交，成为他道德面目改观的直接契机。此后，我们看到的不再是残暴君主，而是一个征服自然暴力，为社会造福的名符其实的英雄，并因此受到人民的赞誉和爱戴。回过头来再看羿的脱胎换骨。按照《天问》的顺序，羿早先所射杀的对象不是神就是人。他从天上降下后第一个射中的是河神河伯，其次是封豨：“冯珧利决，封豨是射。何献蒸肉之膏，而后帝不若?”王逸说封豨是神兽，但据《左传》昭公二十八年的说法，封豨又叫封豕，是夔与玄妻（即为羿所强占的黑美人）的儿子。不论按王逸的神兽说还是《左传》的人说，封豨和河伯一样，本是不该射的，而“不修道德”的羿偏偏射了，难怪帝俊对他献上的祭肉反而大为不满呢。

同巴比伦史诗类似的是，伴随着天神的不满而来的，便是敌手的出现。改变羿的生涯的敌手恰是他自己的臣下寒浞。而据苏美尔史料记载，恩启都本也是吉尔伽美什的手下亲信。

《天问》说寒浞私通了羿抢来的妻子玄妻，共同谋反推翻羿的统治。据《山海经》等书可知，羿失去王位后到各地为民除害，杀了许多妖魔鬼怪，同吉尔伽美什一样，成了受人敬仰的大英雄。《淮南子·汜论》说："羿除天下之害，死而为宗布"，成为后人心目中驱邪避害的宗布神。可见，敌手寒浞作为天意的代理人，虽然在手段上与恩启都大相径庭，但他们的行为都实际上导致了主人公结束自己"不修道德"的前半生涯，带来人格上的巨大变化。这其中的奥秘，可用普洛普的人物功能说加以解释。

4. 主人公诛妖怪立大功　这一母题的内容在上文中已有所涉及，改邪归正的两位英雄现在开始将他们非凡的智和勇用到为天下除害，建功立业方面了。他们所征服的妖怪数量不等，形貌各异，但从神话思维的象征意义上看，可以说是完全等质的。

吉尔伽美什在恩启都的协助下先后诛杀了两个妖物：杉林妖怪和天牛。前者住在森林里，"形成人间的恐怖"，他的"吼声就是洪水，他嘴一张就把火吐，他吐一口气，人就一命呜乎"。这个凶恶无比的妖怪使我们马上想到羿在凶水之上所射杀的那个九婴，据高诱说："九婴，水火之怪，为人害。"[①] 公元前2000年的西亚人和公元后的东亚人在为他们的英雄编造可怕的对手时，竟能想象得如此雷同。

5. 主人公探求不死的旅行　这是一个重现频率极高的世界性文学母题，也是我们的两位英雄后期生涯的主要内容。在史诗中，吉尔伽美什从恩启都的死预感到自己同样的命运，于是告别城邦，开始了跋山涉水的艰难旅行。在《天问》所反映的羿神话中，紧接着寒浞篡位之事出现了这样一问："阻穷西征，岩何越焉?"王逸注认为指的是"尧放鲧羽山，西行度越岑岩之险"一事，后代注家皆随声附合。只有清人毛奇龄指出此问仍指羿事，晚近学者童书业、闻一多、游国恩、顾颉刚等皆同意毛说，证据主要是《山海经》中羿上昆仑的记载。他去昆仑干什么呢？正是为求不死。今以巴比伦史诗作为旁证，知此问指羿事确凿无疑。若再细察，两位英雄的这次旅行还有三个共同的亚母题。对比参证之下，我们确信可使中国考据史上若干重大疑难问题豁然开朗。

① 《淮南子·本经》注。

5.1. 越过非凡人所能越过的艰险。《山海经·海内西经》:“海内昆仑之虚,……帝之下都,……百神之所在。在八隅之岩,赤水之际,非仁羿莫能上冈之岩。”这种“非……莫能……”的句式等于告诉人们,只有羿能达到那百神所在的昆仑山顶,其艰险程度足以使屈原对羿的登山能力提出了质疑。他大概不知道,羿这位以“淫游以佚田兮”而著称的无道昏君,这位以夺人美妻为能事的登徒子,他之所以能独享登上昆仑山顶(当时人心目中的珠穆朗玛峰)的荣幸,恰是因为他与太阳具有同一性的关系。这种失传了25个世纪的关系一旦重新发现,自屈原时代以来的难题也就顿时不成其为问题了。

转过来再看巴比伦太阳神的后裔吉尔伽美什,只因为太阳神的一路护送,“竟渡过了那难以渡过的海”(疑为《山海经》所说的赤水),攀上那“上抵天边”的马什山。在山口把关者的答话中,我们分明看到了那“非……莫能……”句式的翻版:

> 吉尔伽美什,并没有谁曾经把这件事办成?
> 也没有谁曾经跨越那条山径。(中译本第73页)

5.2. 来到一座神山山巅。如前所述,这座神山在巴比伦史诗中叫马什山,在《天问》和《山海经》中叫昆仑。两座山都被想象为处在世界的极点,因而不妨称之为“宇宙山”。对两座宇宙山的特征加以深入的比较研究,对于探索中国和西亚上古的宇宙观将有极大的启示意义。限于本文题旨,这里仅举出若干相通之处,作为这一亚母题(5.2.)的子亚母题:

5.2.1. 宇宙山与太阳。“马什”一词的巴比伦语直译为“双生子”。为什么这样称宇宙山,无文献可考,但可以看出,“马什”与巴比伦太阳神的名字“舍马什”仅一音之差,显然这神山与太阳有关。内证就在史诗中:“只见它(指宇宙山)天天瞭望着日出和日落。”山的把关者“把太阳瞭望,就在日出日落的时间”(中译本,第72页)。在此,我们似乎悟出了一点:《天问》中按顺序排在羿神话之前的昆仑神话,为什么要一再提到太阳:“日安不到?烛龙何照?羲和之未扬,若华何光?”《史记·大宛传》引《禹本纪》也说:“昆仑其高二千五百余里,日月相避隐为光明也。其上有醴泉，瑶池。”这里的“日月相避隐为光明”一句可借来为马什山名“双生子”做最佳注脚。

5.2.2. 宇宙山与天神世界相通。《山海经》说昆仑之虚是百神所在的“帝之下都”；《天问》则以为宇宙山顶上有一上不着天，下不着地的“县圃”：

昆仑县圃，其尻安在？增城九重，其高几里？

王逸注说县圃即昆仑之巅，“乃上通于天也”。巴比伦史诗说的明白：“那山巅上抵天边，那山麓下通阴间。”看来王逸对县圃的解释不很确切，倒是注家李陈玉一语破的：

县，古悬字。县圃者，神人之圃，悬于中峰之上，上不粘天，下不粘地，故尻字最奇。尻，臀尾所坐处也。既是悬圃，则所坐当于何处？①

若说得再通俗一点，“圃”就是园林或花园的意思，照此，屈原所疑惑不解的这个悬在空中的园子“悬圃”岂不是世界七大奇迹之一的巴比伦空中花园的意译吗？后者正是巴比伦人通天神之处。只不过其中通天塔不是九重而是七重（层），难道是在汉译时为中国的阳数“九”所汉化了？

5.2.3. 山门的开关与把关者。史诗说马什山由把关者守住山门，此门本是关闭的，特为吉尔伽美什打开。《天问》：“四方之门，其谁从焉？西北辟（闭）启，何气通焉？”《山海经》：“海内昆仑之虚，……而有九门，门有开明兽守之。”《天问》中还有“何兽能言”一问，真是难坏了后世学者，他们遍翻古书，找出一大堆典故（如伯益知兽语，扬由听雀，介葛闻牛等）为这一句做解，其实这兽就是《山海经》说的把门者开明兽，尽管是兽却还保留着人面，所以能说人话。在史诗中的把关者被叫做“沙索利人”，“那可怕的凶相，如同死神一般。他们的恐怖把山笼罩”。如此形相同《山海经》所形容的开明兽“身大类虎而九首，皆人面”倒

① 游国恩主编：《天问纂义》，中华书局1982年版，第126页。

是相去不远。这些把关者盘问了（当然是用人话）吉尔伽美什的来意，最后才同意开启山门。

5.2.4. 黑暗通道与北风。《天问》“日安不到”以下四句，王逸注以为“天地之西北，有幽冥无日之国，有龙衔烛而照之也”。今对比巴比伦史诗，始知通往山巅的旅途要经过一段没有光线的黑暗之路。把关者开启山门后，吉尔伽美什便一直在无边的黑暗中摸索前行，走到半路，只觉得有北风迎面刮来。史诗中没有出现烛龙，而且说这黑暗通道正是太阳所走之路。这里的分歧该怎样理解呢?

《天问》“日安不到”四句紧接在“四方之门，其谁从焉?西北辟启，何气通焉”二问之后，显然是进入山门后的情形，而且有西北方向来的“气”，这简直同吉尔伽美什碰到的北风合若符节了！看来，这黑暗通道不是“日不到”而是日必经的关口，只因太狭窄，太阳必须挤过去或钻过去，钻时身体拉长，便像（或变成）一条蛇（龙）了；且这通道的深黑与狭窄，使夕阳本已很暗淡的微光变得更加暗淡，其形象不正是发出微弱烛光的龙吗?

人类学方面的旁证可以证明笔者上述推测并非出于想象：“太阳乘舟旅行于天空的海洋，是地球上许多民族所熟知的。但既然天和地在地平线上似乎是长在一起的，故人经常相信每天两者在西方要分合一次，而每天黄昏太阳必须从两者之间小裂缝中通过。这是一件危险的事情，太阳在悄悄通过时经常受伤，被挤掉的是尾巴或大腿。希腊人的‘西姆普莱加代斯神话’认为两块岩石能开能关就出于这种信仰。”[①] 就此看来，与天相连的宇宙山顶有太阳所必经的狭窄黑暗通道是确实可信的神话观念原型了，《天问》与巴比伦史诗在这一点上表面上有分歧，实质上又完全相通。在这里，我们不但理解了巴比伦史诗中的悖论难题（为什么说吉尔伽美什所经过的黑暗中的摸索是“沿着太阳的路”），同时也理解了中国烛龙神话的起源。至于龙蛇与太阳的同一性关系，弗雷泽等早期人类学家根据几乎遍布世界各地的原始信仰材料作出过详细的讨论，[②] 此不复述。

---

① 《事物的起源》，第357—358页。

② 弗雷泽：《不死的信仰与死者崇拜》，1913年英文版，第3章。

5.2.5. 石林。《天问》中最令注家头痛的莫过于以下几句：

何所冬暖？何所夏寒？焉有石林？何兽能言？

对这四问曾有过千奇百怪的解释，但无一令人满意。闻一多断言："四句本无事可考。"[①] 谁知，在浩如烟海的中国文献中"无事可考"的哑谜却可以在异域出土的泥板文书中得到求证。史诗写吉尔伽美什走完黑暗的通道后又重见光明：

在他前面看到了石的树木，他就健步向前。
红宝石是结成的熟果，累累的葡萄，惹人喜爱，
翠玉宝石是镶上的青叶，
那儿也结着果，望去令人心胸舒展。（中译本，第 76 页）

西方学者在这里找到了《圣经》伊甸乐园神话的原型，我们不是也看到了昆仑悬圃的真实图景吗。以宝石为果，以翠玉为叶的石树林正象征着冬暖夏凉，四季常青的仙境，而《山海经》、《淮南子》中所说的"珠树、文玉树、玗琪树、不死树"和"珠树、玉树、璇树"等也都在这里得到落实。至如"何兽能言"一句，我们已在前面解释为把关者即开明兽了。至此，《天问》中自"昆仑县圃"至"何兽能言"共 11 个问题就理出了头绪，这些内容反馈过来成为我们重构羿神话整体的第一手材料。

5.3. 找到一位不死的神人。吉尔伽美什找到的是巴比伦的"挪亚"，一位名叫乌特那庇什提牟的神人。他是在创世后所发生的宇宙性大洪水中唯一受神保护的幸存者，因加入神籍而获得永生。他对远道而来访的吉尔伽美什讲述了洪水的故事，告诉他常人难逃死亡的宿命。羿上昆仑"请不死之药于西王母"。西王母是男是女，究竟是何许人也？古今争议极大，但据《山海经》可知他（她）是住在"昆仑虚北"掌有不死药的神人，他（她）在羿神话中所起的作用与巴比伦史诗中的乌特那庇什提牟正相对应。

---

① 《天问疏证》，第 37—38 页。

6. 主人公经历了一次仪式性的“死亡” 羿在尚未拿到不死药之前还有一次神奇的经历，这就是《天问》所说的：

> 化为黄熊，巫何活焉？

古今学者众口一词地说，夹在羿神话中间的这一问是指鲧（或窫窳）事而言的。但自“帝降夷羿”至“岩何越焉”的所有问题都是问羿事，这里没有改换主语，那么“化为黄熊”的还应是羿才合乎文理。当然，只从文理上讲还不足以服人。笔者以为，羿在这里的化熊而复活正是人类学上所说的“仪式性改变身分”的象征表现。其实质是让来自尘世的、犯有罪恶的即污秽不洁的羿“象征性”地死去，而由主持这仪式的神巫所“复活”了的则是焕然一新的、洁净的羿。至于把某人（神）的死说成是化为某种动物，这样的例子在中国神话中不胜枚举，不必多谈。需要指出的是，这种仪式性的脱胎换骨对于要求得到不死药的羿来说是必不可少的先决条件，因为不死药具有神圣性质，是专为神人准备的，羿虽有神性的血统，但在人间犯有荒淫残暴的罪，正像犯了“原罪”的亚当夏娃，已经失去了原有的不死性，严禁他们再接近“生命树”（不死药的变体）一样。

那么，同样在人间犯有罪孽的吉尔伽美什是否要经过类似的仪式性“死亡”呢？事实正是，吉尔伽美什在有幸得到不死药之前居然有两次象征性的死去与复生。第一次是考验性的，神人乌特那庇什提牟对吉尔伽美什的为人不放心，使他睡去，在他枕边放上面包，六天后将他唤醒，再看那些面包，不是坏了就是变了形。史诗中的这段叙述使西方学者们困惑不解，这神秘的睡眠究竟是什么意思呢？恰恰是《天问》中“巫何活焉”一句提醒了我们，乌特那庇什提牟是在行使巫师职能。让主人公睡去，即是让他象征性地死去，再将他叫醒等于让他象征性地复活。史诗另外一处的两句话可以作为我们这种推测的参证：“睡着了的人和死者是那么近似难分。他们岂不是正将死的影象描摹？”（中译本，第 81 页）主人公睡眠期间，放在他枕边的面包不是变了形就是坏了，这似乎证明了他的罪过和不洁。于是，有必要进行第二次象征仪式，这一次是洗礼性的。主人公洗净污垢，且蜕掉了表皮。同羿化黄熊又复活一样，主人公把表皮抛入海象征着旧我之死新我之生。在这里我们实际已经看到了基督教施洗仪式的雏型。

7. 主人公得不死药　两位英雄跨越了千山万水来到宇宙山顶的神灵世界，经历了仪式性的考验和洗礼，终于有了获得不死药的资格。羿得不死药于西王母的细节，我们是无从知晓了。吉尔伽美什本来就要被打发回去了，是神人之妻提议“给他点什么礼物”，神人这才告诉他不死药草的秘密：“他的刺象蔷薇也许会扎你的手，这种草若能到手，你就能将生命获取。”主人公遵嘱跳进一个深渊，在水底取了药草兴高采烈地打算返回人间。

8. 主人公失不死药　这是一个极富戏剧性的母题，其起源可以追溯到原始信仰中去。几乎所有解释人类的必死性的宗教神话都会以各种各样的形式来表现这一母题，因而，那种认为嫦娥窃药奔月神话是汉代人编造的观点，是很靠不住的。由于《天问》中“安得夫良药，不能固藏”被王逸解说成崔文子学仙于王子乔一事，后世学者将错就错，曲为之说。晚近学者傅斯年、郭镂冰、童书业、闻一多等终于将这个旧案翻了过来，得了不死药而不能固藏的原来就是羿，而偷了不死药的则是奔月的嫦娥。闻一多说：“证以《天问》上文曰‘夜光何德（得），死则又育’，意实谓月灵得不死药，故能死而复生，可知姮娥窃药奔月，先秦确有其说。”①

然而，关于不死药原始失主一案的诉讼目前并未结束，不少学者仍坚持旧说，今以西亚史诗为对照，似可为天平上的新说一端加上一枚有份量的法码。吉尔伽美什拿着草药后没走多远，到一个冷水泉中去洗澡：

> 有条蛇被草的香气吸引，
> 它从水里出来把草叨跑。
> 他回来一看，这里只有蛇蜕的皮，
> 于是，吉尔伽美什坐下来悲恸号陶，
> 满脸泪水滔滔。（中译本，第96页）

① 《天问疏证》，第62—63页。

就这样一个瞬间发生的偶然事件，使主人公后半生的全部追求和劳苦化为乌有，从吉尔伽美什的号陶声中，多少也可以体会出羿的心境吧。所谓“怅然有丧，无以续之”，该是怎样一种令人心碎的悲哀啊！

从原始语义方面看，窃药的蛇和化作月精的嫦娥具有神话思维符号的等质性，月之盈亏变化被初民想象为死生循环，女人之月经与月亮变化周期相仿，故月神、月宫仙子多为女性角色扮演。那么蛇呢？英国动物学家帕克指出：“人类过份相信的一种信念，就是具有天生不朽的权利，由此信念只需一步就会假定，人之所以不能够不朽，是因为必有一种邪恶的影响在起作用，使他不能享受他的特权。比那些较为安定文明的民族与大自然更接近的原始游牧民族，观察到了蛇类周期性的蜕皮过程，而且蛇每蜕一次皮后都好象能返老还童，于是他们便作出结论，认为蛇类除了其他超自然力量之外，还得到长生不老的秘密，甚至可能是靠盗劫得来的。”①这段议论无形中道出了史诗中蛇偷不死药这个偶然事件背后潜在的原型意义。从史诗中蛇窃药后蜕下了皮这一细节来判断，巴比伦作者显然是有意识地运用原型的。到了希伯来人的《圣经》中，蛇已成了恶的化身；而在我们这个以“龙的传人”自诩的文化区域中，蛇（即非神化的龙）是真龙天子的象征，岂能干小偷小摸之类的事？那偷药的角色，就转到了与小人同列的女子身上。不过，有趣的是，现存的一幅汉代嫦娥奔月图中，那飞向月亮的嫦娥分明长着蛇尾巴！原型象征的语义转换大抵是这样与文化演变相同步的。

9. 主人公的结局　紧接着不死药失窃这一戏剧性母题而来的，自然是高潮过后的结局了。失去不死药的羿，已经走到了生命的尽头，等待着他的除了无可逃避的死亡之外，还能是什么呢？在丢失不死药一问之后，屈原接着发问：

> 天式纵横，阳离爰死。大鸟何鸣，夫焉丧厥体？

我们暂且撇开这里比较费解的词汇，仅从“死”与“丧厥体”几个字不也可以窥见羿的最后结局么？可是，本来如此简单的问题却被王逸以

① 帕克：《蛇类》，中译本，科学出版社 1981 年版，第 156 页。

下的历代注家们弄成了不解之谜，以至于众多功力深厚的现代学者也不得不花费大量精力在谜团中打转，却至今未能转出真相来。

事情是何以至此的呢？如前所论，《天问》羿神话的完整线索在王逸的注中屡被斩断，却从中衍生出一些旁枝末叶来，如“阻穷西征，岩何越焉”一问被王注拐到了鲧的故事中，而不死药一问，又被张冠李戴，扣到了一位寻仙学道的崔文子头上，后代人的注意力就这样都被王逸引到了这些旁枝末叶上，羿神话的主干反倒淹没无闻了。让我们看看王逸是怎样曲解羿的结局的吧。

> 式，法也，爰，于也，言天法有阴阳纵横之道，人失阳气则死。言崔文子取王子乔之尸，置于室中，覆以弊筐；顺臾则化为大鸟而鸣，开而视之，翻飞而去，文子焉能亡子乔之身乎？言仙人不可杀也。

前引闻一多等现代学者对前一问不死药失主问题提出异议，但在这里终未能超出王注窠臼，顾颉刚、童书业等皆认为羿的故事在“良药”一问就终止了，[①] 游国恩等编《天问纂义》引前代学者19人，只有陈远新、刘梦鹏等少数人不同意王注，但他们又将鲧事拿来做解，还是王逸前面引出的旁枝。闻一多说，“大鸟二句以为王子乔事，以汉世所传王子乔事证之，似无不合。”[②] 这里，笔者不禁要问，屈原《天问》自上古开天辟地神话问起，历经洪水神话，昆仑乐园神话、夏禹夏启神话而问到羿神话，后面接着对夏、商历史及神话一路问下去，怎么会在羿这里问出个汉代求仙传说来呢？

问题的症结很明显，由于羿与太阳神的同一性关系失传了，所以“大鸟”一句难住了屈原，更苦了后人，现在既然我们已恢复了这种关系，只要再证明太阳与大鸟的同一性关系，那么，汉代的仙客王子乔就该从在《天问》中窃居了2000年之久的羿的位置上，被我们请将下来了。

---

① 顾颉刚、童书业：《夏史三论》，见《古史辨》第7册，袁珂《中国古代神话》则认为羿死于逢蒙之手。

② 《天问疏证》，第64页。着重号为引者所加。

在神话思维中，太阳被类比为巨大的鸟类形象，可以说是一个世界性的原型象征，最能言简意赅地说明问题的铁证，莫过于从该原型派生出来的传统观念“金乌玉兔”了。《广雅》亦曰：“日名朱明，一名耀灵，一名东君，一名大明，亦名阳乌。”屈原的理性觉醒使他无法理解非理性的神话思维了：古神话为什么把太阳的落下说成是大鸟脱落了羽毛呢？而作为太阳化身的羿在宇宙山与天边交界处（所谓“天式纵横”是也）坠落（即所谓“阳离爰死”）时又为什么要发出鸣叫之声呢？这个鸣叫着挣扎着死去的大鸟脱落了全身的羽毛，它的身体又到哪儿去了呢？

这便是屈原的困惑，也是两种不同的思维方式交替变更时代的普遍困惑。这种困惑以问题的形式缩略地凝固在《天问》的文字之中，又给理性时代的无数后人造成新的困惑。然而，一旦我们放下了理性的架子，困惑反而会变成心领神会。

也许我们还记得，巴比伦人的宇宙山是“上抵天边”、“下通阴间”的，欲寻不死的羿失去了良药，失去了永生的可能，他那已经解了羽的太阳鸟身若不是堕向黑暗的阴间地狱，难道还能翱翔上天堂吗？谁有证据说羿死解羽的地方不是他当年所射杀的 9 个太阳哥哥“解羽”的地方呢？《淮南子·天文训》：“日……至于虞渊，是谓黄昏。”这个“虞渊”也就是“羽渊”的另一种写法。《左传》昭公七年：“昔尧殛鲧于羽山，其神化为黄熊，以入于羽渊。”《山海经·海内经》：“帝令祝融杀鲧于羽郊。”看来这个鸟解羽之处，既是日落处，又是神死之处了。羽渊，羽郊，大概正因为落满了无数的羽毛才得名的吧。

吉尔伽美什失去不死药后，悲伤地回到了乌鲁克城邦。他最后是死是生，史诗中没有明说，但在苏美尔人较短的史诗中，有一部名为《吉尔伽美什之死》，从现存泥板残片中尚可清楚地译出主人公死亡的叙述。[①] 据此可知，英雄之死的母题甚至先于巴比伦史诗而存在于上古西亚文学中。

总结以上讨论，我们可将羿神话与巴比伦史诗的共同母题（及亚母

---

① 参见《新大英百科全书》，第 6 卷，1973—1974 年版，第 920 页以下“古代美索不达米亚的碑铭学”条。

题、子亚母题）排列如下，以见出羿神话整体的原始面貌：

1. 主人公出场
    1.1. 主人公的出身
    1.2. 主人公的地位
    1.3. 主人公的能力
        1.3.1. 体魄
        1.3.2. 勇武
        1.3.3. 智慧
2. 主人公的恶行
    2.1. 荒淫
    2.2. 暴政
3. 敌手与主人公的道德转变
4. 主人公诛妖怪立大功
5. 主人公探求不死的旅行
    5.1. 越过非凡人所能越过的艰险
    5.2. 来到一座神山山巅
        5.2.1. 宇宙山与太阳
        5.2.2. 宇宙山与神界相通
        5.2.3. 山门的开关与把关者
        5.2.4. 黑暗通道与北风
        5.2.5. 石林四季如春
    5.3. 找到一位不死的神人
6. 主人公经历了一次仪式性的死与复活
7. 主人公得不死药
8. 主人公失不死药
9. 主人公的结局

四　深层结构：中国上古英雄史诗的读解

从上文9个母题的分析中已看到，中国现代学者以艰巨的努力排除旧注的误解，把若干失传已久的母题还给了羿故事，使被拆散的“纲要”得到某种程度的修补，为这一完整神话的重见天日奠定了基础。与此同时，上一世纪末重见天日的巴比伦史诗的整理和汉译工作相继完成，终于使两部在上古中西文化中遥相呼应的英雄作品的当代会师成为可能。我们通过比较分析两部作品的共同母题，从神话思维普遍规律的角度进一步解释了古今学者的误解和附会之处，理出了羿神话的原始线索，重新构拟出其完整的故事轮廓。

不过，以上的考察和比较还仅仅停留在故事表层叙述结构的水平上，它试图解决的只是“是什么”而不是“为什么”的问题，因而还远未深入到研究对象的本质中去，不能从发生学的必然性上说明问题，这样，我们重构出来的完整故事很可能被人看成是一件拼凑起来的“百衲衣”，它徒有外形上的完整，尚缺乏内在的统一性。为此，和对巴比伦史诗的分析一样，我们还必须进而探讨作品的深层结构，解答表层结构“所以然”

的问题。

从表层结构深入到深层结构，也就是从经验层次到非经验层次。用列维－斯特劳斯（Levi－Strauss）的话说，可叫做从意识到无意识的过程；用乔姆斯基的说法，是从现象层次到解释层次。就我们所要剖析的对象而言，则应说是从羿神话故事到羿神话故事背后的故事。这个背后的故事或者说潜故事虽然是非经验的，是包括发问者屈原和王逸以下历代学者未曾意识到的，但又是暗中决定着表层故事全貌的关键所在。这个潜故事就是太阳运行的故事。

在《英雄与太阳》中笔者指出，巴比伦史诗的前半部分与后半部分呈现出截然相反的情调：死亡意识在第7块泥板中的出现使前6块泥板的内容同后6块泥板的内容形成鲜明强烈的对比。前者是高昂、喜庆的英雄业绩的颂歌，后者是低沉、悲哀的英雄末路的挽歌。而使表层故事形成这样一种先上升后下降的弧形曲线形态的，正是以太阳行程为线索的深层故事。巴比伦人曾把太阳设想为活的生物，把这个生物每天升起与降落的运行曲线叫做太阳轨道，并据以划分出"黄道十二宫"。史诗的12块泥板恰恰在暗中象征着太阳的行程，主人公命运的升沉早在他降生以前就这样预先注定了：他正是太阳神的后裔。

相形之下，羿神话表面上所讲述的英雄经历是不是也有这样一个潜故事在暗中起着决定主人公命运升降的作用呢？既然我们搞清了羿的出身和血统——日神羲和之子，与太阳具有同一性关系，这个问题也就等于解决了多半，如能再将羿一生活动的大致方向和路线勾勒出来，或许就更为确凿了。我们把已归纳出的9个母题横向顺序排开，便可看到：

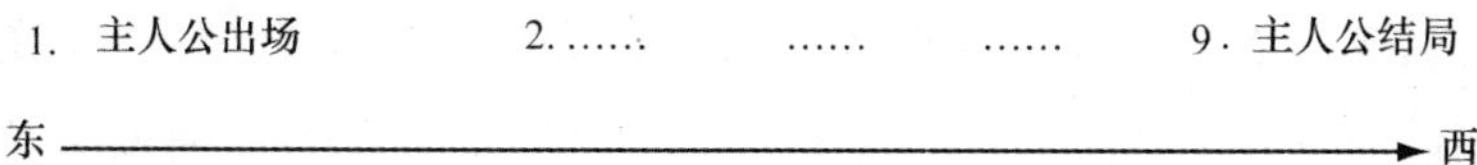

我们的东方英雄正同吉尔伽美什一样，是沿着太阳运行的方向走完他一生轰轰烈烈的旅程的。羿为羲和所生，其出生地自然是传说中东海的旸谷（即汤谷）了。《山海经·海外东经》："下有汤谷，汤谷上有扶桑，十日所浴，……"又云："汤谷上有扶木。一日方至，一日方出，皆载于乌。"《山海经·大荒南经》郭璞注引《归藏·启筮》亦曰："瞻彼上天，一明一晦，有夫羲和之子，出于旸谷。"在现存羿神话中，正是羲和的夫君帝俊派羿到人间来的。这位来自东方汤谷的小太阳神首先"着陆"的地方竟在今天中国大陆的东端。闻一多说："羿为夷族，本居东方，载籍所传穷国故地，或在今山东德县北，或在安徽英山县，此皆较早之夷族分布地也。"① 自从羿被寒浞推翻王位，至诛凿齿、杀大蛇，他的行迹似乎偏向了西南。《淮南子·本经训》："尧乃使羿诛凿齿于畴华之野。"高诱注："畴华，南方泽名。"同书又说："（羿）断修蛇于洞庭。"接着，羿才真正开始了所谓"西征"，实际上羿从南方的洞庭一带奔向昆仑山，是朝西北方向移动的。如果上述推测能成立，那么羿出自扶桑，解羽在羽渊，其间所留下的足迹恰恰是自东向南而后西，划出一个太阳运动的半圆形轨迹来，谁能确信这只是出于偶然的巧合呢？

回想当初上帝授他红弓白箭，在亚洲大陆东端建国为王之时，该是何等英姿勃发，尽管为政不仁，而且荒淫好色，但他伤河伯，夺宓妃，射封豨，占玄妻，又似乎无往而不利，一直走着上升的道路。一旦失宠于天帝，他的命运便发生转机，流落江湖，尽管除害立功，也难免后半生的悲凉色彩，在死亡的恐怖和焦虑的精神折磨下去历尽艰险，奢望那能挽回自己命运的不死之药，谁知他虽在西天边陲的宇宙山"悬圃"窥见了永生世界的奥秘，并拿到了那为后世无数帝王所可望而不可即的永生之药，却难逃自然法则为他预定的悲剧结局。阴阳对转，日月交替，那不死之药为月中嫦娥所窃，又是多么符合《易经》的宇宙变化规律！巴比伦宇宙山被命名为"双生子"，岂不是一个象征性的哲学命题：那山上的天堂，山底的地狱，标志着光明与黑暗、生命与死亡的对立统一。"人之将死，其言也善；鸟之将亡，其鸣也哀！"书呆子气十足的屈原居然能问出"大鸟何鸣？"可4000年后的我们却分明从那太阳鸟悲惨凄绝之声中听到了对羽渊地狱的无限恐怖，对生命和光明的无比留恋……

综上所述，同巴比伦史诗相似，羿神话整体的内在逻辑是由人从太阳的运行之中观察到的自然法则所规定的，这种内在逻辑使叙述本

---

① 《天问疏证》，第59页。

身构成一种横向展开的原型结构：以主人公经历为线索的表层结构诸母题的依次衔接和发展，取决于以太阳行程为线索的深层结构。所不同的是，巴比伦史诗原型结构的表层叙述和深层潜叙述是两对相应的关系：主人公作为太阳神的后裔“沿着太阳的路前进”，并一再同太阳神对话；而羿神话原型结构的表层叙述和深层潜叙述却是彼此重合和相互蕴含的关系：主人公本身同太阳神具有同一性关系，他的生涯由顺转逆、由喜到悲，同太阳的朝出夕落、太阳光的先明后暗构成了奇特的互为象征的壮观图景，其美学形式上的完整和谐与哲理内涵的博大深沉达到了天衣无缝般的完美结合，就这一点而言，羿神话似又优于巴比伦史诗一筹了。

结构主义叙事学理论认为，没有前因后果的逻辑联系的单个情节的排列，不能构成叙述的结构。出于这种尺度的考虑，在表层分析完成之后，面对两大作品所共有的九大母题及亚母题，我们尚不敢轻易地做出判断，羿神话是一部什么性质的作品。现在，对深层结构的开掘使我们认识到羿神话表层故事“所以然”的奥秘，因而，那些乍看起来似乎没有逻辑关联且荒诞不经的情节，如为害于民与为民除害，杀妖斩兽与求不死等，就在原型结构的立体透视之下形成了一个秩然有序的有机体，得到了内在逻辑的证明，至此，关于它是否是一件拼合起来的“百衲衣”的怀疑，就彻底消解了，同巴比伦史诗相比，二者可以说具有发生学上所谓“异形同构”的性质。由此，我们就有了充分的理由，放弃“羿神话”这个较为谨慎的说法，承认这是一部东方世界最古老的伟大英雄史诗了。

五　循环模式:神话思维与史诗的再读解

羿的故事经过以上从表层到深层的双重结构梳理，已经复原成一部独立自足的英雄史诗。从纯考古学的意义上讲，我们的发掘工作似已完成，但从人类学即文化学的角度看，仅仅阐明一部文学作品的自足整体性是远远不够的，还应进而说明“为什么会有”这样的作品结构。结构主义的文学分析之所以常为人所诟病，主要在于它往往脱离作品所由发生和存在的现实土壤，把文学当成了失去文化心理背景的纯符号现象，做纯形式的研究。

现在有待于我们继续发掘的是：英雄与太阳这两种截然不同的“所指”是怎样在神话思维中合为一个“能指”的，换言之，古人为什么要把实际存在过的历史人物作为太阳神的后裔，让他亦步亦趋地沿着太阳运行的轨道走完自己生命的旅程呢？

对此，笔者在《英雄与太阳》一文中已做了初步的探讨，这里拟根据上古中国的文献材料做进一步的开掘。简单地说，神话思维把太阳和月亮永不休止的升沉起落理解为永恒生命的象征，也就是不死的象征，太阳虽然每天都要坠入西天，次日照样会从东方升起，它的死是暂时的，是以必然的复活为补偿的。由于巴比伦人和古埃及一样，都以太阳的运行圆周的两等分来划出阳世和地狱的对立，所以史诗作者希望主人公超越死亡的动机在史诗的原型结构中充分显示出来。

那么，中国的羿史诗是否也建立在同样的循环观念上呢？传统的看法认为，中国上古没有地狱观念，因而也没有灵魂再生观念。的确，我们在现有先秦文献中，只看到有“黄泉”观念，而看不到像埃及和巴比伦那样的阳世与阴间的对立和循环的直接记载。但人类学告诉我们，原始的信仰和观念，尽管没有明确记载在文字上，并不意味着它们根本不存在。这需要我们依据已经确定了的原始观念为参照系，去做进一步的探索和发掘。在几乎所有早期农业社会里，出于观察天象确定季节的共同需要，以太阳的起落循环为基础的两个世界的对立观念是极为普遍的现象，自古以农业立国的华夏民族真的会是例外吗？让我们从人类学所概括出的两个世界的对立模式出发，对问题加以重新思考。

以下 A 与 B 二图引自提泰（M. Titiev）《人的科学》一书，其说明如下：

图 A：太阳的日周期。原始人观察到太阳每天从东方升起，到西方落下。人们相信这意味着太阳在另一个世界从西向东运行。这样，地上的白天就恰恰相应于阴间的黑夜。

图 B：太阳的季节周期。与图 A 相类似，生命世界的季节常常同死亡世界的季节相反。①

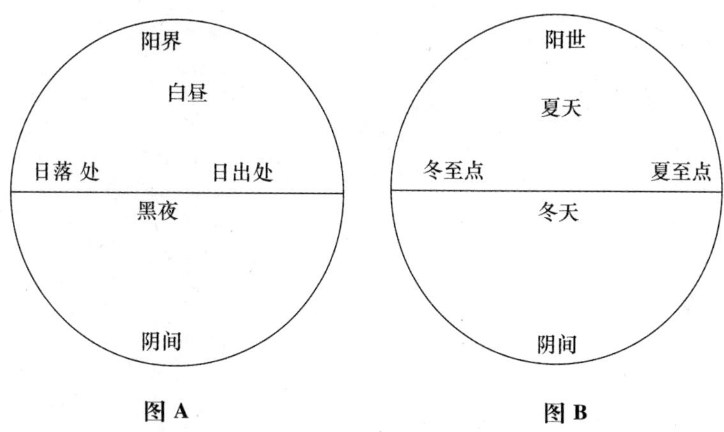

图 A　　　　图 B

以下 C、D、E、F 四个图形是笔者分别根据《淮南子·天文训》、《楚辞·九歌·东君》、《易经》和《尚书·尧典》的有关内容构拟出来的，它们同 A、B 二图对比足以揭出中国关于两个相反世界的原始观念，以下分别加以申说。

图 C 所根据的是《淮南子》，这里还可以举出《天问》开天辟地神话中太阳行程一问作为参证："出自汤谷，次于蒙汜，自明及晦，所行几里？"此问已由《淮南子》做了夸张的回答。从图示中可以看出，两书所叙太阳路线呈圆形的循环，其方位结构同图 A 分毫不差，只是对阴间有不同的叫法——"蒙谷"。蒙者，阴暗不明也。这和《东君》所说的"杳冥冥以东行"，都是在暗示地下阴间世界。而巴比伦史诗中的地狱也被称做"黑暗之家"。至于《尚书》所说的幽都，表面上指北方地名，其原始隐义却也是黑暗的地下之家。《楚辞·招魂》"君无下此幽都些"，才是用的本义，这两种意义分歧不是由于一词多义，而是由于神话思维与理性的不同逻辑。与"幽"相对的是光明，故有所谓"幽明"。这个词含义极为丰富，既可指白昼与黑夜，又可指阴阳，还可以指生人与鬼魂，阳世与阴间，贤与愚，有形与无形，太阳与月亮……这怎能不让我们想到"双生子"，想到图 E 所昭示的宇宙哲学呢？

① 提泰：《人的科学》，1963 年英文版，第 533 页。

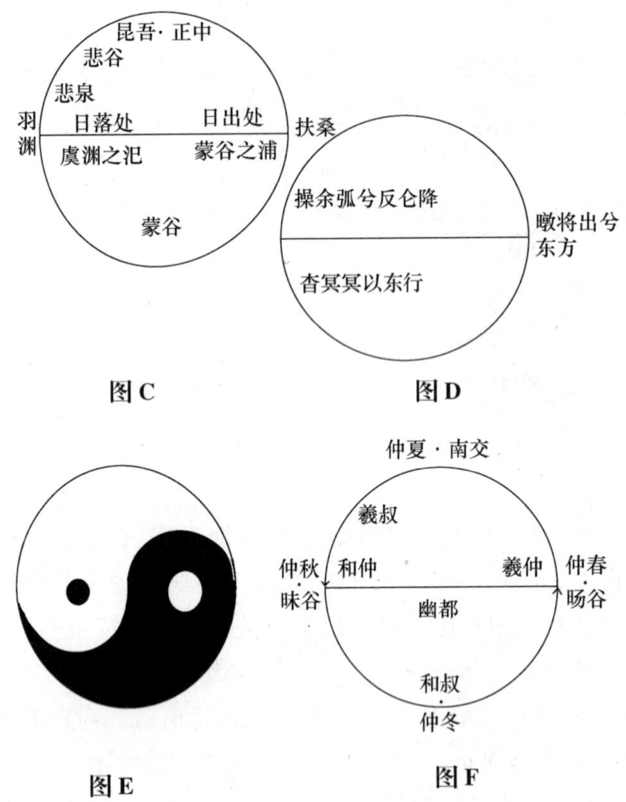

图 C　　图 D

图 E　　图 F

德国哲学家卡西尔（E. Cassier）在其3卷巨著《象征形式哲学》第2卷《神话思维》中指出，正是光明与黑暗的对立，东方与西方的对立，以及由此产生的关于空间的原始感情，形成了人类文化的原动力，由此派生出生命与死亡的对立，则成为一切宗教和哲学的永恒主题。另一位德国哲学家斯宾格勒说得更干脆：人类的整个世界观都是从死亡意识中派生出来的。这样看来，羿史诗所蕴含的光明与黑暗，生命与死亡对立统一的哲学，也就是中国哲学特别是《易经》哲学的发源地了。羿本人作为太阳的化身，为我们留下了多少思想遗产！

在这里，我们将对《天问》写羿之死的那两句话做出新的理解。所谓“阳离爰死”者，不是彻底的毁灭消失，而是魄死魂去也！《左传》昭公七年说：“人生始化曰魄，即生魄，阳曰魂。”那么，阳离，不也就是魂去之意么。大鸟虽鸣而死，但它“死”在羽渊的只是脱落的羽毛，至于它的本体（“厥体”）屈原并不知到哪儿去了，实际上可以说是同魂一道下冥府去了，而冥府就在“虞（羽）渊之汜”底下，那也就是“黑暗之家”，是蒙谷，是幽都。值得注意的是，《天问》说太阳落下是在“蒙汜”，升起时在“汤谷”，而《淮南子》说太阳落下时在虞渊之汜，次日晨升起处叫“蒙谷之浦”，这是不是意味着冥府同埃及的地狱一样，是一片大水，太阳需乘舟而行呢？不得确知了。但至少可以明白，入冥府的太阳和出冥府的太阳都须过“汜”和“浦”。这一点，又将得到语言古生物学方面的化石证明：“‘昔’字在甲文中作䈜，像日在浩漫大水之下，示太阳已沉落西下，古昔之本义为‘白天结束，晚上开始’。《谷梁传·庄公七年》：‘日入至于星出谓之昔’，是其确诂。引申而‘夜晚’亦称‘昔’，《博雅》训：‘昔，夜也。’……《左传·哀公四年》：‘为一昔之期’。《庄子·天运》：‘则通昔不寐矣。’皆用此义。”① 昔字的本义足以告诉我们，在商代的先民们的神话思维中，白昼与黑夜的交替是由于太阳处在不同的，正相颠倒的位置的缘故。太阳在此一世界时，便是光明和温暖的白天，太阳运行到大水之下的彼一世界时，此一世界便迎来黑暗与寒冷的夜晚。太阳的循环运行在神话思维中导致了两个对立世界的宇宙模式，而太阳在这两个世界中的相反的运动方向，则又使初民们确信：此一世界同彼一世界中的一切都是颠倒的，根据这种颠倒价值的密码本，人类学家读解了 1938 年发现于西亚的一个大约 5000 年前的原始护符图案（图 G）：

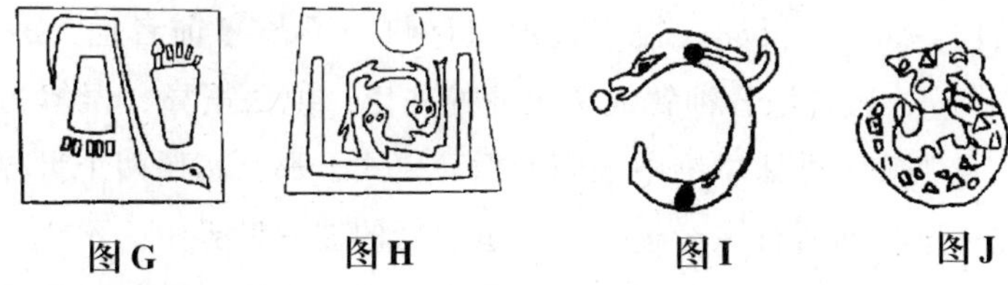

图 G　　图 H　　图 I　　图 J

象征着生命循环不已的蛇是两个相反方向的脚印的联系纽带，这神秘图形所传达出来的信息不是要超越两个对立世界的时空局限，求得生命的永恒

① 温少峰、袁庭栋：《殷墟卜辞研究——科学技术篇》，四川社会科学院出版社 1983 年版，第 7—8 页。

吗？从这古老护符中得到的无穷启示，使笔者读解了巴比伦史诗的文化哲学意义，同理，我们对图 H 中那中国古兵器图[①]不也可以做同样的理解吗？而这一阴一阳交相对转的两只龙（蛇）辩证地统一起来，不正构成图 I、图 J[②] 那中国上古最神秘的符号——“卷龙”吗？传说中这种能潜入地下能翔于天空，循环不已的神秘生物若不是太阳的神化，又能是什么呢？在表层分析中我们附带提及的烛龙与无日之国的问题，在这里将昭然若揭了：过了黑暗通道的太阳将沿着循环轨道进入那号称“黑暗之家”的冥府；而此一世界白昼的结束恰恰是彼一世界夜晚的结束。于是神话思维中就出现了这种视为昼，冥为夜，吹为冬，呼为夏……身长千里[③]的怪诞形象。卷龙也好，烛龙也好，还是别的什么由太阳所幻化出的形象也好，其最关键的功能特征（结构分析中，功能的同一性远比外形的相似重要的多）就是循环运动，否则的话，太阳将失去其永恒的生命力，不成其为太阳了，这种循环运动的观念模式，照图 I 中那新石器时代红山文化出土玉龙的年代判断，至少在 5000 年前就已定型了。到战国时代楚国民间祀神歌《东君》中，同样的循环运动模式依然清晰可辨。如图 D 所示，这首歌唱太阳神一昼夜行程的古歌始于“暾将出兮东方”，终于“杳冥冥以东行”。这里两个“东”字迷惑了多少注家！按照理性思维的形式逻辑，太阳既然出自东方向西而行，又怎么会拐回来“东行”呢？为了打消（不是解释）这一矛盾，有人说“杳冥冥以东行”是从东向西行之意；[④] 也有人说东君暗指齐国国主，“杳冥冥以东行”是说齐楚联合打败西方的秦国后，“齐臣亦已极高远地东行归去了”。[⑤] 前者把“东行”解成了“西行”，后者把日神解成了报捷的齐臣，说法虽异，误解的根源却相同。一旦明确了神话思维中太阳的循环模式，那么按照两个世界的颠倒价值，此一世界的西行在经过黑暗通道之后的彼一世界中，不正是要转变 180 度变成“东行”吗？否则的话，此一世界的黑夜过后，又怎能迎来新

① 转引自闻一多《伏羲考》，载《闻一多全集》第 1 卷，第 8 页。

② 图 I，1971 年在内蒙发现的红山文化玉龙，见《文物》1984 年第 6 期，第 6 页。图 J，1976 年在殷墟妇好墓出土的玉龙，见《殷墟妇好墓》，文物出版社 1980 年版彩图。

③ 《山海经 · 海外北经》。

④ 马茂元：《楚辞选》，人民文学出版社 1958 年版，第 98 页。

⑤ 谭介甫：《屈赋新编》（上），中华书局 1978 年版，第 294 页。

的“日出扶桑”呢?

这样看来，我们在前一部分深层结构分析中自以为“读解”了的羿史诗，其实只读解了一半。也就是说，我们只追索了羿自扶桑至羽渊的整个“西行”足迹，而没有考虑作为太阳神化身的羿自羽渊之汜至蒙谷之浦的整个“杳冥冥以东行”的过程，而这个过程，作为潜故事下面的故事（即潜潜故事），却在很大程度上决定着羿史诗原型结构的整体象征意义。在巴比伦史诗中，这一整体象征意义是通过主人公对太阳神的追求和呼告来暗示的；而羿与太阳的同一性关系使他足以免去这种外在的呼告和乞求，他在羽渊的解羽本身也就是太阳告别此一世界，化生为另一种形态到彼一世界继续旅行的象征，这一化生的结果，在此一世界看来，就成了太阳大鸟的神秘失踪——它不知“焉丧厥体”，只留下脱落的羽毛，和那回荡在羽渊上空的哀鸣之声。但从彼一世界来看，在黑暗通道中其光如烛的所谓烛龙的到来，不正意味着羿的灵魂的地下旅行的开始吗?谁说他在结束地下旅行之后不会以新的化生形式，作为大鸟或“载于乌”的太阳重新在此一世界“复活”呢?从这一意义上理解，在此一世界的人们看来，这个在西天解羽又在东方火红的朝霞中复活的不死大鸟，这个被后人叫做“金鸟”、“金乌”、“金鸦”的神秘飞禽，不恰恰是与龙相对又相辅相成的凤凰吗?

由此推论，龙与凤这两个外形上差异极大的中国神秘符号，在神话思维的类比逻辑作用下，就以彼此化生的形式统一在太阳的永恒循环运动中了：龙能入地潜渊，所以也就主要成了太阳在彼一世界的代表；凤鸟能高翔于天，于是主要成了太阳在此一世界的代表。[①] 所谓“龙凤呈样”也就是相生相化的循环往复战胜了单一的、静止的死亡。这样来看，羿史诗的原型结构的整体象征意义就不只是对死亡的忧虑，而且也是对死亡恐惧的精神超越了。这，正是这部上古伟大哲理著作在它所由发生的原始文化心理的“潜本文”中所蕴含的深层意义。图 E 所示《易经》太极图像可以说是这种意义的最好概括。

---

① 龙凤相化与永生观念的联系，在一幅出土于长沙楚墓的帛画中表现得十分明白，画中除一龙一凤相对而外，还有一个合掌祈祷（求永生）的妇人。此外，在印第安文化中，太阳被表现为鸟头蛇身形，即所谓“羽蛇”。这正是龙与凤的神话合体。

《易·系辞下》:“生生之谓易。”注曰:“阴阳转易,以成化生。”由此来看,被人们视为中华民族哲理精髓的“生生不息”精神,原来是由神话思维时代的太阳循环化生观念所派生出来的,羿史诗这部上古罕见的英雄作品恰恰充当了从神话到哲学的过渡中介,它也可以说是中国思想史上第一部伟大杰作。

关于这部伟大杰作的原始文化心理根源的讨论,笔者愿引西方当代最负盛名的原型批评理论家弗莱(N. Frye)概括和总结整个西方叙述文学发生发展规律的一段话来参照:“神明世界中的中心过程或中心运动是某一个神的死亡与复活,消失与重返,隐退与再出现。神的这种运动不是被看成一种或数种自然界的循环过程,就是由此而联想到自然界的循环过程。这个神可以是太阳,夜晚死去黎明重生,或是在每年的冬至重生一次,这个神也可以是植物神,秋天枯萎而死,春天又重新复活。由于神按其本性来说几乎是长生不死的,所以,将死的神在同一人格中重生便是所有同类神话的规律特征。”① 借助于这种循环模式的运动规律,弗莱读解了自阿都尼斯神话到霍桑《玉石雕像》的整个文学发展系列作品。而我们在羿神话所由发生的同类循环模式中,也找到了中华文化的核心原型,理解了老子为什么要说“道”是“周行而不殆”的,《易经》为什么要说“亢龙有悔”。亢龙者,直龙也;悔者,凶也。直龙能伸不能曲,能往而不能返,故凶也,而卷龙则如环无端,能往能返,生生不息,循环不已。无怪乎早自新石器时代,卷龙就成了原始宇宙哲学的符号,受到人们的尊崇。

这样看来,羿史诗把英雄认同为太阳就绝不是随心所欲的比附了,它深深地寄托着我们远古祖先超越有限的死亡,求得无限的生命延续的强烈欲望。它用“天人合一”的逻辑赋予社会生活以秩序和意义,它让人们在鸟之将亡的哀鸣中听到凤凰再生的预告,在烛龙潜渊之际想到飞龙登天的时刻,在阴森恐怖的羽渊憧憬那日出扶桑的美丽景象……

原文载《陕西师范大学学报》(哲学社会科学版)1998年第1期。

① 弗莱:《批评的解剖》,1957年英文版,第158—159页。

近东开辟史诗·前言

饶宗颐

本史诗是西亚关于天地人类由来的神话宝典，是世界最早史诗之一。希伯来圣经中的《创世纪》即从此衍生而出。在中国的翻译界，尚未有人把这史诗全文介绍过。这是首次译出的尝试。

所谓史诗（epic）一字，从希腊文 ἐπιός 而来，是拉丁文 epicus，含有“对话”的意思。它是“narrated in a grand style”（用雄伟的风格说出的文体），narrated 可说是“赋”的作法，所以亦可说是叙事诗。[①]

史诗的性质有几个特点：它必是口传的（oral），必是与宗教信仰分不开的，又必是和该民族的典礼有联系的；史诗对于战争事件往往有极详细而生动的描述与铺陈。大部分歌颂该地崇祀之神明，把诗中的英雄人物尽量加以凸出。[②] 西亚史诗的特征，Luigi Cagni 在谈到 Erra 一诗时，已有详细讨论。[③]

汉民族在古代应该有他们自己的史诗。但由于古代史官记言与记事分开，记事侧重时日，对于事态的描写多采取“省略”（ellipse）手段，所以没有像西方史诗那样强调英雄主义。“省略”是修辞上很重要的法式。[④]古代汉语的特征，采用省略句式见于殷代占卜文辞是非常普遍的，所以对神话人物没有作故事性的高度描写。诗经中雅颂的体裁久已脱离了口语，

---

① ［日］清水茂：《赋与叙事诗》（见语りの文学，筑摩山房，昭和 63 年）。

② 杨牧：《论一种英雄主义》。

③ *Source from the Ancient Near East*, vol. 1, 1997.

④ Henri Morier: *Dictionnaire de Poetique Rhetorique*, p. 154.

所以不是 epic 的叙述形式，因此，一般认为古代中国没有史诗。又史家作史书，极力主张“尚简、用晦”,[①] 故冗遢、详尽的文体亦不受人欣赏。唐代的俗讲变文兴起，衍生后来的弹词七字体，与天竺希腊的繁复冗长的史诗，其构章遣词，实无差异，这样的文体在吾国反属后起，这是文学形式由简变繁的另一方向。[②] 但在民间口语文学中却保存大量的活的史诗，尤其是在少数民族的口传文学里面，像桂西布努瑶族的长篇史诗《密洛陀》，其中“萨当琅”长达二千多行。西藏的格萨尔史诗有三十九部，如果把另外的六十七部加以整理，可有八十万行之多，比起印度的《摩诃婆罗多》还要丰富。[③] 这样看来，礼失而求诸野，中国的史诗还活生生地保存着，正是口头文学的一个无尽藏呢！

史诗的吟唱是需要宗教仪式的。能吟唱史诗的人通常被尊为圣者或先知，印度称之为 Kavi，波斯的火教经里面有八位统治阶层的人物，在他们名字的前面，都加上 Kavi 的称号,[④] 可见吟唱者地位之高，有时还是王者。在吾国少数民族中能够吟唱史诗的人物相当于巫师，有他的特殊社会地位。如彝族即由呗耄来主持，呗耄即是口述史诗的巫师；彝文作乜昴（pe—rmo^{-1}）的读音同于梵呗之呗，意思是唱诗，昴似乎是借用汉文的昴，略为写变，复同音读为耄，或写作笔姆，哈尼族谓为批莫，皆一音之变。吟唱史诗的习惯往往保存于极隆重的礼节，或在时节与婚丧庆典中举行；不同于一般曲艺之为娱乐性的。在各少数民族心目中，史诗是圣典，吟唱本族的史诗，其实等于本族的神谱、神根的活动表现，吟唱史诗的人可说是代表本族的先知，他的祭坛是人和神互相沟通的一种场合，像黔边的土家族，他们巫师的傩坛即有开天辟地的歌唱，而巫师则身兼祭祀、歌舞等职掌，可见吟唱史诗与宗教根本是分不开的。[⑤]

中国少数民族口头文学里面关于天地开辟的史诗非常丰富，所以这样一首世界最古的开辟史诗很需要加以译出，提供给研究神话的人们作为参

---

① 刘知几《史通》强调此点。杜预《春秋左传序》云：“志而晦。”

② 陈寅恪：《论再生缘》引言。

③ 参见王沂暖《藏族〈格萨尔王传〉的部数和诗》（《格萨尔研究特刊》，第184页）。《密洛陀》被称为百科全书式的创世史诗，有孙剑冰译本。

④ Richard N. Frye：*The Heritage of Persia*，p. 60.

⑤ 黄林：《吟唱史诗不同于说唱曲艺》，载《中国音乐学》1987年第2期。

考资料。本文之作，正为填补这一缺陷。

近东开辟史诗是阿克得人（Akkadian）的天地开辟神话。因起句"Enuma－eliš"（when on high 天之高兮）命名，全文用楔形文刻于七大泥板之上。上半纪述天地开辟之初，诸神间之互相战斗，由于两大势力的争夺，后来才产生出太阳神马独克（Marduk），终于征服了对方黑暗势力的彻墨（Tiamat）。下半部叙述马独克安处宇宙间三位最高神明：Anu，En-lil 及 Ea，遂兴建巴比伦神庙的经过，和它如何从反叛者身上沥取血液来创造人类。最末历述马独克的光辉功绩，和他享有五十个不同名号的特殊荣誉。

这首史诗的写成年代，一般认为属于 Kassite 时代，所谓中巴比伦（公元前 1550—公元前 1155）时代。（巴比伦共有三十六个王，共统治 576 年，其第一王朝的年代为 Sam－suditana，即公元前 1623—公元前 1595。）在汉谟拉比（Hammurapi，公元前 1792—公元前 1750）之后。它的时代大约相当于我华夏代晚期（公元前 21—公元前 16 世纪）。

吟唱这首史诗在当地习俗为每个新年的第四日，举行隆重的节季典礼，有下列几点意义：①

1. 为 E－zida 神庙之洁祀，即在 Borsippa 之 Nabū 庙内讲说太阳神马独克（Marduk）开辟天地和创建神庙的故事。

2. 为恢复神庙祭典，规定由中间化名者（interalia）歌颂关于 Anu 及诸神的劳绩。

3. 为帮助小儿诞生的典礼，昭告人类的始生，是从有罪而被殛死的神明身上，沥取其血抟土而作成的（how man who first created from clay mixed with blood from a slain god）。

4. 吟诵此诗可以帮助牙医拔出痛牙，而诅咒其蠹虫使勿复为害。②

马独克（Marduk）一字是由阿克得文的 mār（子）和苏美尔文的 Utu（太阳）会合而成，意思是太阳的儿子。祂是最高的神明，太阳之下一切都是祂的产物，马独克在阿克得人的歌颂之下，拥有五十个不同的名号，

① 参见 M. L. West 编注希腊 *Hesiod*：*Theogory* 的前言，1966，Oxford 印本。

② 关于诅咒防止牙蠹的事（Incantation against Toothache），在新巴比伦时代很流行，但在 Mari 文献古巴比伦时代的泥板出土有 ši－pa－at tu－ul－tim。

祂具有无比的威力，超乎一切的崇高地位。神是全能的，这一思想在西亚很早已是根深蒂固，所以后来移殖至以色列。

人是从宇宙中的有罪的恶神取出他的血来塑造的，所以是有“原罪”的。人的产生，是为诸神服务而制造的，人必须是神的侍奉者，人在神的恐怖威严之下是要战栗的，没有一点地位的，这一原则性的基本理论亦为以色列所吸收。①

有人认为汉族是务实趋善的民族，原始性的自然宗教始终没有在内部发育成高级的人为宗教，使中国人免除了“原罪”，但也使中国的原生态神话仅存片断，还显得晦涩、枯槁而凌乱。② 我不同意这种看法：我认为原罪的有无，起于神话背景的差异，中国的造人传说，属于用泥捏成一系，不同于西亚。而且，由于书写工具的不同，殷周典册，锲刻书写于龟骨、铜器与玉器及简牍，不适宜作长篇记录。史家又主张尚简用晦，阻碍了史诗作冗长描写的叙述形式，但民间的口语文学却照样仍旧保存着而流传下来。

西亚开辟史诗，认为在开辟之初什么东西都没有，既没有“名”，亦没有“形”，命运更谈不到。“无”是宇宙的本来面目，因为这时候，什么神都还没有降生下来。

因此史诗在开头，使用否定词的 la，便有许多次：

阿卡语的否定词有三个，一个是 lā，一是 ul，一是 ai。③ la 字在第一章的 1，2，6，7，8 行都出现。

1. la na - busú ša - ma - mu

(the heaven) had not been named

既未有名

2. šu - ma la zak - rat

had not been called by name

亦未赋之以名

6. ši - ma - ta la ši - i - mu

① 参见 J. Bottéro：*Naissance de dieu*，*La Bible et L' Historien*（神之诞生——圣经与历史家）巴黎，1986。

② 见萧兵为王孝廉《中国的神话世界》所写的序言。

③ 见 *Ungnad - matouš*：*Grammatik des Akkadischen*（《阿卡得文法》），第 111 页，否定词。

their destinies undetermined

命运未定

gi – pa – ra la ki – iṣ – ṣu – ru

ṣu – ṣa – a la še – ú

no reed but no mashland

无纬萧、无薮泽

7. la šu – pŭ – u ma – na – ma

Whatever had been brought into being

渺焉无形

8. šu – ma la zuk – ku – ru

uncalled by name

名号不立

la 字楔形文字作

希伯来文的否定词 κζ 亦是 la，它们是同一语系。我在这里，用汉语的否定词“未”、“无”、“不”来翻译它。

西亚泥板中第一位神明叫做 Apsû，意思是溟海（Ocean）。这一名词可能是出于闪语，义为地表，或海岸，是指水之清者，我把它音译作滃虚。

Mu – um – mu 蒲德侯教授认为是 Tiamat 的绰号，其他相当于阿克得语的 ummu ，其义为母，所以我音译作漠母。Apsu 是水之清者。而 Tiamat 出自闪语，义为溟海，水之积聚，大地之浮沤也，则指水之浊者，与 Apsû 恰恰相反，我把它音译为彻墨。古汉语训“海，晦也”，即以海为晦。

Apsû 和 Tiamat 两者一清一浊，代表两种相对的势力，在天地未形成之前互相斗争，后来波斯火教经里的 Ahuramazda（creator of the world）与 Ahriman（power of evil & darkness）二人为兄弟，而代表一明一暗，互相斗争，正如 Apsu 与 Tiamat 之为夫妇，情形相同，这是近东宇宙论之二元主义。既有了滃虚作为原始神之后，继而诞生 Lahmu 与 Lahamu，这二名的原义不明。以后遂有 Anšar 与 Kišar 诞生，an 是苏美文的天，ki 是苏美文的地，šar 有全体的意思，高的全体指天，低的全体指地，史诗喜作俪句，是其著例。在史诗里面，e – lis（on high）指高，săp – lis 指低，二者相对，表之如下：

e - lis	sǎp - lis
an	ki
天	地

An - sar 又生子曰 an - nu，nu 训主，故 An - nu 义即天之主。annu 又生 Ea，他又别名 nu - dim - mud，dim 训创造，mud 训生，意译应该是“创生之主”。

Ea 之妻曰 Dam - ki - na，在苏美文亦称曰：Dam - gal - nun - na，dam 训室，gal 训巨，nunna 训皇子，意译是“皇子之巨室”。[①]

马独克以前的神谱，可系列之有如下表：

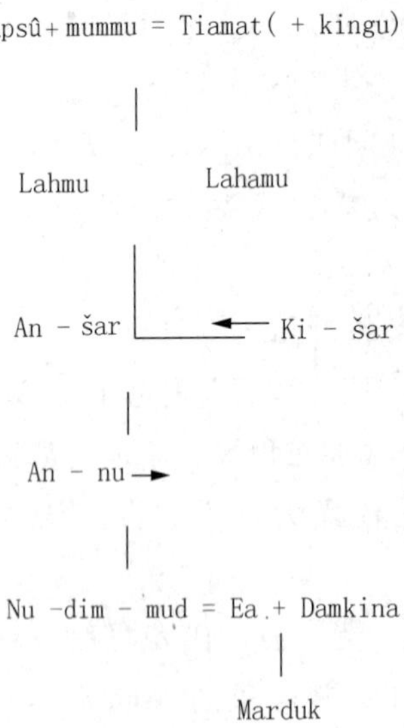

希腊 Hesiod 所著的神谱（Theogony）在 Zeus 以前由 Kronos 与 Titan 造分天地，和这史诗的 Anšar 与 Kišar 很相类似，腓尼斯的神谱亦有相雷同之处，试比较如下：

---

① 参见 *La naissance du monde*（《世界之诞生》），第 117—151 页。

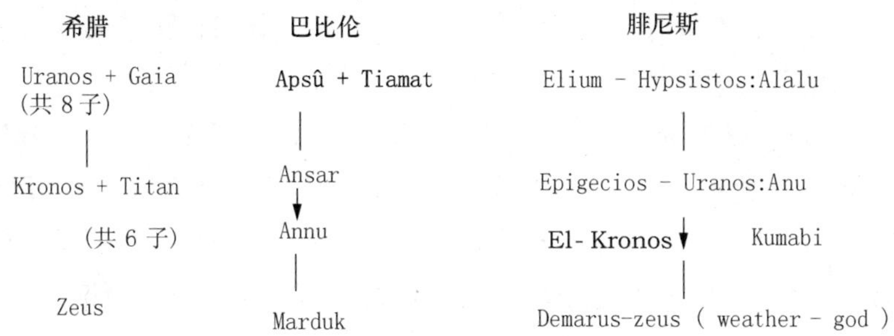

日本民俗学者（如大林太良等）认为上代日本的“天皇制”，王权与神话之不可分割，实是远古东方（Oriental）神王制的派生物。[①] 统治与神权成为合一体。在近东，希腊史诗所表现几无二致。但在远东的神统，恐怕未必相同，似乎不必勉强加以比附。

惟名与命两个观念相当重要。[②] 远东与近东则有类似之处，在开辟之初，诸神未降，名号不立，命运未定。有了神才有了名，命运亦因之而定。“无”是天地未生以前的形状。这与老子书所说“无名天地之始”是一致的。从天地开始时未有名，到诸神降生，各有其名。至于太阳神马独克统一宇宙，建立奇功，终至赋予五十名号，成为威力最大莫可与京的大神。名号的重要性是代表文化的内涵，这五十名号，具体与抽象的意义都齐全。欲了解西亚文化的根源，应该从这一处着手，不可忽视。[③] 中国方面在名号所表现的哲理精粹处尤其是“谥法”方面，很值得去作比较深入的研究。

我现在最感兴趣而要进行讨论的有两项：一是开辟神话，一是造人神话，二者有密切关系，可以说是二而一的。开辟神话最为家喻户晓的是盘古的问题，我曾经考证东汉末年四川的文翁祠堂壁画已刻绘盘古像，宋人且见过拓本。一向认为盘古最早出现于三国是不对的。见于战国中期楚缯书上的记载有“日月夋生”及雹戏、女皇生子四之说，可证《山海经》

① 吉田敦：《古代オリエト文学上キリシア神话》（筑摩世界文学大系 82）。

② 参见旧作《古代文学之比较研究》第一节（京都大学《中国文学报》第 31 期）。

③ 关于 Marduk 的五十名，参见 J. Bottéro：*Les noms de Marduk L' ecriture et la Logique en Mésopotarnie ancienne*，及 Franz M. Th. Böhl：*Die fünfzig Namen des Marduk*。

里的帝俊是上神，日月都由其生出，确为战国流行于南方的传说。雹戏女皇即伏羲女娲已成定论（见拙作《楚帛书》），可破旧说伏羲女娲名字初见于《淮南子·览冥训》之非。

《淮南子·精神训》说："古未有天地之时，惟像无形。……有二神混生，经天营地。……于是别为阴阳，离为八极，刚柔相生，万物乃形。……烦气为虫，……精气为人。"他提出的二气说，我们看彝族的宇宙论和古代楚人之说，实息息相关。彝族的《创世志》开头便说：

金锁开混沌。……先叙哎与哺。哎哺未现时，只有啥和呃，啥清而呃浊，出现哎与哺，清气青幽幽，浊气红殷殷。……局啊现日影，日影亮晶晶，宏啊显月形，月形金晃晃，闹啊变青烟，……努啊成红雾。……六形未现时，谁也不先显，六形出现了。哎哺影形成……①

在混沌未开之前，先有六形。有如庄子所说的"乘六气之变"。六形中以清浊分，六形代表天空六种自然物，表之如下：

清气	浊气
啥	呃
哎（影）	哺（形）
局（日）	宏（月）
闹（烟）	努（雾）

这时还未有天地，只有啥、呃清浊二气，这即是《淮南子》所说的二神。彝族史诗叙传说有圣人名曰努娄哲，开始发现封锁天界的秘密，他掌握打开金锁，由他来开天辟地。史诗接着叙由蜘蛛撒经纬线来织成天地。再由"九女子造天、八男子造地。千千万的哎，千千万的哺"形成天地间的一切。这岂不是《淮南子》所说的"经天营地"？此中似亦渗入汉人的"经天纬地"的思想，不过加进彝族的想象，由蜘蛛来执行这一工作罢了。彝族把天、地分成二系，有点像西亚以 an 为天，以 ki 为地，都有二元论的倾向。

---

① 见《西南彝志选》（贵州人民出版社）。啥、呃指清、浊，哎、哺指影和形，局、宏、斗、努，指日、月、烟、雾，都是彝语，详该书注解。

我们再谈东巴经中纳西族的《创世纪·开天辟地》的神话，纳西象形文原来写作

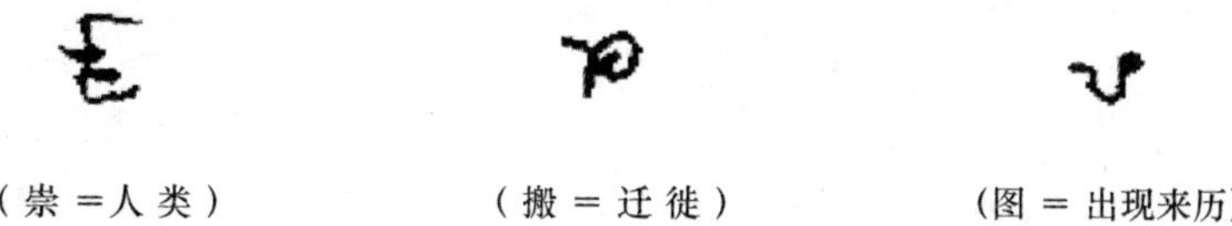

（崇＝人类）　　（搬＝迁徙）　　（图＝出现来历）

三字按照纳西读音就是崇搬图，意思是“人类迁徙记”。这崇搬图至今已有五种译本之多，为东巴经之冠，可见其重要性。东巴《创世纪》的要语是这样的：①

1. 混沌世界：东神、色神与“石”、“木”的存在

“很古很古的时候，天地混沌未分，东神、色神在布置万物，人类还没有诞生。石头在爆炸，树木在走动。”（《创世纪》第1页）

2. “影”先于“形”

“天地还未分开，先有了天和地的影子。日月星辰还未出现，先有了日月星辰的影子；山谷水渠还未形成，先有了山谷水渠的影子。”（同上第1—2页）

3. 三、九与万物的相对性（善、恶、真、伪之判别）

“三生九，九生万物。万物有‘真’有‘假’，万物有‘实’有‘虚’。”（同上第2页）

4. 鸡生蛋与白气和黑气

“真和实相配合，产生了光亮亮的太阳。太阳光变化，……产生绿松石……产生一团团的白气，白气又变化，产生……依格窝格善神。”“依格窝格……变出一个白蛋，白蛋孵出一只白鸡，……自取名为恩余恩曼。……恩余恩曼生下九对白蛋，一对白蛋变天神，一对白蛋变地神，一对白蛋变成开天的九兄弟，一对白蛋变成辟地的九姊妹。……”

相反地，“假与虚的相配合，出现了冷清清的月亮。月亮光变化，产生黑宝石，黑宝石又变化，产生一黑气，……黑气又变化，产生了依古丁那恶神，依古丁那作法又变化，变出了一个黑蛋，黑蛋孵出了一只黑鸡，

① 本文采用林向肖《对纳西族创世纪神话本来面目的探讨——〈创世纪、开天辟地〉校注札记》（《神话新探》，第359页）。

……自取名曰负金安南。”“负金安南生下九对黑蛋，卵化出九种妖魔，……九种鬼怪。”（据林向肖文引另一本《创世纪》）

我们可把上面的《创世纪》中种种角色列成下列系统表：

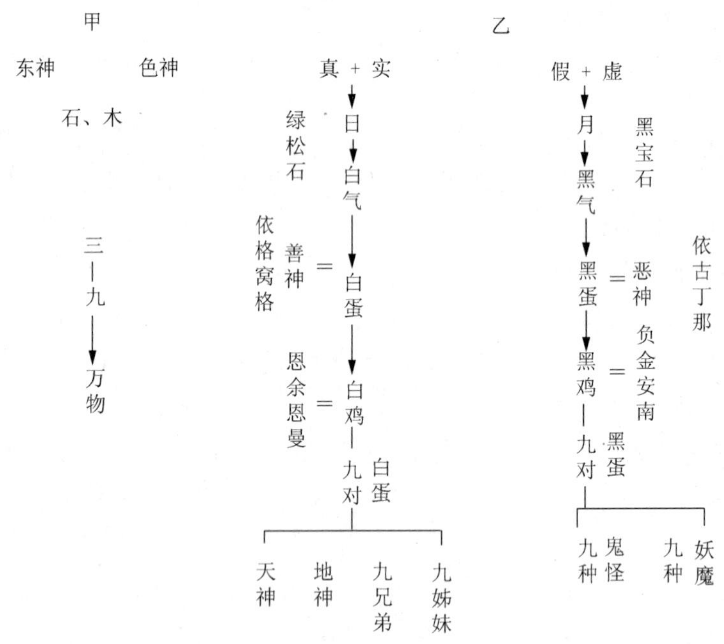

这一套宇宙生成论的形成，溯其来历是相当复杂的，这里不便仔细分析、我想它与彝族的开辟说亦有点关系，像先有影，然后有形，即是彝族的哎和哺的分别。白气和黑色亦即彝族的清、浊二气，这样都是从二气说演衍而来的。三生九，九生万物是取自汉人的。至于鸡蛋说，我认为是吸收印度人的安荼（anda）论，[①] 又有吸取自西藏的，像代表善神的依格窝格，据《古事记》解说，“取自藏文本一个字母ཨ（O），改写用双线作……。”而代表恶神的依古丁那，东巴经文用双线作……，则“取藏文字母ན，加黑点表 na 之音”。按藏文黑为 nag－po（ནག་པོ）代表黑暗（dark）。这些更属于后起踵事增华的理论。[②]

① 参见饶宗颐《安荼论（anda）与吴晋间之宇宙观》，载《选堂集林》，第 311 页。

② 参见林向肖文。

最堪注意的是在混沌阶段，木和石的崇拜显示初民对洪荒世界所感受的是植物和矿物。有人引用东巴经的《动丁》迎动神经，指出东巴经传说，最初造物之神是“动”和“色”，即是阳神和阴神，是结为对偶的两兄妹，所以东巴教以石象征动，木象征色。大凡东巴作道场，必用一块小神石“动鲁”和几根木偶“木森”，用祭米撒神石，用牲血点木偶，具见他们对木、石的崇拜。动神和色神，创世纪作东神，按之汉语的训诂，东即训动，《广韵·一东》：“春方也。《说文》曰动也。”东神和动神自是一而非二。东为动，故属阳，如是东巴传说在宇宙开始混沌时期即用二元说了，表之如次：

东（动）神	色神
石	木
阳	阴
兄	妹

其中二者代表兄妹结婚，似乎受到南方瑶族伏羲女娲为兄妹一说所影响的。纳西东巴经典上神鬼的名字，异常丰富，它具多神崇拜的特点，据初步编号有二千四百名之夥。可见其吸收多方面的情形，有待于深入研究。

中国少数民族史诗，多数有创世纪的开辟神话，这里只举彝族和东巴二种，以供比较，其余暂不涉及。

至于造人的传说，西亚造人的缘由是要为神服务的。伊拉克新发现在西尔巴古城出土的泥板有关洪水的记载，年代比《圣经》要早一千年。泥板上说，人似乎是因为职位较低的神都厌倦工作不干，于是天国神明遂创造了人类，可是“人”——这新物种，繁殖太快而且吵嚷太厉害，于是众神大怒，决定把所有的人都淹死，只有一家人幸免，他即是一个被称为阿特拉哈希斯（Atrahasis）的人，意思是极有智慧者。他造了一只方舟——这被认为巴比伦历史上相当于《圣经》的诺亚（Noah）。法国Réne Labat编著《近东宗教》一书，已收入Atrahasis史诗的全文（见该书第26—36页），关于他的故事，一般已耳熟能详，今不备述。阿特拉哈希斯是洪水后剩下来唯一的人物。吾国西南民族的史诗亦有同样的传说，东巴《创世纪》记载洪水滔天，只剩下纳西族祖先从忍利恩孑然一身，藏于牛毛牛皮的革囊，用九条铁链，三头拴在柏树上，三头拴在杉树上，三头拴在岩石上，才得死里逃生。作为东巴创世纪主要角色的从忍利恩，如何与洪水搏斗，为人类生存而挣扎，可以说是西南民族的阿特拉哈希斯了。以前陶云逵记述鲁魁山獐子族的神话云："昔日洪水为灾，人类死光，只剩一人名 Apúdamu，亦称阿普（Apú），后来天神 mumi 遣三仙女下凡，与 Apú 相配，七年后，第二仙女怀孕，生下了一个小葫芦，阿普把它剖为四瓣，成为人类之祖，大的为汉人之祖，二为黑夷（即纳西）之祖，三为哈尼之祖，四为摆（白）夷祖。"据马学良调查，这个神话至今云南夷区还普遍的流传着。[①] Apú 与西亚史诗宇宙第一位神 Apsû 天神 mumi 和 mummu 俨然名字相同，两者之间，有无关系，殊属难言，我在云南博物馆看过晋宁山出土铜片，其记数方法用圆圈表数，和苏美人有点相似，远古时候西亚的洪水神话可能随着西羌传播入滇，亦未可知，这是很值得研究的问题。

史诗第六泥板是关于沥血造人的记录。但在吾国传说，人只是用黄土塑成，没有染半点鲜血。黄土造人之说始于东汉，见于应劭《风俗通》："俗说天地开辟，未有人民。女娲抟黄土作人，剧务，力不暇供，乃引绳于絙泥中，举以为人。故富贵者黄土人也，贫贱凡庸者絙人也。"（《太平御览》78 皇王部三引，又见同书卷 360，参见吴树平《风俗通义佚文》第 449 页）希伯来《创世纪》："上主天主用地面的灰土形成了人。"注家都说希伯来文的"人"字原有红土或黄土的意思，是说人是属于土的东西。令人更感兴趣的是回教徒开辟神话，亦有相同的用泥土造人之说法。向来中外研究女娲氏的文章。都未注意及此。《古兰经》第 15 章《黑秩尔》：

> 我确以黑泥干土造化人类，使之成形。〈26〉那时候，你的主对众天使说："我将由黑泥干土造化人类，使之成形。〈28〉当我完成他，并吹入我的灵的时候，你们就向他伏身下拜。"〈29〉（据时子周译述，中华丛书本，第 384 页）

① 马学良：《灵竹与图腾》，载《云南彝族礼俗研究》，第 3 页。

《古兰经》又记众天使中惟以卜厉斯拒绝，且说“我不应该向你由黑泥干土造化的人下拜”，因他被主所驱逐。据说人类由泥土造成是因为土的性质是温和的，有培养性的。可是魔鬼却由火所造成，则因为火性是暴烈的、有毁坏性的。

应劭所说人是用黄土制成，《可兰经》则说用黑泥干土，颜色稍有不同。

汉土少数民族关于造人的传说，不少都说是用泥土捏造。兹表之如下：

西北

哈萨克族	女天神迦萨甘造天地， 以其光热造日月， 用泥土造人。	《迦萨甘创世》
维吾尔族	女天创造亚当，以地球上的土捏成人形。	
蒙古族 科尔沁	天神用泥土造人。	麦德尔神母创世纪

西南

彝族	用白泥做女人，黄泥做男人。	阿细的史诗
傈僳族	天神木布帕用天泥捏出地球，从此地上才有人。	创世纪
崩龙族	天上大神嘎美和呼莎米用泥巴团捏人，第一个是男人， 叫普，第二个是女人，叫姆。	

这些都是后来的传说，想由女娲故事演变而生，传播各个不同的地区。①

其他不同的说法还有：

彝族梅葛创世	天神格滋造人，撒下三把雪。
瑶族史诗密洛陀	用蜂蜡造人。

① 详见萧兵《女娲考》（《楚辞与神话》）。

土族	用石头造人。

附记之，以供参考。

伏羲女娲的传说很早就流播及于西域，及西南各地，① 藏族传说原始记录中已提及女娲，西南民族对于补天的神话尤夥。我在新疆吐鲁番博物馆见所藏唐初张雄墓中出土伏羲女娲交尾图数十件，为覆棺之用。深知伏羲女娲的故事很早便为西北人士所熟稔。《可兰经》有无吸收自汉土女娲抟土之说？是很值得玩味的！

伏羲与女娲的关系向来有二说。

一说是夫妇。

另一说是兄妹，亦出自《风俗通》。

女娲，伏羲之妹，祷神只置婚姻，合夫妇也。（见唐神清《北山录》，注解天地始第一引）

李冗《独异志》下：宇宙初生之时，只有女娲兄妹二人，在昆仑山下。

后来流行于南方，为苗、瑶所吸收，东巴创世纪以宇宙原始东神、色神为兄妹而结婚，显然是受到这一说的暗示。

在汉土南方楚人的神话里面，雹戏、女皇（娲）是人类第一对夫妇，女娲抟黄土以造人。回教徒认为泥土是温和的，有培养性的，这与汉土的看法基本是相同的。

西亚史诗述天地开辟，由 Apsu 与 mummu 结婚，由是再生出 an - šar（天）与 ki - šar（地）。而大宙之乱起于瀇虚与漠母夫妇间之相争，“揆以天地之道，阴阳而已”。西亚史诗，亦未离此义！其在汉土，《易经》上经首乾坤，下卦起咸恒，正以天地之始，造端于夫妇。咸卦示夫妇之道，贵在“感应以相与”。咸就是感，感必相应，故其彖辞云：“天地感而万物化生，圣人感人心而天下和平，观其所感，而天地万物之情可见矣。”汉土以相感之咸，象征天地之相感，与西亚史诗之描写夫妇相搏，子复父仇者迥然异趣，截取彻墨之残躯，以造分天地，沥 kingu 之血以塑成人类，在汉土传统思想实为不可想象之事。于此可见两种文化基质的悬

① 赵华：《伏羲女娲之西域化》，载《新疆艺术》1987 年第 3 期。

殊，汉土所以无“原罪”，其故可深长思。西亚这一史诗向来未有全译本，国人引证，间或片段取材，未窥全豹，未由取与少数民族史诗作进一步的比较，本篇之作，聊当喤引，或不无启发之劳，惟望方家加以是正。

再者，少数民族史诗，因长期以来，与汉人接触，不无多少受汉化的影响。试以苗族为例，苗族称长篇叙事古歌为贾（Jāx），可能出自汉语的“赞”。苗族传授古歌有一定的时日，通常在旧历正月初三日至十五之间的吉日。歌师首先祭祀歌神，歌神苗语曰 jent Dians Lax（定拉），“定拉”即天地之神。古歌即由其创造的。

苗族古歌有齐言（五、七古）及长短句体，其“开天辟地歌”即有十二种不同本子（据唐春芳所采集）。过竹氏所采集的为苗地巫师采波唱的，即为长短句体。[①] 若其押韵每随四声（不押韵而讲平仄）作对偶句，用双声词，实皆吸收汉诗特征，正为汉化之优美成果。

1989 年 7 月饶宗颐于悉尼

选自《近东开辟史诗》，辽宁教育出版社 1998 年版。该文完成于 1989 年。

① 参见过竹《苗族神话研究》，广西人民出版社 1988 年版。

蒙古英雄史诗中马文化及马形象的整一性

巴·布林贝赫　乔津译

黑格尔在其著名的《美学》中谈论史诗时，曾说过这样的话：战争是史诗的最合适的场所。从总体上看情况正是如此。正如没有残酷的征战、英雄的业绩和勇敢的冒险便很难产生各民族的原始史诗一样，如果没有骏马形象，也很难有蒙古民族真正的史诗产生。蒙古史诗中的征战和婚姻两大主题，都离不开骏马形象。

从艺术形象的审美特征上讲，蒙古英雄史诗的正面人物是人性和神性的统一体，反面形象是人性和兽性的统一体，而只有骏马形象是集兽性、人性和神性三性于一体的艺术形象（见拙著《蒙古诗歌美学论纲》）。可以看出，与史诗中出现的其他动物形象比较，骏马形象更具有独立性和完整性。在某些场合和某些方面，它的地位和作用甚至超过了它的主人。这种情形从史诗英雄对自己坐骑的深情的表白中可见一斑。江格尔对其坐骑枣红马阿兰扎尔说：

你比我怀抱中的娇妻还亲密
你比我珍爱的儿子还亲近①

旋风塔布嘎对他心爱的坐骑说道：

---

① 《江格尔》（蒙文），呼和浩特，1958 年，第 292 页。

从日出方向过来的
以草为食的你
血肉之躯的我
我撇开你怎能行动
你离开我如何生存。①

蒙古英雄史诗中的骏马形象，是在人和马的和谐中，在美与丑的对比中，在主体和环境的统一中，体现了其独立性和整一性的。

一 人和马同生

在不少史诗中，骏马是同其主人一同降生于人间的，甚至有的还生于主人诞生之前。这种同生现象在史诗中俯拾即是。例如格斯尔可汗诞生的时候，家里的一匹枣红骒马生下了一匹神驹。再如珠拉阿拉德尔可汗的夫人阿拜吉如嘎产下双胞胎——未来举世无双的英雄——的时候

在杭盖山上
黑色马群之首的
黑色骒马怀驹三年
积乳三年
野外游荡三年
三三九年之后
生下了黑色的马驹
在阿尔泰山上
灰花色马群之首的
灰花骒马怀驹三年
蕴乳三年
游荡三年

① 《江格尔》（蒙文），呼和浩特，1982 年，第 474 页。

三三九年之后
生下了白鼻梁的马驹①

在另一部史诗《三岁的红色古诺干》中，一匹弓背的红骒马，生下了

有灵敏的耳朵
有锐利的眼睛
有天蓝的毛色
有快捷的四蹄的
宝贵的黄膘驹②

并以这匹马驹的出生象征其主人的降生。尤其值得人们格外注意的是，有时当史诗主人公从天界降生到人间时，其坐骑也同时自天而降，这一母题暗示了骏马的某种神性。如在史诗《阿拉坦嘎拉巴可汗》中，可汗从天界下凡时，随同降下了宝贵的洪古尔马驹。不少史诗中天神象佑护英雄一样地佑护他的坐骑。如在《宝迪嘎力巴可汗》中，主人公的坐骑黄膘马被蟒古斯施魔法迷惑而骑走时，是苍天刮起了风，解除了蟒古斯的魔法。

还有这样的情况，例如在《阿拉坦嘎鲁胡》中，英雄在前往镇压恶魔的途中，拾到一睡在摇篮中的金胸银臀的婴孩和一匹铁青色的马驹。这孩子后来在其征战中立了大功。与这种情形相似的，还有这样的情节：一孤儿从无数的马群中捡来遭遗弃的马驹，后来这孤儿成了英雄，马驹也变为骏马，他们一道完成了崇高的事业。这类孤儿与马驹的母题，可以认为是主人与其骏马同时诞生的某种变体。就其实质来看，它同样或隐或显地揭示出了人与马之间的某种“神合”关系。

如果说这些例子在表现人与马共同诞生时还多少有点显得间接的话，那么喀尔喀史诗《可爱的哈拉》中的诗句则无疑是最为直接的，英雄连同骏马从迸裂开的山岩中一同诞生——

---

①　《骑黄骠马的珠拉阿拉德尔可汗》（蒙文），北京，1982年，第18—19页。

②　《蒙古族文学资料汇编》第三册（蒙文），呼和浩特，1965年，第90—91页。

四十四庹长
四四方方的红色山岩中
同坐骑一同诞生的
是骑在花色骏马背上的
胡伦乌兰巴特尔①

上述例子充分说明，在蒙古史诗中对马降生的尊重甚至是神化，与对其主人的尊重和神化是相同的。主人公若是天之骄子，其坐骑便是天马之驹；主人公的诞生是奇异的，其坐骑的降生便也是奇异的。当然，在不同时期的史诗中，骏马的神奇降生也经历了一个演变过程。在古老的史诗中，马之降生常常与天界有某种神秘联系，而这可能与萨满教信仰有关。而在后来的史诗中，则可看到佛教的明显影响，出来了坐禅的喇嘛以佛法为英雄造就了骏马。例如在《有八只天鹅的那木吉拉查干可汗》中，英雄阿拉坦在山顶上点燃了喇嘛给的头发，这时就见：

有鞍子嚼子的
带着弓和箭的
一匹云青马
以鬃毛拂动日月
以四蹄叩响大地
冲破云层降临大地
说，主人啊请乘骑我②

如果说从马与其主人一同诞生之类叙述中，我们更多地感受到的是对马的来源的奇异性的描绘的话，那么诗中对马本身超凡本领的津津乐道，则更多的是在渲染马的神奇性。

① 《蒙古英雄史诗选》（蒙文），呼和浩特，1989年，第6页。
② 《蒙古族英雄史诗选》（蒙文），呼和浩特，1987年，第766—767页。

二　马的超自然属性

史诗中骏马的神奇色彩，不仅在于其驮走大山的力量、丈量大地的速度，还在于其超凡的智慧和魔力。它以其原身与化身相结合、力量与智慧相结合、自然形态与超自然形态相结合的艺术形象，在史诗所构筑的世界里纵横驰骋，使正面英雄充满喜悦，令反面形象闻风丧胆。每当主人公遇到困难、碰上灾祸、处于生死关头时，总是他的坐骑给了他各种帮助，终于使他化险为夷，摆脱了困境，这种超越其主人的智慧和神力，常使人们惊叹不已。那些不听从坐骑劝告的，结果则往往是吃尽苦头。如在《格斯尔》中，当格斯尔听从了阿拉坦热格尼的话，要去朝拜蟒古斯的化身罗布萨嘎大喇嘛时，他的坐骑自天而降力劝其勿去，他没有听，结果被蟒古斯施魔法变为驴子，受尽折磨。又如在《道喜巴拉图》中，蟒古斯女儿变一美女引诱英雄，坐骑暗示英雄拒绝，可他没有听从，结果中了她的计谋。除了给主人以警告，使其避免灾祸外，坐骑还是主人的出色战友和帮手。史诗《可汗青格勒》中的描述十分动人：可汗那匹大象般巨大的黄骠马在征战途中，以其不可思议的预见力和智慧前后六次帮助其主人脱险，直至最后精疲力尽——

胸脯着地
口鼻触在沙土上
那有四十四条血丝的
巨大黑眼睛里
滚动下羔羊般的泪水①

哀伤地向主人表示它已无力助其再战。

在预示吉凶、暗示好坏时，这些超凡的坐骑所用的方法也多种多样：或嘶鸣、或做人语、或咬镫、或尥蹶子等等。在史诗《大丈夫阿里亚夫》

① 《蒙古英雄史诗选》（蒙文），呼和浩特，1989年，第230—231页。

中，主人公正沉溺于新婚欢乐时，蟒古斯趁机袭击了他的故乡，是坐骑以嘶鸣来示警的。在《希力图莫日根》中，当一只凶残的魔狗尾随窥探时，又是坐骑尥蹶子提醒了主人。尤其令人惊讶的是，英雄有时更愿意相信马的话。史诗《武士的查干可汗》里有这样的细节：主人正在欢宴，夫人传递了敌人袭来的消息，没人理睬。主人的云青马再次发出警报时，他立即相信并付诸了行动。

还不止是提醒和暗示，骏马常常直接帮助它的主人。洪古尔准备饮下敌人妻子的毒酒，其坐骑以尾击翻酒杯，使其免遭毒杀。① 格斯尔的坐骑将主人母亲的灵魂从地狱中衔出来，从而使其复活。②

还不止这些，在许多地方，坐骑所起的作用是决定性的，而非辅助性的。史诗英雄走投无路时，要恳求坐骑指点迷津。宝木额尔德尼与对手反复较量不分胜负，于是就拉下衣襟，向坐骑三次躬身、三次乞求，骏马便赐给了他制胜的妙法。③ 希林嘎拉珠英雄与蟒古斯生下的三十个铜孩儿大战三年未果，最后主人按坐骑的指点，了结了他们的生命。④

坐骑的巨大作用不仅是在征战中，而几乎是表现在英雄生涯的每一个场合。例如娶亲、结盟等重大事情上也常常少不了坐骑的协助和参与。大丈夫阿里亚夫是遵从了坐骑的指点，在好汉的三项比赛中获了胜，才实现了娶妻愿望的。胡达尔阿拉泰汗的儿子青格勒胡战胜了米勒乌兰，正欲杀死他时，双方的坐骑一同上前劝阻，并建议他俩结为伴当。后来他俩果然共同建立了丰功伟业。⑤

这些神奇的坐骑在帮助主人时，不仅以本来面貌出现，必要时还以其化身来配合主人行动。例如变作蚊子、蜜蜂、火石等有生命或无生命的东西，从而巧妙地迷惑和制服敌人，给主人以有力的支援。至于良骏化作癞马模样出现，则是最为常见的手段：

　　肚腹象鼓

---

① 《江格尔》（蒙文），呼和浩特，1982 年，第 948 页。

② 《格斯尔可汗传》（蒙文），其木道古整理，呼和浩特，1985 年，第 477 页。

③ 《宝木额尔德尼》（蒙文），呼和浩特，1956 年，第 92 页。

④ 《蒙古族英雄史诗选》（蒙文），呼和浩特，1987 年，第 37—40 页。

⑤ 《希林嘎拉珠英雄》（蒙文），海拉尔，1978 年，第 356 页。

脊背象弯刀
人欲抓无鬃毛
蚊要咬无尾巴驱赶
浑身癣疥①

以这种模样迷惑对手，助其主人实现大业。

总而言之，这些叙述表现出了原始游牧人适应、同化、支配自然的欲望和幻想。表现出了他们对马匹的极为复杂的认识和心态——对其神化和夸张达到了极限。经济生活和文化传统的特殊性，使这种审美心理形成定势，并在代代相传过程中得到强化，成为具有鲜明民族特色的审美意象。

三　蒙古民族审美体验的程式化表现——调驯马的系列化描述

史诗中马形象整一性的重要内容之一，是调教马的系列化描绘。唤马、抓马、吊马、备马、骑马、撒群，都有极为细腻的描绘。这种按照生活本身的自然程序再现出来的描写，深深包孕着游牧民族的审美情趣，是将生活艺术化的突出范例。

一个唤马的举动里，就有丰富的文化蕴含。在早期史诗中，常见英雄用马具来召唤乘骑。例如用马鞍召唤三次，嚼子召唤三次，笼头召唤三次，等等。也有用箭召唤的，这可能与某些原始仪式有关。后来的史诗中就出现了用笛子、哈达、烟祭等方式召唤马的描写了。时势嬗替，风俗信仰的改变不能不在日常生活的几乎一切方面打上烙印。所以看到史诗中出现手持哈达、"煨桑"乞求菩萨（"煨桑"源于藏语，意为烟祭），站在山上呼唤坐骑时，你无法不立即想到佛教的影响。

抓马的叙述，则又常常成为交待马的脾气秉性和能耐，以及表现人的勇武机智，表现人与马的缘分的极好场合。《江格尔》中的洪古尔抓他的铁青马时，"人腰粗的蓝丝套绳被拽成细线，差点挣断"。抓马又常常是交待马与主人亲昵关系的时机，当主人去抓马时马会说"山上的草还没

① 《蒙古族英雄史诗选》（蒙文），呼和浩特，1987 年，第 534—535 页。

吃够，胯上的膘还没长足”，以试探主人对它是否有慈爱心肠。①

吊驯马的叙述，通常是既充满生活情趣，又传达出了游牧民的审美体验。其描绘之细腻，夸张之奇丽，韵味之悠长，常常令欣赏者赞叹不已：

粗粗的树
都晃动了
要粗粗细细的马绊
来层层绊牢，
细细的树
都弯曲了
细细粗粗的马绊
要重重绊紧。

这样吊了两年后，

放牧一天
隆起一块肉
放牧两天
隆起三块肉
放牧三天
后腿肉凸出
放牧四天
前腿肉涨大
放牧五天
胯肉强劲
放牧六天
肌肉发达
放牧七天
筋骨强健

① 《蒙古族文学资料汇编》第三册（蒙文），呼和浩特，1965 年，第 352 页。

放牧八天
增长了气力
放牧九天
全身坚硬……①

备鞍作为史诗中常有的叙述程式之一，也很可以作为特定文化现象来加以考察。它们已决不是日常生活场景的简单再现，而成为蒙古人审美追求的一个方面。骏马已被想象为“从远处看如山峰般巨大，走到跟前才知道是一匹马”的程度。给这样的马备鞍，马鞍自然是：

有平川的尺寸的
是洁白的鞍屉
有山梁的尺寸的
是黄木的鞍子
用三十头牛的皮革
编织成的
三十六条肚带
紧紧勒入肚皮
用二十头牛的皮革
精心编就的
带银饰的后鞧
将两胯压紧。②

越到史诗发展的晚期阶段，对备鞍的叙述便越见细腻和铺排。请看下面的诗句：

值一万两的鞍
备在马背上

① 《蒙古族文学资料汇编》第三册（蒙文），呼和浩特，1965 年，第 141—144 页。
② 《江格尔》（蒙文），呼和浩特，1982 年，第 899—900 页。

藏氆氇的鞍垫
放在鞍上
金黄的铜镫
压在两旁
八条熟牛皮梢绳
像流苏飘扬
尼玛达瓦（藏语：日月）鞍韂
前后闪光
丝绒的前鞧
搭在前胸
各色穗子
随胸抖动
黄羊皮的前肚带
紧扣胸肋
麂皮的后肚带
勒入肚腹①

其间已可明显看出“胡尔”故事和“本子”故事的某些叙述特色，也能体察到印藏佛教文化的影响。

游牧的生产方式造成游牧民对于运动着的、动态的事物的审美体验有其独到之处。说到乘骑者的感觉，那是一种“收起前衣襟的功夫，跨过了九座山岭。掖上后衣襟的瞬间，腾过了十道山梁”的速度。至于旁观者眼中的奔马，是“犹如草丛中跳出的，快腿的兔子般飞奔，蹄下扬起的土块，似射出的箭般鸣响”。谈起骏马步态的稳健，那是“端着盛了奶的碗，奶汁漾不出来。腰带上悬着的挎包，纹丝不动。擎着装满酒的杯，一滴也不洒”。②

经过一定仪式后将坐骑撒群放牧，主人从此再不能乘骑——祀奉马，这是在史诗英雄战胜敌手、宏扬威名时才有的举动。有时也因作了恶梦或

① 《阿拉坦嘎拉巴可汗》（蒙文），海拉尔，1988 年，第 301 页。
② 《阿拉坦希胡热图可汗》（蒙文），北京，1984 年，第 35—36 页。

见到凶兆，为求得上苍保佑而这样许愿。这一习俗在蒙古地区历史极为悠久，推测与古老的民间信仰有关。作为一种重要的民俗事象，作为一种与马相关的文化现象，它将蒙古人尊奉马、神化马的心理具体化了：

功高的俊美黄膘马
奉作火的神马
再不负鞍戴笼头
永远放群成神马①

四　具有"反审美价值"的形象——驴子

骏马形象的整一性，还表现在它的对立物——驴子形象上。正如史诗中恒常出现英雄与恶魔的极端对立一样，史诗中，尤其在晚期史诗中，也常常出现作为骏马对立面的驴子。这一现象在巴尔虎和科尔沁史诗中更为突出。驴子总是成为反面人物的坐骑，总是具有一副丑陋、卑琐、滑稽的形态：

背上生鞍疮的
丑陋的灰毛驴
吆喝一声转一圈
打了脑袋颠起来②

作为恶魔蟒古斯的坐骑，对其叙述也是程式化的，也有相同的召唤、备鞍、乘骑等程序。这种描绘也属于审美范畴，具有反审美价值。它的形象越是同其主人和谐，就越是与正面英雄的坐骑形成巨大的反差。以召唤马为例，正面英雄常用绸缎、哈达、"煨桑"来召唤马，而蟒古斯召唤其驴

① 《蒙古族英雄史诗选》（蒙文），呼和浩特，1987 年，第 61 页。
② 《阿拉坦希胡热图可汗》（蒙文），北京，1984 年，第 29 页。

子是“燃起狼粪，呼唤自己的驴，点着猪屎，召来乘骑的驴”。[①] 在科尔沁史诗中，驴子更是时时与马“相反”。英雄若是用乌珠木果汁饮马，蟒古斯便用人血饮驴，马佩戴的是镶嵌宝石的笼头，驴则套着毒蛇盘结的笼头，马鞍镶金嵌银，驴鞍饰以铜铁。骏马飞奔起来似龙腾空，大地都震颤，蟒古斯将驴打了一鞭，跑出五个粪蛋儿，抽了一鞭，掉下七个屎蛋儿。这里美与丑、正与反的对立，极大地强化了史诗中黑白形象体系的矛盾和对立。

五 史诗中的马文化氛围

蒙古民族的马文化异常发达，并浸透到物质文明和精神文明的许多方面。从日常生活到深层的审美体验，从轻松的娱乐游艺到庄严的宗教仪式，可谓无处不在。因此蒙古民族常常被称为马背上的民族。从口传到书面，从感情到理性的各式各样的《马经》、《马赞》，是这一文化的一个突出表现和忠实记录。需要特别指出，即使象《马经》这类基本属于生产生活知识和经验范畴的东西，其间也不乏审美体验的因素。《马赞》则无疑是蒙古诗歌的重要样式之一。

史诗中除了马形象的直接描绘之外，还存在大量与马文化有关的叙述。例如史诗英雄长大成人时对父母说的第一句话是：

我该骑的骏马在哪里？
我该娶的姑娘在哪里？

这个问题自然是与史诗的征战婚姻两大母题有关。

史诗中对美好事物的评价也常常同马联系在一起。羡慕和赞叹男子汉的体态和气度时会这么说：

什么人养了这样的好汉？

① 《阿拉坦嘎拉巴可汗》（蒙文），海拉尔，1988年，第280页。

　　什么马生了这样的好驹？

即使形容美女，也不能没有马！说在她后背的光芒之下，可以照看夜晚的马群；在她前胸的光亮之下，可以放牧白昼的马驹。结交伴当、发誓立盟之时会说：虽不是接踵而生的兄弟，但是马缰相联的伴当。史诗中某些马文化现象不只同思维方式有关，而且同宗教信仰有关。格斯尔在同阿伦高娃定亲时说："我用马驹尾巴和你定亲"，并将其挂在姑娘脖子上，这充分体现出马在蒙古人生活中的神圣性。

人生中的兴衰、生死、对错等等，也都用马来作譬。例如倒了霉时说"衰败之马跑将起来"，做错了事叫"马蹄踏错了地方"，做对了便是"马缰拉顺了方向"，令敌人受伤是"让他抱住马鬃"，战胜敌人欲杀之时先问"要七个匠人锻造的枪尖？还是要七十匹马的尾巴？"（意谓愿让兵器杀死还是绳索绞死）向对方投降时说："我甘愿作你老实马的缰绳，烈性马的羁索"，占有别的部落民时叫做使之"拜倒在自己的马镫下"……如此等等，不一而足。

只有在游牧文化背景下，在严酷的自然环境和长期的征战活动、艰苦的放牧生活中，才能产生这种思维模式和审美意象。如果从历史发展的角度看，马文化现象，特别是艺术创造中的骏马形象，同早期蒙古人的物质生产活动有着直接的关系。对于他们来说，马是人类战胜自然的结果，又是继续战胜自然的有力工具。在原始的游牧狩猎经济活动和残酷的民族部落间的战争中，马匹非但不可或缺，有时甚至起到决定性的作用。在放牧、娶亲和征战等重大活动中，马匹张扬了他们的威风，增强了他们的力量，极大地拓展了他们的活动范围，从而既使他们愉悦，又引起他们的惊讶。于是他们不仅把马视为家畜，而且视为战友、视为谋士，甚至视为神灵和保护神。在这样的心理前提下，史诗中的马形象便具有了三个特质——兽性、人性和神性。也是从这时开始，马的实用价值在文学中升华为审美价值，并在蒙古人心中深深积淀下来，成为稳固的心理定势。于是从口头文学到书面文学，从古至今，骏马形象作为蒙古民族审美体验的永恒象征，不断地得到赞颂。

原文载《民族文学研究》1992 年第 4 期。

格萨尔王与历史人物的关系

——格萨尔王艺术形象的形成

佟锦华

一　问题的提出

藏族英雄史诗《格萨尔王传》以其丰富的内容、高超的艺术技巧、宏伟的规模结构和浩繁的篇幅，跻身于世界文学名著之林，受到国内外广大读者的赞赏，引起众多学者的瞩目和兴趣，纷纷加以介绍和研究。在研究过程中，发表了各种见解，提出了不少问题。其中，《格萨尔王传》中的主人公格萨尔王与历史人物的关系，是争论较多的问题之一。国内外学者众说纷纭，莫衷一是。主要说法有下列数种。

有人说，格萨尔王就是12世纪时期蒙古族的首领成吉思汗；有人说，是汉族三国时期的关云长；有人说，是宋朝初期，在甘肃、青海交界地区立国的唃厮罗；有人说，是四川邓柯、德格一带林葱土司的某代祖先，名字也叫格萨尔；还有人说，是吐蕃时期的赤松德赞王或松赞干布王；甚至有人说，是古罗马帝国的凯撒尔大帝；等等。在提出上述各种论点的同时，大家还围绕各自的观点作了详尽的考证和论述。毫无疑问，这对格萨尔王艺术形象的理解和研究都是有益的。本文打算沿着这条线索，谈点个人不成熟的看法。

二 地理位置的考察

一个历史人物，特别是有影响的一国之主的国王或首领等英雄人物，他们必然要有一块活动的地盘或立国的根据地。否则，他们便只能成为“空中的天国”或“地下的龙界”，成为虚无飘缈的国度。那么，《格萨尔王传》中的格萨尔王的立国之地到底在哪里呢？它和藏族历史上的哪些邦国的版图有关系？这些关系又说明了什么问题呢？

首先，我们应该从《格萨尔王传》本身来看看格萨尔王的建国根据地究竟在哪里。

在《格萨尔王传》的第一部《天岭卜筮》中，当写到莲花生大师要为神子（即未来的格萨尔王）在人间找一处合适的降生之地时，他查看了人间各处，最后选好了地点说道：“……下部的多康六岗之中的上岭色哇八亲族、中岭的文布六部落、下岭木姜四地区，玛洋牛场，岭地通哇滚门等地，是多康的中心，是吉祥太阳高照的地方，……”① 在《门岭大战》之部里，当大白梵天神向格萨尔王授计时唱道：“这地方你若是不知道，这是东方的多康地。……”②

在这两部书里，都说明格萨尔所生的人间国土——岭国在整个藏族地区内所处的地理位置，就是在藏族地区的下部或东部的多康境内。大家知道，藏族古代把整个藏族地区从大范围内划分为“上部阿里三围”、“中部卫藏四如”和“下部多康六岗”等三大区域。从方向看是由西向东，从地势看是由高而低。最下方、最东部是多康地区。其中的“多”，是指“安多”，即现在的甘肃、青海和四川甘孜州北部的藏族地区；“康”，则指现在的四川、云南和西藏的昌都一带等藏族地区。对于多康六岗的解释，《天岭卜筮》中清楚地说道：“……所说下部六岗地，乃是玛杂、色

① 见藏文《天岭卜筮》，四川民族出版社（以下简称四川版），第92页。

② 见藏文《门岭大战》，西藏人民出版社（以下简称西藏版），第4—5页。

保和擦哇，还有欧达、玛康和木雅。”[①] 但是，对多康六岗的名称，各种藏文书籍中，说法不尽相同。但他们所包含的大范围却是一致的，即包括青海、甘肃、四川、云南和西藏昌都一带等藏族地区。对“六岗”解说的不同，就在同一《天岭卜筮》中也反映出来。如在第94页列举了上列“六岗”之后，紧接着在同页又冒出一个“色莫岗”来。书中说：“……在藏区九洲的地方，是可教化的神族和人类等百姓的居地。在直曲（金沙江）、杂曲（澜沧江）之间的色莫岗境内，在吉祥通门地方，是不变大地的中心，是藏区幸福安乐的象征，……前面有座孟兰白石峰，那里便是通门岭。”[②] 如上所述，色莫岗不包括在《天岭卜筮》所列六岗之中。但是，别的书中却有它。它的地理位置，按《天岭卜筮》讲是在金沙江和澜沧江之间，即在今西藏自治区昌都地区境内。但在别的书中却说它在金沙江与雅砻江之间的上流，约为四川甘孜藏族自治州的邓柯、石渠一带。一说在金沙江以西，一说在金沙江之东，二者是有差异的。这里，我们暂且不去管它这种差异，而高兴地进一步知道了格萨尔王的岭国在下部六岗中，更具体的地理位置就是色莫岗。

但是，在《格萨尔王传》的其他一些说部中，则说是在玛康岗。如在《姜岭大战》中说：“在玛康花岭国地，……”;[③] 在《松岭大战》中，松巴国王对臣属们说：“在这里集会的大臣们听着：你们之中谁能够答应，前往玛康花岭国，去向超同报仇冤，如有能者快回答!”[④] 在《取阿里金库》（或译《阿里金国》）中，当阿里的玉杰脱郭来到岭国时，岭国大将辛巴对他唱道：“你如果不知道这地方，这里就是玛康中央黄金地。”[⑤] 玛康岗在澜沧江和金沙江上游中间地带，即今西藏自治区昌都、察雅、宁静等县境。这个地理位置在金沙江以西，与上述《天岭卜筮》对色莫岗的解释相重叠。

以上所举岭国的地理方位，不管是在色莫岗，还是在玛康岗，它们都在金沙江上游沿岸一带。

---

① 见藏文《天岭卜筮》，四川版，第91、94页

② 同上书，第94、95页。

③ 见藏文《姜岭大战》，西藏版，第5页。

④ 见藏文《松岭大战》，西藏版，第8页。

⑤ 见藏文《阿里金国》，四川版，第5页。

但是，在《格萨尔王传》的另外一些说部中，则只提多康，不说在哪一岗，而直接说明在黄河川。如在《雪山水晶国》中说："下安多地方的中心，吉祥黄河川地区，是布谷鸟歌唱的地方，……是使人心旷神怡的圣地。在那里的僧珠达孜宫中……"① "安多"，大致包括现在青海省和甘肃省境内藏族地区；黄河川则指今青海省果洛藏族自治州境内的黄河沿岸一带，在安多的下部，也就是南部。

同样的说法还出现在《天岭卜筮》、《霍岭大战》、《门岭大战》、《擦哇箭宗》、《英雄诞生》、《世界公桑》等众多说部中。如在《天岭卜筮》中，提及岭国总管王所在住地时说："雪山邦国所属的吉祥多康地方，其中的岭国通哇滚门，据有黄河右岸的十八叉铺杂隆山口和叉多纳宗左翼等地。"② 这里所说的黄河右岸，也就是上面所说的黄河川一带。它和我们开头所引同书中讲的岭国在色莫岗的说法，显然是自相矛盾。又如在甘肃人民出版社出版的《门岭大战》中也提到："在岭国地方通哇滚门，在四方大地的地毯上，在黄河川的坛城里，是世界的中心僧珠达孜宫。"③ 在四川民族出版社的《门岭大战》中，也有多处指明岭国疆土在黄河川一带。至于在《霍岭大战》之部中，岭国与霍尔国就在黄河两岸对峙。两国交兵作战时，双方将领从黄河中涉来渡去；其中还多次提到青海省果洛藏族自治州境内的玛沁山，即积石山的主峰。也说明岭国是在黄河川。特别在《世界公桑》中，叙述格萨尔王率领岭国全体臣民到玛沁山上去煨桑祭神，书中说："如果不知道这地方，这是玛杰保木惹高山，那是涛涛黄河流不断。"④ 文中的一座山、一条河，便使岭国在青海省果洛州的地理方位决定无疑了。所说玛杰保木惹山，即玛沁山等。在《格萨尔王传》贵德分章本中也说："这条河水是黄河，水源出在宗喀山。岭国格萨尔和百姓，饮水就靠这水源。"⑤ 还有别的说部也有相同说法。这里就不一一列举了。

以上所举《格萨尔王传》各部中讲说的岭国地理方位，一说在今四

① 见藏文《雪山水晶国》，四川版，第4页。

② 见藏文《天岭卜筮》，四川版，第34页。

③ 见藏文《门岭大战》，甘肃人民出版社（以下简称甘肃版），第1页。

④ 见藏文《世界公桑》，甘肃版，第127页。

⑤ 见汉文《格萨尔王传》，甘肃版，贵德分章本第140页。

川省甘孜藏族自治州的邓柯、德格一带（为了下文叙述方便，我们称之为“第一种说法”）；一说在今青海省果洛藏族自治州（称之为“第二种说法”）。二者之间显然是不一致的。

极为耐人寻味的是，在《英雄诞生》之部中的第四和第五章里，讲述格萨尔和他母亲被从岭部落原住地澜沧江与金沙江之间的玛康驱逐到黄河川安家的经过[①]；在第六章中描绘了岭国原住地玛康岗遭受大风雪袭击，牲畜缺乏草料，为了寻找新的牧场，整个部落迁往黄河川，向格萨尔借地盘定居的过程。[②] 看来，有的《格萨尔王传》说唱者发现了岭国地理方位互相矛盾的问题，便设法加以弥补，而让岭部落来了一次大迁移。这恰恰说明玛康岗和黄河川是不同的两个地区。但是，在有的说部中，却把玛康岗和黄河川混为一谈。如在《大食财团》中说：“如果不知道这地方，这是玛康花岭国，是黄河上流羊羔嬉戏场。”[③] “……他二人（指大食国装扮成乞丐到岭国来侦探情况的二将领）走了十一天，在过午时分来到了东方黄河川岭国的中心……”[④] 当岭国放牧者发现二人，盘问他们来历时说：“在我玛康岭国的境内，不准说谎耍狡诈，说谎定遭国王惩！”[⑤] 文中有的地方说岭国中心在玛康岗，有的说在黄河川，也是自相矛盾或者把两地混为一处了。

《格萨尔王传》本身之所以造成这种地理方位上的矛盾和混乱，究其实，是与《格萨尔王》的民间口头性、变易性，不同艺人的不同说法，以及对多康六岗范围的解释不一或说唱者对地理方位不清楚等情况有着密切的关系。

对于岭国的所在地，有些藏族学者也提出了自己的见解。如松巴·益希班觉（1742 年生）在《问答》一书中说：“金沙江、澜沧江和雅砻江三水环绕的地带，在德格的左边，是格萨尔的属地。……他出生的部落是德格的丹、岭两大部落中的岭部落。”这与《格萨尔王传》中的第一种说法是一致的。另外，登巴热杰（1801 年生）在所著《安多政教史》中却

① 见藏文《英雄诞生》，四川版，第 109—154 页，另甘肃版内容相同。

② 同上书，第 155—168 页，另甘肃版内容相同。

③ 见藏文《大食财团》，甘肃版，第 17 页，西藏版，第 15 页。

④ 同上书，第 16 页，西藏版，第 14—15 页。

⑤ 同上书，第 19 页，西藏版，第 17 页。

说："黄河上游的一切地方，都归岭国格萨尔王统治。……现在这些地方大多属于果洛地区"[①] 这又和《格萨尔王传》中第二种说法相同。

以上我们从目前所见到的《格萨尔王传》的比较重要的一些说部中，考查了岭国的地理位置。让我们来对比一下，看看它和大家所提到的一些历史上的人物和邦国到底有些什么联系。

在国内外众多研究《格萨尔王传》的学者中，很多人认为格萨尔王就是宋朝初期的历史人物唃厮罗。那么，就让我们先从唃厮罗开始对照验证吧。

唃厮罗（996—1065年），据《宋史》卷四九二《吐蕃传》记载："唃厮罗者，绪出赞普之后，本名欺南陵温篯逋。篯逋犹赞普也，羌语讹为篯逋。生高昌磨榆国。既十二岁，河州羌何郎业贤客高昌，见厮罗貌奇伟，挈以归，置劂心城，而大姓耸昌厮均又以厮罗居移公城，欲于河州立文法。……于是宗歌僧李立遵、邈川大酋温逋奇略取厮罗如廓州，尊立之。部族寖强，乃徙居宗哥城，立遵为伦逋佐之。……厮罗遂与立遵不协，更徙邈川。……"这段文字说明三个问题：一、它说明唃厮罗的生地是高昌磨榆国。高昌，又称西州，即现在新疆维吾尔自治区境内吐鲁番一带。公元8世纪时，为吐蕃所占，统治数十年之久。唃厮罗的原名欺南陵温，可能是当时吐蕃驻高昌的王族之后。这和《格萨尔王传》中所说的格萨尔王的生地在多康六岗的色莫岗或黄河川，二者相距甚远。二、它说明唃厮罗十二岁时，被去高昌的河州客商羌人某所赏识，带回了河州。河州，即现甘肃省临夏一带；移公城，或曰一公城，即今之青海省的循化城。也和《格萨尔王传》所讲地域不相符合。三、是说唃厮罗在廓州一带建立了地方政权。后来迁徙到宗哥城，再搬移到邈川。廓州，相当于现在青海省化隆迤西黄河两岸地区；宗哥，即今青海省乐都。也都和《格萨尔王传》中所说各地相异。另据《宋会要集稿》（蕃夷八）及《资治通鉴纲目》等记载：唃厮罗踞青海宗哥城，曾于1015年在青海、甘肃交界处建国称王。《宋史》还记有：唃厮罗（又称嘉勒斯赉）号称吐蕃赞普之后，统辖洮湟数十万居民。是洮河与湟水中间地带当时以藏族为主体的最大地方政权。从他开始，他们家族在这里维持了百余年的统治，历代受

① 见藏文《安多政教史》，甘肃版，第234页。

宋朝赐姓加封，对宋朝保持臣属关系。从地理环境看，虽然都在黄河沿岸。但与果洛境内的黄河川毕竟不是同一个地方。

综上所述，历史上的唃厮罗的生地和所建政权的版图与《格萨尔王传》中格萨尔王的生地和所建岭国的疆域是对不上号的。

除了唃厮罗以外，有人认为《格萨尔王传》中的格萨尔王就是原西康（康区）甘孜藏族地区的林葱土司的先祖之一，名字也叫格萨尔。

那么，林葱土司当时的管辖区域又在哪里呢？

据《关于“藏三国”》一文讲：“格萨尔者党项之遗裔也。党项与西藏同族，均自称神猴苗裔。吐蕃盛时，奄有其地，除一部分投奔唐外，大部降附吐蕃，奉行佛法。……唐末吐蕃崩溃，各部复自独立，或拥佛法，或毁佛法，由是相互攻击，亘数百年。拥法诸酋长中，格萨尔最著烈。其生当北宋初期，其所建国，当今邓柯、德格、石渠三县地。势力盛时，似曾统一理塘、昌都、玉树二十五族，与康（康定）、道（道孚）、炉（炉霍）、甘（甘孜）等县地，足以与传承吐蕃正统之乌斯藏比肩。”①

文中所说的地理位置，与《格萨尔王传》中的第一种说法是大体相符合的。

但是，作者在另一篇文章《“藏三国”的初步介绍》中，又说：“余考格萨尔，确为林葱土司之先祖，即宋史吐蕃传之唃厮罗也。”② 文中作者把生于高昌，在洮、湟之间与河州地区建国的唃厮罗，与生在四川邓柯，在金沙江上游安邦的林葱土司的先祖格萨尔说成是一个人，似乎缺乏充分的依据。文中虽然接着引了《宋史》的《吐蕃传》中关于唃厮罗的一段记述。但是，那段记述正像前面我们所阐述的恰恰说明唃厮罗生于高昌，建国于河州、邈川等地，而非生于林葱（或邓柯），建国于邓柯之格萨尔。

同文还说：“大抵格萨尔国境，东抵道孚，南至巴塘，西包隆庆，北踰青海与西夏接壤。其一身事业，在连中华以拒西夏。其与中华往来，道皆出自河州，国史遂以河州羌目之。”③ 文中把林葱格萨尔辖界以金沙江

① 见《康导月刊》，第六卷 9—10 期。

② 见《边政公论》，第四卷 4—6 期。

③ 同上。

上游为中心，向北向东扩展，以至于河州，成为跨踞四川、青海、甘肃三省交界广大地区的地方政权。大致说来，其中有些地带，与唃厮罗所统疆域可能有所交错或相同。这是因为他们的辖地，在历史发展过程中，由于种种原因，时有扩大和缩小所致。但是，他们的领域却从来没有完全重叠过。特别是他们的政治中心地带一在洮河、湟水之间，一在金沙江上游，凿凿有据，似乎很难把二者混而为一。

我们姑且撇开唃厮罗与林葱·格萨尔是否一人这点不论。回到本文正题来看，上引两文所讲林葱·格萨尔辖区的地理位置，是与《格萨尔王传》中的第一种说法大体一致的。这一点，从藏文《德格土司世系》中，也可以得到有力的证明。另据其他材料讲，吐蕃时期林（林葱）部落原在今甘、青、川交界处的阿坝州的北边。吐蕃崩溃后，逐渐迁移，以至到后来便以甘孜邓柯一带为中心了。这和《英雄诞生》之部所讲岭国因遭大风雪袭击而迁徙一事，倒有些相仿佛。

此外，还有说格萨尔王是吐蕃时期的松赞干布和赤松德赞的。众所周知，当这两位有名的赞普在位的时期，吐蕃王朝的疆域虽然已经逐步从卫藏本土扩展到了多康六岗地区。但是，从吐蕃的政治中心来讲，始终是在卫藏本土，而不是其他地方，自然也不是以多康的某些地区为活动中心的岭格萨尔王的王国。更何况二位赞普不生于多康，就无需多讲了。

至于还有人说格萨尔王是成吉思汗，是关云长，是凯撒大帝等等，那是有着其他的一些理由和原因。但是，若从本节考查的地理位置上讲，自然就风马牛不相及了。

总结上面对地理位置的粗略考查，可以看出，四川省甘孜州古代林葱·格萨尔的辖区，大致与史诗中岭国的疆域相当；宋初唃厮罗的疆土与史诗中岭国在黄河川之说的版图虽然都在青海境内并沿黄河流域，但是，具体方位仍有出入；至于其他则相差太远。

三　历史事件的验证

《格萨尔王传》，就目前所见到的材料而论，可以说是一部以战争为主要题材的英雄史诗。史诗中的主人公格萨尔王的一生，就是在南征北战、东伐西讨的戎马生活中度过的。史诗中所叙述的一系列战争，有很多都可以从藏族历史上得到印证。因此，对这些战争加以稽考和对比，对我们探索格萨尔王与历史人物的关系，也是非常有意义的。

在《格萨尔王传》的许多说部中，都多次提到《降魔》、《霍岭大战》（上、下册）、《姜岭大战》是格萨尔王登上岭国王位之后，最先发生的四次战争（或战斗）。还说魔国的鲁赞王、霍尔国的三个帐王、姜国的萨丹王和门国的兴赤王是格萨尔王所要降伏的四个主要敌人。说他们都是魔怪的化身，是佛教的敌人。因此，我们就先从这四次战争，就目前所了解的主要材料，来较详细地加以剖析。

《姜岭大战》或译《保卫盐海》，是《格萨尔王传》的重要说部之一。书中所说姜国，一般认为就是南诏。南诏，大体位于今之云南省大理一带。是唐朝时期以乌蛮为主体，包括白蛮等族所建立的地方政权。全盛时辖有今之云南全境、四川南部和贵州西部等地。吐蕃称之为“姜”。《旧唐书》的《南诏蛮》专章中记有：“南诏蛮，本乌蛮之别种也，姓蒙氏。开元罗盛死，子盛罗皮立。盛罗皮死，子皮罗阁立。二十六年诏授特进，封越国公，赐名曰归义。其后破洱河蛮，以功策授云南王。归义渐强盛，余五诏浸弱。先是，剑南节度使王昱受归义赂，奏六诏合为一诏。归义既并五诏，服群蛮，破吐蕃之众兵，日以骄大。”① 这里说，南诏在唐朝的支持下强盛起来，约在开元二十六年与二十七年之间（公元738—739年）打败过吐蕃，当时，吐蕃是赤德祖赞（唐书译作弃隶缩赞）赞普在位。

纵观有唐一代，南诏先是归服唐朝，后来投顺吐蕃，最后又臣属于唐朝。所以南诏与吐蕃之间时战时和，历时长达百年，中经数代赞普。其中吐蕃最初征服南诏，见之于史书记载的是在赤都松（唐书译作器弩悉弄）赞普时期。《敦煌吐蕃历史文书》大事纪年中记有：“兔年（公元703年），……冬，赞普率军征姜国，并攻陷之。”② 次年，“龙年（公元704年）……冬，赞普赴蛮地主政，于该地升天”。③ 另在同书的赞普传略第

① 见《藏族史料集》（一），四川版，第289页。
② 见藏文《敦煌吐蕃历史文书》大事纪年第54条。
③ 见藏文《敦煌吐蕃历史文书》大事纪年第55条。

七部中记有："此后，赞普（指赤都松）治理姜国，派收白蛮赋税，收黑蛮为属民等。"引文中所说的"姜国"、"蛮地"等皆指当时南诏。这些材料说明早在赤都松赞普（约公元 676—704 年在位）时期，即已征服南诏并向之派收赋税了。但是，旧唐书却记载说："明年，仲通率兵出越巂州，阁罗风遣使谢罪，仍与云南录事参军姜如芝俱来，请还其所掳掠，且言：'吐蕃大兵压境，若不许，当归命吐蕃，云南之地非唐所有也。'仲通不许，囚其使，进兵逼大和城，为南诏所败。自是阁罗风北臣吐蕃，吐蕃令阁罗风为赞普钟，号曰东帝，给以金印。蛮谓弟为'钟'。时天宝十一年也。"[①] 天宝十一年是公元 752 年，当时，吐蕃是赤德祖赞赞普在位（704—754 年在位）的末期。从引文中所说"自是阁罗风北臣吐蕃"一句看，似乎在此之前南诏尚未臣服吐蕃。这与藏文史料所记赤都松时已征服南诏并收敛赋税之说相差四十余年。想是南诏趁赤都松之死，复背离吐蕃而归唐。唐书撰者以其为时短暂所以缺记之故。

关于赤都松之死，《新唐书》的《吐蕃传》记曰："明年乃献马、黄金求昏。而虏南属帐皆叛，赞普自讨，死于军。"[②] 另《新唐书》的《郭元振传》中说："国家往不与吐蕃十姓、四镇而不扰边者，盖其诸豪泥婆罗等属国自有携贰，故赞普南征，身殒寇庭，国中大乱，嫡庶竞立，将相争权……，所以屈志于汉，非实忘十姓、四镇也。"[③] 文中所说赤都松死于平息泥婆罗等属国的叛离之役，与藏文史料所记死于征服南诏之战的说法似有不符。然汉文史料中有"虏南属帐皆叛"、"南征"及"泥婆罗等属国"等语。南诏在吐蕃之南，或者已包括在那个"等"字和"南"字中，只是汉文史料记其大略而未说明死于何处；藏文史料则作了具体记述而已。

赤德祖赞将南诏收为属邦的史实，《敦煌吐蕃历史文书》的赞普传略七中说："南方的下部地区，有一个叫姜都木白蛮的，是个不小的酋长部落。赞普以深谋妙计命其归顺，蛮之国王阁罗风遂来归降，执臣属之礼。赞普封之为'钟'。因此，吐蕃人口增多，疆土扩大一倍。由于姜国国王

① 见《藏族史料集》（一），四川版，第 289 页。

② 同上书，第 481 页。

③ 同上书，第 376 页。

归降吐蕃为臣属，致使唐朝势力大为削弱，而极感不安。”这段记载与《旧唐书》完全吻合。

另在《敦煌吐蕃历史文书》的传略第八赤松德赞传略中记有：“此后，白蛮叛离吐蕃。即时，赞普命令没庐、诺木夏将军于山头设计进攻，杀死很多姜国人。擒获坚钦布和纳拉訇巴等官员及百姓三百一十二人。之后，姜国国王阁（罗风）也来投诚敬礼，归为直辖属民，征收赋税，安置一如往昔。”这是说到了赤松德赞王时，南诏又复背离吐蕃。但是，很快便被赤松德赞派兵镇压下去，仍为属国。从此直到牟尼赞普后期，南诏才又归附唐朝。直至公元 902 年灭亡。

所以，唐代吐蕃与南诏的战争，是和《格萨尔王传》的《姜岭大战》之部可以互相印证的，而其具体情节则多系虚构。但是，历史记载中的两国战争有多次，先后和赤都松、赤德祖赞和赤松德赞都有密切联系，很难指定《姜岭大战》就只是写的哪位赞普的事。至于和唃厮罗及林葱·格萨尔则毫无关系。

《霍岭大战》，“霍”或译“霍尔”，这一称谓，在藏语中所指对象是比较复杂的。在敦煌古藏文手卷《藏汉对照字汇》（P、T、246 号）中，以“回纥”对译藏语的“霍尔”；在《北方若干国君之王统》（P、T、1283 号）中，也以“回纥”对译藏语的“霍尔”。这是有唐一代在藏族中比较普遍的概念。但是，在敦煌的《藏汉对照字汇》（P、T、1263 号）中却以“回纥”对译藏语的“朱古”；在 P、T、2762 写卷中，也是如此。估计这是因为有一个时期，回纥被突厥（藏族称朱古）所吞并，所以藏族将之称为“朱古”。由此可知，在吐蕃时期，藏族所称的“霍尔”，一般即指“回纥”。

回纥，据汉文史料记载，其先本为匈奴。北魏时，东部铁勒的袁纥部落游牧于鄂尔浑河和色楞格河流域。隋称韦纥。大业元年（公元 605 年），因反抗突厥的压迫，与仆固、同罗、拔野古等成立联盟，总称回纥。唐天宝三年（公元 744 年），破东突厥，建政权于今鄂尔浑河流域。辖境东起兴安岭，西至阿尔泰山，最盛时曾达到中亚费尔干纳盆地。曾接受唐朝封号，助唐平息安史之乱，累朝尚公主，自号“天骄”。贞元四年（公元 788 年）自请改称“回鹘”。开成五年（公元 840 年）为黠戛斯所破。部众分三部西迁：一迁吐鲁番盆地，称高昌回鹘或西州回鹘；一迁葱岭西楚河一带，即葱岭西回鹘；一迁河西走廊，称河西回鹘。

当回纥极盛时期，西与吐蕃相接，二国之间时战时和。据《旧唐书》的《吐蕃传上》记载："永泰元年……秋九月，仆固怀恩诱吐蕃、回纥之众，南犯王畿。……吐蕃退至永寿北，遇回纥之众，虽闻怀恩死，皆悖其众，相诱而奔，复来寇。至奉天，两番猜贰争长，别为营垒。……回纥三千骑诣泾阳降款，请击吐蕃为效，子仪许之。于是朔方先锋兵马使开封南阳郡王白元光与回纥合于泾阳，灵台县东五十里攻破吐蕃，斩首及生擒获驼马牛羊甚众。"[①]（按，永泰元年是公元765年。）这是较早见之于史书的吐蕃与回纥接触的记录。此外，《新唐书》列传《南蛮上·南诏上》中记载："初，吐蕃与回纥战，杀伤甚，乃调南诏万人。"[②] 从上下文看，此事当在唐贞元年间（公元793年前后）。又《旧唐书》的《回纥传》载："贞元六年六月（公元790年）……时回纥大将颉干迦斯西击吐蕃未回，……""于是吐蕃率葛禄、白服之众去冬寇北庭，回纥大相颉干迦斯率众援之，频败。吐蕃急攻之，北庭之人既苦回纥，乃举城降焉，沙陀部落亦降。""七年八月（公元791年），回纥遣使献败吐蕃、葛禄于北庭所捷及其俘畜。先是，吐蕃入灵州，为回纥所败，夜以火攻，骇而退。"[③]

以上吐蕃与回纥交战，互有胜负，都是在吐蕃赞普赤松德赞在位（755—797年）时期发生的事。

到了赤热巴坚赞普时期，回鹘已经逐渐衰微。《旧唐书》的《回纥传》记载："开成初……又有回鹘相掘罗勿者，拥兵在外，怨诛柴革、安允合，又杀萨勒可汗，以𠆸馺特勒为可汗。有将军句录末贤恨掘罗勿，走引黠戛斯领十万骑破回鹘城，杀𠆸馺，斩掘罗勿，烧荡殆尽，回鹘散奔诸蕃。……一支投吐蕃，一支投安西。"[④] 又："（会昌）二年冬，三年春（公元842—843年），有特勤叶被沽兄李二部南奔吐蕃。"[⑤] 在《旧五代

① 见《藏族史料集》（一），四川版，第265—266页。

② 同上书，第523页。

③ 同上书，第246—247页。

④ 同上书，第248页。

⑤ 同上。

史》的《回鹘传》载："会昌初，其国为黠戛斯所侵，部族扰乱，乃移帐至天德、振武间。时为石雄、刘沔所袭，破之，复为幽州节度使张仲武所攻，余众西奔，归于吐蕃，吐蕃处之甘州，由是族帐微弱。"[①] 会昌二年乃是公元 842 年。所以，回鹘因内部纷争而灭于黠戛斯，已经是吐蕃王朝末期朗达玛在位（836—842 年）或其稍后一段时期的事了。

由此可见，吐蕃王朝与回纥之间的交往也延续百年之久。此间时战时和，离合不定。所以说《霍岭大战》是这一时期的史实反映是有根据的。但是，它经历了赤松德赞、牟尼赞普、赤德松赞、赤热巴坚（赤祖德赞、唐书译作可黎可足）和朗达玛五位赞普。很难认定是其中的哪一位。当然，更不涉及唃厮罗和林葱·格萨尔等人。

到了吐蕃王朝崩溃，10 世纪以后，以藏族为主体的唃厮罗政权兴起于甘肃、青海交界的湟水、洮河之间。其疆域恰和北边甘州（今甘肃省张掖）一带的回鹘为邻。据《宋史》卷四九〇《回鹘传》以及一些其他史料记载，唃厮罗政权与甘州回鹘的关系非常密切。主要是双方联合起来以抗御西夏的侵扰。双方或者也会产生一些磨擦，间有互动干戈之时？但未见史书明载，有的文章说《霍岭大战》是这两个地方政府之间战争的反映，虽说不是毫无根据的无稽之谈。但是，总觉得有些勉强。

以上是唐、宋时期藏族以"霍尔"称呼"回纥"时所发生的事情。及至到了元、明以后，藏族又以"霍尔"来称呼蒙古族。这从萨班贡呷坚参从凉州写给西藏各地僧俗首领的信中可以看到。信中说："我为佛法、众生，特别是为了所有讲藏话的人们的利益而来到'霍尔'中。"萨班到凉州，是应邀去会见蒙古族的阔端，商谈西藏归顺蒙古的事宜。所以，这里的"霍尔"是指蒙古，则是毫无疑义的。又如在五世达赖洛桑嘉措所著《西藏王臣史》中记曰："于是遵照霍尔国王（按：指元朝皇帝）的召请，（萨班）去了霍尔国。"[②] 再如八思巴奉忽必烈之命而创制的新蒙文，被称作"新'霍尔益'（即蒙文）"。此外，其他很多史书中都有此类材料足以证明藏族以"霍尔"称呼蒙族的事实。这是因为自唐宋以后，藏族常把自己北方的、除汉族以外的各民族统称"霍尔"的概

① 见《藏族史料集》（一），四川版，第 557 页。

② 译自藏文《西藏王臣记》，民族出版社 1981 年版，第 95 页。

念在起作用的缘故。因为这时蒙古族已经成为藏族北方的强大民族，所以便称之为“霍尔”并非回鹘演变成蒙古族了。因此，有的文章说《霍岭大战》中的“霍尔”是蒙古族，也是有所依据的。但是，这么一来，其中的格萨尔王便和唐时的松赞干布、赤松德赞等赞普以及宋初的唃厮罗、林葱·格萨尔等都挨不上边了。

随着时间的转移，对进入并留居在藏北和现在四川省甘孜藏族自治州所属道孚、炉霍、朱倭、甘孜、章谷等五地的蒙古人，以及一些非藏族居民，藏族便也一律称之为“霍尔”或“霍巴”。据此，有的文章说《霍岭大战》是甘孜一带“霍尔”和林葱·格萨尔之间战争的写照。在时间上虽然有抵捂，但也不能被看成是捕风捉影的事。若然，它和其他历史人物则无联系。

此外，藏族还以“霍尔”称呼青海省的土族。有人说：《霍岭大战》乃是反映当地藏族与土族之间的战争。还说土族有个习惯，吃过晚饭便把锅碗等家什收拾停当，准备随时好走。那是由于霍岭大战失败后，霍尔怕岭国再突然袭来，所以收拾好东西，随时可以逃跑。养成习惯，沿袭至今。

总之，因为藏语“霍尔”一词的内涵在历史上的演变，从而使《霍岭大战》所牵联的历史事件变得相当复杂，涉及到的邦国也变得众多起来，以至于很难指定它是哪一个时期的哪一个邦国和哪一个历史人物。

《门岭大战》，“门”，是西藏地区比较古老的部族。居住在西藏山南的错那县和林芝的墨脱县一带、喜马拉雅山南段地区的门域。其居民就是现在的门巴族。对“门”的记载，不但汉文古代史籍中缺乏，即使藏族古代史料，也所记寥寥。在新疆发现的古藏文史料中，讲到吐蕃打败朱古（突厥）时记有：“北方有个格萨尔朱古，内部结怨彼此相拼搏，故被红脸魔军吐蕃所征服，朱古昂吾以上的地区，扎满吐蕃军族黑帐幕，国土残破人徙‘门’地住。虽然在‘门’安家住下来，但被当地恶人所凌辱，又派凶暴官吏来统治，朱古格萨尔沦为吐蕃奴。”这里主要讲的是朱古的事，但同时也反映出门域已归吐蕃统治的事实。否则，吐蕃怎能把战败的朱古人迁移到门域去。另在《贤者喜宴》中记有：当松赞干布命噶尔哇划分军政区域时，其中的“英雄三部是：在日章达巴贡山以上，门的热卡喜以下的地方，由卓、琼、噶、努、年等古格和觉拉五部为官统治……”这也说明门域已在吐蕃管辖之下。此外，在《唐蕃会盟碑》中记载：“此福德不衰之雍钟王，英武雄长。因之，南若门巴、天竺，西若大食，北若突厥、拔悉密等，虽可争胜于疆场，但对圣神赞普之强盛威势和公正法令，则无不敬服，彼此欢忭而听命差遣。”但在这些记载中，都没有说明在哪位赞普手中，通过什么途径，使门域归属吐蕃的。不过，无论如何，它是在吐蕃时期发生的事，而且为时也较早，则是可以肯定的。因此，有的文章说《门岭大战》是藏门两族关系的反映，也是不为无因的。只是不知和哪位赞普挂勾为好。至于和其他时代的历史人物就更难联系起来了。

《降魔》，本书中只说魔国在岭国的北方，还说魔国国王是龙魔，他以男女孩童为食，以人骨筑城等等。从各方面看都象一个虚构的神话性的人物和国家。而且魔国与岭国之间也没有发生什么大规模的战争行动，只不过是格萨尔王和鲁赞王二人的较量而已。所以，目前尚难找出蛛丝马迹确指为历史上何时、何地、何人的事迹。

有的文章说魔国就在拉萨北方的纳木湖（有译天池或腾格里湖的）一带；也有文章说《降魔之战》是吐蕃对突厥部（可能是车鼻）的战争。对此，尚需找出必要的依据，进一步加以探讨。

以上就《降魔》、《霍岭大战》、《姜岭大战》、《门岭大战》四部与所涉及的历史事件和人物、年代等作了粗略的考查和比较，从中可以看到，它们的情况是不一样的，也是比较复杂的。此外，还有很多次战争或战斗如《大食财国》、《松岭大战》（或称《松巴犏牛宗》）、《香雄珍珠宗》、《卡契玉宗》、《雪山水晶宗》、《朱古兵器宗》、《尼泊尔绵羊宗》、《木雅药宗》、《邓玛青稞宗》、《擦哇绒箭宗》、《白利羊宗》、《玛康绵羊宗》等等，举不胜举。这里不能一一详细引证和剖析，只按不同类型，择其有代表性的加以阐述。

从《大食财宗》到《朱古兵器宗》等说部中的“大食”（波斯）、“松巴”（苏毗）、“香雄”（羊同）、“卡契”（迦湿弥逻即今之克什米尔）、“雪山”（冈底斯山麓）、“朱古”（突厥）等邦国、部落或地区，都是在吐蕃时期和吐蕃王朝发生关系的。如松巴，古汉译称为苏毗。据《新唐书》载：“苏毗本西羌族，为吐蕃所并，号孙波，在诸部最大。东与多弥接，西距鹘莽硖，户三万。天宝中，王没陵赞欲举国内附，为吐蕃所杀，子悉诺率首领奔陇右，节度使哥舒翰护送阙下，玄宗厚礼之。”这里说了两个问题：一、苏毗本是西羌族，为吐蕃吞并后号孙波；二、天宝年间，苏毗王欲投归唐廷，而为吐蕃所灭。关于苏毗，古藏文史料中有详细的记述。在《敦煌吐蕃历史文书》的传略部分，记载了吐蕃最初征服苏毗的全部过程。那是开始于达日年西晚年而完成于纳日松赞早期（约从6世纪末到7世纪初）的事。以后松赞干布年幼登位时，苏毗等部复叛，传略第六中记道：“赞普松赞干布时期，父族叛，母系反，聂香雄、佐松巴、娘尼塔布、工布、娘波等皆叛离。此后，娘·芒保杰尚囊，对松巴所有部属，不需用兵讨伐，而如种羊炫能，以三寸不烂之舌说服之，不失一户，仍如往昔全部收为属民。”后来，大臣噶尔哇受命编制军政区域时，还把松巴单独划为松巴如，与其他四如并列，成为吐蕃本土五大军政区域之一。到了赤祖德赞晚年，据上引《新唐书》载，苏毗又准备脱离吐蕃内附于唐，结果国王被杀，王子逃而奔唐，苏毗遂彻底灭亡。这段史实发生在天宝中期（按，天宝中应为公元748年前后），而《敦煌吐蕃历史文书》大事纪年中，恰恰从747—754年间残缺无记，无从查对。但据前所引史实可知，苏毗与吐蕃的关系，分合不定，多所反复。其中涉及纳日松赞、松赞干布以及赤德祖赞等三个赞普。

其他如吐蕃与香雄、朱古、阿豺（吐谷浑）等的关系，大都类同。

其次，从《木雅药宗》到《玛康绵羊宗》等部中的“木雅”（弭药）、“邓玛”（邓柯）、“擦哇绒”、“白利”、“玛康”等部族或地区，则有两种情况：一是在吐蕃时期，它们都曾被吐蕃征服，成为吐蕃的疆域。所以，可以说《格萨尔王传》的这些说部是反映了吐蕃时期的史实；二是当9世纪吐蕃王朝崩溃后，境内各部族以及地方势力又各据一方，互不统属。而上述诸部族或地区的地理位置大都在四川、西藏、青海交界一带，与所说邓柯林葱·格萨尔的疆域相邻。因此，当林葱·格萨尔政权强盛时，它们便都被林葱·格萨尔所征服而成为其部属。由之说《格萨尔王传》中的这类说部是反映的这些情况，也是有足够理由的。特别是在康区民间说唱艺人口中如此演述，那就更其顺理成章了。

再次，尚有一种类型如《杀黑花虎》、《射大鹏鸟》、《东魔长角鹿》、

《北魔独脚饿鬼》等，则类同《降魔》之部，似乎不大涉及历史人物和邦国等。

四 典型环境中典型人物的塑造

上面两节，我们顺着有关文章的路子，以地理位置和历史事件为导引，同时探索了有关的历史人物和他们活动的时代，考核了有关历史事件及其发生的时期与演变过程等。就从人物、事件、时间和地点这四个方面来看，说《格萨尔王传》中的格萨尔王是唃厮罗的，从地理位置看，很难对得上口径；从历史事件及时间上看，也多所不符。说是林葱·格萨尔的，在地理位置上，基本相同；有些历史事件及其发生时代，也相符合；但是，很多重大事件及其发生时代则无关系。说是松赞干布或赤松德赞的，在不少重大历史事件及其发生时代方面有密切关系；但是，中心地理方位不对；也有些事件和情况对不上口。如此等等，形成了牵涉人物众多，关联事件纷繁，邦国地域相交错，时间纵横近千年的复杂情况。此外，如果像很多文章所已经叙述过的那样，再加上对格萨尔王与历史人物之间生卒年月和活动时期的查对、姓名音义的勘核、生活经历的比较、亲族成员的稽考、手下将领的比拟以及格萨尔王的神通变化、法力无边等神格化的因素等，那就更其复杂了。在这么极其纷繁复杂的情况下，我们根本不可能把《格萨尔王传》中的格萨尔王仅仅与某一个历史人物联系在一起，更不要说等同起来了。

这种情况极其明确地告诉我们：如果把《格萨尔王传》当作一部历史人物演义作品，仅仅从历史事件的考证和历史人物的对比的途径来探求格萨尔王这一英雄形象所由形成的根源，是不能解决根本问题的。

那么，问题又如何解决呢？看来，只能也必须求助于文学艺术创作本身的规律特点，即典型环境中典型人物的塑造这一命题了。

大家知道，一部优秀的文学作品，无论它是作家作品还是民间文学作品，其所以能留传广远，传之久长，不胫而走，受到普遍赞赏，产生巨大的影响，其主要原因之一，便是由于它塑造了典型环境中的典型人物。恩格斯在《致玛·哈克奈斯》的信中写道："除了细节的真实外，还要再现典型环境中的典型人物。"① 如何才能创作出艺术的典型呢？恩格斯在《致斐迪南·拉萨尔》的信中说：典型塑造的过程，就是对"有代表性的性格作出个性的卓越刻划"②。这就是说文学艺术的典型形象，应该具有深刻的社会意义，并且既具有鲜明生动的个性，又体现着经过高度概括的共性。

用这样一条塑造艺术形象的原则来衡量《格萨尔王传》中的格萨尔王这一人物形象，便可看出，它是完全切合这一原则要求的。从上面两节所考查的历史人物来说，无论是松赞干布、赤都松、赤松德赞还是唃厮罗，或者是林葱·格萨尔以及其他的有关人物，他们都是藏族历史发展中的英雄首领，大都具有雄才大略，英武威严，能征惯战的特点；都在不同的范围内，不同的程度上，对藏民族的形成、统一和发展作出过贡献。这就是他们之间的共同特性，藏族中有才华的民间艺人，经过深刻地观察、分析和高度地概括、综合，然后，把这种共同的特性集中起来，溶聚在史诗中的格萨尔王身上。因此，使广大读者感觉到在英雄格萨尔王身上有着历史人物松赞干布、赤都松、赤松德赞、唃厮罗、林葱·格萨尔等等历史上的英雄人物的影子，也就是在他们身上所存在的共同特征。这就是格萨尔王这一艺术形象所体现的共性。换言之，也就是史诗中的格萨尔王的艺术形象已经成为这一类人的代表，成为在藏族历史发展过程中，对民族的统一和强盛曾作出贡献的一整类英雄领袖人物的代表。

但是，这仅仅是问题的一面。另一方面，我们还看到，作为艺术形象的史诗中的格萨尔王，又既不同于松赞干布、赤都松、赤松德赞，也不同于唃厮罗、林葱·格萨尔等这些真实的历史人物。其不同点，除表现在上面两节所分析阐述的经历事件、人物关系、时代变迁、姓名家族、立国地域等方面外，更重要的、更突出的是表现在对史诗中格萨尔王的性格气质、思想感情、言语行动、仪表装束以及天才、气魄、命运等等个性化的细节描写方面。这种描写，贯穿、体现在格萨尔王的一举一动、一言一笑

---

① 参见《马克思主义文艺论著选讲》，中国人民大学出版社1982年版，第270页。

② 同上书，第24页。

之中，充满整部史诗的每个有关格萨尔王的情节和场面。考虑到篇幅有限，这里就不举例了。正是这种具体的、细致的个性化的描写，使他成为《格萨尔王传》中活生生的、有血有肉的格萨尔王，而不是历史人物的松赞干布、赤松德赞、唵厮罗等等；使他成为“这一个”，而不是“那一个”或“任一个”。这种立足于现实生活中的人物特性上，但又不停留在摹写生活中的原型，或是把一些特征机械地加在一起；而是把个性与共性辩证地统一起来，把个别与一般有机地结合起来，使之比原型更丰富、更充实、更高大、更集中、更突出的创作手法，这是一部优秀作品塑造典型人物的必然过程和基本规律。鲁迅在《我怎样做起小说来》一文中，谈到他的创作体会时曾说：“所写的事迹，大抵有一点见过或听到过的缘由，但决不全用这事实，只是采取一端，加以改造，或生发开去，到足以几乎完全发表我的意思为止。人物的模特儿也一样，没有专用过一个人，往往嘴在浙江，脸在北京，衣服在山西，是一个拼凑起来的脚色。”鲁迅这段话，恰好是史诗中格萨尔王这一艺术典型形象塑造过程的精辟的说明。史诗的创作者们（也就是有才华的说唱《格萨尔王》的民间艺人们），正是摘取了藏族历史上的众多英雄领袖人物，诸如松赞干布、赤都松、赤松德赞、唵厮罗、林葱·格萨尔等人物身上的各自的一端如降生地点、岭国疆域、生平遭遇、战争事件、伟大功绩等，加以集中、揉合、改造并生发开去，以足以充分表达创作者的意思。所以，史诗中格萨尔王的英雄形象，常常被人们分别指认为各不相同的某个历史人物，其根本原因就在于此。弄清了这一点，就可以知道对这个问题众说纷纭、莫衷一是的症结之所在了。

大家知道，典型人物并不是孤零零地产生和存在的。因为任何典型人物都是社会的成员，是时代的产儿。他们的产生与形成，必然有一个与之相适应的典型环境。这种典型环境，就是典型人物所由产生、活动并影响人物性格的形成，促使人物行动的周围客观环境。这种环境真实地反映了一个时代的社会矛盾的特点、规律和趋向。同时，典型人物的思想和行动，又会反过来影响和改变这种客观环境。这样才能既表现出典型人物所由产生、形成和发展的社会原因，又为人物提供了活动场所，给他以施展才能，显示本领的天地。这便是人们常说的：“时势造英雄”、“英雄造时势”二者之间相辅相成的辩证关系。

那么，藏族英雄史诗《格萨尔王传》中的典型环境又是怎样的呢？这从《格萨尔王传》的众多说部所描述的多次战争，可以清楚地看到，那是一个整个社会陷于分裂割据、各霸一方，不同部落邦国之间互相掠夺征战的时代；是一个生活动荡不安，百姓遭受涂炭的混乱局面；同时，也是一个经过战争逐步向军事联盟性的统一的历史发展过程。《格萨尔王传》的创作者们，把握了这样一个时代的本质特点，为了表现这样一个典型环境，便需要选取适当的素材。这些素材又从哪里来呢？于是，他们放眼于藏族的社会现实和历史发展，把其中凡是符合这一典型环境的本质特点的素材，诸如政治局面、历史事件、邦国交往、特别是战争行动等等，都摘取了来，加以综合、改造和发挥，编进史诗，便构成了完整的典型环境。

或者要问，史诗的创作者们，都是摘取了哪些藏族社会历史的素材呢？

众所周知，在藏族社会历史的发展过程中，吐蕃初期和中期（约当公元6世纪、7世纪时期），祖国的整个青川藏高原正处于各部落、邦国等地方政权分散独立，互不相统的局面。当时，除了以后发展起来，成为藏民族主体的今西藏山南的雅隆部落外，尚有强大的苏毗（松巴）、羊同（香雄）、门、弭药、党项、白兰、突厥、回纥、吐谷浑等部落的地方政权。以后，经过雅隆部落首领达布聂西、纳日松赞、松赞干布、赤都松、赤松德赞等有作为的、杰出的政治家、军事家们在历时一二百年的南征北战，锐意经营下，才逐步统一发展起来，形成了强盛的军事联盟性的奴隶制的吐蕃政权。

吐蕃政权经历了三百年，到9世纪末10世纪初吐蕃王朝崩溃以后，藏族地区又陷于分崩离析、群雄割据的状况。宋初，甘青交界湟水、洮河之间的唃厮罗地方政权和四川邓柯一带的林葱·格萨尔地方政权等，正是这种历史时代的产物。他们也都经过斗争和征战在一定范围内形成部落联盟性的政治组织。与此同时，西藏本土也分裂为许多封建割据集团，如阿里地区的古格王朝和拉达克政权，山南桑耶寺一带的永丹子孙世系等。

在以上所举的藏族历史上两个战乱频仍、杀伐相继的政治局面和时代里，藏族广大劳动人民身受残酷压迫剥削，遭逢战火摧残破坏，生活在水深火热之中，挣扎在死亡线上。他们厌恶战乱，反对掠夺，盼望和平，期待统一，希求能过安宁幸福的生活。他们还盼望着有一个能为百姓利益着想，完成百姓统一和平愿望的领袖人物的出现。凡此种种，正是史诗创作者为自己所要描绘的典型环境所极其需要，而又极合需要的素材。所以便顺手拈来，略加改造生发，揉合联缀，遂成妙手天成的《格萨尔王传》中的典型环境。或者反过来说，史诗的创作者们，正是深刻地感触到这类政治局面和历史时代的特殊情况和意义，因而通过深入细致地观察，加以高度的艺术综合与概括，又以具体手法表现出来，便自然成为《格萨尔王传》的典型环境。其实，这两种看似相反的过程，实际上是交错进行，互相补充、互相完善的过程。体现在《格萨尔王传》的创作上，则是经过数百年，通过若干代民间艺人的辛勤劳动来完成的。

这就是为什么在史诗《格萨尔王传》中，既可以找到吐蕃时期的战争场景、动乱局面，又可以窥见吐蕃崩溃以后一个时期的邦国纷扰、黎民不宁等现象的合乎逻辑的、符合文学艺术创作规律的解释。

综合起来讲，文学艺术作品中的人物，都具有社会性，他们都生活在一定的时代的社会环境中。因此，典型，便应当是典型环境中的典型人物。二者是不可分裂的整体。正是在这个意义上，史诗的作者们在塑造格萨尔王这个光辉的艺术形象时，相应地描绘了他所生存和活动的社会环境。因为只有具备了这种战乱纷争的客观环境，才能产生和锻炼出格萨尔这样的英雄人物，并在其中显示出他不畏强暴、敢于斗争、所向披靡的英雄本色；发挥他叱咤风云、扫平群霸、统一天下的军事和政治才能；才能达到他拯民于水火，解民于倒悬，救苦救难的毕生目的。只有这样，也才能使史诗中的格萨尔王成为一个时代、一定思潮、一种愿望的代表者，成为具有深刻的、广泛的社会内容的典型。从这种典型环境中的典型人物身上，才能反映出一定时代的人心向背、历史潮流和国家民族的兴亡。

明白了这一点，我们就会比较深刻地领会到，为什么《格萨尔王传》这部英雄史诗在藏族社会中能够家弦户诵、妇孺皆知、历百千年而不衰；才会比较深刻地体验到，格萨尔王这个英雄形象，为什么如此强烈地激荡着藏族广大人民的心弦，紧密地勾联着他们的肺腑，受到他们的赞颂、崇敬而永记心怀，从而使我们突出地感觉和认识到格萨尔王艺术形象的伟大典型意义。

归根到底，是《格萨尔王传》塑造了一个伟大的典型环境中的典型人物。在这一艺术创作过程中，天才的创作者们摘取了藏族历史发展道路的某些历史人物和事件的花朵，作为艺术创作素材，编织成《格萨尔王传》的典型环境中的典型人物这一完整的、有机的美丽花环，使《格萨尔王传》在国内外文坛上，在文学发展史上放射出璀璨的异彩；表现出创作者们探索生活的奥秘和规律，揭示社会深处的矛盾和真理，发现历史脚步的必然趋势和方向的高超的惊人才华。这是值得我们称道和借鉴的。

今天，我们阅读和研究《格萨尔王传》的时候，来考察作者在创作过程中所涉及的历史人物的生平，探索某些历史事件的详情，以帮助我们更好地分析、研究和更深入地理解《格萨尔王传》这部伟大英雄史诗所表现的时代潮流、民族素质、阶级关系、民众思想等的丰富内容和深刻意义，帮助我们认识格萨尔王这一艺术形象产生的社会基础、思想倾向、发展动力、成长过程、性格特征、所走道路等，无疑都是必要的，也是有益的。但是，如果根据对这些创作素材的考察结果，去强求指定艺术典型的格萨尔王就是历史上某一人物的写照和演义；格萨尔王所处社会环境就是某一邦国的再现和翻版，那就未免有牵强附会、以偏概全之嫌，而且，从根本上说，违犯了文学艺术创作的基本特点和规律，因而更难以得出令人信服的、合乎实际的、正确的结论。

大家知道，《格萨尔王传》是一部以民间艺人口头说唱为主要流传形式的文学作品，它有着极大的变易性。它最初先有了几部，后来，经过历代民间艺人的不断补充和增添，便像滚雪球一样，越来越多，发展到目前的情况。因此，很可能史诗的最初几部，是采用了以某个历史人物为模特儿，又在其上添枝加叶，加以扩大、充实等典型化手法，塑造完成典型人物形象的。但是，到后来，众多有才华的民间艺人，沿着史诗的基本思想和脉络，不断地往上添加新的素材，以至于淹没了原来的东西，喧宾夺主，形成了目前这种涉及众多历史人物和事件的《格萨尔王传》现状。本文就是针对目前这种现状，来探讨格萨尔王艺术形象的形成问题的。

五 没有结束的结束语

上面我们阐述了藏族英雄史诗《格萨尔王传》中格萨尔王艺术形象

的塑造过程及其典型意义。但是，必须说明，这仅仅是就目前所阅读到和了解到的材料而作的初步粗浅的分析。众所周知，《格萨尔王传》是一部结构宏伟、卷帙浩繁的文学巨著。就国内外目前已经公开出版的说部来算，就已有数十部之多。其中有不少是我们尚没有阅读过的。更重要的是，目前出版的《格萨尔王传》的各种说部，一般都是根据在社会上流传的手抄本或个别木刻本校订而来的。而我们知道，《格萨尔王传》的主要流传形式和渠道是众多的生活在藏族群众中的说唱《格萨尔王传》的民间艺人。这从各藏族地区直到现在还发现许多有才华的说唱《格萨尔王传》的民间艺人的事实，可以得到充分的证明。但是，值得惋惜的是，很多民间艺人说唱的《格萨尔王传》还在录制、整理过程中。到目前为止，还未能见到一全套由民间艺人直接演唱的完整的《格萨尔王传》发行问世。因此，也就没有一套在口头说唱和书面材料共同基础上综合整理出来的、在思想内容上贯通一致、艺术风格上完整统一、故事情节上衔接契合的《格萨尔王传》。此外，目前绝大多数依据手抄本整理出版的《格萨尔王传》的各种说部，也都来源不一，流传各异，互有参差。它们的源头虽然脱不开各地民间艺人之口，但是，中间经过某些僧徒文人的记录和加工，又不知有何种窜改与多少增删！所有这些情况，一方面固然说明《格萨尔王传》的丰富多采、广大浩繁；但是，另一方面，也在极大程度上对研究工作的更好开展和深入，增加了困难。本文就是在这种现实情况下写出来的。再加笔者缺乏历史与地理知识，所见有限，不足与谬误在所难免。因此希望在大家的帮助下，在大批新材料，特别是根据口头记录的《格萨尔王传》出版后，能够补充和改正本文的不足与谬误。

选自《藏族文学研究》，中国藏学出版社 1992 年版。

英雄的再生

——突厥语族叙事文学中英雄入地母题研究

郎　樱

英雄再生母题是一个具有世界性的、十分古老的神话母题。关于英雄死而复生的母题，已有论文进行系统阐述，在此不再赘述。此文拟对英雄再生母题的一种特殊类型——英雄入地母题及其文化内涵，进行一些研究与探索。

一

在对突厥叙事文学中的英雄人物身世进行研究时，人们经常会遇到这样一种叙事模式：英雄完婚或完成某些壮举以后，或主动或被动地进入地下，经过一番考验与折磨，再返回地面。柯尔克孜族古老的英雄史诗《艾尔托什吐克》的主人公托什吐克英雄举行完婚礼携妻返回途中遭遇妖魔，并将妖魔杀死。女妖为复仇找到托什吐克，双方展开激战，女妖斗不过英雄，节节败退，托什吐克穷追不舍。女妖施魔法，大地开裂，英雄托什吐克落入地下，在地下生活了整整七年。在各种动物的帮助下，托什吐克战胜了种种妖魔，并被鹰驮上地面，返回世间。[①] 哈萨克族著名史诗

① 《艾尔托什吐克》有多种唱本，此处依据的是居素甫·玛玛依的唱本，8000余行，柯文唱本已由克孜勒苏柯文出版社于1987年出版。汉文内容简介参见张彦平、郎樱合著《柯尔克孜民间文学概览》，克孜勒苏柯文出版社1992年版。

《阿勒帕米斯》的主人公阿勒帕米斯英雄亦是在举行完婚礼后，在去征讨卡勒玛克侵略者的途中，由于女巫作祟，被卡勒玛克人俘获，并被扔入地下。在四十只神鹰的保护下，阿勒帕米斯在地下生活了七年，后被敌首的女儿救出。[①]

阿尔泰人古老的英雄传说《阿勒普玛纳什》（英雄玛纳什）中半神半人的英雄玛纳什完婚后外出比武，途中落入同父异母两兄弟设置的陷阱，在地下受困多时。[②] 在柯尔克孜族英雄史诗《玛纳斯》中，玛纳斯的后代别克巴恰英雄在出征途中亦曾落入敌人设置的陷阱，后被他的坐骑救出地面。史诗在描述另一位英雄卡拉奇汗时，说他曾在地下生活过多年。[③]

维吾尔族英雄故事《艾力·库尔班》的主人公英雄库尔班在追赶妖魔时，寻着妖魔的血迹进入地下，战胜众妖，后被鹰驮出地面。[④] 乌孜别克族民间故事《“熊”力士》中的主人公英雄吉凯瓦依追赶骑山羊的老人进入地下，他杀死众妖，被鹰驮出地面。[⑤] 这两部作品中的英雄主人公都与熊有关，英雄库尔班的父亲是熊，而英雄吉凯瓦依则是从小由熊抚养大的。

柯尔克孜族英雄故事《达尼格尔》[⑥] 描写了英雄达尼格尔战胜众妖，进入地下后的种种经历，后被鹰驮出地面；裕固族的民间故事《树大石二马三哥》中的主人公马三哥在地下杀死众妖，被鹰驮出地面；[⑦] 哈萨克族英雄故事《额尔吐斯吐克》中的主人公吐斯吐克、[⑧] 英雄故事《迭勒达什巴图尔》中的主人公迭勒达巴什、[⑨] 英雄故事《胡拉泰》中的主人公胡

① 《阿勒帕米斯》有多种唱本。此处依据胡南译散文体《阿勒帕米斯》，尚未出版。

② 张彦平同志提供的资料。

③ 居素甫·玛玛依的《玛纳斯》唱本。

④ 刘发俊编：《维吾尔族民间故事选》，上海文艺出版社 1980 年版，第 289—318 页。

⑤ 《乌孜别克民间故事》，苏申译，新疆人民出版社 1983 年版，第 216—239 页。

⑥ 张越、姚宝瑄编：《新疆民族神话故事选》，新疆人民出版社 1989 年版，第 185 页。

⑦ 钟进文搜集整理《树大石二马三哥》，载《民间文学》1988 年第 2 期。

⑧ 焦沙耶、张运隆等翻译整理《哈萨克族民间故事》，新疆人民出版社 1982 年版，第 326—390 页。

⑨ 同上书，哈文原文为《迭勒达什巴图尔》，汉译文名为《为人民而生的勇士》，第 276 页。

拉泰[①]以及《太阳下的昆凯姑娘》中的穷孩子，[②] 他们都曾有进入地下的经历。就是在伊斯兰文化色彩相当浓重的维吾尔族叙事诗《玉素甫与祖莱哈》中，也依然保留有玉素甫被两兄弟推入井下以及后被救出地面的这一英雄入地母题。[③]

与突厥语民族长期交错而居的卫拉特蒙古、锡伯、塔吉克等民族的民间故事中，许多英雄主人公也有进入地下的经历。例如，卫拉特蒙古族的民间故事《聪明的苏布松·都日勒格可汗》讲述了苏布松·都日勒格遭二位哥哥的陷害，落入他们设置的陷阱以及最后被鹰驮回地面的故事。[④] 锡伯族民间故事《诚实的真肯巴图》中的真肯巴图[⑤]以及《三兄弟》故事中的小弟图克善，[⑥] 都曾进入地下与妖魔搏斗，他们也是由鹰驮回地面的。塔吉克族民间故事《穆西包来英·卡曼》中的英雄穆西包来英·卡曼为追妖魔进入地下，《玉枝金花》中的小王子也曾进入地下，这两位塔吉克族主人公也都是由鹰驮回地面的。[⑦]

特别值得一提的是，被认为与突厥语民族有亲缘关系的匈牙利英雄故事亦完整地保留着英雄进入地下的母题。匈牙利英雄故事《白马王子》中的白马王子为救公主，进入地下斩龙后被鹰驮回地面。另一则匈牙利英雄故事《拔树勇士、揉铁勇士和推山勇士》则颂扬了拔树勇士为救公主入地斗恶龙的英雄气概，这位勇士也被鹰驮回地面。[⑧]

英雄入地母题在突厥语民族民间文学中大量存在，例子不胜枚举。英雄所入的“地下”，在汉语译文中一般都译作“地牢”、“地狱”或“冥府”。而在突厥语原文中，“地下”的基本用语是“yerasti”，“yer”是

---

① 特·阿勒帕斯编：《民间故事》（二），哈萨克斯坦阿拉木图作家出版社 1988 年版，第 147 页。

② 同上书，第 8 页。

③ 载《维吾尔民间叙事诗》（二），维文本，新疆人民出版社 1986 年版，第 24—37 页。

④ 参见《西蒙古—卫拉特传说故事集》，甘肃民族出版社 1989 年版。

⑤ 忠录编：《锡伯族民间故事选》，上海文艺出版社 1991 年版，第 68—74 页。

⑥ 同上书，第 207—222 页。

⑦ 这两则塔吉克民间故事，一则引自西仁·库尔班等人编撰的《塔吉克族文学史》，尚未出版，另一则《玉枝金花》引自张越、姚宝谊编《新疆民族神话故事选》，新疆人民出版社 1989 年版，第 125—269 页。

⑧ 这两则匈牙利英雄故事为美籍匈牙利学者伊莎贝拉提供，杜亚雄译成汉文。

“地”之意，“ast”是“下，下面”之意，“yerasti”的直译就是“地下”，没有“地牢”、“地狱”之意，更没有“冥府”之意。在民间故事中，有用“yerasti”（地下）的，也有用“Kuduk”（井）或“duzah”（地狱）的。在突厥语民族叙事文学中，英雄成年后大多都有进入地下的经历。英雄入地母题如此广泛地存在于民间文学作品之中，这在其他国家、其他民族是不多见的。

二

英雄入地母题在不同民族、不同地区有些差异，这一母题的内容在流传过程中也有发展与变异。但是，这一母题的基核却是相当稳固的，通过对于大量的英雄入地母题的分析，我们可以推断出这一母题的古老原型：“英雄成年后进入地下，被鹰驮出地面。”显而易见，这一原型只是一种象征符号。那么，它的象征意义及文化内涵究竟是什么呢？探究这一问题正是我们研究这一母题的主旨之所在。

要解析古老的象征符号，就要从了解原始人的思维方式入手。主宰初民思维逻辑的，往往是交感巫术。初民认为，如果神王身强力壮、精力充沛，生育力强盛，受到他们的感应，世界就会呈现牲畜兴旺、牧草肥美、五谷丰登、人丁繁盛的充满蓬勃生机的局面。反之，如果神王步入中年，身体开始呈现衰微趋势，精力有所减弱，生育能力亦不够旺盛，那么，初民就会认为，神王的身体状态就会殃及世界动植物的生长繁殖，祸及人类社会，因此，就要把他们处死，让位给年轻的、精力充沛的神王。英国著名人类学家詹·乔·弗雷泽在他的著作《金枝》中的《处死神王》一章中，列举出大量存在于世界各地的处死神王的实例以及处死神王的习俗，为什么要处死神王呢？作者认为这是由于在原始人看来，“在他（神王）自然精力衰减之前将他处死，他们就能保证世界不会因人神的衰退而衰退。所以，杀掉人神并在其灵魂的壮年期将它转交给一个精力充沛的继承者，这样做，每个目的都达到了，一切灾难都消除了。”①

---

① ［英］詹·乔·弗雷泽著：《金枝》（上），民间文艺出版社 1987 年版，第 393 页。

在世界各地，尤其是在古代，将壮年的国王杀死的实例是相当多的。后来，从“真正的杀死神王”到“处死神王的替代者”，比如有的地区还让死囚登上王位，让他行使几天国王的权力，然后再将他处死。由于有人替国王死去，国王便可躲过死神之手。从“处死神王的替代者”又逐渐发展成象征性地“处死神王”的仪式与习俗，诸如砍掉国王的王冠，象征性地“杀死”国王的扮演者，等等。经过“死掉”后再生的神王又会给世界带来生机与活力。古老神话与英雄史诗、英雄传说中经常出现的“死而复生”母题，可视作是“处死神王”在文学领域内的反映。

英雄娶妻成立家室以后，逐渐步入壮年，他的精力与生育力也开始转衰。为了保证世界不会因英雄体力的衰退现象而呈现衰退，就要千方百计地使英雄获得“再生”。英雄入地就是英雄再生的一种形式，英雄无论是进入“地下”，或是落入“深井”之中，他都要经过一条黑暗、深邃的通道。这个黑暗、深邃的通道显然是女性“阴道”的象征。关于这点，德国著名学者埃利希·诺依曼在他的名著《意识的起源与历史》中曾这样写道：对于自我和男性来说，“女性是与无意识和非自我同义的，因而也与黑暗、死寂、虚空、地狱同义”。他还转引荣格的观点来说明其观点，而荣格对此问题的论述则更为明确，他认为“‘空’是女人的一大秘案。它是某种与男人绝对不同的东西；是裂罅，不可测的深处，是‘阴’”。英雄通过母亲的阴道诞生于世，当他即将进入壮年之际，他再通过母亲“阴道”的象征物——通往地下的黑暗通道，重归母体。经历考验与折磨，再从母亲的阴道——黑暗的地下通道重返人世。英雄从地下回到地面，是英雄从母体再生的象征。经过再生的英雄，必然会体魄强健，精力旺盛，勇力过人。正如裕固族民间故事《树大石二马三哥》中所描写的那样，马三哥从地下返回地面后，“具有了超人的力量”。匈牙利民间故事中的白马王子从地下返回地面后，“臂与腿的力量增强了七倍”。

在突厥语民族祖先的观念中，大地就是母亲的象征。柯尔克孜谚语说：“高山是我们的父亲，大地是我们的母亲”；阿尔泰人的史诗《央格尔》中的英雄央格尔则是高山与大地之母结合所生，每逢遇到困难，他和他的妹妹都要去找大地之母帮助。[1] 回归大地，就是回归母亲，从大地返回，就是由母体再生。这种回归母体求得再生的观念，至今仍保留在突厥语民族的一些习俗之中。以维吾尔族为例，在新疆南部的维吾尔民众中至今保留着这样的育儿习俗，即把体质不好或生病的儿童放入地窖中，老百姓认为孩子从地窖中出来，灾病就会消除，身体就会健康。再如，在北部新疆特克斯县，有一深邃的石洞，人们相信从黑暗的石洞中通过，就会百病消除，平安健康。最典型的例子是蒙古地区的“钻母阴门、周而复始”之俗。人们把巴林左旗吉利召，扎鲁特旗阿拉坦希日古里，以及苏联阿固布利亚特阿拉哈那山椭圆形狭窄石洞视之为母体阴门，前去“重生”。不分有无信仰，身体胖瘦，他（她）们钻入这些洞，犹如从母体腹部出生，弯着腰，头在先，身在后，从洞里钻出来，人们将此视为再生。[2] 孩子从地窖的出入，人们从黑暗的深邃的石洞中穿过，都是回归母体而再生的象征。这些习俗之所以能遗存至今，说明人们相信，通过回归母体的再生，比第一次诞生还重要，通过再生后的人，会身强体健，力量倍增。类似的观念与习俗在西方也存在，据说古罗马人在纪念阿蒂斯神死而复活的大典上，一些虔诚的信徒进入挖好的土坑中，用牛血洗礼。当他们从土坑里出来以后，人们认为他们获得了再生，获得了永生。在以后的一段时间里，这些获得再生的信徒还要维持着一种虚构的新生儿状态，让他们吸吮牛奶，犹如新生的婴儿一样。[3] 上述这些习俗所反映的观念，与英雄入地母题所反映的观念是一致的，即回归母体，求得再生。

三

英雄入地母题中有一个不可忽视的重要环节，即英雄从地下返回地面，一般都要凭借鹰的帮助，飞升回地面。为了对鹰的神力以及鹰在英雄

---

① 伊布拉音·穆提义：《英雄史诗〈江格尔〉中马的形象》。附录部分介绍了1080年由亚拉特口述的阿尔泰人史诗《央格尔》（约3.5万行）的内容提要。此文载《卫拉特研究》1989年第1期。

② 格日勒图：《蒙古人颂母歌谣溯源》，载《民族文学研究》1992年第4期。

③ ［英］詹·乔·弗雷译著：《金枝》（上），民间文艺出版社1987年版，第393页。

入地母题中的作用进一步探究，请先参见附表：

民族	作品名称	英雄入地	鹰驮回地面	英雄割肉喂鹰
柯尔克孜	艾尔托什吐克	追妖魔入地	被鹰驮回地面	
柯尔克孜	达尼格尔	战胜众妖入地	被鹰驮回地面	
维吾尔	艾里·库尔班	追妖魔入地	被鹰驮回地面	割腿肉喂鹰，鹰吐出复原
乌孜别克	“熊”力士	骑山羊老人入地	被鹰驮回地面	
哈萨克	艾尔吐斯吐克	追妖魔入地	被鹰驮回地面	
哈萨克	迭里达什巴图尔	落入二个姐夫设的陷阱	被神乌萨姆胡尔克驮回地面	
哈萨克	胡拉泰英雄	追一长须老人入地	被鹰驮回地面	
哈萨克	阿勒帕米斯	女巫作祟被敌人投入地下	受到四十只神鹰保护，被敌首之女救出	
裕固族	树大石二马三哥	追妖魔入地	被鹰（雁）驮回地面	割手臂肉喂鹰，到达后鹰吐出复原，伤长好，具有超人的神力
卫拉特蒙古	聪明的苏布松·都日勒格可汗	被二个哥哥陷害落入他们的陷阱	被鹰驮回地面	割腿肉喂鹰，鹰吐出复原
锡伯	三兄弟	落入二个哥哥设的陷阱	被鹰驮回地面	割腿肉喂鹰，鹰吐出复原
锡伯	诚实的真肯巴图	沿血迹进入地下	被鹰驮回地面	割腿肉喂鹰，鹰吐出复原
塔吉克	穆西包来英·卡曼	追妖魔入地	被鹰驮回地面	
塔吉克	玉枝金花	小王子为找玉枝花入地下	被鹰驮回地面	割腿肉喂鹰，鹰吐出复原

从上述表格中可以看出，鹰在英雄入地母题中所占据的重要位置。

鹰是一种与狩猎生活密切相关的动物。在古代，突厥语民族的先民曾长期在南西伯利亚的森林地带过着狩猎的生活。11 世纪维吾尔族著名学者玛合木特·喀什噶里曾在他编撰的《突厥语大辞典》中收录了描写突厥民族先民狩猎生活的古老歌谣，歌谣中有这样的唱词："让小伙子们去干活，让他们用石块去击猎狐狸和野猪"，"让小伙子们架鹰去狩猎，让猛犬去追踪，把猎物捕获"。猎人的狩猎活动离不开猎鹰，尤其是在弓箭、猎枪尚未发明、使用的年代，猎鹰成为维系猎人生存的重要依靠。在猎人的心目中，鹰是一种神圣的动物，它勇猛、强悍，无所匹敌。在突厥语民族民间文学中，鹰出现之前，往往狂风大作，飞砂走石，地动山摇。它的身躯硕大无比，头颅如倒扣的铁庹，脚趾似只只铁钩，嘴似锋利的铁钳，双翅的羽毛如一把把闪光的剑，它展开双翅，遮天蔽日。它不仅是力与勇的象征，而且具有超人的神力，它能使英雄死而复生，能载着英雄飞越高山，飞越火海，它送给英雄的羽毛，能使英雄转危为安。

鹰又被视为萨满的灵魂，萨满的化身。北方阿尔泰语系各民族曾长期信仰萨满教，在他们的萨满教观念中，腾格里——苍天、天神被视为至高无上。凡是接近苍天之物，如高山、大树等，均被视为天神通往人间的"天梯"。鹰翱翔于蓝天，能高飞入云，它比高山、大树更接近腾格里与神灵栖息之地，格外受到尊崇。于是，阿尔泰语系民族的先民相信，作为人与神交通的使者萨满，之所以能够往来于人世与天界，必定长有翅膀，具有飞翔能力。于是，他们把对于萨满具有飞翔能力的想象与他们的鹰崇拜观念相结合，逐渐衍化出"萨满的灵魂是鹰"、"萨满是鹰的后裔"等一系列观念，产生出许多萨满变鹰的神话。许多萨满行巫作法时，头戴插有鹰羽、饰有小鹰的神帽，身着饰有鹰骨的神衣，模仿鹰的飞行状舞蹈，以示自己具有鹰魂，能飞往天界，与神交通。

在古代，祈求神王、英雄再生要举行神圣的仪式，先民认为借助巫术的力量，神王、英雄才可能获得真正的再生，甚至永生不死。在祈求英雄再生的仪式上，英雄进入地下，这是仪式的重要内容。在信仰萨满教的北方民族中，英雄再生仪式一定会由萨满来主持，人们相信，借助萨满的神力和巫术力量，英雄才会获得再生。由于萨满具有鹰魂，常常能幻化成鹰飞入云界，所以在英雄入地母题中，英雄在地下得到神鹰的保护，英雄返回地面，又要借助鹰的神力。这一母题中的"鹰"是萨满及其巫术力量的象征。这表明，古代突厥语民族的英雄再生仪式是离不开萨满，离不开巫术力量的。萨满主持的仪式上，首先要祭天，英雄割肉喂鹰，象征英雄以自己的血肉祭天神腾格里，祭萨满，以求得到神的保护，以求增强萨满的神力。现在北方民族的萨满仪式上，仍保留着血祭，即杀牲祭天的习俗，以血和肉祭天，天神才会显现出神力。

这种祈求英雄再生的古老仪式已成为遥远的过去。但是，它却铭刻在突厥语民族的记忆之中。而英雄入地母题正是突厥语民族先民这种古老记忆的体现，是原始的神王、英雄再生仪式在民间文学中的遗存。

四

如前所述，英雄入地母题是一个十分古老的母题，它的原型可以用这样一句话加以概括，即“英雄追赶妖魔入地下，被鹰驮回地面”。然而，随着日转星移、岁月的流逝，英雄入地母题所包含的古老观念及文化内涵渐渐被人们淡忘。在传承过程中，史诗演唱者和故事讲述家们对这一古老母题的两个重要环节，即英雄为什么会入地下以及英雄为什么会被鹰驮回地面，做了许多解释性的即兴创作，使这一古老母题的内容不断扩充、发展，派生出许多情节性很强的亚母题，其中影响最大，流传最广泛的有两个亚母题。

第一个亚母题是英雄由于朋友或兄长的背叛与谋害而落入地下。

这一亚母题又分为两种叙事模型，即结义朋友背叛模式和三兄弟模式。结义朋友背叛模式相对来说，较为古老一些，它的叙事模式是这样的：英雄与结义朋友同行，为追踪一长须老人来到一地洞口。朋友不敢下洞，英雄顺绳索来到洞下，他在地下斩妖救出美女，并通过绳索把美女与财宝吊上地面。朋友见美女与财宝起坏心，割断绳索，欲害死英雄，英雄只得留在地下。三兄弟型的叙事模式如下：父年迈让三个儿子外出闯世界，一事无成、一无所获的两个哥哥忌妒成功的弟弟，设置陷阱，弟落陷阱底，两位哥哥夺走弟弟的财宝及未婚妻。

属于这一亚母题结义朋友背叛模式的有许多作品，其中比较有代表性的是维吾尔英雄故事《艾里·库尔班》、乌孜别克族英雄故事《“熊”力士》、裕固族民间故事《树大石二马三哥》，以及匈牙利英雄故事《白马王子》。

《艾里·库尔班》中熊之子库尔班在征讨妖魔的途中征服了凉面巴图尔、冰上巴图尔与磨盘巴图尔三位大力士，他们成为英雄库尔班的结义朋友。追踪妖魔他们来到一地洞口，三位勇士胆小不敢下洞，库尔班顺绳来到地下，杀死妖魔，救出美女，缴获大量财宝，并被三勇士提拉到地面。当库尔班欲顺绳返回地面时，他的三位朋友背叛了他便割断绳索，使英雄库尔班又落入地下。三位结义朋友私分了美女与财宝。

其他作品的内容与《艾里·库尔班》基本相同，只是结义朋友的特性有所差异，如乌孜别克族《“熊”力士》中的吉凯瓦依英雄在征讨妖魔的途中，通过武力较量，征服了塔西力士、黑尔斯力士和奇纳尔力士三个魔鬼，他们成为吉凯瓦依英雄的朋友与助手。这三个魔鬼也背叛了英雄，砍断吉凯瓦依的绳索，欲将他害死，并将从地下提到地面的美女与财宝私分私占。裕固族《树大石二马三哥》中马三哥外出打猎，射树，树生人，称树大；射石，石出人，称石二。他们成为马之子马三哥的结义朋友。这两位朋友也背叛了英雄，置马三哥于地下不顾。匈牙利英雄故事《白马王子》中的英雄白马王子外出与拔树勇士、揉铁勇士结友，这二位结义朋友背叛了英雄，当美女拉上地面后，他们割断了白马王子的绳索，不让他返回地面，欲置他于死地。

三兄弟型亚母题中，陷害英雄的不是结义朋友，而是亲哥哥。亲人陷害英雄，使之落入深井的，均属三兄弟型。三兄弟型的作品如哈萨克英雄故事《胡拉泰英雄》、《迭勒达什巴图尔》，维吾尔族叙事诗《玉素甫与祖莱哈》，卫拉特蒙古族英雄故事《聪明的苏布松·都日勒格尔汗》及锡伯族的《三兄弟》等。

这一亚母题无论是结义朋友背叛型，或是三兄弟型，其核心都在于解释英雄为什么会滞留于地下。英雄之所以滞留于地下是由于结义朋友或同胞兄长的背叛与谋害，他们砍断了英雄返回地面的绳索，或将英雄推入陷阱之中。

第二个亚母题是英雄斩蟒救鹰雏，大鹰报恩，将英雄驮回地面。

英雄滞留于地下，发现一蟒蛇爬上树欲吞吃鹰巢中的雏鹰，便挥剑砍死蟒蛇，雏鹰的母亲归来，为报护子之恩，便驮英雄回归地面。这一亚母题在英雄入地母题中经常可以遇到，值得再提一笔的是，雌鹰报恩而助英雄的母题，不仅大量出现在英雄入地母题中，而且也经常作为一个独立母题出现在北方阿尔泰语系民族的叙事文学中。如维吾尔族民间故事《宝刀》，柯尔克孜族民间故事《女儿国王的奇特答案》，哈萨克族民间故事《会魔法的国王和年轻的猎人》、《孤儿与国王》，蒙古族民间故事《神箭手》、《山儿求仙女》、《乌林库温》，以及达斡尔族民间故事《智勇双全的七公子》等作品。在这些民间故事中，鹰为报救子之恩，驮英雄飞高山、过大海，助英雄惩治贪婪的国王；赠给英雄的鹰羽，具有神力，使英雄获得幸福与财富。

综上所述，对于英雄入地母题的认识可简要归纳如下：这是一个古老的英雄再生母题，它的原型为“英雄追赶妖魔入地，鹰驮英雄返回地面”。这一母题广泛存在于突厥语各民族的史诗、古老英雄传说、英雄故事以及民间故事之中；英雄入地所通过的黑暗、深邃的通道是女性“阴道”的象征；英雄入地再返回地面，是英雄回归母体以求再生的象征。英雄入地母题中的鹰，是萨满的灵魂，萨满的化身。鹰驮英雄返回地面，象征着英雄的再生要凭借萨满的神力。这一母题在漫长的传承过程中，内容不断扩展，并派生出一些亚母题，如英雄朋友与兄长的背叛，为占有美女、私分财产而加害于英雄，割断绳索，使英雄滞留于地下无法归返地面；再如，英雄斩蟒救鹰雏，老鹰报救子之恩，驮英雄归返地面。背叛、谋害英雄的亚母题与鹰报救子之恩助英雄的亚母题已成为英雄入地母题的重要有机组成部分，使之成为一个母题系列。这种母题系列不仅广泛存在于突厥语民族叙事文学之中，也存在于东西方一些国家与民族的民间文学之中。这有人类思维同步的原因，但是更重要的原因恐怕还是在于东西方民间文学的互相交流，互相影响所致。

原文载《民间文学论坛》1994年第3期。

口传史诗诗学：冉皮勒《江格尔》程式句法研究·序

钟敬文

人间世代长相续，
事业今人接古人。
千载东流河上水，
波消浪涌迄于今。

——《黄河游艇上有感》（《兰州吟卷》之一）

一

这是我在西下庄度过的第九个暑期了。

桌上放着朝戈金同学日前送来的一本新书：《口头诗学：帕里—洛德理论》，这是他用了数年时间翻译出来的一部民俗学理论书籍，著者是密苏里大学“口头传统研究中心”主任约翰·迈尔斯·弗里教授。我一眼看到这本书，就直觉地喜欢它：深绿色的封面上，一位南斯拉夫史诗歌手正抚琴演唱，老树下是专心致志的听众，有妇孺、农夫、猎人……虽然这只是一幅油画（封底上注明它现藏于贝尔格莱德的一家博物馆），但却一下唤起了我的想象：在中国有多少类似的场景——不是静止的风俗画面，而是鲜活的史诗演唱活动！

为什么这里我要先提及这部译著呢？一是因为它的出版为我们的民俗学研究带来了一个新的视野。所谓“帕里—洛德理论”又称“口头程式理论”，它正是在刚刚过去的20世纪中发展起来的三大民俗学学派之一。1997年秋天，著者弗里教授在朝戈金同学的陪同下去内蒙古考察，他途经北京时，曾在敝寓与我谈及该学派侧重研究史诗乃至口头诗歌的理论与方法论。所以，见到他这部导论性的著作终于出版了中译本，我深感欣悦。为原著作序的是我们都十分熟悉的阿兰·邓迪斯；《美洲民俗学学刊》也称该著是“此领域中参考书的典范”，我想它也能够对我国民俗学界有所裨益。二是由于朝戈金同学的这部个人专著，题为《口传史诗诗学：冉皮勒〈江格尔〉程式句法研究》，正是基于本民族史诗传统，从个案研究入手，在吸纳和借鉴这一理论的工作原则及其分析模型的基础上，于今年5月完成的一篇优秀的博士学位论文。从译著到专著，自然贯通着他本人的学术思考，其中不乏自己独到的创见和新义。这是我首先要说的。

自1953年起，北京师范大学中文系陆续培养了数十名硕士、博士研究生，他们已经构成了我们今天民俗学界又一代重要的研究者。特别是20世纪90年代中期以来招收的一批博士研究生，大多是80年代毕业于不同学科的硕士，他们在各自的科研和教学岗位上都有一定年头的学术积累，无论从治学道路、知识结构、科研态度、理论观念，以及学术旨趣等方面，都与“从校门到校门”的研究生有着明显的不同，而这些不同给我们民俗学专业的教学和人才培养带来了新的气象，也使我们这门学科的队伍建设日益显露出一种新的发展前景。

朝戈金同学即是他们中的一员。他于1986年在内蒙古大学获得文学硕士学位后，调入中国社会科学院少数民族文学研究所，在《民族文学研究》担任编辑工作，数年后转到当代文学和理论研究室，开始专门从事民族文学的理论研究，那时他便对史诗研究发生了兴趣。1995年夏秋间，他参加了芬兰“世界民俗学者组织”举办的暑期高级研修班，在史诗工作小组为期三周的讨论后，又以访问学者的身份前往美国哈佛大学研修了一年。在那里，他凭着自己较好的英文功底，广泛吸收了当代口头传统研究领域的新鲜知识，进而将学术重心转到了史诗的田野作业和理论研究方面。这一“转轨”正是他在工作了十数年之后，郑重地选择了民俗学专业以充实和调整自己的知识架构，以期对中国史诗研究做出理论性探索的主要缘由吧。

1997年9月，朝戈金同学以优异的成绩考入北京师范大学民俗学专业攻读博士学位。那时他可以说已经是一个比较成熟、稳健的学者了。但在校期间，他还是要求自己多学少写，谨慎从事，有朴学之风；在课上课下，他轻易不苟言笑，一旦开口，都很能提出有启发性的问题，带动大家去思考。记得1998年的酷暑之际，我们教研室的几位老师和96、97级的博士研究生一道工作了一周多，对将作为高校教材的《民俗学概论》进行最后的审订，朝戈金同学也参加了这项工作。在诸多难点问题的讨论中，确实反应出他知识结构较为全面，眼力敏锐，提出的看法和建议也往往击中要害，有自己的见解。

两年前的夏天，我也是在西下庄观竹纳凉，朝戈金同学临时来跟我小住了两天。我们从他刚刚发表的一篇关于少数民族文学学科建设的论文谈起，随后的话题自然转到了他即将要开题的博士学位论文的设计上来。当时，他就蒙古史诗研究的文本类型、程式化风格、歌手问题和田野作业问题，逐一谈了他自己的想法。可以并不夸张地说，从他如数家珍、洋洋洒洒的一番直陈和议论中，便能见出他思考的深邃视野的开阔和掌握资料的丰富翔实，同时唤出了我以往对中国史诗研究的某些思考。整整两天的时间里，我们的话题始终围绕着史诗，谈兴酣畅……甚是投合，不觉晨昏移转。通过这一番面对面的讨论，从他设定的几个问题中，初步理顺了博士学位论文的主攻方向：一方面，要立足于本土文化传统去探究建设中国史诗学的一些基本理论问题；另一方面，要在方法论上尝试并倡导一种可资操作的实证研究，通过个案分析以支撑大幅度的理论探索。这也是后来在他写作的具体过程中，我们又结合论文的进展多次促膝长谈的一个主要话题。可以说，这两方面的学术初衷，通过朝戈金同学精审深细的论证和分析，成功地体现为这部即将面世的专著。

正如博士论文答辩委员会的总评语所说的那样，朝戈金同学的这部专著是“在蒙古史诗的研究中很有创见的一篇博士学位论文。作者是蒙古族的中、青年学者，掌握蒙、汉、英等语言文字，选择本课题具有相当的优势。论文显示了作者对国外史诗研究的新成果——口头程式理论、民族志诗学和表演理论等都比较熟悉，且能消化吸收，对本民族的史诗传统和相关学术史也较为了解；经过田野调查，又获得了新的理论思考。在此基础上，作者对以往国内史诗学和史诗哲学的一些问题进行了整体考察，提出了许多个人创见。另一方面，作者又以蒙古歌手冉皮勒演唱的《江格尔》为个案，在国内首次运用口头程式理论，对这个民间唱本的词语、片语、步格、韵式和句法进行了扎实精密的研究，第一次证实了在蒙古史诗中确实存在‘程式句法’的现象，还就蒙古史诗的‘程式句法’和‘语境’、‘语域’的关系，提出了有价值的科学意见。这对于深入挖掘我国的史诗文化遗产是一种学术贡献，同时对于提高作者所在蒙古族的文化地位也有现实作用……”

二

至于论文的研究步骤和相关的田野作业，这里就不多说了，有兴趣的读者可以看看本书的附录和后记。如果留心，便能从中发现这一著作的确在这些关联研究中树立了较为严谨的学术规范。这里，我想结合我对中国史诗研究的几点想法，来谈谈这项研究的学术价值、理论意义和努力方向。

首先，从论文的选题和理论探索说说中国史诗研究的转型问题。

在中国，科学意义上的民俗学研究，已有80多年的历史。在其一波三折的发展进程中，最初以歌谣学运动为先声，继之以民间文艺学为主脉，进而扩及到整个民俗文化，这是中国民俗学走过的特殊历程。因而，文艺民俗学作为一个支学，一直有着两个重要的发展方向，一是作为一般的民俗来加以研究；二是吸收了文艺学的思想和观点。但在这一支学的理论探索中，相对于歌谣学、神话学、故事学的发展而言，中国史诗学的研究则起步较晚。这里也有诸多的历史成因与客观条件的限制。

20世纪50年代以后，尤其是80年代以后，中国少数民族史诗的发掘、搜集、记录、整理和出版，不仅驳正了黑格尔妄下的中国没有民族史诗的著名论断，也回答了“五四”以后中国学界曾经出现过一个“恼人的问题”，那就是“我们原来是否也有史诗”？（闻一多《歌与诗》）而且，更以大量的事实雄辩地证实了在中国这一古老国度的众多族群中，至今流传着数以百计的史诗，纵贯中国南北民族地区，且蕴藏量非常宏富。尤其是藏族和蒙古族的《格萨（斯）尔》、蒙古族的《江格尔》和柯尔克孜族的《玛纳斯》已经成为饮誉世界的“中国三大英雄史诗”。此外，在中国北方阿尔泰语系的蒙古语族人民和突厥语族人民中，至今还流传着数百部英雄史诗；在南方的众多民族中同样也流传着风格古朴的创世史诗、迁徙史诗和英雄史诗。这些兄弟民族世代相续的口传史诗，汇聚成了一座座璀璨的文学宝库，在世界文化史上也实属罕见，比诸世界范围内的许多国家来得更加丰富多彩，也是值得中国人自豪的精神财富。

我国史诗大量的记录和出版，在资料学方面取得了前所未有的成绩。当然，从科学版本的角度来看，也存在着这样或那样的问题。尽管如此，这方面的工作是应该予以肯定的。比如，著名的三大史诗，每部的规模都在 20 万行以上，其中藏族的《格萨尔》是目前已知的世界上最长的史诗，有 120 多部，散韵兼行，有 1000 多万字。又如，迄今为止，在国内外发现并以不同方式记录下来的蒙古语族英雄史诗，数量已过 350 种，其中三分之一已经出版。这些诗作短则几百行上千行，长则十多万行。更不用说不同歌手的各种异文，也在被陆续记录下来，这又在怎样的程度上丰富了中国史诗的百花园！

在这样喜人的形势下，史诗研究确实应该进入一个崭新的转型时期了。所谓转型，我认为最重要的是对已经搜集到的各种史诗文本，由基础的资料汇集而转向文学事实的科学清理，也就是由主观框架下的整体普查、占有资料而转向客观历史中的史诗传统的还原与探究。这便是我从朝戈金同学的这部著作中受到的启发之一，也是他在史诗文本界定中反映出研究观念上的一大跃进。我认为，民间文学的搜集整理可以有两种态度：一种是科学的态度，主要针对学术性的探讨和研究；另一种是文学的态度，针对知识性的普及和教育。前些年，我们民间文艺学界一直在强调“科学版本”，可惜口号虽然已提出，讨论却并未上升到理论意义上来加以具体展开，诸如我们一直耿耿于怀的“忠实记录”、“整理加工”、“改旧编新”等问题，也并未得到根本的解决。

朝戈金同学的研究实践明确地回答了这些问题。那就是民间口传史诗的研究，应当注意甄别文本的属性，而文本分析的基本单位，不是简单排列的一个个异文，而是具体表演中的一次次演唱的科学录音本。这就不是各种异文经整理加工后的汇编，而是史诗演唱传统的有机活动系列，包括一位歌手对某一诗章的一次演唱，不同歌手对同一诗章的一次次演唱，诗章之间的关系，歌手群体的形成与消散，个体风格的变化，演唱传统的兴起、衰落与移转等等。这之中，口头诗学的文本理论，是上个世纪西方史诗领域最出色的成绩之一。朝戈金同学的论文选题定位为口传史诗诗学，通过江格尔奇冉皮勒演唱的一个史诗诗章进行个案的文本分析，再回归到理论层面的总结。在这些方面，他下了相当的工夫，对史诗《江格尔》十分复杂的文本情况做了沉潜的研索，他的著作使人耳目一新。此外，他从文本属性界定史诗研究的科学对象，又从文本间的相互关联，从更深层次上说明了《江格尔》作为“史诗集群”，在叙事结构形成上的内在机制，由此构成了卫拉特蒙古史诗传统的文本形态。这也是发前人之所未发的，对民间文学的其他样式的文本研究，也有同样的参照价值。比如，元明戏曲和后来的小说中广泛使用的“留文”，在《醉翁谈录·小说开辟》中有“说收拾寻常有百万套”；又如《大宋宣和遗事》与小说《水浒传》之间在文本互联上的关系，特别是话本小说的研究，我看也都可以从这一理论的文本观中得到某些启发。

其次，再看理论研究的转型。

今年6月我到中国社会科学院参加了少数民族文学研究所举行的“中国史诗”研究丛书新闻发布会，也讲了话。这套丛书属国家“七五”社科重点项目“中国少数民族史诗研究”，主要涉及到的是三大史诗和南方史诗。正如该丛书的前言所说，这些成果较全面系统地论述了中国史诗的总体面貌、重点史诗文本、重要演唱艺人，以及史诗研究中的一些主要问题，反映了我国近二十年来史诗研究的新水平和新成就，并再次提出了创建中国史诗理论体系的工作目标，这是令人倍感振奋的。可以说，这套丛书正是从总体上体现出了这一时代的学术风貌。

史诗研究要向深度发掘，就要着力于史诗内部发展规律的理论探求。但这种探求是不能孤立进行的，也不可能将理论大厦建立在缺少根基的沙滩上。当前中国史诗研究有了多方面的展开和深入，无论是史诗的普查与发掘，文本的搜集与整理，歌手的追踪与调查，史诗类型的考察与划分，以至于有关课题的专门性论述，都取得了可喜的成绩，呈现出良好的势头。特别是被列入国家级重点研究项目的“中国史诗研究”丛书的面世，都为我国史诗理论的建设创造了必要的前提。迄今为止，我们确实在资料的广泛搜集和某些专题的研讨上有了相当的积累，但同时在理论上的整体探究还不够系统和深入，而恰恰是在这里，我们是可以继续出成绩的。尤其是因为我们这二三十年来将工作重心主要放到了搜集、记录、整理和出版等基础环节方面，研究工作也较多地集中在具体作品的层面上，尚缺少纵向、横向的联系与宏通的思考，这就限制了理论研究的视野，造成我们对中国史诗在观感上带有“见木不见林”的缺陷。不改变这种状况，将会迟滞整个中国史诗学的学科建设步伐。

现在可以说，我们已经到了在理论建设上实现转型的时候了，因为时机已经成熟了！

步入21世纪的今天，我们怎样才能推进中国史诗学的建设呢？除了继续广泛、深入地开展各项专题性研究外，我觉得，朝戈金同学从口头传统这一基本角度，通过个案研究去考察蒙古史诗的本质特征，探讨民间诗艺的构成规律，进而从史诗诗学的语言结构上对研究对象与任务所作的一番审视与阐述，对学界是有所裨益的。通过他的论证，我们可以看到，史诗作为一种扎根于民族文化传统的口传文学现象，是有着内在统一性的，它虽然由一个个具体的歌手及其一部部诗章所组成，而又决不能简单地还原为单个歌手及其文本或异文的相加。所以，史诗学的研究也不能停留在资料的堆砌和歌手唱本的汇编上，必须从这些单个、局部的传统单元之间的贯串线索，藉以把握每一个民族史诗传统的全局。我感觉到，这对于探求蒙古史诗传统、突厥史诗传统或某个南方民族的史诗传统都是同样重要的一个视角。只有在对这一个个史诗传统做出全面细致的考察后，我们才能进一步从更大范围的全局上看中国史诗。

有一些根本性的问题，在朝戈金同学的著作中是没有回避的，而且他做出了卓有见地的阐述与论析。例如：什么叫口传史诗，也就是说，史诗之为史诗，其特质究竟在哪里？又如史诗演唱传统的特殊品格是怎样产生的，即史诗传统何以能成为史诗传统，又何以出现盛衰？再有：口传史诗是以怎样的方式被歌手传承下来的，即歌手是在什么样的民俗文化氛围中习得演唱技艺的，等等。可以说，朝戈金同学对这样一些问题做出了明确的解答，也对史诗学建设有了理性的自觉。与此同时，他的研究工作也并不止于抽象的一般原理上，因为他的分析又转回到了具体的史诗个案中去印证、去检验、去深化对史诗传统的理解。而有了这种整体之于局部，个别之于一般的意识，在观察、分析史诗的演进过程，论述蒙古史诗的语言风格、程式特征、叙事手段等等时，也就没有陷入盲目的就事论事，更深入地揭示出了史诗的口传本质，辨明了史诗传统在当今民间的社会生活中的发展、演替的规律，基本上达到了对蒙古史诗传统的诗学特征进行科学总结的研究目的。

三

值得一提的是，朝戈金同学的研究，确实在“口头性”与“文本性”之间的鉴别与联系上找到了问题的关键，也尝试并实践了一种切实可行的研究方法。这样一种尽可能尊重民间口传文学的历史与实际的观察与分析问题的方法，同过去我们自觉不自觉地以书面文学眼光来研究口头文学的做法相比，差别是很分明的。我特别地注意到了他对我们以往在民间文学特征问题上的再检讨，也就是说，“口头性”是我们过去经常讨论的一个话题，在他的这部著作中得到进一步深化。总的说来，我们以往对“口头性”的论述，偏重于它的外部联系，相对忽略它的内部联系；偏重于与书面文学的宏观比较，相对忽略对“口头性”本身的微观分析。也就是说，外在的研究冲淡了内部的研究。尽管我们对“口头性”有了相当的理解，而对什么是“口头性”或“口头性”究竟是怎样构成的，又是怎样体现为“口头性”的问题上，面不够广，发掘不够深，仍然是显明的弱点。这是应该有勇气承认的，至少，这引起了我更多的思考。比如，我们在史诗记录和整理的过程中，往往根据学者观念去“主动”删除那些总是重复出现的段落或诗节，认为那是多余或累赘的，而这里恰恰正是口语思维区别于书面思维的重要特征，正是歌手惯常使用的“反复”或“复沓”的记忆手段，而“冗余”、“重复”正好表明这是口头文学的基本属性。这仅是一个简单的例子。“口头性”特征的深入探讨，将有助于我们真正理解民众知识，理解民众观念中的叙事艺术。

过去我们的史诗研究，主要受西洋史诗理论的影响，也就是以希腊史诗为“典型”来界定这一叙事文学样式。这样的史诗观更多地来源于西方的古典文艺理论及经典作家的看法，而他们那个时候探讨的作品则大多属于印度—欧罗巴语系，理论见解大多以柏拉图、亚里士多德、黑格尔、伏尔泰、别林斯基等人的相关论述为参照，或以马克思、恩格斯的论述为依据。我们知道，古希腊史诗、印度史诗、欧洲中世纪史诗，早在几百年或上千年前就被记录下来，以书面方式而定型，离开了生于斯、长于斯的演唱传统和文化环境，而被束之高阁地当做了书面文学来加以研究。实际上，维柯在其《新科学》中基于强调民众文化的立场，对荷马和荷马史诗也提出了不少独到的看法，在我国却少有人问津。所以，我一直要求师大民俗学专业的研究生一定要看这本书。

前面说到史诗研究在理论上的转型，我还是强调要认真对待引进的外国民俗学理论。借鉴一门新的理论，要真正做到“泡”进去，只有“涵泳”其间才能“得鱼忘筌”。如果自己“昏昏”，别人怎么可能“昭昭”？参照任何理论，只有对理论本身做到分析、辨识、推敲、汲取乃至质疑，擘肌析理，才不致流于浮光掠影地盲从，这样才能有所创新、发展和突破。“学贵心悟，守旧无功。”朝戈金同学从一开始接触到口头程式理论，就敏感地发现了这一学派的优长之处。就我目前所见，“口头程式理论”对以往古典史诗理论的偏颇进行了方方面面的检讨乃至批判，对史诗研究乃至口传文学现象确有它较强的、系统的阐释力。迄今，它已经被广泛地应用到了150个语言传统的研究之中，包括汉语的《诗经》研究（在美的华裔学者王靖献）、苏州评弹（美国的马克·本德尔。顺便提一下，1981年夏间他来中国做田野选点时我们曾有过一次晤谈，后来据说他听了我的建议后在刘三姐的故乡广西一呆就是7年。目前他已经成为研究苏州评弹和中国南方诸民族文学的专家），等等。因而，可以认为其中包含着很多创见与合理之处，对我们的思路会有所启发。

从朝戈金同学对这一理论的运用情况来看，他将史诗从根本上纳入到了口头传统的民俗学视野来加以重新审视。从这一个角度上讲，这一专著一改以往史诗研究的惯有路线，在活形态的史诗演唱传统正在逐渐消失的实际中，从文本分析入手，通过引证大量的实例，去探查和梳理文本背后的口头传统。我认为，除了上面我谈到的，这部专著对民俗学文本问题有一定的参考价值而外，他所阐述的“程式化风格”确实在相当程度上解释了我们原本探讨得不够深入的诸多问题；与此同时，也为我们民间文艺学乃至某些古典文学研究提供了一个新的视角：比如，《诗经》的“兴”，古代诗论多有探讨，直到近代学者的看法也是林林总总，莫衷一是。我看，大多是从书面诗歌的“辞格”角度去分析“起句”之兴，唐代王昌龄在“诗格”中就立有“入兴”之体十四之多，我大体还记得的有感时入兴、引古入兴、叙事入兴、直入兴、托兴入兴、把声入兴、把情入兴、景物入兴等等。实际上，这些所谓的“起句”之兴，在当时的民歌咏唱中可能就是一种民间自发产生并沿传的程式要求。再如，古代戏曲中的宾白、陈言、套语一向被讥评为“陈词滥调”，明末冯梦龙在《双雄记》“序”中谈到“南曲之弊”时就指责为“但取口内连罗”、“只用本头活套”。又如，元杂剧的“定场诗”，有学者认为它“可谓之中国文学中‘烂语’最多一种”，甚至“到后来‘曲词’也是满目陈套滥语，粗制滥造也是大众文化一贯的作风”（见唐文标《中国戏剧史》）。殊不知，这些个约定俗成的“程式”恰恰说明戏曲源自民间，在民间成长，而后的表演也皆口授相传的。其他可以用这一理论重新去做出恰当解释的，我想还有话本小说那种口语化的叙事模式，乃至几大古典小说“究天地、通古今”的开卷（大凡都要说天论地，由天道引出人事的楔子）等等。民众自有民众的艺术才能，正如我早期的诗论中曾经提到：

> 一段故事，一个思想，都有它最理想的表出程序。能够捕捉住这种程序的，便是干练的艺术家。（《诗心》）

在理论层面上讲，我们要对中国史诗乃至其他民间口传文学现象的研究经验进行更为深入的总结和探讨，那么在借鉴口头程式理论的同时，我们也不要忘记，是西方学术及其文化传统本身为这一理论的预设与检验提供了前提，也就是说，这一学派的根基来自于西方文化传统与学术观念，我们必须保持清醒的认识。

从以上诸方面的研究新格局和新思路来看这部书，可以说，朝戈金同学在选择外国民俗学理论的这一个问题上是机警的，也是认真审慎的。我在师大民俗学讲习班上曾讲到过，在引进和运用外国理论的问题上不能囫囵吞枣。朝戈金同学在译著到专著之间所做的工作，是充分地考虑到了吸收、消化、融会贯通等因素。他读硕士时专攻的是现代文学，有较好的文艺理论知识作背景。在新疆卫拉特和内蒙古科尔沁等地的史诗田野调查中，参与观察过多种传播环境下的歌手演唱场景，因而他机警地意识到了书面史诗与口传史诗之间的差异与联系，而针对其间的复杂关联应该有不同的研究手段。这个关键问题的索解，则直接得益于他从 1995 年开始下工夫的“口头程式理论”，他先后翻译、介绍和研究这一学派的文章陆续出现:《南斯拉夫和突厥英雄史诗中的平行式：程式化句法的诗学探索》、《第三届国际民俗学会暑期研修班简介——兼谈国外史诗理论》、《口头程式理论：口头传统研究概述》、《口传史诗的“创编”问题》、《口传史诗的田野作业问题》等，其中可以见出他对这一理论的来龙去脉、适用程度、操作框架、理论局限等问题持有“博学之，审问之，慎思之，明辨之，笃行之”的科学态度，并始终坚持以传统为本。对自己的研究对象做出了符合自己民族口传文学实际的整体把握，在这种把握中才能表明作为本土研究者的力度与深度。也就是说，他的这些努力，是消化了在域外民俗学领域发展起来的“口头程式理论”的研究成果，而又能“和而不同”(《左传》)，有意识地对他所掌握的蒙古史诗文本进行了清理，而且重在清理事实与实证分析，而不是简单地照搬或套用。这样做，不仅考虑到本民族史诗传统与其他史诗传统的共通性，更要探索口传史诗在具体的历史——文化环境中怎样显示其本质上的民族诗学特征。

因此，本书在理论探讨上最为突出的一点是严谨的实证性研究。西方的“口头程式理论”主要成形于对“荷马问题”的解答，力图打破静态的文本分析，而转入前南斯拉夫的一系列田野考察的比较研究来验证理论的假设；而本书立足于中国蒙古史诗的当前的客观实际，在方法论上就没有亦步亦趋，恰恰“反其道而行之”：从立论与论证过程看，他基于蒙古史诗传统的盛衰与变化，集中清理史诗《江格尔》多样化的口头文本与书面文本的复杂关联，并在实地的田野观察中主要依靠民族志访谈，把既定文本放到了正在隐没的演唱环境中进行对照和还原，从文本阐释中引申出个案研究的普遍性意义，也在一定深度上揭示出口传史诗的演变规律及其文本化过程中的诗学涵义，这样才能得出符合历史实际的理论思考，才能修正西方“理论先行”的局限性。所以，这里一再强调本书的实证研究路线，是我们应该予以高度重视的。

此外，我要顺便提及的还有一个方面，那就是精审深细的诗学分析，是朝戈金同学这本书给我留下深刻印象的又一个特点。“论必据迹。”在清理了文本事实之后，他直接提出了一套切实可行的工作步骤：参考国际史诗研究界共享的分析模型，根据蒙古语言文法特点和史诗传统特征，设计出6种具体的文本分析方法，是自成一体的。在此基础上，严格甄选出了一个特定的史诗诗章作为主要案例，即冉皮勒演唱的《铁臂萨布尔》，再辐射其他《江格尔》史诗文本，从而循序渐进地就“程式句法”的各层面进行了细致入微的诗学分析。说到具体的操作也是有其独创价值的。例如，本书首次采用了电脑数据统计法，从而构造出“句首音序排列法”，由此系统地揭示出蒙古史诗从词法到句法的程式化构成方式。这种引证分析是需要相当大的工作量的，可见他十分重视从民间口头诗歌的具体特征来阐发其论点，其索解过程的复杂程度是显而易见的，这种不畏枯燥、单调、繁琐的钻研精神，在年轻一代学者中也是难能可贵的……

> 荷马的作品虽然被各时代的人用种种不同的理由鉴赏着，但是，她仍然有着那一定的客观的艺术价值。(《诗心》)

这种艺术价值便可以通过诗艺分析而得到印证。我过去在一篇文章中曾经指出，我们在民间文艺学研究中存在着一种疏忽——我国少数民族都拥有着一定数量的口头韵文作品，在这种民族的艺术宝库中，大都有着自己的一套诗学，即关于诗节、诗行、音节、押韵等一定形式。这种诗学是跟他们的整个诗歌艺术密切不可分离的。过去相当长的时期里，我们对于民间诗歌的着眼点，只放在作品的内容方面，而对与它紧密相连的艺术形体，却很少注意。这是一种不折不扣的偏向……这从研究的成果说，将是残缺不全的；如果从民族的、人类的诗学说，更是一种“暴殄天物”！(《进展中的民间文学事业》，1981年《百科年鉴》)

对于一种文化现象，仅用一种理论去解释是不够的，现在不少学者提倡多角度的研究。如马林诺夫斯基的“功能论”（日本译作“机能论”），普罗普的民间故事31种机能说，对于特定文化传统中的故事现象，具有较大的解释能力，但将它移植到史诗结构分析，去解释它同其他民间叙事文学在母题上的关系，这一点当然很重要，但是不是就很全面？毕竟史诗是韵文体的，在叙事上肯定有其特定的方式。用诗学的观点分析问题，才是史诗研究的一种重要角度。正是在这样明确的思想指导下，朝戈金同学下了几年的苦功，吸收西方当代的口头传统理论，反观漫长的蒙古史诗传统，以新的眼光来重新审视，用丰富翔实的例证，写出自己的蒙古史诗诗学。

我希望这种注重探索民间口头诗学的风气，迅速扩展起来，也希望我们的研究能够从蒙古史诗诗学扩展到各个民族的诗学。它不但将使我们在某一特定民族的民间诗歌的研究上更全面、更深入，也将使我们综合的史诗学乃至民间诗艺科学的建立，有着可靠的基础和光辉的前程。

应当指出的是，本书只是朝戈金同学研究史诗诗学这个大课题的第一步，根据他的研究方案，还有一系列环节尚未展开，因此本书不可能面面俱到，也不可能平均用力。至于史诗理论的探索也同样需要继续深拓和发展。“于不疑处有疑，方是进矣。”建议在今后的工作中，对史诗的“程式化”因素和“非程式化”因素及其相关的民俗含义，做进一步的研究，以从整体上逐步完善史诗理论研究这个有益的学术工作。此外，还应继续在个案研究的基础上推进，争取在更广泛的案例分析中，检验、校正、完善、充实史诗学的研究。

四

平心而论，中国的史诗研究并不落后，只是由于种种原因，至今未能在国际上引起应有的重视，其中一条，我看就是尚缺乏理论上的梳理和总结。比如，西方古典史诗理论所研究的是印度——欧罗巴语系的作品，在中国史诗情况就比那里的更为丰富，层次更多，可能有些理论就不能无限制地使用。比如史诗的界定，把这个主要针对英雄史诗的理论过泛地去用，就不一定合适于中国南方诸多民族多样化的史诗类型。我们应该在理论上对南方史诗做出较为系统的类型学研究，这样无疑也会打开国际史诗学界的视野，丰富世界民族史诗的长廊。

另外，还要注意一种偏向。近代中国曾经有过“西学中源”的一派，大凡来自西方的学说和理论，都要进行一番源自中国的考证，以便惟我独尊地说一句“天朝自古有之”，就怡然自得地停滞不前。关于“程式”或许有人亦不以为然，认为我们可以在过去的故纸堆发现这种类似的总结，有如前文所述的“陈言”、“套语”等等，只不过我们的古人没用“程式”二字罢了。我们应该认识到，那样的总结往往都是片言只语的，或片断化的，缺乏系统的理论概括。我们也应该认真反思，为什么我们过去就没能从中去进行一番科学的总结，从而理直气壮地肯定民间口传文学之于整个中国文学发展的历史动力，从而得出一个有高度的、有普遍意义的理论概括呢？

说到这里，我倒想起一个来自民众智慧的实例：1986 年秋天，我从民间文学忠实记录的角度，为已故马学良教授的文集《素园集》作了一个小序。在这部文集中我曾注意到当时翻译整理《苗族史诗》的过程，是在现场根据歌手的演唱进行记录的。那时马先生就指出，苗族史诗几乎全都采用“盘歌”的对唱方式（这与北方英雄史诗就不一样），其中有一部分是传统的古歌，有的却是即兴而作的。马先生当时就发现这部史诗“诗歌句式短，格律性强，比较定型，变异性小。而据歌手讲，在教唱史诗时，民间习惯的教法是只教‘骨’，不教‘花’。也就是说，‘骨’是比较定型的，是歌的基本部分，即设问和解答的叙述部分；‘花’虽然也是传统的东西，但多数是些即兴之作，或为赞美对歌的人，或为个人谦词，或为挑战性的，往往与诗歌本身的内容没有什么联系。显而易见，不是那种特定的对歌环境，就很难迸放出那样的‘花’来”（马学良《素园集》，第 191 页）。他在另一个场合还指出：“歌手离开了歌唱环境，就很难‘凑’出各种的‘花’来。实践确是如此，当我们要求歌手讲述诗歌内容时，往往歌唱时的许多优美动人的歌词不见了，甚至有的歌手，只能由着他唱，不能说着记。他们说‘唱着记不完，说着记不全’。这话很有道理。这也是口头文学的特点所决定的。因为，没有文字记录的口头文学，靠有韵易于上口，便于流传，故大多是采取歌唱的方式，靠曲调韵律传诵下来，离开曲调韵律，诗歌如同失去了灵魂……”（马学良《素园集》，第126—127页）从这段叙述中，我们可以看到，在民众知识的范畴内，对史诗的传承规律已经有了素朴的、率直的概括，其中的某些“原理”与西方学者的理论预设是一致的。可是，多年来，我们竟然忽略了它，也没有对此做出更为深入、透彻的剖析，将之升华到一个理论的高度。因此，我们应该承认自己的不足，才能找到发展自己的新起点。

另一方面，有意识地以西方口头诗学理论为参照，可以打开我们的思路，以我国丰富厚重、形态鲜活的多民族史诗资源为根底，去建立具有中国特色的史诗学理论，也是完全可行的。我想强调的是，这种理论体系的建构与总结，必须实事求是地结合中国各民族的本土文化，要超越纯粹经验的事实，上升到理论的高度，而从民俗文化学的视角——立足于口头传统来进行研究，并将史诗诗学与民俗文化传统有机地整合为一体，应是当代中国史诗学这门学科所应追求的基本目标与学术框架。

我坚定地相信，中国的民俗学研究大有作为，因为我们有源远流长的民俗学传统，我们有蕴藉丰富、取之不尽的民俗研究资源。我过去也说过，在中国，神话与史诗这两个重要领地是能够、也是应该可以“放卫星”的。尤其是，史诗是攸关民族精神的重要文化财富，我国各民族的先祖们为我们创造了如此灿烂、如此缤纷的史诗宝库，他们的子孙后代为我们继承并发展了如此悠久并富有长久生命力的史诗传统，老一代学者为我们开创了前程万里的史诗研究事业，这一切都为我们的史诗学建设奠定了坚固的基础。美国学者研究史诗要到南斯拉夫，要去克罗地亚，而我们得天独厚——拥有着一个史诗的宝藏，就更应该出成果，出更多的研究成果，出更扎实的理论成果！

再过两天就是立秋了。“杨柳散和风，青山澹吾虑。”

一个时代有一个时代的文学，一个时代也有一个时代的学术，一个时代更有一个时代的学人。耄耋之年，面向21世纪的中国民俗学发展，我希望出现更多像朝戈金同学这样的新一代史诗学者，以开阔的视野，敏锐的思想，全身心投入到史诗研究这一蓬勃向上的事业之中，努力开创一个更加光彩夺目的学术天地。

吾侪肩负千秋业，
不愧前人庇后人。

我希望与年轻的一代民俗学研究者共勉不懈。

2000年8月5日于北京郊外西下庄，时年九八

选自《口传史诗诗学：冉皮勒〈江格尔〉程式句法研究》，广西人民出版社2000年版。

蒙古—突厥英雄史诗情节结构类型的形成与发展

仁钦道尔吉

学术界早已注意了蒙古—突厥英雄史诗的联系问题。有些学者认为，蒙古—突厥民众有共同的叙事传统，他们的英雄史诗具有共性。这种传统属于蒙古人和突厥人的祖先共同居住在中央亚细亚和南西伯利亚时代。①笔者曾发表过一些论著，我认为蒙古英雄史诗和突厥英雄史诗，在题材、情节、结构、母题、人物、表现手法和程式化描写等方面都有一定的共性，它们具有共同的形成与发展规律。②

一 蒙古—突厥英雄史诗的类型分类

蒙古—突厥英雄史诗，既古老又丰富。史诗学家叶·梅列金斯基、③普郝夫④等把西伯利亚的蒙古—突厥英雄史诗作为古老英雄史诗的范例进

---

① 谢·尤·涅克留多夫：《蒙古人民的英雄史诗与民间文学的相互联系问题》（俄文），载《蒙古文学关系》，莫斯科：《科学》出版社 1981 年版。

② 参见仁钦道尔吉《蒙古英雄史诗情节结构的发展》，载《民族文学研究》1989 年第 5 期；仁钦道尔吉：《〈江格尔〉论》，内蒙古大学出版社 1994 年版。

③ 叶·梅列金斯基：《英雄史诗的起源》（俄文），莫斯科：东方文学出版社 1963 年版。

④ 普郝夫：《西伯利亚突厥—蒙古人民的英雄史诗》（俄文），载《民间史诗的类型学》，莫斯科：科学出版社 1975 年版。

行研究是很有道理的。各国学者先后记录的蒙古语族人民的英雄史诗和西伯利亚突厥语族人民的英雄史诗的总数远远超过1000部。蒙古英雄史诗，除长篇巨著《江格尔》和《格斯尔》外，其他中小型英雄史诗及异文有550部以上。多数是小型史诗，每部由数百行诗所组成，但它们都有一种较完整的小故事。中型史诗有数十部，每部长达数千诗行，有几部中型史诗长达上万诗行。按分布区域论，中国蒙古族英雄史诗有120余部（包括异文）；据娜仁托娅统计，在蒙古国境内搜集的中小型英雄史诗有241种异文（第33—273异文）；[①] 俄罗斯境内的布里亚特英雄史诗有200多种异文。[②] 此外，中国、蒙古国和俄罗斯境内的卡尔梅克人中所记录的《江格尔》由200多部相对独立的长诗所组成，而且每部长诗都像一部中小型史诗，全诗长达20多万诗行。蒙古文《格斯尔》有10多种手抄本、木刻本和口头唱本，有散文体和韵文体，其中有几种韵文体异文超过3万诗行。同样，西伯利亚突厥语族民族阿尔泰、图瓦、哈卡斯、朔尔兹和雅库特的英雄史诗也非常丰富。例如，俄罗斯科学院西伯利亚分院雅库特分部藏有奥隆霍（雅库特人把英雄史诗叫做“奥隆霍”，OLONHO）各种手抄本200多册。[③] 现已登记的雅库特奥隆霍有396部，其中史诗《神箭手纽尔贡巴托尔》长达36600行诗。[④] 史诗学家苏拉扎克夫编辑出版的阿尔泰英雄史诗丛书《阿尔泰勇士》（10卷）里有73部史诗。[⑤] 他在研究著作中运用了222部史诗。[⑥] 此外，其他西伯利亚突厥史诗和中亚突厥史诗也有数百部。

蒙古—突厥英雄史诗是活态史诗，起初产生于原始氏族社会，至今一千多部史诗及其异文流传在各国蒙古语族民众和突厥语族民众中。原始英雄史诗不可能原封不动的口头流传到今天，它们在一千多年来的口传过程中，不断地得到发展与变异。一方面，主要的核心部分逐步向前发展，在

---

① 娜仁托娅：《蒙古史诗统计》（斯拉夫式蒙古文），载《民间文学研究》（第18卷），乌兰巴托：科学院出版社1988年版。

② 沙尔克什诺娃：《布里亚特英雄叙事诗》（俄文），伊尔库茨克大学出版社1987年版。

③ 叶麦利雅诺夫：《雅库特奥隆霍的情节》（俄文），莫斯科：《科学》出版社1980年版。

④ 普郝夫：《雅库特英雄史诗奥隆霍》（俄文），莫斯科：苏联科学院出版社1962年版。

⑤ 苏拉扎克夫主编：《阿尔泰勇士》（阿尔泰文）1—10卷，戈尔诺—阿尔泰图书出版社1958—1980年版。

⑥ 苏拉扎克夫：《阿尔泰英雄史诗》（俄文），莫斯科：《科学》出版社1985年版。

这古老传统的基础上，新的因素和新的史诗不断产生；另一方面，次要的或过时的因素自然退出历史舞台，一些古老史诗被人们遗忘。这种活态英雄史诗中存在着不同时代、不同内容、不同类型、不同形态的史诗同时并存的特殊现象。这种现象展现了蒙古—突厥英雄史诗的总体发展过程，在一定程度上保存着各个发展阶段的特征。

现只就蒙古—突厥英雄史诗情节结构类型的形成与发展，提出自己的看法。英雄史诗这一种体裁很特殊，在整个蒙古英雄史诗各个作品的情节结构中都存在着许多相似的和共同的因素。著名的蒙古学家瓦·海希西、[①] 尼·波佩[②]等学者以母题为单元分类研究了蒙古英雄史诗的情节结构类型。尤其是瓦·海希西教授建立了蒙古英雄史诗结构和母题分类体系。他对中、蒙、俄三国境内搜集到的上百部蒙古英雄史诗进行详细的分析综合，把蒙古英雄史诗的结构类型归纳为 14 个大类，300 多个母题和事项。除以母题为单元外，笔者曾采用了一种比母题大的情节单元，即以史诗母题系列（早期英雄史诗的情节框架）为单元，对蒙古英雄史诗的情节结构类型进行了分类。[③]

那么，什么叫英雄史诗母题系列呢？蒙古英雄史诗一般都由抒情性序诗和叙事性故事两部分组成。各类史诗的序诗都不太长，它们有共同的模式和母题。这个问题我们不谈。史诗的主体是叙事部分，其中除有作为史诗框架的基本情节外，还有派生情节和各种插曲。派生情节和插曲是史诗里晚期产生的因素，它们像民间故事一样复杂，其中难以找到规律性的部分。基本情节是史诗的栋梁，蒙古史诗的古老传统情节及其周期性和规律性体现在其中。笔者曾对国内外 200 多部史诗及异文进行比较分析，发现在基本情节中，除了有作为英雄史诗的最小情节单元母题外，还有一种比母题大的周期性的情节单元普遍存在。我把这种情节单元叫做英雄史诗母题系列，并根据其内容分为婚姻型母题系列和征战型母题系列两种。它们各有自己的结构模式，都有一批固定的基本母题，而且那些母题都有着有

① 瓦·海希西：《关于蒙古英雄史诗结构母题类型的一些看法》（德文），见《亚细亚研究》（第 68 卷），威斯巴登：奥托哈拉索维茨，1979 年。

② 尼·波佩：《蒙古史诗母题研究》（德文），参见《亚细亚研究》（第 68 卷），同上。

③ 仁钦道尔吉：《蒙古英雄史诗情节结构的发展》，载《民族文学研究》1989 年第 5 期，第 11—19 页。

机联系和排列顺序。归根结底，这两种母题系列来自早期英雄史诗。笔者比较和分析蒙古各类英雄史诗，认为蒙古早期英雄史诗有两种类型，一种是勇士远征求婚型史诗，另一种是勇士与恶魔斗争型史诗。远征求婚型英雄史诗的情节框架是婚姻型母题系列，它由下列基本母题所组成：

时间、地点、小勇士及亲人、战马、家乡、宫帐、未婚妻的信息、小勇士提出娶亲、遭到亲人的劝告、抓战马、备鞍、携带弓箭和宝剑、远征、途中之遇（战胜自然界的凶禽猛兽和人间敌对势力）、到未婚妻家、女方拒绝嫁女儿或者提出苛刻条件、通过英勇斗争征服或说服女方、举行婚礼以及携带美丽的妻子返回家乡。

勇士与恶魔斗争型史诗的情节框架是征战型母题系列。征战型母题系列与婚姻型母题系列属于两种不同类型，当然，在其中有许多不同的母题，但在二者之间存在着不少共同的母题。征战型母题系列由下列基本母题所构成：时间、地点、勇士及其亲人、战马、家乡、宫帐、蟒古思（恶魔）来犯凶兆、证实来犯、抓马、备鞍、携带弓箭和宝剑、出征迎战、骑马勇士的威力、发现敌人、与蟒古思相遇、互通姓名和目的、打仗（以刀剑、弓箭、肉搏）、蟒古思失败、求饶、杀死敌人、烧毁骨肉和胜利凯旋。

当然，不能说在上述两种母题系列中一定会有这些母题，难免有多几个母题或少几个母题的现象，但多数是必不可缺少的核心，它们有机地联系在一起成为英雄史诗的情节框架和情节模式。整个蒙古英雄史诗是在早期英雄史诗的情节框架上，以它为核心、以它为模式、以它为单元不断地向前发展的。

为什么说婚姻型母题系列和征战型母题系列是整个蒙古英雄史诗向前发展的单元呢？因为，在蒙古英雄史诗的基本情节里存在的数百种母题都是以这两种母题系列有机地组织在一起，以不同数量、不同的组合方式滚动于各个史诗里。反之，蒙古英雄史诗的基本情节都是由婚姻型母题系列和征战型母题系列二者所组成的，但由于这种母题系列的内容、数量和组合方式的不同，蒙古英雄史诗可分为三大类型：

（1）基本情节只由一种母题系列所组成的史诗叫做单篇型史诗或单一情节结构的英雄史诗。这种单篇型早期史诗有婚姻型史诗和征战型史诗两种，前者由婚姻型母题系列（以拉丁字母 A 为符号）所构成，后者由征战型母题系列（以拉丁字母 B 为符号）所组成。单篇型史诗是蒙古英雄史诗的最初的、最简单的，也是最基本的史诗类型。由于婚姻和征战都是抽象的概念，在各个部落、各个民族发展的不同阶段上，婚姻和征战的内容各不相同，在史诗中的反映也存在着差别。我们根据母题系列的内容，把婚姻型史诗分为三种：抢婚型史诗（A1），考验女婿型史诗（A2）和包办婚型史诗（A3）。征战型史诗分为两种：氏族复仇型史诗（B1）和财产争夺型史诗（B2）。

我们将蒙古单篇型英雄史诗以符号形式表示，如图 1 所示：

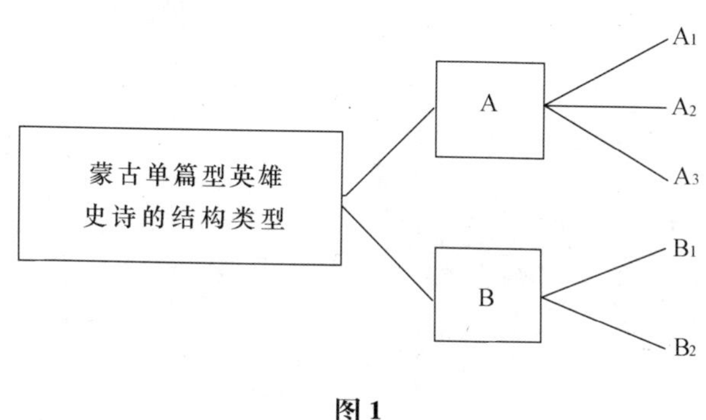

图 1

（2）基本情节以前后串联两个或两个以上史诗母题系列为核心的史诗为串连复合型史诗或串连复合型情节结构的英雄史诗。其基本类型有两种：一是由婚姻型母题系列加征战型母题系列（A_2+B_2），另一种是由两个不同的征战型母题系列（B_1+B_2）为中心构成。由此可以延伸出由两个以上的史诗母题系列所组成的史诗（$A_2+B_2+B_3\cdots$）。

（3）长篇英雄史诗《江格尔》被称为并列复合型史诗或并列复合型情节结构的英雄史诗。这种史诗的情节结构与希腊史诗和印度史诗不同。其情节结构分为总体结构和各个诗篇（或章节）的结构两种。总体情节结构是在情节上独立的 200 多部长诗的并列复合体，故称做并列复合型史诗。它的各个诗篇的基本情节被归纳为四大类型（A，B，A_2+B_2，B_1+B_2）。这四大类型与前述类型相一致，即单篇型史诗的两种类型（A，B）加上串连复合型史诗的两种类型（A_2+B_2，B_1+B_2）。蒙古英雄史诗的情节结构类型，以符号表示，如图 2 所示：

新疆的突厥民族中小型英雄史诗的原始基本情节与蒙古单篇型史诗和串连复合型史诗的基本情节相似。与蒙古史诗相比较，新疆与中亚的突厥史诗，更具有历史化与现实化倾向，反映了中亚地区复杂的民族斗争与宗教斗争，许多史诗都描绘了与卡勒玛克统治者的斗争。但是，早在七八百年以前以文字记录的《乌古斯》和《库尔阔特祖爷书》的基本情节与早期蒙古单篇型史诗和串连复合型史诗的基本情节很相似。《库尔阔特祖爷书》包括12篇作品。其中绝大多数描写了乌古斯勇士们的征战和婚事斗争。

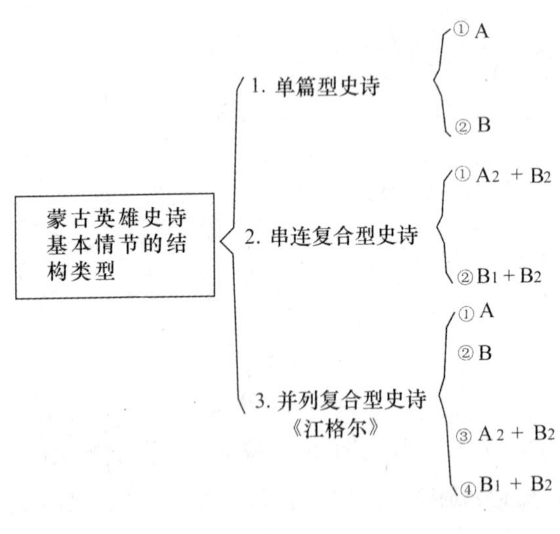

图2

例如，《关于康乐之子坎吐拉勒的传说》（第六篇）是一部婚姻型英雄史诗（A_2）。它描绘了少年勇士坎吐拉勒到异教徒统治地区，通过三次危险的考验，即赤手空拳杀死凶猛的野公牛、雄狮和公驼，从而得到美丽的未婚妻，并在携带未婚妻返乡途中，打败追击他的敌军的英雄事迹。再如《关于拜包尔之子巴木斯巴依拉克的传说》（第三篇）与蒙古串连复合型史诗的第一种类型（A_2+B_2）相近。它以年迈无子的拜包尔通过祈子仪式获子为始端，继而描写了其子巴木斯长大成为勇士后，通过三项比赛，即与未婚妻赛马、射箭和摔跤比赛，获得未婚妻爱情的故事。此作品的下半段故事情节较为曲折：勇士巴木斯在新婚之夜遭敌人袭击并被俘。

在敌营关押 16 年后返乡，家乡遭劫，他杀死欲霸占其妻的敌首，后又战胜入侵之敌。这篇作品是由勇士的婚事和勇士的征战两部分构成。其他的篇章也大多反映的是，勇士的一次征战或两次征战。如在《关于别格尔之子艾莫列的传说》（第九篇）中，勇士别格尔打猎时受重伤，敌人乘机进攻，其子艾莫列替父出征，打败来犯之敌（B_1）；《关于萨拉尔卡赞阿吾尔被侵袭的传说》（第二篇）描绘了萨拉尔卡赞在牧羊人的帮助之下，战胜敌人、夺回被劫的母亲、儿子、兵丁和财产的事迹（B_2）。

数百年前用文字记录的著名的英雄史诗《乌古斯》是一部描绘英雄人物一生经历的传记性史诗，情节可以分为四个部分：

（1）乌古斯的生长；

（2）乌古斯的婚姻及其孩子们；

（3）乌古斯的多次征战；

（4）乌古斯移交汗位。

《乌古斯》是早已用文字形式流传下来的罕见的阿尔泰语系民族英雄史诗，它不像其他英雄史诗那样采用展开描写的方法，而运用精练的语言概括性地交代了英雄的婚事和多次征战。尽管它的情节由上述四个部分组成，但在其中反映乌古斯英雄行为的是描写多次征战和婚姻的部分。这说明了征战和婚姻早在五六百年前已成为突厥英雄史诗的传统题材和情节框架。另一部著名的英雄史诗《阿勒帕米斯》也是一部传记性史诗，描写了勇士的一生事迹，甚至还反映了英雄诞生前夕的事件，内容丰富，情节较复杂，但其基本情节可以归纳为四个部分：

（1）阿勒帕米斯的父母祈求得子、朝圣、阿勒帕米斯母亲的奇特怀孕，阿勒帕米斯的诞生及成长；

（2）阿勒帕米斯经过英勇斗争与美女古丽拜尔森结婚；

（3）阿勒帕米斯带着妻子返回家乡之后，又一次出征打死了抢劫他家牲畜和财产的敌人塔依什科可汗，并夺回了失去的一切；

（4）阿勒帕米斯返回家乡后又战胜奴役其父母，妄图霸占他妻子古丽拜尔森的“乱世魔王”乌尔坦（阿勒帕米斯家女佣的儿子）。

这些情节与蒙古英雄史诗的情节相似，其中最基本的是第二部分和第三部分，它们突出地反映了阿勒帕米斯的英雄气概。

此外，尤其是西伯利亚的阿尔泰、图瓦、哈卡斯等的英雄史诗，更接近于蒙古史诗。研究阿尔泰民族史诗的学者萨·苏拉扎克夫把222部阿尔泰史诗分为氏族社会的史诗、早期封建关系产生时代的史诗和封建宗法时代的史诗。他又将氏族社会的史诗，分成五种题材的作品。概括而言，所反映的就是婚姻和征战两件大事。在婚姻题材方面有“关于英雄婚礼的故事”；在征战方面有勇士与恶魔的斗争、勇士与下界的斗争、勇士与掠夺者的斗争以及家庭与亲属关系题材的作品。除中小型英雄史诗外，长篇英雄史诗《玛纳斯》（第一部）的情节结构与《江格尔》的情节结构相似。以英雄玛纳斯为主人公的《玛纳斯》第一部中有许多族源传说、英雄神奇诞生和成长故事以及阔克托依的祭奠等蒙古英雄史诗中少见的诗篇，但据郎樱教授的研究，它的中心情节是征战，还有一些婚礼故事，也有个别抢婚印迹。《玛纳斯》第一部中柯尔克孜族与周围各民族的许多征战（每次征战都像一部相对独立的长诗），有的在情节上有连贯性，但多数征战都有相对独立性，它们平等的并列在一起。因此，可以说《玛纳斯》第一部也是并列复合型英雄史诗。但以《玛纳斯》为总称的《赛麦台依》、《赛依铁克》、《奇格台依》等八部史诗之间的联系不属于横向的并列复合型关系。它们是第一代英雄玛纳斯的家谱纵向发展到第八代，以一个家族的谱系相互连接的一群英雄史诗。在《玛纳斯》第一部的情节框架上形成的其他七部史诗的情节，相互之间大同小异。这实际上就是一部史诗（《玛纳斯》第一部）的情节框架周期性的反复多次而形成的八部长篇史诗。这种一部史诗的情节框架周期性滚动而形成的一群史诗，可以叫做连环型情节结构的英雄史诗。这是在世界各国罕见的一种特殊的史诗类型，也可以说，是中央亚细亚特殊的史诗类型。除《玛纳斯》外，布里亚特人的《阿拜格斯尔》也是连环型史诗。它共有九部长篇史诗，也像《玛纳斯》第1—8部似的谱系式纵向发展的。第一部叫做《阿拜格斯尔胡勃棍》，与蒙古文《格斯尔》的内容大同小异。后八部是布里亚特人把自己古代英雄史诗作为《格斯尔》的续篇而创编出来的。第二部为《奥希尔·博克多胡勃棍》（阿拜格斯尔的长子）、第三部是《呼林·阿泰尔胡勃棍》（阿拜格斯尔的次子）、第四部叫做《翁申·哈尔》（奥希尔·博克多胡勃棍之子）……这好像许许多多河川流入大河之后，大河河床越往下越深越宽一样，一部影响很大的英雄史诗可以并吞其他英雄史诗。

藏族的《格萨尔》是规模宏大、篇幅浩瀚的英雄史诗，但它也同《江格尔》和《玛纳斯》（第一部）一样，是以英雄人物为中心贯穿许多情节上独立的诗篇（章或部）而形成的，其许多诗篇（章或部）都并列在一起而成为总体史诗的各个组成部分，它也属于并列复合型英雄史诗。

我国各民族英雄史诗的情节结构极其复杂，它们都具有地方特色，除基本情节外，还有各种派生情节和插曲，但其原始基本情节的核心也是婚姻斗争（抢美女）和征战。

总之，蒙古—突厥英雄史诗，甚至我国英雄史诗有以上四大类型，在大类型中也有若干小类型。

二 早期英雄史诗的产生

蒙古—突厥英雄史诗是活形态史诗，具有悠久的漫长的复杂的形成与发展过程；起初可能经过了从传说到史诗、零散到完整、散文到韵文的雏形阶段；接着不断地得到充实和发展，经过了史诗的题材、内容和人物形象随着社会发展而发展、变异，情节、结构和母题逐步拓展，史诗的篇幅、数量和类型日益增多，史诗在艺术上越来越完善的发展过程。

英雄史诗的产生具备很多条件，其中人们能观察到的是：必须存在有利于英雄史诗产生的特殊的社会背景；必须有英雄史诗产生的文化前提；必须诞生具有创作能力的口头诗人。

（一）英雄史诗是在氏族、部落战争的社会现实的基础上形成的

我国各民族人民都经过了原始氏族社会，在氏族社会里经常发生氏族血缘复仇战，出现一个氏族消灭另一个氏族的现象。随着私有制的产生和阶级分化，氏族社会逐渐解体，社会上普遍盛行掠夺牲畜、财产、妇女和奴隶的现象。以我国北方的蒙古—突厥游牧民族社会为例，他们的氏族社会早已解体，出现了草原贵族、黑头平民和家庭奴隶之别，甚至有些部落一千多年来先后建立过大小不同的汗国，出现过著名的汗王将相，但《史集》、《蒙古秘史》等史书证明，直到公元11—12世纪氏族、部落还继续存在，部落战争的“英雄时代”尚未过去，争夺骏马、牲畜、奴隶和妇女的行为依然存在，获得战利品还是照样成为男子汉大丈夫的最高荣

誉。在家庭婚姻制方面，他们早已实行一夫一妻制和族外婚制，社会上出现了种种有偿和无偿的婚姻，但原始抢婚遗俗没有完全退出历史舞台。

各国著名学者指出，英雄史诗最古老的题材有两种：一是勇士为妻室而远征，二是勇士与恶魔的战斗。我们认为，为妻室而远征题材的英雄史诗反映了父权制氏族的族外婚风俗。这种史诗歌颂了勇士在远征中先后战胜种种自然力和社会恶势力，并到远方氏族中，以自己的力量打败情敌和女方父亲的阻挠而得到未婚妻的英雄事迹。德国著名学者瓦·海希西指出，蒙古史诗是描绘主人公出征，为得到未婚妻而作战，完成使命的典型的求婚故事。的确，在蒙古史诗中，常常出现：勇士一人或者携带几兄弟远征，越过悬崖峭壁，跨过汹涌澎湃的大海，击退凶禽猛兽和恶魔的进攻，到远方氏族中去，通过自己的勇气和力量，挫败未婚妻父亲的阻挠，迫使其同意嫁女，终于得到未婚妻，胜利归来的英雄行为。这种类型的英雄史诗，我们叫做抢婚型英雄史诗（以拉丁字母 A_1 为符号）。早期抢婚型史诗或抢婚情节，长期在民间流传，并影响后期史诗。如在氏族社会末期形成的傣族英雄史诗《厘俸》中几次战争都是争夺女子所引起的。俸改一人先后抢劫海罕的妻子和桑洛国王的妻子，海罕也占有别的女子。[①]除早期中小型史诗外，晚期形成的长篇史诗《江格尔》和《玛纳斯》也继承了传统的抢婚情节。在江格尔的父亲乌宗·阿拉达尔汗的婚礼和玛纳斯与卡妮凯的婚姻描写中，有了以武力抢婚风俗的印迹。抢婚是一种世界性史诗情节，希腊史诗和印度史诗中抢夺美女的情节，同样渊源于原始抢婚风俗。抢婚的起源复杂，起初其文化内涵可能与男子无力偿还妻子的身价有关。

勇士与恶魔斗争的题材来自英雄传说，在史诗里以恶魔象征勇士的敌对氏族，反映了原始社会氏族血缘复仇现象。各民族英雄史诗中的恶魔多种多样，诸如蛇妖、独目巨人和多头恶魔。在蒙古—突厥英雄史诗中，常出现多头恶魔（脑袋的数目不相等，有 3、5、6、7、8、9、12、15……95 头的恶魔），叫做“蟒古思”（Manggus，Mangguz）、“蟒貌”（Mangni）、“喋勒伯根”（Delbegen）、“开尔—德兀特帕”（Ker—Diutpa）等恶魔是一种富有象征性形象，起初是自然界凶禽猛兽的象征，后来成为勇士

① 秦家华：《简论傣族英雄史诗》，载《思想战线》1985 年第 5 期。

的敌对氏族的象征。随着私有制和阶级的产生，成为掠夺者、奴役者的象征。在《江格尔》等晚期蒙古英雄史诗中，蟒古思（恶魔）变成了主要反面人物的代名词。蒙古—突厥史诗中恶魔的特征是多头、食人、有几种动物化的灵魂，它是人类的敌人，常常前来向勇士家乡进攻。在早期史诗中，恶魔进攻的一个重要目的，是乘机抢劫勇士的妻子或姊妹，勇士得知后，前去与它搏斗，最终勇士杀死恶魔，消灭它的家族（妻子、儿子和父母)，夺回失去的妻子或姊妹。在史诗里勇士代表一个氏族的群体力量，恶魔代表另一敌对氏族的群体力量，斗争的结果，一个氏族杀绝了另一氏族的全体成员。这种早期英雄史诗反映了氏族复仇战，故称它为氏族复仇型英雄史诗（以拉丁字母 B_1 为符号)。

（二）英雄史诗的产生，除了社会背景外，还有社会文化土壤

在英雄史诗产生前，已有神话、传说等散文体文学体裁，也有祭词、萨满诗、祝词、赞词、古歌谣和谚语等韵文体体裁。英雄史诗是把散文体作品的叙事传统与韵文体作品的抒情和格律相结合而形成的原始叙事体裁。在民间口头创作中，英雄史诗是最大的综合性形式，以蒙古语族人民的英雄史诗为例。在史诗的序诗和正文中，常常交代和颂扬故事发生的时间、地点、英雄及其妻子（或未婚妻)、家乡、宫帐、战马、盔甲、武器等等。这里用的都是抒情诗，而且借用了蒙古萨满祭祀诗、祝词、赞词等远古诗歌形式。各民族史诗中的恶魔、害人的凶禽猛兽、人格化的自然现象、各种神奇人物形象、仙女和妖精，多数来自神话、传说和萨满诗歌。南方英雄史诗与北方英雄史诗相比较，显得更有浓郁的神话传奇色彩，富有象征和隐喻，运用了远古图腾神话、英雄传说和短小叙事诗。如壮族《莫一大王》，可能借用了牛图腾神话、竹王的传说和飞头的传说。[①] 白族《黑白之战》以白与黑两种颜色象征了两个不同信仰的民族之间的斗争。与英雄史诗有密切联系的是英雄故事。至今许多英雄故事与英雄史诗同时流传于各民族民间，它们的内容与英雄史诗的内容基本上相似，都是表现了勇士的婚事斗争和勇士与恶魔（或其他勇士）的征战。当然，有的英雄史诗在流传过程中，会变成英雄故事，这样的实例不少。但总的来说，英雄故事是从古代传承下来的。我们认为，英雄故事与英雄史诗同源异

① 雅琥：《神奇瑰丽的南方英雄史诗》，载《民族文学研究》1996 年第 3 期。

流，它们是在原始短小英雄传说的基础上形成发展的两种文学体裁。英雄传说早于英雄故事和英雄史诗。

（三）英雄史诗的产生与有创作能力的口头诗人的诞生分不开

目前，在我国和邻国有关民族中存在着有各种名称的史诗演唱艺人，诸如陶兀里奇（蒙古、图瓦）、乌里格尔奇（布里亚特、蒙古）、朝尔奇（内蒙古东部）、江格尔奇（卫拉特、卡尔梅克）、仲肯（藏族）、赞哈（傣族）、吉尔什（哈萨克）、阿肯（柯尔克孜、哈萨克）、玛纳斯奇（柯尔克孜）、卡依奇（阿尔泰）和奥隆霍苏提（雅库特）。这些史诗演唱艺人是在早期艺人的传统的基础上出现的。我们认为可能是在英雄史诗产生前，在各民族先民中，包括祭司、萨满中出现了不少有才华的诗人，他们不仅有口才，能滔滔不绝地朗诵祭祀神灵和祖先的诗歌，而且还创作了各种祭祀诗、祝词、赞词和古歌谣。这种诗人完成了由传说到史诗、零散到完整、散文到韵文的最初的创作过程，也就是他们把原有英雄传说与自己时代的社会现实联系起来加以整理，并运用创作萨满神灵形象等方式，赋予勇士神性，创作了最初的英雄史诗。这也就创作了抢婚型史诗和与恶魔斗争的史诗。英雄史诗起初产生时，已具备了祭祀功能。由于优美动听的叙事诗歌比其他形式的作品更有吸引力，同时又有祭祀功能，它引起和得到了先民们的极大的兴趣和崇拜，被他们不断地传诵，很快在各氏族中雨后春笋般地涌现了朗诵英雄史诗的艺人和热心听众，同时史诗也得到不断地发展和充实。英雄史诗就这样诞生了，并以划时代意义的古典形式屹立在人类文化史上。

三　中小型英雄史诗类型的发展

抢婚型史诗和氏族复仇型史诗，无疑是最初的英雄史诗。抢婚型史诗的情节框架或母题系列（A_1）成为婚姻型史诗（A）发展的基础和最初的类型。同样，与恶魔斗争的史诗的情节框架或母题系列（B_1）是征战型史诗（B）发展的基础和第一类型。如前所述，英雄史诗的进一步发展，都是以这两种史诗母题系列为框架，以它们为模式，以它们为单元的。我们认为，这两种母题系列是解开英雄史诗奥秘的两把钥匙，用这两把钥匙可以发现英雄史诗的发展规律。

首先，在抢婚型英雄史诗的情节框架（A_1）上，形成了考验型英雄史诗（A_2）。由于古代社会的向前发展，原始抢婚制不适应于社会现实，出现了新的社会意识和新的婚姻观，发生了种种有偿的和有条件的婚姻形态。这种有偿的、有条件的婚姻制度反映到英雄史诗里，便出现了用种种不同形式考验女婿的史诗。诸如勇士为未来的岳父除害，消灭恶魔、妖怪和凶禽猛兽，以此作为娶他女儿的代价。蒙古史诗《海尔图哈拉》中，勇士为岳父打死了7只野狼和5个蟒古思，《四岁的呼鲁克巴托尔》里的勇士消灭了9个蟒古思，达斡尔族《绰凯莫尔根》的主人公为岳父活捉了叶勒登克尔蟒古思和伤人的雄狮，因而他们得到了未婚妻；勇士打败了抢走姑娘的恶魔或妖怪，从它们手中拯救姑娘，姑娘的父亲将她许配勇士。鄂温克人演唱的布里亚特史诗《骑金黄马的阿拉塔乃夫》、蒙古史诗《额尔德尼哈布翰索雅》，就是这种失而复得式史诗；勇士战胜或感动凤凰、大鹏鸟，从它们手中夺回未来岳父失去的宝马驹，以此作为娶其女儿的代价。史诗《额真腾格里》和《图嘎拉沁夫》中主人公夺回金银马驹，《绰凯莫尔根》中收回70匹白马驹；李·普尔拜等人演唱的《洪古尔的婚礼》中，勇士为岳父活捉和驯服了害死人的野骆驼、撞死人的铁青牤牛和吃人的白胸黑狗之后，才得到岳父的同意，携带妻子返回自己的氏族。这种文化英雄传说也搬用到考验女婿中去了。

在许多史诗里，这种危险的考验常常连续三次，是按照未来岳父的要求进行的。女方（岳父）让男方（女婿）完成艰巨任务，其目的一是付出娶女儿的代价，二是通过招好女婿，以便加强自己氏族的力量。史诗里女方对求婚者常常是无情的，不关心其死活。许多青少年男子在与猛兽搏斗中丧生，只有出色的勇士才能取胜并得到未婚妻。这种冒险行动和危险考验的文化内涵，可能来自服役婚遗俗，或者来源于英雄的成人仪式。在国内外许多民族历史上，曾盛行原始服役婚制。男子为娶妻先到女方氏族劳动，以补偿女方劳动力的损失，这种制度下，女方对男方通过服役进行考验，以期得到好女婿。有的史诗中岳父在女儿出嫁后的表现也说明这一点，他们在女儿出嫁并举行婚礼后，仍百般刁难女婿，利用各种借口及手段，阻止其携妻返回自己的氏族。与此相反，有些史诗中，勇士携带妻子返回自己的氏族时，岳父带着家属、牲畜和财产，跟随到他们氏族附近去生活。这说明考验女婿的目的是为了自己氏族的利益；阻止女婿回去的目的是留下他保卫氏族；跟随女婿的目的是建立氏族联盟，以增强实力。当然，这时婚姻已超过服役婚范围，成为建立氏族联盟或部落联盟的纽带。

此外，史诗里还有考验女婿的另一种常见方式：岳父提出嫁女的三项条件，即举行赛马、射箭、摔跤比赛，在这三项比赛中全胜者有资格娶他女儿。三项比赛，有时在男方与女方之间进行，男方全胜就可以举行婚礼，有一项失利就会被取消求婚资格。在多数情况下，三种比赛是在几个求婚者之间进行。赛马、射箭、摔跤三项比赛，是北方游牧民族传统的民间体育娱乐活动，通过这种“好汉三项比赛”选拔好汉和快马，并给予奖赏。这不是考验女婿的措施，也与服役婚没有联系。因为好汉三项比赛具有考验男子汉的内涵，古人把它与考验女婿活动相联系，把三项比赛运用到史诗中去，创作了一种新类型的考验型英雄史诗。三项比赛是民众喜闻乐见的体育娱乐活动，它增强了英雄史诗的艺术魅力。我们把上述各种考验情节的史诗叫做考验型英雄史诗（A_2）。

根据情节结构看，考验型英雄史诗（A_2）是在抢婚型英雄史诗（A_1）的情节框架上形成的。二者既有区别，又有共性。它们的区别在于前者有抢婚情节，后者有考验情节。除与这两种情节有关的一批母题不同外，二者的其他基本母题相似，都有相似的母题系列，而且各个母题的排列顺序也相似：时间、地点、勇士的生长，未婚妻的信息，提出娶亲，得到劝告，决心远征，准备坐骑、铠甲和武器，出征、途中之遇，碰见未婚妻之父，父亲拒绝嫁女（抢婚型），父亲提出苛刻条件（考验型），战胜未婚妻之父（抢婚型），满足条件（考验型），父亲被迫同意嫁女，举行婚礼，携妻返回家乡。如果将这两种类型的婚姻型史诗进行比较，可以发现婚姻由无条件、无偿的抢婚型向有条件、有偿的考验型婚姻发展，由女婿（男方）与岳父（女方）的直接的激烈的斗争，向间接的温和的几个求婚者之间的斗争发展，也就是由野蛮向文明方向发展。

其次，在氏族复仇型史诗（B_1）的情节框架上，产生了财产争夺型史诗（B_2）。在氏族社会末期，由于私有制的产生和阶级分化，在社会上发生了争夺牲畜、财产和奴隶（家奴）的现象。这种社会现实反映到英雄史诗中，在与恶魔斗争的氏族复仇型史诗的框架上，形成了财产争夺型英雄史诗。在财产争夺史诗里，勇士的敌对势力，有恶魔，也有世间的勇士，他们不仅抢劫女子，还要掠夺牲畜和其他财产，俘获勇士的父母和氏族民众做奴隶。如果，在氏族复仇型史诗中，恶魔主要是以抢婚者的身份出现的话，在财产争夺型史诗中，它已具备了掠夺者和奴役者的特征。这两种类型的史诗的区别，不是在于敌对势力是否恶魔的问题上，而是在于争夺的对象上。在氏族复仇型史诗中，几乎看不到掠夺牲畜财产以及俘获勇士的父母和氏族民众做奴隶的情节，其余情节和母题基本上相似。二者的基本母题系列如下：

> 时间、地点、勇士、敌人来犯或敌人乘机抢劫、准备坐骑、盔甲、武器、出征、途中之遇、与敌人相碰、互通姓名和出征目的、打仗（用刀剑、弓箭、扭打）、敌人失败、求饶、杀绝进攻之敌及其氏族、夺回失去的妻子、夺回失去的牲畜财产、拯救被俘的家族成员（财产争夺型史诗中）、凯旋。

总之，抢婚型史诗和考验女婿型史诗，二者的框架（母题系列）中，因婚姻方式不同而有一批母题不相对应外，多数母题是相似的。此外，在氏族复仇型史诗与财产争夺史诗二者的框架（母题系列）中，由于争夺的对象不一样，有些情节和一批母题有所差别，其余多数母题相似，而且，在两种婚事型史诗的母题系列与两种征战型史诗的母题系列之间也有不少相似相应的母题。这就决定了英雄史诗的共性，说明了它们是按着远古英雄史诗的传统的模式被创作的。

上述四种类型的英雄史诗都一样，描绘了勇士一次的英雄事迹（婚事斗争或征战），它们的框架都是只有由一个母题系列（婚事型母题系列或征战型母题系列）所构成。如前所述，这种只有由一个史诗母题系列为核心形成的史诗，我们叫做单一情节结构的英雄史诗（简称单篇型史诗）。单篇型史诗是英雄史诗的最初的类型，其他各种类型的英雄史诗是以它们为基础和单元而发展的。单篇型史诗短小精悍，其情节结构简单，作为史诗框架的母题系列中，起初有少数母题，史诗的篇幅短小，一般只由几百行诗所组成。但它们都描写一个较完整的小故事。在喀尔喀－巴尔虎体系的史诗中，这种短小精悍的史诗较多。其他中心和其他民族史诗中，单篇型史诗得到进一步发展，情节较复杂化，篇幅也较长。有的人把这种短小史诗叫做史诗片段，其实它们不是什么片段，而是较好地保留着原始面貌的早期史诗形式。

除单篇型史诗外，还有几种复合结构的英雄史诗。由于史诗母题系列的复合方式不同，分为串连复合型情节结构的史诗与并列复合型情节结构的史诗两大类型。复合型结构的史诗，是复合两个或两个以上的史诗母题系列而形成的。串连复合型史诗的形成，有社会历史原因和史诗本身的发展需要。随着社会生产力量的发展，私有制得到进一步发展，产生了阶级分化现象。氏族、部落首领们为了掠夺财产和俘获奴隶，进行连绵不断的部落战争。在这种尖锐复杂的社会斗争中，一位勇士不止一次参加战斗。正如串连复合型史诗所描绘，乘勇士为妻室而远征之机，或者利用他离家打仗或打猎之机，其他勇士去破坏他的家乡、驱赶牲畜、俘获其父母和百姓做奴隶的现象不会不发生。勇士取得初次胜利返回家乡之后，也不得不再次出征。英雄史诗迫切反映这些斗争，但原有单篇型史诗无法容纳，人们不得不去寻找创作新的史诗形式的道路。他们便运用现成的原有婚事型史诗和征战型史诗的框架，对它们进行加工和串连的方式，创造了反映勇士二次斗争的串连复合型英雄史诗。串连复合型史诗常见的类型是由考验女婿型史诗的母题系列和财产争夺型史诗的母题系列（A_2+B_2）两个部分为核心组成的。例如，蒙古族史诗《汗特古斯的儿子喜热图莫尔根汗》、《珠盖米吉德夫》和哈萨克史诗《阿勒帕米斯》，就是由英雄婚礼（考验型）和征战所组成。与蒙古英雄史诗不同的是，《阿勒帕米斯》有勇士的生长和家族内部斗争。《乌古斯》的主要部分还是征战和婚姻。此外，还有两种不同的征战型母题系列（B_1+B_2）为核心的串连复合型英雄史诗。蒙古族英雄史诗《阿拉坦嘎鲁》和《谷纳罕乌兰巴托尔》各自都描绘了勇士先后征服两个不同掠夺者的斗争。根据蒙古英雄史诗的情节结构看，这两种串连复合型史诗的下一部分基本上相似，都是以财产争夺型单篇型史诗（B_2）为核心的。串连复合型情节结构的出现晚于单一情节结构，而且是以单篇型史诗的框架为基础和单元的。

我国各民族中小型英雄史诗的数量极多，内容丰富，形式多样，它们打上了各民族社会发展的各个阶段的烙印。

四 长篇英雄史诗的形成与发展

各国长篇英雄史诗都有相似的形成和发展规律。我国史诗《江格尔》和《玛纳斯》的形成过程类似于世界著名的古希腊两大史诗和印度两大史诗，最初是在许多零散的口头传说和诗篇的基础上，经过数百年民间演唱艺人的加工整理和润色，逐渐形成为长篇巨著。学术界认为，《伊利亚特》和《奥德赛》形成前，几百年间，有关特洛伊战争的零散的传说和史诗篇章靠着古希腊乐师的背诵流传下来，约于公元前9—8世纪有人（也许是盲诗人荷马）根据那些零散的篇章整理和编创了两部史诗。在荷马的口头整理的基础上，约公元前6世纪开始出现了一些繁简不同的抄本，史诗的内容和形式基本上固定下来了。同样，印度史诗《罗摩衍那》和《摩诃婆罗多》起初也是口头流传，最早的部分产生于公元前4—3世纪，最后成书却在公元以后。

在《江格尔》和《玛纳斯》尚未成为长篇英雄史诗以前，蒙古语族人民和突厥语族人民中，已出现了数以百计的中小型史诗，这些中小型史诗的篇幅长短不等，早期史诗只几百诗行，可是后来出现了由几千行至两三万诗行所构成的英雄史诗。《江格尔》和《玛纳斯》各自超过20万诗行，是在原有中小型史诗的题材、体裁、情节、结构、人物和艺术基础上，尤其在其情节框架上初步形成的长篇史诗。

我国三大史诗的情节结构与《伊利亚特》和《摩诃婆罗多》等史诗不同，是以英雄人物为中心组成的，缺乏贯穿始终的统一的中心情节。《伊利亚特》描绘了固定不变的两大军事势力之间的肉搏战，情节以阿凯亚人与特洛伊人之间争夺伊里昂城的斗争为主线贯穿始终。《摩诃婆罗多》包罗万象，但主要故事也是固定不变的两大军事集团，即婆罗多王族内部的般度族与俱卢族之间的王位争夺战，这场战争成为史诗的中心情节。我国三大史诗不是描写固定的两大军事集团之间的战争，而是以英雄格萨（斯）尔、江格尔和玛纳斯等为固定不变的一方，可是他们的对手在各个篇章（部或章）里各不相同。以《江格尔》为例，它有200多种相对独立的篇章，绝大多数篇章的内容可以概括为征战和婚事斗争。这些篇章都是在中小型史诗的基础上，以其框架为核心组成的。如前所述，中小型英雄史诗有四种类型，《江格尔》的篇章也归纳为相同的四种类型。《玛纳斯》（第一部）与《江格尔》有相似之处，它也由许多独立成章的诗篇所组成，其中多数诗篇都描绘了征战。这些征战比《江格尔》的征战复杂，但其核心也是在中小型史诗的框架上形成的，而且还有过同名的史诗。学者郎樱指出了，长篇史诗《玛纳斯》与西伯利亚突厥语族民族阿尔泰人的史诗《阿勒普玛纳什》，在英雄的名字、人物形象塑造和情节结构方面有渊源关系。她说："《阿勒普玛纳什》对于玛纳什身世的叙述分为英雄特异的诞生、英雄的婚姻、英雄征战、英雄生命受到威胁以及英雄死而复生这样几个大部分。这与史诗《玛纳斯》及古代突厥史诗的叙事框架基本相同。"①

长篇史诗在形成和发展过程中，除了直接应用中小型史诗的形式和内容外，还吸收了神话、传说、民间故事、祭词、萨满诗、咒语、祝词、赞词、歌谣、叙事诗和谚语等口头文学素材。其中对长篇史诗的人物结构起重要作用的是英雄传说和其他神话传说。江格尔及其雄狮勇士萨布尔是孤儿。从三岁起，江格尔跨上阿兰扎尔骏马，先后征服了多种蟒古思和舒姆那斯（妖精）。孤儿江格尔刚刚七岁，英名传遍四方，被推举为宝木巴国的可汗。塑造江格尔、萨布尔这些孤儿形象时，民间艺人们运用了蒙古族卫拉特人中广为流传的《绰罗斯部族源传说》、《孤儿灭蟒古思》、《孤独的努台》、《北方孤独的伊尔盖》和《杭格勒库克巴托尔》等孤儿灭魔传说与孤儿成汗王传说和史诗素材。《江格尔》的人物塑造中，还借用了神箭手传说、巨人传说、飞毛腿传说、举山大力士传说、三仙女传说、天鹅姑娘传说、化作美女的妖精传说、黄铜嘴黄羊腿妖婆传说、下界寻人传说、地下库克达尔罕（青铁匠）的传说、驯养野生动物的文化英雄传说，等等。英雄玛纳斯与阿勒普玛纳什不仅同名，且有相似的巨人外貌、神力、刀枪不入和酣睡不醒等特征，这说明了二者的传承关系。此外，在《玛纳斯》中吸收了柯尔克孜和古突厥的神话传说。例如，在柯尔克孜和卡拉卡勒帕克等民族中流传的族源神话传说（40 个姑娘）成为《玛纳斯》的开篇，从而表现玛纳斯的出身高贵，是公主的后裔。卡依普山的

① 郎樱：《〈玛纳斯〉论析》，内蒙古大学出版社 1991 年版，第 263—269 页。

神话在玛纳斯几代人的生活中都有反映，卡依普山的仙女们同柯尔克孜人互相帮助，还常常通婚。此外，巨人传说、瘸铁匠传说等在史诗中也被吸收和应用。①

总之，中小型英雄史诗和英雄传说等民间口头创作成为长篇英雄史诗形成的艺术基础和文化前提。但从中小型史诗到长篇英雄史诗，是在英雄史诗发展过程中的一个飞跃。这个飞跃的实现，是由特殊的社会环境和人们的艺术追求所决定的。

我国三大史诗的产生时代，与荷马时代不同，与印度两大史诗的时代不同，它们不是氏族社会和奴隶社会初期的作品，而是各相关民族进入封建时代以后形成的史诗。我国早期中小型史诗是在氏族、部落战争的背景下产生的，可是三大史诗的形成较晚。它们与法国的《罗兰之歌》、德国的《尼伯龙根之歌》等史诗一样，是在封建社会的民族战争条件下形成的。我们认为，游牧民族的社会发展与古希腊和古印度的社会发展不同。他们的“英雄时代”或史诗产生的条件有起有伏，延续到了几个不同的社会发展阶段。虽然，蒙古族、柯尔克孜族和藏族，早已建立过封建国家，但他们的一些地区氏族、部落制度尚未消失，统一的国家灭亡之后，各部落处于封建割据状态之中，封建领主之间的混战和民族之间的战争连绵不断。同部落混战一样，封建混战照样成为英雄史诗形成的土壤。例如，《江格尔》的主要部分形成于15—17世纪初的200年之内。当时，蒙古社会处于封建割据状态，在社会上出现了大大小小的封建领地和形形色色的小汗国，常常处于内讧和外战之中，封建混战和民族战争，给民众带来了极大灾难和痛苦。广大民众对这种社会现实不满，反对封建割据和掠夺战争，向往和平统一的社会局面，怀念和赞颂为统一家乡和保卫家乡而战斗的古代史诗的英雄人物。这种社会环境和民众的需求，激发了蒙古族卫拉特陶兀里奇（史诗演唱艺人）的创作冲动。陶兀里奇有较高的文化素养，了解民族历史和文化，他们有数百年的演唱史诗与创作史诗的传统和经验。他们为了反映封建混战时期的社会现实和民众的思想愿望，利用中小型史诗的情节结构框架，赋予它们新的封建征战内容，把原有史诗的氏族、部落之战的题材改为

① 郎樱：《〈玛纳斯〉论析》，内蒙古大学出版社1991年版，第263—269页。

当时的小汗国之间的战争，虚构出一个宝木巴汗国及其英雄江格尔、阿拉坦策吉和洪古尔等人物贯穿各个篇章，创作了并列复合型长篇史诗《江格尔》。《玛纳斯》与《江格尔》有相似的形成发展规律，它们的形成时代相接近。郎樱女士认为，《玛纳斯》第一部的产生时代在13—16世纪，其他七部的形成时代，约在16—18世纪。到《玛纳斯》形成时代，黠嘎斯汗国早已消失，柯尔克孜人由叶尼赛河上游迁徙到新疆和中亚，卷入了中亚地区连绵不断的民族斗争和宗教斗争中。柯尔克孜族内部的分裂和柯尔克孜人与周围各民族的战争，迫使柯尔克孜人进入了封建势力的混战状态之中。如前所述，柯尔克孜人有悠久的英雄史诗传统，他们的民间艺人具有演唱和创作史诗的经验和实践。艺人们为了反映中亚的激烈的民族斗争和宗教斗争，选用了柯尔克孜和其他突厥民族的中小型英雄史诗的模式和框架，但改变了古老史诗的内容。因为，迄今居住于突厥史诗发祥地的萨彦—阿尔泰地区各民族史诗的英雄名字各不相同，但在《玛纳斯》中，以玛纳斯及其勇士的名字串联了各个篇章。此外，在作为《玛纳斯》雏形的《阿勒普玛纳什》和其他西伯利亚史诗中，英雄的敌人不是卡勒玛克人，而是各种多头恶魔、地下黑暗势力和人间的敌对勇士，可是在《玛纳斯》和其他许多中亚突厥史诗里，“卡勒玛克”一词代替了敌对势力。蒙古语“HALIMAG”或“KALMIK”，是指17世纪20年代由新疆和中亚迁徙到俄国伏尔加河下游和顿河一带去游牧的卡尔梅克人以及于1771年由伏尔加河回归新疆的卫拉特蒙古人，意为“远离家乡的人”、“漂落异域的人”。吉尔吉斯斯坦的学者认为，《玛纳斯》中的“卡勒马克”，指的是非伊斯兰民族，意为没有入伊斯兰教而留下来的人。我认为，15世纪以后几百年内，卫拉特蒙古人与柯尔克孜、哈萨克等中亚民族，处于相互征战状态之中。因此，在《玛纳斯》中，“卡勒玛克”一词开始有可能指卫拉特人。可是，后来有了广义，如同在蒙古史诗中把勇士的敌对势力都叫做“蟒古思”一样，把玛纳斯的敌人，柯尔克孜周围的非伊斯兰民族全称为卡勒马克。郎樱说，在居素甫·玛玛依唱本中，玛纳斯少年时代，与卡勒马克人战斗，成年后进攻安集延、浩罕、塔什干和俄罗斯的卡洛尔，出征喀什噶尔、乌鲁木齐、和田和阿富汗，远征北京。在萨根拜·奥罗兹巴科夫唱本中，玛纳斯征服了中亚各位汗王，征服了巴拉沙衮、纳曼干、喀什噶尔、阿富汗和印度，还西征欧洲。[①] 由此可知，《玛纳斯》是描写柯尔克孜族内部分裂势力之间的斗争和柯尔克孜族与周围各民族的战争，反映封建时代中亚民族斗争和宗教斗争而形成的长篇英雄史诗。

长篇英雄史诗诞生的时候，不会像后来人们记录出版的那样篇幅浩瀚、情节结构和人物结构极其复杂，但具备了它的基本特征。基本特征，就是长篇史诗的核心，表现在史诗的统一的英雄形象、基本情节和史诗的篇幅等方面。笔者曾指出《江格尔》初具长篇英雄史诗规模的时候，它必须有一个较大的汗国宝木巴地方及其首领江格尔和勇士洪古尔、阿拉坦策吉等一批主要英雄人物；描绘以江格尔为首的宝木巴汗国的勇士们与其他若干个汗国之间进行的大规模的军事斗争，也会有个别勇士的婚姻斗争的故事；还应该有一系列的长诗（部或章），如同鄂利扬·奥夫拉演唱的那样有若干独立的长诗。又如，《玛纳斯》（第一部）初具规模的时候，也应该以玛纳斯为首的汗王和勇士们同形形色色的“卡勒玛克”汗王之间进行的连绵不断战争为主线，贯穿一系列的征战、婚姻和其他题材的相对独立的诗篇。蒙古文《格斯尔》也同样，以格斯尔和他 30 名勇士的英雄事迹，串联了各个章节，使它成为一部统一史诗。

英雄史诗的形成与发展过程非常复杂，但深入探讨就可以发现它的规律性。长篇英雄史诗初具规模之后，在口头流传过程中，围绕这一核心，不断地得到发展和变异。不仅如此，而且还可以从一部长篇史诗里派生出其他 1—8 部姊妹长篇英雄史诗。如前所述，以《玛纳斯》第一部为模式和情节框架，先后形成了《赛麦台依》等七部姊妹长篇史诗。作为《阿拜格斯尔胡勃棍》的续篇，出现了《奥希尔·博克多胡勃棍》等八部长篇史诗。它们成为连环型情节结构的新的史诗类型。

原文载《民族文学研究》2000 年第 1 期；选自仁钦道尔吉《蒙古口头文学论集》，社会科学文献出版社 2011 年版。

① 郎樱：《〈玛纳斯〉论析》，内蒙古大学出版社 1991 年版，第 67—68 页。

《摩诃婆罗多》译后记

黄宝生

《摩诃婆罗多》全诗译稿终于完成了。从第一篇《初篇》出版的1993年算起，迄今已有十年时间，而加上1993年以前做的工作，总共有十多年时间。当然，我们集中全力投入这项翻译工程是在它1996年列入中国社会科学院重点项目之后。无论如何，用“十年磨一剑”形容我们的这部译作，还是十分恰当的。

其实，花费十年或十多年时间翻译《摩诃婆罗多》是正常现象。想当初，印度一批优秀的梵文学者历时近半个世纪，完成了《摩诃婆罗多》精校本。其间，首任主编苏克坦卡尔逝世后，由贝尔沃卡尔接任主编，而贝尔沃卡尔年迈体衰后，又由威迪耶接任主编，真可谓“前仆后继”。在精校本问世前，《摩诃婆罗多》的翻译只能依据通行本。印度学者K·M·甘古利用散文体翻译的《摩诃婆罗多》（1883—1896）是第一部英语全译本。印度学者M·N·杜德用诗体翻译的《摩诃婆罗多》（1895—1905）是第二部英语全译本。在这两种英译本产生之前，法国梵文学者福歇（H·Fauche，1797—1869）就已着手翻译《摩诃婆罗多》全诗，但他翻译出版了全诗十八篇中的前八篇（巴黎，1863—1870），不幸逝世而中断。按照他的生卒年推算，倘若他不是在60多岁，而是在50多岁时动手翻译，就能在19世纪60年代完成《摩诃婆罗多》的法语全译本了。美国梵文学者布依特南（Van·Buitenen）于1967年开始依据精校本翻译《摩诃婆罗多》，相继出版了三卷（芝加哥，1973、1975和1978），包括全诗的前五篇。在第三卷的前言中，按照他的估计，全诗译完出版大约要到1983年以后。可是，他不幸于

1979年去世，享年51岁。倘若天假其年，他在60岁以前就能完成全诗翻译，实在令人惋惜。

确实，对于一个梵文学者来说，必须有了充分的学养积累之后，才能着手翻译《摩诃婆罗多》这样一部百科全书式的史诗。也就是说，一个梵文学者决定翻译《摩诃婆罗多》，就意味着要为它奉献自己一生中的学术成熟期。幸运的是，我们这个中文全译本依靠集体的力量，最终得以完成，没有夭折。然而，这项翻译工程的发起人，我的同学赵国华已于1991年英年早逝（享年48岁）；我们的老师金克木先生亲自翻译了《初篇》前四章，为我们确立了翻译体例，此后经常关心我们的翻译进程。他也未能见到这项翻译工程完工，而于2000年去世（享年88岁）。现在，全诗译稿已经完成，即将付梓出版，也可告慰他俩的在天之灵了。

自1996年这项翻译工程列入中国社会科学院重点项目后，翻译任务由郭良鋆、席必庄、葛维钧、李南、段晴和我共同承担。我作为项目主持人，除了承担翻译任务外，还负责全书译稿的校订和统稿工作。这些年来，我把我的主要精力全都投入这项工作了。随着工作的进展，我越来越感到这是一场持久战，一场“马拉松”长跑，既是对自己学术能力的检验，更是对自己意志和毅力的考验。我有一种愚公移山，天天挖山不止的真切感受。而劳累时，看到眼前已经完成的工作量，又会激发信心和力量。尤其是离最终目标越来越接近的这一两年中，我全神贯注，日以继夜地工作。常常是夜半搁笔入睡后，梦中还在进行翻译。在这些日子里，《摩诃婆罗多》仿佛已与我的生命合二而一，使我将生活中的其他一切置之度外。我能体验到淡化身外之物给人带来的精神愉悦，而这种精神愉悦又能转化成超常的工作效率。我暗自将这称为“学问禅”，也就是进入了思维入定的“三昧”境界。

对于翻译《摩诃婆罗多》的意义，也是随着翻译工作的进展而加深认识。我以前对《摩诃婆罗多》的理解侧重于它的主要故事情节和一些著名的插话。《摩诃婆罗多》中插话的内容包括各种神话、传说、寓言故事以及宗教、哲学、政治、律法和伦理等。我早在1973年就曾作为翻译练习，译出过其中最重要的宗教哲学插话《薄伽梵歌》。[①] 而这些插话数量之多，大约占据了《摩诃婆罗多》全诗的一半篇幅。由此，《摩诃婆罗多》成了一部百科全书式的史诗。它的内涵溢出了西方的史诗概念。我们这次译出《摩诃婆罗多》全诗，尤其是其中的《和平篇》和《教诫篇》，我对这一点有了更直接的体会。

英语中的史诗（epic）一词源自古希腊语，原义是“言论”或“说话”。正如伏尔泰所说：“习惯使此词变成专指对英雄冒险行为的诗体叙述。”[②] 这是西方传统的史诗概念，或者说，史诗主要是指英雄史诗。按照这种史诗概念，《摩诃婆罗多》可以说是一部以英雄史诗为核心的长诗。然而，《摩诃婆罗多》自称是“历史传说”（itihāsa，意思是“过去如是说”）。这样，《摩诃婆罗多》倒是更符合 epic 的汉语译名“史诗”。它是以诗的形式吟唱印度古代历史传说。它涉及创世神话、帝王谱系、政治制度、宗教哲学、律法伦理和天文地理，全都以婆罗多族大战的故事主线贯穿了起来。也就是说，它以古代英雄传说为核心，全方位地记述印度古代历史。它的功能类似中国司马迁开创的纪传体史书。它是印度古人在没有书写习惯的条件下，记述历史和保存文化的一种特殊手段。

史诗和史书存在一些本质的区别。史诗记述历史传说，史书记述历史事实。史诗饱含艺术想象，史书崇尚实有其事。史诗（尤其是原始史诗）以口头方式创作和传播，史书以书面方式写作和传播。然而，史诗内容的传说性主要是指诗中的人物和事件，诗中提供的社会和文化背景并非完全虚构。《摩诃婆罗多》的成书年代处在印度从原始部落社会转化为国家社会的时代，也是从吠陀时期的婆罗门教转化为史诗时期的新婆罗门教（即印度教）的时代。《摩诃婆罗多》中提供的种姓制度、宗教礼仪、律法伦理和风俗习惯都是当时社会的真实写照。而且，史诗作者依据他们所处的时代，在这部史诗中充分表达了他们的宗教哲学思想和社会理念。这些思想和理念不仅通过直接的说教方式表达，也通过史诗人物和故事形象地表达。可以说，这些思想和理念是印度古人世世代代积累的人生经验和

---

① 当时，“文化大革命”尚未结束，但我们研究所已经可以非正规地从事科研业务。我翻译《薄伽梵歌》的笔记本上偶然记有译完的时间为 1973 年 5 月 2 日，否则，事隔这么多年，肯定记不清了。这份译稿经过校订加工，收入了这个译本。

② 《伏尔泰论文学》，丁世中译，人民文学出版社 1993 年版，第 296 页。

智慧的集中体现。因此，这部史诗在印度古代最终也被尊奉为宗教经典，称作“第五吠陀”。

基于这种情况，印度古人对两大史诗《摩诃婆罗多》和《罗摩衍那》的文化定位有所不同。他们将前者称为“历史传说”，而将后者称为“最初的诗”（ādikāvya）。《罗摩衍那》的人物和故事比较集中，虽然也有插入成分，但不像《摩诃婆罗多》那样内容庞杂。它更接近西方传统的英雄史诗概念。当然，作为史诗中英雄的品质，《罗摩衍那》和《摩诃婆罗多》一样，具有强烈的宗教伦理色彩，也就是以“正法”为规范。这一点明显不同于西方原始史诗中英雄的品质。

印度传统将《罗摩衍那》称为“最初的诗”，主要是着眼于艺术形式上的变化。《罗摩衍那》虽然与《摩诃婆罗多》一样，也主要采用通俗简易的“输洛迦”诗体，但语言在总体上要比《摩诃婆罗多》精致一些，开始出现讲究藻饰和精心雕镂的倾向。而这种语言艺术特点在后来出现的“大诗”（mahākāvya）中得到充分体现。“大诗”也就是古典梵语叙事诗。按照檀丁（约7世纪）在《诗镜》中的描述，“大诗”分成若干章，故事取材于传说或真实事件，主角是勇敢高尚的人物，诗中应该描写风景、爱情、战斗和主角的胜利，讲究修辞和韵律，篇章不要过于冗长。① 这说明“大诗”的艺术特征更直接导源于《罗摩衍那》。因此，印度古人将《罗摩衍那》称作“最初的诗”，同时把传说中的《罗摩衍那》作者蚁垤称作“最初的诗人”。

我们译出了《摩诃婆罗多》，对于国内学术界来说，起码有印度学和史诗学两方面的研究价值。前面已经说到，《摩诃婆罗多》是一部百科全书式的史诗，堪称印度古代文化集大成者。它为研究印度古代神话、传说、宗教、哲学、政治、军事、伦理和民俗提供了丰富的资料。因此，现代印度学者经常就这些专题对《摩诃婆罗多》进行分门别类的深入研究。国际梵文学界也公认《摩诃婆罗多》对于印度学研究的重要性。美国梵文学者英格尔斯（D. H. H. Ingalls）在评价《摩诃婆罗多》精校本的功绩时，首先强调对于《摩诃婆罗多》的研究“将会成为照亮印度历史的光芒”。他接着又说道：“然而，没有这部校勘本，

① 参阅檀丁《诗镜》第一章。

没有班达卡尔东方研究所对梵文学术作出的这一伟大贡献，就不可能获得这种光芒。”[①] 美国学者布依特南在他的《摩诃婆罗多》英译本第一卷导言中说道：“如果不能充分和自觉地吸收《摩诃婆罗多》中的史料，那么，西方关于印度文明进程的学问是很不完善的。”[②] 荷兰梵文学者狄雍（J·W·De Jong）则直截了当地说道：“如果不了解《摩诃婆罗多》，怎么能阐释印度文化?”[③]

而我在翻译过程中，还深切体悟到《摩诃婆罗多》中隐含着一种悲天悯人的精神。与史诗通常的特征相一致，《摩诃婆罗多》中的人物和故事也与神话传说交织在一起。这完全符合史诗时代人类的思维方式。但是，这部史诗并没有耽于神话幻想，而富有直面现实的精神。它将婆罗多大战发生的时间定位在“二分时代和迦利时代之间”，也就是“正法”（即社会公正或社会正义）在人类社会已经不占主导地位的时代。这样，《摩诃婆罗多》充分展现了人类由自身矛盾造成的社会苦难和生存困境。而史诗作者为如何解除社会苦难和摆脱生存困境煞费苦心，绞尽脑汁。他们设计出各种“入世法”和“出世法”，苦口婆心地宣讲，也将他们的救世思想融入史诗人物和故事中。但他们同时又感到社会矛盾和人类关系实在复杂，“正法”也非万能，有时在运用中需要具有非凡的智慧。

无论如何，史诗作者代表着印度古代的有识之士。他们确认“正法、利益、爱欲和解脱”为人生四大目的。他们肯定人类对利益和爱欲的追求，但认为这种追求应该符合正法，而人生的最终目的是追求解脱。他们担忧的是，人类对利益和爱欲的追求一旦失控，就会陷入无休止的争斗，直至自相残杀和自我毁灭，造成像婆罗多族大战这样的悲剧。因此，《摩诃婆罗多》是一部警世之作。它凝聚着沉重的历史经验，饱含印度古代有识之士们对人类生存困境的深刻洞察。自然，他们的“正法”观也具有明显的历史局限。但是，人类自从进入文明社会以来，历经种种社会形态，生存方式并无根本改变。马车变成汽车，依然是车辆；茅屋变成楼

① S·P·纳朗主编：《〈摩诃婆罗多〉的现代评价》，德里，1995年，第8页。

② V·布依特南：《摩诃婆罗多》第一卷导言，芝加哥，1973年，第35页。

③ 参见《印度伊朗杂志》（*Indo - Iranian Journal*），1994年第1期。

房，依然是房屋；弓箭变成导弹，依然是武器；古人变成今人，依然是人。社会不平等依旧，对财富和权力的争夺依旧，恃强凌弱依旧，由利害、得失、祸福和爱憎引起的人的喜怒哀乐依旧，人类面对的社会难题和人生困惑依旧。所以，《摩诃婆罗多》作为一面历史古镜，并没有完全被绿锈覆盖，依然具有鉴古知今的作用。我通过这次翻译工作，对《摩诃婆罗多》这部史诗由衷地生出一份敬畏之心。

如今，我们有了印度两大史诗《摩诃婆罗多》和《罗摩衍那》[①] 的汉语全译本，这就为国内学术界提供了研究的方便。新时期以来，国内学者对我国少数民族史诗的研究成绩卓著。最近，译林出版社又出版了一套"世界英雄史诗译丛"，也是对国内学者长期以来翻译世界各民族重要史诗的成果总汇。有感于此，我在为收入"世界英雄史诗译丛"的《罗摩衍那·森林篇》撰写的前言中说道："如果我们能对印度两大史诗、古希腊两大史诗、中国少数民族史诗和世界其他各民族史诗进行综合的和比较的研究，必将加深对人类古代文化的理解，也有助于世界史诗理论的完善和提高。"

我在从事翻译《摩诃婆罗多》的工作中，自然会关注国内学术界有关史诗研究的状况。我发现国内的史诗学理论建设还比较薄弱，尚未对国际史诗学的学术史进行系统的梳理和研究。20 世纪著名的帕里（M·Parry）和洛德（A·B·Lord）的"口头创作理论"也是最近才得到比较认真的介绍。[②] 长期以来，国内学者在运用西方史诗理论概念时，有一定的随意性。而在史诗研究中提出有别于西方理论的某种创新见解时，也不善于与国外史诗进行比较研究，以促进自身理论的通达和完善。这里，我想从"什么是史诗"出发，提出一些值得商讨的问题。

史诗属于叙事文学。叙事文学分成诗体和散文体。史诗采用诗体，属于叙事诗。据此，我们通常把散文体叙事文学排除在史诗之外。例如，《埃达》和《萨迦》都记述冰岛古代的神话和传说。《埃达》是诗体，

① 《罗摩衍那》，季羡林译，人民文学出版社，1980—1984 年。

② 参见［美］约翰·迈尔斯·弗里（John Miles Foley）《口头诗学：帕里—洛德理论》，社会科学文献出版社 2000 年版。

《萨迦》是散文体。这样，《萨迦》明显不能称作史诗，而只能称作神话和英雄传说集。现在，译林出版社将《萨迦》也收入“世界英雄史诗译丛”，我以为欠妥。至于《埃达》，是称作史诗，还是称作神话和英雄诗集更适合，还可以讨论。

史诗的分类也很复杂。国际上有口头史诗和书面史诗的分类，与此相应，有原始史诗和非原始史诗的分类。口头史诗是以口头方式创造和传诵的史诗，如《吉尔伽美什》、《伊利亚特》、《奥德赛》、《摩诃婆罗多》、《罗摩衍那》、《贝奥武甫》和《罗兰之歌》等。书面史诗是以书面形式创作和传诵的史诗，如维吉尔的《埃涅阿斯纪》、卡蒙斯的《卢济塔尼亚人之歌》、塔索的《被解放的耶路撒冷》和弥尔顿的《失乐园》等。口头史诗本质上是集体创作，经由历代歌人长期传唱，不断加工和改编，最后定型，并以书面形式记载保存下来。书面史诗（或称文学史诗）本质上是个人创作，是诗人采用或模仿史诗形式。因此，口头史诗可以称作原始史诗，而书面史诗可以称作非原始史诗。国内现在似乎将中国少数民族三大史诗《格萨尔》、《江格尔》和《玛纳斯》称为口头史诗，而将古希腊两大史诗和印度两大史诗称作书面史诗，我以为不妥。应该说，这些都是口头史诗，区别在于中国少数民族三大史诗是“活形态”的口头史诗。实际上，中国少数民族三大史诗现在也正在以书面形式记载保存下来。

帕里—洛德的“口头创作理论”为口头史诗的语言创作特点提供了有效的检测手段。我们在翻译《摩诃婆罗多》的过程中，就发现诗中有大量程式化的词组、语句和场景描写。尽管在字句上并不完全互相重复，但在叙述模式上是一致的，或者说大同小异。这些应该是史诗作者或吟诵者烂熟于心的语汇库藏，出口成章。同时，《摩诃婆罗多》中的一些主要人物都有多种称号，甚至有的人物的称号可以多达十几或二十几种。这些称号有两方面的作用。一方面，这些称号的音节数目不等，长短音配搭不同，这就可以根据需要选用，为调适韵律提供了极大的方便。另一方面，这些称号或点明人物关系，或暗示人物性格和事迹，具有信息符号或密码的作用，能强化史诗作者或吟诵者的记忆，以保持全诗人物性格和故事情节发展的前后连贯一致。这些都是口头史诗明显不同于书面史诗的语言特征。国外已有学者对《摩诃婆罗多》中的惯用语进行专题研究，并编写了《〈摩诃婆罗多〉惯用语词典》。①

在史诗的一般定义中，通常都确认史诗是长篇叙事诗。而现在国内有倾向将在题材和内容上与史诗类似的短篇叙事诗也称作史诗。这在理论上能否成立？如果能成立，那么，我们就应该在史诗定义中去掉“长篇”这个限制词，正如在小说的一般定义中无须加上篇幅的限制词。最明显的例子是，在国内一些论著中，将《诗经》中的《生民》、《公刘》、《绵》、《皇矣》和《大明》等诗篇确认为史诗。倘若此说能成立，那么，接踵而来的问题是，在中国历代诗歌中，凡是涉及重大历史事件和英雄业绩的诗篇，是否也都能称作史诗？而且，在世界各国古代诗歌中，也有许多这类题材的民歌、民谣和短篇叙事诗，其中有些被吸收进史诗，有些与史诗并行存在，是否也可以一律称作史诗？这关乎世界文学史中文体分类的一个大问题，应当慎重处理。

说到史诗的题材和内容，西方传统的史诗概念主要是指英雄史诗。国内现在一般倾向分成创世史诗和英雄史诗两类。创世史诗又进而分成创世神话史诗和创世纪实史诗两类。这主要是依据中国少数民族史诗的状况作出的分类，自有道理。但我们应该注意到，这是对传统史诗概念的延伸。在一定意义上，史诗成了长篇叙事诗的指称。由此，我联想到在印度古代文学中有一类与《摩诃婆罗多》同时发展的神话传说作品，叫做“往世书”，也采用通俗简易的“输洛迦”诗体，总共有十八部。印度古代辞书《长寿字库》（约7世纪）将往世书的主题归纳为“五相”：一、世界的创造；二、世界毁灭后的再创造；三、天神和仙人的谱系；四、各个摩奴时期；五、帝王谱系。其实，《摩诃婆罗多》中也含有这些主题，但它们交织在主线故事中，并非史诗叙述的主体。所以，同样作为长篇叙事诗，《摩诃婆罗多》的叙述主体是英雄传说，而往世书的叙述主体是神话传说。那么，我们是否也应该将往世书称作神话史诗或创世神话史诗？

我的困惑在于，如果我们将史诗概念中的英雄传说扩大到神话传说，长篇扩大到短篇，诗体扩大到散文体，这是对史诗概念的发展，还是对史诗概念的消解？而无论发展或消解，都需要有学理支持。因此，我迫切感

① 参见D·H·H·英格尔斯《论〈摩诃婆罗多〉》，载S·P·纳朗主编《〈摩诃婆罗多〉的现代评价》。

到国内学术界应该加强史诗理论建设。否则，我们在史诗理论的表述和运用中难免互相矛盾，捉襟见肘。中国具有丰富的少数民族史诗资源，而且还保存着许多“活形态”史诗，这些是得天独厚的有利条件。但我们必须重视对国际史诗理论学术史的梳理，同时在对中国少数民族史诗的研究中，必须与对世界各民族史诗的研究结合起来进行。这样，在综合和比较研究的基础上，就能提出带有普遍意义的理论创见，以充实和完善世界史诗理论。在这个领域，中国学者大有可为。

这些年来，我将主要精力全部投入到《摩诃婆罗多》的翻译工作中，对于相关的史诗理论问题无暇进行深入研究。以上只是提出自己的一些理论困惑，企盼获得解决。学术研究的要义就是提出问题和解决问题。而我和我的同事们译出了《摩诃婆罗多》，也就是为国内史诗理论研究增添了一份重要的资料。每门学科的发展都需要有一批甘愿献身于基础建设的学者。这里，我又想起丹麦梵文学者泽伦森（S · Sörensen，1849—1902）花了20年时间编制《〈摩诃婆罗多〉人名索引》，以致他很晚才获得教授职称。然而，他却于这部索引开始排印的当年逝世，未及见到这部厚重的索引（16开本，800多页）面世。但后世从事《摩诃婆罗多》研究的学者都会感谢他的这部索引的。同样的道理，我们的这部《摩诃婆罗多》全译本问世后，如果能受到国内印度学和史诗学学者们的重视和利用，我们这些年来耗费的时日和付出的辛劳，也就得到回报了。

原载《外国文学评论》2003年第3期。选自《〈摩诃婆罗多〉导读》，中国社会科学出版社2005年版。

叠加单元:史诗可持续生长的结构机制

——以季羡林译《罗摩衍那·战斗篇》为例

施爱东

一　中国现存史诗的演述状况及问题的提出

史诗大多叙事宏富，版本杂陈，传本数目无法精确统计。中国三大史诗更是卷帙繁浩，“格萨尔史诗究竟有多少部和多少行文字，恐怕只能是越统计越多，越发掘越丰富，永无止境”①。著名《格萨尔》艺人才让旺堆认为，“史诗有四方魔国四大敌的四部、十八大宗和二十八中宗外，小宗不可胜数。其原因是《格萨尔》无穷智慧融贯三界，建树业绩千千万”②。青藏高原流行的说法是，“每个藏人口中都有一部《格萨尔》”。

史诗往往还具有极其神秘的传承方式。《罗摩衍那》的作者蚁蛭就被塑造成了一个仙人，印度有很多关于这位仙人的神奇传说③。中国三大史诗同样无一能摆脱这种传承方式的神秘色彩。“在众多的《格萨尔》说唱艺人中，那些能说唱多部的优秀的艺人，往往称自己是‘神授艺人’，即

① 耿升：《译者的话》，［法］石泰安：《西藏史诗与说唱艺人的研究》，西藏人民出版社1993年版。

② 官却杰：《略论“格萨尔”史诗说唱艺人才让旺堆演唱形式及特点》，载《格萨尔研究》第四辑，内蒙古大学出版社1989年版，第269页。

③ 详见季羡林《比较文学与民间文学》，北京大学出版社1997年版，第246—247页。

他们所说唱的故事是神赐予的。”[①] 神授的方式多种多样，可以是病中得授，也可以是梦中得授，或者在一个人迹罕至的地方得授，不一而足。大玛纳斯奇居素甫·玛玛依从20世纪60年代到80年代一直坚持其“梦授说”，但每次所说的内容不一致，“做梦的时间有所不同（八岁、十三岁），做梦的地点也有所不同（在父母身边，与牧民在一起），但是，梦中都见到了史诗中的英雄”。[②] 另外，他也不否认从他哥哥费尽心血搜集的各种各样的手抄本中受益良多，但他演述的章部，却远远超过了哥哥的抄本。

活态的史诗演述，内容不大稳定。“如西藏的札巴、玉梅，青海唐古拉的才让旺堆和果洛的俄合热、格日坚参等，他们都有一个共同的特征，他们都会说唱许多新的部头。”[③] 而且，“每位艺人对自己报出的能够说唱的史诗目录也有出入……如果让他们把部的名称说一遍，也常常会有增添或遗漏”。[④]

史诗许多章部的可复述性比较差。艺人们往往把复述当做一种苦差，即使是极优秀的江格尔奇，“在那神秘而庄严的气氛中，当着众多的听众，显露自己的技艺和知识。通常，他们就在这样的气氛中演唱《江格尔》。但是，当提出让他们复述所唱的内容时，那事情就变得复杂了。……复述《江格尔》的做法，对他们来说简直是一种折磨”。[⑤]

史诗艺人在表演过程中还有很多禁忌。“如一些地区的江格尔奇忌讳学唱完整的《江格尔》，认为演唱完整的史诗会缩短生命。”[⑥] 而且，史诗艺人一旦开始进入角色，一般都要把该章演述完整。“口头演唱的江格尔奇的记忆力特别强，他们可以连续不断地把《江格尔》的某一部演唱下去”，但是，这种记忆又有很大的局限，“他们演唱时最怕被人打断，因为一被打断，就想不起来已经唱到哪里，就得重新开始”。[⑦]

---

① 杨恩洪：《民间诗神——格萨尔艺人研究》，中国藏学出版社1995年版，第84页。

② 郎樱：《玛纳斯论》，内蒙古大学出版社1999年版，第154页。

③ 郭晋渊、角巴东主：《他与格萨尔的不解之缘——访黄南州艺人仓央嘉措》，载《格萨尔研究》第四辑，内蒙古大学出版社1989年版，第258页。

④ 杨恩洪：《民间诗神——格萨尔艺人研究》，中国藏学出版社1995年版，第41页。

⑤ 仁钦道尔吉：《江格尔论》，内蒙古大学出版社1999年版，第14—15页。

⑥ 郎樱：《玛纳斯论》，内蒙古大学出版社1999年版，第19页。

⑦ 仁钦道尔吉：《江格尔论》，内蒙古大学出版社1999年版，第10页。

这些史诗传承和演述中难以理解的神秘现象，往往给研究者带来许多困惑。对于那些大都是文盲的史诗艺人的惊人记忆力和超强创作能力，我们往往只是叹为观止[①]。

但是，如果我们对史诗文本进行排比分析，很容易就能发现，史诗的基本情节大都极为简单。而对于那些基本情节之外的各个章部，不仅同题史诗（如《玛纳斯》）内部各章部之间的情节结构往往复沓雷同，即使是同类史诗（如英雄史诗）之间，许多章部的情节结构也没有大的差异。它们往往“只是由叙述富足如何失去或匮乏如何消除而构成的”[②]。也即由“不平衡”向“平衡”过渡的形式所构成。

尽管许多史诗篇幅巨大，内容宏富，但究其结构形式，却并不复杂。只要我们对史诗的性质和它的产生背景有一种超离于具体演述细节的理性认识，知道史诗这种“具有重大意义的艺术形式”只不过是“历史上的人类的童年时代”[③]的产物，知道史诗“同在其中产生而且只能在其中产生的那些未成熟的社会条件永不复返这一点分不开的”[④]；只要我们相信这种“童年时代”的艺术产品具有一些可以被认知的形态规律，我们就可以设想，前述种种看似难以理解的繁乱头绪的背后，或许会有一些极简单的史诗结构的规则在起着极关键的作用，这些规则可能是无意识地左右着这些史诗艺人，也可能是有意识地被这些史诗艺人们所利用着。“口传史诗有其内在的、不可移易的质的规定性，它决定着史诗传统的基本架构和程式化的总体风格。而

① 如徐国琼就认为：“艺人的各种神秘现象，与传统巫术是密切相关的。如欲研究艺人的‘神授’实质，必与巫术很好地结合起来。从心理反映来说，‘神授’艺人的心理和巫术术士的心理，有一点是完全相同的，即二者都相信自己是神的‘代言者’，只不过‘通神’程度及各自的职能有所不同而已。”（徐国琼：《“格萨尔”考察纪实》，云南人民出版社1993年版，第309页）这种看法在史诗研究中非常盛行，如此一来，就基本上切断了从文学角度和艺术创作角度探讨史诗演述神秘现象的可能性。而本文恰恰是从情节结构入手，以探讨史诗演述中的各种神秘现象。

② ［美］阿兰·邓迪斯：《民俗解析》，户晓辉译，广西师范大学出版社2005年版，第16页。

③ 马克思：《政治经济学批判》导言，载《马克思恩格斯选集》第二卷，人民出版社1972年版，第114页。

④ 同上。

这正是史诗诗学应该研究的主要任务所在。”①

二 史诗演述初始条件的设定

正如在物理实验中，为了比较铁丸与羽毛的自由落体，必须排除空气阻力，将实验对象置于真空管中进行一样，为了方便进入史诗结构的“文本分析”，我们首先必须屏蔽各种具体个别的、非常规的语境因素的干扰，因而假定史诗演述是在一种理想的、均质的初始条件之下的同质创编。也就是说，我们必须假定所有史诗演述都是常规语境下的常规演述。

比如，就史诗演述的具体情境来说，史诗艺人有时可能面对百十人群，有时可能只是面对寥寥数人；有时可能在露天场地高歌曼唱，有时可能只是围着盆火浅唱低吟；有时可能兴致盎然激情澎湃，有时可能意兴阑珊敷衍了事。史诗艺人在不同的状态下，针对不同听众的不同需要，其水平发挥肯定会有明显差异，甚至演述的情节和结构也会有所变更、增删。因此，我们的讨论首先必须排除这些具体的、或然的、变动的语境，需要设置一个“平均值”状态下的常规语境，否则，我们就会被各种繁杂的扰动因子遮蔽视线，以至于只见树木不见森林，永远无法切入到对于史诗结构的规律性认识。

因此，在进入讨论之前，我们有必要先为史诗的演述设定如下一些理想、均质的初始条件：

1. 关于史诗艺人

史诗艺人一般可分为“神授艺人”和“承袭艺人”两种。所谓的“神授艺人”是指那些能够在一定的记忆基础和结构框架内进行即兴创作，并能依据外部条件（如时节、场合、受众的特定诉求）的不同而随时增删、创编的创造性史诗艺人②。“承袭艺人”是指那些因袭性的史诗

① 朝戈金：《口传史诗诗学：冉皮勒〈江格尔〉程式句法研究》，广西人民出版社2000年版，第72页。

② 即使有些“神授”的艺人本身，也不讳言继承与创编的关系，如居素甫·玛玛依就在史诗的尾声中唱道：“我承袭了别的歌手的唱本/演唱中我也是边唱边增加内容/我尽我所知演唱玛纳斯/请各位兄长不要责怪我。”（郎樱：《玛纳斯论》，第163页）

艺人，他们一般只对史诗进行“复述”，只起着稳定既有史诗知识的作用，理论上不具备创编功能[①]。因为后者不参与史诗创作，我们讨论的史诗艺人限指前者，而且一般指称那些没有受过文字教育的，靠“记忆”保存文本的史诗艺人[②]。

2. 关于听众

史诗演述总是在特定民族或区域的人群中进行的，听众是相对固定的，而史诗艺人则是流动的、随机的[③]，不同的史诗艺人可能在不同的时间面对同一批听众。因此，我们假定每一次具体的演述之前，听众都已经从别的史诗艺人那里习得了该史诗的一般性知识，具备了史诗演述的一定评判能力[④]。这些知识和能力能够监督史诗艺人的演述不偏离史诗的情节基干。

3. 关于“情节基干”

尽管多数学者认为口传史诗没有定本，但如果我们把同一民族不同史诗艺人所演述的“同题”史诗文本进行比对，析取它们的“最大公约数”，就会发现，同题史诗存在一些共有的、不可更改的情节单元及其排列顺序。这些情节单元及其秩序是所有该史诗的演述者们所共同遵守的。

① 史诗艺人的分类有时也不一定以是否“神授”作为标准，但必须以是否具有即兴创作能力来分类。“江格尔奇的演唱可以分为两大类：一类严格遵循已固定下来的规范脚本，偏离它们是不许可的；另一类在表演过程中即兴创作，改变了个别事件的序列，扩展或压缩情节，加进了自己的新内容。”（仁钦道尔吉：《江格尔论》，第26页）

② “识字的江格尔奇只占总数的小部分。其中有的人的所谓识字，也只是粗通文墨而已。”（朝戈金：《口传史诗诗学》第49页）居素甫·玛玛依是玛纳斯奇中极少见的识字而又“神授”的特例，大部分的“神授”艺人如格萨尔史诗艺人中的札巴、玉梅等，都是文盲。

③ “是谁使它（《格萨尔》）得以传播和普及呢？……在拉达克是由流浪音乐家这个贱民种姓来负责这一切的。……它们那质量低劣的文句、民间故事的简单特征以及某些孤立的内容无疑解释了这种事实。”（石泰安：《西藏史诗与说唱艺人的研究》，第317页）“有的玛纳斯奇像游吟诗人一样，走到哪里，唱到哪里。”（郎樱：《玛纳斯论》，第26页）“上了岁数的艺人（江格尔奇）多半是一个村落一个村落地游唱。……哪里需要，他们就在哪里伴之以歌唱、音乐和动作，哪里用得着，他们就在哪里模仿动物的叫声。”（仁钦道尔吉：《江格尔论》，第13—14页）

④ “在西藏的其他地方以及蒙古，大众都零零散散地掌握、说唱和传播格萨尔史诗的片断。”（石泰安：《西藏史诗与说唱艺人的研究》，第317页）

我们把这些情节单元与秩序的组合叫做“情节基干”[①]。我们假设这些情节基干是所有史诗艺人据以发挥自己创编才华的基础文本。

4. 关于“叠加单元”

由于情节基干只是一个“最大公约数”，所以，任何实际演述的文本都会比情节基干更加丰富，拥有更多的情节单元，或者具有更充分的细节描述。也就是说，任何个别文本都是情节基干的“展开式”[②]。因此，我们必须假定活态的史诗文本不仅是可持续生长的，而且具有一个可持续生长的、简单的结构机制[③]。

相对于情节基干中那些不可随意更改的稳定的情节单元，我们把那些不属于情节基干部分的，而是史诗流传过程中由不同的史诗艺人所演绎出来的，而又能够得到听众认可的情节单元称作“叠加单元”。

5. 关于违规文本

史诗演述是大多数史诗艺人的谋生手段，史诗演述成功与否直接关系到他们的生存质量。任意一个时代或地区的听众都可能见识过多位史诗艺人的演述，这就决定了史诗艺人的演述必须以情节基干为本，在情节基干的基础上，尽可能地生动、丰富，不做违规的创编。另一方面，任意一个史诗艺人的违规创编都可能会受到听众的质疑，而且还可能会受到其他史诗艺人反复、强势的常规演述的压制。

---

① 所谓“情节基干”是指同一类型的故事中所有异文都具有的若干单元（母题链）的组合，详见刘魁立《民间叙事的生命树——浙江当代“狗耕田”故事情节类型的形态结构分析》，载《民族艺术》2001年第1期。

② “歌手在学习演唱史诗时，不是从头至尾地记唱词，而是背人物出场的先后，情节要点、片段与事件的先后顺序以及传统性的共同之处和史诗的套语等等。……然后，在演唱过程中创作自己的唱词，并不断加以改变，使之符合听众的思路。有时在唱词中还添入这样或那样一些新的细节甚至故事情节。当然，类似这种带有即兴性质的新的创作内容只能加在定型的、经久不变的传统的框架之中。”（《江格尔与突厥——蒙古各民族叙事创作问题》，科学出版社1980年版，第37页。转引自仁钦道尔吉《江格尔论》，第25页）

③ 一个有代表性的个案是，《格萨尔》史诗在近现代仍然有许多新的生长，比如，许多学者都曾在藏族地区搜集到《德岭战争之部》与《美岭战争之部》，讲述格萨尔王与希特勒的战争、与美洲国王的战争，反对白色人种。这两部新传本在形式、行文、风格上都与传统的旧抄本非常相似，说明新传本的创作与旧抄本的既有模式是有密切关联的（详见徐国琼《“格萨尔”考察纪实》，云南人民出版社1993年版，第256—261页）。

6. 关于演述技艺

从科学的角度，我们必须否定神的存在，因此，我们必须相信“神授艺人”之所以敢于大胆创编而又能够满足听众的要求，不悖听众的既有知识，一定是领悟到了一套可供操作的创编“秘技”。这些秘技既包括对史诗情节基干的熟稔与领悟，也包括对演述套路和唱词的熟练把握，更主要的是，还必须领悟、掌握叠加单元的结构技巧。至于这些秘技是否必须披上神授的外衣，那只是史诗艺人自我宣称方式的不同①。

三 史诗结构的可持续生长功能

史诗的结构机制必须具备一种可持续生长的功能，它才能由一件单纯的史事或一则简单的故事，生长成为洋洋大观的鸿篇巨制。

尽管许多学者都有将史诗艺人及史诗演述神秘化的倾向②，但是，任何一个无神论者只要相信“神授”其实只是史诗艺人对于叠加单元的一种创编感悟，就一定还能想到，对于那些文盲史诗艺人来说，剔除了“神”的作用，“神授”与“承袭”之间，其实也只“相隔一层纸”：叠加单元的结构必须具有一种极简单的操作规则，才有可能被这些文盲史诗艺人在某一个特殊的时刻所迅速领会和掌握，也才有可能被这些文盲史诗艺人不假思索地、流畅地运用于具体的演述活动。

① 调查者得知艺人仓央嘉措是难得的能演述传说中的《白惹羊城》的艺人，可艺人自己介绍唱本的诞生过程却既非神授，也非师承：“他苦思冥想了好多天，把自己听过的史诗中的诗句和自己说唱中的遣词运句的特点，凭着自己走南闯北的见闻等统统按照史诗的格式，有意往一起凑，反复加工、创造，组织情节，调整细节。经过他几天的努力，一部《白惹羊城》的雏形总算由他自己创造出来了。”（郭晋渊、角巴东主：《他与格萨尔的不解之缘——访黄南州艺人仓央嘉措》，载《格萨尔研究》第四辑，1989 年版）我们试着假设，如果仓央嘉措不是这么实诚，而是坚持这是“神授”得来，谁又能不信呢？

② 比如，石泰安就曾详细描述了他所知道的关于史诗艺人的种种宗教特征，“说唱艺人，其神通性出自神灵在他们耳边低声细语的事实。他们的辞汇非常丰富，特别是包括作为史诗典型特点的多种隐喻或譬喻。”（石泰安：《西藏史诗与说唱艺人的研究》，第 468 页）其他许多学者也都在各自的著述中专门谈论过史诗艺人的“神授”问题，但基本都是以描述，或记录、复述艺人的自述为主，很少对神授问题展开“科学”的无神论分析。

而且，叠加单元的结构机制必须首先满足我们在第二节所设定的各项初始条件，才能保证史诗艺人不在具体的演述过程中遭到听众的否定。而要满足这些初始条件，叠加单元就必须具备以下几种功能：

1. 叠加单元的展开，是在情节基干既有的各种具体条件下的展开。比如，相同的主人公及主人公性格、相同的人物关系、相同的人物功能、相同的活动范围和生存环境、主人公使用相同的武器和道具，等等。也说是说，叠加单元的展开，不能与情节基干中的基本设定相矛盾。

2. 叠加单元所产生的结果不能影响原有情节基干的既定情节和走向。

3. 叠加单元及其自身的组合是对原有情节的发展而不是更改。

4. 无论是发生在不同史诗艺人之间，还是发生在同一史诗艺人在不同时空的演述中，任意两个叠加单元能够相互兼容。

四　回到原点:史诗叠加单元的情节指向

要满足以上各种功能，叠加单元的结构原则只有一种可能：既满足情节基干所设定的诸种关系，又是一个具有自足性能的闭合系统。

既然每一个叠加单元都必须是一个相对自足的闭合系统，它就应该在叠加单元这个系统内部完成一次（或数次）冲突的循环，也即必须完成“问题的提出、问题的展开、问题的解决”三个阶段的一次（或数次）循环。提出问题是为了展开新的叙事；展开问题是为了达到叙事的效果；解决问题是为了消除本单元可能造成的后果和影响。

一个自足的闭合系统，必须保证在该系统内部循环完成之后，不会落下任何功能性的遗留物（如果不能满足这一条件，该系统也就不能被视做闭合）。具体到我们的讨论中，叠加单元在完成了冲突的循环之后，也必须自产自销，不能落下未解决的遗留问题，否则，情节基干中的平衡关系将被打破，整个故事结构将被打乱。

叠加单元如果是以“加法”起兴，比如遭遇了新的敌人，掀起了新的矛盾与冲突，那么，就必须以“减法”把新增的敌人全部消灭，将这些矛盾与冲突全部化解，使该单元所产生的各种问题得以解决；如果叠加单元是以“减法”起兴，造成了情节基干中主人公的某种缺失（如“受伤”或“死亡”），那么，就必须以“加法”弥补缺失（如“康复”或“再生”），使主人公完全恢复到叠加单元开始时的状态。

所以说，无论叠加单元如何运行，其内部“加减运算”的最终结果必须为“零”。在该单元结束时，一切必须回到该单元的初始状态。

以《罗摩衍那·战斗篇》中因陀罗耆的第一次出征为例。反方罗波那的儿子因陀罗耆施展妖术，射伤了正方罗摩兄弟（问题的提出，“减法 1”），罗摩的助手须羯哩婆以及他的猴子军队因此而情绪低沉（问题的展开），金翅鸟及时到来，解救了罗摩兄弟（问题的解决，“加法 1”）。正如诗中所唱：“金翅鸟这样一拂拭，他们的伤口立刻愈合；他们两个的身躯，迅速变得美丽柔和。”（6.40.39）金翅鸟并不是《战斗篇》中的主要角色，它的出现（“加法 2”），只是为了解决罗摩兄弟在这一单元内的特殊困境，任务完成之后，它马上“纵身飞入太空中，像风一样迅速飞跑”（6.40.59），不能继续留在战场（“减法 2”）。即使罗摩兄弟再次被因陀罗耆的暗箭射杀，金翅鸟也不再出现，因为那是另一个叠加单元的问题，将以另一种方式来进行加减运算。经历了这一场变故，整个战局毫无变化，故事进程又回复到原来的状态。

再以鸠槃羯叻拿的出征为例。反方众罗刹唤醒了大力罗刹鸠槃羯叻拿，以对抗罗摩的军队（问题的提出，“加法 1”），正方猴子军队在鸠槃羯叻拿面前节节败退（问题的展开），最终由罗摩出手，杀死鸠槃羯叻拿（问题的解决，“减法 1”）。战斗过程中，反方鸠槃羯叻拿勇武非凡，多次捉住正方将领，如哈奴曼、须羯哩婆等许多主要的猴子将领都曾被活捉（“减法 2”），鸠槃羯叻拿把它们夹在自己的两臂之间，但他始终没有伤害正方将领中的任何一个（“加法 2”）。道理很简单，关于鸠槃羯叻拿的故事只是一个叠加单元，鸠槃羯叻拿不能损害情节基干中的任何一个主人公。鸠槃羯叻拿在战斗中的作用只是吞食了许多的猴子兵，而猴子兵的数量，在史诗的演述中几乎没有任何功能，或增或减都没有任何意义①。这

① 在英雄史诗中，胜败往往只取决于英雄个人，兵力是没有意义的。比如，哈奴曼在向罗摩报告楞伽城的兵力部署时提到，西门有一阿由他（一万）的罗刹守卫，南门有一尼由他（一百万）的罗刹守卫，东门有一钵罗由他（仅指大数目）的罗刹守卫，北门有一阿哩布陀（一万万）的罗刹守卫。西门与北门的数字居然相差万倍，可见兵力数字在诗中是没有确切意义的。

一单元唯一新出场的角色是鸠槃羯叻拿自己，而他最终被罗摩杀灭了。一长一消，故事进程回复到了原有的状态。

非战斗的场景同样可以插入这种叠加单元。以罗摩与悉多的相见为例。罗摩见了悉多，对悉多的贞洁表示怀疑（问题的提出，“减法 1”），悉多非常悲愤，蹈火自明（问题的展开），这时，火神出现了（“加法 2”），他把悉多托出火海（问题的解决）。离开火海的悉多以神判的方式证明了自己的贞洁，不仅毫发不伤，也不会对罗摩产生任何怨言（“加法 1”）。同样，火神完成救人行为之后，必须退出舞台（“减法 2”），不再担任其他功能，它与前述金翅鸟的功能是一样的。这样，经历一个循环之后，故事进程又回复到原来的状态。

综上所述，作为常规语境下的常规演述，任何一位史诗艺人创编的叠加单元，都必须遵循这样一个规则：

如果我们把叠加单元开始时主人公的各种初始状态视做“原点”，那么，在该单元结束的时候，主人公的所有状态必须“回到原点”①。也就是说，从哪里出发，最后还得回到哪里去。情节基干中原有的人物和功能不能在叠加单元中被消解，情节基干中没有的人物和功能则必须在叠加单元结束时消除干净，不能落下任何可能干扰情节基干或其他叠加单元的遗留物。

五　叠加单元与相关结构理论的区别以及本文回避的内容

叠加单元的提出，旨在解决民间叙事文学可持续生长的结构机制问题。许多学者对这类问题已经有过相关思考，并提出过一些经济适

① “回到原点”的提出曾受到广州一位的士司机的启发。我问那位司机：既然日班司机和夜班司机同驾一辆车，却又是自负盈亏的临时组合，那么，假如一个司机跑得多，耗油多，另一个司机跑得少，耗油少，那两个人之间如何分配汽油费呢？回答说：不管你跑多少路，用多少油，当你交给别人的时候，把油加满就行了，等他跑完了，再加满油还给你。这时我突然意识到，史诗艺人就如同的士司机，情节基干就如同的士车，每一位艺人的每一次演述，就如同的士司机轮班出车，每次交班的时候，都必须让汽车的状态“回到原点”，如果谁把车损坏了，或把油用光了，大家就无法和谐共处，无法共享同一辆汽车。这就是多人共享同一对象的“游戏规则”。

用的结构模式。以下我们将讨论叠加单元与其他相关结构模式的区别与联系，并以此来廓清叠加单元的适用范围。

（一）叠加单元与“框架结构”的区别及本文回避的内容。

黄宝生在《古印度故事的框架结构》[①] 中指出，大故事里套小故事的结构是古印度故事文学带有普遍性的特点，突出表现在《本生经》、《五卷书》、《故事海》等著名故事集当中，这种结构形式，按照西方批评术语，即是框架式（Frame），或连串插入式（Intercalation）。在西方故事文学中，《十日谈》和《坎特伯雷故事集》堪称这种结构的典范作品。

框架结构故事集的突出特点是，全书有一个或少数几个简单的基干故事，基干故事中，插入故事主人公讲述的故事，在这些故事里面，又可以套入更多的独立的故事。总之，大框架里套中框架，中框架里套小框架，小框架里套小小框架……从数学上说，可以达到无限小，也就是说，故事的篇幅，可以达到无限长。这显然是一个可持续生长的结构机制。

黄宝生认为，“古印度故事的框架结构不是偶然产生的文学现象，它导源于古印度两大史诗《摩诃婆罗多》和《罗摩衍那》”。

在史诗中，框架中的故事主要表现为“插话”，即史诗中人物的“讲述”。在《摩诃婆罗多》中，这样的插话大约有二百个，包括有神话、传说、故事、寓言、宗教哲学说教等。这类插话在《罗摩衍那》中相对少得多，但不是没有。

叠加单元与框架结构的区别在于：

1. 框架结构是以插话的形式来展开故事的，插话是史诗主人公讲述的，或听到的寓言，并不是史诗主人公自己的故事。叠加单元则是由史诗艺人讲述的，关于史诗主人公的故事。

2. 插话中的故事主角是不固定的，随机的。叠加单元则与史诗的情节基干具有同一行为主体，至少有同一主体的参与。

3. 插话讲述的一般不是正在发生的事件，而是借史诗人物之口叙述过去发生的故事或想象中的故事。叠加单元是对史诗中正在发生的事件的

---

① 王宝生：《古印度故事的框架结构》，载《外国文学研究集刊》第 8 辑，中国社会科学出版社 1984 年版。

细节添加，叙述的是史诗主人公的现在状态。

4. 插话多数以寓言的形式出现，它们不仅不是史诗生长的必要情节，其反复出现还常常造成故事情节枝蔓庞杂，读者稍不留神，就会失去故事主线，不知所归。叠加单元虽然不是史诗的情节基干，但它是情节生长中的一个特定环节，并不偏离原有叙事，与原有的叙事主线密切相关，是对情节基干的丰富和补充。

基于以上区分，本文在对叠加单元的划分中，回避插话内容，也就是说，凡是史诗人物所叙述的事件（如《罗摩衍那》中大段的人物独白和对话，以及史诗人物讲述的故事），无论是否具有独立的情节，均不视做叠加单元。

（二）叠加单元与“消极母题链”的区别及本文回避的内容。

刘魁立在《民间叙事的生命树——浙江当代“狗耕田”故事情节类型的形态结构分析》[①] 中，把那些可以延续情节基干，推进情节进一步发展的母题定名为“积极母题链”，而把那些用以替代情节基干中的某一步骤，没有结束或发展情节功能的母题定名为“消极母题链”。

消极母题链的实质是以更长更丰富的故事母题替代情节基干中的某些单纯直接的情节步骤，比如说，在“狗耕田”故事中，情节基干中的步骤是“兄弟分家→弟弟得狗”，但在有些异文中，可能变成“兄弟分家→弟弟分得牛虱→牛虱被鸡吃，邻居用鸡赔牛虱→鸡被狗吃，邻居用狗赔鸡(弟弟得狗)”。消极母题链因为只具备部分的替代功能，因此，在文本的叙述中必然地还要返回到情节基干上来。消极母题链与叠加单元都是从特定的情节步骤中生发出来、最终又回到了情节基干。

叠加单元与消极母题链的区别在于：

1. 消极母题链是对情节基干中原有的某一情节步骤的“替代”，是对原有情节的细节上的丰富。而叠加单元是情节基干上的“无中生有”，是原有叙事背景下衍生出来的插入单元。

2. 消极母题链是从被替代情节的初始状态出发（如“兄弟分家”），最终指向被替代情节的终点状态（如“弟弟得狗”）。而叠加单元则把情

① 刘魁立：《民间叙事的生命树——浙江当代“狗耕田”故事情节类型的形态结构分析》，载《民族艺术》2001 年第 1 期。

节基干发展中的某一状态当做原点（如“战争状态”），最终指向还要回到原点（如“战争状态”）。

3. 在整个故事的发展过程中，消极母题链只能被取代，不能被取消。而叠加单元既能被取代，也可被取消。

4. 如果用字母来示意，消极母题链是 Ω（希腊字母）中的弧形，叠加单元则是 Ю（西里尔字母）中的圆。

消极母题链在史诗的演述中也有大量的存在，“据（著名格萨尔史诗艺人）才让旺堆说，真正的博仲艺人，无论叙述哪部史诗，都有详述和简述两种本领”。[①] 当史诗艺人将同一段“简述”情节转化成“详述”情节的时候，他往往就动用了消极母题链，把简单过程复杂化了。

以《罗摩衍那·战斗篇》为例，当罗摩打败罗波那之后，他与悉多的相见是必不可少的情节，按常理，这应该是一种很直接的行为，但在精校本中，罗摩偏要先让哈奴曼去传信：“猴主！带着这消息/迅速走去见悉多/然后带着她的话/回头来这里见我。”（6.100.22）于是，又派生出一大堆悉多与哈奴曼的毫无实际内容的对话。

消极母题链是对原有情节在细节上的拉伸，不构成额外的冲突与消解，我们在本文的讨论中，回避对这类消极母题链的分析。

（三）叠加单元与“史诗集群”的区别。

史诗集群（epic cycle）是口头程式理论中的术语[②]，“Cycle 一词指系列作品，原意是‘完整的一系列’，后逐渐用来表示以某个重要事件或杰出人物为中心的诗歌或传奇故事集。构成系列的叙事作品通常是传说的累积，由一连串作者而不是一个作者创作。有时用于韵文诗歌时也作‘组诗’。……epic cycle 即指由若干‘诗章’构成的一个相关的系列。史诗集群中的各个诗章拥有共同的主人公和共同的背景，事件之间也有某些顺序和关联。核心人物不一定是每个诗章的主人公，但他往往具有结构功

---

① 官却杰：《略论“格萨尔”史诗说唱艺人才让旺堆演唱形式及特点》，载《格萨尔研究》第四辑，内蒙古大学出版社 1989 年版，第 267 页。

② 详见［美］约翰·迈尔斯·弗里《口头诗学：帕里－洛德理论》（*The Theory of Oral Composition: history and methodology*），朝戈金译，第四章，社会科学文献出版社 2000 年版。

能。《江格尔》就是典型的史诗集群作品”。[1]

这种“集群”概念类似于我们常说的“水浒人物故事群”、“三国故事群”，只要是与水浒人物或三国人物相关的故事，都可归入这样的“集群”。

本文界定的叠加单元与史诗集群之“诗章”的异同在于：

1. 叠加单元既指史诗集群中的独立诗篇，也指叠加于成型史诗的线性结构中的情节单元。对于《江格尔》这样的史诗集群来说，叠加单元与诗章基本上是一致的；对于《罗摩衍那》、《摩诃婆罗多》这样早已整体成型的作品来说，叠加单元多指后起的、添加于情节基干之上的情节单位，成为史诗整体的有机部分，这类史诗不是以集群面目出现的，也就不能把叠加单元视做独立诗章。

2. 诗章具有很大的独立性，它一般只依赖于共同的主人公或是极少数共同的重大事件，在不同的诗章中，人物的功能有很大的不同，比如在《江格尔》组诗中，不同的英雄在各诗章中的地位和表现，差别可以很大，某一诗章中顶天立地的英雄在另一诗章中常常显得懦弱无能，反之，某一诗章中的懦弱男子可能在另一诗章中大显神威，关键只看这一诗章是唱颂谁的诗章。叠加单元在《罗摩衍那》这样的成型作品中，作为情节发展中的一个有机环节，人物的功能、情节的发展必须与原诗保持高度的一致，才能成功地进入史诗。

3. 史诗集群是根据史诗的现实生存状态而直接提出的概念，这一术语最早用来指一系列旨在补充荷马史诗关于描写特洛伊战争的叙事诗。叠加单元是针对史诗艺人的演述条件、演述状况及其必备的功能而推演出来的虚拟概念，旨在用以破解史诗演述中的种种神秘现象。

因本文讨论的例文《罗摩衍那》不属史诗集群，因而下述分析中没有需要回避的“诗章”内容。

---

① 朝戈金：《史诗学术语简释》，载中国社会科学院少数民族文学研究所网站 http：//www. cass. net. cn/chinese/s16_ sws/Keywords/Keywords. htm。

六 选择《罗摩衍那·战斗篇》的理由

我们前面的所有假设与推论都建立在史诗演述、传播的口头性质和变异性上，如果《罗摩衍那》不具备口头性和变异性，那么关于《罗摩衍那》的讨论就会变得毫无意义。

先看《罗摩衍那》有没有口头性。

莫·温特尼茨在他的《印度文学史》中说：“我们只能这样来设想《罗摩衍那》的流传过程：在一个相当长的时期内，《罗摩衍那》完全靠游方歌手在口头上世代传诵，比如《后篇》里的俱舍和罗婆两兄弟。……如果战争的场面在武士居多的观众里引起了强烈的共鸣，伶工们便可以轻而易举地创造出一批又一批新的英雄，让他们继续厮杀，还可以不断地增加几千个甚至上万个猴兵或罗刹战死疆场的情节，或者把已经讲过一遍的英雄业绩稍加改动再讲一遍。”[①]

温特尼茨的这种假设不是没有道理的。“罗摩的传说，从非常古老的时代起，就由歌人和说唱者家庭的民间艺人唱给人们听，这种记载在许多古代著作中都可以找到。”[②]“《诃利世系》中说：在创作《罗摩衍那》很早以前，罗摩故事就一直由往世书的精通者们（行吟艺人、歌人或民间诗人）到处传唱。《摩诃婆罗多》中就可以找到许多传唱长篇故事诗的记载。”[③] 因此学术界普遍认为，史诗虽然“不是用活的口语写作的，然而作为这两部长诗的基础的传说，却是用口语和方言叙述的（更确切地说，是演唱的）”[④]。

再看《罗摩衍那》是否具备变异性。

---

① ［德］莫·温特尼茨：《民族史诗和往世书》，胡海燕译，姚保琮校，载《印度两大史诗评论汇编》，中国社会科学出版社1984年版，第403页。

② ［印］斯·格·夏斯德利：《史诗时代》，刘安武译，载《印度两大史诗评论汇编》，中国社会科学出版社1984年版，第21—22页。

③ ［印］瓦·盖罗拉：《罗摩衍那》，刘安武译，载《印度两大史诗评论汇编》，中国社会科学出版社1984年版，第51页。

④ ［苏］帕耶夫斯卡娅·伊林：《印度古代史诗摩诃婆罗多和罗摩衍那》，阮积灿译，载《印度两大史诗评论汇编》，中国社会科学出版社1984年版，第432页。

"古代印度，它们以口头吟诵的方式创作和流传。因而，它们的文本是流动性的，经由历代宫廷歌手和民间吟游诗人不断加工和扩充，才形成目前的规模和形式。"[①]《罗摩衍那》传本极多，大致有三分、四分等划分法，不同版本之间互有歧异，"北印度本、孟加拉本以及克什米尔本这三种版本之间不仅存在着诗节的差别，而且有的地方整章整章都不相同"。[②] 具体传本、抄本和印本的数目，现在还无法作出精确统计，"从1960年开始出版的《罗摩衍那》的第一个精校本，搜集了二千来种写本和印本。第一篇《童年篇》的主编、同时也是总主编的印度学者帕特，从二千多种传本中选出了八十六种，做为精校《童年篇》的依据"。[③] 可见其版本之宏富。

阿·麦克唐奈是这样解释版本差异的："在那些以吟诵史诗为业的诗人们中间，口头流传的传说随时都有些变化，而这个时候史诗却在不同的地方被人用文字记录下来，成为定型，于是就有了三种不同的修订本。……在真正是原作的几篇中，也还窜入了一些章节。如同亚戈比教授指出的那样，所有这些后来增补到原始史诗身上去的部分，绝大多数都和原作结合得十分松散，结合之处很容易辨认出来。"[④]

综上所述，季羡林先生认为："《罗摩衍那》源于民间伶工文学，最初只是口头流传，民间的伶工艺人增增删删，因人而异，因地而异，经历了不知道多少变迁，最后才形成了一个比较固定的本子。……《罗摩衍那》中有很多层次。就连固定的本子似乎也并不固定。"[⑤] 基于这一判断，本文选择《罗摩衍那》为例进行叠加单元的分析。

七　《战斗篇》的情节基干

正如季羡林先生所说，《罗摩衍那》"这一部大史诗，虽然如汪洋大

① 黄宝生：《印度古典诗学》，北京大学出版社1999年版，第190页。

② ［印］拉·斯·"赫拉"：《罗摩衍那》，刘安武译，载《印度两大史诗评论汇编》，中国社会科学出版社1984年版，第6页。

③ 季羡林：《罗摩衍那初探》，外国文学出版社1979年版，第82页。

④ ［英］阿·麦克唐奈：《史诗》，王邦维译，载《印度两大史诗评论汇编》，中国社会科学出版社1984年版，第547页。

⑤ 季羡林：《比较文学与民间文学》，北京大学出版社1997年版，第247—248页。

海，但故事情节并不复杂。只需要比较短的篇幅，就可以叙述清楚”①。《罗摩衍那》所述，其实是个非常简单的故事：罗摩失国→流放森林→悉多被劫→寻找悉多→得到助手→战胜敌人→罗摩复国。具体到《战斗篇》，如果以我们前述叠加单元的标准来分析其情节结构，很容易就能从中析出大量的叠加单元，这些叠加单元完全能够满足史诗结构可持续生长的各项功能。

我们遇到的问题是：以什么标准来确定情节基干？

我们前面第二节提到，情节基干是同题史诗中那些稳定的、不可更改的情节单元，是所有演述该史诗的艺人所共同遵守的情节与秩序的组合。这就产生一个麻烦，我们所据的《罗摩衍那》译本有限，我们的情节基干无法从多个异文的形态学分析中得到。怎么办呢？这是一个颇费踌躇的问题。好在本文的目的只是想以大家都能看到的史诗足本《罗摩衍那》为例，试图举例说明哪一些章节“可以”作为自足、闭合的叠加单元而满足我们设定的初始条件。这些章节只是“可能”的叠加单元，而非“必然”是叠加单元。如此，我们便可以在自足的系统内为本文写作所需要的情节基干设定一个大致的边界。

我们甚至可以把情节基干的标准放得再宽一些。本文假定，只要是能满足以下两个条件之一的，我们就把它看做情节基干：

1. 从全篇史诗的结构逻辑来看，故事发展中不可缺少的情节单元。

2. 跨越若干章节而具有因果关系的情节单元。

依此标准，我们可以从《罗摩衍那·战斗篇》中析出14个属于情节基干的单元（下面括号内数字为该单元所在章次）：

基干1：（4）罗摩大军南征，来到南海之滨。因为“人们很早就考证出楞伽即斯里兰卡，但最初也可能是指一个更为遥远的地方”②，斯里兰卡是印度南面的岛国，因此，“来到海边”的情节就与随后讲述的“渡海”情节构成了史诗中相互依存的跨章节因果关系。

基干2：（6—13）维毗沙那投奔罗摩，罗什曼那将维毗沙那灌顶为罗

① 季羡林：《罗摩衍那》全书译后记。

② ［法］路·勒诺：《古代印度》第一卷选译，杨保筠译，王文融校，载季羡林、刘安武编《印度两大史诗评论汇编》，中国社会科学出版社1984年版，第508、509页。

刹王。因为维毗沙那作为正方谋士的角色，频繁出现在《战斗篇》的几乎所有章节中，而且将在罗什曼那杀死因陀罗耆的战斗中起着不可替代的关键作用，是《战斗篇》中不可缺少的主要角色之一。

基干 3：（13—15）那罗造桥，猴子渡海。“渡海”是必要的情节，理由参见基干 1。

基干 4：（27—28）罗波那筹划守卫楞伽城，罗摩准备进攻。这两章是相伴而存在的，楞伽城的防守分成东、南、西、北四座城门及中央丛林，罗摩的进攻布置也分为东、南、西、北及中央丛林五路。最关键的是，其后发生的战争，尽管未能一一明确是在哪个城门展开，但攻防双方的主战将领是与该两章的战争部署严格对应的。也就是说，该两章的攻防部署与后续的捉对断杀形成了因果关系。

为了清楚地说明这种因果关系，以便将对应的属于情节基干的战争章节抽拣出来，特制表 1。

表 1　　楞伽城的攻防部署

	守方将领名单（第 27 章）	攻方将领名单（第 28 章）	另一份攻方将领名单（第 31 章）	某次实际攻战的出场将领（第 32 章）
东门	钵罗诃私陀	尼罗	尼罗、曼陀、陀毗毗陀	俱牟陀
南门	摩诃波哩湿婆、摩护陀罗	鸯伽陀	鸯伽陀、哩舍婆、迦婆刹、迦阇、迦婆耶	舍多波厘
西门	因陀罗耆	哈奴曼	哈奴曼、钵罗摩亭、钵罗伽婆	须私那
北门	罗波那、苏伽、娑罗那	罗摩、罗什曼那	罗摩、罗什曼那	罗摩、罗什曼那、须羯哩婆、俱兰瞿罗、迦婆刹、陀噜牟罗
中央丛林	毗噜钵刹	须羯哩婆、阎婆梵、维毗沙那	须羯哩婆	

对照《战斗篇》全过程，从表中我们发现，凡是第27、28章攻防部署中提及的双方将领，都是史诗中反复出现的主要角色；反之，未在这两章出现的正反双方将领，大多只是昙花一现，出场的同时，也就意味着即将被消灭。因此，我们有理由认为，第27、28两章中出现的名单，尤其是攻方将领名单，可能就是史诗的基本角色，后续的情节基干，也在很大程度上取决于与这些名单的对应。反之，第32章中出现的某次攻战场面，除罗摩兄弟这样的主要角色之外，其他将领均未按第28章的安排行动，因此，第32章描写的战斗场面极有可能是叠加的单元，这一点，我们还将在后面进行详细论述。

基干5:（45—46）发生在东门的战斗，尼罗杀死钵罗诃私陀。理由参见基干4。

基干6:（57—58）可能发生在南门的战斗，哈奴曼、尼罗、哩舍婆协助鸯伽陀杀死摩护陀罗、摩诃波哩湿婆等罗刹[①]。理由参见基干4。

基干7:（67）因陀罗耆使妖法，用箭射罗摩兄弟。此处因陀罗耆祭典的作用与隐身的威力，与69章的祭典及73章的祭典被破坏形成跨章节相关。可参见基干9。

基干8:（68—71）发生在西门的战斗，因陀罗耆与哈奴曼交手，因陀罗耆杀死假悉多。罗摩听后很痛苦，维毗沙那为罗摩点破迷瘴。理由参见基干4。

基干9:（72—80）罗什曼那与维毗沙那破坏了因陀罗耆的祭典，杀死因陀罗耆。理由参见基干7。

基干10:（83—97）罗波那亲自上阵。须羯哩婆杀死毗噜钵刹、摩护陀罗，鸯伽陀杀死摩诃波哩湿婆，最后，罗摩杀死罗波那。这与原有的攻防部署是相对应的。理由参见基干4。

基干11:（100）维毗沙那被立为楞伽国王。这是维毗沙那投诚所修得的必然结果。理由参见基干2。

① 这一章很有意思，因为按原来的南门攻防部署，应该是由鸯伽陀杀死摩诃波哩湿婆和摩护陀罗。但在这一章中临时加上了罗波那的四个儿子出战，鸯伽陀无法一时应对众手，于是又临时安排本不在南门的尼罗等猴将援手，杀死了摩护陀罗和摩诃波哩湿婆，这一安排显然与原来的安排产生了矛盾，于是我们看到，在第85章和第86章处，又有一对一模一样的摩护陀罗和摩诃波哩湿婆，这一次是鸯伽陀亲手杀死了摩诃波哩湿婆。

基干 12：（101—106）悉多重归罗摩。这是战争的目的。

基干 13：（109—115）罗摩返回阿逾陀。史诗收尾。

基干 14：（115—116）罗摩会见婆罗多，加冕为王。大结局。

八 《战斗篇》叠加单元的一个特例

作为特例，本节没有完全按照上一节所设定的边界，把第 8—9 章罗波那的将领们在军事会议中自我吹嘘的部分，和第 32—34 章猴群与罗刹鏖战的部分计入情节基干。因为这两个部分虽然隔章节发生联系，但它们只是相对应而存在的，并没有与其他任何情节发生因果关联，这两个部分自身具有很强的闭合性。

为了说明这个问题，我们先将双方将领的出场名单列表如下：

表 2　　“会议”与“鏖战”中双方将领出场表

		第 8、9 章（会议）	第 32、33、34 章（鏖战）
反方将领名单	全部出场将领	罗波那、钵罗诃私陀、杜哩牟伽、婆竭罗檀施特罗、尼空波、婆竭罗诃奴、罗婆萨、苏哩耶设睹卢、须菩陀祇那、耶若古波、摩诃波哩湿婆、摩护陀罗、阿耆计都、杜哩陀哩娑、罗湿弥计都、因陀罗耆、钵罗诃私陀、毗噜钵刹、图牟罗刹	因陀罗耆、钵罗强迦、阎浮摩林、密特罗祇那、陀波那、尼空波、钵罗伽娑、毗噜钵刹、阿耆计都、罗湿弥计都、须菩陀祇那、耶若古波、婆竭罗牟湿提、阿舍尼钵罗婆、钵罗陀钵那、毗君摩里、耶若设睹卢、摩诃波哩湿婆、摩护陀罗、婆竭罗檀湿特罗、苏伽、婆罗那
	被杀将领		钵罗强迦、阎浮摩林、陀波那、钵罗伽娑、毗噜钵刹、阿耆计都、罗湿弥计都、须菩陀祇那、耶若古波、婆竭罗牟湿提、阿舍尼钵罗婆、尼空波、毗君摩里

续表

		第8、9章（会议）	第32、33、34章（鏖战）
反方将领名单	非主要将领及出现频率（括号内数字为出现该名字的章次）	杜哩牟伽（8、9），婆竭罗檀施特罗（8、9、33、34）①，尼空波（8、9、33、45）②，婆竭罗诃奴（8），罗婆萨（9），苏哩耶设睹卢（9），须菩陀祇那（9、33），耶若古波（9、33），阿耆计都（9、33），杜哩陀哩娑（9），罗湿弥计都（9、33）	钵罗强迦（33），阎浮摩林（33），密特罗祇那（33），陀波那（33），钵罗伽娑（33），婆竭罗牟湿提（33），阿舍尼钵罗婆（33），钵罗陀钵那（33），毗君摩里（33），耶若设睹卢（34）
正方将领名单	全部出场将领	罗摩、罗什曼那、哈奴曼、维毗沙那	毗罗婆呼、苏婆呼、那罗；俱牟陀（攻东门），舍多波厘（攻南门），须私那（攻西门），罗摩、罗什曼那、须羯哩婆、俱兰瞿罗、迦婆刹、陀噜牟罗（攻北门）。维毗沙那、迦阇、舍罗婆、乾闼摩陀诺、毒伽陀、商婆底、哈奴曼、尼罗、曼陀、陀毗毗陀、马耳
	非主要将领及出现频率（括号内为出现名字的章次）		毗罗婆呼（32），苏婆呼（32），舍多波厘（32、37）③，俱兰瞿罗（32、34），陀噜牟罗（32），马耳（33）

从表2以及《战斗篇》其他相关的叙述中，我们可以看出如下问题：

（一）从反方将领来看：

1. 在“鏖战”中，反方主要将领（所谓“主要将领”是指除了在“会议”和“鏖战”中出现，还在其他章次出现的，承担了战斗功能的将

① “婆竭罗檀施特罗”与“婆竭罗檀湿特罗”当是同一人名的译误。

② 第8、9章出现的尼空波在第33章被杀。

③ 舍多波厘在第37章中只被提了一下名字，没有担当行为角色。

领）无一阵亡。

2. 在“鏖战”中，反方阵亡将领共13个。其中7个为“鏖战”时临时出场的罗刹，4个为“会议”时出过场的罗刹，所有这些将领的名单都未曾在“会议”和“鏖战”之外的任何其他场合出现。只有2个例外，在别的章节曾被提及。下面我们接着分析这两个例外。

3. 阵亡将领中的“例外”之一是毗噜钵刹。按照第27、28章的攻防部署，毗噜钵刹镇守中央丛林，是应该由攻打中央丛林的须羯哩婆来杀死的，结果在第32—34章的“鏖战”中，罗什曼那杀死了毗噜钵刹，但是到了第84章中央丛林的战斗中，又有一个毗噜钵刹被须羯哩婆杀死。根据原书安排，第27、28、84章中出现的那个被须羯哩婆杀死的毗噜钵刹与“鏖战”中这个被罗什曼那杀死的毗噜钵刹显然不是同一个罗刹。因此，我们还是可以把“鏖战”中的毗噜钵刹看做是即时出场即时被杀的。

4. 阵亡将领中的“例外”之二是尼空波。这个名字出现多次，当是同名的二三人①，因此也可认为这里的尼空波是在“会议”中出现，在“鏖战”中被杀死的。

5. “鏖战”中，临时出场的将领中还有密特罗祇那、耶若设睹卢、钵罗陀钵那，他们虽然在“鏖战”中未提及被杀死，但在史诗后续的情节中再也没有出现过，与死无异。

6. “会议”中，临时出场的将领共有10个。其中5个将领在“鏖战”中被杀死，另外5个将领在“会议”中吹了一通牛皮之外再无下文，也等于是即生即灭了。

（二）从正方将领来看：

1. 在“鏖战”中，正方将领无一阵亡。

2. 在“鏖战”中，正方首次出现名字的将领是6个，除舍多波厘曾在后来的第37章中被提到名字（事实上也只出现名字，没有承担“功能”）外，其余5个均未在其他章次出现。

3. 再回到表1，我们可以看到，第32章的出场将领与原第28章的攻

---

① 在第45章时，又有一个尼空波被罗波那点名出战。从后文看，此处应当是讲述者的口误，或季羡林先生的译误。第47章之后出现的尼空波应该可以认为是尼空婆之误，因为那个“尼空波（婆）”在诗中是作为鸠槃羯叻拿的儿子，每次都与“鸠槃”成对出现的。而这里的尼空波则是单独出现的。

战部署出入极大。即使在第31章，攻方将领名单都还依照第28章安排，可是，一到第32章，除罗摩兄弟还是攻打北门之外，其余各门全部临阵易将。我们在划定情节基干时提到，第28章的部署与后续情节有因果承接关系，反之，第32章的安排则与后续情节没有任何承接关系。而且，第32章的攻战虽然激烈，却对全诗所述的战局没有任何影响。

从以上分析中我们得到的结论是：罗波那的将领们在第一次军事会议中自我吹嘘的部分和双方第一次“鏖战”的部分是同步出现的，它们跨越了第10—31章而相互呼应，构成了一个自足、闭合的系统，完全能满足我们对于史诗叠加单元的所有界定。冲突的循环表现为：非主要对手出场（问题的提出，“加法”），交战（问题的展开），被杀（问题的解决，“减法”）。“鏖战”是这一单元的核心母题①。

事实上，史诗艺人的演述多借助于入神状态的即时记忆，频繁出场的非主要人物，多为即产即销，这一章出场的人物，应该就在这一章中解决掉。像“会议”和“鏖战”这种跨章节相关的叠加单元，在实际的口头演述中极为罕见。但我们面对的是一部可能早在公元前3世纪即已成书的作品，而在后来的传抄中又不断有所添加②，叠加单元完全可能以书面的形式介入原本的情节基干，这样就无须借助即时记忆。因此，我们有理由把“会议”和“鏖战”的组合当作一个特例看待。它们作为一个呼应的单元，肯定是同一个版本中同时出现的叠加单元。

可供验证的是，根据冯金辛译本，鸯伽陀从楞伽城逃走之后，罗波那直接指示因陀罗耆“先杀死安伽陀（鸯伽陀），然后再杀别的人”③。可见因陀罗耆才是真正“首发”出场的敌方战将；而且冯金辛译本也没有

---

① “鏖战”作为本单元的核心母题的意思是指：“会议”中诸将自吹自擂的母题也有可能是依附于“鏖战”母题而出现的，因为会议母题既不承担具体功能，也不自足完整。但“鏖战”母题本身却足以闭合地构成完整的单元。第47章与第63、64章中关于尼空婆兄弟的情况与此类似。

② 季羡林《罗摩衍那初探》第26页：“唐玄奘译的《阿毗达磨大毗婆沙论》第46卷里说：‘如《逻摩衍拏书》有一万二千颂，唯明二事：一明逻伐拿（逻波那）将私多（悉多）去；二明逻摩将私多还。’根据这个记载，当时的《罗摩衍那》只有一万二千颂，而今天通行的本子则约二万四千颂，是当时本子的一倍。”

③ ［印］玛朱姆达（SHUDHA MAZUMDAR）改写：《罗摩衍那的故事》，冯金辛、齐光秀译，中国青年出版社1982年版，第263页。

出现“军事会议”的母题。但在季羡林所译的精校本中，因陀罗耆是在双方“鏖战”之后才出场。可见“会议”和“鏖战”组成的叠加单元在别的文本中确实是可以省略的。

九 《战斗篇》中的叠加单元

当我们开始切分叠加单元的时候，首先要声明的是，叠加单元并不意味着必然就是“后来”叠加进去的。因为最早的史诗艺人也可能为了保证每次演述的相对完整和便于记忆，将原本连贯的情节进行了人为切分，使全诗成为若干个相对独立的“串联体”。我们所说的叠加单元只是理论上可“叠加”与“拆分”的独立系统。

以下对《战斗篇》进行的单元切分只是为了演示一种模拟状态（括号内的数字为该单元所在的章次）：

A.（16—20）罗波那派出两个罗刹苏伽和娑罗那刺探猴军动静，两个罗刹被猴军抓获，审问之后放归，两个罗刹向罗波那复命，讲述自己的见闻。《罗摩衍那》中的许多人名总是成对出现的（这或许也是史诗艺人记忆人名的一种方式），苏伽和娑罗那只在本单元做密探时有角色担当①。两军的军事行动及刺探得来的情报对后续的战局毫无影响。一切状态回复如初。

B.（20—21）罗波那再次派密探舍杜罗出动，结果密探再次被猴子抓获，密探再次回去向罗波那复命。密探舍杜罗也未曾在它处出现。一切状态回复如初。

C.（22—25）罗波那声称已经杀死罗摩，伪造罗摩首级欺骗悉多，悉多痛不欲生。萨罗摩得知真相之后劝慰悉多。悉多中止哭泣，回复到原来状态。萨罗摩在本单元结束之后没有再出现过。一切状态回复如初。

---

① 本文的“角色”（actants）一词采用20世纪俄罗斯形式主义和结构主义使用的概念，即具有行为和功能的主体。“角色与人物的区别在于，有的人物在故事结构中没有功能作用，因为它们并不引发或经历功能性的事件，这种人物便不能称之为角色。”（罗钢：《叙事学导论》，云南人民出版社1999年版，第101页）苏伽和娑罗那另曾在第27、34章中出现名字，但没有担当角色。

D. (26) 摩厘耶梵提议罗波那与罗摩议和，罗波那痛斥摩厘耶梵长他人志气灭自家威风，摩厘耶梵退下，一切回到提议议和前的状态。摩厘耶梵在史诗中没有再出现过。一切状态回复如初。

E. (31) 罗摩派鸯伽陀给罗波那传话，鸯伽陀进了楞伽城，戏弄罗波那，鸯伽陀回来向罗摩复命。没有人员变动和形势变化。一切状态回复如初。

F. (32—34)“鏖战”。切分理由见前述第八节。

G. (35—40) 因陀罗耆射伤罗摩兄弟，金翅鸟解危。切分理由见前述第四节。

G_1. (37—38) 因陀罗耆射伤罗摩兄弟时，罗波那让悉多登上云车去看罗摩的惨状，悉多痛哭，特哩竭吒安慰悉多，向悉多通报消息。悉多的短暂痛苦没有造成任何影响后续情节的后果，特哩竭吒也只是一次性出现。一切状态回复如初。

H. (41—44) 图牟罗刹出战，激烈的大战，哈奴曼杀死图牟罗刹；阿甘波那出战，激烈的大战，哈奴曼杀死阿甘波那。这是程式完全相同的两场战斗：罗波那分派任务→罗刹出征→出现凶兆→两军互搏→罗刹立功→哈奴曼上阵→杀死罗刹，所不同的只是更换一下出场将领的名字。后面的许多战斗也都遵循这一程式。战斗结束后，一切状态回复如初。

I. (47) 罗波那亲自上阵，罗摩接战，罗摩折服罗波那，但是罗摩没有杀死罗波那。战斗结束后，罗波那没有丝毫反省的姿态，一切状态回复如初。

J. (48—56) 众罗刹唤醒了大力巨人鸠槃羯叻拿，鸠槃羯叻拿出战，鸠槃羯叻拿被罗摩杀死。一切状态回复如初。

K. (60—61) 因陀罗耆再次施展隐身术进行袭击，罗摩兄弟中箭倒卧，哈奴曼找到仙草，解救了罗摩兄弟。一切状态回复如初。

L. (62—64) 猴子火烧楞伽城，鸠槃和尼空婆兄弟接战，鸠槃兄弟被杀死[①]。楞伽城的火劫丝毫没有影响到后面情节中楞伽城内的生活。一切状态回复如初。

① 鸠槃兄弟是鸠槃羯叻拿的儿子，此一单元按理当在鸠槃羯叻拿单元之后，只是先后问题不在本文讨论之列。

M.（65—66）摩迦罗刹出战，激战，摩迦罗刹被杀。又是一个临时出场，马上消失的敌手①。一切状态回复如初。

N.（80）罗波那要杀掉悉多，悉多悲诉，须钵哩尸婆劝住了罗波那。须钵哩尸婆也是唯一一次出现的角色，悉多毫发未伤。一切状态回复如初。

O.（81）罗刹军发动攻击，猴军处于劣势，随后罗摩出手，大败罗刹军。一切状态回复如初。

O.（82）罗刹女对于罗刹军失败的悲悼。没有形成后果。一切状态回复如初。

P.（85—86）须羯哩婆杀死摩护陀罗。鸯伽陀杀死摩诃波哩湿婆（与“情节基干6”南门的战斗对照看）。一切状态回复如初。

Q.（88—89）罗什曼那介入罗摩与罗波那的战斗，罗什曼那被短枪击中，哈奴曼再次取回救命草药。该单元与单元K雷同。正面主人公“死而复生”。一切状态回复如初。

R.（98—99）罗摩杀死罗波那之后，罗刹宫女的悲悼与悲诉，没有造成任何后果。一切状态回复如初。

S.（103—104）罗摩怀疑、责备悉多，悉多蹈火自明，火神救出悉多。应该属于添加的民间故事考验母题。切分理由见前述第四节。

T.（112—115）一方面，罗摩会见仙人婆罗杜婆迦，仙人夸赞罗摩；另一方面，罗摩派哈奴曼先去试探婆罗多。史诗讲到第111章时，众人在云车之上，已经“下面可见阿逾陀”，于是“个个起身离了座”，“观看美丽阿逾陀”，到了这里，罗摩应该可以直接降落了。可是，到了第112章，罗摩突然又转而“来见婆罗杜婆迦”，而且罗摩突然分派任务，叫哈奴曼先去试探他同父异母的弟弟，摄政的婆罗多。从6.113.6看来，仙人婆罗杜婆迦距离阿逾陀并不近，道路也比较曲折，会见仙人的举动与第111章“下面可见阿逾陀”的状态很不相符。由此可见，插入“罗摩会见仙人”只是为了给“试探婆罗多”腾出时间，而“哈奴曼试探婆罗多”的功能只是为了表彰摄政婆罗多的孝悌与虔诚，不似史诗原有环节。该单元结束时，一切状态回复如初。因此，我们可以将这一部分划为叠加单

① 摩迦是伽罗的儿子。此两单元中，父子的名字似乎有一定的对应关系，鸠槃是鸠槃羯叻拿的简略，摩迦是伽罗的反读，这大约也是史诗艺人方便记忆的一个法门。

元。该单元之后，又回到情节基干，接着讲述罗摩进城，婆罗多主动让位，罗摩登基、复国。

十 《战斗篇》的结构模型

如果我们把整部史诗看成一个完整的叙事作品，那么，我们也可以为它构拟出一个大体的结构模型，该模型是一个闭合的“大圆”：从罗摩被立为太子开始，罗摩失国→遭流放→悉多被劫→寻找悉多→得到助手→战胜敌人，最后复国登基，得到了本该由他继承的王位。原诗（一般认为，原诗主要是指第2—6篇）主体情节在大团圆中结束。

那么，史诗（特指第2—6篇）中所有的单元都可以视为这个大圆的组成部分：我们用镶在大圆中的“黑色实心点”代表属于情节基干的单元，用叠加在大圆上的“小空心圆”代表叠加单元。

于是，我们得到如下结构模型：

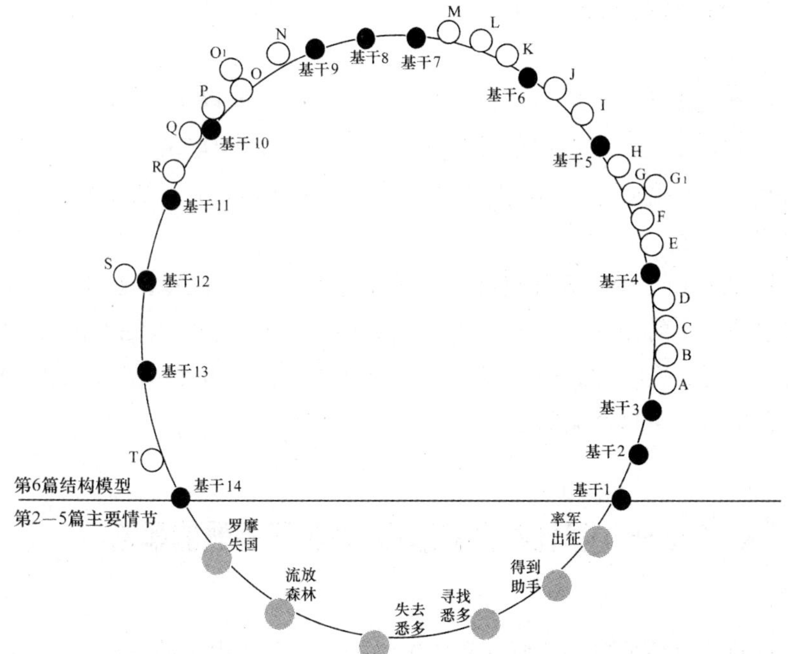

情节基干中的单元是史诗逻辑结构中不可或缺的部分，如果去掉这些部分，史诗就会显得不完整，无法闭合；而叠加单元则是一个自我闭合的小系统，它叠加于情节基干这个大圆之上，但它的存在与否并不影响大圆的完整性。

从图中我们可以看出，在情节基干不变的情况下，附着于大圆上的叠加单元可以无限叠加，叠加的形式可以是多样的：

1. 可以叠加于情节基干的两个单元（如“基干 3”和“基干 4”）之间，它可以是前一个单元（如“基干 3”）的延续，但并不直接介入情节基干，也不影响后一个单元（如“基干 4”），如叠加单元 A、B、C、D。这是史诗篇幅最普遍的一种增长方式。

2. 可以直接嵌入作为情节基干的某一单元（如“基干 10”）之中，扩充该单元的故事容量，如叠加单元 P、Q。这类叠加单元有利于使情节基干的演述规模得到简单扩充。如“基干 10”是罗摩与罗波那的生死决斗，这是史诗的最重头戏，但如果只是两个人的场上决斗，无论如何也敷衍不出太大的规模，于是，就可以在此嵌入叠加单元，穿插其他英雄的死生花絮，把两个人的战局衬托得更加丰富多样。

3. 在叠加单元之上，还可以再叠加，我们可以把它称做“二次叠加”。如 G_1 是叠加在叠加单元 G 之上的二次叠加、O_1 是叠加在叠加单元 O 之上的二次叠加。其功能与第 2 种叠加类型相似，是对所依附的叠加单元的扩展演述。

4. 从理论上说，叠加单元可以叠加在任何一个位置，它不仅可以叠加到情节基干的相邻两个单元之间、嵌入到情节基干的单元之中、在叠加单元上进行二次叠加，还可以在二次叠加上进行三次、四次甚至 N 次叠加。在情节基干这个大圆之外，可以无限延伸。

十一　回到本文的原点：对若干问题的解答

我们试用叠加单元的假说来依次解释本文开头提出的种种问题。

1. 版本问题。每种史诗都会有一些相对稳定的情节基干（n），围绕这些情节基干，可能衍生的叠加单元却是无限丰富多样而且可以不断更新的（x），相对稳定的n与不断更新的x之间的组合，是远比x更为庞大得多的无限多样，而每一次组合都是一个新的版本，因此，从理论上说，活态史诗的版本是不断更新变动着的，永远没有“定本”①。

2. 禁忌问题。活态史诗永远没有定本，也就永远没有“足本”。任何一个史诗艺人，都不可能演唱完整的足本史诗。于是，就有了“演唱完整的史诗会缩短生命”的禁忌。这类禁忌的目的，显然是为了阻止听众要求演述足本史诗的无理要求。

3. 记忆力问题。一些神授史诗艺人能够演述的文本可达近千万言，许多学者都把这种演述本领归因于史诗艺人惊人的记忆能力。事实上，演述并不完全依赖于记忆。

在浙江台州的路头戏演出中，任何一个肯用功的普通演员，都能准确无误地演唱两三百部不同的剧本，他们演出时并不需要完全按剧本演出，演出依据只是这部戏的场次、角色出场先后、大概情节、所用砌末等等，具体的对白和唱词，则由演员在各种程式性唱词的基础上视剧情发展自由发挥②。史诗演述的记忆要求与这种路头戏演出的记忆要求在本质上是共通的。也就是说，史诗艺人只需要在有限记忆的基础上，掌握了史诗叠加单元的结构法则，以及史诗的程式性套语和唱段，他们就可以灵活组装，而无须背诵整部史诗。

4. 神授问题。史诗的可持续生长与史诗艺人的创编冲动是相互依存的两个方面。以超自然的神秘力量来解释、保障史诗创编与可持续生长的合法性，是史诗艺人最可能采用的途径。

可遇而不可求的神灵是唯一不可怀疑、无从对质的灵感源泉。而如果一种被称为神授的情节与另一种被称为神授的情节之间相互矛盾，彼此不能兼容，神灵的权威性或者神授艺人的可信度就会受到质疑。只有叠加单

---

① 必须引起我们思考的是：许多学者正从事活态史诗的整理工作，这对于文化遗产的保护当然是很有意义的，但我们还应该清楚，一旦公开发行一种所谓的“整理本”，它就一定会具有“定本”的嫌疑，就一定会以它的文字权威扰乱现存史诗艺人的演述环境，压制他们的创作冲动。因为任何一个具有创编活力的文盲艺人都无法依据一部庞大的史诗定本来进行演述。

② 详见傅谨《草根的力量——台州戏班的田野调查与研究》，广西人民出版社2001年版。

元回到原点的结构机制，才能保证不同的创编情节之间彼此和谐共处，进而保证神授艺人和神授情节的权威性。

5. 可复述性问题。神授艺人们对情节基干的演述应该是相对稳定的，但对于具有创编性质的叠加单元，尤其是入神状态中即兴创编的诸多细节，往往乘兴而来，兴尽而返。这种稍纵即逝的即兴创编是难以重复再现的，因此，对于这些神授艺人来说，复述已经完成的演述就是一种折磨。

6. 被打断的尴尬。在特定叠加单元的演述中，许多母题与功能是即兴出现的，这些母题与功能的消长必须在本单元内部一气呵成，呈现为一种即时的等量"加"和"减"的对应关系，这是一个完整、闭合的过程。这种过程一旦被中断，史诗艺人将很难回到原有的入神状态中继续其加减运算，继而导致遗漏处理正在生成的母题和功能，无法回到原点。

反过来我们可以知道，这种演述一旦开始就不能被打断的特征，恰恰说明神授艺人的演述是基于即兴创编而不是基于"惊人的记忆力"，因为记忆的信息输出是不忌讳被打断的。

7. 传播问题。只有掌握了史诗可持续生长规律的史诗艺人，才可能具备成功创编的能力。这些史诗艺人能且只能在熟练掌握演述技巧的基础上，以叠加单元的形式，创编史诗新单元。

反过来说，如果史诗艺人在新单元结束时不能回到原点，新单元所遗留的问题就会与史诗既有的其他单元产生矛盾，这种"异质"的新单元很快就会被情节基干强大、反复的"同质"演述所淹没，难以传承和流播。

史诗的这种可以无限延伸其篇幅与内容的结构机制，也表现在许多具有史诗叙事特征的中国古典小说如《西游记》、《三国演义》、《水浒传》、《封神演义》之中。

十二　问题的延伸:古典长篇小说中的叠加单元

我们试着用叠加单元的假说来分析几部具有史诗叙事特征的中国古典长篇小说。

先看《西游记》。这部书与《罗摩衍那》的关系直接一些。胡适、陈寅恪、季羡林、吴晓铃诸先生都曾考释过两著关系，考释的重心主要是放在哈奴曼与孙悟空的源流问题上。如果叠加单元假说成立的话，我们还可以说，两著之间，有惊人相似的结构。

参照《罗摩衍那》的结构模型，我们可以发现：在《西游记》中，唐三藏从大唐出发，历尽艰辛取得正果，回到大唐，正如结构模型中的“大圆”；收白龙马和三个徒弟等情节，是唐僧得到助手的过程，这些都可以看作是《西游记》的情节基干；而路途中间的许多磨难，大多可以视为叠加单元。

我们前面提到，界定叠加单元的标志主要是看该情节单元是否能够自我闭合，也就是说，看情节结束时，故事状态是否能够回到原点。我们可以找一个相对复杂一点的，跨“难”闭合的单元来进入分析，如“平顶山逢魔二十四难，莲花洞高悬二十五难”。

唐僧的这两难中，正面角色照例是师徒四个外加白龙马；中间角色包括三山山神、土地、五方揭谛、太上老君等；反面角色包括金角大王、银角大王、九尾狐狸、狐阿七以及精细鬼、伶俐虫等一应小妖。正面角色不例外地都要经历一些皮肉磨难，但好事多磨，最终肯定是毫发无伤地继续赶路，好像什么都没发生过；中间角色总是在情节需要时出现，不需要时隐去，他们有一定的功能，但在前后情节之中的出现没有任何因果关联；反面角色在这一单元之前没有出现过，在该单元中还将全部被歼灭（或回到原处），也不会在以后的单元中再出现，属于即产即销；狐阿七一战，甚至可以看作是二次叠加，如果把这一小节去掉，完全不影响本单元的情节发展。

更可证明单元结束时必须回到原点的是：此单元中，反方总共有五件宝贝，每件宝贝都具有神奇的功能，正方取胜的前提是孙悟空能够使用各种手段缴获、控制这批宝贝。可是，一旦快到单元结束的时候，孙悟空无一例外地总是会失去他千辛万苦得来的宝贝：“那老君收得五件宝贝，揭开葫芦与净瓶盖口，倒出两股仙气，用手一指，仍化为金银二童子，相随左右。只见那霞光万道。咦！缥缈同归兜率院，逍遥直上大罗天。”① 一切便又回复到了初始状态。

① 吴承恩：《西游记》第35回，人民文学出版社1973年版，第490页。

小时候读《西游记》，我始终不明白孙悟空为什么不把宝贝藏好一点，别让那些菩萨老君天尊之类的神仙把宝贝给收回去了。现在我们知道，单元结束时，只要还有一件宝贝在孙悟空手里，就等于还有一部分功能没有回到初始状态，这些遗留问题的积累将导致后续单元的初始条件越来越复杂，情节设计的难度越来越大，以致尾大不掉，难以为继。而如果每一个单元都直接从情节基干处出发，然后又回到情节基干，情节设计就能少费许多周章。

再看《封神演义》，该著在结构上与《西游记》极为相似。

武王东征所遭遇的种种困难，与唐僧西行一般无二。武王东征途中，总是不断有各种各样旁门左道的厉害对手出现，但是，根据叠加单元即时加减的运算规则，我们知道，这些对手在他们“出现”的同时，也就意味着即将被“消灭”或者被“收编”，而一旦被收编，也即意味着其功能的消失，相当于被消灭（许多朝歌将领在被姜子牙收编之前、作为敌对方的时候，都能将各种奇门异术发挥到淋漓尽致，勇武超凡，而一旦被收编，其武功往往如泥牛入海，湮没无闻。我们与其把这种现象看做是姜子牙手下人才济济，还不如看做是为了回到原点的需要，必须把这些收编将领的作用降到“零点”，才能无损杨戬哪吒等主要将领的作用）。

仔细分析，我们会发现武王东征的每一次战役，都是一个典型的叠加单元。“姜子牙金台拜将”之前的情节，则可以看做是姜子牙得到助手的过程。正面主人公永远不会消失，即使战死，也将死而复生，康复如初。每次交战阵亡的，总是那些被收编的归顺将领，“归顺→阵亡”模式是一种典型的“加法→减法”运算，以使战局回到初始状态。总之，在故事的叠加单元中，往往要出现诸如主角死而复生、对手出场被杀、归顺将领阵亡、战利品失去作用等等一些典型环节，借以回到原点。

叠加单元的这些特征更加明显地表现在了《水浒传》招安后的几大战役中。

郑振铎早就指出：“当梁山泊诸英雄出师征辽、征田虎、征王庆时，一百单八个好汉，虽受过许多风波，却一个也不曾伤折。其阵亡的，受害的，全都是一百单八个好汉以外的新附的诸将官。然而到了征方腊时，阵亡的却是梁山泊的兄弟们了。这岂不是明明白白的指示给我们看：梁山泊的许多英雄，原本已安排定或在征方腊时阵亡，或功成受害，或洁身归隐的了。其结局一点也不能移动，但是攻战又不能一无伤折，所以做‘插增’《水浒传》的作者们只好请出许多别的将军们来以代替他们去伤折、阵亡，而留下他们来，依照着原本的结局以结束之。”① 这几次战役显然是一些大的叠加单元，前面战役归顺的将领，在后面的战役中几乎阵亡殆尽，加了多少，还减去多少，一加一减，回到了初始状态。

关于《水浒传》叠加单元的这种加减运算规则，郑振铎之后，马幼垣也曾有过详细论述，他在分析征辽部分时说，“征辽前后，梁山兄弟数目不变。宋江为何不采取以后征田虎时的伎俩，招降入伍，增强阵容，好让在下次搏杀时多几个帮手？这可能与民族意识有关。辽方有点分量的将领绝大多数为辽人，偶有几个汉人，点名即止，全无斤两可言。要在梁山人马当中增添几个辽将，以后还看着他们去打汉人，太不成体统了，干脆把俘虏来的悉数送回去。梁山兄弟班师回朝后，朝廷的赏赐全无实质可言，连虚衔都无增加。换言之，整个征辽部分完全独立，和上面的招安以及下面的征田虎实际并不连贯。只要在招安部分结束处稍改几句，便跳到田虎故事，毫无困难”。而在接下来征田虎的战役中，宋江收纳了大批的降将，“当然，这些降将都是即收即用。譬如说，破白虎岭时收的十七人，泰半在接着下来攻魏州城时，一出马就集体跌落陷阱而死。招降的作用很简单。梁山原班人马在整个战事过程仅有若干微不足道的轻伤，为了取信读者，平衡场面，和强调对方的实力，必要的阵亡数字只有找降将去担承”。②

以上对于征辽、征田虎与王庆两个单元的分析，是《水浒传》中最显眼的叠加单元，但如果我们把叠加单元看做是一种可以“有限变异”③

---

① 郑振铎：《〈水浒传〉的演化》，载《郑振铎文集》第五卷，人民文学出版社1988年版。这个观点郑氏在《巴黎国家图书馆中之中国小说与戏曲》一文中有更详细的表述。

② 马幼垣：《排座次以后〈水浒传〉的情节和人物安排》，载《明报月刊》1985年第6期。本文所引出自邝健行、吴淑钿编选《香港中国古典文学研究论文选粹——1950—2000小说·戏曲·散文及赋篇》，江苏古籍出版社2002年版，第169、172页。

③ Goldenweiser对“有限变异”原则的界定是：“有一文化的需要，满足这需要的方法的变异是有限的，于是由这需要而引起的文化结构是被决定于极少可能变异的程度之中。”（马凌诺斯基著：《文化论》，费孝通译，华夏出版社2002年版，第19页）

的结构，就能从《水浒传》中解析出更多“变体”的叠加单元。当一个英雄完成了他的英雄故事将上梁山之时，他们总是要把故事的接力棒交给下一位英雄，而这一位英雄接过故事棒的时候，他的英雄故事常常是刚刚开场，也即从这一位英雄故事的结束过渡到了另一位英雄故事的开始（回到原点）。不过，有关叠加单元的变体却是另一个论题了。

从每一部单个的史诗或具有史诗叙事特征的长篇小说来看，我们都能发现这种加减运算的“问题”，但它在单个的作品中所呈现的，仅仅只是“问题”。只有当同类问题反复地呈现于不同文本的时候，我们才会进一步发现，这是一种模式，一种规则，一种结构机制。叠加单元无疑是史诗可持续生长的结构机制。

原文载《民族文学研究》2003 年第 4 期，又载《中国社会科学院文学研究所学刊》（中国社会科学出版社 2007 年版）。

叙事语境与演述场域

——以诺苏彝族的口头论辩和史诗传统为例

巴莫曲布嫫

一 “民间叙事传统的格式化”问题:田野与文本

20世纪的50年代和80年代，在中国民间文艺学界曾两度自上而下地开展大规模的民间文学搜集、整理工作，后来被称为“彝族四大创世史诗”的文本正是在这样的“运动”中孕育的，其中的《勒俄特依》作为彝族诺苏支系史诗传统的整编本（2种汉文本和1种彝文本），也先后在这两个时期面世了。回顾这段学术史，反思在文本整理、迻译、转换、写定过程中出现的种种问题，我们不得不在田野与文本之间为此后仅拘泥于“作品解读”的史诗研究打上一连串的问号。

通过田野调查、彝汉文本对照，以及对参与当时搜集整理工作的学者进行的访谈，我们对《勒俄特依》汉译本的搜集和整理过程有了更为深入的了解。当时的搜集整理工作并未进行民俗学意义上的田野作业与演述观察，而采用的手段，大致是将凉山各地的八九种异文与八九位德古（头人）的口头记述有选择性地汇编为一体，并通过“卡片”式的排列与索引，按照整理者对“次序”也就是叙事的逻辑性进行了重新的组合，其间还采取了增删、加工、顺序调整等后期编辑手段。从中我们不难看出这一文本制作过程中的“二度创作”问题：第一，文本内容的来源有两个渠道，一是书写出来的抄本，一是记录下来口头复述本，也就是说在完全脱离民间演述传统的情形下，将文传与口传这两种完全不同的史诗传承要素统合到了一体；第二，忽略了各地异文之间的差异，也忽略了各位口头复述者之间的差异；第三，学者的观念和认识处于主导地位，尤其是对史诗叙事顺序的前后进行了合乎“进化论”的时间或“历史逻辑”的人为调整；第四，正式出版的汉译本中，没有提供具体的异文情况，也没有提供任何口述者的基本信息。因此，在这几个重要环节上所出现的“二度创作”，几乎完全改变了史诗文本的传统属性。更为重要的是，《勒俄特依》尽管有许多异文及异文变体，但最基本的文本类型是按照彝族传统的“万物雌雄观”来加以界定的，有着不同的仪式演述功能和叙事界域，而无视史诗传承的文化规定性，将主要用于丧葬和送灵仪式的“公本”与只能在婚礼上演述的“母本”整合到一体，则是现行汉译本最大的症结所在。

实际上，在以往甚或当前的各民族民间文学搜集整理工作中，“汇编”同样也是一种甚为普遍的现象。这也是我们在这里以《勒俄特依》的文本制作为例，对文本搜集、整理、翻译、出版提出学术史批评的出发点。对过往的民俗学、民间文艺学工作者在口头传统文本化的过程中，存在着一种未必可取却往往普遍通行的工作法，我们在检讨《勒俄特依》的同时，也在思考应当采用怎样的学术表述来加以简练的概括，使之上升到学术批评的范畴中来加以讨论，这样或许对今后学科的发展有一些积极作用。经过反复的斟酌，本文在此将以往文本制作中的种种弊端概括为“民间叙事传统的格式化”①。

---

① 经再三考虑，我们借用大家都不陌生的英文的 format 一词来作为这一概念的外语对应表述。作为名词，它具有以下几种语义：1）以大纲指定产品组织和安排方面的计划；2）开本出版物的版式或开本；3）格式，用于储存或显示的数据安排；4）获得这种安排的方法。作为动词讲，则有：1）（按一定的形式或规格制作）的设计或安排；2）为……格式将（磁盘等）分成标好的若干区域使每个区域都能储存数据；3）格式化决定用于储存或显示的（数据）安排等。“民间叙事传统格式化”之后的文本，用英文表述大致相当于 formatted text beyond tradition rules of oral narratives。同时，在批评观照方式上，则多少取义于“电脑硬盘格式化”的工作步骤及其“指令”下的“从‘新’开始”：1）在选择硬盘模式，创建主 DOS 分区、逻辑驱动器，设置活动分区，甚或删除分区或逻辑驱动器，乃至显示分区信息等过程中，皆取决于操作者的指令；2）还可以根据操作者的愿望进行高级格式化或低级格式化的选择；3）此后就要为这个“新”硬盘安装操作系统（文本分析方法）和应用软件（文本阐释及其对理论的运用）；4）硬盘格式化必然要对硬盘扇区、磁道进行反复的读写操作，所以会对硬盘有一定的损伤，甚至会有丢失分区和数据簇、丛的危险。考虑到这是大家都熟悉的的道理，我们便采用了这一外语的对应方式，也许并不十分贴切。

这一概括是指：某一口头叙事传统事象在被文本化的过程中，经过搜集、整理、迻译、出版的一系列工作流程，出现了以参与者主观价值评判和解析观照为主导倾向的文本制作格式，因而在从演述到文字的转换过程中，民间真实的、鲜活的口头文学传统在非本土化或去本土化的过程中发生了种种游离本土口头传统的偏颇，被固定为一个既不符合其历史文化语境与口头艺术本真，又不符合学科所要求的"忠实记录"原则的书面化文本。而这样的格式化文本，由于接受了民间叙事传统之外且违背了口承传统法则的一系列"指令"，所以掺杂了参与者大量的移植、改编、删减、拼接、错置等并不妥当的操作手段，致使后来的学术阐释发生了更深程度的文本误读。如果要以一句更简练的话来说明这一概括的基本内容，以便用较为明晰的表达式将问题呈现出来，供大家进一步讨论，我们将这种文本转换的一系列过程及其实质性的操作环节表述为"民间叙事传统的格式化"（为行文的简便，本文以下表述均简称为"格式化"）。

第一，"格式化"的典型表征是消弭了传统主体——传承人（民众的、演述者个人的）的创造者角色和文化信息，使得读者既不见林也不见木，有的甚至从"传承人身份"（identity of traditional bearer）这一最基本的"产出"环节就剥夺了叙事者——史诗演述人、故事讲述人、歌手——的话语权力与文化角色。因此，在不同的程度上，这种剥夺是以另一种"身份"（编辑、编译人、搜集整理者等等）对"传承人身份"的忽视、规避，甚至置换①。第二，"格式化"忽视了口头传统事象生动的演述过程，在一个非忠实的"录入"过程中，民间的口头演述事件首先被当作文本分析的出发点而被"写定"为一种僵化的，甚至是歪曲了的书面化文本。第三，参与者在"格式化"的文本制作过程中，是以自己的个人意志为转移的，并以自己的文本价值标准来对源文本进行选取或改定，既忽视了本土传统的真实面貌，也忽视了演述者的艺术个性，这种参

① 本文在此要特别提出"著作权的归还"问题，倡议在今后的民俗学文本制作中，必须将传承人诸如史诗演述人、故事讲述人、歌手、艺人等的真实姓名（如果本人不反对）直接反映在相应的印刷文本的"封面"上，同时要尽可能多地附上其他有关传承人的信息，不能以其他方式比如"后记"之类来取而代之。也就是说，演述者与记录者应该共享同一项"著作权"，而且演述者应该成为"第一著作者"。国内已有学者开始关注"民间文学的著作权"问题，这一讨论确实关乎到许多长期被忽略不计的重要问题。

与过程实质上成了一种无意识的、一定程度的破坏过程。第四，“格式化”的结果，将在以上错误中产出的文本“钦定”为一种标准、一种轨范、一种模式，变成人们认识研究对象的一个出发点。这种固定的文本框架，僵固了口头艺术的生命实质，抽走了民众气韵生动的文化表达，因而成为后来学术研究中对口头传统作出的非本质的、物化的，甚至是充满讹误的文本阐释的深层致因。第五，如果我们从积极的立场来看待这种“格式化”的文本制作流程，或许应该公允地说，在一定的历史时期，这种“格式化”的工作目标针对的是本土传统以外的“阅读世界”，其种种努力或许在文化传播、族际沟通和交流中发生过一定的积极作用，尽管其间也同时传达了错误或失真的信息。

一个时代有一个时代的学术。今天的民俗学者如何以自己的学术实践来正确处理田野与文本的关系，也会反映出我们这一代学人如何应对学术史的梳理和反思。因而，本文的宗旨，就是希望以史诗田野研究的实际过程及从中抽绎出的田野主体性思考，作为对诺苏彝族史诗传统“格式化”的真诚检讨和积极回应。通过田野研究，从民间鲜活的口头史诗演述活动去复归文本背后的史诗传统，进而建立一种“以演述为中心的”史诗文本观和田野工作模型，正是本文的工作方向所在。

二　叙事语境与演述场域:史诗的研究视界

在人文科学中，我们已经看到一种远离具体对象及其存在方式和生命场境的视线转移，而走向更宏大的语境化。语境①概念的出现确实对我们原有的文本阐释观发生过强烈的震荡作用，促使人们将学术思考进一步从文本引向田野。文本的语境化，大多是为了集合文本之外的新的意义，将已知材料进行动态并置，在某种方式下使文本与田野之间产生互动。但

① 广义的语境（context）包含诸多因素，如历史、地理、民族、宗教信仰、语言以及社会状况等。由于这些因素在很大程度上影响着文本（text）的内容、结构和形态的形成与变化，因而它们也成为解决传承与创作之间关系的重要关联。田野意义中的“语境”是指特定时间的“社会关系丛”，至少包括以下六个要素：人作为主体的特殊性、时间点、空间点、过程、文化特质、意义生成与赋值。

是，语境的普泛化，在有的情况下甚至成了“文化”、“传统”、“历史”等等宏大叙事的代名词，同时也消弭了我们对具体民俗事象的深细观察与审慎分析。因为文本材料与田野材料之间各个不同的部分都在语境普泛化的过程中被整合为一体了，这些材料的差异性在可能的并置之中几乎是无限的，因而在意义生成方面，我们或许获取了比文本解读更多的可能性，但其阐释的结果近乎是没有底线的，也难于比较全面地揭示文本背后的传统真实，尤其是细节生动的民俗生活“表情”。笔者认为，语境诚然是我们研究固定文本的一种文本批评观，但过于宏大的语境观会使传统事实变得更难于描述。因此，我们怎样应对这种难题，也将怎样构型我们对叙事传统本身作出的阐释与学术表述。鉴于此，本文在使用“语境”这一概念时，相对地将之界定为史诗演述的仪式化叙事语境。

彝族古老的史诗传统“勒俄”（hnewo，意为口耳相传的族群叙事），被金沙江南北两岸200多万人口的诺苏支系彝人视为历史的“根谱”和文化的瑰宝，长期以来一直在历时性的书写传承与共时性的口头演述中发展，并依托婚礼、葬礼和送灵归祖三大仪式生活中的“克智”（kenre，民间口头论辩活动）而得到广泛的传播和接受①。史诗在久远的流传过程中产生了多种书面化的异文与异文变体，大体上可归为不同时期、不同地区的史诗抄本。从抄本内容而言，史诗有极为严格的文本界限与文本性属，整体上分属于“公勒俄”与“母勒俄”两种文本系统，这与彝族古老的万物雌雄观有密切关联。然而，以口头演述而言，史诗又有着严格的叙事界域，分为“黑勒俄”与“白勒俄”，并按“说史诗”与“唱史诗”两种言语表达方式进行比赛，由具体的仪式化叙事语境（婚丧嫁娶与祭祖送灵）所决定。换言之，史诗“勒俄”的承传←→传承始终伴随着“克智”口头论辩而与山民的仪式生活发生着密切的联系。以笔者在田野观察中的深刻感受而言，作为一种神圣的族群叙事传统，史诗演述之所以出现在民俗学意义上的“人生仪礼”（rites of passage）活动中，正是史诗传人与听众通过口头叙事的时间维度，运用彝人关于生命周期的经验感知，在特定的仪式空间共同构筑了本土文化关于人的存在与生命本质的叙

① 参见巴莫曲布嫫《克智与勒俄：口头论辩中的史诗演述（上、中、下）》，连载于《民间文化论坛》2005年第1、2、3期。

事。这里，我们先分析“克智”论辩的口头传播模式及其言语行为的表现方式——“说史诗”与“唱史诗”的基本情境，进而讨论史诗演述场域的确立与田野研究的实现。

“克智”论辩与史诗演述的仪式化叙事语境告诉我们，“勒俄”作为诺苏彝族的史诗传统，其传承与演述在本土具体鲜活的民俗生活中流动着，以史诗传统自身的存在方式不断完成着史诗演述的实际生命过程。它既非一种基于文本的口头复颂，也非一种有固定模式的口头演绎。因为在义诺山地社会，不论是民俗生活仪式（婚丧），还是宗教生活仪式（送灵），“克智”论辩都必须根据不同的仪式场合与地点，按说/唱两种不同的方式来进行叙事演述。由此，以特定的仪式时空为背景，以特定的演述者为叙事角色，以特定的仪式圈为叙事对象，构筑了史诗传演的特定情境。我们用下表来概括：

演述形式 / 仪式场合	论说	比赛人数	演述方式	仪式歌调	比赛人数
措期（火葬）	卡冉（雄辩）	一人对一人	哈：舞队赛唱	伟兹嘿	人数不定
措毕（送灵）	卡冉（雄辩）	一人对一人	（毕摩经颂）	（朵提）	（几位毕摩合颂）
西西里几（婚嫁）	克斯（辩说）	一人对一人	佐：转唱	阿斯纽纽	两人对两人
仪礼名称及地点	席莫席（迎亲）男方家		阿莫席（送亲）女方家		

针对演述场合的传统规定性及其相应的叙事界域，我们从理论分析层面将演述事件的特定情境提炼出来，并概括为口头史诗的“演述场域”①，

① 这里使用“演述场域”概念来细化“语境”。换言之，将仪式化叙事情境分层结构，这样才能在田野观察中从具体的演述事件来投射史诗演述传统。在反复的思考中，我们吸纳了以下学术理念（ideas）：1）借鉴了语义学分析中的“语义场”概念；2）参照国外史诗研究中的“演述舞台”概念（performance arena，John M. Foley：*The Singer of Tales in Performance*. Bloomington：University of Indiana Press. 1995：47～49）；3）同时也受到了布迪厄社会学术语“场域”（fields）的诸多启发（P. Bourdieu & L. Wacquant：*An Invitation to a Reflexive Sociology*，pp. 94－115 and 115－140，Chicago：The University of Chicago Press）。但要说明的是，本文并没有直接套用任何现成的理论来阐释本土传统，因为工作原则首先是从个案出发、从史诗田野观察出发、从实际的演述事件及其言语行为的联动关系出发，由此提炼出来的这一术语主要用于界定具体的演述事件及其情境（situation），相当于英文的 situated fields of performance。

以区别于范畴更广的“语境”一词。简言之，我们认为“演述场域”是研究主体在田野观察中，依据演述事件的存在方式及其存在场境来确立口头叙事特定情境的一种研究视界。它与叙事语境有所不同，但也有所联系。前者是研究对象的客观化，属于客体层面；后者是研究者主观能动性的实现及其方式，属于主体层面。以下三个方面的演述要素及其交互关系，来自于叙事语境，是本文界定史诗“演述场域”的基本视点，当能反映出叙事语境与演述场域之间的内在联系：

第一，从论辩场合来看，辩论双方的立论与辩说必须围绕具体的仪式活动来进行，因此对话氛围也与婚礼、葬礼和送灵仪式有密切关联，其基本准则是葬礼上的论辩内容不能用于婚礼；而婚礼上的论辩说词也不能用于葬礼，这在民间有着严格的区分，也规定了“黑勒俄”与“白勒俄”之间的叙事界域。婚礼上的史诗演述（白勒俄），要求立论主题与叙事线索要围绕着婚俗传统、嫁娶的由来以及相关的两性制度、联姻关系等来展开；而葬礼（黑勒俄）与送灵仪式（黑/白兼行）的史诗演述也各有侧重，葬礼主要针对死亡的发生，唱述人们对亡者的怀念，对生死问题的认识；而送灵仪式的说/唱内容则是彝人对“人死归祖”的解释。

第二，从论说方式而言，婚礼上的论辩称为“克斯”（kesyp，论说，在男方家），双方以文雅的辞令展开论辩，以论理阐说为主，语气比较平和，而且必须按照克智的演述程式有条不紊地进行；而丧葬与送灵仪式上的论辩称为“卡冉”（kerra，雄辩），双方以较为激烈的言辞进行论辩，以气势压倒对方为特征，虽有一定的演述程式，但进入高潮之后，也可以不拘一格，四面出击。

第三，从演述方式来看，由于仪式性质不同，使用的歌调也就有严格的区分，婚礼以“佐”（rro 一人领唱一人跟唱）为主（在女方家），歌调曲牌为“阿斯略略”（axsynyow）；葬礼以“哈”（hxa）（人数不等的两组舞队之间的赛唱，其中每组一人领唱，众人合唱）为主，歌调曲牌为“伟兹嘿”（vazyhlit）。不论是“说”还是“唱”，“克智”论辩始终是用诗的语言来立论并进行推理和辩论，内容和程式基本一致。“唱”的演述性较强，节奏迂缓，其竞赛性相对较弱；而“说”在技巧上则十分讲究，更具论战色彩。

以上演述要素不仅规定了“克智”的论辩方式，也规定了史诗的演述形式与叙事界域。换言之，“克智”论辩本身分为论说与演述两种方式，其所负载的史诗演述也同样分为说/唱两种方式；并且根据仪式、仪礼的背景不同，论说又分为“克斯”（婚礼）与“卡冉”（葬礼与送灵）两种具体的言语方式；演述也同样下分为“阿斯纽纽佐”（婚礼）与“伟兹嘿”（葬礼）两种舞唱方式；在这种基本的演述规程中，始终贯穿着史诗叙事的“黑白”之分。因此，史诗叙事也出现了多种不确定的因素。人们说，“传统是一条流动的河”。在个案研究的实际推进过程中，我们也深切地体会到，诺苏的史诗演述同样也始终处于其自身的叙事传统之河中，生生不息地发展着。要把握其间富于变化的流程与支脉，就必须建立一种有效的观察手段。

我们或许对田野调查所提供的学术可能性都有一种普遍的认同。那么从具体的演述情境中我们又看到了什么？还能看到什么？又该怎么看？在田野观察过程中，除了亲临其境去体验，除了通过摄影、摄像、录音、书写等技术手段的使用外，作为研究主体，我们的学术视界怎样定位于每一次演述的实际观察于是也就有了田野研究的方法论意义。如果我们从演述环节入手，来切近活形态的口头叙事传统，既要兼具宏观与微观的两种视角，同时也要关注历时与共时两种维度，对每一次跟踪的演述事件进行细致入微的观察。应该说，这些都是一些基本的田野参与观察的态度。而针对具体而复杂的演述情境，追踪每一次演述事件的开端、行进、结束的全过程，我们或许需要更为具体的、更为灵活的观察角度，也需要一种可资操作的技术手段。因为，当你进入田野之后，由于本人“在场”，主体与对象之间的鸿沟变小了（尽管怎么也不可能完全达到契合），从而感觉到了某种田野与文本的互动。然而仅仅将演述事件的背景作为一种语境来进行的近距离观察，往往会导致视线的模糊与失真。因为语境是一种将对象客观化之后的产物；作为主体，我们需要应对的是怎样建立相应的观察手段，去帮助我们不断地调整观察的角度，以捕捉并投射对象本身的存在方式以及这些存在方式与其存在场境之间的多向性联系。在田野过程中，我们逐渐地产生了某种学术自觉。也就是说，相形于诺苏史诗演述情境的复杂性与丰富性，我们也应该相应地采取一种学术主动性，以把握每一次在观察中研究的对象。以下关于史诗演述场域问题的思考就来自于史诗田野研究的实际过程之中。

三 演述场域的确定:“五个在场”

在诺苏本土社会，史诗作为一种神圣性的族群叙事传统，首先是因为史诗的演述活动始终与人们的仪式生活有着一种内在的、多向性的同构关联，这种关联的语境化构成了史诗叙事的存在方式，达成了史诗叙事传统及其演述方式（说/唱）之间的交互关系，同时也为我们的田野研究提供了一种可资操作的观察视角，帮助我们在实际的演述情境中去确立观照史诗传统的演述场域。那么，我们在演述环节上从“克智”论辩传统（历时性维度）来确立仪式语境中的史诗演述场域（共时性维度），当是一种工作方法，也是一种研究方式，更是一种学术视界，因而也当成为阐释诺苏口承民俗与表达文化的一个关键性环节。

通过田野观察中的多次亲历体会，我们发现在史诗演述场域的确定问题上，由这样五个起关键性作用的要素“在场”及其交互关系的组构在一起（“同构在场”）时，才能形成史诗演述的场域，才能帮助我们正确把握并适时校正、调整史诗传统田野研究的视角：

第一，史诗演述传统的“在场”。

“先辈不开路，后代无路可行；前人不说克智，后人不会言语。”义诺彝人丰富多姿的仪式生活和口头论辩传统，与其他民间口头艺术形式一样，给史诗演述以存在的机制、在场的激活和动态的反馈，强化了史诗演述的影响力量和传承惯性，也就是说，史诗演述作为悠久传统的“瞬间”再现，同样参与了传统的维系、承续与发展。考察史诗传统的存在方式与内部运作机制，我们的视野往往可以大到一个地区、一个支系，小到一个山寨，一个家支。问题的关键在于，我们在田野追踪的过程中是否能够发现并印证史诗演述的历史传承与鲜活场境，是否能够亲身经历史诗演述人气韵生动的演述过程与充满细节的叙事场境。因此史诗传统是否“在场”与“田野的发现”有同等重要的意义。

这里说的史诗传统具体是指作为口头演述艺术的史诗演述传统。我们选择大小凉山腹地美姑县作为史诗田野，诚然有多方面的学术考虑，但史诗演述传统的“在场”是最基本的前提，而且较之圣乍、所底两个地区而言，史诗传统的生命力表征及其折射的民俗生活的“表情”，在以美姑为中心的义诺地区能够为我们提供更有力的“在场”证据，否则，史诗传统发现与复归，就会在云遮雾障的山地沉默中变得湮没无彰。如果不到民俗生活中去发现演述传统的“在场”，我们不也就可以像过去那样坐在西昌州府，眼观八方，凭借搜罗到的各地史诗抄本来汇编一个毫无生气、毫无表情的“历史传承”或“古典长诗”了？另一方面，我们所说的传统“在场”，主要是指史诗演述合乎传统规定性的现实存在与动态传习，而非仅仅作为一种文本考古中的历史传承来加以简单地印证，否则我们大可不必以“这一次”演述事件为追踪连线，去继续推进一系列演述活动的田野研究。

第二，演述事件的“在场”。

史诗演述有着场合上的严格限制，这规定了演述事件的发生主要体现于仪式生活：史诗演述的时间亦即仪式举行的时间；史诗演述的场域亦即一定社会群体聚合、举行仪式和仪礼的空间；整个仪式过程就是某一次史诗演述的接受过程，史诗演述的开始就是接受活动的始点，仪式史诗演述的结束也就是接受过程的结束。比如，在送灵大典上，史诗演述既出现在毕摩的仪式经颂之中，配合着对祭祖送灵礼制进行解释性的“声教”活动，由毕摩神圣、庄严地加以引唱而得以传播；同时也出现在以姻亲关系为对诤的“卡冉”雄辩中，伴随着人们坐夜送灵的一系列仪式活动。因此，场域赋予了史诗演述以相当强烈的神圣性，这种场域与一般民间口头文学传承的风俗性审美娱乐活动有很大区别，可以说演述事件的“在场”也是“勒俄”区别于“阿普布德”（apubbudde，神话传说故事）的重要界分点，尽管史诗的相关叙事也同样出现在“阿普布德”这样的散体讲述活动中。

以仪式时空为“在场”证据是从总体上进行宏观把握，而每一次史诗演述都有其特定的、内在的、外在的、不可移改的具体场域，如奠灵仪式上的“伟兹嘿”（vazyrhlit）舞唱就不能发生在送灵活动中，更不能置换为婚礼上的“阿斯纽纽佐”（asytwnyowrro）；史诗演述的两种言语行为——克斯论说与卡冉雄辩也不能互换或对置，因为史诗说/唱的两种论说风格与两种舞唱风格，就是由具体的演述事件来决定它们的“在场”或“不在场”的。此外，史诗演述的变化可以通过“这一次”与“每一次”演述事件的观察来界定，诸多的叙事要素的“在场”或“不在场”，叙事主线（黑/白）、情节基干（十九枝）、核心母题（天地的谱系、阿略举日呼日唤月、支格阿鲁射日射月、雪子十二支、石尔俄特生子不见父、洪水漫天地、合侯赛变化等），以及更细小的叙事单元（如叙谱时凡是涉及谱牒中断的诗行与片段都不能出现在婚礼事件中），等等，皆同时要受制于演述事件本身的“在场”或“不在场”。这就要求我们必须结合具体的叙事语境与演述事件的关联来进行有效的观察和深入的细分。

第三，受众的“在场”。

从文化传播与交流的方式来看，彝族本土社会可谓是一个面对面的“文本社区”（textual community）。在这个文本社区中，社会行动与个人行动是互为包含的，并互为体现的，人的社会化过程是在社会关系丛的系统中进行的。以山地社会家支关系为轴心而牵动的血缘、地缘、亲缘构成了受众的基本范围。迄今为止，广大彝区流存着的宗教仪式和民间生活仪式，大多均保存着氏族时代倾族公祭的特性，并且多数由公祭演变为家支、村落共同参与的群体活动。比如送灵仪式多是山地社会的隆重仪典，是族人（家支、宗族乃至家庭）及村寨内的社会公共活动，其集体性特征最明显。史诗演述作为仪式或礼俗活动的配合与辅助手段，有时甚至是仪式的中心内容而成为仪式参与群体共同关注的主要活动，故仪式圈内的个体同时作为史诗演述的听众也就彼此成了一个整体，构成了受众的“同构在场”。

我们强调“同构在场”是指史诗演述的传播—接受活动，以一定受众为一个文本社区，既体现为传统的接受（历时性的），同时也体现为集体的接受（共时性的）。在史诗接受的历时轴背景上，史诗演述体现为世代相承相续的传统接受，即接受者通过仪式生活接受史诗演述已成为一种约定俗成的社会传统。传统接受已有社会规范的性质，即在家支宗族群体的人际关系里贯彻的一套行为模式，同时也是获取历史和知识的一套传统教育模式。“克智”论辩作为山地社会约定俗成的文化风俗传统，与这些仪式生活相应的史诗演述—听诵也随之成为一种既定的社会规范和现实的生活表情，因而往往在接受过程中，听众对史诗演述的反映与态度也趋于同一，史诗接受在社会心理方面有很大的限定作用。比如，彝族的死亡仪式是经常发生的。相关的史诗信息在一次又一次的仪式上重复传达着，让人们在潜移默化中、有意无意中、自觉不自觉中了解族群的历史，认识自己的祖先，掌握自己的文化，在心灵深处，在记忆深处，种下民族文化和传统教育的种子。传统接受表现为内在性纵向接受，即历史的接受。其中，明显的历史蕴涵是群体接受者共同“在场”的体验与共鸣，对史诗演述的理解、认知在一代又一代的接受链环上被充实和丰富；在一次又一次的重复接受的节拍中得到个人接受经验的调节，“这一次”演述的历史意义就是在传统接受的过程中得以确定的，同时这是史诗演述在世世代代的集体接受活动中成为族群叙事传统的现时性呈现。

体现为集体接受的史诗演述，同样也要倚靠在传播与接受的过程中达成的受众“在场”。史诗作为某一次的演述事件，主要是通过仪式活动的渠道向文本社区传达的。仪式活动往往在一定的时间和一定的地点聚合起某个接受群体，仪式场所或活动场合便成为集体接受的现实物质空间。在这个特定的时空里，人们为自己所在群体的共同事务如守灵唱丧、祭祖送灵、婚嫁祈福而聆听史诗演述，史诗演述人的有声语言符号不单单只诉诸于某一个听者，而是诉诸每一个听者，诉诸化为整一的接受群体。“勒俄”一词的初始语义已经告诉我们，史诗演述本身就定向于口耳相传的演诵活动和群体同时知觉的听读接受。由于受众的共时性“在场”，个人的个性形成和发展是不明显的，甚至归于沉寂。显然，此时的史诗接受，既不同于一般书面文本的个人默读和个体接受，也不同于其他口头文学的既可个人接受（老祖母给孙子讲故事），亦可集体接受（老祖母给孙子以及孙子的伙伴们讲故事）的双重接受。这些区别可以以下表列示：

文本性质	接受方式	接受形式	知觉方式
一般书面文本	个体接受	阅读	视　觉
勒俄（史诗演述）	集体接受	聆听说/唱	听　觉
阿普布德（神话等讲述）	个体与集体兼可	听讲	听　觉

因此，孤立的一部史诗抄本或整理出版的史诗文本（书面文本），其阅读活动与在具体的传统仪式活动中进行的史诗演述（口头文本），二者之间显然存在着由于受众不同而发生的巨大反差，远在仪式活动之外的人们独自阅读一部史诗文本，同土生土长的彝人在传统仪式生活中亲历史诗

演述的过程，两种接受背景显然不一，势必会在文化心理层面上出现两种截然不同的心理体验和认知过程。

这里，我们同时要关注的是，神话讲述在诺苏彝族社会，并不具备一般神话学研究中一再强调的神圣叙事性质。神话之所以与故事和传说一并被归为“阿普布德”（apubbudde，老人讲的故事）之中，就是因为没有史诗演述这样神圣的仪式化叙事情境为依托。但令人不无遗憾的是，在中国民俗学进入21世纪之后，依然有学者将“勒俄”中的“神话性叙事”简单地进行分离、拆解，并归到不同类型的神话之中①，史诗“勒俄”消失了，史诗传统消失了，成为搭建各种神话类型的故事碎片。这种做法不仅割裂了史诗叙事的连续性，无视于史诗传播—接受的生命流程，同时也抹杀了史诗传统的神圣性。在田野的过程中，笔者一直带着某种无法言说的心情在聆听史诗演述人的生动叙事，同时也为诺苏史诗“勒俄”的历史命运，而深深地感到了作为一个诺苏彝人、一个本民族学人的莫大悲哀：上个世纪的下半叶，她那一去不复返的恢宏叙事被本民族学者“整编”为一个“拼版”；这个世纪的初叶，她依然回响在苍茫山地的余音远唱，又被本民族学者反其道而行之地彻底消解在个人的学术架构中。演述场域的确定，有助于划分史诗与神话的界限，而不是把它们分解成由故事母题控制的文本实体。

第四，演述人的“在场”。

史诗传统这种文化内驱力制约着彝人的行为，成为一定的行为准则，实现着文化控制；同时，史诗演述人作为知识文化的代表人物被人们尊称为“斯尔阿莫”（sypluapmo，智者贤人），为社会所尊敬，他们的演述行为在仪式上也同样施行着风俗、道德、宗教的文化控制。从今天大部分彝区的史诗传统业已式微的客观事实来看，演述人是否“在场”非同小可，他们的“缺席”无疑就是史诗演述的消失，因而在许多地方，我们很难发现史诗传统的生命树还依然挺拔在毕摩的祭祀青棚边，在许多传统的婚丧仪式中，我们也不复听到史诗中关于天地形成、万物初始、生命由来、先祖发祥、族群迁徙的历史叙事了，此其一。

其二，有时，史诗演述还有史诗演述人文化地位及社会资格条件的限

① 罗曲、李文华：《彝族民间文艺概论》，巴蜀书社2001年版。

制，这是由仪式背景来规定的。一般宗教性的史诗演述须由毕摩担任演述人，其他人不得僭越妄为。比如送灵仪式上的“叙祖白”，还要求毕摩必须是祭祖毕摩，连伊诺这样年轻有为、又有出色演述技艺的毕摩也同样不能越位。

其三，由于史诗演述始终与口头论辩的演述传统“克智”融为一体，基于这种对话艺术的竞赛性质而言，迄今为止，“勒俄”的口头演述没有脱离口头论辩活动而另立门户，也就没有发展成一种可以独立于对话关系之外、可以随时随地由演述人自己单独进行演述的口头民俗事象，用曲莫伊诺的话来讲，史诗演述从来都不是“独说”或独唱的个人行为。因此，演述人“在场”至少涉及代表主方与客方的两个或两组演述人。

其四，演述人的“在场”同时也关系到演述人对史诗叙事的把握、即场演述能力的高低、情绪变化等个人因素，如果这些因素能够发生碰撞，能够形成一种相对和谐却又充满竞争的对话氛围，才能推进史诗叙事的发展；反之就会阻碍史诗演述的完成。克智是一种竞赛性质的主体对话，辩论者之间存在着诸多的个体差异，会在激烈的竞争更为彰显，比如个人的对诤倾向、知识的广度和深度、语言表达能力、心理素质、道德涵养等等，同时还有某一阶段听众的反映对演述人的影响及其心理变化活动，演述人的即场替换，等等，也都关系到史诗演述的展开。

其五，在当地我还了解到，现在许多人家请去的“克智”能手大都擅长即兴辞辩，而捉襟见肘于史诗演述，所以论辩活动往往只有上半场的即兴辞辩，下半场的史诗演述要不象征性地说上三段两段，要不就彻底取消；而更多情况是跳过史诗的情节主干与故事母题的层层链接，直接从古侯和曲涅两大部落的谱系分衍进行叙谱比赛①。因此我们不能不为史诗演述人这一群体的发展而担忧。

第五，研究者的“在场”。

我们所说的研究主体的“在场”，主要基于在田野研究中建立对史诗

---

①　因为叙谱是每一个彝族男子的安身立命之本，所以基本上他们都有谱牒方面的深厚知识，诚然在知悉程度和把握范围上也存在着一定的差异。

传统进行观察的客观立场，以免导致分析的片面性。首先，我们要意识到，如果研究者“不在场”，史诗演述会是一种“自在”的状态；而研究者的“出席”，会多多少少地改变这种从来都是处于“自在”状态中的民间叙事活动的。虽然，我在西昌哥哥家的送亲活动中更像一位“内部人”，但在转唱活动中，我发现甘洛沙马家派来的两位“克智”能手会在我换 MD 磁盘时主动停止下来等我，而伊诺与我相处多日，多少了解我的工作方法，所以他没有在意我的举动；在美姑的田野中，毕摩们也在他们的仪式经颂开始之前要特地提醒我。毋庸置疑，录音、摄像、拍照等技术手段会不同程度地影响演述人的情绪，大家都有类似的经验总结。关键问题可能不在这些外部的表现，而在研究者是以怎样的身份和角色进入演述场域的，我发现回到美姑的田野跟踪过程中，因为我与演述人伊诺之间的亲缘关系，加上我自己的族籍身份，有时还有父亲在民间的声望，这些因素统合到一起时，往往直接形成了一种亲和力，也改变了我与在场受众的关系，缩短了观察者与被观察者之间的距离，短暂的陌生化过去之后，人们很自然地接纳了我，当然这种接纳并没有完全消除我的“外来者”身份。这里确实有个经验之谈：只要我跟着伊诺能先期到达仪式场合，我通常先采取一种适时地“反客为主”的对话方式，请大家向我提问题，而非由我来主导话语关系的建立。这种角色的临时“置换”非常有利于为下一步的观察寻找自己“在场”的位置。

其次，研究主体的“在场”并非是指单纯的置身于田野、或有一段田野经历，而是说针对具体的演述事件及演述事件之间的关联而寻找自己的研究视界与演述传统的融汇点。具体来说，研究主体的“在场”是由以上“四个在场”的同构性关联为出发点的，要摒弃仅在演述人与研究者之间进行一对一的二元对立模式，也就是说不能仅仅只满足于发现演述人，也不能将考察一个关系到传统、演述事件、听众、演述人这四个基本要素及其相互关系构筑的、始终处于动态之中的演述过程，简约为对一位演述人的访谈，也不能将这位演述人可能为学者研究提供的单独演述（曲莫伊诺形象地称之为 zzytbbohxip 独说，尤其是在彝族传统的史诗话语关系中，演述人对这种“独说”是非常陌生的）当作田野目的。因为脱离现实场境的录音、录像，虽说也有不可忽视的价值，但不能作为制作史诗演述文本的田野证据。

再者，研究主体的“在场”是一种双重行为，既是他观的，也是内省的；既是文化的经历，又是学术的立论。这首先是因为学科要求我们必须出入于演述传统的内部与外部去进行论证、分析，方能得以避免“进不去”或“出不来”的双重尴尬。因此，主体对自己所选择的演述场域必须依据以上四个要素的同时“在场”；同时，要对某些游离于传统以外的、特定的演述事件，对某些叙事母题、叙事情节或个人趣味的偏好，都必须保持清醒的自我审视与不断的反省[①]。再者，在以往的田野中，学者对自己的“在场”并无严格的界定，常见的方式就是约请演述人到自己住的宾馆、招待所为自己的学术预设进行演述；即使进入田野，也往往忽略以上“四个在场”的相互关联，因此不能提供更多的演述信息，尤其是听众的反映、听众和歌手之间的互动等等更丰富的细节；其后的文本制作过程就免不了层层的伪饰与诡笔，使人无从厘清田野与文本的真实联系。显然，这种田野取向植根于一定历史时期的学术实践过程，人们对史诗田野关系的建立与研究视界的确定尚未形成系统的、深刻的学理认识，研究主体也因种种自我倾向失去了能动的田野反观，因此将自己的“在场”与否和自己的学术目标、理论预设、观察手段和田野角色协调一致，甚至本末倒置地将自己的主观意志作为唯一的田野选择[②]。

---

① 这里的思考也来自我自己的田野经历，比如，我和伊诺回到他的老家尔口村，当晚曲莫家支的三位毕摩为我的远道而来，同时也是为吉尼曲莫家支的盛大集会破例演述了“黑勒俄”，这次演述我们怎么看待？以上四个“在场”要素中的演述事件并没有发生在传统规定的仪式生活中，虽然彝族头人在家支集会活动中也有引述史诗的传统，但那是一种口头演说风格，而非对话关系中的言语行为。因此，在这样的“演述事件”中，我的观察视角在于发现家支文学传承中的“克智”群体及个人风格，他们之间形成的张力会帮助我们获得史诗传承方面的重要信息，这次演述的文本也有相当的研究价值，但不是严格意义上的基于演述传统的史诗演述。

② 凉山州政府的有关部门也为我们思考“场域”与“在场”问题提供了一种可资分析的观照：为庆祝建州50周年，州里去年组织了第一届全州范围的“克智”论辩大赛。据说，论辩采取的是舞台化的“独说”，而有的赛手则根据“上面的精神”（辩题的行政命令）即兴创编了大量歌颂各级领导的辞赋诗章，令人啼笑皆非。政府如此重视口头传统无可厚非，但这样的行政命令是在“保护”还是在“破坏”？同时我们也要思考一个问题：口头叙事传统从山地移植到了城里，演述人也随之失去了坚守传统的本土，因为演述事件、受众群体、演述人之间的对话关系等等传统性要素都随之而改变，那么传统的口头叙事主题也就只能成为应景小品了吧？

为了说明以上五个“在场”要素彼此的同构关系对史诗演述场域的确定，都有着不可或缺的重要意义，我们不妨读读田野里的几个“小故事”：

故事一：

就“演述事件的在场”的重要性而言，我们有颇为生动的反证。2003年1月25日一大早，伊诺带着我和勒格扬日冒雨从哈洛村步行了2个多小时，赶往拖木乡尔口村3组（吉木自然村），在那里参加了迎亲活动席莫席（xymopxi，迎亲）的主要仪礼过程。但是，就在我们等着伊诺参加“克斯”（kesyp）比赛的过程中，突发的恶性斗殴事件将婚礼变成了战场，这意外的冲突使得当天主人家未能如期举行克斯论辩比赛。

故事二：

2002年11月13日晚上，我就史诗演述的“违规操作”等问题跟伊诺进行了长达3个小时的访谈，这里摘录他回忆的两次发人深省的“演述事件”：

曲布嫫：你赢在布茨（谱谍）上面的这一次，就是你近来的最后一次克智了吧？

伊诺：应该算是最后的一次。其实，我们在巴普遇到的三四天前，新桥镇的书记古俄喊区公委的曲比木质开车来喊我，一道来找我的人还有帕索所木。说是他们听说曲莫伊诺名气大得很，想让我去克智给他们听。我本来不愿意去的，又没有发生婚丧嫁娶的事情，我真的不想去说。但人家是当官的，不去也不好，就跟着去了。他们请来了罗日且机拉布和阿约日铁两个人跟我对，拉布有50多岁吧，先跟我比，没一会儿就输了；日铁35岁左右，说到“勒俄”的时候，他根本不懂，也输了。这种比赛不是正式场合，不算啥子。不过我不喜欢在饭桌上跟人家克智。

曲布嫫：是不是因为不合诺苏的规矩？

故事三：

伊诺：就是嘛。还有一次，我17岁的那年，好像是12月份，被请到洛莫乡的约洛村去做仪式，给杰则日哈家的阿依（小孩）“洛伊若”（lotyyrop，触手纳员仪式）[1]。因为路很远，我去了之后当晚就住在主人家。第二天早上刚做完仪式，村子里的人都跑来他家，屋子里面挤满了大人、小孩，还有老人。我不知出了啥子事情，很奇怪。大家看我把经书法具收好以后，就开始喊了起来：“克智俄布苏！”（kenre obbusu，论辩智者）“俄布措”（obbuco，聪明的人），原来他们听说一个克智厉害的人到了村里，大家都跑来要看看究竟，非要让我马上说克智。我想我是来作毕的，又不来参加西西里几（xyxiehnijyt，婚嫁），一点都不想说。后来，一个莫苏过来跟我说，达史，你就给大家说一段嘛。我看我非说不可了，就只好开口“之波嘿”（zzytbbohxip，独说、独白），说了一阵子我就不想继续了，勉勉强强应付了一下，就草草收场了。

故事四：

曲布嫫：那你还是认为克智论辩应该在正式场合中进行，不能随便。

伊诺：那是诺苏的“节威”（jjievi，规矩），当然不能乱干。死人、送灵的时候说什么，婚嫁的时候说什么，都有一套规矩。你又没死人，又没送灵，更没有娶妻嫁女，你喊我说啥子呢？

曲布嫫：我知道有规矩的，看来以后我们也不能随便让你说克智了。

伊诺：巴尕（二姑）你是搞研究，我懂的。你需要知道啥子，我都会说的。

曲布嫫：你能理解当然好。但其实我最想了解的还是“正式场合”中你是咋个“克智”的，咋个说“勒俄”的。这个我们只好等到彝族年之后再回美姑去进行了。如果有人请你去“克智”，不论多远，我都会跟着你去的。

故事五：

访谈结束后，伊诺、父亲和我在一起聊天，我突然想起我还从未

① “洛伊若”（lotyyrop）：触手纳员仪式。孩子出生满月后，彝人要请毕摩给孩子作祭祀活动，并取名字，称为“洛伊若”。“洛”意为手，“伊”意为水，“若”意为纳员入户。经过这个仪式之后，新生儿才能得到祖先的认可，正式成为宗族家支的一员，家里新增的人丁才能获得相应的族籍。一般纳员仪式与命名仪式一并举行。

> 听到过丧葬活动中史诗演唱“伟兹嘿”（vazyrhlit），就让伊诺示范性地唱一下调子，我先录下来再说。伊诺沉吟了一会儿说：“不能唱的。”我问他怎么了？他说：“那个是死人的时候才唱的。”我笑了，说没关系的，反正是在家里，又没别人。他还是没有唱的意思。父亲就跟他说：“你二姑是作研究用的，不用忌讳什么。”说完就自己先唱起我们老家越西那边的丧葬歌调“阿古尔”来了，我知道父亲是想“开导”或说服伊诺，结果他最后还是没唱，认真地跟我说：“巴尕（二姑），你说我咋个能唱嘛，一个是家里不能唱，二个是在阿普（爷爷，指父亲）这样的老人面前绝对是不能唱的……”听完他的话，我一点儿没觉得失望，反而非常高兴地跟父亲讲：“今晚太有意思了！”回过头来就把伊诺好好地夸了一番，再三跟他说，如果今后他再发现我“违规”，也应该像这次一样态度坚决。因为这才让我意识到自己尚未真正闹懂民间社会的史诗演述“规则”，以及演述人对史诗传统有如此强固的恪守。同时，也因了他的“拒绝”，我生发出许多感想来……

从第一个“故事”中我们能够清楚地看到，当其他四个“在场”要素都具备之后，演述事件却因突发事件而“缺席”，史诗演述也就失去了发生的可能性。第二和第三个故事，则表明史诗演述传统、演述事件、受众、演述人这四个要素虽然都出现了，但皆属于违规“在场”，演述人的反映与表现无疑是出自一种根深蒂固地反感，却又不得不为之。在第四个与第五个故事则在无形之间加深了笔者对研究主体在“场域”与“在场”之间的深刻反思：曲莫伊诺在访谈中诚恳之至地对我说要支持我的研究，还没一会儿，他就拒绝了我不说，还拒绝了父亲，而且态度十分坚决，一点不含糊。在此之前，我们已相处了一段时间了，他从未“违逆”过我这个长辈的意思，对父亲更是敬重。这些田野经历是我一步步走近史诗传统的过程，也是我在田野研究中一再检讨自己、反思自己的过程；而我迈出的每一步，都离不开对本土文化传习与史诗法则的读解。曲莫伊诺作为传统中的史诗演述人，无疑在我不断反鉴自己的曲折中起到了至关重要的导向作用。

因此，笔者认为，以上“五个在场”要素是考量田野工作及其学术质量的基本尺度，同时我们还必须强调这“五个”关联要素的“同构在场”，缺一不可；其间研究主体与研究对象的关系可以视作一个4对1的等式，而非4加1或5减1。一则是因为研究主体的背景是一种既定的、不可能完全消失的边界；二则也是因为这道边界的存在，可以帮助我们在不同的场域中调整角度。如果无视这道边界，就会失去自己“在场”的学术理性，也就失去了视线的清晰与敏锐，甚至还会出现一种学术反讽：“研究萨满的人最后自己也成了萨满。”

这里，我们不妨从史诗演述场域的讨论回到本文的引言部分，重新考量“民间叙事传统格式化”的种种症结，会发现本文转换过程中的那一系列问题到此也变得更简单而明晰了：仅从《勒俄特依》的文本“整理”及其结果来看，以上“五个在场”全都变成了“缺席”。因而，仅仅在各种异文之间进行“取舍”和“编辑”的做法，无疑忽视了史诗演述传统的特质及其文化规定性，在这一重要的彝族史诗文本制作过程中留下了不可挽回的历史遗憾。从另一个角度看，如果我们在田野研究中，能够正确理解和把握以上“五个在场”要素，也就能够提供充满细节的文本证据，以避免重蹈“格式化”的种种危险。

四 田野工作模型的方法论意义

大小凉山有极其丰富的本土口头文类，其中“克智”作为口头论辩活动在以美姑为中心的义诺彝区更深藏着令人叹为观止的无限风光，然而这一民间口头艺术的成就，很少得到学界的高度关注，负载其中的史诗演述则因种种原因被剥离出来，仅仅作为固定文本来进行分析和阐释，导致的弊端之一就是我们一再反思的“民间叙事传统的格式化”及其对相关学术阐释的负面影响。这促使我们在田野过程中不断回顾文本（text）/语境（context）断裂之后的史诗研究，从中寻找恰当的坐标点来矫正自己的田野研究视界。在田野研究的推进过程中，我们意识到有必要将“演述场域”作为一个特定的术语提炼出来，以说明本文作为田野研究的基本学术追求及其由来。这样，我们通过个案研究的推进，在田野与文本的互动与关联中，或许能够找到一种从实践到理论的研究方法。从田野研究的实质性过程来看，史诗演述场域的确定关系到学术阐释的相关论域。倘若演述场域的确定出现了偏离与错置，在“五个在场”要素及其联动关系上发生了“违规操作”，我们的田野研究乃至学术表述都会出现相应的悬疑与问题。因此，从理论上对“演述场域”的概念与意义予以总结，想必对廓清学界在田野—文本之间产生的一些模糊认识是有必要的，对中国史诗学、民间叙事学的理论建设或许也有一些学理上的启发。

第一，在方法论层面上，建立“演述场域”的概念相当于抽象研究对象的一种方式。演述场域的确定，能够帮助观察者在实际的叙事语境中正确地调整视角，以切近研究对象丰富、复杂的流变过程。比如说，在诺苏史诗田野中，演述场域的清晰化，有助于我们考察史诗传统在民俗生活中是怎样与具体的叙事语境（如人生仪礼）发生联系的？史诗传统内部的叙事界域及其表现在哪里？史诗本身的演述场域又是如何与其他民间叙事场域（如“克智”论辩）发生联系的？在何种程度上、以何种方式发生联系的？在时间点与空间点的坐标系上，史诗叙事与演述行动或言语方式（说/唱）是怎样发生联系的？因此，演述场域的确定首先能够提供一种建立田野关联（field relations）的联系性思维。

第二，在具体的操作层面上，依据个案研究的目的与需要，演述场域的范围与界限也应当是流动的，而非固定的。这是由于史诗的每一次演述都与任何一次有所不同，因而演述场域的界限也相应地随着演述的变化而变化。这种界限只能在田野中通过追踪具体的演述事件才能最后确定，属于一种经验层次的实证研究框架，有多重“透视窗”的意义。比如，我们可以将“克智”论辩活动视作史诗的一个演述场域；婚礼上、葬礼上、送灵仪式上的史诗演述也都可以视作一个个特定的演述场域；与此同时，某一次婚礼中的“克智”论辩可以视为一个演述场域，而在女方家举行的史诗转唱竞赛“阿斯纽纽佐”与在男方家发生的“克斯”论辩则可视为两个时空转换中的亚场域；那么同样，在葬礼上的史诗舞队赛唱“伟兹嘿”与“卡冉”雄辩中的史诗演述也可视为同一空间中不同时间点上的两个亚场域；与此类推，在送灵大典上毕摩仪式经颂中的史诗引唱“朵提”与“卡冉”雄辩中的史诗演述，也可视为同一个时期中不同空间点上的两个亚场域。这样随着演述场域的变化，我们的观察视界也同样会主动跟进，那么最后得到的演述结果——文本也就会投射出演述行动的过程感、层次感、音声感，其文本肌理也会变得丰富而细致起来，同时也能映射出演述传统的内部结构与叙事型构。

第三，在研究视界上，因为演述场域的确定基于关系性思考，也就是说在坚持场域关联性原则的同时，不能把一个场域还原为另一个场域，在史诗研究中也就不能把一次演述还原为另一次演述，更不能将“传统格式化”之后的文本迻译还原为实际的演述场域。演述场域之间存在着一种相对的边界，这就为史诗研究确立了一个相对稳定的“透视窗”，来观察处于流动、变化中的史诗演述传统，捕捉每一次演述事件，并可凭借“这一次”演述去观照“每一次”演述，从而寻绎出史诗传统内部的叙事型构及其分衍的系统与归属，找出史诗演述中叙事连续性的实现或中断及其规律性的嬗变线索。这是观照史诗“叙事生命树”——口头诗学的一个重要角度。因此，可以说，演述场域为我们提供了一种反观性与互照性的考察视界。比如，我们说到的“叙事界域”是传统中本来就存在的一种结构方式，而这里所界定的“演述场域”作为研究观察方式的建构，则取决于民俗学者的学术主动性，它既能提供将特定的研究对象——“这一次”演述事件——从演述传统中分离出来的一种手段，同时又能帮助我们梳理出“每一次”演述事件之间的关系环带（contact zone），从而找到史诗传统的生成结构。

第四，在田野到文本的学术转换与学术表述层面上，对具体演述场域的“深描”，有助于对口头叙事这一语言民俗事象的演述情境（performance situation）作出分层描写，形成关于演述过程的民俗学报告（folklore report）。尤其是对体制宏大的叙事样式而言，对其演述场域的界定关系到对叙事行动本身及其过程的理解，从而对演述的深层涵义作出清晰的理解与阐释，使学术研究更加接近（approaching）民俗生活的“表情”（借用钟敬文先生的话），更能传达出口头表达文化或隐或显的本真与蕴涵。如此设想，如果我们依据演述场域的变化来描写具体的演述过程，由此形成的演述报告（report）应与演述文本（text）同等重要，这将有助于完善民俗学文本制作的流程。也就是说，我们最后得到的史诗演述文本（a text of epic performance）与史诗演述报告（a report of epic performance）应一同构成学术表述的双重结构，我们的文本阐释也就有了田野的有力支撑。

第五，“演述场域”的确定，有助于在口头叙事的文本化过程（textualizing process）中正确理解史诗异文，也有助于从民俗学过程（folklore process）来认识异文的多样性，进而从理论分析层面作出符合民间叙事运动规律的异文阐释，否则我们没法理解异文及其变体。由于“演述场域”的不同和变化，“每一次”的演述事件也会相应地出现不同的史诗文本。每一个史诗文本都是“这一个”，每一位演述人的任何一次演述都是“这一次”；而且在一次仪式化的史诗演述活动中，我们往往得到的不只是一个文本，更不用说，两位或两组演述者的演述也会同时形成两个独立的演述文本，甚或是四个（两个论说本与两个演述本）；同时，也极有可能得到的是一个未完成的“文本”（演述因种种原因中断，比如论辩双方悬殊太大，不能形成竞争机制，也就不能激活史诗叙事的延续与扩展），因而也会深化并丰富我们对史诗异文的研究。

第六，在彝族“克智”论辩这个传统的史诗演述场域中，由于论辩本身的竞赛性质所规定，使得史诗演述本身成为一种争夺话语权力与文化资本的竞技舞台，这里的确潜藏着社会学意义上的“权力空间的争夺”：表面上体现两位或两组论辩者之间的话语对诤，实质上则是两个家支及其社会关系的势力较量，演述者在竞争中的输赢关乎着个人的荣誉与声名，也关乎着其所代表的家支在社会公共生活中的地位与权力，这是论辩本身长期以来都以主方—客方为社会关系网络象征的一种内隐的话语实质。因此，论辩本身的意义更为丰富、复杂，场域意义也由此更为广阔地向外延伸至演述的语境（社会关系丛）。此外，客观上这是论辩活动长此以往、经久不衰的一种内在磁场，也是“克智”能手不断提高论辩技巧、史诗演述能力的潜在驱动力，但史诗演述本身早已超出了个体的言语行为，成为社会话语权力的象征。因而，演述场域的社会学观照，是我们考察古老的口头叙事传承在当前民俗生活中依然发生着强大功能的一个视角（诚然史诗演述也有诸如历史的、文化的、教育的甚或族群“百科全书”的多元意义）。

综上所述，本文基于学术史的反思，在田野与文本的互动和关联中，引入“民间叙事传统格式化”问题和田野工作模型的讨论。若能在某种程度上对史诗田野研究与文本转换有一种全局性的参考意义，若能引起民俗学界的关注和进一步的讨论，若能有学者跟我们一道从中作出本质性的、规律性的发现，并提出一套切实可行的民俗学文本制作规程和更细密的操作手段，我们也就会感到无比的欣慰了。

本文的删节版载《文学评论》2004年第1期。

藏族口头传统的特性

——以史诗《格萨尔王传》为例

杨恩洪

生活在青藏高原独特环境中的藏族有着自己悠久的历史与浓厚的文化传统。1500年有文字记载的历史以及长约5000年的人类繁衍的进程，为这个民族的文化奠定了坚实而丰厚的基础。让我们循着历史与文化的血脉，去探寻史诗《格萨尔王传》的说唱传统，探寻这一藏族口头传统的历史根基吧。

藏族是一个勤劳、骁勇的民族，自远古时代起，他们的祖先就生活在青藏高原。据近年来在西藏的考古发现，在广阔的青藏高原，如那曲地区申扎、阿里地区的扎布和普兰县以及后藏日喀则地区的定日县均有旧石器文明的遗存分布，而中石器文化遗存、新石器文化遗存则遍及西藏的广大地域。[①] 人们在与恶劣的自然环境艰苦卓绝的斗争以及与周边部族长期交往融合的过程中形成了今天的藏族。

藏族在与大自然的长期搏斗与抗争中，乐观向上，积极进取，以他们独特的历史积淀、社会阅历和精神感受，创造了自立于世界民族之林的高原文化——博大精深的藏文化。按照藏族传统的分类，藏文化分为大五明和小五明，大小五明统称为 rig gnas che chung lnga。大五明即工艺学、医学、声律学、正理学、佛学，小五明即修辞学、辞藻学、韵律学、戏剧学、星象学。文学虽未独立设类，但涵盖其中，这是由于藏族历史文献记载大都具有文史哲合璧的特点所致。

---

① 丹珠昂奔：《藏族文化发展史》，甘肃教育出版社2001年版，第64—143页。

藏族社会自吐蕃创制文字以来，其文学发展的脉络是：吐蕃时期（7—9世纪）是藏族古典文学酝酿、萌发阶段；分裂割据时期（9—13世纪）是古典文学正式兴起、形成阶段；元朝统一以后（13世纪以后）是兴盛发展阶段。[①] 佛教自吐蕃时期传入藏族社会，经过与本土宗教苯教的长期斗争，最终占据统治地位，在西藏建立了政教合一的地方政权。佛教势力强大，寺院星罗棋布，僧人在寺院不但学习宗教知识，还学习天文历算、医药、哲学、逻辑、历史、语言、文学等知识，很多僧人成为身兼医生、历史学家、语言学家、天文学家、文学家的知识分子。自11世纪后，僧人兼文学家的现象成为当时作家文坛的一大特点。至17世纪，藏族作家几乎全部由僧人组成。由于僧人长期在寺院中受教育，他们的知识获得以及人生观、价值观、审美取向及创作的方法均受到佛教的制约，因此，他们的作品多为文史哲不分，或文学、哲学合璧的形式，这是西藏古典作家文学的一个重要的特点。

由于受到宗教典籍的影响，这一时期的文人创作还形成了一种穷源溯流的顺时叙述模式，即任何古籍的叙述均从讲述宇宙、天地形成开始，继而是印度先王、释迦牟尼、藏族族源、赞普史、蒙古王史、中原王史等内容的叙述。

西藏古典文学的另一个特点是，不论是传记、诗歌、道歌、寓言故事还是后来产生的小说、戏剧，其形式均为散韵相间的文体，即说唱体。不同的只是各种体裁的散文体和韵文体所占的比例有一些差异。这一特点在藏族民间文学作品中也普遍存在。在故事的叙述中穿插韵文以抒发情感，而长诗、抒情诗中以散文体解释或交代情节。因此，这种散韵合体可以认为是藏族叙事传统中的最主要并经常使用的一种形式。

一　藏族叙事传统的渊源

上述散韵合体的例证可以追溯到敦煌所保存的藏文历史文书，在敦煌古文献中，从《赞普传略》到卜辞，散韵相间的形式已经得到了很好的

① 佟锦华：《藏族古典文学》，吉林教育出版社1989年版，第5页。

运用。说明这一文体远在吐蕃时期就已在民间广泛流传，如《赞普传略》中可以看到松赞干布赞普与大臣唱和的诗歌。

盟誓毕，赞普高歌：

自今天至以后，
你不要背弃我啊，
我将不舍弃你！
我若是抛弃你啊，
苍天定会保佑你！
你若是背弃我啊，
我会进行惩罚也！

歌毕，韦义策和歌作答。歌云：

吾之属官长上是赞普你，
我虽小也要把王放在肩上。①

在敦煌写卷中发现的卜辞约有30段，每段均由两部分组成，第一部分是韵文体的卜辞正文，第二部分是这段卜辞将应验的内容的散文体解释，如：

啊！
子嗣呢如金宝，
金水呢流滔滔，
流水呢弯又曲，
仇敌呢纷纷逃，
地位呢日日升，
这是呢幸福兆。

① 王尧、陈践：《敦煌本吐蕃历史文书》，民族出版社1980年版，第63页。

在卜辞的后边，有对卜辞诗行的散文体解释：“此卦应的是游览风景之卦。若卜家宅和寿命，善神或女神们在游玩山水和欣赏风景，好好供奉之，有求必应。卜经商则获利，卜游子则归，卜病者则愈，卜财者大发，卜敌人则无，卜子嗣则有。此卦无论占卜何事皆吉。”①

此后，以藏传佛教噶举派僧人米拉日巴（1040—1123）道歌为代表的，在藏族文学史上具有重要影响的“道歌体”诗在民间广为流传。道歌虽名为诗歌，却是由诗歌咏唱与散文体叙述交替组成，诗歌部分采用藏族民歌的多段回环格律和自由体格律咏唱噶举教派的教义、修法途径，劝诫人们出世修法，走上解脱之路。散文体部分承担叙述情节发展的任务。这一文体继承了吐蕃时期《赞普传略》散韵结合的传统。在诗歌格律方面在原来四句六言形式的基础上发展成为多段回环，即每段句数相同，每句音节数多为六、七、八，每段各句的音节数也相同的新形式。

历史名著《贤者喜宴》（作者为巴俄·组拉陈瓦，1504—1566）史料丰富，旁征博引，立论比较公允，书中所记载的历史掺杂了神话、传说、故事等，也可视为文史合著。正文为诗歌体，每句为九个音节，诗歌后附以散文解释，全书形成了散韵结合的文体。

17 世纪时五世达赖喇嘛罗桑嘉措（1617—1682）撰写的历史著作《西藏王臣记》，虽为阐述历史的作品，仍然采用了散韵相间的文体，作者为年阿体（sngan ngag）② 名家。受《诗镜》的影响，文中除了优美典雅的诗章外，还有一些散文体叙述夹杂其间。其后产生于 17 世纪的传记作品《颇罗鼐传》以及 18 世纪产生的藏族第一部长篇小说《勋努达美》，均受到传记文学的影响，虽然摆脱了长期以来文史哲不分的状态，走上了“纯文学”之路，但仍然采用藏族传统的叙事形式——散韵合体。

具有古老传统的散韵结合体，在藏族民间文学与戏剧中是十分常见的形式，它在史诗、叙事诗、故事和藏戏中至今仍被广泛采用。它统合了散文体富于故事性、简洁明了和韵文体富于乐感、便于抒情的特点。它综合

① 佟锦华：《藏族民间文学》，西藏人民出版社 1991 年版，第 193 页。

② 13 世纪以来，许多藏族学者把印度学者檀丁（7 世纪印度宫廷诗人）创作的诗歌修辞理论著作《诗镜》（藏语为“年阿美隆”，“年阿”意为“雅语”或“美文”，“美隆”意为“镜子”）进行翻译、解释以及修改补充后，成为藏族自己的文学与修辞的理论著作，按照这一理论创作的诗称为“年阿体”诗。

了散文铺叙故事，承上启下，而韵文因其韵律产生的乐感效应，在烘托人物心理活动、渲染战争的激烈与场面的恢弘等方面产生了强烈的艺术效果。

散韵合体这一形式是藏族文学重要的，同时也是主要的表现形式，它产生于民间，经过不同时期文人的创造，不断丰富并出现了一定的变化，从而形成了各具特点的文体，进而又对民间文学产生一定的影响。这种古老的叙事模式在西藏传承近两千年而经久不衰，对后世的文学创作也产生了巨大的影响。

二　藏族传统诗词格律与《格萨尔王传》的韵律

藏族有浩如烟海的历史典籍及丰富多彩的民间文学样式和作品，在这极其丰厚的文学土壤里，史诗《格萨尔王传》就像一棵深深扎根于藏族传统文化沃土的禾苗，在汲取了充足的营养后拔地而起，成为枝繁叶茂的参天大树。我们完全有理由说，《格萨尔王传》是产生于青藏高原这片广袤土地上的本土之作，无论从形式到内容，从叙事传统到修辞方式，均与藏族文学一脉相承。我们可以在众多作品中看到二者的内在关联。

头尾相连的顺时叙事方式是藏族历代名师撰写文史著作共同遵循的规律，古典名著在叙述历史时，都从叙述宇宙形成开始。印度佛教的传入使古代的人们有“藏族南来之说”，所以首先讲述印度先王、释迦牟尼创建佛教的历史，继而叙述藏族赞普的世袭、佛苯斗争、蒙古王史、中原王史等，这种叙事方式在藏族社会成为一种模式，并为后人所延续。史诗《格萨尔王传》也遵循了这一规律，史诗各部的安排以及艺人的说唱均从天地形成（或叫岭国形成）开始，叙述的顺序是按照主人公格萨尔王的年龄由小到大顺时推进，如出生、成长、赛马称王、征战四方以及后来完成人间使命返回天界。史诗分若干部分，每部又可独立成章，拿出来单独说唱，但在各部中故事的讲述仍是顺时叙述。敦煌文献的赞普传记中，人物的叙述往往以自我介绍及介绍地名、马名、歌曲曲调名开始。

kye rje vi ni mtshan ba vdi?

噫嘻！若问赞普（btsan po）是何名？
Khri vi ni srong btsan zhig.
我乃墀松赞是也。
Blon gyi ni mying ba vdi?
这位大臣是何名？
Stong rtsan ni yul zung zhig.
乃东赞域松是也。
Chibs kyi ni mying ba vdi?
若问骏马是何名？
Rngul bu ni gtsang gtsang lta；
乃玉布藏藏是也；
Gtsang gtsang ni yang yang lta.
藏藏为驯良之马也。①

史诗《格萨尔王传》中，这种自我介绍是唱词中不可或缺的部分之一，如：

Sa vdi dang sa ngo ma shes na,
此地你若不认识，
Rma klung dal vbebs gyas zur dang,
这是缓流黄河右一角，
Ri sbrul mgo vdra bavi gyon zur na,
蛇头山的左山侧，
Dpon jo ru sprul bavi srin gling red.
是觉如神变的罗刹国。
Bu nga dang nga ngo ma shes na,
汉子我你若不认识，
Blon tsha zhang vdan ma spyang khra zer.
大臣江查擦香丹玛就是我。
Gling chung rgyud mu bavi blon chung yin.

① 王尧、陈践：《敦煌本吐蕃历史文书》，民族出版社1980年版，第79页。

是幼系木哇（mu ba）部落小首领。①

藏族诗歌极为发达，从最早的敦煌文献中可以看到四句六言的工整对仗的形式。吐蕃时期，这种被称为“协体”（gzhas）的民歌已经在民间广为流传。第六世达赖喇嘛仓央嘉措（1683—1706）创作的情歌采用协体民歌形式，在民间产生了深远的影响。在此基础上产生的被称为“鲁体”（glu）的多段回环体诗歌形式以及由宗教僧人米拉日巴采用“鲁体”形式创作的道歌的产生与流传，对后世的诗歌也产生了极大的影响。上述藏族诗歌的固有形式在藏戏、长篇叙事诗甚至在故事中均被广泛运用，在《格萨尔王传》中也得到了很好的体现。

多段回环体道歌汲取了民歌中的许多素材，如白雄狮居雪山、鹫鹰盘旋岩峰、猛虎盘踞森林、金眼鱼游大海等，用以作为比喻，前几段为设喻，最后一段为写实。《米拉日巴传及其道歌》中有这样一段：

Gangs stod kyi seng ge dkar mo nga，雪山顶上的白狮我，
Gangs stod yongs la mi vphyo ru，如不游遍大雪山，
Gyul ral legs po rgyas dus med，狮鬃难以长丰满，
Ras chung mi sdod dbus la vgro，日琼不留要去卫，
Da res bla mas bkav gnang zhu. 请求上师恩准俺。

Brag stod kyi bya rgyal rgod po nga，岩峰顶上的鹫鹰我，
Nam vphang mthon po mi gcod du，如不凌翅翔蓝天，
Gshog drug legs po rgyas dus med，鹰翅难以长劲健，
Ras chung mi sdod dbus la vgro，日琼不留要去卫，
Da res bla mas bkav gnang zhu. 请求上师恩准俺。

Nags gseb kyi stag gu ri bkra nga，森林之间的斑虎我，
Nags khrod yongs la mi vphyo ru，如不游遍森林边，
Gra vdzum legs po rgyas dus med，虎纹难以变斑斓，

① 贡却才旦编：《诞生》（藏文），甘肃人民出版社1980年版，第117—118页。

Ras chung mi sdod dbus su vgro, 日琼不留要去卫，
Da res bla mas bkav gnang zhu. 请求上师恩准俺。

Mtsho dkyil gyi nya mo gser mig nga, 大海之中的金鱼我，
Mtsho mthav yongs la mi rgyu ru, 如不游遍大海湾，
Gser mig legs po rgyas dus med, 金眼难以长周全，
Ras chung mi sdod dbus su vgro, 日琼不留要去卫，
Da res bla mas bkav gnang zhu. 请求上师恩准俺。

Gung thang ras chung rdor grags nga, 贡塘的日琼多扎我，
Rgyal khams yongs la mi vgro ru, 如不游遍各地盘，
Nyams rtogs bzang po rgyas dus med, 证悟难以收效验，
Ras chung mi sdod dbus su vgro, 日琼不留要去卫，
Da res bla mas bkav gnang zhu. 请求上师恩准俺。①

以上道歌为五段，每段五行，每行七个音节。前四段以白狮、鹫鹰、斑虎、金鱼设喻，最后一段为写实。每一段中的第一行的末尾均为“我”(nga)，第三行的最后三个音节均为“难周全”（rgyas dus med）；各段的第四、五行均相同，以“日琼不留要去卫，请求上师恩准俺”结尾，既压韵脚，易于上口，同时反复咏唱，加强感染力。

这种多段回环的诗句在史诗《格萨尔王传》中也有极其相似的表述。

Stod gangs dkar rtse movi seng ge de,
白雪山顶上的白狮子，
Mgo gyu ras sngon po rgyas yod na,
若要玉鬃长得好，
Khyod thang la ma vbab gangs stod zungs.
别下平原住山里。

① 《米拉日巴传及其道歌》（藏文），青海民族出版社1981年版，第736页。

Nag rgya rdzong dkyil gyi stag phrug de,
森林中间的斑毛虎，
Stag vdzum drug ri mo rgyas yod na,
若要笑纹长得好，
Phyi gzan la ma chas tshang sgo zungs.
不要外出住洞里。

Dmav rgyal mtshovi klong gi gser nya de,
大海深处的金眼鱼，
Nya gser mdog khrab ri rgyas yod na,
若要金甲长得好，
Chu mtsho mthav ma bskor mtsho dkyil bsdod.
别到海边住海里。①

在这首三段体的诗歌中，每段三行，每行为八个音节，较之道歌有所发展。每段第一、二行均押尾韵：第一行的最后一个音节均为“那”（de），第二行的最后三个音节相同均为“长得好”（rgyas yod na）。

对比上述两段诗歌，可以看到二者相同并且相互影响的一面，同时也可看到出自作家之手的诗歌的工整对仗与来自民间说唱的诗歌的自由变异的鲜明对照。道歌产生的时间（11—12 世纪）与《格萨尔王传》在民间开始流传的时间基本处于同一时代，二者产生于同一文化背景之下，受到民歌的影响以及二者间的相互影响，都是显而易见的。②

仅以甘肃本《降伏妖魔》（藏文）为例，除上述多段回环式的唱词外，类似设喻的唱段还有五处，每处都有变化。唱段一为三段每段八行（第 13—14 页），以狮、虎作比喻；唱段二为三段每段四行（第 19 页），以狮、虎、金眼鱼作比喻；唱段三为五段每段两行（第 88 页），以狮、野牛、鹰、虎、鲸鱼作比喻；唱段四为三段每段五行（第 89 页），以玉

① 王沂暖译：《降伏妖魔之部》，甘肃人民出版社 1980 年版，第 7—8 页。

② 一般学者认为《格萨尔王传》产生于 11 世纪，后经过长时间在民间的流传，不断丰富才形成今天的规模。艺人认为格萨尔王诞生于 1038 年，其时间与米拉日巴（1040—1123）接近。

龙、雄狮、野牛作比喻；唱段五为五段每段四行（第 134—135 页），以大鹏鸟、绿鬃狮、花斑虎作比喻。[①]

在格萨尔王即将出征魔国时，他把国事一一交付给爱妃珠牡（vbrug mo）。他唱道，要将绸缎库、珠宝库、城堡、珍贵佛像、宝幢、佛经、马场、牛场、羊场、帐户等一一交给珠牡，在九段的唱词中，每段的后两句都采用相同的句子："交付时完全来交付，收回时也要全数收。"（ngas bcol dus kha tshang cha tshang yin，tshur len dus sprod rgyu yod ni gy-is）[②] 继承了多段回环、反复咏唱的传统诗歌形式，便于上口。

自 13 世纪《诗镜》以译述的方式被介绍到藏族地区以后，从多藏族学者纷纷对其进行研究并撰写专著对《诗镜》原文加以注释，而且在此基础上进一步发展，淘汰了一些根据梵文的结构和语音特点归纳出来的不符合藏语特点、结构的修辞手法，补充、归纳了藏族诗歌的韵律特点。这些诗词格律在史诗《格萨尔王传》中得到了很好的运用和发展。如重叠格律：年阿体是在一首不分段的诗歌中各句的相同位置或同句的不同位置上出现的重叠；而《格萨尔王传》所采用的多段体回环节形式是在各种位置上发生整个字或词组乃至句子的重复。"这种重叠格律，在音韵和节奏方面，出现反复回环，显得和谐悠扬，抑扬顿挫，铿锵有力，给诗歌增加无限的音乐美；在意境上产生加强思想深度，浓化感情色彩，给人以回味无穷的感受。还因为它琅琅上口，容易诵记而便于流传，影响广，成为藏族诗歌中最富民族特色、最占优势的格律。"[③] 这种重叠格律包括句首重叠，句中重叠，句尾重叠，隔句重叠或全句重叠（如上文中所列举的每段最后两句重叠的例子）等。这里仅作一简略介绍。

句尾单音节重叠的如：

Lam drang bor ston pavi dam pa dkon，指示正路的善人少，
Sems gcig tu gnas pavi sgom pa dkon，心无外骛的修行者少，
Khrel phyi thag ring bavi grogs po dkon，永远知耻的朋友少，

① 藏文拉丁转写与汉译诗行见附录一。

② 贡却才旦编：《降伏妖魔》（藏文），甘肃人民出版社 1980 年版，第 33—36 页。藏文拉丁转写与译文见附录二。

③ 佟锦华：《藏族文学研究》，中国藏学出版社 1992 年版，第 381 页。

Tshong drang por gtam pavi khe ba dkon，买卖正直的商人少，

Sems mos pa mi vgyur slob ma dlkon，信仰不变的徒弟少，

Gnas gcig tu mthun pavi bzav tshang dkon. 和睦相处的夫妻少。①

句尾多音节重叠的如：

Shar nyi zla da la la，东方日月达拉拉，

Iho na char sprin da la la，南方雨云达拉拉，

Nub na gribs so da la la，西方阴影达拉拉，

Byang na skyi ser da la la，北方冷风达拉拉，

Pha bla mavi gsum chos da la la，喇嘛念经达拉拉，

Dpon bzang povi zhal gsung da la la. 好官说话达拉拉。②

句首隔绝重叠的如：

Ha cang shes rab che mkhan po，聪明绝顶的大智者，

Bya ba mang na rang nyid vphung，乱事过多害自家，

Ha cang rgyal po grags chen po，　赫赫有名大国王，

Dran rgyu mang na rgyal srid nyams，乱想过多害国家，

Ha cang longs spyod sgrub mkhan po，过于享受的修法人，

Gsog ma shes na rang gi gshes，不知积蓄会受苦，

Ha cang zas la dad che bas，过于暴饮暴食的人，

Za ma shes na dug du vgyur. 不自节制会中毒。③

---

① 贡却才旦编：《降伏妖魔》（藏文），甘肃人民出版社1980年版，第85—86页。（汉文参见王沂暖译《降伏妖魔之部》，甘肃人民出版社1980年版，第82—83页）

② 达拉拉是一种形容词，把上文形容的更加形象，其意为东方日月明亮亮，南方雨云乱蓬蓬，西方阴影黑糊糊，北方冷风冷飕飕，喇嘛念经声琅琅，好官说话温柔柔。

③ 《降伏北方鲁赞王》（扎巴说唱本），第15页。这里为了表现诗中的顶真格，笔者采取直译，以便看出其中规律。

史诗诗词中还出现了顶真格的形式，一般是前一句结尾的词语作为后一句的开头，使语言递进紧凑，生动畅达，易于上口。如：

Phu gsum dkar yag gangs kyi ri，山谷上部的白雪山，
Gangs la dung seng vkhor bavi ri，雪山中雄狮常眷恋，
Sengs la gyu ralrgyal bavi ri. 雄狮抖动绿鬃在雪山。

Sked gsum tsan dan nags kyi ri，缠绕檀香林的青山，
Nags la rgya stag vkhor bavi ri，檀香林中猛虎多眷恋，
Stag la vdzum drug rgyas pavi ri. 猛虎显示花纹兴旺之山。

Mdav gsum chu ma zhing gi ri，沟口水田环绕的山，
Zhing la vbras drug smin pavi ri，良田谷物多丰收，
Vbras la dbu nag vkhor bavi ri. 谷物是黑头人眷恋之山。

Mthal gsum chu bo chab kyi ri，缓缓河水环绕之山，
Chu la gser *nya* vkhor bavi ri，水中金鱼多眷恋，
Nya la gser gshog vgyas pavi ri。金鱼跳跃环绕之山。

Gling la sde gsum chags pavi ri，岭国三部落形成之山，
Sde la dpav brtul vkhor pavi ri，部落英雄眷恋之山，
Dpav la rtsal drug vdzoms pavi ri. 英雄显示威武之山。①

以上顶真的修辞手法为：每段第一行的第五或第二、第三、第四音节，即为下一行的起始；同样，第二行的第三或第四音节，又是第三行的起始。其次，在五段回环的 15 句中，每句都以山（ri）作结尾，有着同一韵脚。第三，每段第二行的结尾均为“环绕之山”（vkhor bavi ri），第

① 《降伏北方鲁赞王》（扎巴说唱本），第 15 页。这里为了表现诗中的顶真格，笔者采取直译，以便看出其中规律。

三行的结尾均为“兴旺之山”（rgyal〈rgyas〉bavi〈pavi〉ri）结尾，构成句尾的三音节重叠。

在《格萨尔王传》中，动物被拟人化，如仙鹤（藏语仙鹤的音译为虫虫）与命命鸟（藏语命命鸟的音译为香香）的对话很有特点，每句的结尾都有“虫虫”与“香香”作为歌曲的衬音出现，更趋于戏剧化。如：

Sa vdi yi sa ngo ma shes na khrung khrung,
此地若是你不认识，虫虫
Bdud kyi bla ri mthon po nas khrung khrung,
这是魔国命根子山，虫虫
Lcags ra rtse dguvi rtse mo red khrung khrung.
这是九尖城顶尖。虫虫
Bya nga dang nga ngo ma shes na khrung khrung,
鸟儿我你若是不认识，虫虫
Ri rgyal lhun povi khang rdzong nas khrung khrung,
我从须弥山城来，虫虫
Bya khyung chen rgyal povi sring mo red khrung khrung,
是大鹏金翅鸟亲姐妹，虫虫
Shar khra mo gling gi sa cha nas khrung khrung,
是从东方花岭来，虫虫
Rma rdzong shel dkar lhun po nas khrung khrung.
是从黄河白水晶城来。虫虫
Bya vdab chags khrung khrung dkar mo yin khrung khrung,
我是鸟类白仙鹤，虫虫
Sman me bzav a vbum bla bya yin khrung khrung.
我是梅萨的命根子鸟。虫虫①

在仙鹤唱完长达114行的虫虫歌后，命命鸟王唱了一首回答的歌，每行歌都以“香香”作结尾（共143行）：

① 贡却才旦编：《降伏妖魔》（藏文），甘肃人民出版社1980年版，140—146页。

Bya nga dang nga ngo ma shes na ni shang shang,
鸟儿我你若是不认识，香香
Nub phyogs rgya gar yul chen na ni shang shang,
在西方印度大地方，香香
Mtsho rab lha chen po yi dkyil ni shang shang,
汪洋神海正当中，香香
Dwang bsil gyu yi lha chab nang ni shang shang,
清凉美玉仙境里，香香
Ma dros klu yi gzhal med khang ni shang shang,
有无热龙王越量宫，香香
Pho brang mdzes sdug khang bzang dbus ni shang shang,
这个美丽的好宫殿，香香
Shang shang tevu rgyal bzhugs sa yod ni shang shang.
我命命鸟王住其中。香香①

史诗《格萨尔王传》的诗词格律继承了藏族传统的格律特点，由于长期在民间广泛流传，众多的民间艺人为其注入了多姿多彩的民间说唱特色，使其更加生动活泼，更加贴近民众，受到普通百姓的欢迎，因而具有强大的生命力。

三　藏族口传知识的历史与传统

口头传承是藏族延续传统文化最早的且极具生命力的方式。即或是在发明了文字以后，出现了用文字记载的典籍，口传的方式仍一直被沿用。这一形式可追溯到苯教经文的传授，其方式均为师徒相传或父子相传，也称“单传”。尤其是在佛苯斗争以后，苯教遭到迫害，为了保存其教义，苯教徒更广泛地使用了这种传承方式。传承至今的一些苯教主要经典如

① 同上书，第146—153页。

《象雄儿续》、《光荣经》等，都是首先通过口传被苯教僧人代代铭记，而后才被记录成文字保存下来的。

口传记忆佛教经典的例子也不少，如赤德祖赞时期，曾派大臣郑噶木来果卡和业童智二人到印度取经，当二人到达冈底斯山时，遇到在这座山中修行打坐的印度高僧佛密和佛寂，他们将两高僧铭记的《经藏说分别部》、《金光明经》、《珈怛特罗》、《事续》等经典牢记心中，然后回来献给了结波（国王）。①

产生于12世纪的噶举派，其“噶”（bkav）意为佛语，“举”（rgyud）意为传承。该派主张依靠师徒口耳相传，着重修习密法。著名的噶举派大师米拉日巴曾在该派创始人玛尔巴的座前修习口传密法，《米拉日巴传》形象地介绍了这位高僧由于施咒伤害无辜，自己悔罪修行，在得道前遭到玛尔巴上师的百般折磨而不予传法，最后修成后传法的经历。其中多次记录了玛尔巴上师给众弟子口传授受的经过。

该传记的作者桑吉坚赞（1452—1507）还撰写了《玛尔巴传》，作者在传记的最后特作说明，介绍了玛尔巴的生平事迹由口传到记录成书的经过：最初是由玛尔巴的亲授弟子米拉日巴和玛尔巴果勒二人口述给米拉日巴的弟子安宗顿巴，米拉日巴又讲述给得意门徒日琼巴。之后，日琼巴和安宗顿巴二人共同商量编写成传。桑吉坚赞以此书为基础，又吸收玛尔巴其他弟子口传下来的记述，综合贯通后加工写成。这说明在噶举派的传承中，口传是一种很重要的授受方式。

据传，印度密乘之法，特别是无上瑜伽之法是通过以下三种途径从天界传到人间的，即：诸佛密意传、持明标传和常人耳闻传。佛密意传者是一切佛法的起点和终极根据，它指的是法身佛普贤如来在清净佛土内所开示的密法；标传指不直接用平常易懂的口语，而是通过标示、符号或象征等为中介而进行的教法授受；常人耳闻传则指师徒口耳相传，用口语应对来完成教法传承之使命。

此后在藏族地区又有亲承语旨的授记传、有缘的掘藏传和发愿的付印传三种传承方式，后被宁玛派接受并传播。

至今广为流传的《甚深法寂忿尊密意自解脱》，也称《西藏死书》，

① 东嘎活佛：《论西藏政教合一制度》，民族出版社1981年版，第17页。

据说是由普贤如来亲自讲授，由莲花生埋藏，后于14世纪被伏藏师事业洲发现。伏藏师事业洲之后，三代之内单传，三代以后才向外传。[①] 莲花生是8世纪后半叶来西藏传教的，从他埋下经典到伏藏师掘藏，三代单传直至最后公开流传于世，经历了六七百年。在这漫长的岁月中，甚至直到14世纪，这种口耳相传的传承方式仍然被人们使用。

说唱艺人中掘藏艺人的产生，则完全和宁玛派有关，目前我们发现的一位掘藏艺人——青海果洛的格日坚赞即为宁玛派僧人。[②] 掘藏艺人运用了宁玛派经典传承的传统来传承史诗。由于宁玛派把格萨尔王视为莲花生大师的转世，故而以掘藏的手法来传承《格萨尔王传》自然是天经地义的事了。

这种口耳相传保存经典的传承方式至今仍然存在。口传传统的悠久历史以及由此培养出来的一个民族的极强记忆能力，对于我们理解今天藏族《格萨尔王传》说唱艺人能够记忆长篇史诗的奥秘是有所启示的。

史诗《格萨尔王传》在民间传承了千余年，其主要传播形式依然是口耳相传，仅以民间说唱艺人中最杰出的所谓“神授艺人”为例，均是口耳相传。他们都生活在史诗广泛流传地区——青藏高原的牧区，如西藏的那曲、阿里、昌都专区，青海的果洛、玉树、海南藏族自治州，甘肃的甘南藏族自治州，四川的甘孜、阿坝藏族自治州以及云南的迪庆藏族自治州。上述地区目前虽分属不同的省区，但在地图上我们可以看出具有共同的地域特点，即地处西藏、青海、甘肃、四川交界地带。这些地区的共同点为：⑴这些地区正是史诗广泛流传的地域，同时也是操康方言和安多方言人们生活的地区；⑵这里远离西藏腹地拉萨，属于边远的藏族地区，远离由格鲁派控制的政教合一政权，多为宁玛派、噶举派或苯教流传地区，在意识形态方面具有相对的自由度；⑶这一地区又是藏族人民赴拉萨圣地及西藏腹心地带，以及朝佛、朝圣的必经之地，也是藏族人民与祖国内地各民族交往的重要地区，人口具有流动性。因此，古老的口耳传承方式得以生存、发展并保存至今。

---

① 参见沈卫荣《伏藏师事业洲和〈甚深法寂忿尊密意自解脱〉》，原载《贤者新宴》第2册，河北教育出版社2000年版。

② 四川甘孜州色达县已故的著名掘藏大师更桑尼玛活跃于20世纪初的藏区，他是宁玛派世袭的掘藏师，发掘了不少经典，同时又是史诗《格萨尔王传》的说唱艺人。

史诗《格萨尔王传》作为藏民族民间文化精髓的载体，它不但集中、凝聚了一个民族的传统与智慧，而且是藏族口头叙事传统的典型代表，人们从中可以探寻藏族口头传统发展与流变的历史，通过它追溯青藏高原古老的文化之源。

藏族地区独特的口头传统的产生与发展仰赖于独特的人文、自然环境，尤为重要的是广大藏族牧民的精神需求以及千百年来形成的审美取向与标准。这一传统并不是一成不变的，它随着时代的前进也在发生着变化，这些论题笔者将另著文探讨。

参考书目

1. 丹珠昂奔：《藏族文化发展史》，甘肃教育出版社 2001 年版。
2. 东噶活佛：《论西藏政教合一制度》，民族出版社 1981 年版。
3. 佟锦华：《藏族古典文学》，吉林教育出版社 1989 年版。
4. 佟锦华：《藏族民间文学》，西藏人民出版社 1991 年版。
5. 佟锦华：《藏族文学研究》，中国藏学出版社 1992 年版。
6. 《降伏北方鲁赞王》（扎巴说唱本），民族出版社 1997 年版。
7. 王尧、陈践：《敦煌吐蕃历史文书》，民族出版社 1980 年版。
8. 王沂暖：《降伏妖魔之部》，甘肃人民出版社 1980 年版。
9. 沈为荣：《伏藏师事业洲和〈甚深法寂忿尊密意自解脱〉》，原载《贤者新宴》第 2 册，河北教育出版社 2000 年版。

附录一

《降伏妖魔之部》唱段一：三段，每段八句，每句八音节（第 13—14 页）：

Stod gangs ri shel gyi lding khang na，上方雪山水晶宫，
Seng dkar mo gyu yi ral ba can，雪白狮子绿玉发，
Khyod gcan gzan mang povi rgyal po red，它是世上百兽王，
Lus rtsal gsum rdzogs pɑvi dpav po red，好似英雄力量大，
Sprin smug povi gseng la yar ltos dang，但是仰看云层中，
Lho gyu vbrug zer bavi ngar skad can，青龙吼叫惊天下，

Vdi ma thub klad la shor song na，如果敌不过青龙丧性命，
Seng gyu ral rgyas pa ngo re tsha. 头上白白长了绿玉发。

Dmav tsan dan nags kyi skyid tshal na，下方檀香碧树林，
Stag dmar yag me lcevi vdzum ri can，猛虎笑纹如火焰，
Khyed sder bzhi kun gyi rgal po red，它是四爪兽中王，
Bkra thig le vdzum pavi dpav po red，如花笑纹多灿烂，
Yul grong sde dkyil la mar ltod dang，但是往下看村中，
Khyi bdav lu rgya bo rnga ring bo，长尾老狗须满面，
Vdi ma thub klad la shor song na，如果敌不过老狗丧性命，
Stag vdzum drug rgyas pa ngo re tsha. 长了六种笑纹也羞愧。

Gling seng vbrug stag rtse pho brang na，岭尕僧珠达孜宫，
Gling seng chen gser gyi kgrab rmog can，雄狮王金甲光灿烂，
Khyod mgo nag yongs kyi rgyal po red，你是黑头人类王，
Phyogs dgra bzhi vdul bavi dpav po red，能降四魔是好汉，
Nub bdud yul lung nag phar ltos dang，请你往西看魔国，
Bdud tshe zad klu btsan sdig can kho，命尽的老妖是鲁赞，
Vdi ma thub klad la shor song na，你如敌不过他丧性命，
Rgyab khrab dkar gyon pa ngo re tsha. 穿着黄金铠甲也丢脸。

唱段二：三段，每段四句，每句八音节（第 19 页）：

Stod gangs dkar zur gyi pho thung seng，白雪山顶雄狮王，
Mgo gyu ral rgyas dus ma ngoms na，绿发盛时不显示，
Phyis lung gzhung shod la babs pa na，等到下山到平原，
Mgo gyu ral vdi yang vtshor nyen che. 绿发恐怕受损失。

Nags rgya rdzong dkyil gyi dmar yags stag，大森林中斑斓虎，
Stag vdzum drug rgyas dus ma ngoms na，笑纹丰满不显示，
Gzan za vdod lung gsum vgrim pavi dus，等到觅食出森林，

Stag vdzum drug ri mo nog nyen che. 笑纹恐怕受损失。

Mar rgya mtshovi gting gi gser mig nya, 大海深处金眼鱼,
Nya gshog drug rgyas dus ma ngoms na, 六鳍丰满不显示,
Phyis mtsho mthav bskor nas rgyal bavi dus, 等到浮游到海边,
Nya gser mig yag dang vbral nyen che. 恐怕金眼受损失。

唱段三：五段，每段两句，每句八音节（藏文版第 88 页）：

Shel dkar povi gangs mthav bskor dus su, 在转水晶般的白雪山时,
Seng dkar po gcig gis bskor na mdzes. 有一只白狮子来转才美丽。

Rdza khra bo rdza mthav bskor dus su, 在转花花的石岩时,
Vbrong ru damr gcig gis bskor na rgyan. 一头红角野牛来转才是好装饰。

Dgung a sngon nam vphang gcod dus su, 在飞翔高高青天时,
Rgod thang dkar gcig gis bcad na mtho. 有一只白胸鹰才显山高峻。

Nags rgya edzong vthug po bskor dus su, 在转无边的大森林时,
Stag dmar yag gcig gis bskor na ngar. 有一只红虎才显威风。

Phyi rgya mtsho chu mthav bskor dus su, 在转汪洋大海时,
Stobs chu srin gcig gis bskor na vjigs. 有一条大鲸鱼才令人畏惧。

唱段四：三段，每段五句，每句八音节（第 89—90 页）：
Dgung a sngon mthongs ki gyu vbrug de, 高高的青天上有玉龙,
Sprin stug povi klong nas btsan rdzong vdzin, 住在厚厚的紫云城,
Skad drag po ldir nas vjigs vjigs ston, 发出猛烈吼声示威武,
Lce glog zhags vphangs nas thog mdav vphen, 抛出赤电长舌像箭锋,
Brag dmar po gtor nas rgod tshang vjoms. 击碎红岩捣鹰巢。

Gangs dkar povi zur na pho thung seng，白白雪山一角有雄狮，
Mtho gangs rivi rtse nas btsan rdzong vdzin，住在白雪山顶守坚城，
Mgo gyu ral gsig pas vjigs vjigs ston，头披玉发示威武，
Skad nga rovi gdangs kyis sa gsum vdar，猛烈吼声大地动，
So mche sder bgrad nas gcan gzan za. 张牙舞爪食猛兽。

Rdza mthon por vgrim pavi bre se vbrong，高高的花石山上有野牛，
Rdza mthon povi rtse nas btsan rdzong vdzin，住在花石山顶守坚城，
Rawa spang la brdar nas du ba vphyur，角磨草山起烟雾，
Rawa rmig pa rnon pos vjigs vjigs ston，角利蹄坚显威风，
Dgra gar byung thal kar phug nas gsod. 敌人出现即丧生。

唱段五：五段，每段四句，每句七音节（藏文版第134—135页）：

Dkar povi phyogs kyi spav rtsal de，白方英勇大力士，
Dgra lhavi dung mkhar nang na rgyal，在保护神白螺城中得胜利，
Nag povi phyogs kyi bdud rigs de，黑方一切众妖魔，
Ngam yul sa mkhar nang du pham. 在昂地魔城败到底。

Mkhav lding bya khyung dmar po de，红色空翔大鹏鸟，
Ri rab lhun povi rtse na rgyal，在须弥山顶得胜利，
Gnyis skyes gdug pavi sbrul nag de，两栖动物黑毒蛇，
Sa nag mchin pavi gting na pham. 在黑黑深处败到底。

Rtsal ldan seng ge gyu ral can，有力的绿鬃白狮子，
Gang ri dkar povi rtse na rgyal，在白雪山顶得胜利，
Gshog sgro zad pavi ltas ngan go，两翅无力的猫头鹰，
Khog rul shing gi khong na pham. 在枯树中间败到底。

Rgya stag vdzum khravi ri mo can，笑纹斑斓的花老虎，

Tsan dan nags kyi dkyil na rgyal，在檀香林中得胜利，
Khab ltar spu gzengs sgang chung de，皮毛针一样的硬刺猬，
Chu nag vkhyags pavi vgram na pham. 在冰冻黑水旁败到底。

Rdzu vphrul bu rgod seng chen nga，神变小伙格萨尔王我，
Mgo nag mi yi yul na rgyal，在黑头人地方得胜利，
Bdud blon khyi nag srog rtsa de，魔大臣牧羊老黑狗，
Mi gtsang vdam gyi khrod na gcod. 在肮脏泥潭里败到底。

附录二

藏文《降伏妖魔》第33—36页：

Rtsis len rtsis sprod de ring byed，今天我要交国事，
Chung ma vbrug mo rtsis len mdzod，珠牡妃子来接受，
Phyi kha dog sna mang gos mdzod yod，我外有各色绸缎宝，
Nang vdod vbyung nor buvi lcags rgyu yod，内有如意珠宝钩，
Nags bcol dus kha tshang cha tshang sprod，交付时我要全交付，
Tshur len dus sprod rgyu yod ni gyis. 收回时也要全数收。

Cha ma bcu sum rtsis len mdzod，库存沱茶十三垛，
Phyi mu tig gyu byur sgrom gyi mdzod，外有珍珠松石玛瑙库，
Nang rgya ja bzhir brtsigs pavi mdzod，还有四方汉茶堆满库，
Ngas bcol dus kha tshang cha tshang yin，交付时我要全交付，
Phyir len dus sprod rgyu yod ni gyis. 日后收回时也要全数收。

Mkhar mthon po seng vbrug stag rtse bcas，高高的狮龙虎宫殿，
Gling dkar povi lha mkhar drug po rnams，另有白岭神城共六座，
Phyi phreng rdog tsam zhig vthor ba med，要外不散失如念珠，
Nang sgong shun tsam shig lhung ba med，内部打破如蛋壳，
Ngas bcod dus a vgrig cha vgrig yin，交付时完好来交付，
Tshur len dus sprod rgyu yod ni gyis. 收回时也要原样收。

Mdzod bar mavi phug gi yang phug na，在中仓库的最后边，
Gser bzang thub pa rang byon dang，有黄金自现的释迦像，
Gyu yi sgrol ma sngon mo dang，有碧玉雕成的绿度母，
Dung gi thugs rje chen po yod，有白螺做成的观音像，
Ngas bcol dus kha tshang cha tshang yin，我交付时完全来交付，
Tshur len dus sprod rgyu yod ni gyis. 收回时也要全数收。

Mdzod gong mavi phug gi yang phug na，在上仓库的最后边，
Byu ruvi tshe dpag med mgon dang，有珊瑚做成的无量寿，
Gdugs dkar rin chen rgyal mtshan dang，更有白伞盖和宝幢，
Khrims mdung dar khra phyug mo dang，有法矛达叉曲莫，
Chos dung lha rten dkar po dang，有法螺拉丹尕波，
Tham ka nor bu vod vbar yod，有放光国玺稀世宝，
Ngas bcol dus tshang ma yang ma yin，交付时完全来交付，
Tshur len dus sprod rgyu yod ni gyis. 收回时也要全数收。

Mdzod vgab mavi phug gi yang phug na，秘密库的最里边，
Zas vbras dkar spungs bavi shel gar dang，有盛白饭用的水晶碗，
Gser bum chung bdud rtsi vkhyil ba dang，有盛甘露的小金瓶，
Dbyig stag sgam rnam sras bang mdzod yod，有多闻天王的宝虎箱，
Ngas bcol dus kha tshang cha tshang yin，交付时完全来交付，
Tshur len dus sprod rgyu yod ni gyis. 收回时也要全数收。

Ja mkhar yang steng lha kang na，在茶城上边的神殿里，
Vdod dgu gter gyi bum bzang yod，有随欲即得的好宝瓶，
Gser dngul rin chen mtshal snag gis，用金粉、银粉、朱砂粉，
Bzheng bavi bkav vgyur bstan vgyur dang，写就的甘珠尔、丹珠尔大藏经，
Chos srid gter sgrom sna tshogs yod，装满各种政文、教令的百宝箱，
Ngas bcol dus kha tshang cha tshang yin ，交付时完全来交付，

Tshur len dus sprod rgyu yod ni gyis. 收回时也要全数收。

Gyas lung dang po rta yi rdzong，左边沟口是马场，
Gyon lung dang po nor gyi rdzong，右边沟口是牛场，
Bar lung gyang dkar lug gi rdzong，中间沟口是羊场，
Ngas bcol dus grangs ka tshang mo yin，交付时完全来交付，
Tshur len dus sprod rgyu yod ni gyis. 收回时也要全数收。

Gling sbra chen thang shom gong dgu de，岭国塘雄巩谷大帐篷，
Mi la las bsam vgrub vkhyil ba zer，人叫心想事成大帐篷，
Mi la las khyung gshog lding ba zer，也叫大鹏展翅飞翔帐，
Spra khyon thag phur ba cha tshang yin，所有的帐绳与帐橛，
Phyi nang bar gsum yo byad rnams，内外中用具一件件，
Ngas bcol dus kha tshang cha tshang yin，交付时完全来交付，
Tshur len dus sprod rgyu yod ni gyis. 收回时也要全数收。

原文载《少数民族文化中的史诗与英雄》，广西师范大学出版社2004年版。

口头传统与书面传统的互动和表演文本的形成过程

——以蟒古思故事说唱艺人的田野研究为个案

陈岗龙

由于过去对蟒古思故事（内蒙古东部地区民间以朝尔或四胡伴奏演唱的镇压恶魔蟒古思的说唱文学）说唱艺人表演活动的民俗学田野调查工作做的不够，以往出版的蟒古思故事印刷文本几乎都没有体现出蟒古思故事是“说唱艺人在表演中创作完成”的最基本的口头传统特征。过去人们以为说唱艺人只是蟒古思故事的传承者和传布者，而没有一部记录文本和印刷文本清楚地告诉我们说唱艺人在具体表演中的创造性和对蟒古思故事口头传统的能动作用。基于这种学术反思，我们并没有满足于对以往公布的蟒古思故事文本的纯文本分析，没有停止田野调查，而是一直关注着东蒙古蟒古思故事的活的表演传统。和所有的口头传统一样，表演是蟒古思故事的核心，而离开了说唱艺人的表演，活形态的蟒古思故事的研究就无从谈起。因此，本文中我们专门对蟒古思故事说唱艺人齐宝德和他说唱的蟒古思故事《铁木尔·森德尔·巴图尔》（*Temör Sendel Baatar*）的表演文本进行了个案分析。笔者于 2002 年 11 月在内蒙古通辽市扎鲁特旗举行的“琶杰杯全国蒙古语乌力格尔好来宝大赛”期间对齐宝德做了为期一周的田野采访，录制了齐宝德说唱的蟒古思故事片段。并于 2003 年 1 月和夫人乌日古木勒博士一起赴齐宝德的家乡内蒙古兴安盟科尔沁右翼中旗好腰苏木查申套卜嘎查进行了民俗学田野调查，记录了齐宝德说唱的蟒古思故事《铁木尔·森德尔·巴图尔》，而且对当地的民间文化和齐宝德的生活史、说书艺术观念等进行了比较详细的考察和访谈。齐宝德说唱的蟒古思故事《铁木尔·森德尔·巴图尔》长达13个小时，韵文部分约一万多诗行，是笔者在田野调查中记录到的最长的蟒古思故事文本。我们将在《铁木尔·森德尔·巴图尔——齐宝德说唱的蟒古思故事之研究》（蒙古文）一书中公布我们记录整理的全部文本，因此本文的论述内容主要限制在对齐宝德说唱的蟒古思故事《铁木尔·森德尔·巴图尔》表演文本的形成过程的考察和蟒古思故事演唱传统与本子故事说唱传统以及口头传统与书面传统的互动等对齐宝德表演文本产生重大影响的各种因素。可以说，说书艺人齐宝德表演的蟒古思故事《铁木尔·森德尔·巴图尔》的田野调查和个案研究，为我们深入探究东蒙古蟒古思故事的口头传统和表演形态的历时和共时的研究提供了具有较高参考价值的分析样例。

一　齐宝德的生活史

齐宝德于1945年出生在内蒙古哲里木盟（今通辽市）科尔沁左翼中旗花胡硕苏木查干花嘎查。九岁的时候全家搬迁到现在居住的内蒙古兴安盟科尔沁右翼中旗查申套卜嘎查（虽然从一个旗搬迁到另一个旗，但是两个嘎查之间的距离只有几十华里）。齐宝德祖籍蒙古贞旗（今辽宁省阜新蒙古族自治县）潮洛蒙艾里。1906年，齐宝德的祖父从蒙古贞旗搬迁到土谢图旗（今科尔沁右翼中旗）定居。齐宝德祖父兄弟三人中有两位当过喇嘛，学习过藏文。齐宝德的祖父胡图荣噶（Khuturungga）曾经在蒙古贞旗敖瑞庙当过喇嘛，在寺庙里学过医学，大约二十五六岁的时候离开寺庙，还俗娶妻。寺庙送给了他一部医经和一个佛龛。这部医经是《兰塔布》（Rasiyan – u jirükhen nayiman gesigütü nigucha obadis – un erdem – ün ündüsün – nemelge – yin arg – a ebersil – ün khalagun enelge – e – yi arilgagchi Skatabura chag busu – yin ükhülün selm – e – yi ogtalugchi ildün khemekhü – eche ebechin – ü siltagan terigüten – i üjügülügsen sudur orosiba），为扎鲁特葛隆却扎木苏（答日玛固实）根据1747年哲布尊丹巴活佛大库伦藏文医经译成蒙古文，在北京木刻印刷。规格为7.5厘米×46

厘米，共393叶。齐宝德祖父的这两件遗物经历过解放前的动荡年代和十年“文革”浩劫，幸运地被保存了下来，至今被供奉在齐宝德家中。齐宝德的祖父北迁以后开始在土谢图旗喇嘛艾里行医，后来齐宝德的叔叔继承了父亲的职业。齐宝德的父亲朋森苏赫巴（1901—1979年）从小放羊，不识字，但是喜欢有文化的人，家中藏有《尚尧传》、《东辽》、《圣禅会》等不少蒙古文本子故事手抄本。朋森苏赫巴是虔诚的佛教徒，而且喜欢听佛教传说故事，经常在家中邀请兴趣相投的朋友讲佛教故事，年幼的齐宝德静静地待在父亲身边，记住了许多佛教传说和故事。朋森苏赫巴十七岁的时候从一个叫乌力吉的朝尔齐（蒙古语绰号叫 öndör beyetei Öljei chogorchi）那里学会了蟒古思故事《铁木尔·森德尔·巴图尔》，后来把这部蟒古思故事教给他的儿子齐宝德。朋森苏赫巴虽然会演奏四胡，但是不会用四胡伴奏说唱故事，更不会演奏朝尔，因此他是用口述的方式把蟒古思故事传授给了自己的儿子。不过，朋森苏赫巴学的蟒古思故事可能不仅仅是从乌力吉朝尔齐那里继承来的。他行医的弟弟长海会拉四胡和朝尔，而且会说唱蟒古思故事，但是他已经在齐宝德懂事之前就去世了，因此齐宝德并没有听到叔叔说唱的蟒古思故事。齐宝德从小喜欢讲故事，尤其崇敬拉起四胡说唱本子故事的说书艺人，从六七岁开始便经常给小伙伴们和邻里老人们讲述从父亲那里学来的蟒古思故事。当时，人们为了听他的蟒古思故事，就把他背到生产队社员开会的屋子里，请他讲蟒古思故事。

齐宝德九岁开始读小学，十六岁上农牧中学，可是由于迷恋上了说书，农牧中学只读了三个月就辍学了。但是，当时读了几年书的齐宝德在家乡也算是有文化的人，于是在生产队做了几年记录劳动工分的工作。后来，齐宝德娶妻成家，因为妻子是独生女，所以赡养自己父母和岳父岳母四位老人的重担就落在了他的肩膀上。再加上养育四个儿子两个女儿的家庭负担，齐宝德不得不投入全部精力养家糊口，在劳累与贫穷中度过了前半生。不过，即使这样，齐宝德也没有放弃过学习说书的兴趣。

齐宝德十四岁的时候结识了他的老师、著名说书艺人吴道尔吉（1935—1997年）。吴道尔吉两岁患病双目失明，六岁开始学说书，十九岁开始在呼和浩特市盲聋哑师训班学习三年，后在通辽市蒙古语说书馆任专职说书艺人，1967年回科尔沁左翼中旗花胡硕苏木务农。齐宝德非常欣赏吴道尔吉说的书，只要有吴道尔吉说书齐宝德必到场细心听书，并模仿和学习吴道尔吉说书的曲调、风格和技巧。齐宝德从二十一岁开始自学演奏四胡，后来得到吴道尔吉的专业指导。当时，“蟒古思故事必须用朝尔伴奏演唱”的观念非常强烈，因此齐宝德学琴之后只能用四胡伴奏说唱本子故事。齐宝德跟随吴道尔吉学了《西周建洪太子走国》、《银龙太子走国》、《万龙太子走国》、《东辽》、《北辽》、“五传”等传统本子故事曲目。其中，齐宝德后来说唱最多的是“五传”中的《全家福》，也经常说唱《羌胡传》。齐宝德还从村里有藏书的人那里借阅了《东辽》、《东周列国志》、《薛丁山征西》、“五传”等蒙古文本子故事手抄本，丰富了自己的说书题材积累。但是由于家中缺乏劳动力，赡养老人和养育子女的家庭负担繁重，所以齐宝德只是在村里和周围几十里方圆的范围内说书，其影响局限在家乡一带。

在传统农村，对上有老下有小的家庭来说，赡养老人、厚办丧事和子女结婚成家是两件至关重要的“红白喜事”。齐宝德的父母于1979年和1986年相继去世，岳父岳母于1987年和1990年相继去世。接着就是从1989年到1999年，四个儿子娶妻成家和分家独立。子女长大成人，能够分担父亲原来一个人承担的家庭生活负担以后，齐宝德才有了一点可以更多地投入到说书的空闲时间，也开始积极参加内蒙古东部地区的各种说书艺人比赛活动，逐渐在说书界有了比较广泛的影响。

1996年8月在哲里木盟人民广播电台主办的“说书艺术研讨会”上齐宝德演唱了蟒古思故事片段约半个小时，说书界从此开始知道齐宝德会演唱蟒古思故事。

1996年8月哲里木盟人民广播电台聘请齐宝德为业余说书艺人。

1997年8月齐宝德在哲里木盟人民广播电台录制了10个小时的蟒古思故事《铁木尔·森德尔·巴图尔》和20个小时的本子故事《忠侠义马玉龙》，但是蟒古思故事后来没有正式播放。

2000年齐宝德在内蒙古人民广播电台和内蒙古曲艺家协会主办的全国首届蒙古语乌力格尔比赛中说唱本子故事《吕芳大胜郭胜》，荣获二等奖。

2000年10月齐宝德在内蒙古人民广播电台录制30小时的本子故事《龙文宝征南》。

2001年11月齐宝德在内蒙古人民广播电台和内蒙古曲艺家协会主办的全国第二届蒙古语说书比赛中说唱50分钟的蟒古思故事《铁木尔·森德尔·巴图尔》片段，荣获贡献奖。

2002年1月在科尔沁右翼中旗人民政府主办的全旗乌力格尔好来宝比赛中齐宝德分别获得三等奖。

2002年11月在“琶杰杯全国蒙古语乌力格尔好来宝比赛”上齐宝德演唱了30分钟的蟒古思故事片段《铁木尔·森德尔·巴图尔大战吉拉邦·沙日蟒古思》。

齐宝德除了说唱蟒古思故事和传统本子故事之外，还创作演唱了不少好来宝，其中《我们的好书记》等作品在哲里木盟人民广播电台播出，并在《哲里木艺术》（蒙古文）上发表。在齐宝德创作的好来宝中《母亲的恩德》等伦理道德主题的作品占多数，在青年人中起到了比较好的教育作用。齐宝德也演唱一些传统民歌，其中他从老师吴道尔吉学习的长篇叙事民歌《嘎达梅林》长达一个半小时（笔者已经录音）。齐宝德也注意培养年轻一代的说书艺人，目前他有包金虎等几个青年徒弟经常到他家里来请教和切磋说书艺术。

齐宝德虽然酷爱说书艺术，但是没有把说书当做谋生职业，他一辈子都是背朝天、脸朝地的庄稼人，全家除了耕地之外几乎没有其他收入。不过，齐宝德也有一些小小的一技之长。他虽然没有继承祖父的职业，但是比较擅长蒙古医学的放血疗法，曾经用放血疗法医治过肺结核患者，在附近有一定的知名度。他经常读家藏的那部医学经典《兰塔布》，也懂得一些简单的医药知识。他还能够择日，每逢过年过节或者有人办红白喜事，总是有人请齐宝德选择吉日。齐宝德的儿子告诉笔者，来找他父亲选择吉日的人们送来的酒和糕点成为他们家过年送礼的主要来源。

齐宝德珍藏的书籍中除了本子故事手抄本之外就是类似《玉匣记》的占卜书。但是，齐宝德对自己的行为有明确的认识，他说他不是搞迷信，而是根据古代流传下来的典籍，并且他对来求他的人说不必全部信他的。不过，还是有不少人经常到他家来让他给自己选择吉日和占卜。可以说，在农村，齐宝德算是一位掌握了比较多的地方性知识的人，扮演着一种“民间精英”的角色。

二 齐宝德与蟒古思故事——田野观察与访谈

一次表演文本的全部内涵并不仅仅局限于可供转换成印刷文字的言语符号，而是包括了以故事歌手的表演为中心的表演场景、参与者、歌手和听众之间的交流和互动、歌手和听众的价值判断等各种要素在内的综合动员各种资源和力量的动态过程。虽然现代技术手段能够准确地记录下故事歌手在具体表演中的全部口头叙事活动，包括歌手情绪和声音的变化、带有乐器伴奏的诗歌段落的演唱和乐器停顿后的口述两种方式相互交叉的叙述形式和用眼睛、面部肌肉和手做出的各种身体语言的表演，以及在场的部分听众的反应和表情等，但我们绝对不能把这种记录看做是故事歌手表演活动的全部内容。这个记录文本只是录音机和摄像机有限的记录手段和捕捉角度所记录下的不完整的文本，只是故事歌手表演文本被现代技术手段所能够接受的部分。而构成故事歌手表演空间和场景的各种文化要素和表演者与听众的交流与互动，特别是表演过程前后的表演者和听众的价值判断等则只能由田野工作者通过细致入微的考察和深度访谈来体验和获得。

我们在田野调查中简单考查了齐宝德世代居住的村落的经济文化情况，和村民进行了多次访谈。通过访谈，我们大体了解了齐宝德说唱蟒古思故事的村落文化背景，并和齐宝德的访谈对照，加深了对齐宝德的蟒古思故事观念的理解。

齐宝德居住的内蒙古兴安盟科尔沁右翼中旗好腰苏木查申套卜嘎查的地理位置为北纬 44°18′，东经 120°9′，属科尔沁沙地，坨甸相间，土壤多为风沙地，以草甸土、栗钙土为主，海拔 177 米。无霜期为 140—145 天，年降水量 350—360 毫米，年蒸发量 2400 毫米。土地总面积大（36000 多亩），人口密度小（全村人口 696 人），但水土流失面积 1600 多亩，因此人均耕地面积只有 8 亩。由于地理气候等多方面的原因，该村经济比较落后，居民生活水平不高。111 国道经过该村。村里有一座小学，教师 4 人（其中民办教师 1 人），学生 58 人，学生升入初中要到离村 15 公里的苏木中学读书。全村虽然已经扫除了文盲，但是文化生活并不活跃。至今有 6

人考上区内高校。该村2000年才通电，在此之前看电视主要靠风力发电机。通电之后，电视普及，多户有了VCD。苏木集市有出租VCD的人，每张VCD租金1元，可以租三天，不收押金。苏木没有书店，苏木中学有图书资料室。全村教师和党员订阅《党的教育》、《时代风纪》、《兴安日报》等刊物和报纸，嘎查出资为22户贫困户订阅了《科技周刊》。过去爱好文学的人订阅过《花的原野》、《潮洛蒙》、《鸿嘎鲁》等蒙古文文学刊物，现在已经没有人再订阅这些刊物。家中有藏书的人非常少。齐宝德是村里唯一的说书艺人，因此齐宝德的家一直是全村娱乐活动的一个中心。再加上齐宝德的次子玉林当嘎查达（村长），因此每天齐宝德家都有几十人。过去村里的娱乐活动主要是聚集在像齐宝德这样的民间艺人家，听说书和唱民歌。齐宝德的子女都擅长文艺。

齐宝德每次说唱蟒古思故事的时间约一个小时左右。在正式说唱之前要做一些准备工作。齐宝德说唱过程中除了乐器四胡以外，茶和毛巾是必备的。在说唱的一个小时之内，茶可能只喝几口，而且喝茶也一般在讲完一段内容之后，而正在兴奋地演唱战争场面的时候，艺人不允许他人用任何方式打断他的表演。虽然是在冬天表演，而且屋子里经常不生炉子，但是齐宝德说唱一会儿就满头大汗，要不断用毛巾擦汗。可见，说书艺人在表演中也消耗相当大的体力。

每次表演，齐宝德的家人都忘不了点上佛龛前面的佛香，并把佛龛的挡板卸下来，让佛龛里的吉祥天女班丹拉姆女神的像外露。而平时则用挡板挡住。每次表演，大约续三次香。点佛香都由齐宝德的大女儿腊英和大女婿根春来做。根春是齐宝德的老师吴道尔吉的儿子，他从小跟父亲走四方说书，因此对说书艺人的表演活动非常熟悉。

每次表演完毕，齐宝德的几个孩子总是对说唱内容进行一番评论。并预告说他们的父亲下面将要继续说唱的大概内容。由此可以看出，家人对齐宝德说唱的蟒古思故事的内容是最熟悉的，而且也是说唱活动中最关心艺人的表演的。可以说，家人是齐宝德表演活动的最积极的参与者和最忠实的听众。

蟒古思故事中有几段赤裸裸地描述蟒古思女儿吉拉邦·沙日生殖器的内容，每当说书艺人演唱这一段的时候在场的女性听众就会带着孩子悄悄地离开现场，等说完这段内容才返回来。过去演唱蟒古思故事有不让妇女和儿童听的禁忌，主要就是因为蟒古思故事中有描述女蟒古思生殖器和英雄与女蟒古思之间象征性行为的搏斗场面，经过研究，这是比较古老的性崇拜的一种遗留，其他英雄史诗中也有不同的保留。但是，妇女是提前知道说书艺人马上要讲这种内容的，她们的离开现场，遵循了蟒古思故事的表演传统或者一种民间的秩序。但是，有一次我们发现有几个孩子还继续听，齐宝德发现后就简短而轻描淡写地跳过了这段内容，事后他说："这几个小孩在场，我怎么讲出口啊。"这些细节从一个侧面说明了表演是由表演者和听众共同完成的。

我们和齐宝德的田野访谈是在录制蟒古思故事文本的过程中断断续续地进行的。其中有些问题是乌日古木勒在田野调查之前提前制定的《民间艺人访谈问题》中的内容，有些问题则是进一步接触齐宝德后根据具体表演的情况临时提出来的。下面的访谈录是几次访谈记录的节选，这些问题在某种程度上反映了齐宝德对蟒古思故事和本子故事表演的基本观点和个人经验。

问：读过出版的"蟒古思故事"书吗？

答：过去读过《十方圣主格斯尔可汗传》，那是上下两册。（齐宝德指的是1957年内蒙古人民出版社出版的1716年蒙古文木刻版《十方圣主格斯尔可汗传》。很显然，齐宝德把《格斯尔传》当做是"蟒古思故事"，他对该作品的看法明显与学者们看做英雄史诗的观点有所区别。）

问：您读了《十方圣主格斯尔可汗传》以后有没有把它演唱过？

答：没有。

问：除了《十方圣主格斯尔可汗传》以外，没有读过其他"蟒古思故事"的书吗？（笔者想知道齐宝德是否读过朝鲁和巴拉吉尼玛演唱的《阿斯尔查干海青》、巴拉吉尼玛演唱的《道喜巴拉图巴图尔》和色楞演唱的《阿拉坦嘎拉巴可汗》等已经公开出版的蟒古思故事文本，想知道齐宝德表演的文本中有没有已经出版的蟒古思故事文本的影响。）

答：没有。

问：那您有没有读过汉文的本子故事？

答：我没有学过汉文，看不懂汉文的书。

问：您主要在哪些地方说过书？

答：我主要是在我们这个吐谢图旗（科尔沁右翼中旗）南半部分、

达尔罕旗（科尔沁左翼中旗）东北半部分、后旗北部，还有蒙古贞旗（辽宁省阜新蒙古族自治县）等地说唱本子故事和蟒古思故事（这些地区主要是以齐宝德的家为中心的活动范围）。

问：您说书是受人邀请呢，还是自己主动到外面去说唱？

答：我是有人邀请才去说唱，不好意思自己到外面说书。

问：什么情况下有人请您去说书？

答：主要是建新房或者其他的一些喜事的时候有人请去说书，也有节日期间请去说书的。

问：一般说书，一天能说唱多长时间？

答：在生产队的时候最长能够连续说唱 8 个小时，说唱四五个小时的时候比较多。那时候年轻，嗓子也好，不感觉到累。

问：最早录制蟒古思故事是什么时候？

答：第一次是 1997 年在哲里木盟人民广播电台录制了 10 个小时的《蟒古思故事》，20 个小时的本子故事《忠侠义马玉龙》。但是，不知道什么原因，电台没有播放我演唱的蟒古思故事。第二次是 2001 年第二届全国蒙古语说书比赛上演唱过 50 分钟的蟒古思故事，讲的是铁木尔·森德尔和蟒古思女儿吉拉邦·沙日战斗的那一段。第三次是 2001 年本旗说书艺人比赛中演唱了半个小时的蟒古思故事。第四次就是 2002 年 11 月份在“琶杰杯全国乌力格尔好来宝大赛”上演唱了半个小时的蟒古思故事。

问：录制过其他的长篇本子故事吗？

答：2001 年 10 月在哲里木盟人民广播电台录制过 30 个小时的《龙文宝走南》。这个故事和《忠侠义马玉龙》都播放过，就是蟒古思故事没有播出。（齐宝德对哲里木盟人民广播电台没有播出他演唱的蟒古思故事始终怀着一种遗憾的心情。）

问：人们是什么时候开始知道您会说唱蟒古思故事的？

答：1990 年在扎鲁特旗举行的乌力格尔艺术研讨会上我演唱了一段蟒古思故事，有一些说书艺人和学者就知道了我会说蟒古思故事，并给予了鼓励。这次研讨会上我演唱了十几分钟的蟒古思故事，后来哲里木盟广播电台播放过这次录音。

问：有没有研究这方面的学者采访过您？

答：你们是第一次。劳斯尔老师（内蒙古曲艺家协会副主席，扎鲁特旗文化馆专职说书艺人，在内蒙古说书艺人当中很有威望，因此齐宝德称他为老师）曾经写信鼓励我，但是没有专门采访或者记录我的蟒古思故事。呼日勒沙教授也鼓励过我。还有北京的扎木苏教授（中央民族大学）录音过我演唱的《锡林嘎拉珠赞》和其他说书曲调，他可能是研究我演唱的蟒古思故事和说书的音乐吧。

问：您的蟒古思故事是什么时候开始用文字记录的？

答：1984 年的时候我请人记录了二十多页稿纸，后来 1996 年研讨会上受到鼓舞后就下定决心把自己知道的蟒古思故事全部写出来。第一次是 1984 年自己写了部分内容。第二次是我的姐姐哈森（珠日河中学数学教师）帮助我记录了前半部分的内容，1997 年查申套卜小学教师白泉老师帮助我记录了全部内容。当时我是按照自己的曲调演唱和口述给白泉，白泉也学会了蟒古思故事的曲调。

问：您在你们村里演唱蟒古思故事是什么时候开始的？

答：在村里演唱蟒古思故事可是早了。在我六岁的时候，人们把我背到生产队社员们开会的大屋子里去让我讲蟒古思故事。那个时候我虽然是孩子，但是人们为了听蟒古思故事，还给我沏茶，有人还给我卷烟，那时我不懂事，抽了一口，给烟熏醉了（大笑）。那个冬天我几乎在全村的家家户户都讲过蟒古思故事。后来九岁的时候搬到这个查申套卜来，冬天月夜穿着山羊皮袄在外面给一些小伙伴和村里的年轻人说蟒古思故事。

问：用四胡伴唱蟒古思故事是什么时候开始的？

答：从二十一岁开始拉四胡，但那个时候还主要不是说蟒古思故事。

问：您知道附近还有其他能够演唱蟒古思故事的说唱艺人吗？

答：在我六七岁的时候曾经有一个不用乐器伴奏讲述蟒古思故事的人来我们村讲过蟒古思故事。他叫拉喜，当时他大约五十多岁，一连说了几天几夜。他讲的蟒古思故事与我学的蟒古思故事不一样，可汗还是阿拉坦·嘎拉巴可汗，但是英雄的名字叫阿斯尔海青。

问：请您讲一讲听众对说书和蟒古思故事的看法。

答：这几年我的家庭负担也少了一些，四处走走，对大家的看法有了一些了解。现在大家认为最好听的故事是布仁巴雅尔、海宝等说书艺人说唱的故事，他们的故事战争多，情节吸引人，战争场面描述也动人。而劳斯尔、却吉嘎瓦一派艺人的故事大家已经兴趣不大。这主要是很多人不理解他们说的故事的深层含义。农村人最喜欢听的故事就是英雄好汉揪住皇帝的衣领怒斥皇帝。但实际上谁敢怒斥皇帝呢？听故事要分析故事的内容。譬如说，唐朝故事中薛仁贵立了汗马功劳，其地位一人之下，万人之上，但是后来由于万花灯事件，皇帝连诛了薛家。多数听众虽然为薛家惋惜，但很少有人分析过其中的原因，我对此做了一些分析。实际上皇帝如果不杀薛仁贵，薛仁贵就会当皇帝，因为他的地位比皇帝只差一步。实际上他是皇帝的最大威胁。（民间艺人的这种谈话最能说明问题。农村人喜欢听惩罚皇帝的故事，实际上体现了民众的思想和民间话语传统。而齐宝德对薛仁贵故事的分析也说明了说书艺人是有自己的一套分析问题的逻辑的。）

问：您的父亲平时经常给人讲述蟒古思故事吗？

答：他给我讲这个故事的时候已经五十来岁了。他虽然不用乐器伴奏，但是按照蟒古思故事的曲调口述，如武器、作战等曲调都是我现在说唱的这个曲调，我是从父亲那里学来的。父亲一般不在多人的场合讲述故事。但是他是虔诚的佛教徒，他结交了很多朋友，经常在我们家集会讲各种各样的故事。父亲除了喜欢讲蟒古思故事之外，还喜欢讲济公的故事即《圣禅会》。当时我家有一部十三册的《圣禅会》，在“文革”中被烧毁了。父亲也讲一些“四传”的故事。父亲能演奏一点四胡，但不会演唱蟒古思故事。父亲八岁开始放羊，不识字，十七岁的时候在六支箭听了乌力吉朝尔齐的演唱后学会了讲蟒古思故事。听父亲说，乌力吉演唱蟒古思故事的时候简直像萨满，非常可怕，但是他说唱“商朝故事”（即《封神演义》）却无精打采。

问：您现在说唱的蟒古思故事与您小时候学的故事相比有没有什么变化？

答：小时候讲的蟒古思故事是没有乐器伴奏，和讲普通故事是一样的。现在我说了几十年的书，也学会了一些说书的演唱技巧，也吸收了我老师吴道尔吉的一些风格和艺术手法。我现在说唱的蟒古思故事，其内容基本没有变，我只不过是用更丰富和更优美的语言把它说唱出来。这种区别就是说书艺人说唱和一般人讲述之间的区别。我小时候听的蟒古思故事里有很多汉语借词，我现在说唱的时候把这些借词都换成蒙古语了。

问：您的老师听过您演唱的蟒古思故事吗？

答：他听过我演唱的蟒古思好来宝片段，没有听过我说唱完整的蟒古思故事。

问：您的老师对蟒古思故事怎么看待？

答：老师说，他过去听过蟒古思故事，但是不太了解。他说蟒古思故事是“当海乌力格尔”（不能登大雅之堂的故事），都是说谎。不过，老师在蟒古思故事的曲调上曾经指导过我。1996 年，我在扎鲁特旗举办的说书艺术研讨会上用唐宋故事（本子故事）的说书曲调说唱了蟒古思故事的片段，但是研究蟒古思故事的散布拉诺日布听了之后说：“你说唱的故事内容是蟒古思故事，但演唱的曲调不是蟒古思故事的。”这话传到了老师的耳朵里，他就叫我过去，问我究竟会几种蟒古思故事演唱曲调。我演唱了自己知道的三种蟒古思故事曲调，他说以后就用这三个曲调演唱蟒古思故事。并指出其中一个曲调是他在说书中经常使用的，他知道那本来就是蟒古思故事的曲调。道老师对我蟒古思故事演唱方面的指导和建议主要就是曲调上面。

问：您在别人家里说唱蟒古思故事也要点香吗？

答：如果人家主人不点香，我也不能勉强。不喝水的牛不能强按头。我在家里都是点香。我父亲和其他老人告诉我蟒古思故事里的人物都是佛和神。铁木尔·森德尔是贡布佛（大黑天神），嘛剌如意是马头明王，玛日栽拉姆是吉祥天女，都是护法神，因此一定要点香。说唱蟒古思故事的时候，如果你讲错了，哪怕是一个词，那些佛和护法神都会惩罚你。因为他们也在你身边暗中听你说唱呢。

齐宝德从来没有把说唱蟒古思故事和本子故事当做谋生职业。但是他的老师吴道尔吉的情况就不同了。因此，把吴道尔吉和齐宝德的一些观点进行比较，对进一步理解齐宝德的观念具有重要参考价值。吴道尔吉从小双目失明，因此说书就自然成为吴道尔吉的谋生手段了。吴道尔吉的儿子根春（齐宝德大女婿）说：“我父亲是用舌头种庄稼养家糊口过来的。”吴道尔吉曾经在通辽市蒙古语说书馆担任专职说书艺人，“文革”中停止工作回乡务农后也主要以说书谋生。因此，吴道尔吉说唱的本子故事相对齐宝德来讲大都是长篇故事，如《五龙征南》（隋唐演义前半部分）说唱 30 多小时，《大西凉》说唱 82 小时，《翠花公主走国》（唐朝演义）说唱 40 小时，《建洪太子走国》（唐朝演义）说唱 50 小时，《羌胡传》说唱 80

小时，《水浒》每回说唱七八天。而且，吴道尔吉说唱的所有本子故事几乎都在哲里木盟人民广播电台录过音。但是，对录制说书，吴道尔吉有自己的看法，他对广播电台反复播放说书艺人说唱的本子故事表示不满，他曾经说："广播电台录制一次就反复播放，简直让我们说书艺人丢了饭碗。"说书艺人的这番话实际上反映了很多问题，切中现代媒体与口头传统之间微妙关系的要害。在电台录制本子故事成为说书艺人吴道尔吉的重要经济来源，而且在电台录制本子故事的说书艺人并不多，只有像吴道尔吉这样具有很高知名度的著名艺人才能经常在电台录制长篇本子故事。但是，电台录制一部本子故事，录制一次就可以反复播放，实际上就是一次买断了说书艺人表演文本的版权，将其当做可以反复使用的资源。而说书艺人却更希望自己能够反复说唱他的本子故事，以此保持他的经济收入源源不断。因此，电台在提供说书艺人获取经济来源的说唱机会和表演空间的同时，也以巨大的现代媒体的不可抗拒的力量冲击了说书艺人的表演活动。同时，现代媒体的这种保存和反复使用说书文本的方式也制造了一种相对稳定的表演文本，在客观上限制了说书传统的发展。

另外，对以说书为谋生的艺人来讲，表演文本的长短也直接关系到他的经济来源，因此保持故事的长度自然成为艺人必须考虑的一个问题。吴道尔吉的"造将军、建城堡"的做法反映了说书艺人对这个问题的思考。吴道尔吉有一次说书的时候，有一段内容由于有问题而被取消，但是说书艺人却用他的智慧弥补了这个空缺，这就是所谓的"造将军、建城堡"方法。说书艺人根据当时说唱的本子故事的内容和特点，创造出两个英雄人物来，分别给他们配套盔甲、武器和坐骑，又建造了一座新的城堡，让一位英雄监守城堡，另一位将军率兵攻打城堡，于是两位将军上场对打，展开了一场激战，打得非常激烈，艺人整整说唱了几天。而且这场战争与故事前后内容衔接得非常巧妙，一点儿也看不出破绽。实际上，只有非常优秀的故事歌手才能做到这一点。

三 《铁木尔·森德尔·巴图尔》的文本化过程

说书艺人齐宝德说唱的蟒古思故事《铁木尔·森德尔·巴图尔》的

相对完整的表演文本是2003年1月20—28日应作者和夫人乌日古木勒的邀请说唱的，长达13个小时，诗歌部分约一万多诗行。我们这次田野调查工作除了用录音机和摄像机全方位记录齐宝德表演文本之外，对当地的民间文化和说书艺人的生活史、艺术观念等相关问题进行了考察和多次访谈。我们的工作并没有在获取自己认为比较满意的表演文本之后就终止，而是把田野工作的重点和精力放在对目前已经获取的表演文本的形成过程的阐释上。在与说书艺人的进一步访谈中，我们注意到了与表演文本的形成过程紧密相关的两个问题：一是蟒古思故事《铁木尔·森德尔·巴图尔》从乌力吉朝尔齐到齐宝德表演文本的传承过程中齐宝德作为传承者和创作者“口头歌手”的“创造性”实践；二是，齐宝德并不是文盲歌手，因此口头传统和书面传统的互动在他的表演实践中具有重要意义。下面，我们就从这两个方面来对《铁木尔·森德尔·巴图尔》的文本化过程进行考察。

《铁木尔·森德尔·巴图尔》是20世纪20年代以前乌力吉朝尔齐用朝尔伴奏演唱的蟒古思故事，因此应该是具有古老传统的蟒古思故事。但是，我们从齐宝德口中得知，乌力吉朝尔齐在演唱蟒古思故事的同时还说唱“商朝故事”等本子故事。我们知道，过去很多朝尔齐是一身兼蟒古思故事演唱艺人和本子故事说唱艺人双重身份的。乌力吉朝尔齐正是这样的民间艺人。齐宝德的父亲朋森苏赫巴听了乌力吉演唱的蟒古思故事《铁木尔·森德尔·巴图尔》之后学会了讲述蟒古思故事。但是，乌力吉和朋森苏赫巴之间并不是专业艺人之间的师徒传承，而只是一个热心于蟒古思故事的青年因其兴趣所致，记住了朝尔齐演唱的蟒古思故事的故事题材和情节内容，可能还有一些程式化诗歌段落，但是他所学到的绝对不可能是乌力吉演唱的韵文表演文本全部。因此，朋森苏赫巴记住的只能是故事情节，而不是乌力吉的表演。由于蟒古思故事的一些规范和禁忌，朋森苏赫巴可能投入较多精力牢固地记住了蟒古思故事中的人物名字，比如护法神和蟒古思的名字以及他们的武器和坐骑，因为过去人们认为如果说错蟒古思故事就会受到惩罚或者对演唱者不吉利。这样，朋森苏赫巴就把乌力吉用朝尔伴奏表演的“演唱文本”改编成无乐器伴奏的“讲述文本”，30年以后传授给了自己的儿子齐宝德。但是，朋森苏赫巴的这个“讲述文本”可能还受到了其他因素的影响。其中，朋森苏赫巴的父亲胡图荣嘎年轻的时候曾经在蒙古贞旗敖瑞庙当过喇嘛，可能比较熟悉蟒古思故事。我们可以从《铁木尔·森德尔·巴图尔》和另一位蟒古思故事说唱艺人琼拉讲述的《嘎拉巴的故事》的联系中看出《铁木尔·森德尔·巴图尔》与当时在蒙古贞葛根庙一带流传的蟒古思故事具有千丝万缕的联系。可能是当时的蒙古贞旗各个寺庙中这种蟒古思故事比较流行。作为喇嘛僧人的胡图荣嘎也可能听说过这种蟒古思故事。如果这个假设成立，那么朋森苏赫巴的“讲述文本”形成过程中就有可能是他父亲做了一些工作。另外，朋森苏赫巴行医的兄弟也会用朝尔伴奏演唱蟒古思故事，这对朋森苏赫巴的“讲述文本”不可能不产生积极影响。可能这种影响丰富了朋森苏赫巴“讲述文本”中的程式化诗歌段落和蟒古思故事演唱曲调。朋森苏赫巴在给齐宝德讲述蟒古思故事的时候有时也插入带有蟒古思故事演唱曲调的程式化诗歌片段，这成为齐宝德日后说唱蟒古思故事的时候所坚持的基本演唱曲调的来源。

齐宝德最初从他父亲那里继承《铁木尔·森德尔·巴图尔》的“讲述文本”之后主要还是用无乐器伴奏的讲述形式讲给别人听。这时候的齐宝德学会的蟒古思故事《铁木尔·森德尔·巴图尔》文本主要还是故事基本题材、情节内容、叙事框架再加上有限的程式化诗歌段落和三个最基本的蟒古思故事演唱曲调。但是，当齐宝德学琴学书并掌握了一定的说书艺术技巧和比较系统的口头表演规则之后，他的《铁木尔·森德尔·巴图尔》“讲述文本”的情况有了变化。通过齐宝德的实验和实践，蟒古思故事的古老传统和本子故事的传统在《铁木尔·森德尔·巴图尔》中得到了结合。齐宝德所做的艺术实践和表演实验的目的主要是为了把作为“讲述文本”的《铁木尔·森德尔·巴图尔》复原为传统的蟒古思故事“表演文本”，其中齐宝德追求的是恢复蟒古思故事表演的“口头传统”。但是由于齐宝德主要借助的是本子故事的口头表演传统，因此最后形成的《铁木尔·森德尔·巴图尔》表演文本中更多地体现了本子故事的口头传统。

古老的蟒古思故事基本上是用韵文体演唱的，这是蒙古英雄史诗的传统，也是专业艺人表演的蟒古思故事与普通民众把蟒古思故事当做民间故事讲述的散文体“讲述文本”之间的最根本的区别。因此，齐宝德恢复《铁木尔·森德尔·巴图尔》的口头传统的第一个工作就是用口头诗歌语言来演唱蟒古思故事。但是，原来的“讲述文本”中保留的程式化诗歌段落只是标志性的，非常有限的，还不足提供齐宝德能够完全用诗的语言把《铁木尔·森德尔·巴图尔》演唱成为韵文体表演文本的全部言语建构材料。齐宝德表演的《铁木尔·森德尔·巴图尔》的诗歌由两个部分组成：一部分是齐宝德从父亲那里继承过来的“讲述文本”中原有的程式化诗歌段落，这些诗歌段落也是保存蟒古思故事演唱曲调的最重要的载体。齐宝德在自己的表演文本中继续沿用这些程式化诗歌段落及其演唱曲调，并在适当的场合还补充和扩充了这些诗歌段落的长度和容量。另一部分是齐宝德借助乐器的伴奏创作演唱的新的诗歌段落。这些平行式的诗歌形式是扩充表演文本的最主要的途径。因为蟒古思的内容不能随意更改，古老的禁忌使齐宝德一再强调自己对父亲教给他的蟒古思故事的内容几乎没有做任何改动。因此，原来的“讲述文本”变成今天能够说唱 13 个小时的长篇表演文本，靠的主要就是韵文体的叙事语言及其艺术张力。而这是齐宝德作为专业说唱艺人，能够对原来的文本进行艺术实践的最主要的工作。其中反复使用程序化诗歌段落的做法，使文本的体积和容量不断地扩展。

齐宝德的表演文本前后使用过 18 种演唱曲调，其中除了传统蟒古思故事的 3 个基本曲调外，其余 15 种曲调是从本子故事借来的。赞美英雄的家乡、描述英雄铁木尔·森德尔与蟒古思女儿吉拉邦·沙日的激战、列数九九八十一种彩礼的时候使用的 3 种蟒古思故事曲调在以后的类似场景的叙事中多次被反复使用过。色楞、白·色日布扎木萨等蟒古思故事说唱艺人都曾经使用过这 3 个曲调，可见这 3 种曲调是比较典型的蟒古思故事演唱曲调。而其余的 15 种曲调则是齐宝德根据语境，从本子故事的说唱曲调中选择使用的，比如，除了蟒古思故事的作战曲调外，齐宝德还使用了其他三种不同的作战曲调，而这些曲调是典型的本子故事作战曲调。借用本子故事的曲调，丰富了齐宝德表演文本的说唱音乐，同时也加强了表演文本的表现力。在齐宝德的表演文本中，有的本子故事曲调只用过一次，有的曲调则是反复使用。其中，用的比较多的是齐宝德老师的吴道尔吉的说书调。另外，齐宝德还使用过当地著名说书艺人布仁巴雅尔和海宝的说书调。不过，齐宝德在整个文本中没有使用过民歌的曲调。

本子故事对齐宝德表演文本的影响还体现在语言风格上。我们知道，蒙古英雄史诗和蟒古思故事的语言完全是口头诗歌语言，演唱史诗的文盲歌手几乎是完全不用书面语的。但是，本子故事的语言则有些不同。因为本子故事表演文本的底本多数是汉语章回小说的蒙古文译本，这些蒙古文译本基本上都是17—19世纪之间翻译完成的，因此其语言都是17—19世纪的蒙古语书面语。说唱本子故事的说书艺人中，文盲歌手靠识字的人读给他本子故事的内容，自己识字的艺人则亲自阅读本子故事蒙译本，这种书面传统对本子故事表演的语言影响就是说书艺人的具体表演中经常使用书面语，而且这些书面语是说书艺人用音读（传统蒙古文的书面语音读和口语连读有明显的区别）的方式一个音节一个音节地说唱出来。在齐宝德的蟒古思故事表演文本中也典型地反映了书面语对本子故事表演的语言影响。齐宝德的蟒古思故事表演文本中极少使用汉语借词，但是经常有一些词是用分音节读的方式说唱对现代听众来讲属于古代蒙古语书面语的词汇。

齐宝德不是文盲歌手，因此书面传统的介入在齐宝德表演的蟒古思故事《铁木尔·森德尔·巴图尔》中带动了书面传统和口头传统的互动，这种互动可以说代表了书面传统对口头诗人的积极影响。在齐宝德的蟒古思故事文本实践中，书面传统和口头传统并不是对立的。在齐宝德最近的表演文本的完成过程中，书面传统可以说起了一种不可忽视的积极作用。

齐宝德是从1984年开始用文字记录自己从小学会的蟒古思故事《铁木尔·森德尔·巴图尔》的，当时他请人记录了《铁木尔·森德尔·巴图尔》的部分内容。后来，1993—1994年，齐宝德利用在野外放猪的时间，在孩子们用过的作业本的背面断断续续地记录了自己说唱的《铁木尔·森德尔·巴图尔》的内容提要和一些常备诗歌段落。后来，这些“记录稿”由齐宝德的姐姐哈森（珠日河牧场中学数学老师）帮助他整理成比较完整的初稿，但这些内容只相当于《铁木尔·森德尔·巴图尔》从开篇到铁木尔·森德尔·巴图尔迎战蟒古思女儿吉拉邦·沙日的部分。1996年齐宝德参加了哲里木盟说书艺术研讨会，在会议期间演唱了《铁木尔·森德尔·巴图尔》的片段后受到了与会说书艺人和相关学者的认同和鼓励，受到鼓舞后决定把自己的《铁木尔·森德尔·巴图尔》全部内容记录成文字。于是，从1996年冬天到1997年春天，齐宝德请查申套卜小学的语文教师白泉记录了他说唱和口述的蟒古思故事《铁木尔·森德尔·巴图尔》的内容提要和有关程式化诗歌段落。白泉是该村共认的蒙古文水平最高的人，是大家普遍认可的村落社会的“文化精英”。对齐宝德来讲，白泉和他的合作是最理想的。在与白泉的合作过程中，出于对书面传统的认同感，白泉在记录中可能对齐宝德也发生过一些影响。但是，笔者和齐宝德、白泉俩人详细交谈过他们记录《铁木尔·森德尔·巴图尔》的过程的细节。白泉完全是按照齐宝德的演唱和口述记录蟒古思故事的，其中白泉除了忠实记录齐宝德的文本外，他所做的唯一有“改动”的地方就是有些词汇的使用上齐宝德听从了白泉的意见。当遇到表达同一语境的词汇的时候，齐宝德听从白泉的意见，选择了两人公认的更为恰当的词，而这个词的选择标准是意义表述上更为准确并更符合蒙古语诗歌押头韵和押韵脚的格律要求。白泉记录的这部书面文本成了齐宝德在具体表演中依据的最重要的底本。但是，在真正的表演中齐宝德并没有被他的这个书面底本完全束缚住，具体表演文本和口述记录本之间往往有很大的出入。通过两者的对照，我们发现作为书面底本的口述记录本对齐宝德以后的表演文本起了一种规范作用。从刚开始记录的一些零星片段到白泉记录的故事内容提纲，借助文字的上述做法对齐宝德的表演起了一种补充记忆和规范的作用。但是，我们对照书面底本和齐宝德表演文本之后得出的结论表明，在齐宝德那里，书面传统并没有完全代替蟒古思故事的口头传统。借助文字对齐宝德来讲仍然是一种辅助手段，而并没有由于文字的介入而使说书艺人的表演实践中口头传统完全让位于书面传统。

书面底本在齐宝德说唱蟒古思故事的表演实践中已经具有比较重要的意义。书面底本已经成为齐宝德构思故事叙事结构、安排故事情节线索和创编程式化诗歌段落的最重要的依据。齐宝德本人认为他的这部书面底本已经涵盖了他记忆中的蟒古思故事《铁木尔·森德尔·巴图尔》的全部内容。但是，事实上并非完全如此。齐宝德具体表演的口头文本的内容往往比他的书面底本要丰富许多，这是他在即兴表演中“创作”出来的。因此，虽然齐宝德手中有一部书面底本，但是他的口头说唱文本并不是这部书面底本的照本宣科。实际上，东蒙古本子故事的说唱传统中本子故事蒙古文手抄本的书面传统一直是个不可忽视的现象。不识字的文盲歌手或者识字的说书艺人在他们的说书表演中从来没有离开过本子故事蒙古文译本的书面传统。但是，在本子故事的表演传承中口头传统一直是核心，而蒙古文译本的书面传统则是始终为说书艺人的口头传统服务的。本子故事蒙古文译本一方面为说书艺人的表演提供了基本的题材和素材，另一方面又对艺人的表演起到了一种规范和限制的作用，从而保障了这种口头传统的稳定性。说书艺人在具体表演中一般要“严格按照本子说唱”，而“说错或者自己胡编乱造是不允许的”。但是，事实上说书艺人遵循本子故事书面传统的规范的同时，本子故事口头传统却从来没有停止过它的创造性。完成一部本子故事表演文本的终极力量不是书面传统，而主要是口头传统。在齐宝德说唱的蟒古思故事《铁木尔·森德尔·巴图尔》表演文本的形成过程中，书面底本的角色和作用就类似于本子故事蒙古文译本，所不同的是这部书面底本是齐宝德本人亲自参与制作完成的，反过来这部底本又对齐宝德的具体表演中发挥着一种提供叙事题材和限制说唱者的双重作用。

总结上述，从乌力吉朝尔齐用朝尔伴奏演唱的传统蟒古思故事到说书艺人齐宝德用四胡伴奏说唱的《铁木尔·森德尔·巴图尔》目前的口头表演文本状态，在将近一个世纪的岁月中，蟒古思故事《铁木尔·森德尔·巴图尔》经历了一次蟒古思故事演唱传统和本子故事说唱传统相融合、口头传统和书面传统相互动的动态过程。在这个动态演变过程中，作为传承者和创作者的故事歌手，齐宝德所做的实验和实践也说明了民间艺人的个人作用是不可忽视的积极的力量和重要因素。过去，我们过分强调口头艺术的集体性而忽略了作为个体的民间艺人的角色和作用。而对表演中的民间艺人进行细心观察和对文本本身的历时比较分析相结合的研究方法，则为我们反思过去的成见，重新认识和阐释民间艺人在表演中传承与创作的口头艺术提供了新的视角。

选自吕微、安德明编：《民间叙事的多样性》，学苑出版社 2006 年版。

20 世纪汉语“史诗问题”探论

林　岗

20 世纪初叶，西风东渐，西方式的文学史观念也随之传入中土，文学修史之风一时兴起。作为西方文学、哲学始祖的希腊，其文学的源头当然是它的神话、史诗。尤其是史诗，长篇铺叙，讲述本民族的神话、英雄人物和上古史迹，将想象和现实融化在宏大的叙事框架中。史诗的题材、人物、修辞、风格以及叙事方式，都对后来的文学产生了广泛的影响。西方文学孕育于伟大的史诗，这应该是无可争辩的。因此讲西方文学，一律从神话、史诗讲起，这已成了不易的定式。

可是这一符合西方文学现象的定式作为理解文学史的背景观念被借鉴到中土，就立即出现了问题：中国古籍并无记载类似史诗这样的诗歌体裁，就连神话也是零碎分散存于和归入史部的数部典籍和诸子著述。神话获得文字记载的丰富性、完整性，相对于希腊乃至北欧都是欠缺的。怎样解释这一现象呢？我相信，以西方的文学惯例为背景观察中国文学史而产生的解释难题，困扰了不少治中国文学史的学人。本论文将这种困扰称为“史诗问题”。它简直成了一桩学术公案，从 20 世纪初到当代，讨论虽不甚热烈却一直未停止过。王国维已经意识到上古文学源头的中西差异，继而鲁迅、胡适、茅盾、陆侃如和冯沅君、郑振铎、钟敬文等人对史诗问题提出了假设和解释，20 世纪 50 年代之后史诗问题依然存在，饶宗颐、张松如等学人都有专论探讨。纵观过往的一个世纪，但凡涉及上古文学，这个“史诗问题”似乎是绕不开的，史诗的困扰已成为中国文学源头学术关注的焦点。本文并不拟延续前辈学者的思路，为“史诗问题”提出更周详、更严密的解释，而是梳理这个持续了一个世纪的学术关注，翻检他们提出的各种解释和理据，从而检讨“史诗问题”的合理性本身。“史诗问题”要说明的无非就是文学源头，那么我们要问：“史诗问题”是不是一个解说中国文学源头的合理方案？上古文学的研究长期为“史诗问题”所缠绕，背后是不是有一些与学术并无直接关系的意识形态因素？透过梳理上古汉语文学的“史诗问题”或许可以解答上述疑问，为我们思考汉语文学的源头带来新的启示。

一

戊戌变法失败后，梁启超远遁日本，借鉴日本明治期间小说传播西学新知的经验，鼓吹“小说界革命”，西方文学以及文学史知识乘着时代风潮，渐为人知。这样，中西比较的话题，在社会和国家都陷入空前危机而急需革新改进的情形下，自然进入公共领域。号称“近世诗界三杰”的蒋智由，大概是读过丹麦史一类的著作，对北欧神话有所了解。他1903年在《新民丛报》撰文，其中谈到相比北欧的中国神话，如盘古开天地之类，“最简枯而乏崇大高秀、庄严灵异之致”。[①] 蒋智由的看法直观，他也没有解释何以会有这样的弱点。他所谓“简枯”云云，恐怕是说神话缺乏长篇铺叙，故事有干无枝，更乏茂叶扶持。以蒋智由的看法为开端，形成了中西神话比较中产生的紧张：即中国神话比起欧洲神话显得零碎无体，乏善可陈。

在转入考古和史学研究前，王国维曾嗜读西方哲学和史学著作多年。如果说蒋智由的说法还不够深入，王国维1906年的看法显然是经过深思熟虑的。《文学小言》第十四则：

> 至叙事的文学（谓叙事传、史诗、戏曲等，非谓散文也），则我国尚在幼稚之时代。元人杂剧辞则美矣，然不知描写人格为何事。至国朝之《桃花扇》则有人格矣，然他戏曲殊不称是，要

① 原文载《新民丛报之谈丛》第36号，1903年，署名观云。参见马昌仪编《中国神话学文论选萃》上编，中国电视广播出版社1994年版，第19页。

之不过稍有系统之词而并失词之性质者也。以东方古文学之国而最高之文学无一足以与西欧匹者，此则后此文学家之责矣。[①]

虽然王国维没有明言，但他中西叙事文学比较的背景是希腊史诗和诗剧，这是很明显的。他按西方文学理论的惯例，将文学分为抒情和叙事两类，赞扬中国文学的抒情传统，但认为中国叙事文学尚且“幼稚”，其叙事传、史诗及戏曲等叙事文体，均无足以与西欧匹敌的伟大作品。

鲁迅是在中华积弱、西学汹涌，求新声于异邦的背景下成长的。他1908 年在《河南》月刊发表《破恶声论》，其中议论到欧洲神话与文学，惊叹其神话传统的伟大。以为“欧西艺文，多蒙其泽，思想文术，赖是而庄严美妙者，不知几何”。转念而想到中国“古民神思之穷，有足愧尔”。[②] 作为文学源头的神话与传说，它的丰富性和复杂性，中土皆不及西欧，这种看法鲁迅倒是一以贯之。1923 年鲁迅在《中国小说史略》中单辟一章论神话与传说。他说，“自古以来，终不闻有荟萃熔铸为巨制，如希腊史诗者，第用为诗文藻饰，而于小说中常见其迹象而已”。[③] 神话和传说是史诗最重要的构成材料，由于没有史诗将神话和传说“荟萃熔铸为巨制”，于是它们只好成为诗文的“藻饰”和小说的“迹象”。鲁迅不但指出这种现象，还首次试图解释其原因。

中国神话之所以仅存零星者，说者谓有二故：一者华土之民，先居黄河流域，颇乏天惠，其生也勤，故重实际而黜玄想，不更能集古传而成大文。二者孔子出，以修身齐家治国平天下等实用为教，不欲言鬼神，太古荒唐之说，俱为儒者所不道，故其后不特无所光大，而又有散亡。

然详按之，其故殆尤在神鬼之不别。天神地祇人鬼，古者虽若有辨，而人鬼亦得为神祇。人神淆杂，则原始信仰无由脱尽；原始信仰存则类于传说之言日出不已，而旧有者于是僵死，新出

① 《王国维遗书》第五册之《静安文集续编》，上海古籍书店 1983 年版，第 30 页。

② 《鲁迅全集》第八卷，人民文学出版社 1981 年版，第 30、31 页。

③ 《鲁迅全集》第九卷，人民文学出版社 1981 年版，第 21 页。

者亦更无光焰也。①

鲁迅这两段话，一是说别人的看法，二是陈述己见。他对别人的看法没有置评，但细寻文意，似亦略表赞同，而又嫌其未说到要害。“说者谓有二故”的“说者”，应该就是日人盐谷温。② 盐谷氏谈论中国文学史的著作于1919年出版，他的著作由地理环境和儒家的观念去解释中国上古神话零碎散亡的原因。盐谷温的看法启发了后来的学者，成为被广泛接受的观点。其实鲁迅只是将盐谷温的看法摆出来。他认为更合理的看法应该从民族文化传统上寻找原因。在中国民间传统里，人的世界和神的世界没有截然的区别，人死为鬼，鬼可以上升为神；神又可以降而为鬼，更演变而为历史传说中的人。这样，原始的信仰在民间长久存在，新神源源不断产生，旧神的面目逐渐模糊。人神淆杂的局面使得即便是新出的神祇也缺乏严肃性，欠缺神性的神之光焰随着岁月流逝而逐渐湮灭。应该说，在那个时代，鲁迅的见解颇为独特，也很有见地。鲁迅一直坚持自己的看法，1924年在西北大学讲学时，他除了采用盐谷温的第一点说法，另外重提中国民间信仰的传统。以为环境恶劣和“易于忘却”（指民间信仰）使得上古神话零散，没有长篇述作。③

仔细索解，鲁迅并没有断言上古曾经存在还是根本没有存在过关于神话和传说的长编巨制。他采取了一个客观的陈述，“自古以来，未闻”有长篇史诗。因而所有关于神话零碎散亡的说法，都建立在“未闻”的基础上。但是解释活动持续造成的紧张，迟早会迫使学者采取一个断言式，就这个逐渐建构起来的“史诗问题”给出自己的断言。在《中国小说史略》发表后五年的1928年，胡适的大著《白话文学史》出笼。他至少给出了部分清楚的判断。

---

① 《鲁迅全集》第九卷，人民文学出版社1981年版，，第21—22页。

② 盐谷温的《支那文学概论讲话》是早期日本汉学家的中国文学史著作，1919年由东京大日本雄辩会出版。20世纪20年代陈源指责鲁迅抄袭该书，鲁迅著文反驳。自认参考过盐谷氏该著，特别是第二篇，但论点与看法全然不同，而第二篇刚好就是讨论神话与传说。事见《不是信》，收入《华盖集续编》，见《鲁迅全集》第三卷，版本同注①。

③ 《中国小说的历史的变迁》，收入《鲁迅全集》第九卷。鲁迅提出两点原因讨论：“太劳苦”和“易于忘却”。第一点涉及环境，第二点则属于民族性。人民文学出版社1981年版。

> 故事诗（Epic）在中国起来的很迟，这是世界文学史上一个很少见的现象。要解释这个现象，却也不容易。我想，也许是中国古代民族的文学确是仅有风谣与祀神歌，而没有长篇的故事诗，也许是古代本有故事诗，而因为文字的困难，不曾有记录，故不得流传于后代；所流传的仅有短篇的抒情诗。这二说之中，我却倾向于前一说。“三百篇”中如《大雅》之《生民》，如《商颂》之《玄鸟》，都是很可以作故事诗的题目，然而终于没有故事诗出来。可见古代的中国民族是一种朴实而不富于想象力的民族。他们生在温带与寒带之间，天然的供给远没有南方民族的丰厚，他们须要时时对天然奋斗，不能像热带民族那样懒洋洋地睡在棕榈树下白日见鬼，白昼做梦。……所以我们很可以说中国古代民族没有故事诗，仅有简单的祀神歌与风谣而已。①

没有故事诗这个事实与中国民族朴实不富想象力之间，胡适用“可见”推断两者存在前因后果的联系，其实这两者既没有逻辑的关系，也没有经验上的联系。在这个粗疏的判断中，我们看到盐谷温和鲁迅的影子。胡适到底说话还是有保留的。他倾向于认为上古没有叙事诗，主要指北方的情形，至于南方，他看到《离骚》中有很多神的名字，“至于这些神话是否采取故事诗的形式，这一层我们却无从考证了”。② 如果忽略表述的细节，王国维、鲁迅和胡适的关于“史诗问题”的看法，可以代表后来许多学者的意见，例如郑德坤、卫聚贤、马学良等。③

至于胡适另一个他不经意且无把握的假设——本有故事诗但因文字困难不曾记录下来——就表示了“史诗问题”关注的重大转变。大约自 20

① 胡适：《白话文学史》，上海古籍出版社 1999 年版，第 47 页。

② 同上书，第 48 页。

③ 郑德坤 1932 年发表《山海经及其神话》，认为：“《山海经》是地理式，片断式的记载，不像荷马的《史诗》或印度的《黎俱吠陀》（Rig Veda）、《加撒司》（Gathas）或希伯来人的《旧约》之美丽生动。在文艺上诚天渊之差，但在内质上，读者如能运用自己的想象力，追溯原人的想象，便可以得到《山海经》神话艺术上的真美处。”（参见马昌仪编《中国神话学文论选萃》上编，中国广播电视出版社 1994 年版，第 182—183 页）卫聚贤 1934 年在文章《中国神话考古》中承认：“中国的国民，因有尚功利，而且重常识的倾向，故神话终未得充分发达。”（同上注，第 240 页）马学良 1941 年在文章《云南土民的神话》中，认同鲁迅和胡适的说法，但他更赞成茅盾的中国神话历史化是神话僵死最大原因的说法。（同上注）

世纪30年代后学者便倾向不赞同中国古来就不存在过史诗的假设，他们倾向于假设曾经存在过，但不是没有记录下来就是散亡了。胡适虽然不倾向于这个假设，可他最早不经意表述出来。以胡适当日在学坛的地位，他的话备受重视。

1929年，茅盾发表当时第一部中国神话研究专著《中国神话研究ABC》。他在第一章《几个根本问题》里就批评胡适北方不曾有丰富神话的说法，他认为不是不曾有，而是已经销歇了。“中国古代（北方）民族之曾有丰富的神话，大概是无疑的（下面还要详论）；问题是这些神话何以到战国时就好象歇灭了。”① 他不同意中国人缺乏天惠，民生勤劳，故不善想象，以及孔子实用为教，导致神话销歇的见解。茅盾另外提出两点解释：“中国北部神话之早就销歇，一定另有原因。据我个人的意见，原因有二：一为神话的历史化，二为当时社会上没有激动全民族心灵的大事件以引诱‘神代诗人’的产生”。② 数年后，茅盾撰文介绍希腊、西亚和印度史诗。文章写到末尾，他觉得读者会向他提出“国货的史诗”在哪里的问题，于是就把关于中国神话的主要论点移用到对史诗的见解。他认为中国上古是有过史诗的，例如“《汉书·艺文志》尚著录《蚩尤》二卷，也许就是一部近于‘史诗’的东西，可惜后人的书籍上都没有提到，大概这书也是早就逸亡了”。据此看来，“我们很可以相信中国也有过一部‘史诗’，题材是‘涿鹿之战’，主角是黄帝、蚩尤、玄女，等等，不过逸亡已久，现在连这‘传说’的断片也只剩下很少的几条了。至于为什么会逸亡呢？我以为这和中国神话的散亡是同一的原因”。③

茅盾的大胆假设得到了民俗学者的呼应，钟敬文1933年就表示：

> 中国的过去，因为种种的关系，在比较古老的一些文献上，仅保存了若干断片的、简略的神话和传说。一些欧洲的和东方的学者，由此便形成了一个共同的见解，认为中国文化史上没有产生过象古代希腊、罗马或北欧等那种比较有体系的或情节完整的神话和传说。这种

---

① 《中国神话研究ABC》，参见《茅盾说神话》，上海古籍出版社1999年版，第8页。

② 同上。

③ 参见《茅盾全集》第30卷，人民文学出版社2001年版，第37页。

> 见解的正确性，我觉得是颇可怀疑的。中国比较古老的文献上所保存的神话和传说，有着过于缺略或破碎之嫌，这是不容否认的事实。但因此断定中华民族的文化史上，必不会产生比较有体系的或情节完整的神话和传说，那光就理论上讲，也不是很通顺的吧。[1]

一段已经湮灭的历史是否曾经存在过，后人当然可以作肯定或否定的假设。因为不同的假设可以引发不同的陈述和推论，帮助人们认识事物。但钟敬文认为否定的假设“不通顺”，由此可见他对中国神话爱之弥深。这段话是钟敬文写给美国学者爱伯哈特的信上说的，用了推量语气。他不赞成中国神话本身零碎的说法，换言之中国神话所以零碎，乃是因为“散亡”。老先生耄耋之年，重提这封信，认为六十年的学术发现证明他当年的看法是正确的。[2] 以钟氏在民俗学和神话学界的地位，他的观点成为通行的看法。一些文学史著作，论到中国神话的时候，也采取了“散亡”的说法。[3]

20 世纪八九十年代之后，在“没有”和“散亡”的两端，天平似乎又朝“没有”一端倾斜。饶宗颐曾提出一些理由解释汉族未见有史诗传世的原因，他倾向于没有并进而解释说：

> 古代中国之长篇史诗，几付阙如。其不发达之原因，据我推测，可能由于：（一）古汉语文篇造句过于简略，（二）不重事态之描写（非 Narrative）。但口头传说，民间保存仍极丰富。复因书写工具之限制及喜艺术化，刻划在甲骨上，铸造于铜器上，都重视艺术技巧，故记录文字极为简省。即施用于竹简长条上，亦不甚方便书写冗长辞句，不若闪族之使用羊皮可作巨幅，及至缣帛与纸絮发明以后，方可随意抄写长卷。[4]

---

① 钟敬文：《钟敬文民间文学论集》下册，上海文艺出版社 1985 年版，第 494 页。

② 参见马昌仪编《中国神话学文论选萃》之钟敬文的《序言》，中国广播电视出版社 1994 年版。

③ 参见中国社会科学院文学研究所编《中国文学史》，人民文学出版社 1962 年版；刘大杰：《中国文学史》，上海古籍出版社 1982 年版。

④ 饶宗颐：《澄心论萃》，上海文艺出版社 1996 年版，第 38 页。

张松如显然和饶宗颐持有相近的见解，认为古代中国没有史诗。可是他们两人提出的论据完全不同。饶宗颐持论实证，一切以文献为准绳。张松如则采用马克思的亚细亚社会理论解释同一个问题。[①] 换言之，上古史诗不是散亡了，而是不曾存在过，这种看法在学界越来越普遍。[②]

张松如的推论大致如下：按照马克思的看法，史诗和诗剧的育成"主要乃是基于城郭经济的高涨与城邦的政治民主制，是由好战与蓄奴的自由城邦生活所造成"。而中国古代奴隶制社会发育的夏商时期，"由于'早熟'与'维新'，生产力相对的低，商品生产和交换不发达，有着浓厚的公社残存，没有个体的私有经济，自由民阶层很薄弱，城市和乡村不可分离的统一，没有作为经济中心的城市"。加上精神生产的分工水平低下，"凡此一切，都说明中国的奴隶制社会是不够典型的。这就决定了中国奴隶制社会中文明的光芒还未能照透'人神杂糅'的迷雾，而更多地保留了原生社会的模糊性与混融性"。因此它只有祭祀活动的祭歌与乐歌，如保存在《诗经》中的颂与大雅，而没有如希腊史诗和诗剧那样的诗歌体裁的产生。[③]

除了倾向否定性的答案外，还必须提到"史诗问题"引起的文学史解释活动的紧张，所催生的另一种肯定性意见。它们和否定的见解不同，否定的见解是通过一个否定的答案，然后提供若干解释从而使"史诗问题"得到缓解，而肯定性的意见则干脆认为中国上古存在史诗，中国文明和世界其他伟大文明在文学的起源上没有任何区别，它也服从一般的规律。肯定性的意见可以不经解释活动，直接化解"史诗问题"带来的紧张。

在肯定的意见当中，最有影响的首推陆侃如与冯沅君。根据1955年的重版《自序》，陆侃如与冯沅君的《中国诗史》写于1925年至1930年

---

① 张松如：《论史诗与剧诗》，载《文学遗产》1994年第1期。这篇论文更详细的文本请见张氏《中国诗歌史论》之《史诗与剧诗——兼论所谓市民诗歌》，吉林大学出版社1985年版。

② 程相占：《中国古代无史诗公案求解》，载《文史哲》1996年第5期；刘俊阳：《论雅诗中的叙事诗及中国古代叙事诗与史诗之不发达》，载《国际关系学院学报》2004年第4期。不过，一般说来，晚近讨论史诗问题的论文无甚新意，只是旧论重提，倾向没有史诗的说法。

③ 以上引述均见张松如的《论史诗与剧诗》，载《文学遗产》1994年第1期。

之间，那时鲁迅、胡适与茅盾关于中国神话与史诗的见解已在学界流传并且很有影响。陆、冯两人显然不赞同那种有贬低中国伟大的诗歌传统嫌疑的看法，但又碍于“史诗问题”确是一个显而易见的现象，于是他们在《中国诗史》第二篇论述《诗经》的章节中写了一段意味深长的话：

> 尤其是《生民》，《公刘》，《緜》，《皇矣》及《大明》五篇。……把这几篇合起来，可成一部虽不很长而亦极堪注意的“周的史诗”。周代历文武成康之盛，到前十世纪以后，便渐渐衰落下来。在前九世纪末年，宣王号称中兴。《大雅》中叙宣王朝的史迹者，如《崧高》写申伯，《烝民》写仲山甫，《韩奕》写韩侯，《江汉》写召虎，《常武》写南仲等，也都是史诗片段的佳构。这十篇所记大都是周室大事，东迁以前的史迹大都备具了。我们常常怪古代无伟大史诗，与他国诗歌发展情形不同。其实这十篇便是很重要的作品。它们的作者也许有意组织一个大规模的“周的史诗”，不过还没有贯穿成一个长篇。这位作者也许就是吉甫，作诗的年代大约在前八世纪初年。①

陆、冯两人虽将“周的史诗”四字用引号引起，表示若干不肯定的保留，但这段话明显针对胡适和茅盾的意见。在陆、冯的理解中史诗无非叙事诗之一种，而且叙事规模宏大。而中国诗歌开端《诗经》里《大雅》的某些篇什，显然以叙述史迹为主，是叙事体的诗，与西洋相比所差在长度欠缺而已。如果将它们连缀起来，尽管还不够宏大，但相去不会太远。学者所以“怪古代无伟大史诗”，其实是执念于“与他国诗歌发展情形不同”。在如何看待“史诗问题”上，陆侃如和冯沅君的看法，显然倾向于一句佛偈传递出来的道理：世间本无事，庸人自扰之。陆、冯通过扩大史诗概念的内涵，使得中国诗歌的起源可以纳入一个世界性的文学起源的统一模式之中。其学术用心居然是与定性的意见异曲同工。但是，所谓《大雅》中若干篇什就是周的史诗的看法，其史诗的概念与通常使用的史诗概念（Epic），只有极其有限的比喻意义的相似，究其实并不是一回事。但是

① 陆侃如、冯沅君：《中国诗史》上册，人民文学出版社1956年版，第48页。

陆、冯国学基础深厚，在学界颇有声望，而他们的意见也确实回应了“史诗问题”造成的紧张。于是他们的看法一出，亦如登高一呼，望者跟随，成为学界与主流的否定性意见相对峙的意见。①

二

中国学者自从有了中西比较的眼光而产生了“史诗问题”的困扰，这一学术公案持续了一个世纪。学术前辈提出了想象力匮乏说、人神淆杂说、文字篇章书写困难说、亚细亚生产方式说和神话历史化说等假设和解释。除了“周族史诗”一说因改变史诗概念的内涵可以暂时不论外，面对这一学术公案我们首先要问，诸说的合理性何在？它们真的恰如其分地解说了史诗问题吗？也许简要地探讨以上诸说是有益的。这样做至少可以知道问题出在何处，为寻找可能的解答提供必要的启示。

所谓中国民族朴实而不富于想象力，所以没有生成系统的神话乃至史诗。这种说法如上所述，最早由日本学者抛出，然后胡适略表赞同。这种说法的最大毛病是用民族性的概念去解释具体问题。上古神话不成系统，或曾有系统现已散亡；传唱它们的史诗或无从产生或已经销歇。这都是事关文学源头的具体问题，求其答案，必须直接相关，这样才能给人以真知。而民族性的答案并非直接相关，民族性只是一个抽象的大词，不能确证。使用抽象的大词去解释文学起源的具体问题，只能得到仿佛如此，似是而非的结论。换言之，这种解答不是对问题的学术求解，而是一个极其表面的观察。我们知道，日本上古神谱有统一的记载，成书于六七世纪的《古事记》和《日本书纪》记载了完整的日本倭民族的神谱。当日本学者了解了中国神话之后，

① 近者如汪涌豪、骆玉明主编的《中国诗学》第一卷论到《诗经》时，还有一个小标题“雄浑昂扬的周族史诗”，显然是承继陆、冯的看法，虽然两人留意到这些诗歌“并没有发展成为真正的史诗，其本身还是一篇篇乐歌和祭歌”。因而标题中“史诗”的说法，也就是比喻的义。（上海东方出版中心 1999 年版，第 12 页）张树国：《周初史诗与贵族传统》，载《北方论丛》1996 年第 5 期。“周族史诗”的看法虽然代有传承，但一般来说，这些后起的议论并没有提供什么学术真知，它们只是先前学术纷争的余绪。

发觉中国历史如此悠久而竟然没有记载自己本民族神谱的完整古籍，有关神话只是零散地分别记载于《山海经》及先秦子书里，这是多么不可思议的现象。而神话又被认为产生于先民对自然万物包括人自身起源的想象性追问的结果。于是，既然缺少神谱的完整性，完全看不出神系，那么结论自然就归结为中国民族执着现实，欠缺想象力了。但是我们还要追问，神谱的完整性与一个民族的想象力有必然关系吗？即使神话反映了民族的想象力，那也应该从神话故事的叙述中去寻求关于想象力的解答，而不是仅凭神谱的完整性就下结论。神谱的完整性反映的恐怕只是一个记载的问题，和民族的想象力无关。如果根据神话叙述来判断，中国上古神话并不欠缺想象因素，南方系的神话自不待言，北方系的神话也是想象奇伟。一个源自神话的伟大的想象传统一直哺育着中国文学，从屈原到李白，再到吴承恩，这个传统并未断绝。以中国民族性朴实而缺乏想象力去解释神话零散、史诗阙如，缺乏合理性。

鲁迅当年提出人神淆杂说，作为一种猜想也颇有创意，然而其说的合理性与其说在于解释上古神话的零散、史诗之未见，毋宁说在于指出民俗之中神灵的混杂、低俗和缺乏神性。但是神性不够纯粹其实并不是神话和史诗得不到足够发展的原因。假如我们以更广阔的比较神话眼光看，东亚乃至中亚部分的广阔地区，因为受萨满教/巫教的影响，从远古起就是人神淆杂，并不存在人神判然两分。人的世界和神的世界总是息息相关，互相沟通的。这一点与欧洲特别是希腊的神灵有很大的区别。希腊诸神高高在上，居住在奥林匹斯山，虽然它们亦赋人形，有七情六欲，经常到人间挑拨是非，兴风作浪，但它们绝对不是人，既不从人世出身，也不受制于人所受制的定律。它们是不朽的神灵。在人世界与神世界之间，存在一条不可逾越的鸿沟。希腊诸神可以说是神性很纯粹的神灵。周氏兄弟在日本留学期间，曾经醉心于希腊神话。多年之后，鲁迅提出人神淆杂说，恐怕是出于早年的阅读经验，以希腊神话为背景，批评中土诸神的神性不够纯粹。但是严格地说，希腊和东亚只是不同的神话传统，人神彼此判然划分的希腊传统下发展出神谱清晰的神话，而人神淆杂的萨满教/巫教传统之下，也同样有充分发展、神谱清晰的神话。只是汉语区是个例外罢了。

现代民俗学在鲁迅时代刚刚起步，研究者无由将汉语区之外的周边少数民族区域的神话和史诗纳入视野中，所以鲁迅以希腊衡之中土，以为萨满教/巫教传统不利于神话、史诗，那是时代的局限。今天必须吸收现代民俗学的知识，将周边少数民族区域乃至整个东亚的情形考虑在内，才有助于看清“史诗问题”。实际上，在广袤的东亚土地，除了汉语区，周边区域都曾存在以口诵方式讲述各民族的神话和历史传说的活动，因而其神话的系统性、神谱的完整性，都在汉语区之上，多数甚至有史诗流传。如撰录《古事记》的安万侣，就明言自己的撰录是根据名叫稗田阿礼的人的口诵。[①] 另外，蒙族史诗《江格尔》、柯尔克孜族史诗《玛纳斯》、藏族史诗《格萨尔》被称为中国三大史诗。[②] 这些史诗有的已经整理完毕，有的还正在整理之中。民间的传唱活动还在进行，它们不单是已经写定的文献，而且也是鲜活的民间文学活动。史诗所表现的英雄人物均是半神半人式的人物，史诗恢宏磅礴。据报道《格萨尔》有一百二十余部，一百多万行，是世界上已知最长的史诗，有东方《伊利亚特》之称。[③] 流传这些史诗的地区，同属萨满教/巫教传统，鲁迅当年认为人神淆杂的民俗传统阻碍神话、传说的发育，而事实正不是这样。放在汉语区域似乎有理，但结合民俗学知识，放在更广阔的区域则不合事实。

诸说之中饶宗颐的见解富有学理性。不管同意与否，他提出的是可以反证的论据。他将原因归结为汉语文篇，一是汉语造句过于简略，因此不能在事态的描写上繁复铺叙，二是书写的介质不便于将故事长篇撰录下来，只能撮要。简言之，首先是语言问题，其次是书写介质问题。应该承认，语言对史诗的写定是有影响的。同一部史诗如今当然是用现代书面语记录，但若是千年前有人做同一件事，用文言文将之写定，结果与今天相比可能大不相同。但是史诗的写定只是漫长流传史的一个环节。史诗更常见的情形是并不依赖写定而流传。史诗是口述传统（Oral tradition）的产物，在写定前它与书面语并无什么关联。神话、传说和民族历史活动构成了史诗的材料，而民间的传唱活动孕育了史诗，使得这些神话、传说和民族活动得以讲述，并在

① 安万侣：《古事记·序》，见“日本思想大系之一”的《古事记》，岩波书店 1982 年版，第 14 页。

② 潜明兹：《史诗探幽》之“前言”，民间文学出版社 1986 年版，第 1 页。

③ 《格萨尔史诗：抢救一个民族的记忆》，载《人民日报》2004 年 7 月 9 日第九版。

讲述中演化成长篇巨制的宏伟史诗。早在史诗写定前，它已经发育成熟并世代流传；即使写定后，它也照样在民间传唱中演化。直到民间的传唱活动销歇史诗才消亡。这时史诗才仅以写定本的文献形式流传于世。以希腊史诗为例，迈锡尼文明在公元前 12 世纪初沉沦，即是据说的特洛伊战争后，随即进入“黑暗时期”（Dark Age），到公元前 8 世纪，环爱琴海的希腊文明进入强劲的复兴，荷马即活动在该时期。而见于记载的具有作者意义的诗人活跃在公元前 650 年左右，是 Archilochus。① 晚于荷马出现很多，他只有短小挽歌和抒情诗传世。而荷马史诗的写定，更迟至公元前 5 世纪。中国汉语区周边民族的史诗流传也是如此，它们总是作为民间自发的口头文学活动存在着，与书面语表现的简略与繁复并无关系，它们遵循口头活动的规则和演变规律，而与书面语的情况无关。因此不能因为书面语言表达的习惯，断定它阻碍了史诗的发育。史诗的繁复铺叙是口头表达形成的，假如书面语造句简略，不能适应繁复铺叙，撰录时或者简录基本情节，舍弃铺叙的部分；或者再行整理。不论出现哪种情况，民间性的传唱活动照样进行。书面语的造句惯例和表达特点，是不能影响到作为口述传唱活动的史诗的。

那么书写介质是否不便于将长篇故事撰录下来呢？这个问题涉及竹简与缣帛在历史上使用的情形。竹简与缣帛同为上古书写的重要介质，东晋以前，竹简与缣帛并行，此后纸书方逐渐普及。征诸战国秦汉人的著作，每每竹帛并称。细按饶先生的文意，中土的书写介质，似乎先竹简，后缣帛，然后又纸絮。故云竹简不便，直待缣帛与纸絮出现以后，才可以揭载长文。

中国私家著述和有官府背景的撰述大兴于战国秦汉之际，现存的上古书籍均是那个时期撰录或写定的。如果真有史诗流传于世，相信也于其时撰录下来，而作为书写介质的简策和缣帛均为普遍使用，只不过简策易得且价值较低，相对而言使用更多罢了。根据中国传统的书籍体制或称“篇”或称“卷”，可约略推知当时用简策和用缣帛的实况。因为篇的称谓源于简策，而卷的称谓源于缣帛，由此形成了篇和卷的二大体制，因此

① G. S. Kirk: *Homer and the Oral Tradition*. Cambridge University Press, 1976, p. 1.

可由古书称篇还是称卷而上窥简写还是帛写。[①]《汉书·艺文志》按刘向“七略”分类，除提要汇集的辑略外，其余六艺略、诸子略、诗赋略、兵书略、术数略、方技略等六略，有称卷者，也有称篇者，共录古书六百六十部。其中称篇者四百五十八部，称卷者二百零二部。简书者占三分之二强，而帛书者未及三分之一。但“六略”之中竹帛分布不均：六艺略收书一百六十部，一百零一部称篇，五十八部称卷；诸子略收书一百九十二部，仅一部称卷，其余均称篇；诗赋略收书一百零六部，全部称篇；兵书略收书五十六部，仅一部称卷；但是术数略收书一百一十部，仅四部称篇，其余称卷；方技略收书三十六部，仅一部称篇。诸子、诗赋、兵书在四部分类里同属子书或集部书，在上古为私家著述。又据缣帛贵于竹木之说，其著述几乎全用竹简，恐为经济条件所限，或为著述在世人眼中之价值所限。而术数、方技今人视为迷信，在古人则兹事体大，非寻常可比。天文历算、阴阳堪舆、占卜医方等关乎性命运数，而所为者多权贵富豪，故多用缣帛，正是当然之理。

无论竹简还是缣帛，古人用作书写介质是否影响到著作长短？至今恐怕很难定论。司马迁《史记》一百三十篇，洋洋五十二万字，岂非笔之于竹简而照样传诸后世？《汉书·艺文志》载称卷的著作，其中三五十卷为一部者不在少数。汉志“小说家者流”载一部名为《百家》的小说集录更有一百三十九卷，推测其长度，当不在太史公《史记》之下。况且各民族笔录史诗，恐非原文照录。通常的情形是录下故事梗概，即其中的故事套子，待实际传唱之时，由传唱者视听者的好恶再行即场加减。故口

---

① 魏隐儒的《中国古籍印刷史》引《字诂》“古之素帛，依书长短随事裁绢”，谓：“古今图书的称‘卷’就是源于帛书。”（印刷工业出版社 1988 年版，第 18 页）余嘉锡的《读已见书斋随笔》之“引书记书名卷数之始”条云：“自以帛写书而后有卷数，若用简册之时则但有篇章耳。”（《余嘉锡论学杂著》下册，中华书局 1963 年版，第 643 页）又《四库提要辨证》卷十贾谊“新书”条云：“按古人之书，书于竹简，贯以韦若丝，则为篇；书于缣素，可以舒卷，则为卷。”（第二册，中华书局 1980 年版，第 546 页）但是凡称篇者是否一定就是简写，而凡称卷者一定就是帛写，此问题学界似无定见。李学勤的《东周与秦代文明》云：“把简联起来，称为‘篇’，因可卷成筒状的卷，又称为‘卷’。”（文物出版社 1984 年版，第 337 页）这与余嘉锡见解不同。余曾就此事询诸庞朴先生，承告曰：就竹简出土情形看，已不可能辨别。因串线已断，出土竹简均是散成一堆；只能就汉字略约考知“篇”与“卷”的分别。篇与竹简相关，毫无疑问。故以余嘉锡所见为近是。

述的长度比之笔录的长度，当超出数倍以上。如果汉族流传有史诗，即便书之竹帛，恐怕不是想象中那么困难的事情。书写介质似无关乎史诗的存废。

亚细亚生产方式说和神话历史化说的缺陷也是显而易见的。张松如力证希腊城邦制度与史诗和诗剧的联系，其实或许诗剧与城邦的生活方式有关，史诗就完全不能这样说。因为史诗的孕育远在城邦制度定型之前，荷马活跃的年代希腊城邦制度还在幼稚之中，根本找不到具体的历史联系说明希腊城邦制度如何产生了史诗。更重要的是，在被称为亚细亚生产方式的广大中亚、东亚地区，除了汉族地区不见史诗外，其他许多民族都流传有史诗，尽管它们一般的经济和政治的发展程度远不如汉族地区。可见不能根据分工水平，无论是物质生产的分工还是精神生产的分工水平来断定史诗的产生与否。经济和政治的发展程度和史诗传唱根本就是分属不同的范畴，不能根据一般政治经济学原理来进行断定。同样，神话历史化说也是这样。即使承认儒家有将神话、传说历史化的做法，这种做法究竟对神话流传伤害到什么程度，依然是个疑问。一个伟大的文明传统必然包含一些可以相互容忍的冲突，无论是在各种学术之间还是在分属不同的层面的传统之间。以希腊为例，代表学术传统的柏拉图不喜欢史诗，要把诗人驱逐出“理想国”。他对荷马冷嘲热讽，态度刻薄。可是柏拉图究竟能不能因其不喜欢而影响史诗的传唱呢？显然不能。哲人的偏好及其观念，是一个社会上层精神趣味的问题，它与民间的史诗传唱活动分属不同的层面，即使两者存在龃龉，价值观与趣味均不同，但也不会因此而成一手遮天的局面。儒家之不喜好“怪力乱神”和“街谈巷语”，史籍俱在，不必多辩。但中国社会是否因儒家的排斥、痛抵而消弭了“怪力乱神”和“街谈巷语”了呢？显然没有。同样，如果汉族有史诗传唱的传统，可以推测，无论儒家如何排斥和将之“历史化”，民间的活动照样进行。原因在于儒家的价值观和趣味与民间的史诗传唱分属不同的传统，在社会实际的演变中，虽有龃龉，但仍然可以并行不悖。神话历史化这种解释尽管流传广泛，[1] 但显然是属于捕风捉影之说。

---

① 这种说法最初为日人提出，后被中土学界广泛接受。现在日本治中国神话学者中仍被接受。见伊藤清司《日本神话与中国神话》，学生社株式会社，昭和 54 年，第 35 页。

三

中国古代文论有其自我意识，它给自己定位“论”，排在“作”和“述”后。“作”是伟大的创造，像周公典章文物的创制，可称为“作”。圣贤如孔子尚说自己“述而不作”。用王充的话说，“非作也，亦非述也；论也。论者，述之次也”。这个“论”是做什么呢？论就是“世俗之书，订其真伪，辨其实虚”的批评。① 在这种自我意识下的批评传统，它是没有探究起源、开端习惯的，只是追随文本，就事论事。《诗经》是最先在的文本，于是一切关于诗的法则确立、趣味界定和批评标准都是围绕着《诗经》进行的。有趣的是，所有关于《诗经》的“论”，都不包含起源的探究，② 仿佛这一文本是天地作成之后就在那里，垂范作则，成为后世一切诗的源头，而对它的“论”不需要有一个起源追问。在这个不辨析开端的批评传统影响下的史观，天然就缺乏对起源的关怀。可以认为，这个缺乏起源关怀的批评传统垂二千年而不变。

近代伴随朝纲瓦解，西学传来，诸种因缘导致了林毓生形容的“中国意识的危机”。③ 旧有的话语系统无法扮演积极的角色继续解释它面对的“全球化”的世界，于是，它消退、沉沦乃至分崩离析。它自己原有的话语系统从来没有预见到将会面临一个更大的陌生世界，它被大世界搞得眼花缭乱，如同刘姥姥进了大观园，不知如何开口说话方为得体。清末民初累积而成的“中国意识的危机”造成的尴尬含义深远。不能改“乡音”的前辈在当下世界的论坛上日渐退缩，自视为遗老而人视之背弃潮流，终至于湮没，沉入无声的世界；而尚可塑造的后生则纷“求新声于异邦”，改操“他乡人”的口音粉墨登场，重新论说这个世界。其余不论，在文学批评的范围内，新出的“论者”放弃了不问起源具有自然论色彩的史观，改而采取具有明确起源的天启式史观。这是一个学术的大转

① 王充：《论衡》之《对作第八十四》，卷二十九，上海人民出版社 1974 年版，第 443 页。

② 值得注意的是，《诗经》最重要的解释《毛诗序》，没有一句讨论到诗的起源或开端这样的问题。

③ 林毓生：《中国意识的危机：五四时期激烈的反传统主义》，贵州人民出版社 1986 年版。

换，不管“论者”自己有没有意识到，他在这个西学滔滔的大潮中一定也要与时俱进。学者如同凡人，他在这个举世不能违背的潮流中也要依傍、借助甚至附会西来的论说和解释框架，以获得权威性。西方话语是一个无形的存在，没有自觉意识者则仰迎趋附；而有自觉意识者也要在不能违背权威。朱自清 1929 年说：“‘文学批评’一语不用说是舶来的。现在学术界的趋势，往往以西方观念（如‘文学批评’）为范围去选择中国的问题；姑无论将来是好是坏，这已经是不可避免的事实。”[①] 有意思的是，“是好是坏”尚在未定之中，“西方观念”的选择就已经是“无可避免”了。他在另一篇文章中对新名词“文学批评”取代老名词“诗文评”颇有感叹：“老名字代表一个附庸的地位和一个轻蔑的声音。”[②] 笔者相信朱自清字里行间藏有若干不安，但他也看到无由更改的趋势。罗根泽说得更清楚，他论汉儒以诗解赋时不禁有感而发：“这犹之中国学艺的独特价值本不同于西洋学艺，但论述中国学艺者，非比附西洋学艺不可。因为诗是那时的学艺权威，西洋学艺是现在的学艺权威。”[③] 为什么呢？

> 我们应知一时有一时的学艺权威。学艺权威就是学艺天秤，其他学艺的有无价值，都以此为权衡。因此其他学艺如欲在当时的学艺界占一位置，必由自己的招认或他人的缘附使其做了学艺权威者的产儿。[④]

他所说的“学艺权威”就是解释框架。那时西洋学术已经坐上了“学艺天秤”的宝座。任何学者如欲有所论说，就一定要采用西洋学术的解释框架，符合其“天秤”的衡量，否则就难占一席之地。

“史诗问题”就是这个学术大转换背景的产物。它隐含了一个不言而喻的假定前提：文学存在普世性的统一起源，这个普世性的统一起源既适合西方也适合中国。因此如果中国文学的实际情形不符合普世性的统一起

---

① 朱自清：《朱自清古典文学论文集》下册，上海古籍出版社 1981 年版，第 541 页。

② 朱自清：《诗文评的发展》，载《朱自清古典文学论文集》下册，上海古籍出版社 1981 年版，第 543 页。

③ 罗根泽：《中国文学批评史》，上海书店出版社 2003 年版，第 100 页。

④ 同上书，第 99 页。

源，就必须替它解释得符合统一的起源。为什么20世纪上半叶那么多先驱学人都来讨论神话、史诗，乐此不疲地从这个前所未闻的“决定性开端”来讲中国文学？学术关怀的背后隐含了怎样的焦虑？很显然，他们要让中国文学获得以前所没有的全球性意义，把它从东亚一隅的文学带入普天同一的世界中来，让中国文学在这样的阐释中脱离它原本的“地方性”，而成为世界的。因为在他们看来中国已经孤立于世界很久了，如今正是让它“走进世界”的时候，仿佛无所归依的孤儿回到人间社会，获得一个为世人所认可的身份。文学史研究在那时遭遇的尴尬，不是中国缺乏文学，而是中国文学在古代文论的论述框架中显示不出普天同一的意义。现代学者的使命是赋予它这种前所未有的意义。因此希腊乃至欧洲文学孕育于他们的神话、史诗，这并不仅仅是一个事实，也是一个普世的准则。中国文学也是世界的，正是在与欧洲文学具有相同的起源模式的意义上被确认下来。正是在这个赋予意义的现代阐释中，传统被颠覆了，《诗经》从经典文本，囊括法则、趣味和批评标准的典范跌落为一部上古“歌谣集”。它不仅失去典范的地位，而且也失去了初始文本的地位。文学史家对“决定性开端”的关注转而集中在从前不屑一顾的神话、从未听闻的史诗。神话和史诗赫然有了不同凡响的身价，为中国文学修史者不得不面对神话、史诗来发一番议论。如果对神话和史诗无知，那就是对文学源头无知，既然对如此重要的“决定性开端”无知，那阐释出来的文学秩序就没有普世意义。神话、史诗在新的论述框架中决不仅仅是一个文学事实，而且还包含着与普世准则同步的意味。希腊、欧洲文学源于它的神话、史诗，中国也不能例外。鲁迅在《中国小说史略》中说：“神话不特为宗教之萌芽，美术所由起，且实为文章之渊源。”[①] 神话是宗教、美术和文学的源头，这判断可以存疑，但要之它是那时普世史观所认定的，中国文学如欲“走进世界”则不能违背这个通则。中国文学正是在这样的论述框架中取得它在新时代的合法性。

然而，人间的事实各有不同，当普世性的文学史论述框架顺利征服中国学者，当文学的“决定性开端”无论中西都一致认定之时，文学事实

① 鲁迅：《中国小说史略》，见《鲁迅全集》第九卷，人民文学出版社1981年版，第17页。

则作为“异端”浮现出来。怎样对付这个“异端”？这就属于学者的能事了，他们提出各种猜想、说法来让这个“异端”看起来没有那么大的异数，尽管相异但不至于损害普世性的文学史论述惯例。各种猜想、说法的积极意义在于圆转那种与普遍框架不一致的歧异，维持已经存在的论述惯例的权威性。有时歧异会造成极其令人不安的结果。例如，既然接受神话、史诗是文学源头的文学史论述惯例，那么采取这个框架论述中国文学起源就会遇到很大的困扰。硬要采用，中国文学的起源将会写下苍白的一页。这个结果未必为学者在感情上坦然接受，它太有杀伤力了。不但有伤自尊心，而且也与紧接这个苍白“起源”之后伟大的文学传统根本不相容。钟敬文在事实渺茫的基础上仍然要推断中国能够产生情节完整的系统神话，真正的原因恐怕也在于此。正因为这样，各种猜想、说法被提出来，圆转歧异，抚慰困扰。在诸种说法中，最聪明的要数“散亡说”了。它假定中国曾经有过系统而完整的神话，也曾经有过史诗，只不过如今“散亡”了，无处寻其踪影。如欲反驳，则反驳者无处下手，死无对证。但是“散亡说”正因其乖谬于学理，凭空立论而不可反驳，才一方面保持了民族的自尊，另一方面又维持了普世式的文学史观。既然提出散亡，那一定有散亡的原因。散亡原因属于后续性的命题，因为提出了散亡，必须要有散亡的原因才能使说法完整。儒家被提出来承担这个“罪名”不难理解，它与民族性承担了中国神话不发达原因的那种说法一样，是“五四”批判思潮的产物。改造国民性是那时很重要的一个思想主题，而儒家则一直是批判对象。国家贫弱、社会保守乃至人民愚昧的账几乎都算到它的头上，而神话散亡不过是诸种“罪名”中很小的“罪名”，要儒家顺势承担过来，当然也在情理之中。

在神话、史诗是普世的文学起源这个新的“学艺权威”笼罩下，另一个维持其普世性的叙述策略就是坦然认定中国有自己的史诗，《诗经》中某些诗就是“周族的史诗”。这个策略很简单，它将史诗的概念改成有一定长度、叙述先民事迹的诗歌，然后再从中国上古诗歌中找出相近的例子。应该说这个说法之不符合学理显而易见，但它省却了诸如“散亡说”的麻烦，直接使西方式的起源观更具普世性：不但希腊、欧洲的文学起源是这样，中国文学的起源也符合同样的规律。“周族史诗说”与“散亡说”看似在学术上对立，但在深层它们在那个时代的话语功能竟然都是维护西方的文学起源观。20 世纪初西学挟其权威，以新颖、科学、进步的面貌传入中国，而治中国文学者不得不去比附西洋学术，比附普世的文学起源观。由于这个比附而产生绵延一个世纪之久的汉语“史诗问题”。陈寅恪当年曾指出佛教初传入中土时僧人“取外书之义，以释内典之文”的“格义”现象。[①] 而“史诗问题”的产生实则是取西来的文学起源观念以解释中土的文学事实，故亦可视之为 20 世纪中西交流时代又一“格义”之流。

“史诗问题”是西方话语挟持其强势进入中国而产生的问题。这样说并不意味着前辈学者的学术探讨有任何态度的问题，但是学术也从来都不是孤立的个人兴趣和事业，学者身处某种社会氛围和语境，其影响尽管可能是不知不觉地发生的，但是从事学术研究者对社会氛围和语境的作用其实应该有足够的自觉和反省。因为历史地看，他们对学术研究产生的结果不一定都是有利的。神话和史诗是西方文学的源头，这本是一个事实。但是它在西学滔滔的年代被当作新知传入中国，在学者的意识里就不仅被当作西方文学的事实，而且自动升格为普世的文学起源准则，并以之衡量中国文学的起源。“西方”在现代甚至当代的学者眼里，往往不仅仅是一个地理和文化的西方，而且也代表了“世界”；西方话语也不仅仅是西方文化的一部分，而且也代表真理、权威和话语的力量。是我们自己将本属“特殊性”的西方想象成“普遍性”的西方。于是，中国自动处于这个被想象出来的“世界”之外，自己的学术文化也自然而然自外于真理、权威和话语力量。于是才产生了“走进世界”的渴望，才产生了与“世界”接轨的焦虑，才产生了拥有西方话语也就意味着真理、权威和话语力量的主观设定。从某个角度观察，这些渴望、焦虑和主观设定，确实推动了学术研究，但是却导致学术的进展不在一个正常的点上。长远一点来看，它们翻动的学术波澜是没有多少意义的。

如果要从“史诗问题”的检讨得到什么有益的启示，那就是对西方话语要有足够的清醒和自觉，尤其要认真分辨什么是它本身具有的意义，什么是它被作为新知传播进来时赋予的附加意味。这样说并不是要抵抗新

---

① 陈寅恪：《支愍度学说考》，载《金明馆丛稿初编》，上海古籍出版社 1980 年版，第 153 页。

知的介绍和传播，也不是要在知识领域强分中西，而是要还西方话语以本来面目。因为我们在 20 世纪中国学术史里发现，西方学术思想和见解被当成不加质疑的“学艺天秤”是屡见不鲜的现象。它导致了严重的学术“殖民地心态”。如果我们的学术前辈多少由于条件所限而对西方话语缺乏反省，那么今天这种状况应当加以改变。

原文载《中国社会科学》2007 年第 1 期。

奥德修斯的名相

刘小枫

荷马是西方文学、宗教甚至哲学思想的开端，像任何伟大的开端一样，这个开端非常费解。古典作品中费解的地方实在很多，求得正解不容易——阅读古典作品需要耐性，不可指望种种费解之处很快（哪怕三年、五年甚至十年）就得到解答，何况，搞清楚费解之处的文本位置以及费解的问题究竟是什么，已经需要费时经年。

《伊利亚特》和《奥德赛》乃西方文明的标志性开端，这个开端的开篇就像个布下的迷魂阵——荷马诗作让人费解的地方不少，两部鸿篇的开篇就算得上其中之一。一般的文学史书都会告诉我们：《伊利亚特》是一曲英雄颂歌，《奥德赛》则主要描述惊心动魄的航海历险，有如历险故事的汇集——故事的主角奥德修斯坚忍不拔、足智多谋（或者诡计多端），显得是不同于阿基琉斯的另类英雄……幸好，如今我们可以直接看看诗人自己怎么说。

特洛亚战事是由奥德修斯在战后经历迷途返回故乡后叙述的，因此从时序上讲，《伊利亚特》在《奥德赛》之后；但实际上，《伊利亚特》著于帛书稍早于《奥德赛》。因此，我们先看《伊利亚特》如何开篇（第一卷，1—7行，刘小枫译文，会点儿希腊文的读者，不妨对照希腊文，仔细检查中译文的不足）：

愤怒呵，女神哦，歌咏佩琉斯之子阿基琉斯的愤怒罢，
这毁灭性的愤怒带给阿开亚人多少苦痛。
把多少勇士的英魂送给

冥神，使他们的尸体成为野狗和各种

[5] 飞禽的食物，宙斯的意愿得以实现，

由此从头讲起吧，从争吵、民人的主子阿特柔斯之子

同神样的阿基琉斯相与离跂攘臂讲起。

第一个语词“愤怒”似乎就在为整部作品定调，“女神”是诗人假托的讲述者，指缪斯，诗人祈请她告诉诗人接下来的故事（参见2，484—492）。“把……英魂送给冥神”的“冥神”原文就是大名鼎鼎的“哈得斯”，但在荷马那里，这个语词指的总是一位神，而非地域，因此不能译成“阴间、冥府”之类。诗人再次提到“勇士们”时，用的是自主代词，直译为“他们”，但这个语词不是单纯的人称代词“他们”，还包含“他们的身体”（尸体）的意思。对荷马来说，身体才是实在的，心魂反倒是影子似的：第三行的“英魂”与第四行的“他们的身体”（尸体）的对照是信笔而至抑或寓意玄远，就是一处费解。

再看《奥德赛》如何开篇（第一卷，1—10行，刘小枫译文）：

这人游历多方，缪斯哦，请为我叙说，他如何

历经种种引诱，在攻掠特洛伊神圣的社稷之后，

见识过各类人的城郭，懂得了他们的心思；

在海上凭着那份心力承受过好多苦痛，

[5] 力争保全自己的心魂，和同伴们的归程。

可他最终未能拉住同伴，尽管自己已拼尽全力，

同伴们自己过于轻狂，终致毁了自己：

这帮家伙太孩子气，竟拿高照的赫利奥斯的牛群来

饱餐，赫利奥斯当然剥夺了他们归返的时日。

就从这儿也给咱们说说罢，女神，宙斯之女哦。

第一行的形容词“游历多方”是个复合形容词，含义暧昧，也可能指“诡计多端、足智多谋”；接下来的“历经种种引诱”的原文同样有两个含义，首先是“漂泊、漂游”，另一个含义是“被诱惑”、“入歧途”。倘若是“漂游”的含义，意思也是“被迫漂游”（参见9，35—40），也

就是说，漂泊的行程并非自己选定的；奥德修斯并不像当时的商贾（8，161）、流浪者（14，124），也不像后来的殖民者、探险家、浪漫的漫游者那样随意浪迹天涯，而是一个疲惫不堪的退役军人渴望回到家乡。

“懂得了（他们的）心思”的“心思”这个语词，原文就是后来成为古希腊哲学的重要术词的 nous，但在荷马笔下时还是个日常用语，绝非一个形而上学术语，意为“想事情的方式、心灵习惯”（比较 6，120—121）。荷马诗作影响了后来的哲学，不等于荷马是个“哲人”（在古希腊，“哲人”是个专门的称谓），因此无论如何不能把这个 nous 译作“理智”——贺拉斯后来刻意让这个语词带有典型罗马人的实际色彩，而非典型希腊人的理智术语色彩，倒是与荷马相符（参见 Horaz，《书简》1，2，20）。

“力争保全心魂……和归程”这一句把“心魂”与“归程”连在一起，表明前面的“历经种种引诱”意指“灵魂”受到引诱，从而点题《奥德赛》全篇要讲述的是“心灵之旅”——诗人在这里特别强调这人“自己的”灵魂，所以也有**Nόστοζ Οδυσσέως**［奥德修斯之旅］这样的诗篇名（柏拉图的《斐多》被比作描写苏格拉底的《奥德赛》，无异于说《斐多》描绘的是苏格拉底的“心灵之旅”，经历种种引诱的归程）。其实，现有的篇名**Οδύσσεια**（省略**ᾠδή**）既非荷马定的、也非后来的古代编辑家定的，而是一种描述的约定俗成：指一部诗篇通过展示一个人的行动来揭示他的性情（内在）。

“心魂”这个语词在这里因此显得非常重要，其本义是“气息”，由此意指动物性的生命本身，或者生命赖以存活的基础，但并不等同于肉体生命。在荷马笔下，人死的时候，这口“气息”会通过嘴（伊 9，409）或伤口（伊 14，518；16，505）离开身体。不过，虽然没有身体，“心魂”却有自己的形体（伊 23，65，106；奥 11，84，205），尽管这形体不过是一种εἴδωλον［影像］（伊 23，104；奥 11、601，24、14）。读过一点柏拉图的都知道，所谓的“理式”或“相”就与这个语词有瓜葛。

两部诗篇都从吁请缪斯开始，请她叙说。换言之，从形式上讲，这两部诗作都是缪斯在叙说，诗人显得不过是个笔录者。如何理解这种形式？一种可能的理解是：诗人吟诵的不是自己知道的事情，而是缪斯告诉他的，诗人的吟唱无异于缪斯的传声筒，代缪斯发出声音，从而表明了古老诗人的虔敬身份——用柏拉图笔下的苏格拉底的说法，至多可以说是诗人在叙说时有神灵附体（中国远古的诗人与巫医也有瓜葛，参见周策纵《古巫医与“六诗”考》，台北：联经出版社 1989 年版）。另一种可能的解释是：诗人借缪斯之口来讲述，无异于隐藏了自己及其立场——不妨想想柏拉图的作品好些借苏格拉底的口来讲述（我们需要知道：敬拜缪斯神是后来时代才有的）。

说到底，ἔπος［史诗］是缪斯的作品，不过，ἔπος最初的意思是吟唱者的语词（尤其语词的声音），译作“史诗”未尝不可，但得小心，不可在如今“史学”或“历史”的含义上来理解“史诗”，似乎ἔπος是为了记载历史而写的诗篇。在荷马的用法中，ἔπος一词的含义很多：“叙述、歌”、“建议、命令”、“叙述、歌咏”、“期望”、“（与行为相对的）言辞”（比如“用言和行帮助某人”，伊 1，77；奥 11，346），还有“（说话的）内容、事情”、“故事”（比如“小事情”，奥 11，146）。与μῦθος［叙说］连用，ἔπος更多指涉讲述的内容，讲述的外在层面，μῦθος则指涉讲述的精神层面（按尼采的看法），或者说内在层面的表达、内在心扉的敞开——也许，ἔπος译做“叙事诗”比较恰当，更少误解。

把两部诗作的开篇对起来看，可以发现好几个相同的语词：“人”（伊 1，7；奥 1，1）—“心魂”（伊 1，3；奥 1，6）—“许多”（伊 3；奥 1，3，4）—“苦痛”（伊 1，2；奥 1，4）—“宙斯”（伊 1，5；奥 1，10）。倘若把这些相同的语词连起来，简直就可以构成一个句子：人的心魂因宙斯而经受许多苦痛。偶然的吗，抑或表明两部诗作在主题上具有共同性——灵魂与受苦的关联，以至于可以说，所谓“神义论”问题在荷马那里就出现了？如果不是，又如何解释这些相同语词？

费解——不是吗？抛开这一问题，我们兴许就进入不了伟大诗篇的大门。

还有不那么明显的相同语词，比如《奥德赛》第 5 行的“力争”与《伊利亚特》第 6 行的“争纷”，都有与人相斗争的含义——用今天的话来说：既有与外国人的斗争也有与自家人的斗争（或者说：国际政治和国内政治）。更为明显的是《伊利亚特》开篇的第一个语词“愤怒”与《奥德赛》第 4 行的“心力”的相似——“心力”这个语词（也就是后来在柏拉图笔下成为一个关键语词的所谓 θυμός［血气］）原义为人身上能被激发起来的地方、生命力跳动的地方，感受、意欲的位置等等，与“愤怒”可以说互为表里——血气是内在的东西，发而外则成“愤怒”（索福克勒索笔下的俄狄甫斯就是如此：俄狄甫斯说，连盲先知也会激怒他，所以克瑞翁说他颇有“血气”）。

这些相同之处使得人们很早就开始关注荷马两部作品之间的关系，何况，两部作品的主题——出征和还乡——正好构成一个整体。与《伊利亚特》开篇第一词“愤怒”对应的《奥德赛》开篇第一词是“这人”，很有可能注意到这一点，亚里士多德才在《论诗术》中对比说：《伊利亚特》是关于“激情”的诗，《奥德赛》则是关于“性情”的诗（1459b14）。亚历山大时期，有经学家提出，《奥德赛》不是荷马的诗作——这类经学家因此得了个“分离者”的绰号，然而，即便《奥德赛》不是荷马的诗作，也不等于否定了两部诗作的关联。所以，自18世纪以来，关于这两部作品是否是个整体（以及诗人是否仅荷马一人抑或多人等等），西方经学界又吵起来。

有关联不等于两者完全相同，而是指两者之间的内在勾连。《伊利亚特》开篇一上来就强调了对生活具有破坏性的激情及其后果，《奥德赛》开篇给出的却是一个经历过千辛万苦且鬼点子多多的人的形象。两部诗作的开端概括的毕竟是不同的东西，即便非常相近的事情，讲法也不同。比如，《奥德赛》的开场白中出现了两个神：先提到“太阳神”，然后提到宙斯，奥德修斯的同伴们遭受的灾难被归咎为暴食了太阳神的牛群，对宙斯仅简单提到而已；在《伊利亚特》的开场白中，诗人提到宙斯的惩罚，却没提太阳神。太阳神算是宇宙神，宙斯神则是城邦神，这两类神之间什么关系？《奥德赛》中记叙的奥德修斯的多险历程是否在寓意从宇宙神回归城邦神的过程？尽管《奥德赛》整个头25行都是对缪斯的祷歌，却概述了奥德修斯在十年漂泊中的当前处境，接下来的叙事实际上是从奥林波斯诸神召开会议开始的（柏拉图的《会饮》中阿里斯托芬讲的“圆球人”故事就说到宙斯召集诸神开会，讨论如何对付太阳神忒聪明的后裔们，参见190c以下），宙斯在会上作出政治局决议让奥德修斯安全还乡（第26—79行）……奥德修斯的聪明与太阳神有什么关系？这些都是令人费解之处，毕竟，宇宙神与城邦神的关系，在柏拉图那里关涉到苏格拉底问题的要害。

经学家们还注意到：《伊利亚特》一开始就提到阿基琉斯的名字，而且是连同其父亲的名字一起提到的，从而，阿基琉斯的面目（身体）一开始就比较清楚，家族渊源也清楚（与父名的关系）；与此不同，《奥德赛》的第一个语词就是“这人”，却迟迟不给出其名，仿佛“这人”没身体，仅仅是个魂影而已——直到第一卷的第 21 行，奥德修斯的名字才第一次出现，到了第八卷，奥德修斯开始返回家园前，诗人才在其父亲的名下来称呼奥德修斯（“拉埃尔特斯的饱经忧患的儿子”，8，18）。即便如此，这名字还不是他父亲给起的……我们不禁要问，奥德修斯这个名字怎么来的？有什么格外的含义吗？

这么多费解的地方，我们没法一一看个究竟，在这里仅稍微进一步来看看《奥德赛》开篇处的这个名相哑谜令人费解究竟怎么回事。

阿基琉斯的名字在《伊利亚特》的开篇就与作为名词的“愤怒”联系在一起，从而，阿基琉斯与“愤怒”的关联一开始就摆了出来。与此不同，《奥德赛》开篇十行中没有出现“愤怒”这个语词，也没有出现奥德修斯的名字，似乎“愤怒”与奥德修斯没关系——《奥德赛》开篇第一语词“这人”与《伊利亚特》的开篇第一语词“愤怒”在位置上相对应，不过是一种巧合，倘若要把隐名的“这人”与“愤怒”联系起来，就会被视为妄加猜测、过度诠释。

奥德修斯的名字在第一卷 21 行第一次出现了，然而是在怎样的文脉中出现的呢？

> ……神们怜悯他，
> 唯独波塞冬，一直心怀怒气，
> 怒那近似神的奥德修斯，直到他踏上故土。（1．19—1．21）

我们看到，奥德修斯的名字与波塞冬的“愤怒”连在一起，尽管在这里“愤怒”是动词，但与《伊利亚特》的第一个语词“愤怒”（名词）有相同的词干。由此来看，《奥德赛》的第一语词“这人”与“愤怒”不是没关系呵……奥德修斯的名字在这里是承受波塞冬神的“愤怒”的对象，倘若无论作为名词还是作为动词的“愤怒”都指神们的愤怒，就有理由推想，这两部诗作的基调兴许都受这样一个主题规定：世间英雄或王者与神明的正义（惩罚）的关系。

继续读下去，我们就碰到支持这一推想的进一步理由。叙事开始不久，雅典娜就问宙斯：

……难道奥德修斯
没有在阿尔戈斯船边，在特洛亚旷野
给你献祭？你为何对他如此恼恨，宙斯？（1，60—62）

这里的“恼恨”是动词ὀδύσσομαι［感觉痛苦、感觉苦恼、恼恨］的不定过去时形式（第二人称单数），与Ὀδυσσεύς这个名字有相同的词干；ὀδύσσομαι的主动态形式是“引起痛苦、使痛苦、使苦恼”的意思——换言之，Ὀδυσσεύς这个名字本身听起来就像是“遭憎恨”的人（亦参见《奥德赛》5，340，423；19，275—276、406—409）或“遭受痛苦的人”（参见17，567；19，117），简直就是个不祥的名字——开篇隐名的“这人”原来是个“遭受憎恨、遭受痛苦的人”。

看来，《奥德赛》开篇很久不提到（甚至隐瞒）“这人”的名字是诗人故意为之，以便这个名字的露面成为一个过程。倘若如此，这个过程是怎样的呢？或者问，“这人”如何知道自己的名字的含义呢？

奥德修斯的名字第一次出现时，说到诸神中唯独波塞冬对奥德修斯“一直心怀怒气”，在第五卷，我们看到波塞冬的怒气如何施与奥德修斯。

从《奥德赛》的整个叙事来看，故事讲述了两个奥德修斯：过去和现在的奥德修斯，两个奥德修斯的差异及其重新叠合，显得是整个诗篇的机关所在。从而，《奥德赛》的结构可以这样来划分：前四卷主要铺展过去的和现在的奥德修斯之间的差异，整个后半部分（第十三至二十四卷）则展现重新叠合的过程。处于中间部分的第五到十二卷，则提供了差异由之而来的关键原因：奥德修斯经受了神明安排的生命历程。在我们的习惯印象中，《奥德赛》的主题是“漂游”，现在看来得修改这样的印象。《奥德赛》的主题兴许可以说是：本来一体的东西的分裂和重新叠合——开篇提到“这人”而不说出他的名字，就已经暗示了主题：这个人与自己的名字是分离的，此人尚未与自己的名相随。身与名如何叠合为一？这就需要一个过程，在《奥德赛》中，如此重新叠合展现为还乡的过程，就奥德修斯的心魂而言，也可以说是一种新的道德自觉得以形成的过程——

也就是“这人”自己明白过来的过程。

在第五卷中，奥德修斯被迫乘木筏踏上归程……才在海上航行了十来天，就被震地神波塞冬远远瞧见了。波塞冬知道，一定是天神们改变了主意，决定放奥德修斯回家，如今奥德修斯已经航行到“离费埃克斯人的地方不远”，眼看就要逃离灾难的尽头。怀恨在心的波塞冬对自己说：不行，“定要让他吃够苦头”，

> 他说到做到，聚合云层，掀动大海，抄起三股叉，掀起各种旋风……（291—292）

《伊利亚特》的开场仅仅提到宙斯神，唯有宙斯是“义”的体现；《奥德赛》的开场白同时提到了宙斯和太阳神赫利奥斯，似乎“义”也有差异——“高”的义与“低”的义的差异。无论如何，在这里，是波塞冬在阻止奥德修斯的归程，与宙斯的决定相违。这意味着什么呢？对于全篇的理解有何意义呢？——这个问题不是一般的费解，以至于宙斯与赫利奥斯（以及波塞冬）的差异一直被看作《奥德赛》谋篇的一大难题：有的经学家甚至认为，第五、九和十二卷中涉及的波塞冬和赫利奥斯情节对《奥德赛》的主题没什么意义，很可能是不同的口传传统在早期编辑过程中留下的残余——对此，我们还是不要匆忙下结论为好。

诗人转眼间就把场景转到奥德修斯如何面对如此突如其来的灾难，但诗人首先让我们读到的是奥德修斯的内心独白：

> 奥德修斯顿时膝盖发软，还有可爱的心，
> 他万分沉重，对自己豪迈的心志说道：
> 噢，我这倒霉的家伙，我最终还会遭遇什么呢？
> 我真担心，神女说过的样样不虚，
> 她曾说，踏上故乡的土地之前，
> 我会在海上遭受痛苦；这一切呵眼下就在应验。
> 宙斯用如此多的云团笼罩广阔天空，
> 宙斯呵，搅动着大海，股股疾风突涌
> 各方风云呼啸；这下我肯定惨透了。

那些达那奥斯人幸运得很、实在太幸运了噢，
在辽阔的特洛亚，他们已然为阿特柔斯之子捐躯。
我当时死掉，跟上死亡的劫运该多好，
那时，一大堆特洛亚人用锐利的铜茅
投掷我，护着已经倒下的佩琉斯之子；
阿开奥斯人会礼葬我，传扬我的英名，
可如今，命已然安排我要接受沉闷的死法。

无论死于沙场还是死在别处，都是上天命运的安排。奥德修斯觉得，命运没有安排他死在沙场，战死在争夺阿基琉斯尸体的战斗中（据说此处不是援引《伊利亚特》，而是引自另外一部特洛亚神话系统），从而获得“荣誉”，而是必须在这里淹死，死得没一点儿“英名”。与阿基琉斯和赫克托尔相比，奥德修斯倘若要想博得“英名”，就得另打主意了——这里岂不是与《伊利亚特》的战事联系起来了吗？

对我们的问题来说，这一段的关键更在于其形式：奥德修斯的内心独白——自己在内心里面说，或者自己对自己的“心魂”言说。这意味着什么？经学家伯纳德特数过，《奥德赛》全篇共十次奥德修斯对自己内心说话，第五卷中就有六次；十次中最重要的有六次，其中有四次出现在第五卷（298、355、407 和 464，另外两次分别在第十三卷 198 和第二十卷 17；《王制》中的苏格拉底提到荷马的次数不少，但赞许的地方不多，提到第二十卷 17 的自言自语乃其中之一，而且两次提到：390d 和 441b），这又是为什么？

对自己言说，意味着对自己的灵魂言说，从而，自我言说首先意味着灵魂的显现。其次，自己对自己的灵魂言说，意味着身与心两分，从而成为“这人”对灵魂的观照——让我们难免好奇的是，“对自己豪迈的心志说道”的“心志”这个语词，也是柏拉图《王制》中的主导性语词，在分析这个语词时，苏格拉底恰恰引用了《奥德赛》中的一段来证明所谓“有血气的”（第四卷，440e1—4）。

他正这样说着，一个巨浪铺天盖地
可怕地打向他，把筏船打得团团转。

他从木筏上跌得老远，舵柄哩，
也从手中失落，风暴拦腰斩断桅杆，
那由各种劲风浑然卷起的风暴多么骇人哦，
连船帆和帆桁也远远抛进海里。
风暴使他好久沉在水下，瘫软无力
十分迅速地浮出，狂涛的压力实在太大，
甚至神女卡吕普索赠给他的衣裳也沉重不堪。
过了好久他才浮出水面，嘴里吐着咸涩的
海水，而海水则顺着他的头哗啦哗啦流。
尽管如此精疲力竭，他却死死记住木筏，
在波淘中奋力追赶，然后抓住它，
待最终坐到了木筏正中，他才逃离死亡结局。

这一段仅仅为了表现奥德修斯如何与风暴搏斗？明显还有奥德修斯的变化——什么变化？知道自己以前懵然不知的东西：自己是谁。换言之，“这人”的自己（或者说“自我”）是在与波塞冬神的搏斗中现身的。实际上，在整个第五卷，与风暴搏斗与奥德修斯对自己的言说叠合在一起：行为与言辞、心志与言辞的关系在与神们的较量中透显出来。更进一步说，与风暴搏斗展现的是心志与神明的冲突，而这种冲突来自奥德修斯的抉择：拒绝了比妻子更漂亮的卡吕普索的挽留，踏上生命未卜的前程——这前程虽然是前行而去，却与奥德修斯自己的“过去”维系在一起，正是与这个已然隔绝了的“过去”的关系才使得奥德修斯重新成为自己。

风暴过后，诸神插手干预推动情节的发展：以前曾是凡人的伊诺如今是海洋女神，在大海深处享受神样的明亮，这时，她出于同情从波涛中冒出来，愿帮奥德修斯一把。她建议奥德修斯放弃木筏，在她的云雾遮护下穿过汹涌的大海，游到附近的一个小国去。伊诺问奥德修斯（就像雅典娜当初问宙斯）：

不幸的人呵，震地神波塞冬为何对你
如此怒不可遏，让你受到这么多的苦难？［5，339—340；王焕生译文］

这是奥德修斯第一次听说到自己名字的双关含义——我们作为听者当然早就知道了（第一卷62），换言之：诗人在第五卷的第四次对自己言说的最后一句是：

我已经知道，大名鼎鼎的震地神一直怀恨我（5，423）。

这里的“知道”与“认识”就是一回事情，“怀恨”这个动词与奥德修斯的名字同词干，而这里的“我”是其宾语：奥德修斯就是如此发现自己的。由此我们可以推想，为何《奥德赛》的开篇并未像《伊利亚特》的开篇那样提到宙斯的惩罚性神义，或者说两部诗作就神义论而言的差异在于：神义秩序在《伊利亚特》中一开始就已井然有序，在《奥德赛》中则尚待建成——如经学家西格尔看到的，在诸神会议上，宙斯阐明其神义时用的是现在时和将来时（1，32—41），甚至用“如眼下”（1，35）这样的短语。

在《奥德赛》的整个后半部分，奥德修斯回到故土，但本来熟悉的东西已然变得生疏，他得在这种生疏中努力重新发现自己本来熟悉的东西，或者说重新寻回自己。由于经历了遥远、陌生、多样且无法沟通的异方之域，这种寻回无异于从头来建立自己原来熟悉的生活世界，或者说需要把从他乡得到的东西带进自己的故土。于是，经学家西格尔说：奥德修斯与佩涅洛佩的相认，把这场重新界定陌生与熟悉的事件推向了高潮：与妻子分享自己的奇特经历——充实了自己的人间生活视界的奥德修斯不再漂泊，而是重新生活在属于自己的生生死死荣枯不息的土地上。

这时，诗人才最终提到取名奥德修斯的缘由：

我来到这片人烟稠密的地方时，
曾对许多男男女女怒不可遏，
因此我们就给他取名奥德修斯。（19，407—409，王焕生译文）

荷马的诗作为西方文学（写作）发明了一项绝技——什么绝技？

善于精巧构思、编构寓意情节的绝技。在索福克勒索的《俄狄甫斯王》的入场戏中，祭司通过 **οἶσθάτου** ［你知道吗］（第43行）这一与俄狄甫斯的名字谐音的提问，一开始就暗中质疑了新王俄狄甫斯是否认识自己的真实面目，让我们想起奥德修斯的“我已经知道，他一直怀恨我”（5，423）。与《奥德赛》一样，《俄狄甫斯王》的整个剧情就是俄狄甫斯之名的解释过程，或者说俄狄甫斯自我认识的过程——索福克勒索在这里发挥的名相与情节的交织，可以说是从荷马那儿学来的，这不妨碍他用得来简直就像是自己发明的绝技——名相寓意可以说是古希腊文学的一大特色，不仅索福克勒索，后来阿里斯托芬、柏拉图也跟着玩名相谜，都是好手，各有奇招，我们在惊叹之余不要忘了：老祖宗要算荷马。

延展阅读书目：

1. 伯纳德特：《弓弦与竖琴：从柏拉图读〈奥德赛〉》，程志敏译，华夏出版社 2005 年版。

2. 西格尔：《〈奥德赛〉中的歌手、英雄和诸神》，程志敏、杜佳译，三联书店 2007 年版。

原文载《中国图书评论》2007 年第 9 期。

史诗观念与史诗研究范式转移

尹虎彬

一 从古典学到口头诗学

西方关于史诗的观念是建立在古希腊荷马史诗范例的基础之上的，关于史诗的研究是亚里士多德以来的古典诗学为范式的。史诗、抒情诗与戏剧并称为西方文学的三个基本类型。西方史诗的发展脉络，从古希腊的原创型史诗如荷马史诗开始，到维吉尔的文人史诗创作，秉承了希腊史诗的范例，显示出清晰的历史脉络。西方学者的史诗观念是建立在古希腊和古罗马史诗以及中古欧洲史诗基础上的，文艺复兴、近世史诗以及现代史诗传统也被纳入史诗研究的范围。应该说，亚里士多德关于史诗的分析对后来的西方学者影响很大。史诗作为一种类型，成为叙事文学的一个鼻祖，荷马史诗经过不知多少民间艺人和文艺家的长期提炼和反复锻造，业已成为西方文学批评和文学创作的范例。西方史诗学在古典学、语文学的培育下，沿着亚里士多德的范式向前发展，不断深化了人们对史诗的诗的形式及其结构特点的认识。

一般认为文学史上对史诗、史诗性质的讨论始于欧洲。苏格拉底、柏拉图、亚里士多德、赫拉斯等古希腊哲人都论述过史诗，但是，直到 16 世纪亚里士多德《诗学》被重新发现，人们才开始对史诗进行理论上的讨论。欧洲的古典学在史诗研究领域积累了深厚的学术传统。18 世纪欧洲浪漫主义运动，开启了搜集和研究民间史诗的热潮，促进了人们对史诗的起源、流传和创作等问题上的探索。从 17

世纪晚期一直到18世纪出现了对口传史诗的搜集和研究的热潮。沃尔夫（T·A·Wolf）《荷马引论》（*Prologomena ad Homerum*，1795）表现出人们对荷马史诗产生背景的重新认识。这时期甚至出现了所谓的重新发现的古代史诗——《芬戈尔，六卷古史诗》（*Fingal, an Ancient E · Poem in Six Books*），它归于凯尔特的民歌手莪相（Ossian）名下，可是它实际上是由麦克弗森（James Macpherson，1736—1796）撰写的。这个事件反映出当时人们对研究民间诗歌的兴趣。人们从苏格兰、威尔士、爱尔兰开始搜集凯尔特人的史诗。在芬兰，诗人兼学者埃利亚斯·伦洛特（Elias Lönnrot，1802—1884）为他的民族找到了史诗《卡勒瓦拉》（*Kalevala*）。欧洲浪漫主义的民族主义运动推动了口头传统的再发现。19世纪中叶英国实现产业革命，世界历史迈向现代工业社会。18—19世纪之交，浪漫主义和民族主义席卷欧洲大陆，知识界形成颂扬民间文化、发掘民族精神的新思潮。浪漫主义和民族主义作为一种意识形态，改变了整个欧洲的艺术、政治、社会生活和思想。在中欧、东欧社会欠发达地区，民族与国家不重合。斯拉夫民族和北欧诸民族，他们将民俗学与独立民族国家建设的历史正当性结合起来。民族主义者认为民族的精神存在于民众的诗歌之中，因此，对原始口头文化的发现，开始于欧洲的浪漫主义运动，从此人们开始对口传的、半口传的，以及源于口传的文化予以重视。如德国的格林兄弟（Jacob Grimm，1785—1863；William Grimm，1786—1859）便是典型的一个例子。在芬兰，《卡勒瓦拉》搜集历史开始于18世纪，19世纪真正意义上的搜集已经展开。从此，散见各地的史诗开始被搜集起来。1850—1860年在芬兰开始了史诗搜集的新阶段。民俗学研究的介入是1870年以后。芬兰学者在150年的历史进程里搜集了许多的异文，资料汇集于芬兰文学协会的民俗学档案馆，形成壮观的史诗集成，它们被陆续以芬兰语出版。

19世纪中叶欧洲民俗学兴起，史诗作为民俗学的一种样式，又一次进入现代学者的视野，在方法论上开辟了史诗研究的新时代。19世纪末俄国比较文艺学家亚·尼·维谢洛夫斯基（1838—1906）对亚里士多德以来以西方古典文学范本推演出来的规范化诗学提出挑战，他根据浪漫主义者对民间口头诗歌的重新发现，提出建构新的诗学的设想。他指出，德国美学是根据经典作家的范例，受作家文学哺育而成长的，荷马史诗对于它来说是史诗的理想，由此产生关于个人创作的假设。希腊文学的明晰性体现于史诗、抒情诗与戏剧的序列，这也就被当作规范。[①] 我们可以肯定地说，维谢洛夫斯基所倡导的实证的而非抽象的、类型学的而非哲学和美学的研究范式，在他以后的时代得到了长足的发展。史诗研究的学术潜力并没有局限于古希腊的范例，而是在口传史诗的领域里大大拓展了。

20 世纪史诗研究者从鲍勒（C. M. Bowra）开始，注意到原生形态的（口传的）史诗与拟制之作（书面文学的）的区别，扩大了英雄史诗的范围。帕里（Milman Parry）和洛德（A. B. Lord）把 19 世纪以来的民族志学方法纳入古典诗学的领域，他们在南斯拉夫发现了荷马史诗的类似物，创立了口传史诗的诗学。从 20 世纪后半叶开始，人们在世界各地的形形色色的当代社会里，发现了丰富的活形态史诗传统，它们既不是古典史诗，也不是西方史诗。

欧洲古典学在过去 200 年来不断为如下问题困扰：传说中荷马时代是否有书写？如何解释史诗的不一致性？如果没有文字的帮助，如此长的史诗是怎样被创作、保存的？如何看待关于史诗产生的神话和传说？如何解释史诗中不同时代的文化沉积现象，如方言和古语问题。研究表明，荷马时代是否有文字，这和“荷马问题”并无关系；将荷马史诗的作者向前推到前文字的口述时代，这无疑是进步，但是，仍然有一个固定文本的信仰妨碍人们的思想。民间集体创作的思想，催生出多重作者的观点，短歌说，对原型的探寻……这些都没有触及口头诗歌的本质。帕里、洛德以来西方口头传统研究，主要涉及民俗学的题材样式、形式、主题，民间口头文学和作家书面文学的趋同性和趋异性，如何界定口头文学和书面文学的经典，以及民间艺人的表演和创作等问题。在半个世纪以来，帕里和洛德等一派学者把荷马史诗这样的古代经典，放在一个史诗传统中来研究，他们认为荷马史诗文本的背后，存在一个制度化的表演传统，指出这一传统曾经是活形态的、口头的。他们把“口头诗歌”的概念运用于荷马史诗的研究中，试图解决荷马史诗的创作、作者和年代问题。他们把语言和文

① ［俄］维谢洛夫斯基：《历史诗学》，刘宁译，百花文艺出版社 2003 年版，第 9 页。

本作为主要的经验的现实，选择表演、表演的文化语境作为荷马史诗的主要问题，依靠语言学和人类学的方法寻求古典学的新突破。[①] 20 世纪 30 年代以来欧美口头传统研究者在几个关键问题上，对于 19 世纪以来民俗学研究的许多观念进行了反思，人们对这些问题的反思是跨学科的，这种反思不仅揭示了以往的认识误区，更有意义的是提出了新时代出现的新问题。

到 20 世纪末，劳里·航柯（Lauri Honko）对印度西里人（Siri）的口传史诗的研究，标志着西方史诗观念和研究范式的转移。在他看来，史诗的范例是多样的，他在史诗与特定的传统社区的紧密联系中发现了史诗的活力，他提出的关于史诗的新观念，贯彻了文化多样性的思想。由此可以预示，21 世纪的史诗研究将是多元化的。以往那种以荷马史诗为范例，取例西方的史诗研究范式，将逐渐成为历史。

二 口传史诗研究范式转移

20 世纪的批评家从鲍勒到洛德，寻求一种分类学的框架或类型学，将原生形态的（口传的）史诗与拟制之作（书面文学）的史诗作品进行对比，逐渐形成了口传史诗的学说。20 世纪中叶，英国古典学家鲍勒将史诗研究纳入新的视野，举凡欧洲和中亚的英雄史诗和原始诗歌都在他的研究范围之内。他提供了许多类型的史诗，把关于萨满、古代文化英雄、神巫、神祇的叙事，都纳入史诗的范畴，他关注的是史诗的内容和精神。在他看来“史诗被公认为具有一定长度的叙事，它以显赫而重要的事件为描述对象，这些事件的起因不外乎是人的行动，特别是像战争这样暴力的行动。史诗能使人产生一种快感，这是因为史诗的事件和人物，增强了我们对于人类成就，对于人的尊严和高贵的信念”。[②] 对于口传史诗的调查从南斯拉夫开始，帕里还有后来的洛德，他们的工作开创了口头传统史

① 参见 Gregory Nagy: *Homeric Questions*, University of Texas Press, Austin, 1996。作者提出关于荷马史诗发展的假定模式：一部活态的史诗传统，以其长期发展显示出史诗的完整性，它们来自史诗创作、表演、流布的相互作用，这一切都是演进的过程。

② C·M·Bowra, *From Virgil to Milton*, London : Macmillan, 1945, p. 1.

诗的新领域，这条线一直延伸到对以下地区的口头传统材料的研究，如阿尔巴尼亚、土耳其、俄罗斯、非洲、波里尼西亚、新西兰、美洲，本世纪初开始的对中国和日本史诗的研究已经很兴盛，非洲史诗的研究正如火如荼。① 帕里—洛德程式理论（Parry – Lord Formulaic Theory）是关于比较口头传统的学说，它发起于 20 世纪 30 年代，形成于 60 年代，至今仍然对世界各地的口头传统史诗研究具有重要影响。其学术背景可以追溯到 19 世纪西方古典学、语言学和人类学。欧洲古典学，18 世纪欧洲浪漫主义运动，19 世纪中叶欧洲民俗学的产生，都推动了史诗的学术研究。进入 20 世纪，世界史诗研究开始了新的历史阶段。受到历史研究的启迪，以及分析程序的日益严密化，人们对已经积累起来的大量资料进行冷静思考。英国古典学家鲍勒首创口头诗歌和书面诗歌的对比研究，重新界定英雄史诗，深入阐发了它的文类意义。20 世纪 60 年代美国学者洛德创立比较口头诗学②研究新领域，揭示口头史诗传统的创造力量，确立了一套严密的口头诗学的分析方法。洛德的研究表明，史诗研究不再是欧洲古典学的代名词，它已经成为跨文化、跨学科的比较口头传统研究。20 世纪 70 年代后陆续出现的表演理论（Performance Theory）、民族志诗学（Ethnopoetics）等新学说，充分利用了口头传统的活形态资料，吸收当代语言学、人类学和民俗学的成果，进行理论和方法论的建构，大大提高了口传史诗研究的学术地位，使它成为富于创新的领域。在这一领域出现的许多创见突出地表现在，人们开始对 19 世纪以来民俗学研究的许多观念所进行的反思。这种反思主要集中在口头传统研究的几个关键问题上：口头文学的创作与表演、作者与文本、传统与创新、口头文学的文本记录与现代民俗学田野工作的科学理念、民俗学文本与文化语境的关联、关于口头文学的价值判断、口头文学与书面文学的双向互动、口头传承、书写传统和电子传媒的传播学意义等。人们对这些问题的反思是跨学科的。这种反思不仅

---

① *The New Princeton Handbook of Poetic Criticisms*, editor, T · V · F · Brogan, Princeton, New Jersey: Princeton University Press, 1994, p. 80.

② 诗学（Poetics），语言学用来指运用语言学的理论和方法对诗歌进行的分析。但有些语言学家（罗曼·雅可布逊）赋予这个术语以较广的含义，将任何美学上的或创造性的使用口说或书写语言媒体都纳入语言的“诗学功能”内。（［英］戴维·克里斯特尔编：《现代语言学词典》，沈家煊译，商务印书馆 2002 年版，第 275 页。）

揭示了以往的认识误区，更预示了新的学科走向。[①]

以往的史诗研究多以欧洲为中心，中亚、非洲、中国的史诗传统直到很晚才被纳入这一视野。在西方，对史诗的探讨从亚里士多德开始，而他是以荷马的诗歌为典范的。比较研究表明，撇开美学特质，荷马的诗歌与其他传统中的那些史诗一样，都具有它们的独特性。[②] 从帕里和洛德开始，荷马史诗的范例终于与口传史诗的实证研究连接起来。最近以来，西方学者也认为以荷马史诗为基础的研究范式已经成为一种局限，而不是一种学术灵感的来源。因为荷马史诗传统已经不可能从行为上加以观察和研究。比如，像口传史诗的文本化问题，它可以通过田野作业，通过诗歌的传统法则和现场演述，从而得到观察。按照西方史诗的发展脉络，即从荷马到维吉尔来认识和界定史诗，史诗可以被定义为“一部以高雅文体来讲述传说中的或历史上的英雄及其业绩的长篇叙事诗歌”[③]。显然，这是指英雄史诗这一类型，它遮蔽了极其多样的史诗传统。世界上的史诗传统是多样的，这一现实促使学者不断反思史诗的概念。就史诗这一文类来说，我们要考虑到它的三个传统背景：全球的、区域的和地方传统的。史诗本身含纳了多种文类的要素，就人类普世性来说，谜语、谚语、哀歌更具有国际性。因此，关于史诗的定义，总是伴随着多样性、具体性与概括性、普遍性的对立、统一。史诗的宏大性，更重要的是表现在它的神话、历史结构上的意义，对族群的重要意义上。按照劳里·航柯（Lauri Honko）的定义：“史诗是关于范例的宏大叙事，原本由专门化的歌手作为超级故事来演述，以其长度、表现力和内容的重要性而优于其他叙事，对于特定传统社区或集团的受众来说，史诗成为其认同表达的一个来源。”[④] 一般认为，英雄史诗是以高雅文体讲述的，它是关于传奇式的或历史性的英雄及其业绩的长篇叙事诗歌。劳里·航柯的定义强调了歌手和表演的要素，强调了一个民俗学样式与特定社区的文化联系。又根据印度史诗传统

① 尹虎彬：《口传文学研究的十个误区》，载《民族艺术》2005 年第 4 期。

② Arthur T · Hatto, *Traditions of Heroic and Epic Poetry. I. The Traditions.* London: The Modern Humanities ResearchAssociation. 1980, p. 3.

③ *Websterps Ninth Collegiate Dictionary* 1991, Springfield: Meririam2Webster Inc.

④ Lauri Honko, *Textualising the Siri Epic*, Folklore Fellow Communications, No. 264. Helsinki: Suomalainen Tiedeakatemia. p. 28.

中的超级故事（super－stories）这一地方传统的语汇，深化了人们对史诗叙事特点的认识。超级故事是无数小故事的凝聚，其恢弘的形式和神奇的叙事方式易于多重意义的生成。《摩诃婆罗多》、《罗摩衍那》、《伊利亚特》、《奥德赛》即属于超级故事。相对而言，单一故事（simple－stories）规模小、具有完整的动机和真实可感的人类的情绪。在一个单一故事中，一个人的死去是一个重要事件，而在超级故事里，一个人的死亡只是统计学上的琐事。布兰达·贝卡（Brenda Beck）根据自己对于达罗毗荼人（Dravidian）即泰米尔人的兄弟故事（Brothers story）的田野研究，认为一部史诗就是一个超级故事。①

劳里·航柯等对印度西里人的史诗研究，拓展了人们关于史诗的观念。首先，歌手戈帕拉·奈克（Gopala Naika）连续 6 天表演了 15683 行史诗，这个事件以足够的证据打破了长篇史诗必须借助于书写的技艺这样的神话。其次，西里人的史诗是关于女性的故事，以女神为中心，它的主题是关于和平、社会习俗和仪礼的。再次，史诗的表演模式是多样的。史诗的演述并非由歌手一人完成的独角戏，并非单一渠道的叙事。最后，作为传统的艺术，该史诗已经达到了惊人的成就。洛德曾经研究过演唱文本（sung text）和口述记录文本（dictated text）的联系和区别，他认为，口述记录文本具有特别的优点，它能够在诗歌的长度和质量这两个方面优越于其他类型的文本。但是，劳里·航柯对印度史诗的研究表明，歌手演唱文本更胜一筹，而且，口头演述可以产生长篇的、具有很高质量的史诗。这无疑也打破了普洛普（V. J. Propp）曾经做过的断言，即长篇史诗并非以口传形式出现的断言。但是，问题并不就此而完结。在更广泛的意义上，这一问题作为一个过程，从歌手的大脑文本就已经开始了，它涉及史诗的创编、口头演述，一直到搜集、整理、归档、誊录、迻译和出版，这些正是当下的民俗学的热点问题。②

世界各民族因为文明史的渊源不同而形成不同的社会、历史和文化传统，所以表现在语言艺术层面上的史诗，它们在类型上是不可能千篇一律

① Brenda E. F. Beck, *The Three Twins. The Telling of a South Indian Folk Epic*. Bloomington: Indiana University Press. 1982, p. 196.

② Lauri Honko, *Textualising the Siri Epic*, Folklore Fellow Communications, No. 264. Helsinki: Suomalainen Tiedeakatemia. 1998, pp. 18－19.

的。若从类型学的意义上来看待世界各个民族历史发展中创造的史诗，我们会发现异常丰富的史诗传统和异常丰富的史诗类型，它们在文体、主题、语篇结构、仪式语境和传播方式上有着类型上的可比性或者不可比性。若将荷马史诗与印度史诗相互比较，会出现许多问题，希腊史诗与英雄有关的主题，它们不同于印度史诗中与神有关的主题；而与神相关联的一些主题，又是南斯拉夫史诗所缺少的。荷马史诗关于奥林匹斯山上的诸多神祇的观念已经超越了地方性的神祇膜拜的局限，成为城邦的、泛希腊的神的观念。希腊史诗经过了泛希腊化而趋于一个统一的史诗传统，经过文本化的过程而最终定型。而印度的两大史诗形成时代为公元前400年和公元后400年，成文以后仍然在民间口头传播，而且与地方性的仪式相互关联，与地方性的人们共同体的文化认同和实际生活紧密相关。① 世界上已知的史诗传统大致可以分为三种形态：口传的、半口传的（或曰半书面的、以传统为导向的）和书面的（文人的，其形式并不受传统的约束）。与上述情形相互对应，民俗学关于文本的概念经历了三个阶段。芬兰的历史—地理方法倾向于文本研究。第二阶段以美国人类学家鲍亚士、萨皮尔和英国的马林诺斯基为代表，将文化对象化为文本。第三阶段，表演被提到中心的位置，这包括口头程式理论，民族志诗学、言语民族志。

三 史诗研究在中国

最早将西方史诗介绍到中国的是外国传教士。19世纪后期随着第二次鸦片战争之后列强侵略权益的扩大，外国传教士取得了在内地自由传教的特权。他们在自己所创办的报刊如《六合丛谈》、《万国公报》和《中西闻见录》上，陆续介绍了古希腊史诗。在这一时期的汉文译述里，人们多用“诗史”一词指称古希腊荷马的两部英雄诗歌。应该说，传教士们对于荷马史诗的产生时代、作者、内容及其在文学史上的地位等主要方面，都做了比较准确的介绍。②

① Gregory Nagy, *Greek Mythology and Poetics*, Cornell University Press, 1990, p. 9.

② 艾约瑟：《和马传》，载《六合丛谈》第十二号，江苏墨海书馆1857年印行。

在中国，“epic”一词的汉文对应词分别有“叙史事诗”、“诗史”、“史诗”、“故事诗”等。早期的中国现代启蒙主义者，在接受西方的史诗观念时，主要还是取例西方，同时又赋予了很强的历史观念和意识形态色彩。清末民初以来，在与东西方列强的对抗过程中，中华民族作为“国族”（nation state）的观念在一部分知识分子当中开始蔓延，浪漫主义式的民族主义日益高涨。一些资产阶级改良派和革命派作家希望通过神话来重建民族的历史，对照域外史诗传统，试图重新唤起中国古代的“诗史”精神，寻求一种能够提升和强化民族精神和现代民族国家认同的“宏大叙事”。当然，单从学术角度来看，这些20世纪之初的中国知识人对于史诗的认识不免还有许多历史局限。他们对外来史诗传统中的宗教神圣性和口头叙事特点缺少深刻的理解，他们主要是基于中国的传统国学的话语来理解史诗这一文类，带有强烈的民族主义的意识形态色彩。

早期的知识分子谈到史诗，往往“取例”西方，与中国古代经典相比附，没有摆脱文人文学的窠臼。早在1903年梁启超就发现“泰西诗家之诗，一诗动辄数万言”，而“中国之诗，最长者如《孔雀东南飞》、《北征》、《南山》之类，罕过二三千言外者”。① 梁启超在《饮冰室诗话》中，盛赞黄遵宪《锡兰岛卧佛》诗具有西方史诗的特点，以有限的文字叙写深广的历史内涵，既具“诗情”，更兼“史性”，足堪“诗史”之称。② 王国维也慨叹中国没有荷马这样“足以代表全国民之精神”的大作家。③ 王国维说中国“叙事的文学（谓叙史事诗、诗史、戏曲等，非谓散文也），尚在幼稚之时代”。④ 胡适和陈寅恪对于史诗的阐述，已经透彻地揭示了史诗作为文类的一些根本特点。胡适在《白话文学史》里指出：“故事诗（Epic）在中国起来的很迟，这是世界文学史上一个很少的现象……我想，也许是中国古代民族的文学确是仅有风谣与祀神歌，而没有长篇的故事诗……纯粹故事诗的产生不在于文人阶级而在于爱听故事又爱说故事的民间。”⑤ 陈寅恪在论及中国的弹词时，把它与印度和希腊史诗

---

① 梁启超：《小说丛话》，载《新小说》（第7号），1903年。

② 梁启超：《饮冰室诗话·八》，周岚、常弘编，时代文艺出版社1998年版。

③ 王国维：《静庵文集·教育偶感》，辽宁教育出版社1997年版，第125页。

④ 王国维：《静庵文集·文学小言》，辽宁教育出版社1997年版，第169页。

⑤ 胡适：《白话文学史》，东方出版社1996年版，第53—55页。

做比较，他指出："世人往往震矜于天竺希腊及西洋史诗之名，而不知吾国亦有此体。外国史诗中宗教哲学之思想，其精深博大，虽远胜于吾国弹词之所言，然止就文体而论，实未有差异。"[①] 陈寅恪对于弹词的文类界定，自有其精审之处，也反映出他对史诗的理解是十分到位的。在史诗的宏大叙事之外，指出这一文类的庄严性和神圣性。任乃强在20世纪40年代研究过《格萨尔》，指称它是一部"诗史"、"历史小说"、"如汉之宝卷"、"弘扬佛法之理想小说"等。[②] 他基本上认识到史诗的历史性内容、宗教认同意识和诗性的叙事特点。但是，尽管他给《格萨尔》贴了许多标签，每一个标签也只能反映出史诗的某一特点。

19世纪以来，欧洲学者根据史诗反映的历史内容界定史诗类型，提出"原始"、"创世"、"英雄"、"民间"、"民族"、"神话"等史诗类型概念。当我们从文学史和文艺学史来看待史诗时，关于史诗的观念大致上属于文学类型的描述或归纳。在西方古典文学里，文学类型的划分主要是依据主题，以及形式上的诸多要素如方言、词汇和韵律，每一种文学类型都有其严格的惯例所规定。[③] 就史诗而言，在西方文学三分法中，史诗是叙事类文学，与抒情诗和戏剧并列。史诗又属于一种很复杂的文类。绝大多数史诗包含其他许多的文类，如谚语、赞词、祈祷辞、咒语、挽歌、仪式描述等。这些文类在口头传统之中都各自独立存在着。融合多文类的传统，这是口传史诗的特点。史诗作为一种文类，是长期发展和演变的结果，各种史诗传统的发展过程是很不相同的。史诗在形成和发展过程中吸收了神话、传说、故事等其他民间叙事文学的营养，甚至还借鉴了抒情色彩浓重的民歌等体裁的成就，锤炼形成了自己独特题材内容、艺术思维方式以及诗学等方面的体系。史诗虽然在一定程度上具备有机综合的特点，但却不能用其中任何一个体裁标准，也不能用所有这些体裁的特点拼凑出来的标准去衡量它。应该说，史诗消化了各种民间口头表达形式，对于这些形式的运用是以史诗为导向的。换一种说法，从文学类型的角度历时地

---

① 陈寅恪：《陈寅恪先生文史论集·论再生缘》（上卷），香港文文出版社1972年版，第365—367页。

② 任乃强：《关于〈蛮三国〉》，载《康导月刊》1947年第6卷第9、10期。

③ *The Concise Oxford Companion to Classical Literature* , edited by M·C·Howatson and Ian Chilvers , Oxford University Přess, 1993, p. 237.

看，史诗代表了在一个特定口头传统中得到充分发展的、在较高阶段上达到的语言艺术成就。

中国的史诗研究自20世纪80年代开始重新起步，绝大多数的著作是从马克思主义的历史唯物主义的社会发展理论出发，结合民族学有关原始社会、奴隶社会和封建社会的历史分期作为参照，根据文学是社会生活的反映这样的观念，探讨创世史诗、英雄史诗的产生时代，进而说明具体史诗作品的历史源流。民间文学研究者根据以往的专业知识，认为史诗是在神话、传说、故事、歌谣、谚语的基础上发展起来的。[①] 中国学者根据马克思主义文艺学的基本原理，认为史诗是一个历史范畴的文学现象，主要从史诗所反映的社会历史内容来界定史诗的性质和特点，即它产生于民族形成的童年期，是各民族人民的百科全书，认识到由于史诗表达民族或宗教认同内容而形成的庄严性。钟敬文认为："史诗，是民间叙事体长诗中一种规模比较宏大的古老作品。它用诗的语言，记叙各民族有关天地形成、人类起源的传说，以及关于民族迁徙、民族战争和民族英雄的光辉业绩等重大事件，所以，它是伴随着民族的历史一起生长的。从某种意义上来说，一部民族史诗，往往就是该民族在特定时期的一部形象化的历史。"[②]

我国文艺界对于史诗的认识，基本上是根据马克思对希腊古典史诗的论述为依据的。归入荷马名下的两部史诗其产生年代相当于中国的《诗经》时代。荷马史诗的古典形式具有初民的口传文化的原创特点，它是诗性智慧的创造物，它是不可再生的。人们反复引用马克思的下面的话，"就某些艺术形式，例如史诗来说，甚至谁都承认：当艺术生产一旦作为艺术生产出现，它们就再不能以那种在世界史上划时代的、古典的形式创造出来，因此，在艺术本身的领域内，某些有重大意义的艺术形式只有在艺术发展的不发达阶段上才是可能的"。[③] 在相当一段历史时期内，对于中国学者来说，严格意义上的史诗，是古典形式的英雄史诗。又因为史诗

---

① 潜明滋：《史诗探幽》，中国民间文艺出版社1986年版。

② 钟敬文：《格萨尔学集成·史诗论略》（第一卷，赵秉理编），甘肃民族出版社1990年版，第581—586页。

③ 马克思：《〈政治经济学批判〉导言》，载《马克思恩格斯选集》（第二卷），人民出版社1983年版。

只能产生于人类历史的童年时代，进而把后来阶级社会产生的一些歌颂英雄的叙事长诗排除在史诗之外。

中国史诗学界对史诗的起源、形成和发展做了大量研究，但是，其中最大的收获也只剩下一些笼统的结论——史诗产生于人类的童年时代，或者是英雄时代。谈起史诗的时候，我们比较熟悉的是从黑格尔到马克思、恩格斯对史诗的论述，他们是从哲学和美学的高度，从人类的社会历史发展的角度来认识史诗的。在他们看来，史诗是民族精神的结晶，是人类在特定时代创造的高不可及的艺术范本，是特定历史时代的产物。这些论述是从文艺学的外部特征出发的。原始社会的解体为产生英雄史诗的恢宏背景创造了一个良好的历史基础。关于部落战争、民族迁徙和杰出军事首领的传说为英雄史诗的形成做了一定的资料准备。应该说，英雄史诗是一定历史时代的人们生活的全景反映。每一部史诗都是具体历史的和具体民族的。不能用一个笼统的历史时代的抽象的模式去解剖特定的史诗，也不能用一般的人类社会的尺子去剪裁史诗丰富的民族文化内涵。史诗与历史有特殊关联性，但是即使史诗的历史印记十分鲜明，它也不是编年史式的实录，甚至也不是具体历史事件的艺术再现。史诗对历史有着特殊的概括方式，体现了史诗的创造者对历史和现实的理解和表现特点。[①]

史诗产生于人类的童年时代，它和古代的神话、传说有着天然的联系。史诗在神话世界观的基础上产生，而它的发展最终又是对神话思想的一种否定。根据所反映的内容，史诗可分为两大类。创世史诗和英雄史诗。创世史诗，也有人称作是“原始性”史诗或神话史诗。在我国纳西族、瑶族、白族流传的各种不同的《创世记》，彝族的《梅葛》、《阿细人的歌》，还有《苗族古歌》等，都属于这一类型的史诗。这些作品内容基本相同，主要叙述了古代人所设想和追忆的天地日月的形成，人类的产生，家畜和各种农作物的来源以及早期社会人们的生活。英雄史诗是以民族英雄斗争故事为主要题材的史诗。它产生于恩格斯所说的“军事民主制”和“英雄时代”，这时候，氏族、部落的力量壮大起来，足以形成与自然和异族敌人的对抗。我国少数民族的三大史诗被列入英雄史诗的范围。

---

① 刘魁立：《刘魁立民间文学论集》，上海文艺出版社 1998 年版，第 120—124 页。

中国北方和南方的少数民族有着悠久的史诗传统。但是，中国缺少早期以文字记录的书面文本，史诗基本上是以口头形式流传于我国边远的少数民族的民众之中。因此，口头流传的活形态是中国史诗的一大特征。其次，由于各民族历史发展的不平衡性，各民族的史诗表现出多元、多层次的文化史的内容，早期史诗与创世神话和原始信仰关系紧密，关于民族复仇、部落征战和民族迁徙的史诗又与世俗化的英雄崇拜联系起来，表现出英雄诗歌的特点。有些民族在进入现代社会以后，仍然有新的史诗不断产生。第三，我国各民族史诗的类型多种多样，北方民族如蒙、藏、维、哈、柯等，以长篇英雄史诗见长，南方傣族、彝族、苗族、壮族等民族的史诗多为中小型的古歌。关于这些史诗的源流、各种传播形态、文本类型，它们的艺术特点、文化根基、对后世文学的影响等，都有学者在研究。中国大多数史诗是在20世纪50年代后才被陆续发现的；而史诗的搜集、记录、翻译、整理、出版，还是近30年的事情。我国史诗研究起步更晚一些，较为系统的研究开始于20世纪80年代中期。中国学术界把史诗认定为民间文艺样式，这还是1949年以后的事情。这主要是受到马克思主义美学和文艺学观念的影响的结果。20世纪80年代后，学术界开始把史诗作为民俗学的一种样式来研究，其中受人类学派的影响最大。进入20世纪90年代中期以后，学者们开始树立“活形态”的史诗观，认为中国少数民族史诗属于口头传统的范畴。

结 语

从现代学术史的角度来看，近200年来民俗学的发展推动了史诗研究，民族学、人类学、语言学等众多现代学科的建立，也为史诗的发现、发掘和研究不断开辟了新的道路。近半个世纪以来，人们在当代世界的形形色色的社会中又发现了大量的活形态的口传史诗，正所谓言史诗不必称希腊和罗马。中国现代学术史上对国外史诗的介绍和研究已经有百年的历史，但是，我国学术界对少数民族史诗的研究只有半个多世纪的历史，对于史诗的学理探讨至今还相当薄弱。近20年来，尤其是进入21世纪以后，随着发展中国家进入快速的现代化建设，一些有识之士感到传统文化的脆弱性和它的珍贵价值。口传史诗作为特定族群或集团的文化表达样式，和其他民间文化样式一样，被纳入传统文化的抢救与保护范围，引起越来越多的关注。

原载《中央民族大学学报（哲学社会科学版）》2008 年第 1 期。

从荷马到冉皮勒：反思国际史诗学术的范式转换

朝戈金

啊，愿阿波罗保佑你们所有的人！因此，
可爱的姑娘们，再见了——告诉我，其实我并未走出
你们的心房；倘若有朝一日，
我们人世间其他的漫游者
踏上这个岛屿，询问你们这些姑娘：
所有的流浪歌手中，谁的歌声最甜蜜？
那时你们就会想起我，并且微笑作答：
“一位来自岩石嶙峋的开俄斯岛的盲目老人。”①

——《荷马诗颂·阿波罗颂》（*Homeric Hymn to Apollo*）

史诗学术研究的历史，大抵可以追溯到古希腊的亚里士多德。他关于“荷马史诗”的议论，是我们历时地考察国际史诗学术的最佳“起点”。原因至少有三：第一，“荷马问题”（Homeric Question）可以说是贯穿19世纪的古典学论战的焦点，直接影响了20世纪史诗学术的格局和走向。第二，荷马研究上承亚历山大时期（公元前3世纪）以来的古典语文学传统，下启20世纪以“口头程式理论”为核心的史诗理论。这上下两千多年间还经历过中世纪、文艺复兴、新古典主义、浪漫主义、历史主义、

① 译文引自修昔底德《伯罗奔尼撒战争史》，徐松岩、黄贤全译，广西师范大学出版社2004年版，第190—191页。“开俄斯岛”即“基俄斯岛”的另一译法。

塞农（Xenon）和海勒尼科斯（Hellenicus）就指出《伊利亚特》和《奥德赛》存在差异和内在不一致问题，从而认为《奥德赛》不是荷马所作。[①] 就连系统论述过史诗特性的古希腊文论家亚里士多德（生于公元前384年），和断定荷马是口头诗人的犹太牧师弗拉维斯·约瑟夫斯（Flavius Josephus，生于公元37/38年），也都没能给我们提供多少信息，虽然二人谈论过荷马，且生活时代距离“荷马”较近。

18世纪的荷马研究主要围绕着所谓的“荷马问题”而延伸，其发展开启并影响了19世纪乃至20世纪的史诗学术。从本质上讲，“荷马问题”主要是对荷马史诗的作者身份（一位或多位诗人）的探寻，连带涉及荷马和他的两部史诗之间的其他关联性问题。类似的“追问”或“质疑”也跟随着荷马史诗的传播，从希腊扩布到整个西方世界。从“荷马问题”到“荷马诸问题”，[②] 这种“追问”的线索凝结了国际史诗的学术走向，也映射出这一领域最为重要的学术开拓。

18世纪的浪漫主义运动不仅关注通俗流行的短叙事诗和民间故事，还逐步形成了这样一种看法，就是认为荷马史诗在被写定之前一定经历过口头传播阶段，而且这个阶段很可能比“荷马”时代要晚许多。意大利启蒙主义哲学家维柯（Giovanni Battista Vico）就坚决主张，与其说史诗是个别天才诗人的作品，毋宁说是一切诗性民族的文化成果。英国考古学者伍德（Robert Wood）发表于1769年的《论荷马的原创性天才》（*An Essay on the Original Genius of Homer*）更径直提出荷马目不识丁，史诗一直是口耳相传的。1795年，德国学者沃尔夫（Friedrich August Wolf）刊印了一篇论文《荷马引论》（*Prolegomena ad Homerum*），随即成为一根长长的导火索，不仅引发了19世纪发生在“分辨派”（Analysts）和“统一派”（Unitarians）之间的论战，同时也成为20世纪“口头程式理论”学派崛起的一个重要远因。

“分辨派”和“统一派”这两个彼此对立的阵营，通俗一点讲，就是

① ［英］吉尔博特·默雷（Gillbert Murray）：《古希腊文学史》第二章，孙席珍、蒋炳贤、郭智石译，上海译文出版社1988年版，第11页及该页的注释①。

② 参见［匈］格雷戈里·纳吉（Gregory Nagy）《荷马诸问题》，巴莫曲布嫫译，广西师范大学出版社2008年版。该著的导论对单数的“荷马问题”和复数的“荷马诸问题”有专门的阐释。

"荷马多人说"和"荷马一人说"两派。以沃尔夫为代表的学者认为，荷马史诗出自多人之手。其主要依据是，荷马史诗里存在的前后矛盾之处，很难认为是发生在由一个人构思完成的作品中；荷马史诗中使用的方言分别属于古希腊的几个方言区；荷马语言现象所显示的时间跨度，远超过一个人的生命周期，等等。① 因他们对荷马史诗的内容和结构进行了分解(analysis)，故被称为"分辨派"（又译作"分解派"）。在"荷马多人说"阵营中，还有赫尔曼（Johann Gottfried Jakob Hermann）提出的"核心说"②（kernel theory）和拉赫曼（Karl Lachmann）提出的"短歌说"(Liedertheorie，或叫作"歌的理论")③ 作为声援。"统一派"的前身是尼奇（Gregor Wilhelm Nitzsch）提出的"荷马一人说"（a single poet Homer)，后来的代表人物是美国学者司各脱（John A · Scott）等人。他们力主荷马史诗是某位天才独自完成的一部完整作品，有统一的结构和中心化的戏剧冲突观念（比如说阿基琉斯的"愤怒"）。由于他们始终捍卫荷马史诗的完整性与统一性，坚持荷马史诗的"原创性"，因而被称为"统一派"（又译作"整一派"）。此派人数上不多，学术上也不够严密，其学说更多地建立在主观臆断之上。

正是两派之间的口诛笔伐，构成了几近纵贯整个19世纪的"荷马问题"的主要内容。"分辨派"和"统一派"都试图对"荷马问题"做出解答，只不过学术立场不同（实则为语文学立场与文学立场之抵牾)，所持方法各异，追问路径分歧，观点也就相左。当然，还有一些介乎两端之间的取态，认为荷马史诗不是诗人荷马独自完成

---

① "荷马多人说"的论据在这里得到很好的概括："至于希腊许多城市都争着要荷马当公民的光荣，这是由于几乎所有这些城市都看到荷马史诗中某些词，词组乃至一些零星土语俗话都是他们那个地方的。""关于年代这一点，意见既多而又纷纭，分歧竟达到460年之长，极端的估计最早到和特洛伊战争同时，最迟到和弩玛（罗马第二代国王——中译注）同时。"（维柯：《新科学》，朱光潜译，人民文学出版社1997年版，第416、439页。）

② 核心说：赫尔曼等人认为最早的荷马史诗只不过是《伊利亚特》和《奥德赛》的核心部分，后来在此基础上不断添加、修订、删改，最终才形成今天我们见到的荷马史诗。比如说，"阿基琉斯纪"是《伊利亚特》的核心部分；"奥德修斯纪"是《奥德赛》的核心。"忒勒马科斯之歌"和"尼基亚"则是他人所作。

③ 短歌说：拉赫曼认为荷马史诗与德国史诗《尼伯龙根之歌》一样，是由18首古老的短歌（lays）组成的；其他人则认为《奥德赛》由"忒勒马科亚"（Telemacheia）和"尼基亚"（Nykia，即鬼魂篇）等四五首独立的史诗拼凑而成。

的，但“他”在史诗定型中发挥过相当大的作用。在古典学领域的后期争论中，有分量的著述是威拉摩维支—墨连多尔夫（Ulrich von Wilamowitz—Moellendorff）的《荷马考辨》（*Homerische Untersuchungen*，1884），其精审翔实的考据充分显示了“分辨派”学术的顶级功夫。他以语文学考释的绵密和对史诗的历史、传播和语体风格变化的出色把握，对《奥德赛》进行了精细透彻的剖析，加之他较为开放的学术视野，在不经意间搭接起了一座“看不见的桥梁”——在某种程度上缩小了长期横亘在论战双方之间的“沟壑”。随着时间的推移，尤其是统一派学者艾伦（Thomas W. Allen）的《荷马：起源与传播》（*Homer: the Origins and the Transmission*，1924）出版，促使同阵营中的其他学者也开始正视并部分地接受分辨派学者的某些观点。两派学者逐步调整自己的立场并吸纳对方的意见，一步步走向了学术上的某种建设性的趋同，随后便形成了“新分辨派”（Neoanalysts）和“新统一派”（Neounitarians）。于是，长期困扰荷马研究界的“针锋相对”走向缓和。不过，古典学界多持此见解：“分辨派这一学派以复杂而多相的形态在继续发展，而统一派实质上已成为历史的陈迹。这一微妙的演进走势，在某种程度上而言，是由于口头理论的出阵褫夺了统一派的立足之地，另外，也还由于分辨派和新分辨派又几乎没有注意到口头理论。”①

荷马与荷马史诗一直被看作是西方文学的滥觞，其人和其作就成了相互依存的文学史上最重要的两个问题。但是，倘若将时空场景置换到今天任何一个活形态的口头史诗传统中，我们就很难去锁定这样的关联，你在民间常常会听到人们这样说：“这里的每一个人都是诗人，因为人人都会歌唱。”在古希腊的传统中，我们也可以看到这种歌者（aoidós）和诗人（poiētēs，其初始语义为“诗歌制作者”）两个概念的连接。希腊史诗专家陈中梅对这两个希腊词做出的语义分析是：荷马不仅称诗人为 aoidós（意为“诵者”、“歌手”、“游吟诗人”，该词后来渐被 rhapsōidoi 即叙事诗的编制者、史诗吟诵人所取代）；还把歌者或诗人

① 参见［美］约翰·迈尔斯·弗里（John Miles Foley）《口头诗学：帕里—洛德理论》，朝戈金译，社会科学文献出版社 2000 年版，第 11—12 页。

归入 dēmioergoi 之列，即为民众服务的人。[①] 在荷马史诗中，具体提到过的歌者主要有两位：菲弥俄斯和德摩道科斯。Phēmios（菲弥俄斯）[②] 一词的本义有可能是“司卜之言”或“预言”；Dēmodokos（德摩道科斯）[③] 则是“受到民众尊敬的人”。也就是说，歌者或诗人（aoidós）是凭借自己的技艺为民众（dēmos）服务的人。哈佛大学的古典学者格雷戈里·纳吉（Gregory Nagy）更是以他素有专攻的语文学功力，阐发了古希腊关于歌者、关于歌诗制作、关于荷马之名的词源学涵义，同时也令人信服地重构了荷马背后的演述传统、文本形成及其演进过程等诸多环节的可能形态。[④] 其间他广征博引的若干比较研究案例都深涉歌与歌手、诗与诗人的内部关联，也为我们遥想文本背后的古希腊歌手或诗人提供了一个支点。当我们的遐思从远古回到现实，从奥林波斯回到喜马拉雅或天山，便会发现菲弥俄斯或德摩道科斯离我们并不遥远：桑珠、朱乃、居素普·玛玛依……等等中国当代的杰出歌手或曰口头诗人，也都堪称我们时代的“荷马”！

总之，从“荷马问题”到“荷马诸问题”的研究构成了特定的荷马学术史（Homeric scholarship），这一研究主题既是古典学（Classics）作为一个学科的组成部分，又是传统人文学术最古老的话题之一。从“谁是荷马”到“谁杀死了荷马”的追问，也为我们大致地勾勒出了国际史诗学术发展的脉络。换言之，正是在这种“追问”的背后，始终贯穿着一种质疑和探求的取向，引导着史诗学术的格局和走向。从作者

---

① 陈中梅对 aoidós 一词做出了语义分析：至少从公元前 5 世纪起，人们已开始用派生自动词 poiein（制作）的 poiētēs（复数 poiētai）指诗人（比较 poiēsis，poiētikē）。比较 poiein muthon（做诗、编故事，参见柏拉图《斐多篇》61b）。与此同时，melopoios（复数 melopoioi）亦被用于指“歌的制作者”，即“抒情诗人”。在亚里士多德的《诗学》里，poiētēs 是“诗人”（即诗的制作者）的规范用语。在公元前 5 至公元前 4 世纪的古希腊人看来，诗人首先是一名“制作者”，所以他们用 tragōidopoioi 和 kōmōidopoioi 分指悲剧和喜剧诗人（即悲剧和喜剧的制作者）。详见陈中梅《伊利亚特·译序》，译林出版社 2000 年版，第 15—41 页。

② 菲弥俄斯（Phēmios）：忒耳皮阿斯之子，《奥德赛》中出现的一位歌者，为求婚者歌唱，1. 154；奥德修斯对其开恩不杀，22. 330—331，371—377。

③ 德摩道科斯（Dēmodokos）：法伊阿基亚人中的盲歌手。《伊利亚特》8. 44，《奥德赛》8. 63—64。

④ 参见［匈］格雷戈里·纳吉（Gregory Nagy）《荷马诸问题》，巴莫曲布嫫译，广西师范大学出版社 2008 年版，第三章。

身份到文本校勘，从跨语际迻译到多学科研究，一代代学者义无反顾地投身其间，以急速增长的学术成果和永不衰竭的探求精神回应着“荷马”从遥远的过去发出的挑战——为什么人们需要叙事，为什么需要同类的叙事，为什么总是需要叙事？只要史诗还存在，有关荷马的“追问”就不会停止，因为这一系列的问号会一直激发人们去索解人类口头艺术的精髓和表达文化的根柢。

时间转眼到了20世纪30年代，一位深爱荷马史诗的青年米尔曼·帕里（Milman Parry，1902—1935）也投身于这一“追问”者的行列，为古典学乃至整个传统人文学术领域带来了前所未有的“声音”……

第二节　阿夫多:从歌手立场到口头诗学建构

帕里对荷马问题的索解，引发了古典学领域的一场风暴。他与他的学生和合作者艾伯特·洛德（Albert B. Lord，1912—1991），共同开创了“帕里—洛德学说”，也叫“口头程式理论”（Oral Formulaic Theory）。这一学派的创立，有三个前提条件和三个根据地。三个前提是语文学（philology）、人类学和“荷马问题”（古典学）；三个根据地是古希腊、古英语和南斯拉夫。19世纪的语文学，特别是德国语文学的成就，以及西方人类学的方法，特别是拉德洛夫（F. W. Radloff）和穆尔库（Matija Murko）的田野调查成果，开启了帕里的思路。通过对荷马文本作精密的语文学分析，从“特性形容词的程式”问题入手，帕里认为，分辨派和统一派都没有触及问题的实质。荷马史诗是传统性的，而且也“必定”是口头的。为了求证学术推断的可靠程度，帕里和洛德从20世纪30年代开始，在南斯拉夫的许多地区进行了大量的田野调查。通过“现场实验”（in-site testing），他们证实了拉德洛夫的说法，即在有一定长度的民间叙事演唱中，没有两次表演会是完全相同的。[①] 通过对同一地区不同歌手

① “每一位有本事的歌手往往依当时情形即席创作他的歌，所以他不会用丝毫不差的相同方式将同一首歌演唱两次。歌手们并不认为这种即兴创作在实际上是新的创造”。见 Vasilii V. Radlov, Proben der Volkslitteratur der nordlichen turkischen Stamme, vol. 5: Der Dialect der Kara-kirgisen. St. Petersburg: Commissionare der Kaiserlichen Akademie der Wissenschaften. 1885。

所唱同一个故事记录文本的比较，和同一位歌手在不同时候演唱同一部故事的记录文本的比较，他们确信，这些民间歌手们每次演唱的，都是一首“新”的故事。这些“歌”既是一首与其他歌有联系的“一般的”歌（a song），又是一首“特定的”歌（the song）。口头史诗传统中的诗人，是以程式（formula）的方式从事史诗的学习、创编和传播的。这就连带着解决了一系列口传史诗中的重要问题，包括得出史诗歌手决不是逐字逐句背诵并演述史诗作品，而是依靠程式化的主题、程式化的典型场景和程式化的故事范型来结构作品的结论。通俗地说就是，歌手就像摆弄纸牌一样来组合和装配那些承袭自传统的“部件”。因此，堪称巨制的荷马史诗就是传统的产物，而不可能是个别天才诗人灵感的产物，等等。

在帕里和洛德所遇到的歌手中，阿夫多·梅迭多维奇（Avdo Medjedović）是最为杰出的一位，他有很高的表演技巧和水平，被称做“当代的荷马”。洛德写过专文介绍他的成就。[①] 根据洛德所说，在1935年时，没有受过学校教育的阿夫多，在记忆中贮存了大约58首史诗，其中经他口述而被记录的一首歌共有12323诗行（《斯麦拉基齐·梅霍的婚礼》，*The Wedding of Smailagic Meho*，见“英雄歌”卷3—4）；他演唱的另一首歌则达13331诗行（即《奥斯曼别格·迭里别果维奇与帕维切维齐·卢卡》，*Osmanbeg Delibegovic and Pavicevic Luka*，见“英雄歌”卷4）。换句话说，这两首歌各自的篇幅都与《奥德赛》的长度相仿佛。在以例证阐述了这位歌手的修饰技巧和倒叙技巧之后，洛德又详细叙述了帕里的一次实验：让这位杰出的歌手阿夫多出席另一位歌手的演唱，而其间所唱的歌是阿夫多从未听到过的。“当演唱完毕，帕里转向阿夫多，问他是否能立即唱出这同一首歌，或许甚至比刚才演唱的歌手姆敏（Mumin）唱得还要好。姆敏友好地接受了这个比试，这样便轮到他坐下来听唱了。阿夫多当真就对着他的同行姆敏演唱起刚学来的歌了。最后，这个故事的学唱版本，也就是阿夫多的首次演唱版本，达到了6313诗行，竟然几近‘原作’

---

① “Avdo Medjedovic, Guslar.” *Journal of American Folklore*, 69: 320–330.

长度的三倍。”[1] 洛德在十几年后进行的再次调查中，又记录下了阿夫多的一些史诗，包括那首《斯麦拉基齐·梅霍的婚礼》。虽然当时身在病中，这位演唱大师还是在大约一周之内演唱了多达14000诗行的作品。帕里和洛德的田野作业助手尼考拉·武依诺维奇（Nikola Vujnovic）曾恰如其分地赞誉这位堪称荷马的歌手说：“在阿夫多谢世之后，再也没有人能像他那样演唱了。”[2]

帕里和洛德在南斯拉夫搜集到的“英雄歌”，总共有大约1500小时。现收藏于哈佛大学威德纳图书馆的“帕里口头文学特藏”（The Parry Collection of Oral Literature）。以阿夫多为代表的南斯拉夫歌手们的诗歌，成为“口头程式理论”获得发展的重要支点。洛德多年来的史诗研究工作，大量使用了这里的材料。

洛德在1956年完成的论文《塞尔维亚—克罗地亚英雄史诗中语音范型的功用》（*The Role of Sound Patterns in Serbo - Croatian Epic*）切中了口头传统最基本的一个层面。他指出，不仅是句法的平行式，[3]而且还有头韵[4]和元音押韵范型，[5] 都在诗人运用程式、调遣程式的过程中起到了引导作用。这些声音音丛（sound clusters），以音位的冗余或重复来标志一簇或一组的集合，它看上去是由一个“关键词”来组织的。这个关键词“就是，正如它本来就是，意义和声音之间的桥梁”。在对萨利·乌格理亚宁（Salih Ugljanin）的《巴格达之歌》

---

① 关于这两次表演的比较分析，参见艾伯特·洛德（Albert B. Lord）：《故事的歌手》，尹虎彬译，中华书局2004年版，第四章、第五章。

② ［美］约翰·迈尔斯·弗里（John Miles Foley）：《口头诗学：帕里—洛德理论》，朝戈金译，社会科学文献出版社2000年版，第95页。

③ Parallelism，平行式，在一般文学批评中，也有汉译作“对应”的，指句子成分、句子、段落以及文章中较大单元的一种结构安排。平行式要求用相等的措辞、相等的结构来安排同等重要的各部分，并要求平行地陈述同一层次的诸观念。

④ Alliteration，一译“头韵法”，是指在一系列连续的或紧密相关的词或音节中重复使用第一个相同的辅音或元音。

⑤ Assonance pattern，这种元音押韵是无需与音节对应的元音重复。例如在某给定的诗行里，元音a可以不合韵律地出现在两三个词里，从而使该诗行成为一个单元。这些元音不构成完整韵律，但起到支撑该诗行的作用。从另一个角度说，南斯拉夫歌手往往在“小词”的基础上生成“大词”。一旦整个诗行被运用这种元音押韵或另一种声学技巧而比较紧密地联系为一个整体时，那它就会发挥独立单元的作用，并会固定下来。

(*The Song of Bagdad*，见《塞尔维亚—克罗地亚英雄歌》卷1—2)进行详尽阐述的一段文字里，洛德专门谈论了语音范型的构成问题，勾勒出语音范型是怎样与通过程式来加以传达的基本意义交相连接的；而且，语音的作用非但不会与程式发生颉颃，而且有助于歌手运用传统的方法，在其完成创作布局的过程中增加另一个维度（听觉方面）。这篇相当短的文章，由此在两个方面显示出其重大意义：一是对以后的理论产生了深远的影响，二是将关注的焦点定位到了传统叙事歌的口头/听觉的本质上。①

三年以后，洛德刊行了他的文章《口头创作的诗学》(*The Poetics of Oral Creation*，1959)，再一次探究了口头史诗创作中的语音范型及其功能作用。在论及程式、主题、声音序列和句法平衡之后，他还论述了神话在史诗中的持久延续力。那些传世古远的神话，通过歌手的艺术保持着勃勃生机；而口头史诗的创作也从其持久恒长的影响力中获益匪浅。这一考察颇具代表性地传达了洛德的观念，即口头史诗传统在本质上是历时性的，只要对于传播这一传统的人们而言，保存它依然有着重要意义，它就会作为一个演进的过程持续发展下去。

口头程式理论有着巨大的影响力，据数年前的不完全统计，使用该理论的相关成果已经有2207种，涉及全球超过150种不同的语言和文化传统，涵盖不同的文类和样式分析。它的概念工具，从“歌”发展到“文本”，再到“演述”，逐层深化；它的术语系统——程式、典型场景和故事范型，迄今已经成为民俗学领域最具有阐释力的学说之一；就理论命题而言，对荷马史诗是“口述录记本”的推定，对“演述中的创编”的深刻把握，对古典学和民俗学领域的演述和文本分析，带来了新的学理性思考；在技术路线上，该学派强调文本与传统的关联，强调歌手个体与歌手群体的关系，强调田野观察与跨文类并置，特别是类比研究等等，都使得该理论历久弥新，薪火相传。

---

① 艾伯特·洛德（Albert B. Lord）：《故事的歌手》，尹虎彬译，中华书局2004年版，第三章。

由此，南斯拉夫的口头传统研究就有了学术史上的非凡意义。从1960年“口头程式理论”的“圣经”《故事的歌手》（*The Singer of Tales*）面世以来，随后出现的“民族志诗学”（Ethnopoetics）① 和“演述理论”（Performance Theory）② 学派的勃兴，也与之有或隐或显的关联。口头诗学在近年的深化，集中体现在两位学者的理论贡献上，一个是口头程式理论当今的旗手约翰·迈尔斯·弗里（John Miles Foley）有关“演述场”（performance arena）、“传统性指涉”（traditional referentiality）和歌手的“大词”（large word）的理论总结；一个是承袭帕里古典学脉络，堪称继洛德之后哈佛大学口头诗学研究第五代学者中翘楚的纳吉对荷马史诗传统及其文本化过程的精细演证，例如其“交互指涉”（cross - reference）的概念、“创编—演述—流布”（composition - performance - diffusion）的三位一体命题及其间的历时性与共时性视野融合，以及“荷马的五个时代”（the five ages of Homer）的演进模型，都在推进史诗学方面

① 民族志诗学：丹尼斯·特德洛克（Dennis Tedlock）和杰诺姆·鲁森伯格（Jerome Rothenberg）联手创办的《黄金时代：民族志诗学》（*Alcheringa*：*Ethnopoetics*）在1970年面世，成为该学派崛起的标志，先后加盟的还有戴维·安亭（David Antin）、斯坦利·戴尔蒙德（Stanley Diamond）、加里·辛德尔（Gary Snyder）和纳撒尼尔·塔恩（Nathaniel Tarn）等人。泰德洛克对祖尼印第安人的口传诗歌作了深入的调查分析，他的民族志诗学理论侧重于“声音的再发现”，从内部复原印第安诗歌的语言传达特征，如停顿、音调、音量控制的交错运用等。作为语言人类学家和讲述民族志的创始人，海默斯的研究代表着民族志诗学在另一方向上的拓展，即“形式的再现”。他在西北海岸的印第安部落进行田野调查，关注的文学特征是土著诗歌结构的多相性要素，如诗行、诗句、诗节、场景、动作、音步等。后来，伊丽莎白·法因（Elizabeth C. Fine）则提出了文本制作模型，等等。通过对文本呈现方式及其操作模型的探究，对口语交际中表达和修辞方面的关注，以及对跨文化传统的审美问题的索解，民族志诗学能够给人们提供一套很有价值的工具去理解表达中的交流，并深化人们对自身所属群体、社区或族群的口头传承的认识和鉴赏。（参见朝戈金、巴莫曲布嫫《民族志诗学》，载《民间文化论坛》2004年第5期；杨利慧：《民族志诗学的理论与实践》，载《北京师范大学学报》（社会科学版）2004年第6期。

② 演述理论：又译做“表演理论”。概括起来说，这一学派有下述特点：与以往关注“作为事象的民俗”的观念和做法不同，演述理论关注的是“作为事件的民俗”；与以往以文本为中心的观念和做法不同，演述理论更注重文本与语境之间的互动；与以往关注传播与传承的观念和做法不同，演述理论更注重即时性和创造性；与以往关注集体性的观念和做法不同，演述理论更关注个人；与以往致力于寻求普遍性的分类体系和功能图式的观念和做法不同，演述理论更注重民族志背景下的情境实践（situated practice）。这一学派的出现，从根本上转变了传统的思维方式和研究角度，它的应用所带来的是对整个民俗学研究规则的重新理解，因此被一些学者称做一场方法论上的革命。（参见杨利慧《表演理论与民间叙事研究》，载《民俗研究》2004年第1期）

作用巨大。

口头诗学得益于对阿夫多们的田野研究，也转而对古典史诗的研究，提供了精彩生动的类比和烛照，并对民俗学的理论建设，发挥着重要的作用。现今的史诗研究，从非洲到南美，从印度到中国，都因之而大有改观。古典学的（主要是“语文学”的）史诗研究视角和方法，渐次被更为综合的、更加贴近对象的剖析手段和技术路线所取代。帕里和洛德的研究开启了一个重要的范式转换，而且日益勃兴。

第三节　伦洛特:从文本类型到传统阐释

埃利亚斯·伦洛特（Elias Lönnrot，1802—1884），芬兰语文学家和口头诗歌传统搜集者，尤其以汇编来自民间的芬兰民族史诗《卡勒瓦拉》著名。他学医出身，后在芬兰中部地区长期行医。其间走访了许多地方，收集民间叙事，并陆续结集出版。这些成果是：《康特勒琴》（*Kantele*，1829—1831）（*kantele* 是芬兰传统弦乐器），以及《卡勒瓦拉》（*Kalevala*，1835—1836，被叫做“老卡勒瓦拉”）。随后出版的有《康特勒琴少女》（*Kanteletar*，1840），《谚语》（*Sananlaskuja*，1842），扩充版的《卡勒瓦拉》（又叫“新卡勒瓦拉”，1849）。还有《芬兰语—瑞典语辞典》（*Finske—Svenskt lexikon*，1866—1880）。

在所有这些工作中，给他带来崇高声誉的，是史诗《卡勒瓦拉》的整理编辑工作。他的具体做法是，把从民间大量搜集到的民间叙事——其中有些成分被认为有上千年历史——例如神话和传说，抒情诗和仪式诗，以及咒语等，都编入《卡勒瓦拉》之中，形成为一个完整的史诗诗篇。《卡勒瓦拉》已经成为世界文学经典之一。世界上主要语言都有译本，仅英语译本在百年之间就有 30 种之多。

伦洛特虽属于“受过教育的阶级”，但是具有浓厚的芬兰民间文化情怀，他对一般民间知识有超乎寻常的兴趣，而且身体力行。根据学者约尼·许沃宁（Jouni Hyvönen）的研究，大约“老卡勒瓦拉”中的 17%—18% 篇幅来自咒语材料。伦洛特毕生对魔法思想及其操演相当关注；他热衷于探讨人类意识和无意识的各个方面，一贯不赞成科学对魔法的漠视态度；他对民间的植物知识和植物应用也有着相当的兴趣。

伦洛特对《卡勒瓦拉》的编纂，很值得总结。例如，在编辑“老卡勒瓦拉”时，他试图创用一套格式，专门用来整理民间诗歌。这种格式就是用“多声部对话”（multiple - voiced dialogue）呈现史诗文本。大略说来，他追求古朴的“语体”，将他本人也放置到文本中，以叙述者的角色出现等。而且，他在史诗中的角色具有三重属性：他首先是神话讲述者，置身远久的过去；其次，他是个中间人，组织和出版史诗文本；最后，是阐释者，通过他的神话知识和民间信仰，阐释芬兰人的观念意识。也有学者指出，作为叙述者的伦洛特，有着“伦洛特的声音”。在他编辑的“新卡勒瓦拉”中，读者可以看到这样一个讲述者的身影——他属于路德教派，具有浪漫主义思想，拥护启蒙运动的理念，从政治和意识形态维度上看，新版《卡勒瓦拉》描摹了一幅甜美的芬兰画卷，不仅告诉芬兰人他们的历史，也描绘了他们的未来。在伦洛特的笔下，芬兰人为了美好的未来辛勤工作，向着启蒙主义的关于自由和进步的法则大步迈进，并极力奉行基督教的道德规范（当时正值沙皇尼古拉一世的严酷统治时期）。总之，伦洛特既是过去的复活者，也是未来的幻想家。他还是将主要来自芬兰东部和卡累利阿地区的民间诗歌与西欧社会文化思潮结合起来的诗歌编纂者。[①]

伦洛特的史诗编纂给他带来了巨大的声望，其原因之一，是他的做法顺应了芬兰的民族意识觉醒和族群认同的潮流。芬兰文学学会在将他神圣化或者说神话化方面，也发挥了很大的推进作用。他成为芬兰民族认同的一个偶像和标志——他的头像甚至出现在芬兰500马克纸币上。不仅如此，有人说，“是西贝柳斯（他的音乐受到《卡勒瓦拉》的很大影响）和伦洛特一道歌唱着使芬兰进入世界地图”，也就是说，史诗建构与民族性的建构，乃至国家的独立有着莫大的关联。[②] 史诗研究中政治诗学问题也成为一个关注点。

在许多族群中，史诗总是以一个演唱传统、而不单是一篇作品的面目

① Maria Vasenkar, “A seminar commemorating the bicentennial of Elias Lönnrot's birth, April 9, 2002,” FFN 23, April 2002: 2 - 4.

② Ibid..

出现。这从史诗文本的复杂形成过程中可以看出来。史诗文本的存在形态也是五花八门，手抄本、木刻本、石印本、现代印刷本、改编本、校勘本、口述记录本、录音整理本、视频和音频文本等不一而足。一些古典史诗的文本得以流传至今，如荷马史诗和《尼贝龙根之歌》，整理和校订者功不可没。某些被普遍接受的文本，长期给人以“权威本”的印象。但就依然处于活形态传承之中的史诗文本而言，试图建构或者追求所谓“权威”或“规范”的文本是不现实的。另一方面，史诗又不会无限制地变化，历史悠久的演唱传统制约着文本的变异方向和变异限度。

《卡勒瓦拉》史诗文本的“制作”，不同于古典史诗文本的形态，向史诗研究者提出了新的挑战，也引发了新的思考。美国史诗研究专家弗里和芬兰民俗学家劳里·杭柯（Lauri Honko）教授等人，相继对史诗文本类型的划分与界定做出了理论上的探索，他们认为：从史诗研究对象的文本来源上考察，一般可以划分为三个主要层面：一是“口头文本”（oral text），二是“来源于口头传统的文本”（oral - derived text）；三是“以传统为导向的口头文本”（tradition—oriented text）。[①] 以上史诗文本的基本分类，原则上依据的是创编与传播中文本的特质和语境，也就是说，从创编、演述、接受三个方面重新界定了口头诗歌的文本类型：

从创编到接受 文本类型	创编 Composition	演述 Performance	接受 Reception	史诗范型 Example
1. 口头文本口传文本 Oral text	口头 Oral	口头 Oral	听觉 Aural	史诗《格萨尔王》 *Epic King Gesar*
2. 源于口头的文本 Oral - derived Text	口头/书写 O/W	口头/书写 O/W	听觉/视觉 A/V	荷马史诗 Homer's poetry
3. 以传统为取向的文本 Tradition - oriented text	书写 Written	书写 Written	视觉 Visual	《卡勒瓦拉》 *Kalevala*

因而，口头诗学最基本的研究对象，也大体上可以基于这三个层面的

① 美国学者马克·本德尔（Mark Bender）在其《怎样看〈梅葛〉：“以传统为取向”的楚雄彝族文学文本》一文中也作过相关介绍和讨论。该文载《民俗研究》2002 年第 4 期，第 34—41 页。

文本进行解读和阐释。这样的划分，并不以书写等载体形式为界。那么，在此我们对以上三种史诗文本的分类观作一简单介绍：①

"口头文本"或"口传文本"：口头传统是指口头传承的民俗事象，而非依凭书写。杭柯认为在民间文学范畴内，尤其像史诗这样的口头传承，主要来源于民间艺人和歌手，他们的脑子里有个"模式"，可称为"大脑文本"（mental texts）。当他们演述之际，这些"大脑文本"便成为他们组构故事的基础。口头史诗大都可以在田野观察中依据口头诗歌的经验和事实得以确认，也就是说，严格意义上的口头文本具有实证性的经验特征，即在活形态的口头表演过程中，经过实地的观察、采集、记录、描述等严格的田野作业，直至其文本化的过程中得到确证。这方面的典型例证就是南斯拉夫的活态史诗文本。口头文本既有保守性，又有流变性。因此，同一口头叙事在不同的演述语境中会产生不同的口头文本，因而导致异文现象的大量产生。中国的"三大史诗"皆当划为口头史诗。

"源于口头的文本"：又称"与口传有关的文本（oral - connected / oral - related text）"。它们是指某一社区中那些跟口头传统有密切关联的书面文本，叙事通过文字而被固定下来，但文本以外的语境要素则往往已无从考察。由于它们具有口头传统的来源，也就成为具备口头诗歌特征的既定文本。其文本属性的确定当然要经过具体的文本解析过程，如荷马史诗文本，其口头演述的程式化风格和审美特征被视为验证其渊源于口头传统的一个重要依据。纳西族东巴经的创世史诗《创世纪》、英雄史诗《黑白之战》，彝族经籍史诗中的大量书写文本皆属于这种类型，比如创世史诗《阿赫希尼摩》、《尼苏夺节》、《洪水纪》，迁徙史诗"六祖史诗"（三种）和英雄史诗《俄索折怒王》和《支嘎阿鲁王》。也就是说，这些史诗文本通过典籍文献流存至今，而其口头演述的文化语境在当今的现实生活中大都已经消失，无从得到实地的观察与验证。但是，从文本分析来看，这些已经定型的古籍文献依然附着了本民族口头传统的基本属性。

"以传统为取向的文本"：按照杭柯的定义，这类文本是由编辑者根据某一传统中的口传文本或与口传有关的文本进行汇编后创作出来的。通常所见的情形是，将若干文本中的组成部分或主题内容汇集在一起，经过

① 此据巴莫曲布嫫《史诗传统的田野研究》，北京师范大学博士学位论文，2003年。

编辑、加工和修改，以呈现该传统的某些方面。文本的形成动机常常带有民族主义或国家主义取向。最好的例子就是伦洛特搜集、整理的芬兰民族史诗《卡勒瓦拉》。杭柯一再强调《卡勒瓦拉》这部作品并不是哪一位作者的“创作”，而是根据民族传统中大量的口头文本编纂而成的。伦洛特的名字与史诗相连，但并非是作为一位“作者”，而是作为传统的集大成者。《卡勒瓦拉》对芬兰民族的觉醒产生了深远的影响。因此，杭柯将之归为“以传统为取向的文本”，也有其特定的含义。

在杭柯的史诗研究中，特别在史诗定义的表述中，强调了史诗对“民族认同”具有很大作用，这与他和伦洛特同为芬兰人，曾经亲身感受和就近观察史诗《卡勒瓦拉》与民族国家建构和民族认同强化过程之间的联系有绝大关系。从积极意义上说，这种“建构”史诗传统的过程，也是一个寻找自身文化支点的过程，而恰恰是史诗这种一向被认为是在崇高的声调中叙述伟大人物和重大事件的文体，非常适合扮演这种角色，发挥这种功能。杭柯还积极地评价了这种“书面化”口头传统的另一重作用，就是让已经濒临消亡的口头传统通过文字载体和文学阅读，获得第二次“生命”。荷马史诗无论从哪个角度说，都是成功地、长久地获得了这“第二次生命”的范例。

当然，在进行史诗文本——不止是史诗，也包括其他民间样式的建构之际，学者们一定要保持很清醒的认识，那就是，注意仔细区分这种“建构”与居高临下地恣意改编民间口头传统做法之间的区别。我们无数次看到这种汇编、增删、加工、顺序调整等后期编辑手段和“二度创作”——或者说在某种理念制导下的“格式化”[①] 问题所导致的背离科学

---

① 巴莫曲布嫫：《民间叙事传统“格式化”之批评》（上、中、下），载《民族艺术》2003年第4期、2004年第1期及第2期。作者意在借用英文 format 一词来作为这一概念的对应表述；同时，在批评所指上，则多少取义于“电脑硬盘格式化”的工作步骤及其“指令”下的“从‘新’开始”。硬盘格式化必然要对硬盘扇区、磁道进行反复的读写操作，所以会对硬盘有一定的损伤，甚至会有丢失分区和数据簇、丛的危险。“格式化”给民间叙事带来的种种问题也与此相近，故曰“格式化”。正如作者所说：“格式化”问题的提出，是用一个明晰的办法来说明一种文本的“生产过程”，即以简练的表述公式将以往文本制作过程中存在的主要问题抽绎出来，以期大家一同讨论过去民间叙事传统文本化过程中的主要弊端，从学术史的清理中汲取一些前人的经验和教训，同时思考我们这代学人应持有怎样的一种客观、公允的评价尺度，有助于使问题本身上升到民间文艺学史的批评范畴中来进行反观和对话。

精神和学术原则的后果了。

从荷马史诗和欧洲中世纪史诗文本的语文学考订，到《卡勒瓦拉》的文本属性研究，史诗文本研究实现了重大的学术跨越。将史诗作为民俗过程的综合视角，成为主导性取向。

第四节 毗耶娑:从大史诗的编订到史诗传统的重构

让我们将目光转向古老的东方。印度大史诗《摩诃婆罗多》，据推断形成于公元前4世纪到公元4世纪的大约800年间。在古代印度，史诗以口头吟诵的方式创作和流传。因而，文本是流动性的，经由历代宫廷歌手和民间吟游诗人苏多①不断加工和扩充，才形成目前的规模和形式。学者们经过探讨，倾向于认为它的形成大体经历了三个阶段：1）八千八百颂的《胜利之歌》（*Jaya*）；2）二万四千颂的《婆罗多》（*Bhārata*）；3）十万颂的《摩诃婆罗多》（*Mahābhārat*）。今天所见的史诗作者毗耶娑（Vyāsa）很可能只是一个传说人物，永远无法考订清楚，就像荷马身份是一团迷雾一样。毗耶娑这个名字有“划分”、“扩大”、“编排”的意思，② 也与“荷马”一词的希腊语 Hómēros 所具有的“歌诗编制”含义不谋而合，向我们昭示着文本背后的传统之谜。

对史诗“作者”姓名的考订，首先可以举出纳吉从词源学的角度对“荷马”所做的详密阐释。他认为，Hómēros（荷马）名字的构成：前一部分 Hom—源于 homo—（“一起”）；后一部分—ēros 则源于 ɑarɑrískō（“适合、连接”）。Hómēros 可理解为“把［歌诗］拼接在一起”。另一位古希腊诗人赫西俄德的名字 Hēsíodos 也同样耐人寻味（《神谱》22）：前一部分 Hēsí 从 Híēmi（“发出”）派生，正如形容缪斯：“发出美妙的/不朽的/迷人的声音（óssɑn hieîsɑi，《神谱》10、43、65、67）。”与赫西俄

① 苏多（Sūta）通常是刹帝利男子和婆罗门女子结婚所生的男性后代。他们往往担任帝王的御者和歌手，经常编制英雄颂歌称扬古今帝王的业绩。参见黄宝生《〈摩诃婆罗多〉导读》，中国社会科学出版社2006年版，前言部分，第8页注①。

② 参见黄宝生《〈摩诃婆罗多〉导读》，中国社会科学出版社2006年版，前言部分，第5—11页。

德一样，荷马的名字也符合了对缪斯的形容所具有的语义要求。Homo—（“一起”）与 ararískō（“适合、连接”）合并为 homēreûsai，亦即“用声音配合歌唱”（phōnêi homēreûsai），正好与《神谱》第 39 行对缪斯的描述相呼应。因此，纳吉认为，无论荷马还是赫西俄德，诗人的名字涵盖了授予诗人权力的缪斯职掌诗歌的职责。荷马与赫西俄德各自与缪斯相遇，这种对应平行关系也体现在两位诗人各自的身份认同上。就对“荷马”一词的考证而言，默雷认为是“人质”的意思，是说荷马大概本是异族俘虏；[①] 巴德（F. Bader）也曾试图将词根 * seH—（“缝合”）与 Hómēros 的 Hom—联系起来，但她遇到了词源上的音位学难题。纳吉同意巴德所说的 Hómēros 在“人质”的含义上可能符合词根 * seH—的隐喻范围，但他同时指出 homo—（“一起”）与 ararískō（“适合、连接”）的词根并合，从词源学的考证上讲比意为“人质”的名词更合理。[②]

在古代传统中，用一个颇有“涵义”的姓名来指代歌手群体，大概也是常见之事。从最初的故事基干发展出来的庞大故事丛，必定经过了许多歌手的参与和努力，方能逐步汇集而成。传说毗耶娑将《胜利之歌》传授给自己的五个徒弟，由他们在世间漫游吟诵。这些徒弟在传诵过程中，逐渐扩充内容，使《胜利之歌》扩大成各种版本的《婆罗多》。现存《摩诃婆罗多》据说是护民子传诵的本子。毗耶娑的这五个徒弟可以看作是宫廷歌手苏多和民间吟游诗人的象征。据此我们可以想象《摩诃婆罗多》的早期传播方式及其内容和文字的流布。《摩诃婆罗多》精校本首任主编苏克坦卡尔令人信服地证明，这二万四千颂左右的《婆罗多》曾经一度被婆罗门婆利古族垄断。由于《婆罗多》是颂扬刹帝利王族的英雄史诗，因而婆利古族竭力以婆罗门观点改造《婆罗多》，塞进大量颂扬婆利古族和抬高婆罗门种姓地位的内容。此后，原初的《婆罗多》失传，

---

① 默雷：《古希腊文学史》，孙席珍、蒋炳贤、郭智石译，上海译文出版社 1988 年版，第 6 页。

② 详见纳吉的三部著作：1）*Greek Mythology and Poetics*，Ithaca and London：Cornell University Press，1990：47 – 48. 2）*Pindar's Homer*：*The Lyric Possession of an Epic Past.* Baltimore：Johns Hopkins University Press，1990：47 – 48；52 – 81. 3）*Poetry as Performance*：*Homer and Beyond.* Cambridge：Cambridge University Press，1996：74 – 78；有关 Hómēros 和“歌者”（aoidós）、“史诗吟诵人”（rhapsodes）的语义及相关的词源学考证，见其《荷马诸问题》，第三章。要言之，这些词都指向了“将歌诗编制在一起”的语义。

《摩诃婆罗多》则流传至今。[①] 比较有意思的现象是，古代印度往往把史诗《摩诃婆罗多》的作者毗耶娑尊称为“Kṛṣṇa Dvaipā yana Vyā sa”（黑岛生毗耶娑），也就是说，传说中的史诗作者，同时也是史诗中的人物。这种现象在其他口头史诗传统中也能见到。

流传至今的口传的或者有口头来源的比较著名的外国史诗有：以楔形文字刻在泥板上的古巴比伦的《吉尔迦美什》，抄本众多的古印度的《摩诃婆罗多》，文字文本形成过程复杂曲折的古希腊“荷马史诗”《伊利亚特》和《奥德赛》，只有抄本、对当初传承情况不甚了了的盎格鲁—撒克逊的《贝奥武甫》，以及有三个重要抄本传世的古日耳曼的《尼贝龙根之歌》，等等。在举凡有文本流存的史诗传统中，大都出现有关于“作者”的种种传说，其中波斯史诗《王书》（*Shāhnāma*，*the Book of Kings*）的形成过程，则颇有象征意义。菲尔多西（Ferdowsi，940—1020）是波斯中世纪诗人，以创作《王书》留名于世。在中古波斯文学史上，他首次尝试以达里波斯语进行叙事诗创作，并取得了恢宏的成就。[②] 纳吉在重构荷马史诗的文本传统时为我们转述了这样一个“故事”：根据这部《王书》本身的记载（I 21. 126—136），一位高贵的维齐尔大臣召集来自王国各地的智者，他们都是《琐罗亚斯德法典》的专家，每一位智者都随身带来一段《王书》的“残篇”，他们被召来依次复诵各自的那段残篇，然后维齐尔大臣从这些复诵中创编了一部书。维齐尔大臣就这样把早已丢失的古书重新结集起来，于是就成了菲尔多西的《王书》的模本（I 21. 156—161）。我们在这里看到一个自相矛盾的神话，它根据书写传统清晰地讲述了口头传统的综合过程。[③]

回溯“荷马问题”的学术史，可以看到，拉赫曼当年提出的“短歌说”也有其合理性。他认为长篇史诗是由较短的起源于民间的叙事歌

---

① 详见黄宝生《〈摩诃婆罗多〉导读》，中国社会科学出版社 2006 年版，前言部分。

② 《王书》，又译作《列王纪》，共 12 万行，分 50 章，记述了 50 位波斯神话传说中的国王和历史上萨珊王朝统治时期的国王；其内容包括神话传说、勇士故事和历史故事。虽是文人史诗，但在艺术上又富有口头文学的特色。应该提及的是，在菲尔多西《王书》问世之前，波斯已有 5 部同名著作，但因年深岁久，均已失传。此据郁龙余、孟昭毅主编《东方文学史》，北京大学出版社 2001 年版，第 178—187 页。

③ ［匈］格雷戈里·纳吉（Gregory Nagy）：《荷马诸问题》，巴莫曲布嫫译，广西师范大学出版社，2008 年，第 92—93 页。

（lays）汇编而成的，这一论见与沃尔夫的观点相呼应，他们试图证明《伊利亚特》和《奥德赛》就是由这样的部件和零散的歌汇编而成的。在当时的时代精神背景下，浪漫主义热情体现为关注于口头叙事歌的收集，重视它们对民族精神（national ethos）的认同作用。到了19世纪后期，一个新的学术趋向勃兴而起，这就是试图搜寻并确定这个或那个诗人抑或编纂者，及其推定出自他们之手的著作。值得肯定的是，分辨派学者秉持着牢固扎根于语文学的方法论，从考察语言上的和叙述中的不规则现象入手，将其归结为是不同的诗人和编辑者们参与所致。于是，荷马的复合文本便被理解为是在长达许多个世纪的过程中经由反复创作而完成的产物。[①] 如果我们回溯荷马史诗在泛雅典娜赛会上的演述传统，这样的推论就不是空谷来风，在古希腊文献资料中早有种种记述，[②] 表明荷马史诗的书面文本与其口头来源之间存在着难分难解的关联。

纳吉正是立足于希腊文献传统的内部证据，通过比较语言学和人类学方法在荷马学术近期的发展中，做出了继往开来的又一次大推进。针对荷马史诗的文本演成，他从历时性与共时性的双重视野，令人信服地论证了他这些年一直在不断发展的“三维模型”，即从“创编—演述—流布”的互动层面构拟的“荷马传统的五个时代”，出色地回答了荷马史诗怎样/何时/何地/为什么最终被以书面文本形态保存下来，并且流传了两千多年的缘由。在借鉴帕里和洛德创立的比较诗学与类比研究的基础上，他的“演进模型”（evolutionary model）还吸纳了诸多活形态口头史诗传统所提供的类比证据，其辐射范围包括印度、西非、北美、中亚等。最后归总为，荷马文本背后潜藏的口头创编和传播过程相当漫长，大约最迟在公元前550年史诗文本才趋于定型。[③] 现在我们回到《摩诃婆罗多》的文本上来。班达卡尔精校本所用的校勘本就达700种之多，可见历史上人们将其

---

① ［美］约翰·迈尔斯·弗里（John Miles Foley）：《口头诗学：帕里—洛德理论》，朝戈金译，社会科学文献出版社2000年版，第10页。

② 伊索克拉底的《庆会词》159，“柏拉图”的《希帕科斯篇》228b，以及利库尔戈斯的《斥莱奥克拉特斯》102都有记载。（参见纳吉《荷马诸问题》，第二章）

③ “保守主义”的古典学家往往认为荷马生活在公元前8世纪前后，而这种臆测性的观点长期以来主导了荷马史诗研究，尤其是关于史诗“作者身份”的“认定”。详见纳吉《荷马诸问题》，第二、三章。

用文字记录下来的努力一直就没有停止过。不过，在史诗形成及兴盛的那个时代，它的研习、演唱和播布，当全凭口耳相传。所以说，尽管后来经过许多梵语诗人歌者的整理和修订，它在本质上还是一部“口头的诗歌”，带有浓厚的口头诗歌的色彩。这些色彩表现在许多方面，读者们在阅读中或许能够感悟得到……印度从事精校本汇编工作的学者们，以恢复史诗“尽可能古老”的“原初形式”为目的，这本身就是件史诗般的“远征”。中国梵语文学界的专家学者集十余年之心血，潜心译事，也当赢得称誉。①

在中国本土的案例中，关于蒙古族史诗歌手冉皮勒究竟会演唱多少部（诗章）《江格尔》的追问，得到的是彼此差别甚大的回答：有“9 部”的说法，有“15 部”的说法，还有“17 部”的说法，② 令人颇为狐疑。在我看来，这主要是因为江格尔奇在不同的搜集者面前，往往没有将所会诗章全部唱出，或者是由于新增添了某些部分，或者是由于长久没有演唱，而忘记和丢失了某些部分，却又在以后的演唱之际想起了某些部分，因而使得不同的搜集者得出不同说法的。这个现象恰巧说明，歌手的曲目库，可能处于“动态”的平衡中，增减成为正常现象。不过对于文本分析而言，了解歌手演唱曲目的大体情况，是很有帮助的。虽然追根究底地想要知道某位歌手到底会多少曲目，不见得能有明确的结论。但是，从另一个方面说，曲目的规模，却是一个歌手艺术上成熟程度的主要标志。民间歌手掌握作品的数量，往往是与他掌握程式的规模成正比例关系的。一旦程式以及典型场景等传统性创作单元的储备达到了相当的程度，学习一首新的作品，就成了易如反掌的事情。因为那些构筑作品的“部件”越充分，即兴的创编就越轻松。

在当代的史诗学学术反思和理论建构中，基于对文本誊录和制作的深入思考，田野与文本的关系，文本与语境的关系，演述事件与社群交流的关系，传承人与听众的关系，文本社区与学术研究的关系，也得到了全面

① 朝戈金：《〈摩诃婆罗多〉：百科全书式的印度史诗》，载《中华读书报》2006 年 2 月 15 日。

② 上述几种数字，来自以下材料：《江格尔资料本》第一卷第 6 页上的冉皮勒简介；巴图那生：《〈江格尔〉史诗与和布克赛尔的江格尔齐》，载《〈江格尔〉论文集》，新疆人民出版社 1988 年版；贾木查：《〈江格尔〉的流传及蕴藏情况》，出处同前。

的强调。这种强调，当然有其历史渊源。一则这是因为，不论荷马史诗还是印度史诗，历史上经过无数代人的编订、校勘，已成为书面化的“正典”，唯远古时代那气韵生动的演述信息大都流失在苍苍岁月之中。“口头诗学”所做出的努力，无疑也是在力图重构文本的音声，给当代口头史诗的文本制作提供思考的前例，并进而为“演述理论”和“民族志诗学”所继承。二则，在史诗传承传播的原生态链条上，在史诗的“第二次生命”（杭柯语）得以延续的可能性方面，在史诗的学术研究深拓的向度上，这些层层叠叠的关联之间都有高度相互依存的关系。

因此，我们在古老的史诗文本与鲜活的史诗传统之间应该看到，从演述者、誊录者、搜集者、编订者、制作者、校勘者、翻译者、研究者，一直到阅读者，都是学术史链环上的一个个环节。史诗研究，越来越从琐细的考证传统中摆脱出来，越来越接近史诗演述传统作为一个整体的综合面貌和一般特征。以纳吉为杰出代表的学者对古典史诗传统的重构，不仅是史诗学的重大推进，而且也是整个人文学术的厚重成果，已经对相邻学科产生了影响。纳吉对 Hómēros 原初语义的考证，对史诗文本“演进模型”的建构等工作，应当认为是对因循守旧的保守观点的反拨与超越，是古典学的某种“新生”。国际史诗学术正是经过这些学术上的追问与回应、建构和解构、肯定和否定，才让死寂无声的文本响起多声部的合唱，才让远古的荷马永远地驻留在热爱诗歌精神、热爱文化遗产的当代人中，从而永葆史诗传统的生命活力。因此，或许我们永远无法确切地知道“谁是荷马”，但我们有自信反问：“谁又能杀死荷马？”

第五节　莪相：从“知识赝品”的挞伐到口头诗歌的解读

这里接着说一桩文学批评公案。苏格兰诗人、翻译家麦克菲森（James Macpherson，1736—1796）最早出版的诗集《苏格兰高地人》（1758）在读者中没有引起多少反响。1760 年发表的《古诗片段》（搜集于苏格兰高地，译自盖尔语或埃尔斯语）却轰动一时。他随后又发表了两部史诗《芬歌儿：六卷古史诗》（*Finga*，1762）和《帖莫拉》（*Temo-*

ra, 1763)。并于1765年将这两部史诗合集出版,定名《莪相作品集》,[①]假托是公元3世纪一位苏格兰说唱诗人莪相(Ossian,又作Oisin)的作品。实际上,他只是把关于莪相的传说综合起来,用无韵体诗加以复述。他的语言风格脱胎于1611年《圣经》英译本,比喻丰富,情调忧郁,因而大受欢迎,对早期欧洲浪漫主义运动影响很大,也在全欧洲引起了人们对古代英雄故事的强烈兴趣。法国女作家斯塔尔夫人把欧洲文学分为南北两支,南支始祖是古希腊荷马,北支的就是莪相。

后来学者们对其"作者身份"产生了怀疑,尤其是塞缪尔·约翰逊(Samuel Johnson)。最终,现代学者们将之断定为麦克菲森的"伪作",并演证出麦克菲森是怎样将其个人的诗作建立在原来的盖尔人叙事诗之上,但却通过修改原来的人物和观念,注入许多他个人的想法,以适从当时的时代感和兴趣。[②]尽管如此,这些诗在风格上沉郁、浪漫,表现了对自然的热爱,对欧洲不少诗人包括歌德(Johann Wolfgang von Goethe)和小沃尔特·司各特(the young Walter Scott)都产生过影响。

至于历史上的莪相,据推测他是公元3世纪左右苏格兰盖尔人的传奇英雄和吟游诗人,是英雄芬尼(Finn mac Cumhail)之子,关于这位英雄有一系列的传说和叙事诗。这些传统的故事主要流传在爱尔兰和苏格兰高地,且因莪相作为吟游诗人演唱其父芬尼开拓疆土的故事及其芬尼亚军团的传说,因而莪相及其父亲一道成为爱尔兰"芬尼亚诗系"(Fenian Cycle)叙事中的主人公。莪相通常被描述为一位老者、盲人,而且他活着的时间比他父亲和儿子都要长久。

关于"莪相"诗篇真伪问题一直是批评家研究的课题,他们直到19世纪末才大致搞清,麦克菲森制作的不规则的盖尔语原文只不过是他自己英文作品的不规则的盖尔语的译作。至此,关于莪相的争论才得以解决。学术界一致认为,被浪漫化了的史诗《莪相作品集》并非真正是莪相的作品,于16世纪前期整理出版的《莪相民谣集》才是真正的爱尔兰盖尔语抒情诗和叙事诗。歌德当时读到的莪相诗是麦克菲森的创作,不应与真正的莪相诗篇《莪相民谣集》相混淆。

① J. Macpherson, *The Poems of Ossian*, 1974 [1805].

② Derick Thomson, *The Gaelic Sources of Macpherson's "Ossian"*, 1952.

在20世纪的后现代主义思潮中，科学传统与人文传统发生颉颃，"莪相"也被卷入到"索克尔/《社会文本》事件"[①]与"知识赝品"的批判中，再次成为众矢之的。诺贝尔物理学奖获得者温伯格1996年8月8日在《纽约书评》发表的长篇评论《索克尔的戏弄》说，此事件使人想起学术界其他一些有名的欺骗案件，如由陶逊（Charles Dawson）制造的辟尔唐人（Piltdownman）伪化石事件和麦克菲森导演的伪盖尔人史诗《莪相作品集》（*Ossian Poems*）事件。区别在于索克尔为的是公众利益，为了使人们更清楚学术标准的下降，他自己主动揭穿欺骗行为。而那两起事件是有人为了私利故意作伪，是由别人加以揭露的。温伯格说："科学家与其他知识分子之间误解的鸿沟看起来，至少像斯诺若干年前所担忧的那样宽。"[②] 殊不知，几年之后，韩国的功勋级科学家就在克隆技术上撒下弥天大谎。因此，"莪相"事件的重新评价或许也应成为科学与人文分裂之后共同反思的一个"桥梁"。

回顾传统，在希腊文学史上"史诗拟作"也是一种传统：阿波罗尼乌斯（Apollonius，约公元前295—公元前215），古希腊诗人和学者，生于亚历山大城，但自称罗得岛人，因与诗人和学者卡利马科斯争吵后移居罗得岛。卡利马科斯认为写作长篇史诗的时代已经过去了，诗人如果再想摹仿荷马，写出一部史诗，那是无益的。阿波罗尼乌斯则不以为然，极力反对这一主张，他写了不少诗，其中最为著名的史诗是《阿耳戈船英雄记》（*Argonautica*），主要叙述有关伊阿宋（Jason）和阿耳戈英雄寻找"金羊毛"的故事，共4卷。阿波罗尼乌斯还改写了荷马的语言，使之适合传奇史诗的需要。他对旧情节所作的新处理、启发性的明喻，以及对大自然的出色描写，常能牢牢抓住读者。[③] 稍后还有雅典的阿波罗多罗斯（Apollodorus of Athens，活动时期公元前140），他是一位学者，以著有《希腊编年史》而驰名。此书用诗体写成，叙事包括从特洛伊城陷落（公元前1184）至公元前119年的时期。在后来的文人书面史诗中，大家公认的还有古罗马诗人维吉尔模仿"荷马史诗"，以罗马古代传说为素材，

---

① 论战网址：http：//www. physics. nyu. edu/faculty/sokal/index. html。

② 《中华读书报》1998年1月14日。斯诺在1959年5月描述过人文文化与科学文化的对立。

③ 此据默雷《古希腊文学史》，孙席珍、蒋炳贤、郭智石译，上海译文出版社1988年版，第400页。

结合罗马帝国初期的政治需要创作的《埃涅阿斯纪》，意大利诗人塔索的长篇叙事诗《被解放的耶路撒冷》，但丁的《神曲》和弥尔顿的《失乐园》等诗作。再到后来，这样的事例更是俯拾即是。比如英国诗人埃德蒙·斯宾塞（Edmund Spenser，1552？—1599）名气较大的作品，就有史诗传奇《仙后》（*The Faerie Queene*，1590—1596）；他的其他作品包括牧歌《牧羊人的日历》（*Shepeardes Calendar*，1579）和抒情婚姻诗《祝婚歌》（*Epithalamion*，1595）。从这些诗作中可以发现，他同样充分汲取了口头传统的养分。拟作、仿作还是假托，也要看诗人自己是怎样"声称"的，比如，或声称"效仿"荷马，或声称"发现"莪相，其间差别甚大；应该更多地去追问他们为什么要那样"声称"，去思考其"声称"背后的社会文化语境又是什么。让我们稍后再回到"莪相事件"上来。这里先谈一谈来自塞尔维亚的一个案例：

彼得罗维奇·涅戈什（Petrović Njegoš，1813—1851），塞尔维亚的门的内哥罗诗人。[①] 洛德对他有过介绍。他童年在乡村放牧，熟悉民间叙事。后被叔父——门的内哥罗君主佩塔尔一世（也是一位诗人）选为王位继承人，1830 年继承王位；19 世纪前半期他还充当门的内哥罗主教。为了完满做好落到他身上的名分和职责，他竭尽全力，最终不仅自己青史留名，还把门的内哥罗引向光明之路。他至今受到门的内哥罗人的敬仰，并被公认为是塞尔维亚文学中最伟大的诗人。涅戈什出版了《山地人之歌》（*The Voice of Mountaineers*，1833）和《塞尔维亚的镜子》（*The Serbian Mirror*，1845）等四部诗集和代表作诗剧《山地花环》（*The Mountain Wreath*，1847），足以证明诗歌在他的思想和心灵中占有至高无上的位置，甚至在他身为王储的繁忙年代，他也从未放弃过他的"歌唱"。他的一生从开始就浸润在南斯拉夫口头传统和英雄故事的甘露中，他还曾亲自向古斯勒歌手学习史诗演唱，因此我们不难在他的诗歌创作中看到以下四种要素：1）既有穆斯林的口头传统，又有基督教的口头传统；2）精通两种语言；3）传统的老歌和新作的诗篇；4）具备口头传统与书面文本两方面的能力和特长。弗里指出，尽管有研究者称其诗作为"模仿口头的"，这似乎是在质疑这些作品的品质和真实性，而实际上应当说，涅戈什是在

① 参见《中国大百科全书·外国文学》卷，第 758—759 页。也有汉译为"尼业果斯"的。

纸页上“唱歌”，他“写”口头诗歌。他是手握铅笔创编口头诗歌，为文人雅士和阅读群体的文学消费服务。弗里进一步分析出，涅戈什的诗歌创作几乎涉及了所有的表达形式，某些诗篇是人们耳熟能详的传统故事的重新演述，某些又是“新”的歌诗，还有一些诗作已经开始将文学惯例引入到传统的歌诗创作中。“新”的诗篇定位于题旨和本土性上，但总是按照程式化风格和十音步格律来进行创作。通观涅戈什的创作，可以看到他展示出“语域”（即表达策略）的领悟力来自他对口头传统和文学文本的精深知识，他的人生也映射出口承文化与书写文化的交织，而那正是19世纪门的内哥罗的时代特征。归总起来说，涅戈什的案例告诉我们，把握口头诗歌的多样性及其重要意义，在一定程度上需要穿越传统、文类，尤其是穿越诗歌的载体形式——介质。①

根据这一主张，弗里在其《怎样解读一首口头诗歌》一书中依据其传播“介质”的分类范畴，提出了解读口头诗歌的四种范型：②

弗里：口头诗歌分类表

Media Categories 介质分类	Composition 创编方式	Performance 演述方式	Reception 接受方式	Example 示例
Oral Performance 口头演述	Oral 口头	Oral 口头	Aural 听觉	Tibetan paper - singer 西藏纸页歌手
Voiced Texts 音声文本	Written 书写	Oral 口头	Aural 听觉	Slam poetry 斯拉牧诗歌
Voices from the Past 往昔的音声	O/W 口头与书写	O/W 口头与书写	A/W 听觉/书面	Homer's Odyssey 荷马史诗《奥德赛》
Written Oral Poems 书面的口头诗歌	Written 书写	Written 书写	Written 书面	Bishop Njegoš 涅戈什主教

* 本表摘译自［美］弗里（John M. Foley）：《怎样解读一首口头诗歌》（*How to Read an Oral Poem*，2002）。

---

① John M. Foley, *How to Read an Oral Poem*. Urbana and Chicago: University of Illinois Press, 2002, p. 50.

② John M. Foley, *How to Read an Oral Poem*. Urbana and Chicago: University of Illinois Press, 2002, p. 40.

那么根据弗里以上的解决方案，文学史上许许多多的“经典”史诗、乃至其他诗歌的典范之作都可以重新纳入这一开放的解读谱型之中。这里我们不妨对麦克菲森的“莪相事件”进行再度审视。公允地说，莪相的名字之所以被大多数人记住，还是凭借麦克菲森的炮制“知识赝品”做法，这或许也是我们需要进行深思的地方。正如韦勒克和沃伦所说，“在文学史上鉴定伪作或揭穿文坛骗局是一个重要的问题，对进一步的研究是很有价值的。因此麦克菲森伪作的《莪相集》所引起的争论，便促使很多人去研究盖尔人的民间诗歌”。[①] 真可谓“福兮祸所倚，祸兮福所伏”(《老子》)。据说麦克菲森之所以去收罗“古董民谣”是因为最后一位斯图亚特王室查利王子外逃，导致当时苏格兰文化“前景黯淡”。我们注意到弗里将麦克菲森作为一个特定的研究案例，将其诗歌创作活动与前文所述的伦洛特和刚刚提到的涅戈什进行并置，他没有继续沿用一般文学批评界常用的“伪作”和“骗局”等术语，而是从“资源”和创作技巧上具体分析麦克菲森诗作的性质。“赝品”中可见三种主要成分：1）依据田野调查中对实际发生的口头演述所进行的口述记录；2）从当时存在的手稿中临摹诗句和诗歌；3）纯属他个人的创作。而这一切又全在他精巧的安排和布局之中得以呈现，而且他发掘了口头传统的文化力量和政治动力，并通过他自己文本的声音去表达。尽管他在很大程度上过滤或筛选了自己搜集到的民间诗歌，而且在田野誊录文本上添加的成分要远远地超过伦洛特，但是，他的作品依然属于书面的口头诗歌。[②]

从弗里的一系列著述中可以发现，他的学术视野早已不局限于“口头程式理论”，他已将“讲述民族志”、“演述理论”、“民族志诗学”等20世纪最为重要的民俗学理论，创造性地熔铸于口头传统的比较研究中，先后系统地提出了“口头传统的比较法则”、“演述场”、“传统性指涉”等学说，从而构造出独具学术个性的口头诗学体系和口头诗歌文本的解析方法。他曾多次前往塞尔维亚的乌玛

① ［美］勒内·韦勒克、［美］奥斯汀·沃伦：《文学理论》（修订版），刘象愚等译，江苏教育出版社2005年版，第67页。

② John M. Foley, *How to Read an Oral Poem*. Urbana and Chicago: University of Illinois Press, 2002, p. 52.

迪安地区从事田野调查工作，翻译了帕里和洛德于1935年采录的南斯拉夫歌手哈利利·巴日果利奇演唱的史诗《穆斯塔伊贝之子别齐日贝的婚礼》。弗里还将当代中国的说书艺术进行了“跨文化的并置”，将这种古老而常新的口头艺术纳入了国际口头传统的比较研究框架中。他客观公允地评价了瓦尔特·翁（Walter Ong）等人早期的口承/书写二分法的理论预设，认为二元对立的分析模型是通向正确理解并鉴赏口承传统及其多样性的第一步。同时，弗里也指出，对口头传统的深度理解，导致了对口承与书写之间壁垒的打通，并在二者之间假设的“鸿沟”上架设了一道通向正确认识人类表达文化的桥梁。弗里一再重申“传统性指涉”（traditional referentiality）的理论见解，强调传统本身所具有的阐释力量，提醒我们要去发掘口头传统自身的诗学规律，而不能以一般书面文学批评的诗学观念来考察口头传统。

追问麦克菲森与涅戈什的不同命运有其积极的学术意义。从以上的案例中我们也看到了口头诗学的理念是怎样从史诗研究扩大到口头诗歌的解读，进而也当在认识论层面上从口承与书写、知识与记忆、大传统与小传统的沟通与互动中来理解弗里提出的口头诗歌解读谱型，让学术走向多元与开放，从而更好地复归人类表达文化的原初智慧与诗歌精神。“篱笆紧，结芳邻”（Good fences make good neighbours），这句谚语在美国诗人弗罗斯特（Robert Frost Lee，1874—1963）的名诗《修墙》（*Mending Wall*）中得到了最完整的体现。正如一位学者所言，中国是一个“墙文化”盛行的国家，这种“墙”既是有形的也是无形的。在我们的学科壁垒中，形形色色的“墙”又有多少？因此，就需要更开放的学术视野来容纳我们的研究对象，来理解共享的口头诗歌及其艺术真谛。那么我们或许就可以说“篱笆开，识芳邻”。

第六节　冉皮勒：从“他者”叙事到“自我”书写

“史诗”一词的英文epic直接来自希腊语的epikos和拉丁语的epicus，从词源上讲则与古希腊语epos相关，该词的原义为话、话语，后来引申为初期口传的叙事诗，或口头吟诵的史诗片段。“史诗”这一概念传入中国当在19世纪末期。1879年，清廷大员郭嵩焘出使英国时就在日记中记述了《荷马史诗》里的特洛伊战争，但据目前笔者所见资料，中国最早使用“史诗”术语的人大概是章太炎（炳麟）。他在《正名杂义》中已径直使用“史诗”：“盖古者文字未兴，口耳之传，渐则亡失，缀以韵文，斯便吟咏，而易记忆。意者苍、沮以前，亦直有史诗而已。”他认为“韵文完备而有笔语，史诗功善而后有舞诗”，史诗包含民族大史诗、传说、故事、短篇歌曲、历史歌等。该文附入其著作《訄书·订文》（重订本）。[①] 后来胡适曾将epic译为“故事诗”。[②] 1918年，周作人在《欧洲文学史》中介绍古希腊文学。1922年，郑振铎在《小说月报》专门介绍《荷马史诗》，认为《荷马史诗》表达了古希腊民族早期的新鲜与质朴；接着在1923年《文学周报》第87期上，他发表了《史诗》一文，开卷便说：“史诗（Epic Poetry）是叙事诗（Narrative Poetry）的一种。”但他断然地说：“中国可以说没有史诗——如果照严格的史诗定义说起来，所有的仅零星的叙事诗而已。”[③] 但是到了后来他的观点就变得犹疑了。[④] 1929年傅东华以散文体翻译的《奥德赛》全本出版。在中国读者开始完整了解荷马史诗的同时，许多学者也围绕着中国文学史上到底有没有史诗展开了争论，且一直持续到1985年前后。[⑤]

20世纪50年代以来，尤其是80年代以后，中国少数民族史诗的发掘、搜集、记录、整理和出版，不仅驳正了黑格尔关于中国没有史诗的著名论断，也回答了“五四”以后中国学界曾经出现过的“恼人的问题”，那就是“我们原来是否也有史诗”？[⑥] 我们今天知道，在中国的众多族群

---

① 《訄书》于1899年编定，由梁启超题写书名，木刻印行；1902年重订，由邹容题写书名；1904年由日本东京翔鸾社印行。

② 胡适：《白话文学史》第六章“故事诗的起来”，见《胡适文集》第8卷，北京大学出版社1998年版，第150页。

③ 郑振铎：《郑振铎全集》第15卷，花山文艺出版社1998年版，第362—365页。

④ 参见陈泳超《中国民间文学研究的现代轨辙》，北京大学出版社2005年版，第164—165页。

⑤ 参见叶舒宪《英雄与太阳——中国上古史诗的原型重构》，陕西人民出版社2005年版，第76页注释②。

⑥ 闻一多：《歌与诗》，见其《神话与诗》，华东师范大学出版社1997年版，第209页。

中，流传着上千种史诗，纵贯中国南北民族地区。[①] 其中，藏族和蒙古族的《格萨（斯）尔》、蒙古族的《江格尔》和柯尔克孜族的《玛纳斯》已经成为饮誉世界的“中国三大英雄史诗”。此外，在中国北方阿尔泰语系各族人民中，至今还流传着数百部英雄史诗；在南方的众多民族中同样也流传着风格古朴的创世史诗、迁徙史诗和英雄史诗。这些兄弟民族世代相续的口传史诗，汇聚成了一座座口头传统的高峰，成为世界文化史上罕见的壮阔景观，也是令中华民族自豪的精神财富。

然而，回顾中国史诗研究的历程，我们不难发现最早在学科意义上开展科研活动的，大多是域外的学者，时间可以上溯到18世纪。国外最早介绍《格萨尔》的，是俄国旅行家帕拉斯（P. S. Palls）的《在俄国奇异地方的旅行》，时间是1776年。[②] 19世纪和20世纪的两百年中，作为东方学研究的一个分支，中国各民族的史诗逐步引起了国外学者的注意，其中成果影响较大的学者，按国别而论，有法国的大卫·尼尔（David Neel）和石泰安（R. A. Stein），有德国的施密特（I. J. Schmidt）、拉德洛夫（F. W. Radloff，德裔，长期居留俄国）、海西希（W. Heissig）、夏嘉斯（K. Sagaster）和莱歇尔（K. Reichl），有俄苏的波塔宁（G. N. Potanin）、科津（S. A. Kozin）、鲁德涅夫（A. Rudnev）、札姆察拉诺（Zhamcarano）、波佩（N. Poppe，后移居美国）、弗拉基米尔佐夫（B. Ya. Vladimirtsov）、日尔蒙斯基（V. Zhirmunsky）和涅克留多夫（S. J. Nekljudov）等，有芬兰的兰司铁（G. J. Ramstedt）、有英国的鲍顿（C. R. Bawden）和查德威克（Nora K. Chadwick）等。应当提及的两件事情，一个是大约从1851年开始，西欧的蒙藏史诗研究悄然勃兴，肖特（W. Schott）等多人的专论，在《柏林科学院论文集》上连续发表。[③] 再一个是首个蒙古《格斯尔》史诗的外文译本，出现于1839年，译者为施密特，题为《神圣格斯尔的事迹》[④]（德文，所本为1716年北京木刻版蒙古文《格斯尔》）。随后又有

---

① 具体数字尚无人做过详细统计。考虑到突厥语诸民族有数百种史诗的说法，以及蒙古史诗有至少550种的大致记录，加上南方诸民族的史诗传统，上千种就是一个相当保守的估计。

② P. S. Palls, *Reisen durch verchiedene Provinzen des urssischen Reiches*, St. Petersburg: 1771 - 1776.

③ *Abhandlungen der Berliner Akademie*, 1851年及以后。

④ *Die Thaten Bogda Gesser chan's*, St. Petersburg: 1839.

多种译本的《格斯尔》刊行。其中较出名的还有德国弗兰克(A. H. Franke)的《格萨尔传的一个下拉达克版本》。[①] 总之，我们可以大体将这一阶段概括为“他者”叙事。

诚然，我国史诗研究的“端倪”，可以上溯到数百年前。1779 年，青海高僧松巴·益喜幻觉尔(1704—1788)，在与六世班禅白丹依喜(1737—1780)通信的过程中谈论过格萨尔的有关问题。[②] 一个有趣的现象是，关于松巴的族属，一向有蒙藏两说，难以遽断。这就如“格萨(斯)尔”史诗一样，一般认为是同源分流，在藏族和蒙古族中各成大观。流传地域不同，不仅内容上差别颇大，而且连史诗的名字，在发音上也有区别。藏族叫《格萨尔》，蒙古族叫《格斯尔》。这一大型史诗后来还传播到其他民族中，例如，今天见到的其他文本，有土族《格赛尔》，图瓦人《克孜尔》，与此同时在云南与藏族杂居、交往密切的一部分普米族、纳西族、傈僳族中也有口头流传，且同样有手抄本和少量木刻本。[③] 这种跨族际传通的文化现象，颇为特别。而以汉文刊发国内少数民族史诗介绍性文字的，当推任乃强先生为早。他 1929 年考察西康藏区，历时一年；在 1930 年 12 月《四川日报》副刊上，先后发表了题为《藏三国》和《藏三国举例》两文，认为“记载林格萨事迹之书，汉人叫作藏三国，藏语曰格萨郎特，译为格萨传。或译为格萨诗史，因其全部多用诗歌叙述，有似我国之宣卷弹词也”。[④] 这种以历史的眼光来评价史诗文本的现象，在后来其他学者讨论今天我们所说的“史诗传统”时多有发生。

中国大规模的史诗搜集和整理工作起步于 20 世纪 50 年代，其间几经沉浮，大致厘清了各民族史诗的主要文本及其流布状况。较为系统的史诗研究到 20 世纪 80 年代方初具规模，形成了一批梳理资料全面，论述有一

① *A Lower Ladakhi Version of the Kesar Saga*, Calcutta: 1905.

② 后来松巴(其全名又译作松巴堪布·益喜班觉)将有关专题汇集成册，题为《关于格萨尔问答》，收入甘肃拉卜楞寺所藏松巴全集中的《问答》之部第 11—16 页)，参见《格萨尔学集成》第一卷，甘肃民族出版社 1990 年版，第 286—290 页。

③ 同上书，第 299—306 页。

④ 任乃强:《“藏三国”的初步介绍》，载《边政公论》第 4 卷 4、5、6 合刊，1944 年；另见降边嘉措等编《〈格萨尔王传〉研究文集》，四川民族出版社 1986 年版。

定深度的著作。其中以中国社会科学院少数民族文学研究所（现名民族文学研究所）学者主编的“中国史诗研究”丛书，[①] 比较集中地体现出了这一时期的整体水平。代表性成果有仁钦道尔吉的《江格尔》研究，郎樱的《玛纳斯》研究，降边嘉措和杨恩洪的《格萨尔》研究，以及刘亚虎的南方创世史诗研究等。这些专著较为全面和系统地论述了中国史诗的总体面貌、重点史诗文本、重要演唱艺人，以及史诗研究中的一些主要问题，并再次提出了创建中国史诗理论体系的工作目标。可以说，从“他者”叙事到“自我”书写的转化这时已初露端倪。其最重要的表征是：在文类界定上，摆脱了西方史诗理论的概念框架，从“英雄史诗”拓展出“创世史诗”和“迁徙史诗”，丰富了世界史诗宝库；在传播形态方面，突破了经典作品或曰书面史诗的文本桎梏，将研究视野投向了植根于民俗文化生活的活形态史诗传承；在传承人的分类上，从本土特定的社会文化语境中考察歌手习艺及其传承方式，仅是藏族史诗歌手，就可以分出至少五种类型来。[②]

那么，回到歌手这条线索上来看，坡·冉皮勒（P. Arimpil，1923—1994）应该名列当今时代最伟大的史诗歌手。[③] 如果不算出现在传说中的江格尔奇，他是我们所确切地知道会唱最多《江格尔》诗章的文盲歌手。对他的首次现代学术意义上的科学采录工作，是在1980年，语言学家确精扎布教授到和布克赛尔，最先采访的就是他。继之，冉皮勒的外甥塔亚博士对采录和保存他的口头演述，乃至展开研究，也发挥了重要作用。此

---

① 这套丛书由内蒙古大学出版社推出，包括仁钦道尔吉的《〈江格尔〉论》（1994）和《蒙古英雄史诗源流》（内蒙古大学出版社2001年版），郎樱的《〈玛纳斯〉论》（1999），降边嘉措的《〈格萨尔〉论》，刘亚虎的《南方史诗论》（1999），斯钦巴图的《〈江格尔〉与蒙古族宗教文化》（1999）等。限于篇幅，下文涉及的中国史诗研究格局与相关理论成果主要以中国社会科学院民族文学研究所的学术实践为主线。

② 大致有托梦神授艺人、闻知艺人、吟诵艺人、圆光艺人、掘藏艺人。参见降边嘉措《〈格萨尔〉与藏族文化》，内蒙古大学出版社1994年版；杨恩洪：《民间诗神——格萨尔艺人研究》，中国藏学出版社1995年版。

③ 详见以下材料：“冉皮勒小传”（载内蒙古古籍整理办公室、新疆民间文艺家协会编：《江格尔（三）》，格日勒图转写注释，内蒙古科学技术出版社1996年版，第319—320页；仁钦道尔吉《〈江格尔〉论》，内蒙古大学出版社1999年版，第41—42页；贾木查：《史诗〈江格尔〉探渊》，新疆人民出版社1996年版；塔亚采录、注释：《歌手冉皮勒的〈江格尔〉》，日本千叶大学出版社1999年版；以及塔亚的口述材料。

后从口头诗学的立场出发，围绕冉皮勒的个案研究、文本诠释和传统重构，[①] 与其他一些学者的实证研究一道，构成了中国史诗学术的新图景，由此成为中国史诗研究的学术转型和范式转换的一个标志。对此，钟敬文先生曾指出："所谓转型，我认为最重要的，是对已经搜集到的各种史诗文本，由基础的资料汇集而转向文学事实的科学清理，也就是由主观框架下的整体普查、占有资料而向客观历史中的史诗传统的还原与探究。"[②] 也就是说，针对冉皮勒的口头演述、民族志访谈和程式句法分析的复原性研究具有了某种风向标的含义，指向了当代中国学人的方法论自觉及其"自我"书写。

因此，这里我们将两代史诗学者所追踪的冉皮勒这一个案纳入了学术史的视野来加以定位，就会发现在刚刚过去的十多年间，"冉皮勒研究"作为中国民间文艺学从书面范式走向口头范式的一个特定案例，确实在两代学者之间桥接起了学术史上一个关键的转型阶段。以往我们的史诗研究与民间口头传统有相当疏离，偏重研究的是"作为文学文本的史诗"，并没有把史诗看作是口传形态的叙事传统，没有考虑它同时也是一种动态的民俗生活事象、言语行为和口头表达文化。这正是既往研究的症结所在。那么，在"口头性"与"文本性"之间深掘史诗传承的特殊机制，尤其是根据冉皮勒的演述本所进行的口头程式句法分析，就深刻地启迪了我们。从认识论上说，口头诗歌与文人诗歌有着很大的差异，绝不可以简单套用研究文人书面作品的方法来解读这些口头创作、口头传播的文本。同样，以书面文学的诗学规则去阐释口传史诗的特质，也会影响到读者的正确评价和学界的科学判断。因而以问题意识为导向，以矫正史诗传统的"误读"为出发点，进而在积极的学术批评意义上进行学术史反思和学者之间的代际对话，也促成了我国史诗研究界的方法论自觉。[③]

从20世纪末到21世纪初，中国史诗的研究格局确实发生了一些新的变化。简单概括的话，出现了这样几个学术转向：从文本走向田野，从传

---

① 朝戈金：《口传史诗诗学：冉皮勒〈江格尔〉程式句法研究》，广西人民出版社2000年版。

② 引自钟敬文教授为朝戈金《口传史诗诗学：冉皮勒〈江格尔〉程式句法研究》所写的"序"，广西人民出版社2000年版，第5页。此外，钟老在《南方史诗传统与中国史诗学建设》的访谈中，对中国南北史诗的研究及其格局都提出了前瞻性的意见。见《民族艺术》2002年第4期。

③ 有关论述见《口传史诗的"误读"——朝戈金访谈录》，载《民族艺术》1999年第1期。

统走向传承，从集体性走向个人才艺，从传承人走向受众，从“他观”走向“自观”，从目治之学走向耳治之学。

所谓从文本走向田野，就意味着对一度占支配地位的“文学”研究法的扬弃，对史诗文本的社会历史的和美学的阐释，逐步让位于对史诗作为民间叙事传统和口头表达文化的考察；对史诗在文学史上的意义发掘，逐步让位于对史诗在特定群体中的口头交流和族群记忆功能的当下观察。公允地说，这些年中国民间文艺学领域的若干前沿性话题正是围绕着中国史诗学研究格局的深刻变化而展开的，而这种变化主要是以“文本与田野”的反思为转机。① 至于从传统走向传承，则更多关注史诗演述传统的流布和传承，关注史诗的纵向发展轨迹和延绵不绝的内驱力。在不同的传统中，史诗演述也有与其他仪式活动结合起来进行的，例如通过长期的田野观察和民俗生活体验，我们的学者发现彝族诺苏支系的史诗演述从来就是民间口头论辩的一个有机部分，往往发生在婚礼、葬礼和祭祖送灵的仪式上。② 说到从集体性走向个人才艺，这对于以往的民间文艺学的学科典律——民间叙事的“集体性”、“匿名性”是一种补正。有天分的个体，对于传统的发展，具有某种特殊的作用。在今天的中国活形态史诗演述传统中，不乏这样伟大的个体，像藏族的扎巴、桑珠，柯尔克孜族的居素甫·玛玛依，蒙古族的琶杰、金巴扎木苏、朱乃和冉皮勒，彝族的曲莫伊诺，等等。他们都以极为鲜明的演述个性和风格，为口头传统文类的发展做出了显见的推动。而机警的学者们也都纷纷走向田野，走向民俗生活实践的体认，走向目标化的史诗艺人跟踪研究。③ 从传承人走向受众，强调的是把史诗演述作为一个整体，作为信息传递和接受的过程进行观察的取

---

① 相关的辩论，参见陈泳超主编《中国民间文化的学术史观照》（民间文化青年论坛第一届会议论文集），黑龙江人民出版社 2004 年版。

② 巴莫曲布嫫：《叙事语境与演述场域——以诺苏彝族的口头论辩和史诗传统为例》，载《文学评论》2004 年第 1 期。

③ 有关传承人及其群体的田野研究著述有杨恩洪的《民间诗神——格萨尔艺人研究》（民族出版社 1995 年版）和《人在旅途——藏族〈格萨尔王传〉说唱艺人寻访散记》（广西人民出版社 2007 年版），阿地里·居玛吐尔地与托汗·依莎克的《当代荷马〈玛纳斯〉演唱大师居素普·玛玛依评传》（内蒙古大学出版社 2002 年版），朝戈金的《千年绝唱英雄歌——卫拉特蒙古族史诗传统田野散记》（广西人民出版社 2004 年版）；此外还有巴莫曲布嫫近年关于彝族史诗演述人和口头论辩家的系列论文。

向。受众的作用，就决不是带着耳朵的被动的“接受器”，而是能动地参与到演述过程中，与歌手共同制造“意义”的生成和传递的不可分割的一个环节。从“他观”走向“自观”，则与学术研究主体的立场和出发点紧密相关，与本土学者的文化自觉和自我意识相关。例如，从母族文化的本体发现和母语表述的学术阐释中，学者们掌握了更为复杂的史诗文本类型，除了一般学术分类之外，还有若干属于本土知识系统的分类系统，例如藏族的伏藏文本,[①] 彝族的公/母文本和黑/白叙事等,[②] 不一而足。对一个传统的考察，如果既能从外部、也能从内部进行，那么我们对这种考察的深度就有了一定的信心。最后，我们说目治和耳治的时候，并不是强调对于民间叙事的“阅读”，从阅读文字记录本转向了现场聆听这样简单，而是建立口头诗学法则的努力,[③] 使人们认识到大量的口头文学现象其实需要另外的文化阐释和新的批评规则来加以鉴赏。

诚然，中国史诗学术的自我建构也逐步融入到了国际化的学术对话过程中,[④] 这与一批功底较为深厚、视野较为开阔，同时又兼具跨语际研究实力的本民族史诗学人及其创造性和开放性的学术实践是密切相关的。十多年来，西方口头诗学的理论成果，民俗学“三大学派”的系统译介,[⑤]

---

① 诺布旺丹:《伏藏〈格萨尔〉刍议》，载《格萨尔研究集刊》第6集，民族出版社2003年版。

② 巴莫曲布嫫:《叙事型构·文本界限·叙事界域：传统指涉性的发现》，载《民俗研究》2004年第3期。

③ 朝戈金:《关于口头传唱诗歌的研究——口头诗学问题》，载《文艺研究》2002年第4期。另参见朝戈金与弗里合作完成的《口头诗学五题：四大传统的比较研究》，载《东方文学研究集刊》(1)，湖南文艺出版社2003年版，第33—97页。

④ 2003年国际学刊《口头传统》(*Oral Tradition*) 出版了《中国口头传统专辑》，收入中国社会科学院民族文学研究所老中青三代学者的13篇专题研究论文，分别探讨了蒙古、藏、满、纳西、彝、柯尔克孜、苗、侗等民族的史诗传统和口头叙事等文类。这是国际学界首次用英文集中刊发中国少数民族口头叙事艺术的论文专辑，在国内外引起较大反响。

⑤ 20世纪80年代，中国社会科学院少数民族文学研究所就系统编印过两辑以史诗研究为主的内部资料《民族文学译丛》；此后有［俄］谢·尤·涅克留多夫著，徐诚翰、高文风、张积智译《蒙古人民的英雄史诗》(内蒙古大学出版社1991年版)；［法］石泰安著，耿昇译《西藏史诗与说唱艺人的研究》(西藏人民出版社1994年版)；［美］约翰·迈尔斯·弗里著，朝戈金译《口头诗学：帕里—洛德理论》(社会科学文献出版社2000年版)；［美］阿尔伯特·洛德著，尹虎彬译《故事的歌手》(中华书局2004年版)；［匈］格雷戈里·纳吉著，巴莫曲布嫫译《荷马诸问题》(广西师范大学出版社2008年版) 等。在个人陆续推出系列化译文的同时，中国社会科学院民族文学研究所组织翻译的北美口头传统研究专号(《民族文学研究》2000年增刊) 也在科研和教学中发挥了重要作用。

以及在中国的本土化实践对我国的史诗学理论建设和学术反思与批评也起到不可低估的作用。这批本土学者的史诗学理论思考建立在学术史反思的基础上，在若干环节已取得了令人瞩目的成绩。例如，对史诗句法的分析模型的创用，对既有文本的田野"再认证"工作模型的建立；[①] 对民间文学文本制作中的"格式化"问题及其种种弊端进行反思，进而在田野研究中归总出"五个在场"的基本学术预设和田野操作框架；[②] 对运用口头传统的理论视域重新审视古代经典，生发出新的解读和阐释，同时利用古典学的方法和成就反观活形态口头传统演述的内涵和意蕴；[③] 对特定歌手或歌手群体的长期追踪和精细描摹及隐藏其后的制度化保障；[④] 对机构工作模型和学者个人工作模型的设计和总结；[⑤] 在音声文档的整理、收藏和数字化处理方面，建立起符合新的技术规范和学术理念的资料库和数据库工作，[⑥] 等等。应当特别提及的是，近些年在史诗资料学建设方面，例如科学版本的校勘和出版方面，成绩斐然，多种资料本赢得了国际国内同行的普遍赞誉和尊重。[⑦] 总之，这些以传统为本的学术实践已经在国际史诗学

---

① 朝戈金：《口传史诗诗学：冉皮勒〈江格尔〉程式句法研究》，广西人民出版社 2000 年版。

② 这"五个在场"是从田野研究的具体案例中抽象出具有示范意义的研究模型和理论思考，包括史诗传统的在场、表演事件的在场、演述人的在场、受众的在场，以及研究者的在场；同时要求这样五个起关键性作用的要素"同时在场"，以期确立"叙事语境—演述场域"这一实现田野主体间性的互动研究视界，在研究对象与研究者之间搭建起一种可资操作的工作模型。详见廖明君、巴莫曲布嫫《田野研究的"五个在场"》（学术访谈），载《民族艺术》2004 年第3 期。

③ 参见尹虎彬《古代经典与口头传统》（中国社会科学出版社 2002 年版）及其若干史诗研究论文。

④ 中国社会科学院民族文学研究所在西部民族地区建立了 10 个口头传统田野研究基地，大多定位于史诗传统的定点观察和跟踪研究。

⑤ 中国社会科学院民族文学研究所："联合国教科文组织紧急委托项目课题组项目阐释"，2003 年 9 月。调研成果报告见朝戈金主编《中国西部的文化多样性与族群认同：沿丝绸之路的少数民族口头传统现状报告》，社会科学文献出版社 2008 年版。

⑥ 参见多人笔谈《构筑中国少数民族文化遗产的生命线》，载《中国民族报》2006 年 4 月 11 日。

⑦ 例如，斯钦孟和主持的《格斯尔全书》（第 1—5 卷，民族出版社，2002—2008）；丹布尔加甫的《卡尔梅克〈江格尔〉校注本》（古籍整理本，民族出版社 2002 年版），《汗哈冉贵——卫拉特英雄史诗文本及校注》（民族出版社 2006 年版）；郎樱、次旺俊美、杨恩洪主持的《格萨尔艺人桑珠说唱本》（全套计 40 余卷，已刊布近半）（西藏藏文古籍出版社，2001— ）；降边嘉措主持的《格萨尔精选本》（计划出 40 卷，已刊布 10 几种，民族出版社，2002— ）；仁钦道尔吉和山丹主持的《珠盖米吉德/胡德尔阿尔泰汗》（民族出版社 2007 年版）和《那仁汗胡布恩》（民族出版社 2007 年版），仁钦道尔吉、朝戈金、斯钦巴图、丹布尔加甫主持的 4 卷《蒙古英雄史诗大系》（卷 1—2，民族出版社，2007—2008）等。

界产生了良好的影响。

综上所述，一批以民俗学个案研究为技术路线，以口头诗学理念为参照框架的史诗传统研究成果相继面世，[①] 表明了中国史诗学术格局的内在理路日渐清晰起来。尤其是在田野与文本之间展开的实证研究得到提倡，且大都以厚重的文化深描和细腻的口头诗学阐释来透视社会转型时期中国少数民族的史诗传承及其口头传播，在族群叙事传统、民俗生活实践及传承人群体的生存状态等多向性的互动考察中，建立起本土化的学术根基：1）了解当代西方民俗学视野中如何通过田野作业和民族志表述来深究口头叙事传统的文化制度特征、现实脉络及变迁轨迹；2）熟悉西方史诗学界研究中国史诗问题的概念工具与理论背景，了解海外史诗研究的典型个案、多学科视界融合及其口头诗学分析的思考构架和学理论证的新动向；3）意识到了“唯有在走向田野的同时，以对民间口头文本的理解为中心，实现从书面范式、田野范式向口头范式的转换，才能真正确立民间文艺学和民俗学的学科独立地位”[②]。这批史诗研究成果，可以说已经实现了几个方面的学术转型：1）以何谓“口头性”和“文本性”的问题意识为导向，突破了以书面文本为参照框架的文学研究模式；2）以“史诗传统”而非“一部史诗作品”为口头叙事研究的基本立场，突破了前苏联民间文艺学影响下的历史研究模式；3）以口头诗学和程式句法分析为阐释框架，突破了西方史诗学者

---

① 这里仅举中国社会科学院民族文学研究所中青年学者史诗研究成果为例，以窥其学术梯队的形成及其当下大致的工作方向：朝戈金的《口传史诗诗学：冉皮勒〈江格尔〉程式句法研究》（广西人民出版社 2000 年版），尹虎彬的《古代经典与口头传统》（中国社会科学出版社 2002 年版），斯钦巴图的《蒙古史诗：从程式到隐喻》（民族出版社 2006 年版），阿地里·居玛吐尔地的《〈玛纳斯〉史诗歌手研究》（民族出版社 2006 年版），丹布尔加甫的《卫拉特英雄故事研究》（民族出版社 2006 年版），黄中祥的《哈萨克英雄史诗与草原文化》（中央编译出版社 2007 年版）；还有巴莫曲布嫫的《史诗传统与田野研究》和李连荣的《藏族史诗〈格萨尔〉学术史》即将出版。与此方向高度契合的，还有内蒙古的塔亚博士近年所发表的关于蒙古史诗的专题研究，以及北京大学陈岗龙博士等人关于东蒙古蟒古思故事和说书艺术的系列研究。纳钦博士的《口头叙事与村落传说——公主传说与珠腊沁村信仰民俗社会研究》（民族出版社 2004 年版）也可以看作是受到史诗学和口头传统新趋势影响的成果，虽然该著作所讨论的话题与史诗没有直接关联。

② 刘宗迪：《从书面范式到口头范式：论民间文艺学的范式转换与学科独立》，载《民族文学研究》2004 年第 2 期。

在中国史诗文本解析中一直偏爱的故事学结构或功能研究；4）以“自下而上”的学术路线，从传承人、受众、社区乃至传承人家族的“元叙事”与研究者的田野直接经验抽绎出学理性的阐释，改变了既往田野作业中过分倚重文本搜集而忽略演述语境和社会情境的种种偏颇，推动了从田野作业到田野研究的观念更新。这里值得一提的是，本土学者的努力，让我们这个学术共同体从西方理论的“消费者”转变成本土理论的“生产者”有了可能。例如，从对话关系到话语系统，从田野研究到文本制作，我们的学者已经在本土化实践中产生了学术自觉。一方面，通过迻译和转换西方口头诗学的基本概念，结合本土口头知识的分类体系和民间叙事语汇的传统表述单元，提炼中国史诗研究的术语系统和概念工具，以契合国际学术对话与民族志叙事阐释的双向要求；① 另一方面，在方法论上对史诗传统的田野研究流程、民俗学意义上的“证据提供”和文本制作等问题作出了可资操作的学理性归总。② 毋庸置疑，这些思考是在西方口头诗学的前沿成果与本土化的学术互动中应运而生的，并将随着史诗学术的深拓，而获得更为普泛的阐释意义，并继续对相邻学科，产生这样那样的影响。

余论：朝向21世纪的中国史诗学术之反思

江格尔的宝木巴地方
是幸福的人间天堂
那里的人们永葆青春

① 诸如朝戈金借鉴民俗学“三大学派”共享的概念框架，结合蒙古族史诗传统表述归纳的《史诗术语简释》和史诗文本类型；尹虎彬对西方史诗学术的深度省视和中国口头传统实践的多向度思考；巴莫曲布嫫提炼的“格式化”，演述人和演述场域，文本性属与文本界限，叙事型构和叙事界域，特别是“五个在场”等，则大都来自本土知识体系与学术表述在语义学和语用学意义上的接轨，以及在史诗学理论建构上东西方融通的视阈。

② 详见廖明君、巴莫曲布嫫《田野研究的“五个在场”》（学术访谈），载《民族艺术》2004年第3期。

永远像二十五岁的青年
不会衰老，不会死亡……

——蒙古史诗《江格尔》之序诗

中国口传史诗蕴藏之丰富、样式之繁复、形态之多样、传承之悠久，在当今世界上都是少有的。史诗演唱艺人是口承史诗的传承者和传播者，也是史诗的创作者和保存者。但是，由于人力物力资源的限制，由于某些不能挽回的时间损失，我们不得不与许多口头传统的伟大歌手和杰出艺人失之交臂，无从聆听那些传唱了千百年的民间口头文化遗产。随着中国现代化进程与西部开发步伐的加快，口承史诗面临着巨大的冲击，史诗演唱艺人的人数也在锐减。目前，中国能够演唱三大史诗的艺人大多年迈体弱，面临“人亡歌息”的危境。在民间还有许许多多才华横溢的史诗传承人，由于种种原因，他们演唱的史诗尚未得到记录，其中一些艺人已经去世，史诗传承也面临着断代的危险，如果不及时抢救，许多传承千百年的民族史诗，会随着他们的去世而永远消失，造成民族文化难以弥补的损失。因此，史诗传统的保护、史诗歌手的扶助、史诗文本的抢救和史诗研究的推进都刻不容缓。

史诗往往是一个民族精神的载体，是民族文学生生不息的源头活水。1994 年在美国出版的《传统史诗百科全书》收录了全球范围内近 1500 种史诗。[①] 依我看，这是个很保守的和不全面的统计。据悉光是近邻越南的史诗传承就相当丰富可观，且尚不大为外界所知。[②] 非洲史诗传统的研究，仅局限在数个区域之内。我国的史诗普查工作，也没有完结。等到比较完整的资料收集上来后，大家一定会对中国史诗蕴藏量之丰富大为惊叹的。然而，诚如钟敬文先生在世纪之交时曾指出的那样：“迄今为止，我们确实在资料学的广泛收辑和某些专题的研讨上有了相当的积累，但同时在理论上的整体探究还不够系统和深入，而恰恰是在

① Guida M. Jackson, *Encyclopedia of Traditional Epics*. New York: Reed Business Information, Inc. 1994.

② 越南社会科学院从 2002 年立项，到 2007 年完成的“西原”史诗搜集出版成果，就有 62 卷（75 种史诗作品）之多，可见在越南中部的西原地区，史诗蕴藏量何其惊人。

这里，我们是可以继续出成绩的。尤其是因为我们这二三十年来将工作重心主要放到了搜集、记录、整理和出版等基础环节方面，研究工作也较多地集中在具体作品的层面上，尚缺少纵向横向的联系与宏通的思考，这就限制了理论研究的视野，造成我们对中国史诗的观感上带有‘见木不见林’的缺陷。不改变这种状况，将会迟滞整个中国史诗学的学科建设步伐。”①

应当承认，史诗学术事业在近几年的发展不尽如人意，尤其是在国际史诗学术格局中去考量的话，我们存在的问题依然不少。概括起来，包括这么几个方面：传承人方面，我们对全国范围内的史诗歌手和演述人状况的普查还未完成；对传承人类型、谱系和分布也就尚未形成更系统、更深入的描述与分析；定向跟踪的传承人数量和档案建设离学科要求还有相当的距离。文本方面，在既有的校勘、迻译、保存、出版和阐释等环节上，可以改进的余地还很大；对口头文本的采集、誊录、转写需要从田野研究、民俗学的文本制作观念及其工作模型上进行更为自觉的反思和经验积累。理论建设方面，我们已经做出的规律性探讨和学理阐发，与我国史诗传统的多样性还不相称；跨文化谱型、多形态资源的描述和阐释还远没有到位；对中国三大类型及其亚类型（比如创世史诗中的洪水史诗）的史诗传统，尚未进行科学的理论界定和类型阐释；在概念工具、术语系统、理论方法论和研究范式的抽绎和提升上体系化程度还不够。学术格局方面，南北史诗研究的力量分布不均匀，个案研究的发展势头要远远超过综合性、全局性的宏观把握；我们的史诗学术梯队建设和跨语际的专业人才培养，离我们设定的目标还比较遥远。学科制度化建设方面，在田野基地、数字化建档、信息共享、资源整合、协作机制、学位教育、国际交流等层面仍有大量工作要做。史诗学术共同体的形成还需破除学科壁垒，进一步加强民俗学、民间文艺学、民族文学与古典学、语言学、人类学之间的对话与交流，方能开放视野，兼容并蓄，真正实现学术范式的转换。

诚然，中国史诗学建设是一个长期的系统工程，面临着诸多的挑战。

---

① 引自钟敬文先生为朝戈金《口传史诗诗学：冉皮勒〈江格尔〉程式句法研究》所写的“序”，广西人民出版社 2000 年版，第 7 页。

在国际史诗学术的格局中，怎样才能更多地发出中国学人的“声音”，怎样才能让更多的各民族传承人在史诗传统的文化生态系统中得以维系和赓续，让中国史诗多样性的复调之歌“不会衰老，不会死亡”，我们确实需要进一步去“追问”，也要去积极地“回答”这种追问。

原载《中国社会科学院文学研究所学刊》，中国社会科学出版社 2008 年版。

《中国史诗学读本》选文出处

1. 章太炎：《正名杂义·史诗》，选自《章太炎全集·訄书重订本》第三卷，上海人民出版社1984年版，该著作于1904年出版。

2. 鲁迅：《摩罗诗力说》（附：《门外文谈·不识字的作家》），《摩罗诗力说》选自《鲁迅全集》第一卷，人民文学出版社2005年版，该文于1907年撰写发表在《河南》月刊。《门外文谈·不识字的作家》，选自《鲁迅全集》第六卷，人民文学出版社2005年版，最初发表在1934年《申报·自由谈》上，后来作者把本文与其他有关语文改革的四篇文章编为《门外文谈》，于1935年出版。

3. 胡适：《故事诗的起来》，选自《白话文学史》，上海古籍出版社1999年版。该著作完成于1927年，1928年由新月书店出版。

4. 郑振铎：《史诗》，选自《郑振铎全集》第十五卷，花山文艺出版社1998年版。该文于1933年1月刊登在上海新中国书局初版《文探》上。

5. 闻一多：《史诗问题》，选自《闻一多全集·中国上古文学》，湖北人民出版社2004年版。该文是末刊稿。

6. 任乃强：《"藏三国"的初步介绍》（附：关于"藏三国"），选自《任乃强民族研究文集》，民族出版社1990年版。该文发表于1944年，载《边政公论》第四卷第4、5、6合期。

7. 季羡林：《〈罗摩衍那〉在中国》，选自《比较文学与民间文学》，北京大学出版社1991年版。该文完成于1984年。

8. 宝音和西格：《谈史诗〈江格尔〉中的〈洪格尔娶亲〉》，载《内蒙古社会科学（汉文版）》1985年第4期。

9. 叶舒宪：《日出扶桑：中国上古英雄史诗发掘报告——文学人类学方法的实验》，载《陕西师范大学学报》（哲学社会科学版）1988 年第 1 期。

10. 饶宗颐：《近东开辟史诗·前言》，选自《近东开辟史诗》，辽宁教育出版社 1998 年版。该文完成于 1989 年。

11. 巴·布林贝赫：《蒙古英雄史诗中马文化及马形象的整一性》，载《民族文学研究》1992 年第 4 期。

12. 佟锦华：《格萨尔王与历史人物的关系——格萨尔王艺术形象的形成》，选自《藏族文学研究》，中国藏学出版社 1992 年版。

13. 郎樱：《英雄的再生——突厥语族叙事文学中英雄入地母题研究》，载《民间文学论坛》1994 年第 3 期。

14. 钟敬文：《口传史诗诗学：冉皮勒〈江格尔〉程式句法研究·序》，广西人民出版社 2000 年版。

15. 仁钦道尔吉：《蒙古—突厥英雄史诗情节结构类型的形成与发展》，载《民族文学研究》2000 年第 1 期，先自仁钦道尔吉《蒙古口头文学论集》，社会科学文献出版社 2011 年版。

16. 黄宝生：《〈摩诃婆罗多〉译后记》，载《外国文学评论》2003 年第 3 期。

17. 施爱东：《叠加单元：史诗可持续生长的结构机制——以季羡林译〈罗摩衍那·战斗篇〉为例》，载《民族文学研究》2003 年第 4 期，又载《中国社会科学院文学研究所学刊》，中国社会科学出版社 2007 年版。

18. 巴莫曲布嫫：《叙事语境与演述场域——以诺苏彝族的口头论辩和史诗传统为例》，载《文学评论》2004 年第 1 期。

19. 杨恩洪：《藏族口头传统的特性——以史诗〈格萨尔王传〉为例》，选自《少数民族文化中的史诗与英雄》，广西师范大学出版社 2004 年版。

20. 陈岗龙：《口头传统与书面传统的互动和表演文本的形成过程——以蟒古思故事说唱艺人的田野研究为个案》，选自《民间叙事的多样性》，学苑出版社 2006 年版。

21. 林岗：《20 世纪汉语“史诗问题”探论》，载《中国社会科学》

2007 年第 1 期。

22. 刘小枫：《奥德修斯的名相》，载《中国图书评论》2007 年第 9 期。

23. 尹虎彬：《史诗观念与史诗研究范式转移》，载《中央民族大学学报（哲学社会科学版）》2008 年第 1 期。

24. 朝戈金：《从荷马到冉皮勒：反思国际史诗学术的范式转换》，选自《中国社会科学院文学研究所学刊》，中国社会科学出版社 2008 年版。